A DESOLATION CALLED

PEACE

名為和平的荒蕪

阿卡蒂・馬婷——著　葉旻臻——譯

Arkady Martine

導讀

這本書獻給所有的流亡者：
流離失所者、難民、無國籍人士；
被遺棄的對象與選擇遺棄的人；
潦倒困頓之人與重獲自由之人。
（也獻給知道該在何時質疑命令的斯坦尼斯拉夫・彼卓夫〔註〕）

譯註：Stanislav Yevgrafovich Petrov，1939-2017，前蘇聯空軍中校，曾適時忽略飛彈系統的錯誤警報，使美蘇核戰免於因為意外誤會而爆發。

首先，現實中斷了。印加文明規範的所有破口同時出現：關於人際接觸（視覺、口語及肢體層面）、飲酒和進食的指引規定遭到破壞。當錫金查拉初次遇見征服者，他獲准去做其他印加人不受允許之事，於是情勢翻轉。由於彼此間的互動沒有象徵脈絡作爲框架，雙方代表皆暴露於無限的風險之中。阿塔瓦爾帕可能被屠殺，索托和埃爾南多也可能中毒……

——岡薩羅·拉瑪那。〈陌異化與相似性之外：殖民接觸中差異性與意義的產生〉。《社會與歷史比較研究》47, no.1 (2005)：4–39

劫掠、屠殺、以僭僞名號篡位，他們稱此爲帝國；被他們化爲荒蕪沙漠之地，他們名之爲和平。

——塔西佗（引卡加庫斯之語），《阿古利可拉傳》

序章

思考——而不使用語言。不以語言思考。以我們爲單位思考，而不用舌頭發出聲音，也不爲這個概念透徹而深沉的內涵呼喊哭求。在言語不適合出現之處，揚棄舌頭所發出的聲音。以一個人的身分思考，而不是一個貪得無厭的聲音、一頭眼神空洞的飢渴野獸；不是像兒童那樣思考，眼中只有自我、耳中只有自己嘴巴發出的哭喊。從我們的星際飛行器二層或三層的環狀結構往外望，看見每一個針尖大的光點、每顆恆星的核融合中心。看見這些星辰在我們眼中形成的圖像，反映著我們的眼睛在舊行星的黑暗中組成的圖像。我們的目光，在土之家、血之家是多麼閃耀！閉上眼睛，我們就是黑暗中的禿鷹、詭祕的獵人，藏匿無形！我們的星際飛行器在我們的空之家、光之家是多麼幽微瑩亮！我們偏斜方向，軌跡如眼睛閉起的細縫，隱匿無蹤！我們以一個人的身分思考，以我們這個歌唱著的聚合群集爲單位思考，並且看見了那些尚未遭我們劫掠的地帶！我們纖細如手術刀的利爪尚未割裂那些地帶，掏挖出那裡的祕密。

噢，那另一股飢渴，我們那股與肉身毫無關聯的飢渴。我們渴求的是向外探尋，朝著這一具或那一具身體：充滿了力量與野性基因的血肉，充滿了耐心與觀察力基因的血肉。這是一具好奇的身體，屬於觀察者的身體，受過訓練，能在天際航行和觀覽的身體，爪子上點綴著金屬細絲，不但能對我們歌唱，也能對所有它觸及的星際飛行器歌唱。這是一具差點就無法成爲「我們」的身體，差點就淪爲我們的食用肉，但它終究成爲了「我們」，唱著「我們」的歌，成爲了一具善於將其他身體變成食用肉的身體、善於用自己創造出其他身體的身體：這是一具充滿技能與機智的身體，雙手放在星際飛行器的能量砲彈發射開關上。

這些身體在我們之中合唱，歌聲描述著那些打造出星際飛行器和能量砲彈、不是我們的血肉之軀。那些只是食用肉、無法歌唱的身體！那些以語言思考、用嘴巴哭喊、從眼睛漏出水的身體，他們沒有爪子，但他們也有向外探尋的飢渴欲望，而且更是奸邪。他們已經在空之家的那麼多地方留下蹤跡，在其中居住；他們的腳步已經如此接近那一連串跳躍門；我們從舊到新，所有的血之家就在門後。

這些身體歌唱道：聰明的肉就和其他的肉一樣會死，像我們一樣會死，卻記不得他們死去的肉身曾經知曉的一切。所以，我們將自己的手足們帶到他們的其中一顆星球上。那裡不是血之家，而是土之家，充滿了可供劫掠的資源，而我們將它們妥善利用：肉和資源都是。

歌唱著——飢渴的欲望滿足了。歌唱著——我們正在理解。但是：

另一具身體跟我們形成了對位，形成了一個不和諧的和弦。這是一具好奇的身體，屬於觀察者的身體，一具固執的身體，來來去去地巡迴，在同一個空域中，不斷偏斜方向、進出我們的視野範圍，經過了好幾輪的時間循環，仍舊是一具好奇的身體。這具身體在我們之中歌唱，唱道：有那麼些聰明的肉，仍然記得自己死去的肉身曾經的所知。但不是全部的身體都做得到，記得的不是完全相同的所知，並不像是我們的歌唱這樣。

想像看看，一個會分裂成片片段段的我們！一個不會聚集成群的我們，雖然能夠保有記憶，卻無法掌握群體的形貌。我們唱出不安，唱出向外探尋的飢渴。想像看看那樣的分裂！我們也唱道：這塊聰明的肉擁有什麼我們所沒有的東西？他們是怎麼歌唱的，我們爲什麼聽不見那聲音？

於是我們派出星際飛行器，旋轉著接近，近得足以嘗到味道。

第一章

……**禁令解除**——針對泰斯凱蘭軍用交通工具通行太空站區之禁令，即日起解除，爲時四個月，期限得另按議會命令延長。所有使用泰斯凱蘭軍隊呼號的船艦，均獲准通過安赫米瑪門——唯萊賽爾太空站仍禁止任何軍用或民用之泰斯凱蘭船艦靠港，除非事先取得簽證、申請許可並完成清關——**禁令由礦業大臣（達哲・塔拉特）授權解除**——以下重覆……

——帕札旺拉空域外交、商用及一般用途之無線通訊頻道優先公告訊息，日期爲泰斯凱蘭皇帝十九手斧治下第一紀元第一年第五十二日。

❂

陛下，你留給我整個世界，而我卻悵然若失；六方位，若你變成了被繁星詛咒、附身於人的鬼魂，我也願意接納，只要你的鬼魂能教我如何不需要睡眠。

——十九手斧皇帝陛下之私人記事，未標註日期，已加密上鎖。

◎

九木槿看著地圖成像儀第三次重播出最近一週的動態紀錄，然後關掉了開關。少了針尖般的星光和艦隊移動所刻劃出的弧形光線軌跡，「輪平衡錘」號艦橋上的戰略桌成了一片廣闊的霧面黑色平板，和戰艦的艦長一樣躁動不耐地等待新資訊的輸入。

目前什麼新資訊也沒有。九木槿不用再看一次地圖成像儀，也能記起它顯示出的那些代表行星的光點，如何先閃爍起代表求救訊號的紅光，然後變成失去聯絡訊號的全黑，就像被浪潮吞噬般消失了。不論駛入這個空域的泰斯凱蘭船艦在成像儀上交織出多麼密實的網絡，終究沒有任何一艘船朝著那一片空虛沉寂的汪洋挺進。懷著些許的企盼之情，九木槿想道：過了那個點，我們就不敢去看了。

她自己的「輪平衡錘」號，是離那片無訊號地帶第二近的船艦。她只把一艘船派到比她自己艦上的人馬更遠的地方，那是一艘混合型的偵察砲械艦，船名叫做「刀尖的第九朵花」。它銀色的船身近乎隱形，輕輕鬆鬆就從旗艦敞開的機棚通道口滑出來，飛進無聲的黑暗中。派出那艘船，可能是九木槿被十九手斧皇帝陛下封爲最新一位元帥（艦隊指揮官們的上級，手下管轄若干個泰斯凱蘭軍團）之後所犯的第一個錯誤。皇帝若是冊封新的元帥，就代表著這位皇帝想要開戰：這兩項行動相輔相成。這句老諺語是九木槿還在當艦隊學員時第一次聽到的，而她現在差不多每週都會想到這句話一次，彷彿是心不在焉地反覆確認一項絕對、客觀的事實。

剛戴上皇冠不久的十九手斧，對於開戰可是求之不得。

現在，置身於這場戰爭最前線的九木槿，只能希望她派出「刀尖」號的決定終究並沒有錯。身爲一個初出茅廬的元帥，此舉有助於避免非受迫性失誤。（其實是有助於避免任何可能的失誤，但九木槿在六方之掌——亦即泰斯凱蘭的帝國軍隊，以伸向各個方位的手為象徵——擔任軍官的時間已經夠久，她知道在戰爭中，失誤是無法避免的。）目前為止，「刀尖」號就像前方那些死寂的行星一樣安靜，而戰略動態地圖已經四個小時沒有更新。

所以，她的這筆賭注，往任何方向發展都有可能。

她將手肘靠在戰略桌上。稍後那裡會留下手肘的印痕：她手臂的柔軟肌膚壓著桌面，會在霧面的桌上沾附皮脂，然後她就得拿螢幕擦拭布來把油漬擦乾淨。但九木槿喜歡觸摸她的船，喜歡了解它，即使它只是在靜靜待命。即使在離引擎核心這麼遠的地方，她都能感覺到那臺巨大機器發出低頻的嗡鳴聲，而她負責扮演那臺機器的大腦——或至少說是它的神經節、它的中心點。畢竟，艦長負責過濾所有傳到艦橋上的資訊，而元帥的執掌更不只如此，元帥有更多隻手，伸得更遠，探往每一個可能的方向；也就是擁有更多的船艦。

船艦對九木槿而言是多多益善，每一艘她都需要。皇帝陛下本人想要打仗，也許只是為了小試身手、開始施展皇權，但她派出九木槿來贏得的這場戰爭實在是夠醜陋的了：醜陋，而且神祕。一股毒藥般的浪潮，正在拍打泰斯凱蘭的邊境。一開始是以謠言的形式出現，關於外星人出擊、破壞、然後消失的傳聞，它們的行動沒有任何預警，也沒有表達任何訴求，如果說它們有在太空中留下什麼，也就只有支離破碎的船艦殘骸。不過，黑暗中從來就不缺恐怖故事，每個士兵從小到大都聽過，還代代相傳給新進的學員。而現在的這些謠言，是從外鑽進帝國內部，來自與帝國毗鄰的維拉席—塔雷和萊賽爾太空站，兩者都是無足輕重的邊陲之地——直到獻身於永恆陽光的先帝六方位駕崩之時為止，他在臨死前宣告：謠言一概屬實。

此後，開戰在所難免。反正戰爭本來就會發生，帕札旺拉空域跳躍門彼端（恐怖故事就是從該處恆星之間的黑暗地帶蔓延出來）的五個泰斯凱蘭殖民前哨基地無聲失聯之後，更是加快戰爭發生的速度。

十九手斧陛下當了兩個月的皇帝，而九木槿在這場戰爭中擔任元帥的時間，至多只有這位新皇帝統治期的一半。

艦橋周邊的空間太繁忙，同時也太安靜。每個工作站都有各自所屬的軍官在使用。導航、動力推進、軍械、通訊，這一切事務圍繞著她和她的戰略桌而進行，就像是全像投影工作程式的實體升級版。她可以輕易用右眼上方以金屬和玻璃製成的雲鉤將程式召喚出來，即使身在泰斯凱蘭帝國的邊緣，透過雲鉤，她仍然和支撐起整個帝國的資訊與敘事網絡連接在一起。艦橋上的工作站全都有人使用，而每個使用者都嘗試表現得像是他們有事可忙——彷彿他們不是只能等待和揣測，看他們奉命迎擊的那股力量、那些外星人會不會出其不意地偷襲，正如先前讓那些行星的通訊系統像真空中的火焰般瞬間暗滅。在艦橋上，她手下的軍官全都精神緊張，而且已經倦於保持耐心。他們是艦隊兵，屬於泰斯凱蘭的「六方之掌」：他們的風格應該是英勇出征，而不是在不可避免的戰火邊緣集結起來等候，不是在足足六個軍團的船艦先鋒位置停頓，陷入憂慮難安的靜默。他們現在來到了離危機最近的距離，卻仍按兵不動。

九木槿心想：至少十九手斧陛下封了她做元帥，讓她來打這場仗，還讓她保留自己的船作為旗艦。她手下的這些軍官，都是曾經跟她共事、一起從軍作戰、聽她號令的泰斯凱蘭人——不到三個月前，她率領他們所有人在卡烏朗星系的平亂之戰中贏得了勝利。他們是她的人馬；他們對她的信任會維持得久一點，只要久一點點就好，只要等到「刀尖」號帶著能夠指引下一步行動的資訊回來，她就可以讓他們解放一下，讓他們品嘗一絲血腥，享受外星飛船殞落時炸出的塵埃和火焰。靠著那種如同糖水的暴力之舉作為營養補給，可以讓艦隊撐上很久，只要他們相信，他們的元帥知道她自己在做什麼。

或者說，這就是九木槿一直以來的感覺，她以前在九推進器艦長手下效命時的感覺。當時九推進器還沒有離開艦隊、到都城接任文職，而後來她一路高升，成為先帝手下的戰爭部長。而名字裡第一個字符和九推進器相同的九木槿（她手寫簽名的風格，也是她在青春期末幾年懷著天真的崇拜向九推進器學來的，她至今還沒有後悔），也想過她或許會在新皇帝手下繼續擔任部長。她預期會如此。

但最後，九推進器幾乎是在十九手斧登基的同時就立刻退休。她徹底離開了都城，回到她出生地所在的星系——沒有機會讓她的舊部屬來拜訪，問她去職的原因、選在這個時刻離開的理由，跟她聊聊那些普通的閒話。九木槿失去了令人安心舒適的導師（不過老實說，能夠接受對方這麼久的引導，她已經很幸運了），某次值哨後醒來，發現皇帝陛下本人以資料微片匣寄來一封緊急訊息——一份委託。

*如果這是一場打得贏的戰爭，我就要妳打贏它。*皇帝深色的顴骨銳利得像刀，像她所坐的烈日尖矛皇座上代表閃焰的尖角邊緣。

現在，九木槿正左方的一個低沉聲音將她喚回了當下。「還沒有動靜，是嗎，長官？」這個聲音在如此短的距離也沒有嚇到她，也唯有說話的這個人有辦法悄悄溜到她身邊這麼近的地方。

二十蟬，她的首席部隊長，在直接受命於艦長的軍官（排除其他行政部門）之中，就屬他的軍階最高。他是她的副官，亦是這艘船的副指揮官，這也是他的軍階所含括的多種職掌之一。她無法想像把這個職位交給除了他以外的任何人。他的手臂拘謹地交抱在乾癟瘦削的胸前，一邊眉毛意有所指地挑起來，身上的制服一如往常光鮮筆挺，完美的泰斯凱蘭軍人形象，就像政治宣傳劇裡那種——不過你得要無視他剃光的腦袋，還有彷彿挨餓了一整個月的模樣。還有，當制服被他的動作或呼吸給牽動，手腕和喉嚨處便會露出綠白兩色的卷曲花紋刺青。

「沒有，」九木槿說，音量足以讓艦橋上的其他人也都聽見。「完全安靜。『刀尖』號正在無聲前進，依正常的速度，他們還要再過一哨半的時間才會回來，除非他們在逃開什麼邪門的東西。沒有多少東西會讓『刀尖』號想要逃。」

這些事，二十蟬全都知道。九木槿的話不是說給他聽的，而是講給導航部的十八鑿刀（他的肩膀下垂了一吋）、講給負責通訊的二泡沫，她終於送出了她遲疑地擱置了五分鐘的訊息，向艦隊內的其他軍團報告天氣狀況仍保持明朗。

「好極了，」二十蟬說。「那麼您應該不介意我借用您一點時間吧，元帥？」

「只要你別告訴我那些逃跑的寵物又在五號甲板的通風管裡給我們惹事，我就不介意。」九木槿說。她睜大眼睛，做出近乎惡作劇的笑臉。「寵物」指的是一群毛茸茸、會發出討喜的微微震動、以害蟲爲食的小東西，屬於貓的一支特殊變種，在卡烏朗星系遍地肆虐——而且也趁他們上次在那裡著陸時溜上船來。當時，她還只是第十軍團的九木槿艦長，尚未成爲元帥。寵物一開始不成問題——九木槿甚至沒察覺到牠們的存在——但牠們一決定遷移到五號甲板的通風管、開始繁殖之後，情況就不同了。二十蟬已經激烈地抱怨過牠們如何擾亂了「輪平衡錘」號的內在環境恆定。

「不是寵物，」二十蟬說。「這點我保證。去會議室談？」

如果他想要私下討論，肯定不會是什麼好事。「沒問題，」九木槿一面說，一面推著自己直起身子。她的身板幾乎有二十蟬的兩倍寬，但他在她身邊行動的方式，就彷彿兩人的體型勢均力敵。「二泡沫，艦橋歸妳管。」

「遵命，元帥。」二泡沫恰如其分地喊道。九木槿這就要去看看她的船、她的艦隊出了什麼問題。

「輪平衡錘」號的艦橋邊就有兩間會議室——大的用來開戰略會議，小的用來商討解決問題。小間的會議室是九木槿剛當上艦長時，從輔助武器控制站改裝來的。她當時認爲，艦上需要有空間私下進行公務討論，而她想的並沒有錯；小間會議室是解決人事問題的最佳場所，又有艦上的錄影機監視，同時具有私密和透明的性質。她帶著二十蟬走進去，透過她的雲鉤和船艦的人工智慧演算法溝通，用一隻眼睛的微幅移動做出開門指令。

拐彎抹角並不是二十蟬的作風，九木槿始終知道他這個人有效率、俐落簡潔、直率到無情的程度。他趕在她前面穿過門口——而且接下來並沒有轉身開始報告，這點令她意外。他反而是直直走向會議室狹小的觀察孔，舉起一隻手，擱在那片將他的身體和太空隔開的塑鋼。這個動作中的熟悉氣息讓九木槿感到一絲溫暖，但也混合著不安的怖懼：二十蟬像她一樣會觸摸這艘船，但他觸摸的方式就像是渴望著太空進到船裡、握住他的手。從九木槿認識他開始，他就一直有這個習慣，而他們倆可是在第一趟外派任務中就結識了。

已經久到讓九木槿不再留心計算過了多少年。

「蟬群，」她說——這個綽號是他在那趟任務中被冠上的，現在由於他們位階有別，她多半已不再那樣稱呼他。「有話快說。發生什麼事了？」

「長官，」他說。他仍在凝望黑暗，柔性地避開了攝影機，儘管這個會議室的錄影除了她以外絕不會有其他人看到：有誰的軍階能比元帥高？但他是個如此標準的艦隊軍官，是個泰斯凱蘭人中的泰斯凱蘭人，完美無瑕地融入了首席部隊長與副官的角色，簡直是從《帝國擴張史》或《拓荒詩叢》裡走出來的。只不過，在那兩部作品撰寫的時代，他的民族所居住的星系還沒有被泰斯凱蘭併吞。（而且，他仍然保留著那個星系特有的某些宗教文化習俗——但遲疑並不算在那些習俗的範圍內。至少就她所知不算。）

「好的，部隊長，請報告？」

他終於轉身，睜大的雙眼帶著苦笑，像放棄又像被逗出興趣的表情。他說：「大約兩個小時後，長官，妳會接到一封官方通信，特別指名交給妳——這支聯合艦隊的元帥。訊息來自第二十四軍團的『拋物線壓縮』號的十六月出艦長，要求妳說明行動延遲的原因。信上還有第十七軍團的四十氧化物艦長、和第六軍團的二運河艦長的會簽。我們有麻煩了。」

「第十七和第六軍團？」九木槿問。「他們互看不順眼，這個競爭關係已經存在兩百年了。十六月出怎麼有辦法讓他們兩個都簽名？」

他們絕對有麻煩了。她的聯合艦隊總共包含六個軍團：除了她自己的第十軍團，還有另外五個，每個軍團的艦長都是剛加入她麾下。傳統上，每位元帥管轄六個軍團，既是考量到戰略效果，也具有象徵意義——雖然這樣的人力要打勝仗是稍嫌有限，但若只是要開戰倒也已足夠。九木槿知道她來此的目的正是要開戰，然後如果有必要的話，靠著她向泰斯凱蘭的核心索取的資源打贏這場戰爭。

但是，如果她這位元帥初次統領的六個軍團中，已經有三個簽了聯名信、公開挑戰她的權威……她不需要明說，她和二十蟬都知道那樣一封信代表了什麼意義。那是個測驗，是企圖找出弱點的壓力測試，在些微的掩護下找出最適當的點、集中火力攻擊。第六和第十七軍團同時被分派到她手下，已經夠糟了，她原本期望這兩個軍團不管有什麼衝突，都只局限於彼此之間，她只要公平分配最炙手可熱的任務、審慎地管理。她沒有料到他們會基於共通的不滿做出政治結盟的表示。

「我從他們艦上同僚那裡得到的資訊是，」二十蟬說。「十六月出一方面主張四十氧化物的資歷比妳更久，另一方面又利用二運河當初強烈希望受封元帥的是她自己而不是妳，而且他們兩人直到要同意簽署聯名信之前，才知道對方的意向。」

二十蟬的綽號之所以叫做「蟬群」，不只是因為他的名字本身就獨樹一格——包含了一種動物，而非器物、顏色或植物；「蟬群」之所以為「蟬群」，是因為他彷彿無處不在：他認識艦隊裡每艘船上的每個人，而那些人通常都會為他提供情報。九木槿咬著牙，考慮了一下。「政治啊，」她說。「好吧。我們以前也搞過政治手段。」

九木槿被政治這回事糾纏過不只一次。每個當得上艦長的人都是，或說每個當得上艦長，而且能保得住職位、為自己的軍團打得了勝仗的人——這麼說吧，如此作風的泰斯凱蘭人註定會樹敵，而且敵人必定滿懷嫉妒。

（只不過，九木槿先前被政治風波糾纏的時候，最終都還可以搬出戰爭部的九推進器當靠山。但現在的新任部長三方向角和任何人都沒有特別的交情——至少和九木槿沒有。）

「總之，二運河和四十氧化物不是重點，」二十蟬說。「十六月出才是。她才是煽風點火的人——是妳要解決的問題。」

「等我們眞的要出動進行接觸的時候，也許她會想打頭陣囉。」

二十蟬的語氣乾得像艦內的壓縮空氣。「妳眞是直言不諱，長官。」

她忍不住咧嘴笑了出來：像野蠻人般露出牙齒、粗魯無文的表情。她的臉做出這個表情時感覺不錯，感覺像要準備展開行動，而不是被動地等待、等待再等待。「他們在暗示我過分猶豫。」

「我可以幫妳寫好派令。如果妳希望的話，在下一次交班之前，第二十四軍團就會吼叫著衝進那片吞食掉我們星球的無名空洞。」二十蟬的其中一個問題，就是他總能恰好提出她所想要的方案，並且給她剛好夠久的時間，讓她發覺到那是個壞主意。基於上千個理由——他的這個問題就是其中之一——九木槿從不曾想要找個同化程度更高地區的軍人來取代他的位置。

「不，」她說。「還有一招更好的。十六月出配不上爲帝國率先捐軀的光榮，你不覺得嗎？邀她來晚餐吧，把她當成我所欣賞的同僚、前景可期的指揮官一樣對待。像我這種新上任的元帥，豈不是正需要盟友嗎？」

二十蟬的表情變得難以解讀，彷彿他正在一個複雜的系統內、調整龐大的運算內容中某個數値。九木槿估想他是打算反對，他會表示反對，然後遵命照辦，裝作自己沒有意見。

「約在第四班換哨的時候——這樣她就有足夠的時間移動到『輪平衡錘』號來。她和她的副官一起。我們四個召開戰略討論。」

「長官，一等他們的信正式送達，我就會把邀請函寄回去——然後通知廚房說我們有客人。」二十蟬說。「事先聲明，我不喜歡這樣。不管是什麼人，都不該這麼早像這樣催促妳。這事我沒料到。」

「我也不喜歡，」九木槿說。「但喜不喜歡又有何差別？我們會堅持，蟬群。我們會獲勝。」

「通常是如此，」那股乾巴巴的喜感又一閃而逝。「但輪子就是會轉——」九木槿說：「所以我們才要當輪子的平衡錘。」彷彿她也是底下的一名士兵，胡亂喊著以艦名編成的口號。她微笑起來，心想：遊戲開始了，十六月出，不管妳對我打的是什麼主意——放馬過來吧。

接著，二泡沫在通訊系統中只聞其聲、不見其人地說：「元帥，我目視到『刀尖』號了。他們早了三個小時，高速進艙，而且——火力全開。」

「血紅的星光啊，」九木槿啐出一句短促、直覺性的咒罵，只讓她自己和二十蟬聽見。然後她將雲鉤調到通訊頻段。「我這就過去。除非確定必要，否則別發射任何東西出去。」

※

如果你認爲的城市就是動態的機械、由各個相連部位構成的有機體、擁擠到容不下其他生命形式存在的人群，那麼萊賽爾太空站也算是城市的一種。太空站外殼的薄金屬層所營造的安全空間，讓萊賽爾的三萬名站民各自行動，在他們的重力井裡暗無天日地旋轉。就像其他的城市一樣，如果你知道有哪些地方好去、有哪些處所該避開，萊賽爾太空站是個適合長途散步的好地方，能讓你疲累到無法想太多。

〈這，還眞是個迷人的理論，〉伊斯坎德說。〈雖然此刻當下，妳就正準備要否決它。〉

瑪熙特・德茲梅爾已經離開任職地兩個月，在近似外交屈辱的狀況下回到萊賽爾也已過了一個月，但以某種技術層面而言，她仍然是駐泰斯凱蘭大使。她完美地駕馭了在腦海裡翻白眼的藝術。我走得還不夠遠，她對她的憶象說——年紀較長的伊斯坎德和年輕版本的他留下的殘餘片段，她同時對著這兩個憶象說。給我一點時間。

〈離安拿巴大臣跟妳約的時間，還剩下二十分鐘，〉伊斯坎德說——今天他基本上是年輕的那個版本，狡黠且興味盎然，求知若渴，高調大膽，才剛精熟泰斯凱蘭的禮儀和政治生態。這個版本的伊斯坎德已經佚失了大半，因爲一開始將他植入她腦中、安裝在她顱骨底部的憶象機器遭到了破壞。那具憶象機器裡充滿他的鮮活記憶和經驗，能夠應付她所需，幫助她在泰斯凱蘭帝國中心閃耀的都城行星上，成爲一位優秀的萊賽爾大使。而雖然她還不太確定，但憶象機器當初遭受的破壞，可能正是二十分鐘後即將與她共進晚餐的這位大臣出手造成。

他們有過另一段人生，瑪熙特心想，在那個版本裡，她和伊斯坎德仍留駐都城，而且順利融合爲一個具有完整連續性的自我。

〈除了我們擁有的這個世界以外，〉伊斯坎德告訴她。這是另一個伊斯坎德，老了二十歲，他清楚記得自己的死亡，讓瑪熙特至今仍不時在夜裡被心身性的過敏性休克反應嗆醒。〈再也沒有別的世界存在過。〉

由於她在原本受損的憶象之外，又加上同一個人在二十年後形成的另一版憶象，她同時有了太多個身分。關於此事，她已經思考了好一段時間。她幾乎習慣了那種感覺，他們三人之間的磨合就像行星上的板塊構造，在交界處形成斷層。

她的靴子踏在太空站走廊的金屬地面上，發出熟悉的輕微聲響。這裡的位置接近艙面的外緣，她只能勉強看出地板往上延伸的曲率。繞著太空站永無止境的迴圈行走，一開始是她重新熟悉舊地的策略，後來則成了習慣。伊斯坎德已不認識太空站的地貌——在都城，他的一個版本死了三個月、另一個版本是十五年沒有更新的過時紀錄；而在家鄉這裡，他是個長年流離在外的陌生人。這十五年內，太空站內部的非結構牆經過移動，艙面重新規畫，許多小店鋪開了又關。傳承部有人把路標的字型全改過了，瑪熙特幾乎記不得這件事——當時她才八歲——但現在她發現自己會盯著路標看，例如一面完全平凡無奇的「醫療艙：左轉」指示牌，突然有趣到令人不可自拔。

我們都是流亡者，她登時想道，但又討厭自己這樣想。她只不過離開了幾個月，她無權如此自稱。

她現在就在家。

這不是眞話，她也知道。（家這種地方早就不存在了。）但走路幫助她憶起這裡的種種、屬於太空站的形貌與節奏、人潮擁擠的活力——而且她和伊斯坎德探索新的地點時，一起感覺到了相同的喜悅。在這方面，他們的適性的確是天作之合。

這一層的艙面環境，瑪熙特完全不熟悉。她現在散步的地方是居住區，暖調骨白色的單人寢艙，其間穿插著公共活動空間，直走穿過這個區域，就會到達傳承部辦公室。這裡到處都是年紀半大不小的孩子，接受憶象適性測驗前的少年歲月已經度過了四分之三，他們閒適地坐在艙壁頂端，繞著店鋪聚成一群群聊天。大部分的孩子都完全無視瑪熙特，令她寬心。回到太空站的這一個月，她大半時間都在巧遇老朋友、玩伴和同學，他們個個都想聽她談泰斯凱蘭的事。她能說什麼？我愛它。它差點把我和你們全部人一起生吞活剝了。我不能向你們透露分毫。

〈政治倡議在自己的腦袋裡進行時，總是特別迷人，〉伊斯坎德喃喃說道。〈都城是如此善於迫使人保持沉默，我始終爲此感到驚奇。〉

你當初死在那裡，沒有回來跟我們的太空站分享你的計畫，而你現在要怪我保持沉默？瑪熙特斥道，同時感覺到兩手的小指有著微弱電流的麻刺感：是憶象機器遭受破壞導致的神經副作用，還沒有消退，而且在她和伊斯坎德觸及他們尚未融合完成的區塊時，反應更加明顯。但她感覺到他退居一旁，不動聲色地觀察。她忙著和憶象說話時，沒注意自己往哪個方向走，現在她到了某個攤販的旁邊，而且排在購物顧客的隊伍裡。（也許她應該更小心留意那些她身不由己的斷片時刻。）

這個攤子賣的東西似乎是手工裝訂的書籍，攤上標示著「冒險／陰森出版社」，陳列的全都是漫畫，不是畫在顯示內容隨時改變的資料微片上，而是紙張，使用回收布料紙漿壓平製成。瑪熙特伸手摸了摸最靠近她的那本書封面，指尖感覺到粗糙的觸感。

「嘿，」攤主說。「妳喜歡那本嗎？是《危險邊境！》喔！」

「什麼？」瑪熙特問對方。她突然感覺好飄忽疏離、摸不著頭緒，就像第一次有人用泰斯凱蘭語問她問題時一樣。她搞不懂前後脈絡：什麼邊境？邊境不是全都很危險嗎？

「我們全系列五冊都有喔，如果妳喜歡人類與外星世界初次接觸的主題。我很愛這本，第三集的漫畫家把卡麥隆艦長的憶象畫得跟查德拉．邁夫的一樣，只能在反射表面上看到，還有它的勾線——」

瑪熙特覺得那個攤主看起來不超過十七歲，她留著很捲的短髮，大大的笑容露出皓齒，一側耳朵上掛著八個圈狀耳環。這是新的流行。當瑪熙特還是她這個年紀時，大家都偏好長耳環。我老了，瑪熙特心想，帶著一股異乎尋常的愉快。

〈老古董了。〉伊斯坎德語調平板但興味盎然地贊同道。他比她還大了好多歲。

我老了，我不知道萊賽爾太空站的小孩喜歡讀什麼東西。就連我自己還是小孩的時候，我其實也不知道。在接受適性測驗之前，這種事似乎無關緊要——當她可以浸淫在泰斯凱蘭的文學作品中、學習用詩句表情達意，何必費神去管其他人在讀什麼？

「我都還沒看過耶，」瑪熙特對攤主說。「我可以先買第一集嗎？」

「當然，」她回答——然後彎腰到櫃檯下拿出一本。瑪熙特遞出她的信用晶片，攤主接過去刷了一下。「這些漫畫就是在這一層艙面畫的，」她說。「如果妳喜歡，兩天後的第二班時間回來這邊，可以跟漫畫家見見面，我們要辦簽書會呢。」

「謝謝，如果我有空的話——」

〈離安拿巴大臣要請妳吃晚餐的時間，只剩十分鐘。〉

「好啊，」攤主燦笑著，彷彿在說大人就是這樣嘛。「如果妳有空的話。」

瑪熙特揮了揮手，稍微加快腳步往前走。《危險邊境！》的開本尺寸正好像政治宣傳小冊一樣，可以塞進她的外套內袋。這件事本身、以及它隱含的意義都十分有趣——就算書裡的故事讀起來其實極端無聊，這一點仍然十分有趣。

傳承部辦公室就像個井然有序的兔子洞，和艙面走廊連接的兩側各有七扇左右的門，居住區寬敞的廊道在這裡收窄，約莫只剩一條路寬。在那些門後，騰出來的空間變成滿滿的辦公室，裡面是被傳承部發派工作任務的人們——大部分是分析師，負責分析過往歷史、健康醫療、藝術生產、教育、各個領域的憶象配對。除了分析師，就是政治文宣寫手。

泰斯凱蘭讓她改變了如此之多，而且速度如此之快。瑪熙特上一次來到傳承部辦公室，是爲了在接受憶象植入和大使職務前，進行最後一關面談，當時她沒有想過傳承部會涉足政治宣傳。可是，不然他們調整各個年齡層的教材內容，嘗試讓近五年的適性測驗培育出更多飛行員或醫護人員，爲的又是什麼？他們要改變小孩對於未來的志願。

她帶著猶豫，站在最中間那扇、名牌上用工整字體寫著「亞克奈·安拿巴，傳承部大臣」的門外（是那種新的字型，我什麼時候才可以不要再對該死的新字型大驚小怪，伊斯坎德？那根本也不算新字型，只不過對你而言是新的），做足心理準備。她之所以猶豫，是她自從最後一關面談後就不曾見過安拿巴大臣，因爲她仍然不懂，她當時所見到的那名女子，爲什麼會想要破壞她的憶象機器，在她能夠嘗試爲自己所屬的憶象鏈撥亂反正之前，就出手毀掉她的機會。關於安拿巴是否眞的就是始作俑者，瑪熙特只聽過另一位大臣——代表飛行員的荻卡克·昂楚——的說法。她被安置在泰斯凱蘭的宮廷時，接到了昂楚原本要寄給伊斯坎德的信。

一股鄙陋唐突、如同尖刺的情緒忽然一湧而上，她想念起了三海草，她先前的文化聯絡官，專門負責解譯怪異而不協調的經驗，讓可憐的野蠻人能夠理解。如果是三海草，現在就會直接打開這扇門。

瑪熙特舉起手敲門，報上名字——「瑪熙特・德茲梅爾！」這是一種萊賽爾風格的赴約方式，因爲這裡沒有雲鉤能讓他們僅靠眼部的微小動作就打開門。她只能靠自己宣告到場。

〈妳並不是孤單一人。〉伊斯坎德在她腦海中低語道，那個意念宛如幽靈，幾乎像是由她自己的心思所產生。是的，我不孤單。而且安拿巴不知道你們有兩個人——我們總共有三個人，這也是個問題——門打開了，於是瑪熙特停下來，不再多想自己所說過的危險謊言。不去多想，謊言就比較容易隱藏。這也是她在帝國的某處學到的。

安拿巴大臣依然是個身材苗條的中年女子，髮型是太空站樣式的銀色細捲，灰眼形狀狹長，顴骨寬大的臉龐看起來接受過量太陽輻射，顯得乾燥粗糙，但爲她添上粗獷剽悍的氣息。瑪熙特進門時，她帶著好客溫暖的微笑迎接。瑪熙特抵達前，這間辦公室裡不知道還有沒有其他員工在場，但就算有，他們現在也不見蹤影。話說回來，傳承部本來就是個小規模的機關。安拿巴大臣有個祕書，負責爲她代筆寫信——就是他透過太空站內部的電子郵件系統寄邀請函給瑪熙特——但現在辦公室裡沒有人，只有椅子和放著紙堆的桌子，還有牆上的一面螢幕，顯示目前萊賽爾外部的攝影畫面：緩緩旋轉的繁星。

「歡迎回家。」安拿巴大臣說。

〈她等了一個月，就只爲了跟妳說這個？〉

這只是開局，瑪熙特想道。她感覺伊斯坎德化爲一個戒備專注的背景音，他已經很久沒有這麼警醒。她也有相同的感覺，更清醒，更專注於當下。她要和一個握有大權的人物在對方的辦公室展開一場危險的對話，和她被派去泰斯凱蘭要做的事如出一轍。

「回到這裡很開心，」瑪熙特說。「大臣，我能如何爲您效勞？」

「我答應了要跟妳一起吃頓飯。」安拿巴說，臉上仍然掛著微笑。宛如回聲般，瑪熙特感覺到伊斯坎德瑟縮了一下，他回憶起了他的恐懼：泰斯凱蘭的科學部部長招待他的餐點，裡面藏著毒藥。她把那股不屬於她的創傷反應壓了回去。但願她能對萊賽爾的融合療程治療師透露，她做了什麼事，導致伊斯坎德的兩個憶象版本互相覆寫。瑪熙特自己沒有記憶引發的創傷反應——應該吧——但她和伊斯坎德之間的界線模糊了，而且模糊的程度與日俱增，她不知道該如何是好。

「我並非不感激您的邀約，」瑪熙特說。「但我相信您在百忙之中抽空，想必不是只為了跟一個回國的大使共餐。」

安拿巴大臣的表情並未改變。她散發討喜直率的開朗氣息，帶有像是為人父母的關懷。「過來坐吧，德茲梅爾大使。我們談談。我準備了香料魚糕和麵餅——我猜妳很想念萊賽爾的料理。」

瑪熙特的確想念過，但她回到這裡的第一週就滿足了那份思鄉之情，她跑到某個以前常去的老地方，享用水耕系統養殖出的白肉魚片燉菜，吃到整個人覺得反胃，還得趁不期而遇的舊識帶著各種問題過來歡迎她回家之前，匆匆逃離現場。安拿巴大臣對於她情緒的預期，似乎在時序上有點偏離現實，或許是刻意的。（但背後的意圖又會是什麼？檢查她是否染上了泰斯凱蘭人奢靡的品味？那麼，如果瑪熙特剛好屬於太空站上討厭魚糕的那個族群，該怎麼辦？這是個人偏好——）

「您真是太客氣了，」她一面說，一面在大臣辦公桌對面的會議桌前坐下。她再度壓下憶象激發的腎上腺素訊號所造成的抖顫。在這裡，危險的來源不會是食物。事實上，食物的香氣讓她垂涎欲滴：魚片以紅椒增香，微焦的麵餅發出炭燒味，是用珍貴的、貨真價實的小麥製成。安拿巴坐在她對面，接下來的兩分鐘，他們就只是兩個聚在一起的普通太空站人：捲著麵餅包住魚肉，大口吃下一份，然後再捲另一份，慢慢品嘗。

大臣吞下了第一份魚糕捲的最後一口麵餅。「我們先把尷尬的問題給解決了吧，瑪熙特，」她說。瑪熙特努力不要讓自己的眉毛抬高到髮線那裡去，大致上也算是成功了。「為什麼妳這麼快就回來？我是以傳承部大臣的角色問這個問題——我想知道我們是否少給了什麼妳在帝國需要的裝備。我知道融合的過程比較匆促……」

〈而且妳還把我破壞了。〉伊斯坎德說。心懷擔憂的瑪熙特慶幸他無法發出聲音給其他人聽見，除非她允許——或是她說溜嘴。

可能是她破壞的，她提醒他。但這是假設我們相信昂楚的說詞，我們也還沒跟她談——

因爲瑪熙特太害怕了，太害怕昂楚可能說得對，也害怕她可能是錯的，而且這個曾經是家的地方，如今帶給她一種猝然且無可回復的陌生感，讓她疲累至極，沒有力氣克服那股害怕。

「不，」她大聲說出口。「我所需要的東西，萊賽爾無不努力爲我準備。當然，我會希望我和伊斯坎德在出發前有更多時間，但我相信，我所經歷的也不是有史以來最短的融合期。」

「那麼是爲什麼呢？」安拿巴問道，並且再咬了一口魚肉。問題問完了，現在是邊吃邊聽的時間。

瑪熙特嘆嘆氣，聳了聳肩，帶著懊喪，想要表現出自嘲的效果，她想像傳承部會希望太空站民對泰斯凱蘭帝國的事物感到不自在，於是她約略模仿出那種感覺。「我被捲入了一場暴動，還有皇位繼承的危機，大臣。當時的狀況很狂亂也很艱難——在個人和職務層面都是——於是，確保新任皇帝承諾我們將繼續享有獨立地位之後，我就想休息了。休息一下子。」

「所以妳回家來了。」

「所以我回家來了。」在我還想回來的時候。

「妳已經回來了一個月，大使，但妳還沒有把自己上傳到新的憶象機器，待未來的繼承者使用。而妳非常清楚，憶象鏈中的上一份紀錄過時已久，而妳自己更是從來沒有留過紀錄。」

該死。所以她要的就是這個，她要知道她的破壞有沒有成功——

〈所以妳相信她破壞了我們。〉

……我現在相信了。

「我沒有想到這件事，」瑪熙特說。「現在都還不滿一年——抱歉，這只是我開始承載憶象的第一年。我以為這種事會有個時間表？會有人提醒要安排預約？」

她用她對行政體系的無知當作庇護，當作盾牌——不管效用多短暫、多薄弱——避免安拿巴發現她有兩個憶象。一旦憶象上傳了，這個小謊就會穿幫。而且，瑪熙特不知道萊賽爾對於她所做的這種事有什麼樣的應對手段。那顯然是個糟糕的主意，她在事前也飽嘗了焦慮不安之苦。

〈妳是不是後悔——〉

不，當時我需要你。我現在還是需要——需要我們。

「噢，當然是有時間表的，」安拿巴說。「但我們傳承部——嗯，嚴格來說就是我，但我也可以為這裡的所有人代言——有個政策，是鼓勵經歷重大事件或成就的人，不受日曆自動設定的時間所限，更頻繁地上傳他們的憶象紀錄。」

瑪熙特禮貌地又咬了一口麵餅捲，咀嚼之後，通過受心理影響而緊繃的喉嚨嚥下。「大臣，」她說。「既然我現在知道傳承部的政策了，我當然可以跟憶象機器技師約個時間。不過今天要談的真的只有這樣嗎？如果您只是要我在行政程序上幫個忙，大可寫信告訴我就好，您卻還為這一餐料理了這麼多魚肉和真正的麵餅，實在是太慷慨了。」

就讓她好好想想這個指控她浪費食物資源的暗示吧。好幾代以前，就有傳承部大臣因為更輕微的奢侈貪腐行為而被解職，那個憶象鏈已不再適合傳承給新任大臣，現在塵封在存放記憶紀錄的庫房裡某處：把自己的需求擺在優先，而非將太空站的需求銘記於心，這樣的人絕對不該影響到負責保護太空站存續的大臣。

〈妳實在是聰明到了惱人的程度。〉

有個非常善良的泰斯凱蘭人和我的憶象一起暗中策畫，教我把典故當成武器使用。

但安拿巴這會兒正在說：「這不是幫忙，」與此同時，瑪熙特發覺自己低估了這位大臣，以及對方行爲背後的意義；她還以爲對方會像泰斯凱蘭人一樣，被她的影射和敘述操弄。「這是命令，大使。我們需要妳的記憶拷貝。因爲伊斯坎德．阿格凡大使長期滯外、規避上傳憶象的程序，我們必須確認，導致他如此行爲的因素沒有擴散到妳的身上。」

眞是太奇妙了，她突然就覺得這麼冰寒徹骨，手指凍得像觸電般刺痛，拿著剩餘麵餅的部位麻木無感。她好冷，但精神還是無比專注、害怕、活躍。「擴散？」她問。

〈我們可不是中毒了嗎？〉伊斯坎德耳語道。瑪熙特置之不理。

「這實在是一件太可怕的事：眼見泰斯凱蘭奪走我們的公民，」安拿巴說。「並且擔憂帝國之中有某種東西會偷走我們最好的人才。我和憶象機器技師這週會等妳來赴約，瑪熙特。」

當她再度微笑，瑪熙特覺得自己理解了爲什麼泰斯凱蘭人看見露出的牙齒時會那麼不安。

❁

九木槿氣喘吁吁地趕了一小段路，抵達艦橋時，「刀尖」號已在目視範圍內。她深吸了幾口氣，像個公開朗誦的吟詠家，讓自己的肺鎮定下來，控制住腎上腺素引起的反應。現在艦橋歸她管了，這是她的艦橋，端聽她號令。她手下的軍官全都繞在她周圍奔走，彷彿他們是花朵，而她是他們喜迎的日出。有那麼一刻，一切都顯得妥妥當當，但接著她發現了「刀尖」號接近艦隊中其他船艦的速度有多快，它的形體就在她透過觀察孔眺望的同時不斷變大。他們一定是把引擎催到極限，才能這樣急速前進。「刀尖」號是一艘巡艦——它可以高速行進，但維持不了太久。它的船身太小，燃料會耗盡——而且如果艦上的飛行員決定全速飛奔，那麼背後一定有東西在追趕他們。

「我們知不知道跟著他們的是什麼東西？」她問。通訊官座位上的二泡沫迅速搖頭表示否定。

「外面全是空的，」她說。「只有『刀尖』號和他們背後死寂的虛空——但他們兩分鐘內就會進入通話範圍——」

「盡快跟他們建立全像投影通訊。還有，把碎鋒機群召集起來，如果有東西在追他們，我們可不能讓那東西跑遠。」

「正在召集了，元帥。」二泡沫說，她的眼睛在雲鉤鏡片後方快速眨動。在他們周圍，高頻清亮的警報聲響徹了整艘「輪平衡錘」號。碎鋒機群是艦隊的第一線防禦力量，也是機動性最高的：一群單人座的小型飛行器，全為攻擊和領航功能而設計，飛行距離短，但力量絕對致命。九木槿也當過碎鋒機群的飛行員，在久遠以前的那第一趟駐外任務時。如今在她的骨髓中，召集警報感覺仍然像是一陣甜美的震動：上、上、上，現在就上，就算你死了，也會死得像星辰一樣耀眼。

警報聲嗚唱著傳遍九木槿的全身。她說：「我們把頂層的兩口能量砲彈灌滿，好嗎？」她坐回艦長的位子。管理艦載武器的五刺薊對她投來一個雙眼圓睜的明亮笑容。

「長官。」他說。

他們全都如此渴望這一刻。她也一樣。渴望著火焰與鮮血，渴望著某件能動手去做的事，一場真正的戰役，藍白兩色的能量武器以拱形路徑穿過黑暗中，將目標物震碎、點燃。

第一組碎鋒機群散開，在觀察孔的範圍內閃爍，同時，逼得「刀尖」號逃跑的東西出現了。

它不是進入視野，而是突然出現，彷彿它一直都在那裡，隱藏在某種遮蔽視線的罩篷之下。在這片鮮有星辰的太空中，空無一物的漆黑起了波紋，蠕動的樣子宛若被手指碰觸的裸鰓動物，引起一陣巨大的、有機體般的抖縮，然後那東西出現了，首度由泰斯凱蘭人親眼目睹的敵方戰艦（或至少是首度有泰斯凱蘭人倖存下來、能夠描述目擊畫面）。三道灰色圓環，圍繞著中心的球體疾速旋轉。它令人難以直視，九木槿搞不懂原因——它的表面附著了一種皺縮蠕動的視覺扭曲效果，讓灰色金屬機殼看似沾滿油膩，在視線中難以聚焦。

它原本還不在那裡，轉瞬間就出現了。就跟在「刀尖」號的機尾，速度一樣飛快，而且逐漸逼近——

「這裡是九木槿元帥，」她透過廣播說。「截斷那個東西的航向，把它包圍起來。除非受擊，否則先不開火。」

碎鋒機群就像她意志的延伸、像她呼出的氣息，他們往外飛去，迅速朝那個膽敢如此接近艦隊的陌生物體前進。他們過了片刻才在外星船艦的周圍定位；它的形狀前所未見，移動的方式出人意料，猶如上了油的滾珠軸承般滑動。但是碎鋒機群靈敏迅捷，而且互相連動——每架戰機都以生物回饋的方式提供位置和視覺資訊，不只傳送到該機飛行員的雲鉤，也跟機群中的所有飛行員共享。此外，他們學習的速度也很快。「刀尖」號從機群的點點閃光之間飛衝而過，就像突破大氣層的太空艙，然後被「輪平衡錘」號的機棚伸出的大網安全地抓住。

二泡沫跟「刀尖」號的艦長連上了全像投影通訊：他看起來狼狽不堪，眼睛瞪大，呼吸急促，雙手拚命控制自己的船艦，指節明顯泛白。

「幹得好，」九木槿對他說。「你們毫髮無傷——給我們一分鐘，解決掉你們引來的這東西，然後我就讓你直接來匯報——」

「元帥，」他插話。「他們可以隨心所欲隱形，而且可能不只這一艘，他們還有攻擊火力——」

「『刀尖』號，可以退下了，」九木槿說。「現在問題交給我們，我們也有火力。」的確如此，他們有能量砲彈，還有體積更小、更狡詐凶惡的核彈，若有需要都能派上用場。

「我攔截到一段通訊。」他說，對她的話置若罔聞。

「太棒了，你再把報告交上來吧。」

「那根本不是語言，元帥——」

「二泡沫，處理一下好嗎？我們現在有點忙不過來。」外星戰艦確實擁有攻擊火力——一組看起來十分標準、精確度非常高的能量砲彈，裝載於三層旋轉圓環的最外圈。無聲的爆炸火光透過觀察孔刺得她一時目盲，她眨眼甩開殘像之後，眼前的碎鋒機群少了三架。她畏縮了一下。

「好吧，放棄圍堵策略——五刺薊，通知碎鋒機群清出彈道。」

九木槿手下的軍官全力以赴，不待回覆確認自己接到命令，就直接行動。五刺薊在武器控制站的全像投影工作區裡做了幾個手勢，搬移星圖背景（戰略桌地圖成像儀的微縮版本）上的船艦和航向路線——碎鋒機群相應地移動，形成新的陣型，清出空間供「輪平衡錘」號的主力砲彈瞄準發射。

藍色電光。在九木槿一直以來的想像中，這就是如果有人意外走進工業輻射發射器，會看見的光芒——如果在那短暫的瞬間還能看見任何東西的話。死光，像召集警報一樣嗡嗡低鳴，像呼吸——或停止呼吸——的感覺一樣熟悉。

（在幾分之一秒的剎那間，她想到自己是不是應該先試著活捉那東西——在電磁脈衝攻擊不會傷及我軍的距離下，用脈衝瞄準、迫使它停擺，將它拖到艦上——但「刀尖」號已經攔截到他們的通訊，而且那東西已經害死了她手下至少三名士兵。現在是四名了——碎鋒機群又有一架戰機在無聲迸發的火焰中消失，如蠟燭般點燃之後又瞬即熄滅。）

火力全開的能量砲彈把外星戰艦燃亮成一道光束，搖撼著它，讓表面那種滑溜蠕動的視覺效果剝除了一部分——最外環被炸開的部位看起來是金屬材質，像太空中的廢棄漂流物，完全平凡無奇。但是能量砲彈沒有摧毀它，它旋轉得更快，發出呼嘯聲——九木槿想像自己聽得見它旋轉的聲音，儘管她明白那不可能。而就在第二發砲彈即將擊中環內的球體之前，第二圈受損的圓環噴射出某種深色的黏稠物質，在無重力環境下形成一條條奇形怪狀的繩索。

唾液，九木槿反感地想道。

五刺薊已經在所有的通訊頻道上大喊「快躲開」，而「輪平衡錘」龐大的核反應動力引擎猛動起來，將他們往後拉，遠離那些繩索在外星戰艦原本所處之地織出的液體網絡。哪種液體會那樣流動？它彷彿能夠自行動作，正在尋找什麼。它的凝聚性太強——不是聚成圓球，表面張力甚至能讓它延伸出去，變成愈來愈細、向外探觸的線條——

碎鋒機群中一架閃亮的楔形戰機輕鬆地翻滾到新的航線上，游標推進器火力全開。它和其中一條唾液細線交會了。九木槿看著這一切發生：那架小型戰機的光芒消失，被外星戰艦的唾液沾滿，即使在碎鋒戰機掙脫那條線之後，液體仍以不規則形的網狀黏著攀附於機身。她看著的同時不敢置信，網狀的液體開始冒著泡滲入戰機的機殼，向內侵蝕，猶如強氧化性的眞菌，蠶食掉金屬和塑鋼。

戰機上的飛行員尖叫起來。

她在五刺薊使用的公開頻道上尖叫起來，然後喊道：「殺了我，現在就殺了我，它會把船吃了，它現在就和我在這裡面，別讓它接觸到其他人。」這是她自制而絕望的英勇表現。

九木槿遲疑了。她做過許多令她後悔的事，不論是以飛行員、艦長，或泰斯凱蘭第十軍團艦隊指揮官的身分——後悔的事已經多不勝數，她是個軍人，微小的暴行是她這項身分的本質，就如同恆星的本質同時包括發出灼人的有毒輻射，以及給予周圍溫暖與生命。但她還不曾命令她的船艦對自己人開火。一次也沒有。

同一個通訊頻道上，傳來了一陣痛苦的共鳴：碎鋒機群的飛行員全都被生物回饋連結在一起，全都感受到宛如他們手足的戰機正在死去、被活生生吞食。啜泣聲、喘息聲、過度換氣聲之外，還有一聲低低呻吟的慘叫，引起陣陣迴響，其他人的聲音緊接在後——

「動手，」九木槿說。「照她的要求。對她射擊。」

死光的火力精準而仁慈，在一陣迸發的藍光中，泰斯凱蘭的一位子民灰飛煙滅。各個通訊頻道上只聞沉默。九木槿除了她自己的沉重心跳以外，聽不見任何聲音。

「好吧，」最後，二十蟬說——他聽起來和其他人一樣深受打擊，但即使在受到打擊時也明快俐落。「對於這些人，我們大概多了解了八件事，是我們十分鐘前還不知道的。」

第二章

……當然，您本人未到、名聲先至，就像地震波先於淹沒城市的海嘯；您的到任已在戰爭部引發震盪，彷彿我們是弦，而您是弓。當然，我們也遺憾於前任部長九推進器的缺席——她的領導就像一隻溫暖的絲綢手套，如今隨著她（十分突然的）退休，離開了六方之掌——但您曾是奈喀爾星系的首任成功總督，我個人十分期待與您會面。我們有工作必須完成。我仍舊期盼……

——戰爭部第三分部次長十一月桂致即將到任的三方向角部長，日期為泰斯凱蘭皇帝十九手斧治下第一紀元第一年第二十一日。

◎

寫信給死人不是什麼好事；先前曾安寢於這張床鋪上的皇帝，多半只是寫寫日記便罷，我如果能像他們一樣，對我自己倒好。但你什麼時候見過我做出為我自己好的事了？伊斯坎德，你已死去——或者說，這是對你的狀態最簡單的理解方式——而我的手裡握著全世界的星辰，一不小心就會讓它們從僅僅一指寬的縫隙掉落。尤其是現在已經有幾顆星暗了下去，被你的繼任者（在如此方便的時機）所警示的外星威脅吞噬。你在這裡入睡的時間比我還長——比我還頻繁，如果我們計算的是真正的睡眠，而不只是過夜。當時你有多常希望，時勢的洪流能夠順應你的心思而轉向？比起在你身邊清醒著的、我們的皇帝陛下，你是否更常如此想望？

——十九手斧皇帝陛下之私人記事，未標註日期，已加密上鎖。

◎

「刀尖」號的艦長三十封蠟緊抓著他的咖啡，彷彿雙手唯有如此才不致發抖。他整個人籠罩著難看的灰敗，讓九木槿想到凝結在平底鍋底部的燕麥粥，那殘餘下來的薄膜，得用刮的才能去除。

「那不是語言，」他說。他已經說了第二次，當他從自己的船上被安全接回、帶到她的小會議室裡準備匯報，這同一句話就是他的開場白。「十四尖釘跟在我旁邊，她會說五種語言——所以我才帶著她，以防我們意外聽到些什麼——而那在她聽來根本不是任何語言。它沒有——可解析的音素，她是這麼說的。那段通訊是在敵艦憑空出現、開始追擊我們之前攔截到的。除了我們無法發出像那樣的聲音之外，她沒能再多想出什麼。」

我沒有本事處理和外星生物第一次接觸的狀況，九木槿心想。尤其是要接觸的對象發出的聲音無法理解，還會對我的人馬吐射毒液、溶化掉我們的船艦。她是個軍人，有著戰略式的思維，即便背後有泰斯凱蘭的龐大實力撐腰，她自己仍舊只是個軍人。初次接觸這種任務應該屬於外交官、屬於那些著迷於史詩的人。

「如果那不是語言，」她一面啜飲咖啡一面說——並且樂見三十封蠟也呼應著她的動作，從他自己杯裡喝了一點。「那麼你們怎麼知道那是通訊內容？」

「因為它在我們出現的時候才開始。而且它是反應式的，元帥——我的意思是說，當我讓『刀尖』

號靠近，那個訊號就變了，聽起來不一樣了；我們退後時，訊號又會改變，而當我試著從矮星的遠端滑行繞過，好看清楚我們在苔蛾座二號的殖民哨站發生了什麼事，那個聲音就對著我們尖叫，然後那艘環形星艦突然出現在那裡——」

三十封蠟嗓音中的歐斯底里令人聽了坐立難安。這不像他平常的樣子，如果他這麼容易被嚇著，也就不會當上偵察砲械艦的艦長了。雖然環形星艦很恐怖，它吐出的液體更是駭人，但這樣下去可不行。

「你回來了，艦長，」九木槿說，甚至用上了安撫的語氣。「你回到了我們身邊，帶回了攔截的通訊內容，而且我們比起稍早，對這些人多曉得了大概八件事。」她借用了二十蟬的原話，但這位艦長不會知道；他不會知道她有多驚恐警戒，如果她小心掩藏，他永遠也不會知道。「你表現得很好。你可以退下待命了，除非你還有別的事要告訴我。」

「沒有，長官。錄音資料已經交給主任通訊官二泡沫，如果您想聽聽看的話。但沒有別的事要報告了。我們離苔蛾座二號不夠近，蒐集不到可供評估行動的情報。」

九木槿非常想要聽那段錄音，這個念頭同時也讓她渾身起了雞皮疙瘩。但她還要等一小時又四十五分鐘，十六月出才會依約上船來討論戰略——所謂的討論戰略，不過就是個薄弱的藉口，只是爲了讓九木槿得到籌碼對付十六月出不合時宜地在艦隊中挑起的矛盾。而且她想要盡可能掌握所有弄得到手的資訊，不管那是不是語言。

※

帝國的宮殿區底下，有一片由地道組成的網絡，隱密而狹小。有人爲地道網作過一首詩，寫得不錯，帶著如同步伐般的韻律：地底長的根多如朝天開的花／帝國的僕從在陽光下照料宮中的花朵／司法、科學、情報、戰爭/但餵養我們的根，長在看不見的地方，卻十足堅強。這首詩讓八解藥最喜歡的，有兩個地方：他的雙腳隨著「『地』底長的『根』」和「朝『天』開的『花』」這幾個字的節奏踏在地道裡的地磚上；還有，他不是陽光下的僕從。陽光下的僕從有宮中的花朵。而他，八解藥，泰斯凱蘭帝國全境的唯一傳人（他最近才成為唯一的傳人，也許這代表了某種意義，會影響他對自己應有的觀感），獨行於一條條地道裡，他不需要花朵，他在土地之中、在沉默深根成長茁壯的地方。

他已經來過地道裡幾十次了，在皇帝——不是現在的這一位，而是他的祖親皇帝，他得在心裡把這類事物區分清楚，這很重要——死前不久匆忙帶著他進來躲避叛亂之前，他就來過這裡。他已經開始認得路，知道祕密捷徑、竊聽點和窺孔的位置。他的祖親皇帝帶著他看過，還讓他……鑽到孔裡過。

這只是六方位任由他做的其中一件事，像是獎勵，像兩人之間的暗號，縱容寵溺的表現。八解藥常常在想這是為什麼。在他的祖親皇帝為了泰斯凱蘭的榮耀，到太陽神殿裡自殺之前，他就已經在想了。

地道在這裡縮窄了，往左邊下陷——空間裡有雨後泥土和花朵基部的氣味。八解藥用手指拂過牆壁上凝結水珠的潮濕處，並且想像著小時候的六方位，跟他一樣有著十一歲的體型，跟他一樣行走在宮殿的地底。十一歲的六方位也跟他一樣，不需要低頭通過縮窄的路段。就算八解藥和他的祖親皇帝之間真有什麼外表上的不同，他也還沒發現。畢竟百分之九十的複製比例是很高的。再說，他也看過六方位小時候的全像錄影。

但六方位不是在宮殿裡長大。那些全像錄影拍攝的都是某個地上有草的星球，和一個在近百年前與他長著同一張臉孔的小孩，周圍灰綠色的植物高及他小小的胸口。六方位要過了很久之後，才會來到位於地底的此處。

通過狹窄的路段之後有幾級階梯，要在昏暗中爬一陣子。現在即使沒有光線，他也認得方向；過去幾週以來，他已經爬了這段階梯七次，今天就是第八次了。他的年紀已經大到不再相信幸運數字，但是

「八」這個數字感覺還是不錯：對他來說特別幸運。（對他、以及對每個名字裡跟他有相同數字字符的人，包括司法部長——現在她已經正式收養他，要算是他法律上的母親了——還有成千上萬個其他的小孩。這就是爲什麼，一旦仔細想過，他就不再相信幸運數字了。）樓梯盡頭的天花板上有一道門。八解藥在門上敲了敲，門爲他打開，然後他便置身於戰爭部的地下室。

十一月桂在那裡等著。他長得很高，宛如鑿刻而成的臉龐膚色非常黝黑，眼睛和嘴巴周圍都有著深深的皺紋。他穿著戰爭部的制服，和軍團的制服有所不同，但幾乎一模一樣：不是像其他部會制服的套裝，而是馬褲配上長及大腿一半的槍灰色外套，還有綴著金色平面小鈕釦的雙排釦上衣。他似乎不介意坐在戰爭部積滿灰塵的地下室，等待八解藥出現。他逕自站起身，不太文雅地拍掉褲子上的灰塵。「你今天下午過得如何呢，小藥？」

八解藥從他的祖親皇帝那裡學到了幾件事，從現在的皇帝十九手斧（她承諾要照顧他，即使她會因此送命）那裡也又再學到了一些。他所學到最重要的事可能是：*不要相信任何讓你感覺舒適的人，除非你知道他們爲什麼想讓你有那種感覺。*

但十一月桂不但每週都在地下室等他，教他如何操作地圖成像戰略桌、用能量脈衝手槍射擊，身分還是管理戰爭部第三分部的次長，亦即直接向部長本人負責的六位次長之一。十一月桂叫他「小藥」，而不是「殿下」或「八解藥皇儲」等等。八解藥眞的、實在很喜愛這個稱呼。他想，至少他知道自己是喜愛的，這樣至少有點幫助吧。他喜愛這個稱呼，而這肯定正是十一月桂想要的效果，也許這是件壞事。可是，現在、現在這並不是壞事。現在他睜大雙眼燦笑，從地板上的洞爬出來，說道：「你知道嗎，我解開了，上星期的練習題目，關於卡烏朗星系的那題。」

「是嗎，」十一月桂說。「好吧。讓我看看，你認爲卡烏朗當時的艦隊長做了什麼才贏得戰爭，以及這讓你對她有什麼了解。然後我們可以馬上去地圖成像儀那邊。」

十一月桂曾參加過二十場戰事，看過一個個灑滿鮮血與星光的行星，數目超出八解藥的想像，而他居然每週都會利用一天下午的時間，娛樂一個從地下室爬進來的十一歲小孩。這個念頭讓八解藥十分心煩，像他心裡某個角落的低沉雜音，隱約令他不悅。當然，這個情況其來有自：最明顯的原因，是八解藥未來極有可能成爲泰斯凱蘭的皇帝，在六方位犧牲自己、同時任命他爲唯一繼承人之後，這個可能性更大了。戰爭部的第三分部次長或許也將自己視爲未來的部長人選，既然如此，他就大有理由要取悅八解藥這個孩子。

此外，他們待在這裡也不是什麼祕密的事。八解藥和十一月桂來這間戰略地圖室——戰爭部裡有好多的地圖室，十九手斧跟他說過，戰爭部是戰略家的花園，這句話在他腦裡揮之不去——的途中，無所遁形地經過了至少十名士兵、四名行政官員和都城的五支監視錄影機眼前。光是八解藥看出來的就有這麼多，可能就代表這條路線上還有另外五支他沒看見的攝影機。他不是在逃跑，他沒有做什麼偷偷摸摸的事，十一月桂也沒有。

十九手斧——當今的皇帝陛下——就是在八解藥從第一趟地道冒險回來之後，說了「戰爭部是戰略家的花園」。當時她獨自走進他的房間，給他看了都城的全像錄影，錄下他在戰爭部裡移動的樣子，像一隻鮮豔的鳥兒在無數視線交織出的網子裡。他問她是不是希望他不要再去，然後她就說了戰略家和花園的那句話，並且要他確實照著他自己的心意去做，接著便離開了。

八解藥偶爾會納悶，到底有沒有人會信任他，信任到可以不用對他證明自己隨時都在監視他。

不管如何，地圖室很讓他開心，開心到可以把那堆混亂的「爲什麼」暫時推到一旁。十一月桂揮了幾下手，叫出卡烏朗星系的影像，他們上週的練習題目在半空中顯示成若干個緩慢旋轉的光點。帝國艦隊的每艘船上，都有一張像這樣的戰略桌，用來在問題發生之前搶先提出解答。現在的問題是：出征卡烏朗星系的艦隊長，是怎麼在叛亂尚未擴散出一塊大陸的南端時，就用僅僅一艘戰艦將之平定？還有限制條件：卡烏朗當地民眾的死傷不超過五千人，泰斯凱蘭人的死傷數字則低於兩百；艦隊長沒有求援；她並沒有該量級船艦標準配備以外的武器；敵方兵力跟她的比數是四十比一；卡烏朗叛軍掌控了太空港，利用泰斯凱蘭的船艦攻擊她。在這些條件下，解答問題。

八解藥最喜歡的就是限制條件，各項條件之間的分隔符號。這件事確實發生了，所以一定是有可能的。把過程解答出來。

「來吧，」十一月桂說。「展示給我看看，第十軍團的九木槿艦長做了什麼。」

八解藥走到桌旁。他在雲鉤鏡片後方用微幅的眼部動作，喚醒戰略桌接受他的指令，然後他小心翼翼地讓模擬繼續進行，暫且不對這支現在由他操控的艦隊做出任何干預。他扮演了九木槿的角色。他幾乎可以確定她是怎麼做的，於是他照做出來：他沒有將碎鋒機群的任何成員派往卡烏朗，就連卡烏朗叛軍駕著他們竊據的泰斯凱蘭船艦、從星球上浮空而起時也沒有。被竊據的艦隊進入射程範圍，雖然九木槿的「輪平衡錘」號是一艘永恆級旗艦，仍然有可能被他們摧毀。就在此時，他暫停了模擬。

「我只找得出一個解答，」他說。他沒有看著十一月桂——而是幻想著自己身為指揮官或艦隊長，正在對他的人馬、他的軍隊說話。「沒有人開火攻擊。」

「那麼這回事是怎麼發生的呢？」十一月桂問。他說的不是不，你答錯了。八解藥沒有微笑，但他感覺光采煥發、非常專注——這一定就像是飛行的感覺，像是在碎鋒機群裡駕駛戰機的感覺，在他自己選擇的航向上顛簸前進。

「在卡烏朗星系，」他繼續說。「叛亂活動的規模很小，只限於其中一個民族裡的單一派系。但是他們聰明到曉得我們在那塊南方大陸有駐軍，停泊了大量的船艦，必要時全部加起來甚至能殲滅一艘永恆級旗艦。叛軍首先攻占的是太空港，而不是總督府，他們非常聰明，但我想他們其實人數不多，沒有多到讓他們能拒絕盟友加入。」

「這個想法並非不可能。」十一月桂在放線了，八解藥心想，這是要讓他恰好上鉤。但是他不會上鉤，因爲他是對的。

「所以說，九木槿艦隊長，傳言說她手下的士兵什麼事都願意爲她做。不是每個艦長都號稱『備受部屬愛戴』的那種空話，也不只是詩裡寫的那樣。我查過她之前參與過的戰役紀錄，只要她要求，她手下的人就會爲她做很多，呃，很多狗屁蠢事。在我看來啦，次長。」

十一月桂發出某種聲音，在幾十年前那代表的可能是笑聲。「你眞的查過了。我得說，『狗屁蠢事』這個說法還挺公道的沒錯。繼續說吧，她讓她手下的士兵在卡烏朗幹了什麼狗屁蠢事？」

「如果她派了其中的一些人滲透到叛軍的組織裡，」八解藥說。「而且相信他們會成功——那麼我認爲，她是放任叛軍駕著竊據的船艦升空，跟她的船靠得那麼近，並且要她自己的手下相信她不會開火攻擊。同時，她的手下發動奇襲，把叛軍成員在他們偷來的船上殺了。完全沒有人開火，沒有這個必要，她早就已經贏了。」

地圖成像儀變成一片空白。八解藥眨了眨眼，「輪平衡錘」號和卡烏朗星系恆星的殘像，還閃耀地在他的眼瞼內側掠過。

「跟正確答案非常接近了，」十一月桂說。「很好。」

「我錯過了什麼？」八解藥問。他就是忍不住要問。「非常接近」還不夠好，他可是在半夜裡突然想出「他們沒有開火」這個答案，「我知道了、我懂了」的頓悟就像星爆一樣猛然綻現。他醒來的時候，這個答案就在他的舌上呼之欲出，猶如一顆熟透的果子。

「滲透是艦隊應對叛亂行動的手段之一，沒錯，」十一月桂說。「但負責管理的人是誰？小藥，是誰決定派出我們的人手，去替我們說謊？」

「不是艦隊長嗎？」

「是戰爭部長，或是第三分部的次長。」

「你？」第三分部——以指向東方的手掌為象徵，他苦思了一下，東宮也就是十九手斧登基之前住的區域，也是外星大使們的駐居地，以及情報部的所在地。但情報部是文官機構。

十一月桂還在等他回話。

八解藥討厭這樣，他覺得自己好像在接受大人的溺愛縱容。他說，「是你，第三分部次長，因為六方之掌裡的第三掌就是唯一還留在軍事體系裡的情報單位。」

「的確。就是我，還有我們政府中的間諜和軍人分家之後殘餘的軍情人員。六方之掌裡的第三掌：管理情報偵蒐、反偵蒐、艦隊內部事務。現在呢，小藥——我們的九木槿艦長接獲的，是我的授權，還是三方向角部長——啊不，當時的部長還是九推進器，但總之一樣——的授權？」

「……不，」八解藥說。「她下令前沒有獲得授權。但她的手下還是照辦不誤。」

「等你長大之後，一定可以成為厲害的戰略家。」十一月桂說，而八解藥覺得全身暖洋洋，他低下頭，不想讓自己臉紅。「是的，她沒有得到許可，她就這麼決定了，而她的人馬沒有半點質疑。」一片空白的地圖桌突然顯得格外沉重而懾人。「她現在人在哪裡？」八解藥問。「卡烏朗的事結束之後，她怎麼了？」

「噢，我們把她封為元帥了，」十一月桂說，彷彿這是每天都會發生的尋常事。「然後送她出征，讓她盡快為泰斯凱蘭帝國以及皇帝陛下壯烈捐軀。」

⁂

一股特別狠毒的自我譴責，讓瑪熙特在心中希望她能夠獨處：就像她還是個小孩時一樣獨自一人，沒有憶象，但滿懷憧憬，腦海尚未被那些她剛擁有的、關於泰斯凱蘭的疊影與扭曲記憶所充斥。這股自我譴責也讓她在蛋形的寢艙裡躺臥床上，盡可能放空，盯著撫慰人心的米白色弧形天花板，設法不去想她搞砸得有多麼徹底。能夠花上整整幾個小時去思索她搞砸的程度，是一件奢侈的事。在都城的時候，她從來沒有餘裕坐下來體會這種逐漸醒悟的惶恐：她當時只能不斷行動，她必須如此。這片天花板很不錯，很萊賽爾，而且在這裡沒有人會看著她；她已經把寢艙外的燈號全都設定成「私人時間，除緊急狀況外勿擾」。

〈妳終究得要從寢艙裡出來的。〉伊斯坎德說。瑪熙特感覺就只像是小時候被父母或托育員告誡：妳終究得要去睡覺的，瑪熙特。

「我可以等個一週，」她頗大聲地說了出來。這裡沒有人會聽見她的聲音，沒有人會發現她不是一個融合完整的人，而是可疑、鬼祟且有害的三人混合體。「我可以偷走一艘太空梭，嘗試在大臣發現我缺席之前，趕到安赫米瑪門，對，這是愚蠢的點子，我也不打算眞的執行，而且如果我要爲了你而出賣萊賽爾的利益，那麼我在帝國的時候就會那樣做了。」

〈那麼如果是爲了妳自己呢？如果安拿巴發現我們是怎麼一回事，妳覺得她會如何對付我們？〉

這就要看，瑪熙特在心中對他想道。一開始是不是她下手破壞，還有如果是她的話，她爲什麼要那樣做？你認識她，伊斯坎德，你的經歷——你的**時間**比我多。

〈在她辦公室的時候，妳很確定是她下的手。〉

在她辦公室的時候，我很害怕。他們之間有一種像在等待著什麼的沉默，與其說是休止，不如說是挫敗。無法控制自己一半的思緒，讓瑪熙特疲累不堪。你開心了嗎，伊斯坎德？我怕得要命，而你還在我的內分泌系統裡散發創傷反應，所以我那時候當然肯定是安拿巴下手破壞了。我現在獨處，可以思考了，我不能只靠著**我很害怕**這個念頭來判斷，我需要——

〈瑪熙特，〉伊斯坎德在她心中非常柔和地說。〈是我們一起害怕的。沒事。深呼吸。〉

她呼吸了一下，那口氣吸得很淺，她這才察覺，過去這至少一分鐘內，她吸氣的方式短促且無效，而她根本沒有發現自己什麼時候開始這樣。她又吸一口氣，要放鬆肺部呼吸還是很困難，她還是感覺被困住了——她的確被困住了，即使在她安全的私人寢艙裡亦然。傳承部大臣想要切開她的身體。過了這幾個月，她還是不懂安拿巴爲何要破壞她的憶象、又是怎麼做到。她什麼事都不確定，而且——

她深深吸氣，讓氣流循環通過她的鼻腔和口中；這不是她自主選擇的動作，但她（或是伊斯坎德）知道這是能幫助情緒平靜的呼吸規律。除非必要，他很少像這樣完全接管他們的身體。認眞說來，上一次他這樣做，是爲了在陷入混亂的都城中讓他們毫髮無傷地逃出一場暴動。

〈這就對了，〉伊斯坎德說，然後又接了一句：〈眞的，氧氣有助於清晰思考。〉這是她的第一個憶象的殘影，受過破壞的伊斯坎德，他過去開朗活躍的形象片段地浮現出來。這個伊斯坎德不記得自己的死亡，只會憶起他期待在泰斯凱蘭展開的漫長人生，還有他龐大的野心。他的聰慧讓瑪熙特也想擁有、想占據，想納爲自己的一部分。

謝謝你。

一陣暖意讓她手腳上的寒毛起了顫抖的波動，先是豎直，然後又躺回原狀，感覺就像她的神經輕輕碰了她一下。憶象融合訓練程序從不曾提到這種現象，不曾說過一個人接收了一套記憶、加入了一條經驗的傳承鏈之後，可能會發生這樣的事。瑪熙特接受過的教育不曾告訴她，與人——與一個朋友——共居在同一具身體裡，會有這般怪異的親切感。

〈感情用事無助於清晰思考。〉伊斯坎德說。

一個十分煩人的朋友。

電流般的笑聲，然後是尺神經傳來的毒辣刺痛。現在那股感覺並不總是輕微震顫，有時候是眞正的疼痛。

〈那麼，我們害怕、我們被困住了，而既然妳不打算像妳買的漫畫書主角那樣逃離太空站——我們該做什麼，瑪熙特？〉

她坐起身來，背脊緊靠著寢艙舒適的內彎弧度。做我們一回來就應該做的事，伊斯坎德。我認為我們應該告訴荻卡克．昂楚，她寫給你的信並不是眞的沒人讀到。

她再一次覺得生氣勃勃——一種她自從返回萊賽爾就不曾感受到的清醒。清醒的感覺很接近恐懼，也很接近刺激。她和伊斯坎德的憶象適性之間，顯著的相似點就是「熱中冒險」；她一直認為，就是這個前提讓人成為媚外者、愛上一個正在蠶食自己母國的文化，但也許實際上的原因更簡單也更深層：我沒辦法放著任何東西好好保持原狀。

〈啊，所以妳還是決定要發揮政治手腕了。〉伊斯坎德說。他的語調和她自己的思緒無比貼近，憶象和繼承者之間幾乎沒有距離，模擬著未來可能達到的融合狀態——她自己的一段記憶也被喚起：還在都城時，十二杜鵑來到她的大使寓所，當時大錯還沒有釀成，她還沒有害他送命。當時他對她說，所以妳還是決定要發揮政治手腕了。

小花，她悲喜交加地想——這不是她對他的稱呼，而是三海草替這個以鮮豔粉紅色花卉為名的男子所取的暱稱。是的，我想我就這麼決定了。

※

那不是語言。「刀尖」號的艦長這在這一點上說得沒錯。他們攔截到的敵艦通訊錄音，在九木槿經驗生疏的耳裡聽來，彷彿只是靜電雜訊、宇宙射線干擾造成的尖銳劈啪響。一種刺耳難聽的噪音，裡面夾雜著一種像頭痛般的感覺，最後化成一聲尖響，幾乎能讓人嘗到它的味道——腐臭、油滑、在舌頭上會結成膜的那種味道，令她作嘔。九木槿並不常出現共感這種神經異狀，如果這個聲音能夠越線激起人類的味覺反應，最好的可能是它只會帶來不適感，最壞的可能則是它會主動造成傷害。

不管如何，她還是聽了兩次，親自確認「刀尖」號在雜音間聽到的停頓：雖然內容不是語言，但的確對「刀尖」號的行動有所反應。所以這是某種溝通。她要二十蟬跟她一起聽完第三次。當那個噪音愈來愈高、愈來愈響，他瑟縮了一下，手放在嘴上，掩住一陣嗆咳。他一直都比九木槿對在地環境更敏感。她忽然無濟於事地希望自己沒有叫他來聽。

「我沒辦法想像，」他恢復自制之後說道。「他們的嘴巴長得是什麼難看的形狀，如果他們講起話來是這樣。」

九木槿的單邊肩膀聳起又垂下。「他們也可能用失真放大器。或這是兩艘船間的機器通訊——」

「所以這可能是機器之間的溝通。」

她不知道二十蟬是否會覺得這一點令人寬慰：機器在無意間用擾亂人類體內平衡的方式對談，而不是某種有機物能夠靠著說話傷害其他生物。如果她不是這麼趕時間——現在更趕了，因為她在一個小時內就要跟十六月出共進晚餐、拆解棘手的政治紛擾——她就會如此問他。但她只說：「我很懷疑。那種腐蝕掉碎鋒戰機的唾液——你看，我不就已經把它叫做唾液了嗎？它太像活體了，不是機器。」

二十蟬說：「這一點妳並不知道。」她點點頭。

「我什麼都不知道。我們得找個語言學家。我們艦上是誰負責翻譯？」

二十蟬在椅子上往後一靠，將手疊在平滑的後腦，雙眼閉闔，在心中查閱著人事職掌清單，這種東西他似乎總能輕鬆記住。「特種兵十四尖釘——就是『刀尖』號上的那位——但她是翻譯，不是語言學家。她專擅外環空域語言，是妳的間諜型人才之一，在卡烏朗時加入了地面部隊。頭腦很聰明，但我覺得她更擅長面對人類，而不是處理那些還不知道是什麼的東西。」

「別找她，」九木槿說。「我需要一個完全不會先入爲主的人，事前沒有聽過這段通訊。」十四尖釘是她的「間諜型人才」——不是間諜，她手下沒有眞正的間諜，如果除去二十蟬不算的話。第三掌的成員——戰爭部的情報分部，在一般說法中是政戰人員——並不是艦隊長會特意帶在身邊的那種人。十四尖釘只是九木槿手下的一名士兵，九木槿相中她低調的群眾魅力、語言技能，而且她能夠讓自己在任何人身邊都成爲不可或缺的角色。這種人才多半是特種兵的軍階，不屬於將領體系，但在非軍官的特種軍人裡面已是最高的等級。他們的彈性足以勝任獨立工作，也堅強到能夠不顧一切謹守忠誠，如同金屬，不會因爲彎折而碎裂。有時候，這種人能夠極爲流暢地跟野蠻人說話，讓野蠻人忘記他們其實是泰斯凱蘭人，直到事態已經太遲。十四尖釘專門對付野蠻人，而非外星人——不只未受文明開化，甚至根本不是人類。「還有誰？」

「我可以把卡烏朗部隊的其他人找出來——」

「我要找的不是能夠博取其他人信任的人，蟬群，我要的是不動嘴巴就能和外星人說話的人。」

二十蟬再度掩嘴，但這次是藏住一抹竊笑。「那就不能找您了，我的元帥。只有人信任您。」

她的人信任她，沒錯——第十軍團信任她，願意爲她而死，正如她願意爲他們而死：這就是當艦長的條件。至於艦隊的其他成員呢？她還得不到他們的信任，因爲十六月出利用那封異議信在其他軍團中散布的波瀾。九木槿幾乎可以肯定，她無法從其他軍團中的編制裡徵用翻譯員。除非先搞清楚十六月出的盤算，以及她的影響會有多大。九木槿極不樂意在這麼不穩固的基礎上行事，也不再能舒適地將聯絡戰爭部視爲最後手段——但也許她對那樣的舒適太過習慣了。

也許她現在該靠自己認清，她希望在世人心目中成爲一個什麼樣的元帥。

她在二十蟬旁邊與他並肩坐下，彷彿他們都還是軍事學院裡最初等的學員，以顏色最淺的綠葉爲標記。「這，」她最終說。「是情報部的工作。」

第三章

上格，占全頁三分之二：卡麥隆艦長和獲救的傳承部檔案管理員伊莎萊克・盧特在驛站廢墟的陰影中靠緊取暖。外面下著大雪。伊莎萊克正在將她守護了二十年的紙張和典籍一一餵給火舌。火焰的形狀看起來像文字，在畫格中向上捲曲延伸：泰斯凱蘭的詩歌、傳承部的文件，也許還有萊賽爾起源紀錄中的一段（辨識度非常高）——只不過稍微經過改動。這個祕密版本被傳承部隱藏起來，不為我們其他人所知。現在，為了讓他們能夠活著度過暴風雪，這份文件毀滅了。

下格，占全頁三分之一：卡麥隆艦長的手，抓向著火的起源紀錄。伊莎萊克的面容平靜。

卡麥隆：妳不需要——伊莎萊克，如果我們不能保存妳的發現，那還有什麼意義？住手——

伊莎萊克・盧特：這些只是渣滓，艦長。它很寶貴，但它不是記憶。你覺得你是為了文件而來到這裡嗎？太空站人怎麼會為了保存文件，而放棄一條自己若不出力守護就會失去的憶象傳承鏈？你所需要的一切都在我身上。

——《危險邊境！》第一卷漫畫腳本，由萊賽爾太空站第九層小型出版社「冒險／陰森」發行

⁂

……餐點——非水耕作物營養補充品（代用肉、代用牛磺酸）：十二貨櫃；
餐點——非水耕作物營養補充品（乾燥水果）：一貨櫃；
槍砲彈藥（手持式射擊武器）：三貨櫃；
槍砲彈藥（地面砲彈式射擊武器）：四發……
——艦隊補給品分配清單，適用於西弧星系。（第九頁，共二十二頁）

⁂

黴求啓事在清晨傳送進來，所以第一個收到的人，是在辦公室裡睡了一夜（或說這次又是醒了一夜）的情報部第三次長。三海草看到那則啓事在情報部的內部網路閃現，在她的雲鉤顯示畫面的左上方以灰、金、紅三色循環跳動：那是戰爭部的顏色，代表十九級優先訊息，不會出現在普通情資官的訊息串。若是三個月前的三海草，根本沒有機會看到它。

若是三個月前，就算她能高升到部裡的這個職位、擁有自己的小小辦公室——位於部長本人樓下，開著一扇小小的窗——清晨時分的三海草也會在家裡熟睡，完全錯過這則訊息。看看她，竟然把病理性的失眠講成一項優勢，讓她能在其他人起床前率先處理問題；她現在肯定已經把今天的工作完成一半了。

黴求啓示再度循環出現，一閃一閃的。沒有人接下訊息。十九級優先訊息會循環出現四次，然後自動跳進第一次長個人的雲鉤，這樣一來，其他部會的主管級人物所發送的緊急訊息，就算堆積在情報部次級首長的工作流裡，至少也能盡速得到回覆。如果訊息再循環出現一次，三海草就可以安然遺忘它，直到它在情報部裡塵埃落定，像一團花粉，刺激著所有人的黏膜——

連妳用的譬喻都變得這麼爛。一團花粉？這難道能發展出什麼像樣的詩——

兩個半月前，三海草寫過一首很像樣的詩，一首輓歌，獻給她愚蠢徒然死去的摯友。在那之後，嗯，就這樣了。去他的花粉，還有這座辦公室形狀的精美監獄。

她的眼睛往上抬，向左方微微一動，接下了那則徵求啓事。

二十分鐘後，當黎明晨光開始從窗戶湧入，聚成閃耀眩目的光束照過她的雲鉤顯示畫面，三海草正在爲她進情報部任職以來第二愚蠢的點子完成最後步驟。她忙於這件事的同時，第四次長七專刊用篤定雀躍的嗓音哼唱著最新的排行榜前十名金曲〈第五號開拓之歌〉（這首該死的歌已經連續上榜三個星期了，七專刊一向習於把腦子裡揮之不去的歌曲跟全辦公室分享，雖然他至少有很不錯的韻律感和模仿能力……但沒有人能在不經人工輔助的狀況下一次唱出兩個和弦，有些人更是連試都不該試），歌聲飄過走廊，每天早晨都是如此。針對十九級徵求啓事，第三次長擁有調派部內人員的自主決定權——好吧，其實是六位次長都有——而且這可不是一則單純的徵求。

人在泰斯凱蘭空域邊緣的九木槿元帥，需要一名處理初次外星接觸的專家，還得有外交專長。她昨天就提出這項需求了。她要找人和那些難以理解的外星人溝通，瑪熙特·德茲梅爾就是利用那些外星人的存在而化解了一場內戰，當時三海草默默旁觀，她負責照顧的野蠻人大使帶來了一股奇異的重力，將她吸引了過去。

她的雲鉤出現淡金色的振動提示：收到新訊息。

一等貴族三海草，情報官，服務於情報部四蘆薈部長轄下之第三次長，您已接獲重新調派。您的暫時性新職務爲無任所特使，輔助永恆級戰艦「輪平衡錘」號上的第十軍團，指揮官爲九木槿元帥。請於

187.1.1–19A（今日）日落前至中央太空港報到出發。您的薪資：不變；您的解密權限：不變；調派任務時間：三個月，可無限期延長。核決長官：三海草，服務於情報部四蘆薈部長轄下之第三次長。若您對調派內容有疑問，請聯絡您的核決長官。如欲接受調派，請回覆本則訊息——

這是最後的機會了，三海草想道，是改變心意的最後機會。最後一次機會，讓妳不用在回來的時候面對一場極端無聊的紀律檢討會議。

然後她在來得及阻止自己之前，就眨眼送出回覆表示同意。她感到微微顫抖，像是已經處在離開行星表面的無重力狀態，心驚膽跳，但感覺很眞實。她想到十一車床，她在詩歌裡爲自己找到的楷模、她的英雄，獨自置身於伊柏瑞克族外星人之間，寫下了《神祕邊疆外訊》。她的表現會比他差嗎？肯定會，但也許不會差太多——然後她興奮又苦澀地想：去你的，看我試試身手。那句話用的是十二杜鵑已永遠沉寂的聲音。這就是三海草的情報官生涯中第一愚蠢的點子：全心全意、毫無保留地相信她和十二杜鵑所服務的單位會保護他們不受混亂情勢的傷害，即便內戰迫在眉睫。噢，她在這項信念的促使之下做出了多麼愚蠢的決定啊，而且爲此送命的人還不是她自己。

不是她，也不是瑪熙特．德茲梅爾。曾經吻過三海草一次的瑪熙特，同化程度比三海草見過的任何野蠻人都深，後來卻逃離了泰斯凱蘭帝國的一切。三海草判定自己想念她。也許她在爲了帝國而葬送她新開始的政治生涯之時，能夠順便解決這個問題。

◎

瑪熙特上一次捲入宮廷政爭時，並沒有如此敏感地注意著時鐘。萊賽爾議會要是知道自己被比作泰斯凱蘭的帝國宮廷那種黑暗淵藪，充滿利益糾葛和反目背刺，以及略帶反帝國意涵的全像投影劇裡常見的反派角色，他們一定會怨恨不已。這一次，當她穿著軟底鞋無聲地走在太空站的地板，以刻意表現出的漫不經心朝著中央機棚的方向而去，她幾乎可以聽見秒數在倒數。在安拿巴大臣要求她進入腦手術室之前，她還有最多六天的時間，過了這六天，萊賽爾的每個人就會知道她的腦中承載的不是一個憶象，而是兩個版本的伊斯坎德·阿格凡（這還是最好的狀況假設）。

〈最壞的狀況是什麼？〉

是我們死在手術臺上。她會被切割開來，傳承部的腦神經外科醫師只要手術刀輕輕一滑，就可以在無意中（當然是無意的）割斷她的脊髓。從伊斯坎德屍體上取下的憶象機器，先前被五廊柱植入瑪熙特的顱骨，當時遺留的手術疤痕現在隱隱作痛。她把頭髮留長蓋住疤痕，細細的捲髮已經好幾年不曾長到這麼長。

〈我還能想到比這更糟的。〉伊斯坎德用太過清脆的雀躍語氣說。

別想了。

在都城的時候也有時鐘，她開始調查前任大使之死的那一刻，就啓動了計時——或者該說是伊斯坎德在很久以前啓動的，當他承諾要爲垂死的皇帝提供憶象機器和永恆的生命。他的行爲就好比替炸彈裝上了引爆器。但瑪熙特抵達泰斯凱蘭好幾天之後，才發覺時間加速流逝、手裡的選項一個個減少。至少，這一次她能清楚看見最終期限像一面平板空白的牆壁般朝她逼近。她不會訝異。

〈昂楚大臣沒有辦公室，〉伊斯坎德對她喃喃低語，同時，太空站的機棚在他們面前打開，裡面是一個繁忙的洞穴，四處散布著太空船。〈或說在我認識她的時候沒有。她喜歡和手下的人待在一起。妳沒有辦法就這麼走進去——〉

我不是要開會，伊斯坎德，是要去聊聊。我們要去酒吧。

他的笑聲仍然讓瑪熙特感覺像一陣電流刺激通過她的神經，一直以來都是如此；現在它觸及她的小指時，加劇成了神經病變性疼痛。不知怎麼地，她已經習慣了，盡可能習慣了。這個異狀並不明顯。在泰斯凱蘭的時候，知道她和伊斯坎德發生了什麼事的人少之又少，而那少少幾個人，除了她和伊斯坎德自己（或說是他們偶爾能夠融合而成的完整個體）之外，都還留在泰斯凱蘭。

她挑了一間先前沒有來過的酒吧。在她的青春歲月、學生時代，到飛行員的酒吧裡廝混並不是她的習慣；她在空間數學方面的資賦早已讓她不可能和飛行員的憶象配對成功，而且她總是不由自主地覺得，他們都知道她沒有優秀到足以加入飛行員的行列。如今，那股情緒感覺像是截然不同的另一個瑪熙特所留下的痕跡，一個還是小孩的瑪熙特，有著小孩的恐懼和冀望。現在的瑪熙特想要喝一杯，和荻卡克‧昂楚一起喝一杯。昂楚是個喜歡和自己人交際的大臣，這裡則是她精選的愛店——萊賽爾內部有不只一個新聞頻道發布過她從這間酒吧走出來的公開全像影像。

要找到她並不難，公開影像沒有說謊。她就在酒吧裡，一個黯淡的合金建材空間，玻璃和塗鴉造成的刮損遍布各處，但還是殘存了原本的鑲嵌設計，浮雕的扇形花紋周圍有菱形邊線。瑪熙特心想：這上面的是什麼花？她是用泰斯凱蘭語想的。伊斯坎德用一段記憶對她表示輕微的責備；當他還是個青少年、在萊賽爾接受適性測驗時，這款圖樣非常流行於飛行員所屬空間的裝潢造景。瑪熙特在門口左邊停下腳步，讓門在她背後旋上，當稍後一群真正的飛行員走進來時，她躲在門邊的陰影裡。昂楚的打扮不像議會大臣，倒像太空人，頭剃到剩髮根，嘴上和杯緣有著顏色鮮豔的唇彩，眼周深深的線條宛如太陽射線。她沒有在跟人說話。她跟右手邊的男子寧謐而有默契地靜靜共飲，左邊則留一個空座位。

〈這局妳打算怎麼玩？〉

我想，瑪熙特在心裡說，在這個充滿詭異回音的處所，她有時是自己，有時既是自己、同時也是伊斯坎德‧阿格凡。我要你去打聲招呼。

他沒有占領她的身體，像在泰斯凱蘭那時，或在寢艙裡幫助她擺脫無用的恐慌時那樣。伊斯坎德只是往前滑了一步，幫助她的肌肉回憶起一種未曾使用過的行走方式、一個跟她的身體不同的重心位置。瑪熙特走到吧檯，帶著一個比她平常更燦爛的笑容，撐著單邊手肘，在昂楚大臣旁邊坐下。

「大臣，」伊斯坎德說——或是瑪熙特說，他們之間的距離幾乎不存在，但思緒和行動零碎地分離。「好久不見。有十六年了吧？」

昂楚眨眨眼睛，然後又眨一下，眼瞼緩慢地瞇緊然後鬆開，顯然是個在評估情勢的表情。「依妳這句開場白，妳可能的身分有好幾個，」她說。「但膽敢如此魯莽無禮的人只有一個。妳好，瑪熙特・德茲梅爾。」

瑪熙特用伊斯坎德的方式微笑。「您好，昂楚大臣。希望您不介意我也一起喝一杯。」

「這裡是飛行員的酒吧，但我們倒也不會在門口檢查妳的憶象，當作會員資格審查。」昂楚說。「妳想喝什麼？」

〈腐果釀。〉

我們再也不會喝發酵水果做的東西了，絕對。而且我們在萊賽爾，我是要你打招呼，不是扮成泰斯凱蘭人——

〈妳就點吧。她在看我們。〉

「伏特加，」瑪熙特說。「冰的，什麼都不加。」

昂楚以駕輕就熟的手勢向酒保示意，對方彎身拿出一只冰過的一口杯，還有一瓶伏特加，倒出來的時候冰得呈微濃稠狀。「以酒的品味來說，我可能挺欣賞妳的。」她說。

「只有酒的品味嗎？」

昂楚露齒而笑，閃亮的白牙襯著唇上的暗紅色。「其他的我還得再看看。挺有趣的，德茲梅爾，我本以爲妳早就該出現了。要不然就是永遠不現身。」

瑪熙特聳肩。這個動作仍然比較像是伊斯坎德的風格，而不屬於她自己。「讓您久等不是我的本意，大臣。」

「我沒有在等。」

跟荻卡克・昂楚說話就像在嘗試瞄準一艘迅速轉動的飛船；她看似就在原地，但是又不斷展現出新的面貌，變化得太快。做一面鏡子，瑪熙特想道。回憶潮湧而來，如氣味般清晰：泰斯凱蘭的茶水味道，十九手斧的舊辦公室裡的燈光。「您寄給我——好吧，不是給我——您寄給了萊賽爾大使幾封訊息。很遺憾，那些訊息沒有順利寄給前任大使，而是寄到了現任大使手上。」

昂楚臉上閃過某種表情——嘴唇一抿、單邊嘴角勾起一個幾不可見的短暫微笑，消失的速度快得讓人無法辨別那是懊惱或欣喜。這讓瑪熙特想起她自己的感覺，每一次世界（亦即帝國——事實證明，就算用太空站語思考，仍然無法拋開這兩個字眼的混同）在她身邊變化、重塑時帶給她的感覺。一項新資訊像零件般卡進空位，承載著令人皤然醒悟的驚恐。她知道自己忽然湧現的同情心在這裡派不上用場，但她的同情是眞眞確確的。

昂楚喝了點啤酒，一口的量不多也不少，舉動完全正常。（噢，該死，才跟傳承部大臣見個面，怎麼就讓瑪熙特重新進入了她在都城時賴以維生的警戒觀察狀態？她是如此努力地想要忘掉那個狀態，才能夠想像自己眞正回到了家。）「很有意思，」昂楚點了點頭說。「就妳到目前爲止的表現看來，我實在不會想到，那些訊息竟沒變成無人查收的死信。」

「我讀了那些信，」瑪熙特告訴她。「我——當時，我很高興能爲我自己所發現的某些跡象，找到外部的佐證。」

「把妳的伏特加喝了，」昂楚對她說。「我們要去散個步。」

〈噢，她對妳有興趣了。〉伊斯坎德喃喃自語。

很好，瑪熙特對他說，然後接了一句（因為他能聽見她想到的所有話語，她再也無法眞正獨處）：就讓我們看看，「有興趣」是不是跟平常一樣代表「想要確保我死透了」。

憶象的笑聲中那股又暖又刺的感覺，讓伏特加落喉時顯得更加熾烈灼人。「去哪裡呢，大臣？」

「我想我就帶妳到處看看，」昂楚說。「我這輪班要去檢查機棚。一起來吧，就當教育導覽。」

瑪熙特以前也去過萊賽爾太空站的機棚，但全都是以離站旅客身分前往，或是去參加太空站居民強制參與的年度疏散安全演習。跟在飛行員大臣本人身邊，走進這個洞穴式的空間，是和以往截然不同的體驗。機棚裡充斥著交談聲、維修器械的鈍響和尖鳴，以及冷卻風扇的大聲運轉組成的合奏。沒有人能指揮昂楚往哪裡去：她行走在自己的同僚之間，彷彿她從來不想要擁有議會大臣的辦公室和參與立法的責任。瑪熙特與她並肩而行，感覺自己格外青澀無知。一艘太空船艦有這麼多的部件，遍布各處，太空站工人對它們的熟稔，就如同瑪熙特對泰斯凱蘭詩歌節奏的精熟。

「那麼，」昂楚說，音量正好能讓瑪熙特在風扇的巨響中聽見。「妳讀完我的信，有何想法？」

「我的想法是，您會寄出那種警告，一定是有很眞實的理由，」瑪熙特說。「那封未經官方認證的訊息，如果順利寄到阿格凡大使的手上，傳達的意思就是，我們太空站正式派出的新任大使將對他構成威脅。」

「我知道我做了什麼，」昂楚說。「妳不必證明妳有能力推敲出來。」她們緩慢地沿閃電形路徑而行，在機棚的地面上來來回回。萊賽爾太空站半數的短途交通工具都停泊在這裡，進行上貨或卸貨——有常見的礦產和精煉鉬礦，以及較少見的（至少在瑪熙特看來，她知道自己對萊賽爾標準進出口貨物項的了解，不如她所期望的多）海藻乾、魚乾、稻米……棧板上貼著泰斯凱蘭的進口文件。這個景象看起來就像萊賽爾餵養著通過巴札旺空域的泰斯凱蘭戰艦，它們正在奔赴那場幾乎在瑪熙特返回太空站的同時就已展開的戰爭。

〈由我們展開的戰爭。〉伊斯坎德低語。

由塔拉特大臣展開的戰爭，爲了挽救我們，瑪熙特對他想道——然後她停下了思緒，因爲荻卡克・昂楚盯著她看，看著她肢體語言的每一個動作，尋找著伊斯坎德——或不屬於伊斯坎德的痕跡（爲了證明憶象所受的破壞）。盯著瑪熙特的同時，她也繼續在同僚之間穿梭，頻頻停下腳步評論正在進行的維護工作，或是向相關的飛行員和維護工程師問好。

某些皇帝只能在非常狹小、僅容得下他們自己的範圍裡稱王，瑪熙特心想。當她們經過一處特別嘈雜的機殼修復工作現場，她盡可能直接地問：「是什麼原因讓妳懷疑傳承部？」

昂楚嗤之以鼻。「因爲不是塔拉特幹的，議會裡的其他人要不是沒有下手管道，就是沒有動機。除了控制著我們全體的記憶、負責保護我們的安全和團結的人之外，還會有誰？」

「保護我們文化的安全。」瑪熙特說。

「安拿巴是個愛國者。」荻卡克・昂楚說。她可是個曾經爲了萊賽爾駕駛船艦出戰的英雄，瑪熙特認爲她會願意爲飛行員同僚，也爲太空站整體犧牲自己的性命。瑪熙特等著聽對方還有沒有其他話要補充。兩人沉默相對之際，周遭只聞金屬與金屬敲擊的聲響。

「到頭來，其實我也是，」昂楚繼續說，伴隨著微乎其微的單側聳肩動作。「傳承部不應該這樣片面做出關於外交的決策。我們是六人制的議會，專門破壞規則的是礦業大臣，不是傳承部。」

「安拿巴大臣對我做了什麼？」瑪熙特問。她讓自己盡情表現出這個問題帶給她的可悲懊喪。

「啊，」昂楚說。「所以她眞的成功了。」瑪熙特必須努力克制，不讓自己在無助和驚駭之中失聲大笑。昂楚其實根本不確定，她只是猜測有人從中破壞，但仍舊認爲値得對伊斯坎德提出警告。

「有人下了手，」她在歇斯底里的邊緣勉強說出。「用的手段很有效，眞的。我以爲那是我自己的問題——腦神經失常，在某些案例中，憶象沒有辦法——」

「妳不是一個人，」昂楚說。「妳的行動方式和我初次見到的瑪熙特・德茲梅爾並不相同。」

不，不，她不是。她在酒吧裡就刻意表現了這一點，或許現在也是——她並不完全確定自己的行動方式是什麼樣子，也不知道她獨處時的行動方式是否和以往一樣。「我最後發現，有些傷害是可逆的。」她說。這不是眞話，並不太能眞正代表實情。

「假如情況沒有這麼複雜，我就會送妳去醫務艙，徹底檢查，搞清楚這種功能復原效果是否有可能複製，」昂楚說。「我不喜歡因爲神經傷害而損失憶象鏈——還有飛行員。有太多原因可能造成頭部撞擊。如果有辦法讓憶象鏈從事故中恢復並作用，那就太好了。我最近已經失去了夠多人才。」

「假如情況沒有這麼複雜，」瑪熙特回答，她的嘴裡乾得簡直要讓舌頭皺縮起來。「根本就不會需要檢查了，是吧。」

昂楚笑了，但在金屬切割鋸運轉的尖響下聽不見笑聲。她一面笑，一面揮手向正在操作切割鋸的男子行了個半禮，對方也燦笑回應，以動作表示「一切順利」，然後回頭工作。「複雜的情況眞是讓我們吃足了苦頭，德茲梅爾。告訴我，是什麼原因讓妳終於跑到機棚來？」

如果說「因爲六天後我就要完蛋了」，聽起來實在太坦白，像在請求對方的庇護。她在泰斯凱蘭已經試過那一招，瞧瞧她現在落到了什麼處境：回了家，但永遠感覺無家可歸。

〈瞧瞧十九手斧陛下現在又是什麼處境。〉

瑪熙特不理他。伊斯坎德（現在她也有份，但主要還是伊斯坎德闖的禍）有的是跟皇帝睡覺的紀錄；或者該說是在皇帝（與未來皇帝）徹夜無眠地辦公時，睡在他們身邊。那是一段十足令人心神不寧的紀錄。如今，雖然昂楚擔憂飛行員憶象傳承鏈的損失，還有塔拉特所說的外星生物在黑暗中造成的大量傷亡，但瑪熙特無法信任飛行員大臣會在她揭露雙重憶象的祕密之後保護她的安全，正如她無法信任傳承部。

不能讓任何人知道。

〈妳也開始懂我為什麼一直不回來了。〉

現在別說這個，伊斯坎德。

「傳承部有動作了，」她對昂楚說。「我想我也不能坐以待斃。那麼，現在您何不跟我說說，您警告阿格凡大使關於我的事，想達成的目的是什麼？」

昂楚將雙脣緊抿成暗紅色的細線，宛如一道滲血的傷口。「愛國，」她又說一次。「去問妳的憶象吧——如果妳還能夠做到，如果他不是只留給妳肌肉記憶——問他達哲・塔拉特對帝國秉持什麼樣的哲學。然後，如果妳還有其他問題……每天第七輪班，我都會在那間酒吧喝酒。妳再過來。」

達哲・塔拉特……？瑪熙特對著自己的內心詢問。

她得到的回應是〈該死。〉

❁

「輪平衡錘」號上的正式用餐是一件講求步驟精確的大事，一支由標準動作組成的舞蹈，一系列規定嚴謹的程序，從一開始指揮官的出場，到最後遙敬給皇帝的獻酒：灑幾滴酒，象徵性地取代鮮血，是近代的權宜做法——九木槿並不是那種為了固守禮俗而眞的在碗裡滴血的艦長，她寧可省下最後一口泥煤烈酒來應付儀式便罷。這頓正式用餐的規模非常小：只有四套餐具在桌上擺了一圈，會議室匆忙用第十軍團的旗幟布置得華麗些，餐盤上用琺瑯繪著黑金兩色的星爆圖樣，和旗幟的顏色相輝映。九木槿穿著的服裝跟她聆聽那段恐怖的外星噪音時完全一樣，就是她的普通制服，衣領上別了代表她新軍階的星星標記：不只是艦隊長的四星，而是元帥的尖矛拱門領章，外觀看似帝國皇座的矛尖，取下來之後倒轉方向排列。

客人應該先入座，所以九木槿和二十蟬進到會議室的時候，十六月出和她的副官——大部隊長十二融合——已經坐著俯視空盤，等待的樣子像是兩隻禿鷹。她先前從未見過十六月出本人，只看過全像影像——在這場戰事之前，第二十四軍團和她自己的第十軍團不曾被派到同一個空域。十六月出身材高䠷，皮膚和頭髮色系相同，彷彿整個人是由機器射出壓模成形的。她的髮色和膚色是會被比作硬幣的那種月亮的顏色，臉色蒼白，長而直的頭髮也一樣蒼白，帶著淡金色光澤，沒有綁成平常的髮辮，而是披散開來，即使她來參加的是一場嚴肅正式的會議。根據她的人事紀錄，她比九木槿晚了半個紀元出生。這三年半的歲數差距，也就代表她們不可能在軍事學院裡認識。十六月出看起來同時既平靜又飢餓。

「泰斯凱蘭第十軍團的九木槿元帥暨艦隊長。」充當侍者的士兵低聲 道。十六月出和她的副手都合起雙手指尖，深深彎了一下頭。

「很榮幸邀請兩位登上『輪平衡錘』號。」九木槿說。

「我們才榮幸呢，」十六月出像背書似地做出標準答覆。「元帥，您的迎賓之道如繁星般慷慨大器，也如繁星般光輝滿溢。」

九木槿坐了下來。這張桌子很小，他們一行四人擠得手肘互相碰撞，只有二十蟬除外，他太瘦了，跟誰坐一起都不擠。門口的士兵微微比個手勢，她手下的另一個人就把貨眞價實的麵包端了上來——每艘船艦上都有一些麵粉和酵母，以供應這種需要表現慷慨好客的特殊儀式性場合——，另外還有顏色極淺的蒸餾麥酒，酒精濃度高到令人一聞即醉：星芒酒，皇帝御用的佳釀，同樣是每艘船艦上都有。有些船上的存量比較多。九木槿總是確保「輪平衡錘」上庫存充足。

一開始，她計畫要以十六月出那封要求她解釋爲何久未開戰的信，來展開這場餐宴、這頓戰略性的晚餐，她要十六月出將這昭然若揭的、「我知道妳曉得我知道」的算計，連著麵包一起咀嚼吞下肚。她要這樣開場，表示那封信還沒正式寄發，她就已經知情了；她要把十六月出的小小政治手段攔腰一斬，讓它失血而亡。但在她的計畫成形之後，她聽到了外星人的訊息錄音，看到了他們的唾液蠶食掉她手下的一艘戰機。

「艦隊長，」她開口。十六月出的頭微乎其微地向前一傾。「大約一個小時前，在你們交通期間，我們初次與敵方交火。」

她的臉上出現了某種表情，但仍無從解讀。十二融合的反應就比較明顯：他將裝著星芒酒的玻璃杯用力往桌上一放。「那麼妳還找我們吃晚餐？」他問。「妳爲什麼不在艦橋上？」

「因爲你們是我的客人，而且，我手下的艦隊長——特別是最熱血渴戰的那些——是我在這場即將正式展開的戰事中，最精良的武器，」九木槿怒道。這就是了，是她想要透過這次會面傳達的「我知道妳幹了什麼事」的效果。如果她趕快進到下一步，就不需要將此延伸成長篇大論的訓話。十六月出畢竟是個艦隊長，而九木槿會需要第二十四軍團全力配合——如果她對自己坦白承認目前的狀況，她其實希望自己擁有的不只是元帥麾下標準的一支六軍團艦隊，如果有三支由六個軍團組成的艦隊就更好了。外星人的數量未知，但他們具有能將整個星球煙滅消音的實力，而她只有這麼一支六軍團艦隊——不過，她以前也曾以寡敵眾。她在卡烏朗的時候就是，而卡烏朗的勝利爲她贏得了現在的地位，姑且不論這次升官到底帶給她什麼好處。「而且，」她把話說完，同時用牙齒從手上的麵包撕下一塊。「膽敢與我們展開交戰的敵人，也已經被擺平了。我們並非處於活躍戰鬥狀態，十二融合。假如在戰鬥狀態下，你認爲我會讓你和你的副官冒險登艦嗎？」

「不，」十六月出回答，並且單手比了個俐落的手勢打住下屬的發言。「元帥，您沒有多餘的兵力讓您爲了一場花俏的戰略餐宴浪費半個軍團。您也不愚蠢——」

這話由一個依法來說是她下屬的人講出來，還眞是有力呢。

「的確，『愚蠢』通常不是別人會衝著我叫罵的詞。」她說話的同時，又咬下另一口麵包。麵包略帶酸味，十分可口，脆皮硬得足以刮傷她柔軟的上顎。她吃麵包的時候露出了牙齒，眼光瞥見二十蟬臉上掛著些微的厭惡表情。但她現在想要表現的完全不是彬彬有禮的形象，不，她想要的是一種速度感、一種飢渴。「艦隊長，戰鬥過程的全像錄影已經傳到妳的交通船上了，妳在回程時可以好好研究，」她繼續說。「如果這些吐著唾液、能融解戰艦的東西又來攻擊我們，第二十四軍團會加入備戰，居前鋒位置。有你們相助，我們就能做好萬全準備。二十蟬，播放錄音。」

她警告過他說她會這樣做。她這個人並不殘酷。（她也注意到，他一點東西都沒吃，只啜了一口不得不喝的星芒酒。她希望她也能讓吃下去的麵包安分地待在肚子裡。）

「您攔截到通訊了？」十六月出才開口，空氣中接著就再度充滿了外星人的恐怖噪音。九木槿至少享受到了一件樂事，就是看著十六月出的臉色變得比平常更白，並且咬緊下顎忍住一陣湧上的膽汁。

播放完畢後，九木槿說：「我已經請情報部派遣翻譯員。」

「您不需要翻譯員，您需要射擊火網，」十二融合說。「發出那種聲音的東西根本不該存在。」

「啊，我猜他們對你和我也會抱持相同想法，」二十蟬說，語氣像蒸發中的星芒酒一樣辛辣而乾巴。「也許我們應該試著跟他們對話，看看他們還想從我們身上得到什麼。除非你比較喜歡看碎鋒機群的飛行員在戰艦上從裡到外被融化，大部隊長。」

九木槿打著燈籠也找不到比他更好的副官了。她知道他也曉得，儘管他的視線並沒有對著她。

十六月出將雙手平放在桌上。九木槿好奇她是在發抖，或是在嘗試占領周遭的空間——觸摸九木槿的船艦，將自己的手掌貼在艦上。「元帥，」她用最正式嚴謹的語態說。「我在此代表第二十四軍團全體，我認為跟那樣說話的東西溝通，是在浪費我們所有人的時間。但我們的意見可以暫且擱置，倒是您為什麼要找上他媽的情報部？」

「怎麼，不然要由妳出馬跟外星人說話嗎？」

「我只想對他們開砲，不要讓一群操弄人心的間諜來干預。」

十六月出擔任第二十四軍團艦隊長的紀錄中，並沒有任何跡象顯示她比一般的泰斯凱蘭軍人更殘暴嗜血；九木槿也能想像自己說出跟她一樣的話，我只想對他們開砲。事實上，她現在就想對任何靠近她的東西開砲，包括十六月出本人在內。在「六方之掌」內，沒有人對情報部抱持多少好感；情報部的人就是平民，是官僚體系和都城的眼目，在一座座跳躍門之外、都城無法親自看見的遠方，代為執行監視。他們監視的地點，通常就在艦隊的船上，暗中打小報告給他們不知名的主人——也許是情報部長，在安全的星球上編織著綿密的網絡（如果你相信艦隊裡的謠言）；或也許是代表全泰斯凱蘭帝國人民的皇帝本人（如果你相信情報部的政令宣傳）。九木槿通常不怎麼相信政令宣傳，情報部呢，就是一群——好吧，她暫且在自己心裡引用十六月出的話也無妨——操弄人心的間諜。

但是，要學會和能讓人類星球無聲消失的外星人溝通，她的軍團裡沒人應付得來這種事。況且，寫信假意表達關切、實則公然挑釁弄權的十六月出，也不是個可靠的盟友。即便她不相信情報部——這樣講話聽起來活像第三分部的人，也就是艦隊裡的情報單位，他們習慣性地不相信其他任何人所做的諜報工作。第三分部一向不是九木槿最喜歡打交道的對象。他們專唱反調，每當艦隊的事務脫離嚴格的戰鬥或運輸範疇、涉及心理運作層面，他們總是堅持只能用他們的方法、他們的人手來辦事。通常，九木槿會照樣下達自己的命令，漏掉要請示離她最近的政戰官。

當然，十六月出是個艦隊長，不是政戰官——但她還是得查詢一下此人早年的服役紀錄。也許她當過政戰官。九木槿總之是不敢輕易同意她。現在不行，也許永遠都不行。

「情報部呢，」九木槿說。「就是習慣跟外星人溝通。《神祕邊疆外訊》跟那些媚外的詩歌和哲學著作裡，不就都在寫這個？情報部不會被這些事逼瘋，因為他們的腦袋本來就已經被搞爛了。讓他們來處理外交，盡可能獲取資訊，我們就可以省下時間來做演習兵推。我要妳把『拋物線壓縮』號帶來跟『輪平衡錘』號碰頭，包括你們的碎鋒機群全體，還有你們的匿蹤巡艦——那艘叫什麼啊，二十蟬？速度快的那艘。」

「『焦黑瓷片』號，」二十蟬說，語調平順得像雲鉤裡的人工智慧系統。「非常好的一艘船呢，艦隊長，它的加入眞是值得驕傲——您是怎麼弄到手的？跟第六軍團交易來的嗎……？」

十六月出說：「蟬群，如果是的話，你就會知道對吧？」該死，她就是這麼得寸進尺。九木槿將她杯中的星芒酒一飲而盡，只留下最後一口給皇帝的獻酒。

「他是會知道沒錯，」她說。「我們要收復苔蛾座二號，哪怕還有更多會吐唾液的外星船在暗處等著。就由你們帶著『焦黑瓷片』號負責收復。如果需要第十軍團支援任何專業人才，儘管開口，不過我相信你們人員充足。這裡是泰斯凱蘭的空域，我們等待情報部提出意見時，也不能忘了這一點。」

「這是賄賂，」十六月出用平板的聲調說。「我可不是笨蛋，元帥。」

「正好相反，艦隊長，妳的聰明才智恰好足以了解我做了什麼事，以及這件事會讓妳以贏家之姿回到第十七和第六軍團的共謀者身邊。妳要求的行動有了，我對更大規模戰事的計畫也有了，兩者兼得。那麼我們該辦正事了吧？」

十六月出讓她等，她們之間這漫長而醜陋的一刻，緊繃的張力持續延伸。然後她揮手撥倒了裝著星芒酒的酒杯，最後一口酒灑到桌上，像她們的敵人吐出的液體一般閃閃發亮。

「第二十四軍團會按照您的命令執行任務，元帥，」她說。「爲帝國效命是我們的光榮。您的待客之道完美之至——您總是令我想起九推進器部長。」

九推進器前部長，她過去的庇護者。這似乎就是一切爭執的核心了，九木槿不太明白十六月出的目的，目前還不明白。她還依稀能聽見外星人的噪音，又看著帝國裡最好的美酒白白蒸發，象徵戰爭緩和期的結束。她還不明白，但在世界的邊緣這裡，戰爭部的政治運作就是如此；「六方之掌」的遠程影響力既及於戰鬥火力，也及於政治。這有點可惜，她什麼也沒說，只是笑了笑，雙眼睜大，然後將自己的杯子也撥倒。她照本宣科似地想著：祝福皇帝陛下，願他望見千百繁星，接著又在心裡糾正自己，是「她」才對。

「第四哨的時候，」她對著二十蟬和客人遠去的背影說。她指的時間是十八個小時之後。「讓『刀尖』號更換組員，『夢中堡壘』號準備待命，支援十六月出艦隊長打先鋒進入苔蛾號星系。」

⊛

穿上特使制服的三海草，只見極內省太空港的眾人紛紛快步為她讓路，這待遇眞是挺不錯的。泰斯凱蘭人特別厚愛剪裁精緻、色彩鮮豔的制服——她以前要展示形象的時候，情報部的奶油色和橘紅色從不曾出錯，但是如果換成了稍微仿照艦隊制服、全身上下都是火紅色布料的特使服裝呢？人人都為她讓路。她身形嬌小，肋骨永遠沒辦法長得夠寬，讓她跟詩歌吟詠家必備的發達肺部無緣，她不是這塊料，至少在體格方面不是——無論她在宮廷裡發表了多少詩作。但是，現在沒有人敢擋她的路，即使極內省一如往常地壅塞繁忙，擠滿了商人、貨棧板、軍隊和成千上百的泰斯凱蘭民眾，像果實的種子一樣四散飛往各個星球。這個情境十足令人興奮，她感覺就像以前受訓期間蹺課一樣：一種逍遙法外的感受，美妙地逐漸開展。

而且，這次是眞的完完全全、從頭到尾都合法。調派令是她自己簽核的。

老實說，她一簽核完，就用歡快的塗鴉筆跡在自己辦公室門外留了一則「請假外出」的輪播告示，然後回到她住的套房，打包了貼身衣物和整髮用品，簽收了一式五套的無任所大使制服，並且刻意忽視任何可能阻止她行動的訊息，不管是透過雲鉤或資料微片傳送。而且，她出門前往太空港、準備飛往未知地點之前，還放著家裡的碗沒洗。但這也不稀奇，她已經一整週沒有洗碗了。

一個令人不安的念頭突然閃過：整週沒洗碗對過勞的情報部員工來說稀鬆平常，但在爲期三個月的戰區行程之前不洗碗，這種破綻就會被能幹的審訊官注意到。三海草完全可以想像到這樣的對話：妳根本沒有打算要回來吧，這位情資官？她想像中的訊問官會這樣問。而未來的三海草會聳著肩說：我沒有想到這點，我在準備爲泰斯凱蘭帝國效力。接下來就要靠他們兩人的攻防，來判斷她有沒有說謊。

這些都不是她目前的問題，而且思考起來都不怎麼愉快。三海草大步穿過一群從巡航客機下來的外城觀光客，讓他們像落葉般散開，再穿梭通過正在卸貨到棧板上的一堆香氣濃郁、外皮帶刺的水果，然後直走到一艘太空船旁，她知道這是極內省太空港內能夠最快將她送到行程中第一站的船。「織花」號這艘船不是軍艦，而是醫療補給艇，專用來載送效期特別短的物品，往都城外的方向發射。例如從科學部實驗室直接送出的藥用植物，如果放置太久，裡面的氣體就會漏光。或者，像是現在這艘補給艇這一趟載運的，是提供移植的器官。新鮮的、擺在冰塊上的心臟，注射了抗原。根據三海草粗略的研究，這種移植器官在都城顯然很常見，但在她想要通過的第一座跳躍門旁鄰近的小行星，則是非常稀有。

她用細微的眼部動作對雲鉤送出指令，傳了一則寫著「有政府官員要來打擾您了」的訊息給「織花」號的船長。不久後，停機棚的門像薄扇般收摺起來，船長形色匆忙地出現了。很好。

「十八重力船長，」三海草說。「我是三海草特使，我需要您在突破行星軌道時，把我跟您的貨物一起載上。」

他眨了眨眼。「特使，」他合起指尖鞠躬說道，並且給自己時間恢復鎮定；她在一旁看著。「我這是一艘醫療補給艇，」他直起身繼續說。「我沒辦法繞路。我載的貨有時間緊迫性。我知道法規說我應該載送特使到他們指定的任何地方，但是——」

「你是要去卡拉托星系，我也是要去卡拉托星系，船長。而且你會比整個太空港的其他船都更快出發。」有時候，三海草很難不歡快地像個野蠻人般露齒而笑，這可能是她從瑪熙特身上學來的。所幸這股衝動並非無法抑制，所以她壓抑了下來。

「噢，」十八重力船長說。「如果妳不介意貨艙裡的位置太擠，那就沒問題。我們沒有真正的客艙，船上只有我、我的大副和技術博理官。」

「我個子很小，」三海草愉快地說。「擠一擠就行。把我放在裝心臟的盒子中間吧，我可以的。」船長有那麼一刻似乎在嘗試做出合宜的答覆，然後顯然是放棄了。「我們將在一個小時又四十七——抱歉，是四十六——分鐘後突破軌道，」他說。「如果妳在一個小時又三十分鐘內跟心臟擠好位置，妳想去哪裡都行，特使。」

「太好了，」三海草對他說。「你為泰斯凱蘭帝國和十九手斧陛下的服務，一定會被記上一筆。待會見了！」

一小時又三十分鐘夠她在太空港的眾多餐廳裡選一間吃晚餐了，她覺得自己需要吃飽，免得她在不適當的時間點思考起薄切心臟冷盤這樣的概念。泰斯凱蘭專門蠶食吞併，她心想，然後又想到——不，瑪熙特才不是這樣說的。也許她可以再問問她，等她抵達萊賽爾太空站的時候。

萊賽爾太空站即將陷入戰爭。事實上，它就在戰場的旁邊，她的野蠻人交出敵人的座標位置、換取太空站的自由時，一定也已預見到這件事，並且認為值得冒險一試。所以，萊賽爾是個合理的停靠站——尤其是如果三海草打算學習如何和外星人溝通。她會需要一個擅長和人類對話的外星人。野蠻人也可以，只差一點。瑪熙特就是三海草所遇過最好的野蠻人，而且三海草也想念她。

考慮到她將會有很長一段時間吃不到正統的都城料理，她在餐廳裡點了粗麵配上加了辣油的湯，還有切碎的燻牛肉。她在雲鉤上的繪圖程式上畫出她的行程路線，聊以自娛：搭「織花」號到最近的跳躍門，然後在各個停靠站搭上最快的船穿過另外三座跳躍門，抄這條複雜的捷徑以加快前往萊賽爾的次光速航程（平常要花上兩個月）。她抵達的時候會從錯的跳躍門出來，而且她必須說服路上的飛行員載她到太空站。錯的跳躍門（瑪熙特曾稱之爲「遠門」）和萊賽爾的距離，比一般從泰斯凱蘭統治區域前往太空站區的路線更近。遠門在帝國的疆界之外，她光是要飛到那座跳躍門，就得先換乘非泰斯凱蘭籍的船艦，尤其是如果要從帝國領空以外的那一側出發。安赫米瑪門的那一側落在維拉席—塔雷邦聯名義上的疆域，他們的統治者是由普選投票產生，眞是個荒謬的習俗。或者至少三海草是這麼想。維拉席—塔雷沒有詳盡可靠的空域圖，而且安赫米瑪門也能通往那些無法溝通的外星人惹禍的地點，正是因此，艦隊裡最新受封的元帥才會捨棄戰爭部第三分部的政戰情報系統，轉而向情報部求救……

「晚安，三海草。」有人在她背後說。她鏗噹一聲弄掉了叉子，轉過頭去。

「考慮到妳要前往的地點，妳也許該控制一下妳驚訝時的反射動作強度。」五瑪瑙說。她曾是十九手斧的優秀學徒兼左右手，現在則是立誓忠心服事皇帝的動衛之一。她的服裝風格並沒有隨著地位的晉升而改變，仍然像十九手斧以往的所有隨從一樣穿著一身白衣，仿照主人當時的形象。

「閣下。」三海草說，用的是她含著滿口麵條時能夠發出的最正式語態。

「先把妳嘴裡的東西嚼一嚼。」五瑪瑙對她說。三海草不禁懷疑，她用的語調和她對小兒子二地圖說話時一模一樣，慈愛但心不在焉。在三個月前的動亂期間，三海草見過那孩子一次，以一個特意安排用人體子宮孕育出生的孩童來說，長得非常健康聰明。她把食物嚼了嚼，吞下去。

「有何貴事呢，閣下？」

「陛下有個問題要問妳。」

譯註：指詩歌押韻的字詞落於詩句中段位置，不同於一般的句尾押韻。

她的第一反應就像一根嚇人的刺突然豎起來——如果我去了地宮，就要錯過出發時間了，真是個荒謬的想法：皇帝這會兒要找她講話，她卻擔心著自己擅離職守的行動？她的職位當初正是皇帝本人慷慨賜給她的呢。光是出現這樣的情緒，就代表她有哪裡不對勁。所以最好還是假裝她沒感覺到吧。

「當然好，」她說，並且招手叫來離她最近的服務生。「讓我先結帳，然後再——」

「不用了，」五瑪瑙說。「我可以買單，妳也可以把餐點吃完。」

「別這樣。」

「皇帝陛下想知道妳對十一月桂的看法。」

三海草眨眨眼，試著叫出腦海中的清單，看看哪個叫做十一月桂的人會讓皇帝想徵詢她的觀感——首先刪掉的是在情報部八樓擔任辦公室助理的見習情資官，還有一位在三海草十三歲時就已過世的詩人兼吟詠家，他的死震驚了整個首都，眾人像是發狂般在行間韻（註）的流行風潮中沉浸了好幾個月。剩下的就是戰爭部第三分部的次長了。技術上而言，他們兩人是相同職等，雖然這也許顯得有點可笑；畢竟十一月桂是個戰爭英雄，而她……好吧，她也算是。目前還是。

「第三分部的嗎？」三海草問。只是要確認一下。（但當然，就是第三分部那位被九木槿元帥繞過的軍方間諜頭子，她出於某種理由，寧願去情報部尋覓所需的外交人員。）

「假如十九手斧要問妳的文學見解，她就會派個比我更適格的人來傳話，」五瑪瑙乾乾地說。「我討厭那個詩人。沒錯，問的就是那位次長。妳認識他嗎？」

「我見過他，」三海草說。「我們沒有私下說過話。妳——或陛下——是要問我在專業上對他的看法嗎？情報部的看法？如果要問的是這個，我真的不能在太空港的餐廳裡進行這種對話。」

五瑪瑙搖頭表示不用多慮——所以，並不是專業方面的詢問。「妳說妳沒有私下和十一月桂說過話。妳願意以血起誓，保證妳說的是實話嗎，特使？」

如果是專業方面的詢問，就不會這麼陰暗而令人不安了。身為動衛的五瑪瑙要她滴血在儀式缽裡，保證她和戰爭部第三分部的次長沒有任何私人關係，這件事讓三海草感覺自己掉進了倒流的時光，陡然回到三個月前，當時泰斯凱蘭全國都被皇權繼承的危機和一觸即發的內戰所震盪，充滿了死亡與鮮血，她親眼看著老皇帝在轉播畫面上死去，全身的血液像翻倒的水杯，灑在太陽神殿裡，染得處處殷紅。她剛吃下的麵在肚子裡感覺像鉛一樣重。

「我願意當場發誓，」她說。「或是看妳或陛下想要我用什麼起誓都可以。我不認識他。我從來沒有私下和他說過話。」她伸出一隻手，掌心朝上。掌上沒有疤痕，目前還沒有。她發過的誓都沒有大到會留下傷疤。就連兩個月前，她和瑪熙特與十九手斧立誓的儀式造成的刀傷，都已經痊癒得不留痕跡。人的身體不在乎誓約的分量，只在乎傷口的大小。

「不用了，」五瑪瑙說。「有妳的保證就夠了。但是在前線時請務必小心，三海草，陛下對妳的評價甚佳，如果她失去了得她歡心的臣民，我們其他人也會倍感失落。」

「我真是受寵若驚，」三海草還來不及阻止自己，就脫口而出。「這是我的榮幸吧？」

「去趕妳的船吧，」五瑪瑙說。「『織花』號，是吧？妳還有二十分鐘。是我的話就會用跑的。別擔心帳單了，算政府請客。」

他們一定全程都在監視她，從她回應了元帥的徵求啟事開始。都城的攝影鏡頭之眼，一直都是十九手斧最喜愛的工具，現在她當上了皇帝，一切資源全都供她取用——演算系統、機械硬體，還有三海草走進太空港時經過的太陽警隊，他們共用的那些演算法，讓三海草從來不敢細想。他們每個人的每隻眼睛都和彼此互通——也都對皇帝本人敞露無遺。這樣的統治可稱得上是帝國的「善意」，如果三海草能夠別讓自己覺得這是種監視，而是保護就更好了。

而皇帝看到她衝動的決定之後，是否就懷疑她受到十一月桂的唆使？這真是複雜。她得在旅途上想一想。她會有時間的，雖然不多，但也許還夠用。在目前的政府組織中，戰爭部是個勉強拼裝上路的單位——仍然受到前部長九推進器「時機恰好」的退休所衝擊。三海草當時立刻就明白，這個安排是爲了讓九推進器名譽無損地離開都城，免得局面變得更難看，新登基的皇帝得知她曾支持叛變的將領、拔了她的官位——

結果，戰爭部的次長們多數都跟著她一起離開，新部長換上了自己的人馬……只留下了十一月桂。也許就是如此簡單罷了。

才沒有什麼如此簡單的事。

「謝謝妳，」她對五瑪瑙說。「謝謝妳警告我。還有請我吃飯。」

然後，趁別人還來不及阻止，她拔腿就跑。

第四章

我們泰斯凱蘭，曾經在第一位皇帝的手中向黑暗飛去，在路上學習了使用跳躍門的方法，並且攜帶著我們文明的種子，就像第一代的離星開拓者的手掌所湧出的獻祭之血。我們成爲了帝國，透過一座座的跳躍門，擴展於宇宙之中。我們以往的皇帝具有軍人的身分，如今的皇帝亦然，但這個以利齒緊咬銀河繁星的帝國，也學會了用上千種語言吟詠出我們的詩歌。軍旅出身的皇帝在談判的戰場上也許仍是軍人，與帝國最偉大的元帥們齊名並列，但在距今較近的幾個世紀，泰斯凱蘭的統治既憑戰功、也靠文字。在都城裡展開生涯的十二閃焰皇帝出生順序排行第二，她的祖親是深受一青金石皇帝寵愛的顧問十二日出……

——《諸皇祕史》，第十八版，供托育所教材使用的刪減版本。

⁂

……參酌過關於太空站緊急疏散程序的最新報告，包括民眾操作快速逃生船的訓練精熟程度、補給品輸送鏈狀況、採礦站可收容的難民總量之後，我們應該考慮這個曾被我斥之爲危言聳聽的可能：假若我們被迫永久離開此地，該如何重建一個相同規模的太空站，並且在流離失所的三萬人將我們的資源耗盡以前完工？此外，如果我們是因躲避軍事衝突而離開，又應該選擇什麼地點進行重建？以下的備忘錄概略整理出我們的不足之處……

——寄予水耕部大臣的內部研究備忘錄，由三號維生資源分析師亞札克茲・凱拉克及其團隊撰寫，日期為67.1.1-19A（泰斯凱蘭曆）

◎

好吧，瑪熙特在心裡咬牙切齒，對她的憶象拋出一個直接的問題。關於達哲・塔拉特，有什麼是我應該曉得、目前卻還不知道的？

離開機棚之後，她回到自己的寢艙。裡面很安靜，內部裝潢圓弧光滑。這個時刻是憶象和繼承者所能共享的親密隱私——她有時會將如此情境想像成一個房間，房裡有許多鏡子，出現在意料之外的地方——而在此時，她不以為忤地察覺到，這段對話用泰斯凱蘭語進行起來比較容易。

但對話本身絕不容易。伊斯坎德變化多端、難以捉摸；憶象並不真的算是獨立的個人，但瑪熙特偶爾會感覺她像是在跟一個鬼祟的附身外星人共用同一個自我。現在，就連提出直接的問題也沒什麼幫助：伊斯坎德沒有發出回應的聲音，沒有給她伙伴的支持感，只有一閃而逝的視覺記憶（放在桌面上的灰棕色雙手，血管從手背到指節都清晰可見，太空站的一扇窗戶上倒映著點點星辰），她一旦想仔細看清楚，那些畫面便消散無蹤。憶象的記憶不能隨時供她任意閱覽，通常最多只是以聯想的形式出現，和她自己親身的記憶並不相同。她不能將手伸進伊斯坎德的記憶庫，將達哲・塔拉特當成一卷全像膠片般調閱出來。憶象和繼承者之間，只有知識技能可以用那種方式移轉，例如語言、禮儀。因為伊斯坎德會做偏微分方程式運算，所以她現在也會——除了偏微分方程式之外，還有矩陣代數，以及用這兩種運算作爲基礎的密碼演算。

但是，如果他不想幫她的忙——天啊，每次他沉默的時候她都害怕極了，害怕自己將再度陷入孤獨與破碎，這股恐懼就像一隻恐怖的蠕蟲，啃食著她整個人的核心。她是如此害怕，也許憶象從來沒有遭到外力破壞，只是她本身有所缺陷，對她的憶象造成了某種腐蝕的作用，也許她根本就不適合繼承任何人的記憶——

〈噢，妳可以停了吧。〉伊斯坎德說。瑪熙特把整個胸腔裡的空氣都呼了出來，折起身子。

你也可以停了，別再這樣嚇我。

〈不太可能，考慮到現況、我們以往的紀錄、妳我在憶象鏈上仍然反常的連結關係。更別說還有達哲・塔拉特的事。〉

瑪熙特不打算乖乖上鉤，不打算欣賞他狡獪的冷面幽默（你到底做了什麼事，伊斯坎德？嗯哼。大概是煽動叛亂吧。這是來自她踏上泰斯凱蘭國土後第一個小時的記憶片段，當時她對於身爲萊賽爾大使所可能遭遇的慘狀，只有些許的認知），她現在眞的需要他正經一點，把他擁有的資訊提供出來。

有話快說，伊斯坎德。礦業大臣達哲・塔拉特，就是他寄給我那些摧毀太空船的外星人位置座標，讓我把情報餵給泰斯凱蘭，交換我們的自由，拯救這座太空站。他是你的靠山，包括你在內幾乎每個人都這麼說。所以快把你知道的事告訴我吧，或至少讓我看到。

〈妳知道，這種事情——我們的合作——不是這樣運作的。〉

我知道。你就讓我看吧。

她腦海中那個充滿鏡子的房間像花朵般延展開來，宛如漂浮在東宮某一座波光粼粼的水池上，藍色花瓣沉在水中。

這不是一段順序連貫的記憶——她接受鎮靜麻醉和雷射刀手術、將受損的憶象機器替換成較舊的版本時，並不是像這樣體驗到伊斯坎德的記憶片段閃現。不是有頭有尾的事件，而是一種觀看的方式，對一個人長年的認識。伊斯坎德・阿格凡和達哲・塔拉特之間有一種疏遠而針鋒相對的友誼，他們的魚雁往返跨越星際，延續了二十年——他們用的就是塔拉特寄送外星人活動地點座標給她時的那套密碼。用這麼長的時間在暗中對某個不喜歡的人說話，也眞夠久的了——

〈我還算喜歡他。有時候。〉

伊斯坎德喜歡他的時候，是接到一封新來信的當下，期待著挑戰與意外的時刻；他必須設法推辭對方的要求，隱瞞自己在泰斯凱蘭進行的計畫。他也喜歡塔拉特大膽的計畫，他在漫長緩慢的通信過程中逐漸發現，他們兩人的思想同樣具有革命性。他喜歡自己能夠在家鄉爲塔拉特發揮足夠的功用，參與塔拉特爲泰斯凱蘭的未來所設計的夢想，同時也醞釀著他自己的——

瑪熙特還是無法參透這件事的核心，有太多省略和空白。沉在水中延展開的藍色是驚懼和不解的感受，代表的可能是伊斯坎德並不願意對她展示塔拉特所想像的未來，就像他不願意讓她看到他對六方位皇帝的愛，看到他獻上了全身全心，最後甚至獻出了他對萊賽爾的忠誠，他的全部、他的所有。她往前一探——朝內在施加一種壓力，就像她試圖記起某首詩的韻律、某個她只看過一次的字符筆劃順序（泰斯凱蘭語裡專指「鵰鳥」的那個字，那種有著又細又長的腿、踩進東宮水池的鳥，擾動了池裡同樣是藍色的蓮花——）。

尺神經上的針刺感不再像是發麻或通電，而是眞正的痛楚。她一面忍住微微的痛苦呻吟，一面心想：特發性兼心身性症狀，可能只會隨著我們每一次出現的融合問題，愈來愈惡化，伊斯坎德——

她的雙手感覺像兩個灼痛的腫瘤，沒了指頭，彷彿痛楚讓她的手指變得隱形、無感。

接下來看到的藍色，盛裝在玻璃杯裡。帶著一絲淡淡藍色調的酒——〈琴酒，〉伊斯坎德彷彿在遠處補述。〈藍色來自蒸餾液中一種豆類植物的花。是十九手斧介紹我喝的。〉——還有破曉時分的晨光，微微瑩亮地穿過玻璃，將顏色投射到塔拉特寄來的一封加密信上。伊斯坎德在他（他們）位於都城的寓所裡。雖然身體安然無損，情感上卻遭到重重一擊，整個世界（整個帝國）突然顛簸不穩，伊斯坎德弄掉了玻璃杯，灑了一地的藍色，藍色、銳利的碎玻璃、令人欲嘔的杜松子濃香。

你知道，我促成你當上大使，是因爲我知道你會讓泰斯凱蘭需要你、信任你、珍愛你，並且透過你，將它的需要、信任和愛擴及於我們，塔拉特如此寫道。但也許你一直沒有想通，爲什麼我會想要讓帝國邪惡的欲望聚焦於我們的太空站，或是它的代表人。然而，要誘使一頭怪獸走向死亡，讓它作法自斃不就是最好的方式？泰斯凱蘭貪得無厭；它的自信就根植於貪欲之中。而你和我，就要透過這一點來摧毀它。

信中的字句太過清晰，不可能是自然的記憶——而是經過伊斯坎德反覆念誦重讀、頻繁回想，銘刻下來，成爲他內在語言。塔拉特的原話究竟是不是這樣寫，已經不再重要。這就是伊斯坎德對他自己訴說的故事，在他的記憶中千眞萬確，連結了氣味、顏色；現在這也是她的記憶了，對她和她的憶象而言同樣眞實，是透過感官與印象保存的鮮活記憶。

像舔著一道傷口般小心翼翼，瑪熙特讓自己仔細思索，是那些字句中的哪個部分使得伊斯坎德瑟縮退卻，驚慌地翻倒了琴酒。「誘使一頭怪獸走向死亡」這段話從她唇間念出時猶如一根尖刺，鉤著她的心，隨時可能撕扯出一道裂傷。

〈那一句，〉伊斯坎德說。他一閃而過的思緒跟她無比貼近，不像是任何外來的意念，而更像是對自己的確認。〈那一句，還有「它的自信就根植於貪欲之中」——我知道我在六方位的身邊做了什麼，但是聽到別人這麼直白地說出來……〉

聽到別人說你們之間的情愛沒有半點純淨的成分。

〈人會假裝，〉伊斯坎德低語道。〈野蠻人會假裝文明可以在深夜裡萌芽於兩人之間。〉

瑪熙特想像著，文明——人性——如同小小的花朵，在黑暗中相吻、交談、醞釀情感的兩對嘴脣之間綻放。若用泰斯凱蘭語說來，這是一段華美的詞藻。如果你沒死，也許還能當個詩人呢——

〈不，應該是如果我沒有在妳之前成爲大使，妳也許還能當個詩人。〉

這句話刺痛了她。她抬起一隻又痛又麻的手，用手背抹掉眼裡的淚水，她是什麼時候哭起來的？感覺就像戴著厚手套。但痛楚至少不像先前那麼強烈了，這點倒是讓人稍感寬慰。她試著緩緩呼吸，控制氧氣平穩地流動。

你原本知道嗎？過了許久之後，她問。你有沒有至少懷疑過，礦業大臣利用你當餌，引誘泰斯凱蘭陷入他們現在面對的這場戰爭？他利用了你，還有整個太空站？

瑪熙特沒有得到他直接的回答；她得到的是心裡的一下皺眉，一股扭捏瑟縮的感受，閃躲迴避，忙著找其他的念頭轉移注意力。她當那是肯定的答案，當他是要說我也希望我當時沒有理解。寢艙裡的一片沉默顯得空洞而荒涼，充滿壓迫感。當時出於絕望迫切、不得不然，她爲戰爭的爆發貢獻了一臂之力：她的所做所爲，正是塔拉特一直想要伊斯坎德辦到，卻一直被他拒絕的事。一股罪惡感在她肚腹中蠕動升起。難怪伊斯坎德不想跟她分享這段回憶；難怪她的手痛成這樣。

彷彿從非常遠的地方傳來他消沉的聲音：〈他當時想要的是——我想現在也一樣——讓我們自由，讓太空站人自由。這一直是他的中心思想。他想要找到某個方法，讓我們得到自由，就彷彿十二閃焰從來不曾發現我們的存在。〉

瑪熙特試著想：如果古代的泰斯凱蘭皇帝十二閃焰不曾發現通往萊賽爾所在空域的跳躍門，如果僞十三河不曾爲這項發現寫下史詩紀錄，如果瑪熙特不曾在語言課上學到那篇史詩，並且引用給帝國臣民聽，以證明她的博學。她完全無法想像。如果是那樣，她根本不會存在，無論何種內分泌反應與記憶連續性的組合，都無法構成一個和瑪熙特．德茲梅爾有任何相似的個體。塔拉特嘗試要達成的想像，除了

「英勇」以外再也沒有別的詞彙足以形容。

就像泰斯凱蘭史詩裡會出現的情節，那麼樣的英勇。

瑪熙特笑了出來，粗啞的笑聲變成一陣誇張的、涕淚交織的嗆咳。她完全無法想像。她甚至是用泰斯凱蘭語在思考，用帝國式的隱喻和過度解讀，在進行這整段對話。

她刻意用太空站語想道，我們並不自由。

伊斯坎德也用相同的語言表示贊成：〈那種東西根本他媽的不存在。〉

◎

八解藥在地宮裡被其他人看見的方式有三種。

一種是普通的方式，也就是他和其他人在同一個地點，他們透過肉眼或雲鉤的鏡片看著他。當他想躲的時候，他很擅長閃避這種普通的目光。畢竟他的優勢在於，他一直以來都住在地宮，而十九手斧陛下的隨從，大部分都是從東宮過來的，即使已經待了兩個月，他們還是會在走廊間迷路。他的另一個優勢是，他的體型矮小，而且他除了滿衣櫥閃亮亮的金、紅、銀色衣物之外，還有一套不起眼的淺灰色衣褲。靠著這些優勢，他隨時都能設法避免被人看見。

但其他人還有另外兩種方式能看見他，而他完全想不到該怎麼躲避。都城有眼睛，有攝影機和追蹤定位系統，還有彼此緊密相連的太陽警隊成員查核所有的異常錯誤。所以皇帝隨時都知道他往哪裡跑。八解藥曾經檢查過衣服裡有沒有追蹤裝置，但是一無所獲，事後他覺得自己太笨了：追蹤定位靠的是演算法。這是八迴圈部長從司法部請來的一位家教老師（彷彿她以爲這孩子會想要一位經濟學家老師當作禮物）教他的。都城將他的影像和他的雲鉤位置記錄下來，以此畫出他的行動軌跡，並預測他短暫消失在鏡頭範圍內時所去的地方，預測結果非常準確。他也爲那位家教老師的行動路線做過運算，大部分都被他算出來了，但有些部分對他來說還是太難了，需要用到他連見都沒見過的公式。

第三種方式是最棘手的——因爲問了問題而被別人看見，被某個人（通常是成年人）看進他的腦海。而最危險的提問對象、最可能透過他的問題摸清他沒有說出的想法的人，就是十九手斧陛下。但是，他若要問關於卡烏朗星系戰役的問題，似乎就是非找她不可。除了她以外，沒有人肯告訴他眞相，或者他們會告訴他一些聽起來煞有介事的話，但還是偏離了實情。就像一棵樹長在建築物側邊，長在它不該長的地方，它的枝幹表面上看起來可以承受你的重量，讓你在上面盪鞦韆，但你如果眞的試了，整面牆就會連著那棵樹跟你一起倒下來。

他從來就不擅長未經演練地隱藏自己的想法。這一點倒是完全屬實，而且是個不怎麼令他舒服的想法，眞相大多不舒服。不過，這樣想也不錯：雖然皇帝會知道他爲什麼提問，但他也會學到自己是哪裡露出了破綻，下一次他就可以掩飾得更好。他需要學習。他已經十一歲了，而戰爭部裡的一些軍校學員不過才十四歲，就能眞正擔起職責；他跟他們只差了三歲，而且他不是軍校學員，是帝國的皇儲。他可能沒有三年那麼久的時間可以準備。

皇帝在正廳裡，這是她慣常的午後行程：舉行公開會議、聽取陳情訴願，如同以往的六方位皇帝一樣。偶爾她也會宣達諭令，每週有一兩天，八解藥會應她的要求坐在烈日尖矛皇座一旁聆聽。*你要看著*，她說。*仔細看是哪些人來求助，又是哪些人沒有來。*今天並不是他排定要來旁聽的日子。他穿著灰色衣褲，腳趿軟鞋，悄悄溜進了正廳，他是在場唯一不帶閃亮光芒或花俏紋樣的事物。皇帝本人穿著金白兩色的多層次正裝，尖型的衣領與皇座上的矛尖相呼應，她正在跟一些博理官說話，他們穿的是代表醫師和醫藥科學家的罌粟紅。有一首講述宮廷裡各種職掌的兒歌，歌詞裡寫說「紅色是血液，把病痛消弭」。八解藥眞希望那首歌的曲調不要那麼好記，也不要那麼歡樂。他很好奇皇帝在跟那些醫學專家說什麼，還有他們又向她稟告了什麼。

她還年輕，不像他垂垂老矣的祖親皇帝，生前老是在和醫學博理官說話。她應該要過很久很久之後，才會需要他們的服務。

他偷偷靠得更近。都城的眼睛當然看得到他，但是他現在並沒有要躲避它們；他只是想保持安靜。他繼續背靠著牆，在穹頂的扇形拱肋往下延伸接地的柱子之間橫向移動。他踩穩腳跟，壓低身子，盤腿坐在陰影中。他本身也灰暗得像一道陰影，像磁磚地面上的一塊黑點，沒有真正的存在感可言——只是默默傾聽。

「——去查清楚，」十九手斧在說。「我不要你們推測這個女人因爲身上攜帶的縱火裝備走火而在鐘鎮二區死於商店火災。我要你們確定，我要知道她的身分，還有她所攜帶的裝備是屬於她自己，或是幫別人運送。又或者，有沒有可能那並不是縱火用的，她只是不幸在錯誤的時間出現在錯誤的地點。」

那些博理官看起來不太開心——他們彼此互視，彷彿全都不想出面當代表，跟皇帝報告不受歡迎的消息。最後，其中一位——灰棕色頭髮編成三股髮辮的女性，髮色襯著鮮紅的制服顯得黯淡——往前跨了一步。「如果調查尚未完成，我們就不會來到這裡了，」她說。「那名女性死者臉部殘存的部分，黏著一張反帝國宣傳海報，就是都城裡在不久前的，嗯，紛亂中隨處可見的那種。陛下。」

八解藥看得出來，十九手斧是發自內心地關注此事，而非僅是出於必須。她可以讓整個房間裡的空氣彷彿消失不見，即使是像正廳這麼大的房間。她的手指在皇座的一邊扶手上敲呀敲，一、二、三、四、五，然後回復靜止。「那張把戰旗塗掉的海報嗎？」她說。

那位博理官將視線從皇帝的手拉回她的臉上，並且點了點頭。「就黏在她的臉上，用的是他們在牆上貼海報的同一種膠水。」

「在她死後黏上的。」

「是的，陛下。有人在調查人員抵達之前，將海報貼在她的屍體上。」

「而這個破壞屍體的神祕人士，沒有留下任何影像紀錄。」

「都城之眼最接近的鏡頭在火災中損毀了，另外——」

十九手斧一揮手打斷她的話。「把這帶去司法部吧。把屍體也一起帶去——進一步的驗屍工作應該用他們的設備處理，」她說。「你們和司法部長的會面已經安排了，就等你們走過去。把你們剛才告訴我的事轉告給八迴圈。泰斯凱蘭感謝你們的用心與專業。」

臣民離開烈日尖矛皇座附近時，看起來就像準備突破星球軌道的飛船，十分吃力。八解藥從來沒有過那種感覺，他不曾感到那股拉力。也許因爲皇座就是他的歸屬，但不是他們的。

「你可以出來了，八解藥。」皇帝說。八解藥不禁嘆氣。

若是十九手斧的觀察力沒有如此敏銳，那該有多好。不過，那樣一來，她當皇帝就不會當得這麼好了：他聽過的每首詩裡都說，皇帝一眼就能看盡整個泰斯凱蘭。所以，皇帝又怎麼可能看不到一個躲在角落的十一歲小孩呢？他爬起來走到皇座旁，同時心想，等我當上皇帝，我也會看得到嗎？然後他決定別在此刻煩惱這件事。他想問的問題不是這個。

他想問的也不是「有人被殺了嗎？」，可是他一開口，這個問題就這麼脫口而出。

「不幸的是，隨時都有人被殺。」皇帝說。

這話有點瞧不起人——八解藥本來就知道，他又不是小寶寶。

「大部分的殺人案都不會有三個驗屍官來跟皇帝報告。」他說。

「的確。」皇帝對他說，並且睜大雙眼露出微笑。八解藥並不眞的信任她，也不眞的了解她，但是他的祖親皇帝喜愛她，確保她在他死後能坐上烈日尖矛皇座。八解藥需要記得這件事。她對著他微笑，讓他感覺他以自己想要的方式被看見了。「過來坐著吧，小間諜，反正你都已經在聽了，」她在皇座寬大的扶手上拍了拍。

「小間諜」這個暱稱實在是比不上「小藥」，但是跟實情比較符合。八解藥暫棲在皇座扶手上（寬度對他來說非常足夠），像一隻降落的宮廷蜂鳥，姿態舒適，但隨時準備要飛離。他坐在那裡，一面看著皇帝陛下，一面等待，盡可能讓自己面無表情。

「……你看起來太像他了，你大半時間都躲在暗處，反倒讓人安心呢。」皇帝說。八解藥看到她的反應，心裡湧起一股滿足。他知道自己長得像六方位，知道自己愈長愈大，只會長得愈來愈像他過世的祖親皇帝，如果他把頭往右邊斜一點點，抬高下巴，揚起眉毛——

——十九手斧不由自主地從他身邊退後了足足一吋。太有趣了。

「我的祖親皇帝若要不被人看見，可就不容易了，」他說。「您也是。這可是個非常大的皇座。」

「這可是個非常大的帝國，小間諜。」十九手斧說著靠回皇座上。八解藥心裡好奇，如果你的腿夠長，坐起這張皇座是否就挺舒服的。對他十一歲孩童的腿長而言，肯定是不舒服，他已經試過了。但十九手斧坐在上面看起來就怡然自得：矛尖排列成的環形在她背後猶如一頂銀灰配金色的皇冠，看上去一如六方位生前的威儀，也像船艦上的飛行員……

「我有事想問您。」他這麼說的同時，知道自己一旦提出了問題，就會把戰爭部的十一月桂幫他教課的事洩漏出去。那就不再會是他的祕密課程了，只會變得和其他所有事情一樣，只是他在皇宮裡的生活的一部分。

坐在皇座深處的十九手斧說，「我會盡量回答。」

「您怎麼可能會無法回答？」

「問吧，」皇帝說。「我們來瞧瞧。」

八解藥從鼻子哼出一聲嘆息，在皇座扶手上將整個身子彎起來，手肘撐在膝蓋，雙手托著下巴。

「您為什麼選中九木槿艦隊長當元帥，陛下？」

「這問題妙極了。你想去艦隊待一下嗎？」

他也許想過。他沒有在腦海裡把這個念頭講出來過，讓它變成真正的欲望，變成他可以開口要求、卻不會如願得到的目標。但是——也許吧，他在艦隊會表現不錯的。十一月桂出給他的戰略地圖題目，他都能解出來，就連難的那些也考不倒他。

「我年紀太小了。」他說。

「這個問題未來肯定能解決。」十九手斧說。她似乎覺得這句話挺好玩的，而八解藥不太確定是為什麼。「那麼，九木槿是哪一點引起了你的興趣？」

他可以說謊。

但這樣一來，他的問題就得不到解答了。

「十一月桂次長說，您送了她出去為泰斯凱蘭赴死，愈快愈好。」

十九手斧發出用舌頭輕彈牙齒的聲音，同時思考著。「坦白說，」她表示。「如果她真的要為我們而死，我寧願她不要死得太快。」

這不算是真正的解答。他再試一次。

「您選中她，是因為卡烏朗星系的事嗎？」他又洩漏了一個祕密。十一月桂可能再也不會喜歡他了，再也不會告訴他任何重要的事，因為他會拿去和皇帝本人打小報告。

皇帝從皇座上傾身向前，伸手放在八解藥的肩膀，他感到一股溫暖的重量。她的手上有繭，他聽過那些關於她的故事，她曾經是個軍人，在一場地面戰役中跟他的祖親皇帝相遇。當時他們拿著電擊棍和射擊武器作戰。在某顆星球、某片土地上。

「是的，」她說。「但不是因為我覺得她太過危險、不能留她活口，小間諜。是因為我覺得她危險的程度，或許正好足以讓她活下來。」

※

三海草在登上她所徵用的第六艘船艦乘客座位之前（她要搭六艘不同的船，通過六座不同的跳躍門，每艘船坐起來都不太舒適），先把她的特使制服打包進行李，換上一件用某種黑色羊毛縐紗製成、很難穿脫的連身服。她穿起來富貴非凡，彷彿變成了一個來自截然不同的文化背景的人，胸口的大半部分暴露出來，除非她穿上那件有八條拉鏈的外套作爲搭配。這套衣服是她在第五個停靠站——蛇丘座一號星——買的。那是個位於西弧星系群的行星，她先前從來沒有去過，當地充滿了靠進出口貿易致富的豪族，就像三十翠雀（企圖起義失敗後被降爲特別貿易顧問的前皇儲）的家族。蛇丘座一號星的特產就是貿易，還有合唱音樂，三海草覺得那聽起來有種難以言喻的壓迫感——她指的是合唱，不是貿易，貿易這回事很輕鬆。她在貿易市場上買到了樣式誇張的連身服，就像進口商豪族穿的那種，還搭上了離開行星的船艦，準備前往情報部員工若非有任務在身就不該去的某個地方。

蛇丘座一號星屬於一個恰好位在三座跳躍門中間的星系。其中兩座進出泰斯凱蘭空域的門，交通流量繁忙，另外一座則會將你拋到一個鳥不生蛋的行星群附近，當在位的皇帝有意出兵征服時，那裡算是帝國的領土，除此之外的時期，該地安於作爲維拉席—塔雷邦聯的鬆散附庸。從安赫米瑪門後側（三海草幾乎可以確定那裡是正確的出發地點）到那裡需要四天的次光速航程。三海草現在就是到了這個鳥不生蛋的地方，她有一種暈頭轉向的感覺，覺得自己眞的離開了原本秩序井然、一切都符合預期的熟悉宇宙。

也許因爲她在三天之內通過太多座跳躍門。她從來沒有在短時間內穿過這麼多座門，她不斷想到三年半前小報流傳的假消息——過多的跳躍門飛行會破壞你的基因，可能導致癌症。

另一個可能的原因，是三海草先前從來不曾離開泰斯凱蘭，雖然她離開過都城，甚至還在偏遠的邊界完成了強制的派任期，就跟其他希望在畢業前擁有頂尖成績的見習情資官一樣，但她從來不曾去到泰斯凱蘭的疆域之外、世界之外，不曾去過那些……別的地方。在那些地方，行星的升降起落有不同的規律，沒有人用指尖相合、彎腰鞠躬的方式問好，而且太多人會像瑪熙特那樣微笑，露出滿嘴的牙齒。

那件可笑的連身衣倒是幫上了忙，讓她可以假裝自己是會喜歡待在這種地方的人，在一座簡陋貧窮、充滿野蠻人的太空港，尋找合適的船班載她離開這個屎坑。她不用再往維拉席—塔雷空域的更深處去了——幹，謝天謝地，她對他們的語言實在是一竅不通，雖然她在見習期間上過六個月的必修課，但一通過考試她就把學過的東西全忘了。她選擇的是政治專業領域，沒有要成為談判人員，跟目前非敵對狀態、不需特別關照的外國政府打交道。在維拉席和塔雷兩邦的語言方面，她現有的、少得可憐的溝通能力只夠詢問「洗手間在哪裡？」，還有點餐時說「一杯大的啤酒，謝謝」，就是以前無聊的見習生會在走廊上對彼此嬉鬧大喊的那種對話片語。

現在，她已經點了一杯大的啤酒，正在說服一位貨運接駁船的操作工程師，把她跟船上載的不知道什麼貨物一起運送到萊賽爾太空站所在的空域。總之，那一定是些重要的貨物，因為這艘接駁船預定會通過跳躍門的後側，將她恰好丟包在萊賽爾太空站的旁邊。根據瑪熙特的情報，那同一座跳躍門也就是外星人曾經穿越的入口。三海草不知道這位工程師是否會擔心遭到外星人攻擊，或是被戰區烽火波及。也許對方沒有這層擔憂——但極有可能，正是由於其他人對外星人的恐慌，才導致三海草現在只能找到這麼一艘船前往她要去的目的地。

「我不在乎妳貨箱裡裝的是什麼，」她用泰斯凱蘭語說。「我只是想要坐上妳的船，就這樣。」

那位工程師的臉龐生硬如岩石，不像泰斯凱蘭人那種禮貌而中性的表情，而是具有攻擊性的撲克臉。「艙單上寫了只載貨物，」她說，每個音節都刻意發得清清楚楚。「只載貨物。不載來自蛇丘座一號星的乘客。」

我不是來自蛇丘座一號星的，三海草想道，心裡起了一陣小小的絕望浪潮。*我來自情報部。*但這些話幫不了她，只會讓情況更糟。要是這位工程師不想用自己的接駁船載一位西弧星系群的富商，肯定也不會想載一個情報部的官員。

「重點不是我來自哪裡，」她試著說。「是我要去哪裡。」

「還有其他的接駁船。妳去請他們喝酒吧。」

是有其他的接駁船沒錯，但它們都不會走這條路線，從跳躍門後側跳進太空站空域。而且她光是爲了找到現在這艘船，就花了好幾個小時。

「妳的接駁船速度最快、路線最直接，」三海草試著擺出太空站式的露齒笑容。沒什麼效果，那位工程師依然無動於衷。「眞的，我完全不曉得妳的貨箱裡裝了什麼，也不想知道。我只想請妳帶我通過安赫米瑪門。」

「然後呢？」工程師問。

「然後妳就在萊賽爾太空站把我跟妳的貨物一起放下來。」

「妳要怎麼跟海關人員說？我覺得不行。我覺得這是糟透的主意，對妳和對我們來說。」

三海草知道該怎麼以情報部官員的身分進行這場對話；在蛇丘座一號星的時候，她也知道該怎麼做，因爲她在那裡是個從都城來的泰斯凱蘭人，神祕又有趣。前者要施展的是社會地位帶來的權利，後者則是要發揮一點奸巧——魅力要讓人無法忽視，油滑的態度要讓人無法捉摸。但現在，兩者都行不通。（雖然她一直都喜歡外星人，但是喜歡和懂得如何和對方溝通並不是同一件事情——這就是爲什麼她需要瑪熙特——）

她還剩一個方案，雖然在她買下這件可笑的連身衣後，她可用的籌碼就減少了一些。

她眨眨眼，用一隻眼睛在雲鉤鏡片後做出細微的動作，在她和工程師中間的桌面上，投射出發亮而扭曲的全像影像——一個非常大的數字。「我不覺得這是個那麼糟的主意，」她說。「只要把妳的船所屬的財務機構地址告訴我，我就可以讓妳看懂……也許妳有些債務，有些整修維護的費用，而妳不想再爲那些錢煩惱？」

工程師的臉龐終於有了動靜；她皺起鼻子。三海草不確定那代表的是嫌惡或興趣。她們之間的沉默無止境地延伸。三海草懷疑工程師是在用無聲線路跟他們的船長通話，確認足夠的金額應該是多少。最好是這樣，因爲三海草付完這筆錢就要破產了，寫信去向情報部要求更多零用金，大概也不會有結果，而且肯定來不及。也許她就要永遠被困在這顆遠在天邊的星球了，她得要精進維拉席語或塔雷語，沉浸在這個環境裡有助於學習——

「一到太空站，我們就不對妳負責，」工程師最後說。「妳上船之前就要付款。現在就付。」

❁

達哲・塔拉特搶在瑪熙特之前占走了酒吧裡最好的座位。他在伊斯坎德的眼中看來老邁而死氣沉沉，在她看來則是跟記憶中一樣骨瘦如柴。這名男子拖著一副形銷骨立的軀殼，在小行星上的礦坑度過了數十載的早年職業生涯之後，又成爲政治家；同時，這一路走來，他也始終是個沉思著如何摧毀帝國、發動無聲革命的哲人。見到他的身影，讓瑪熙特肚腹翻攪，暈眩反胃的衝動猛然朝她刺來，平息之後變成腦海中微微閃爍的警戒感。面對潛在的重大危機，讓她整個人活了起來。

她開始覺得，這就是最適合她發揮功能的狀態。眞是太令人開心了對吧。

她有時候說起話來連自己都覺得像極了伊斯坎德。最近愈來愈像。

達哲・塔拉特坐在荻卡克・昂楚旁，兩人喝的伏特加都至少是第二杯。顯然，瑪熙特遲到了。

遲到了，而且措手不及：她本來以爲只會有昂楚在場，跟她約在她們第一次會面的飛行員酒吧。當她寄出電子便箋，表示她已經跟她的憶象問過了塔拉特的事，昂楚便提議在這裡碰面。這場發生在太空站空域周圍，卻沒有將他們捲入的戰爭，就是塔拉特想要的，而且他十分樂於用萊賽爾當誘餌，引誘泰斯凱蘭帝國出兵。伊斯坎德比她更信任塔拉特，但最後卻是她做到了伊斯坎德從未做出的事，讓塔拉特如願以償。瑪熙特決定要在這段對話期間，對她生理系統的本能反應一概置之不理；雖然她在下定決心的同時，就知道這個想法既不切實際，又幾乎不可能達成。

「兩位大臣好，」她說著在昂楚另一側的座位坐下。「這裡的人數比我預期多了一倍呢。」

「荻卡克喝酒的習慣很容易預測，德茲梅爾，」塔拉特說。「如果她的朋友想跟她碰頭，又不想在議會休息室那麼正式的地方，就要來這間酒吧找她。我看，妳也已經發現了。」

這是明顯的權力展示——明顯到讓瑪熙特略感惱怒，她居然不值得更高明的待遇。他直呼荻卡克・昂楚的名字，暗示他們之間緊密且長久的友誼，對於瑪熙特則是只以姓氏稱呼，還省略了她照理而言仍然擁有的頭銜——沒有別人取代她擔任泰斯凱蘭大使。她是這支憶象鏈的繼承人。

〈不是說要不管本能反應嗎。〉

閉嘴好嗎？她對伊斯坎德說，同時揚手招來酒保。

「我跟兩位大臣喝一樣的。」她說。然後她轉過身對塔拉特微笑，現在即使是在萊賽爾太空站，露出牙齒、燦然而笑感覺都像是恐嚇示威之舉，她從中感到一種陰險的喜悅。「是的，昂楚大臣好心跟我介紹過太空站上最棒的伏特加，」她對他說。「能跟您共飲，我也十分榮幸。」

他這個人無從解讀。她快被逼瘋了〈不，是伊斯坎德快被逼瘋了，他對眼前這個人累積了二十年的挫敗感和競爭意識〉。他沒有對她報以微笑。「妳離開帝國回家來了，」他說。他們講話的時候把昂楚夾在中間，但她不以為意，在吧檯凳上往後坐了一點。「這以妳的憶象鏈來說很不尋常。」

〈我留在泰斯凱蘭，是為了不讓你知道——〉

知道你當時正在犯下叛國罪。好，閉嘴，我得講話，如果我把你想的事講出來就慘了，懂嗎？

刺癢感沿著她的脊椎上下流竄，彷彿在斥責她。但伊斯坎德還是讓開了，撤退到一旁——瑪熙特瞬間感到令人暈眩的孤獨，感覺變回了自己一個人。那是一個非常赤裸的狀態。

「您沒聽說嗎？」她說，依然保持著笑容。「有人破壞了我的憶象。誰知道我會做出什麼事來？傳承部肯定不知道囉。」

昂楚笑了出來，並且把她喝到一半的低球杯推給瑪熙特，杯裡漂浮著鏗鏘作響的冰塊，將伏特加凍出白色的雲霧。「把剩下的喝了吧，」她說。「塔拉特還欠我一杯——他賭妳會在我們面前搖身變成伊斯坎德．阿格凡，高高在上又神祕兮兮的。我就跟你說了，達哲，她這個人面對壓力時很直截了當的。而且，關於憶象破壞的事，我也說對了。」

瑪熙特接下那杯酒，一口飲盡，連冰塊也一起落喉，喝的速度之快，讓她必須勉力忍住酒精燒灼感引起的咳嗽。她把空杯倒過來放在吧檯上，尖銳的碰撞聲響亮得令她感覺勇敢起來——彷彿在飄浮，在飛行。「大臣，」她緩過氣之後說。「您的飛行員同僚要我跟我的憶象打聽您，然後再回來找她。所以我照做了。我人在這裡，這對傳承部大臣而言大概是事與願違。或者至少可以說，她打算把我的頭骨打開來看看。您呢？」

酒保端著瑪熙特的酒走近，她揮揮手，將酒轉送給昂楚。這是在玩遊戲，看在場誰才是擁有權力的人。她知道自己沒有，她會來這裡喝這杯酒，只是因為她和傳承部惹上的麻煩，讓她不知道該如何脫身，但是——

〈噢，但這場遊戲我們還是照玩不誤。〉伊斯坎德喃喃說道，她則表示同意。昂楚不發一語接下了新的那杯酒。

塔拉特伸出一隻灰棕膚色的手，上下翻了翻。「出於公平起見，」他說。「我也想把妳的頭骨打開來看看。當然，我是說，如果我可以在傳承部之外，針對妳的憶象融合狀況做一份觀察報告。有趣的是，妳回來了，雖然妳的憶象疑似遭到破壞，卻還保留了足夠的功能，讓妳可以徵詢他的意見。而且妳回到這裡之後什麼事也沒有做，沒有把這些有趣的事實告訴任何人。」

瑪熙特堅決不肯退縮。她會撐住的。她並不是什麼事也沒有做。她努力試著恢復平衡，找回自我的感受和生命的輪廓——不管是什麼樣的生命，只要能同時容納得下萊賽爾太空站和泰斯凱蘭、兩個版本的伊斯坎德和她自己，以及他們未來將共融而成的個體。事實上，她漫無目的在太空站上繞圈散步時，就對這些事想了很多，但始終思考不出更好的處理方式。肢體運動有助於康復，這是萊賽爾每個小孩都知道的基本精神治療原理。

她沒有退縮。她表示：「但還是只有傳承部大臣有機會看了。」

這是她的提議——若你們都袖手旁觀，亞克奈・安拿巴就會把我大卸八塊，對你們就毫無用處了。

〈還比較像是求救吧。〉

我之前請求庇護的時候還挺好運的——

〈這裡不是都城，塔拉特也不是十九手斧。〉記憶的吉光片羽糾纏不清：琴酒的藍色、十九手斧貼著她的（他的）臉頰的黝黑雙掌、她嘴唇的觸感、杜松子的味道。杜松子的氣味。當時，伊斯坎德發覺了塔拉特寧願以萊賽爾爲餌，誘使泰斯凱蘭和某個比它更龐大的勢力交戰。

昂楚沉思著說：「我已經思考這件事一段時間了：究竟傳承部能不能在法律上構成破壞憶象鏈的行爲。畢竟，他們的職權從一開始就是管理我們的集體記憶。」

塔拉特對她點了一下頭。「妳的結論如何，荻卡克？妳肯定想出來了吧。」他對瑪熙特完全置若罔聞，拒絕了她的提議。她不知道爲什麼。

「在法律意義上，傳承部的作爲無法指涉成是破壞行爲。」昂楚說。「但是傳承部個別成員——包括傳承部大臣——的行爲肯定可以。達哲，那女人的憶象鏈眞應該砍斷了丟進太空裡去。」

對此，瑪熙特徹底同意。就算礦業大臣不幫她，也許飛行員大臣會對她伸出援手——她只需要找到某種方式，讓自己的利用價值高到不能被送上傳承部分析師的手術臺。要是走到那一步，他們一定會立刻發現她的憶象機器做過完全未經核准的調整；這還是假設他們沒有乾脆殺了她，以掩蓋安拿巴的破壞行爲。

「我不反對，」塔拉特說。「我認識她的前人，他絕不會做出像她那種事。傳承部大臣的這條憶象鏈已經延續了六代。中間出了某種差錯。德茲梅爾的……這回事……就是一個例子。」

「我個人，」瑪熙特盡量用最平板且漠不關心的語氣說，但效果不怎麼好。「寧願完全不要變成傳承部的事。」

「那麼，妳應該回帝國去。」塔拉特直視著她說。他終於肯正眼直視她了。

「你當初花了那麼多時間說服伊斯坎德回到家鄉，」她回答。「我這就回來了。」

我這就回來了，這是你當初要求的。

伊斯坎德發出令人難過的低語：〈他是要我回來，要控制我。〉瑪熙特肚裡的感覺像是她喝了比實際上更多的伏特加，湧起緩緩蔓延的反胃。如果她終究逃不了這股感覺，那麼酒也是不喝白不喝。

「妳的憶象認識我，」塔拉特說，彷彿他和她一樣能聽見伊斯坎德說話。「妳說妳遭受的破壞並沒有完全成功，讓妳仍然能和一部分的憶象維持連結，雖然那個憶象是逾期未更新的版本——我想從他身上獲得的東西已經到手了，感謝妳的努力。如果妳留在帝國，或是如果妳回家之後來找我、表示妳還願意再次出使，那麼也許我還能幫妳找到其他的用處。」

她需要聽見他親口說出來，在這間擠滿飛行員、對話會被旁人聽見的酒吧裡。「你想從伊斯坎德身上獲得什麼？」

塔拉特的眼睛是瑪熙特所能想像到最冰冷的棕色；像塵埃，也像太空中的鐵鏽。「讓泰斯凱蘭參戰，」他說。「途中飛過我們頭頂，船艦源源不絕通過我們的跳躍門，但沒有任何一艘載著軍團士兵停下來殲滅這個太空站。」

「會有的，」昂楚咕噥道。「會有船停下來的。」

「不會，」塔拉特說。「他們手上有比我們更大的問題。眞是令人耳目一新。」

瑪熙特用一種惡毒、疏遠而冰冷的態度想著，塔拉特太自滿了——對他在都城幫助她做到的事太自滿了。他在帝國和「遠門」之外某種更巨大而可怖的東西之間，創造了這場戰爭，以此爲支點，推動了一樁皇位繼承的危機，並且使原本計畫中的侵略戰爭遠離太空站。他所做的這一切，都是爲了圖利他的欲望：誘使帝國陷入一場毀滅性的軍事衝突。他成功了，這個念頭對他而言太愉快，這份成就感不容破壞，因此他不願意去想昂楚說的可能沒錯——不管是泰斯凱蘭或是外星人，沒有哪股勢力能夠永遠不染指這麼一個資源豐富的採礦太空站。

「你怎麼知道他們會不會改變主意？」她問。這個提問是出於純粹的憎惡，毫無政治意圖——如果現在她嘴裡還能說得出任何毫無政治意圖的話語。帝國影響了她的舌頭，不只是語言。

「要是遠端的採礦站被砲擊了，」昂楚說。「我想我接到警示之後，大概有三十分鐘可以召集我們的飛行員吧。」

「在德茲梅爾回到我們身邊以前，我們可能還有比較清晰的眼光來觀察，雖然是要從都城看出去。」塔拉特說。

這就是問題的癥結，為什麼他不肯幫助她的原因，也不在乎她被安拿巴殺掉或大卸八塊：他已經失去了這扇通向帝國皇帝的窗口。伊斯坎德死了，而瑪熙特回到家鄉，這在他看來是一種失敗，不論她的憶象究竟是否遭到破壞。讓她接受特別治療還有何意義？出手救她又有何意義？

「我仍然是駐泰斯凱蘭大使。」她說。她的確是。她沒有辭職，她是請了假——其實是請了個長假。因為她想回家。

〈妳無家可回了。〉

我知道，我知道，但我想——

塔拉特的肩膀以微乎其微的幅度疲憊地聳了聳。「妳確實是，但恐怕等到傳承部幫妳做完檢查，就不是這麼回事了。」

「那麼你就完全沒有了眼目，你手下沒有人見過或認識新的皇帝——」她的話連聽在自己耳裡都顯得絕望。但塔拉特看著她，眼神十分直率，彷彿她是一塊鉬礦，需要靠近光源、觀察反射面。她定住不動，讓自己保持安靜。

「妳說得沒錯，」他最終如此表示。「妳也很像伊斯坎德，也許跟他真的是夠像的了。」他又停頓一下。瑪熙特發現自己連氣都不敢喘。「瑪熙特・德茲梅爾，妳要這樣做：妳依約去見安拿巴和醫生。但到時候在場的醫生不會是她手下的人，而會是我的。」

她還是沒有呼出氣來。「你的人？那他們會做什麼？」

「摘除妳的憶象機器，」塔拉特說。「檢查是否真的有破壞的痕跡。如果它尚稱完整，我會把它植入新任駐泰斯凱蘭大使的腦幹。人選也許就由荻卡克來挑，挑個剛完成適性測驗的年輕人。顯然妳已經受了損害，德茲梅爾，況且妳一開始就是傳承部選的人。我們最好還是從頭來過。」

有那麼一個詭異的、不帶主觀的片刻，這主意在瑪熙特聽來很好。依約去接受檢查，彷彿她沒有什麼好隱瞞；讓塔拉特將她的憶象機器——兩個伊斯坎德和一個瑪熙特的所有記憶——拿出她的身體，讓她完全卸下責任，不用在泰斯凱蘭擔任萊賽爾的代表，或是設法以一個太空站人的身分去愛泰斯凱蘭，並且不讓自己因此窒息。她可以自由。

那種東西根本他媽的不存在。這次是她自己的聲音，不是伊斯坎德的，但是音調如出一轍，彼此間的界線模糊得令人安心。

她問：「那麼我會怎麼樣？在這個假設的情境裡？」

「今年度的適性測驗就要到了，」塔拉特說。「妳重新受測吧，加入一條新的憶象鏈，或是看妳有何打算。妳既然回到了太空站，就好好當個太空站人。妳所做、所學、所記得的一切，都將永遠被供奉在大使的憶象鏈裡。」

這種方案通常是提供給那些和憶象無法相容的人——他們的性別氣質比原先以為的更顯著，因此承接不了不同性別者的記憶；或是他們和憶象原主的人際網絡太親近，因此無法在處理關係的同時免於情感傷害；或是他們接收的憶象鏈太沉重、太漫長，他們還來不及與之融合，就在壓力之下崩潰。瑪熙特有個同齡人就是如此，是個水耕工程師，獲得了一個有十三代歷史的憶象。那個人在適性測驗中的系統思考和生物學項目拿到了全太空站的最高分，卻就這麼被憶象的重量給壓垮了，才過了僅僅兩週，就被迫脫離了那條憶象鏈，隔年再重新接受適性測驗。

瑪熙特不知道自己會面臨什麼樣的結果。

這個方案並不好。

她無法想像自己沒有了伊斯坎德會是什麼樣子。她不知道他們融合成功——或是融合失敗——的程度有多高，也不知道憶象所受的損壞有多嚴重。如果現在的憶象機器從她的頭骨內被切除，像五廊杜移除她的上一具憶象機器時一樣，她不知道自己還會剩下什麼。更別說還會有個愚蠢可憐的孩子，會接收他們混合而成的憶象，兩個版本的伊斯坎德和不知道多少比例的瑪熙特——還加上他們憶象鏈中的第一人，談判者薩凱爾・安巴克，雖然她多半只剩下感覺上的存在。

〈我會被我們淹沒。〉某一個伊斯坎德說。或也許是一老一少兩個版本的他都這麼說了。這是一股關於他們——他們所有人——究竟身為何物的恐懼，同時還有保護欲。

此外，她也不相信塔拉特真的言出必行。也許她走進傳承部的醫療機構、躺上手術臺之後，操刀的仍然是安拿巴的手下，那樣一來怎麼辦？

塔拉特和昂楚都看著她。她好奇自己的表情是什麼樣子。她的臉感覺麻痺得像木頭。

「我不知道該說什麼。」她表示。因為她真的不知道。

「我可以把妳改派到某個採礦站上的職位去，」塔拉特說。「但那樣就太浪費了，除非妳在策略與財務分析方面比一般的外交人才更擅長。」

「安拿巴會找我回去的，」瑪熙特說。不僅因為這是事實，也因為她不想當塔拉特的寵物，在他的忍耐默許之下苟且保命，去管理某個小行星礦場，不擋他的路。可是她還有什麼選擇？

「她會的。」塔拉特表示同意，沒再多說什麼。

雖然眼前的方案都很糟，但若是瑪熙特拒絕的話，她就一無所有了。她招手召來酒保。如果她再點一杯伏特加，也許她可以利用機會思考——想出某個切入角度，想出某件她確定只有她知道的事，不會被憶象鏈保存的事——

〈跟他提議，把我交給他吧，〉伊斯坎德告訴她。〈把我之前拒絕交出的十五年記憶交給他。告訴他現在有兩個我，兩個伊斯坎德，而我會對他坦白。〉

瑪熙特張口欲言。

太空站上飛行員艙的鄰近感測警報突然全都同時響起。

間幕

考量肉的各種用途。

食物：肉在我們舌上綻放出血基質的味道，以及肌纖維包裹成束的口感，濃烈的牛磺酸和濃郁的腐胺味。身體需要肉，因爲身體同樣是肉。而我們——歌唱著——不只縱情於星際飛行器的樓宇和城市、自然過程和歌曲變體的探查，同樣也喜愛攝取營養、能量和「風味」這樣單純的愉悅。

回收：幾具廢棄的肉身不能算是幾個人，所有肉身亦終將衰老並逝去。然而，在歌唱著的我們之中，既存之物不會消失：所有非人或不再是人的肉身都會被取回，再次利用，拆分成小單位，被妥善地食用。

技術：每一具身體都是肉，而每具身體的肉和基因和經驗創造出技術。像這樣考量肉的用途，隨之而來要考量的便是悲傷。每一具身體都會衰老或受損到無以修復，自合唱中永遠地消音；明白聲音的消失即是明白悲傷、明白缺乏，即是停止歌唱並爲之哀悼。

然而，「這塊」肉的用途考量起來卻是相當複雜。有兩具這樣的肉從它們的星際飛行器上，像是貝殼裡拽出來的鮑魚一樣，被整齊地挖了下來。這兩具身體沒有同時靠近我們，但都來自同一種星際飛行器：這些飛行器從——肉在最近的一扇跳躍門另一頭打造的——空之家，來到一個離中心如此遙遠的我們的土之家。

它們不是人。

它們以語言思考。

但它們的反應「彷彿」是人。單一模式，重複循環：但僅止於它們駕駛星際飛行器的方式，以及它們對航向和推力的理解。除此之外，它們沒有一點是人，它們聽不見我們的歌聲，只有食物和技術的用途，除了那種模式之外，除了「飛行」之外。

過了一會兒，它們再也不是技術，就只是食物。我們——歌唱著——納悶，在我們嘗過它們的味道之後，它們帶來的單一模式會不會融入我們的諧唱中：令人大惑不解的是，它們嘗起來除了味道之外，什麼也沒。

❁

亞克奈．安拿巴知道，她照理來說不該花這麼久的時間獨處。她畢竟是傳承部大臣——首先就有她的憶象鏈中其他六位傳承部大臣的聲音在她腦海迴盪，除了那一連串記憶，她也掌管「傳承」，那些造就萊賽爾太空站的文化和社群和一切事物。她記得，自己曾經只要在太空站內部網路上，發現任何莫名其妙的當地藝文活動，就會跑去參加。品質低劣的全像紀錄片和風格新穎的音樂、年輕人在酒吧裡吼叫作詩、音樂結合舞蹈的合演劇目、零重力舞蹈，那年她深受一位沒有憶象的餐廳老闆吸引，他用眞菌和辣椒素和醛搞出一種新的料理方式，做出來的餐點帶來令人難以置信的感官衝擊——在她當上大臣以前，她對太空站瞭若指掌。

現在沒那麼容易了。她掌管傳承部。她出席活動若非代表官方表態支持，就是顯示該活動可能遭到懲處。她不曉得是從何時開始，她不再受人信任，就算她身處之處根本沒半點泰斯凱蘭文化滲透的跡象——就算是她連想都沒想過要審查的場合——

這不重要。她掌管傳承部，她也不孤單——她有整個萊賽爾太空站與她相伴，它全部的歷史和需要看顧的子民。每當她太強烈地感覺到，自己的辦公室彷彿在她和她的家之間蓋了一座玻璃牢籠，她便會到太空站隱密的心臟，憶象機器儲存室裡。在她此刻站立之處，太空站全部的憶象鏈都由她妥善看管。

憶象回憶乍現，成爲一聲回音，一股立刻被壓抑的情緒：除了被妳破壞的那些。

亞克奈・安拿巴很少犯錯。如果有，她會承認並親自負責。

她對瑪熙特・德茲梅爾做的並沒有錯。把那條癡迷於帝國的大使憶象鏈從萊賽爾的心臟斬斷是對的；根本不該有人繼承伊斯坎德・阿格凡的記憶。瑪熙特是個可接受的連帶損失。她跟他在適性上完美契合——就算沒被他活著的記憶所染指，她也會長成他的翻版。把他們兩個送出太空站是當時可行的最佳方案。

調整——削弱——瑪熙特裝在腦幹裡的憶象機器，效果可說是相差無幾。要嘛讓新任大使在孤立無援的地方短路——要嘛讓她和伊斯坎德完全脫離，看她自己在外頭能搞出什麼名堂。

（蓄意破壞，她憶象鏈的其中一個聲音喃喃道，然後被她無視。）

只不過，瑪熙特回來了，憶象看起來完好無損，泰斯凱蘭這會兒還離他們前所未有地近，他們的戰艦行經巴札旺空域、趕赴戰場，同時吸食萊賽爾的資源果腹。

亞克奈・安拿巴不會拒絕承認她犯的錯。她承認這一點：她錯就錯在以爲伊斯坎德和瑪熙特與他們的太空站同胞之間已經產生了巨大的鴻溝，大到他們永遠不會把萊賽爾當成家而想要回來。她想錯了：他們兩個沒有癡迷到想要一去不回。

這讓瑪熙特比她在外當大使的任何時刻都還危險。她一回來，整條憶象鏈都可能把它早被帝國殖民、玷污的思想，傳播給其他的憶象鏈，以及帶著憶象鏈而活的太空站民。這讓他們宛如一個攻擊航向，不像飛來的戰艦那樣顯而易見，但對萊賽爾來說同樣眞實且有害。該保持自由的是人的心智。肉體會死亡，或是受到折磨與監禁。記憶則會存續。要是萊賽爾太空站的記憶拜倒在泰斯凱蘭文化的誘惑下，那它又會是什麼？他們已經失去夠多憶象鏈了——最近主要都是飛行員，在「遠門」被泰斯凱蘭正在對抗的不知名敵人給消滅（抑或，安拿巴殘暴尖刻地想，就是被泰斯凱蘭巧立名目消滅掉的）。他們沒辦法再因爲墮落而失去更多。

要是瑪熙特沒依約去見憶象機器技師，安拿巴心想，她就會逮捕她。因違抗大臣直接下達的命令而將其逮捕，其合法性就連達哲・塔拉特都無從置喙。這條法律寫在萊賽爾所有的規範中，緊扣太空站文化的骨肉：大臣得下達緊急命令，民眾不得違抗。

一旦瑪熙特被捕，安拿巴就會再次拿到她的憶象機器。曾幾何時，萊賽爾的大臣都是艦長和指揮官，而他們的話語在星際的黑暗中，足以判人生死。

也許他們該回到以前那樣。

第五章

這套習俗被人貶稱爲「恆定邪教」，起源於由兩顆適居行星（奈托克和波綜）和一顆適居衛星（賽普立）所組成之單行星系統，統稱爲奈托克星系。奈托克人稱其祖傳的宗教習俗爲「恆定冥想」——或在口語上稱作「平衡」——並視其爲一文化遺產（相關註冊及保護見《情報部核准之文化遺產名錄》第32915-A項）。然而，奈托克星系接受泰斯凱蘭統治已有八個世代，當然不是所有出生於該行星系的泰斯凱蘭人都遵循恆定教派的習俗。該宗教的積極信徒可以靠他們的綠色刺青來辨識，其樣式有碎形、黴菌生長紋路和閃電圖樣，等其他以天然紋樣爲原型之圖案……

——節錄自歷史學家十八煙所著之《星辰交織：泰斯凱蘭境內宗教流派交融手冊》。

۞

重要訊息——全體飛行員——在泰斯凱蘭進行軍事活動及常態性軍事移動禁令暫停實施期間，強烈建議勿往「遠門」方向移動。避免和泰斯凱蘭船艦接觸。避免使人目視確認萊賽爾船隻之數量、大小及武器裝備。除非飛行員大臣針對特定船艦、航程或通訊表明撤銷禁令，否則一律適用。切勿有勇無謀——由飛行員大臣（荻卡克・昂楚）批准……訊息重播……

——重要訊息，發布於萊賽爾太空站鄰近地區的飛行員專用頻率及飛行員內部網路，日期54.1.1-19A（泰斯凱蘭曆）

◎

九木槿上一次駕駛的碎鋒戰機已是好幾代之前的機型了。

她的雲鉤光是為了讓她連上共享視覺，程式更新的時間就實在久到荒謬，而她甚至還完全沒用上新的生物回饋系統（讓他們能像一個巨型的有機體般同步反應）。這項科技大約是在十年前，從帝國警方傳到艦隊，也就是由科學部傳到戰爭部。九推進器部長——九推進器前部長，九木槿提醒自己——是其中的重要推手。她見識到這項技術在「世界之鑽」的太陽警隊身上產生何種效果——瞬間反應、超能通訊，她有一次跟九木槿和其他幾位軍官喝酒喝到深夜時提過——並將它重新改造給碎鋒機群使用。她找來「將固定模式寫進世界」的演算法大師、科學部的十珍珠部長親自修改程式碼。如今，新系統就內建於碎鋒戰機的介面跟飛行員雲鉤互動的方式，也在他們真空戰鬥裝縫進一組外部電極和磁場感應器，提供人造的集體本體感覺兼視覺。本體感覺、視覺，據傳還包含了痛覺共享和面對危機時共通的本能反應。自新系統上線後，傷亡率下降了九個百分點，這讓負責軍備與研究的第五分部開心極了。但就算九木槿人在碎鋒戰機裡，身穿碎鋒真空戰鬥裝，這種新的共享知覺還是讓她不知該如何使用，只讓她難為情地嘔吐——這好像就是最常見的訓練副作用。所以，她也許還是只連接碎鋒機群的共享視覺就好，靠自己的雲鉤就能連上，不需要用到碎鋒戰機。

她坐在「輪平衡錘」號艦橋的艦長座位上，傾斜成水平九十度，兩眼都掛著雲鉤鏡。她絕不可能讓十六月出在沒直接受嚴密監視的情況下，去攻打苔蛾座二號星。

她的手下只要輕輕一碰，就能把她從碎鋒機群的共享視覺裡叫出來，回到指揮身分。但目前，她的旗艦除了停在這裡等著接收訊息外無事可做。她在神遊別處時，將控制權正式委任給二十蟬。

她化爲一個無形的存在，和臨時調派給小型戰鬥支援艦「夢中堡壘」號的碎鋒機群飛行員同行，跟隨十六月出的「焦黑瓷片」號駛入吞噬了苔蛾座二號的死寂中。她心不在焉地猜想，通訊故障會不會影響碎鋒戰機的視覺；她有些期待能得到一個有用的答案。

「焦黑瓷片」號是一艘很美的船。從碎鋒戰機不停移動的視角看去，它就像一把劃過太空的黑曜石刀，反射出粼粼黑光：一艘火山碎屑級匿蹤巡艦。十六月出的第二十四軍團若不以此爲傲，實在沒道理。它遠遠地從苔蛾座星系的黃矮星那兒——就是「刀尖」被三環星艦攔截的地方——飛來時，看起來彷彿只是星空中稍黑的一塊，近乎隱形。「夢中堡壘」號浮在其後，讓十六月出領頭（她當然會親自指揮；換作是九木槿也會）。自從通訊中斷後，就沒人見過苔蛾座二號星上的樣子了。九木槿不確定自己預期會看到什麼。可能是焦黑的地殼，也可能是燈火通明、生氣蓬勃、圍著某種封鎖網的殖民地——

都不是。

苔蛾座二號星一如在全像影像上的模樣：一顆小行星，三塊大陸，最大一塊中央是大片的矽酸鹽沙漠。泰斯凱蘭殖民地就座落在該沙漠南邊外緣，精煉廠和雲鉤玻璃工廠的輪廓，宛如蝕刻於大地的字符，恰好能看出來。一片瑩白透亮的純淨矽沙圍繞在殖民地周圍，彷彿一只鑲嵌底座，準備鑲上未經琢磨的工業寶石。由於星球上被殖民的地帶正值白天，他們完全無從判斷殖民地是否仍有電力。既有的人造衛星仍在軌道上——但一半是黑的，而星球本身毫無動靜，沒有飛行器在起降。也不見任何外星人。

她在碎鋒機群的通訊頻道上聽見十六月出平緩鎮靜地說：「緩慢進入軌道。這簡直是座墳場。」

九木槿沒有透過生物回饋跟其他人一起顫抖，但還是兀自發抖，並想像那是集體的反應——碎鋒機群全體都感覺到那毛骨悚然、寂靜無聲的怪狀。*這簡直是座墳場。*十六月出說得沒錯。他們滑行接近的同時，「夢中堡壘」號經過那些暗下來的人造衛星。它們就只是被嚼得破破爛爛的殘骸而已，被扯得五馬分屍。九木槿試著從它們的狼吞虎嚥裡找出一個模式——外星人想要的可能是金屬，可能是反應器核心、氧氣、各式各樣的東西——但她觀察不出規律。那些衛星看起來就只是被撕扯得開膛破肚。他們想要拿走的東西就是對他們有用的，她發現自己如此想道。讓物體運作的能量。讓它們擁有存在目的、不致淪爲垃圾的東西。外星人拿的就是那個。

她意識到自己在把該威脅比擬成人類，給一個很可能沒有任何理由的破壞行爲找意義和理由。這些外星人不是人。它們甚至不是野蠻人。

十六月出再度在頻道上沉著地指揮：「維持在軌道上，保持聯繫，我派一組人馬去地面搜查——『夢中堡壘』號派六架碎鋒戰機，『瓷片』號派十架。去吧。」

這很冒險。九木槿可能不會這麼做——若衛星成了墳場（也難怪整顆苔蛾座二號星都中斷了通訊，他們失去了用來聯繫的管道），底下那顆星球上會有什麼樣的災情？但她叫十六月出奪回這個殖民地。她挑釁她去這麼做。只用泰斯凱蘭船艦包圍它是不夠的。如果星球上有泰斯凱蘭公民，就應該去救回他們、保衛他們。將他們帶回世界上。九木槿移動她的焦點，跟著碎鋒戰機飛行員穿過燃燒的大氣層，讓其餘船艦退到背景、她雲鉤上的邊緣視覺，變成黑暗中的閃爍光點。

他們進場時呼叫殖民地的太空港——照慣例請求告知降落航向和天網間合適的停泊處。碎鋒機群可以靠自己降落——不像種子艇或貨船需要被接住。這理應是稀鬆平常的程序。但這星球沒有半點稀鬆平常之處。

苔蛾座二號星並未回應呼叫，第二次呼叫時也沒有反應，更沒有指示港口淨空、戰爭部優先進場的全頻道廣播——若是九木槿就會跳過這一步，大範圍廣播感覺太冒險了。就算這裡是墳場，凶手也可能還在此徘徊。碎鋒機群在可停泊的地方降落，穿過電漿橙紫色的光暈和G力下降帶來的晃動，相當俐落地停下戰機。這些飛行員都遇過比失去通訊和沒有航向指示還要糟糕的情況，只能憑肉眼確認安全的降落點，執行過比這還要複雜得多的降落。

太空港也是漆黑一片。死寂無聲。沒有泰斯凱蘭人，也沒有外星人來迎接這十六艘戰機。現在是大白天，其中一臺碎鋒戰機儀表板上顯示外頭將近五十度，是苔蛾座二號的夏季，剛好接近人體能承受的極限。九木槿遠在她的艦橋上，看著這片毫無動靜的死寂，卻仍感覺到一股寒意。一團團矽沙跟著風升起，在空中揮灑一波波白色漣漪，彷彿是被暴風吹動的白雪。

十六月出的聲音在她耳邊響起：「查清楚情況有多糟。可以的話把生還者找出來。」

這也是九木槿應該會下達的命令。不管她們在其他事情上有何歧見，她都樂見十六月出和她同樣為帝國子民和他們的命運掛心。她們可以由此著手，找出或許能讓她們並肩作戰的共通點。

共享視覺帶著她離開機身——她很高興飛行員穿的真空裝有控溫功能，身上配備的新型介面也讓他們即使在陸地上都能維持集體視覺，不用靠機上的人工智慧系統連接。她很高興——直到他們來到太空港建物內，並發現第一批屍體。

九木槿是軍人，殺的人多到數不清——在太空戰鬥中，不可能真的計算——其中有些還是面對面格殺，充滿血腥和糞臭，臟器被挖出來浪費掉，無法獻祭給任何人，又像同時獻祭給所有人。她第一次殺人時濺上的血跡被她留在前額直到剝落，那是一項古老的儀式，她這輩子不曾比那一刻更像個泰斯凱蘭人。二十歲大，頭頂鮮血，在某顆半叛亂的小行星上，膝蓋以下沾滿泥濘——

——然而，當這些屍體映入眼簾，她依舊希望沒看見。這麼多的人。大都是被開膛破肚：不是能量武器乾脆俐落的殺法，雖然也有一些屍體身上是那種傷口，把泰斯凱蘭人變成了部分焦黑、部分熔化的死屍雕像。但絕大多數死者都是被剖開來，像衛星一樣解體。她暗忖，也許它們以大型哺乳類為食，這念頭幾乎令人欣慰——一個把人類當獵物的物種很麻煩，但伊柏瑞克族也是大型哺乳類，他們同樣設法與之順利共處。但落在外面的內臟沒有遭到嚼食，就只是被——撕扯出來，成爲垃圾而非食物。

跟著敵人的思路走多麼容易。一面跟著，一面就會開始對它們感到切身的憎惡。

「夢中堡壘」號派出的碎鋒機群小隊長向其同伴比劃，接著對「瓷片」號的碎鋒機群示意：我們走這邊，你們走那邊。他們的隊長點頭。安全起見，他們安靜地奔走，只靠共享視覺來聯繫——要是讓逗留此地的外星人知道這裡還有其他人在，八成會馬上害大家送命。九木槿跟著她自己的那組人馬跑來跑去。他們知道她就在一旁看著，她希望這樣能在他們奮力穿過苔蛾座二號星時，讓他們感到安慰。他們的艦隊長也見證著他們所見的一切。

過了好幾個小時，她才開始想通外星人來這裡圖的是什麼——除了爲破壞而破壞以外。這幾個小時內，他們發現一堆又一堆死去多日的泰斯凱蘭人，一棟又一棟滿是屍體的建築物。入侵勢力的屠殺行動執行得很有效率。她需要確認名單（她要再去問二十蟬，他會知道），但她猜想苔蛾座二號有大約一千五百名殖民地拓荒者，也許兩千人，是個很小的殖民地。其實就是個工廠廠區，負責將富含稀有晶質附加物的細沙，加工成雲鉤用的那種幾乎弄不破的可彎折玻璃。苔蛾座二號星位處泰斯凱蘭最邊疆的地帶，氣候太炎熱，大多人都只是去那裡當短期技工，在戰爭部原本的工作合約下，多賺些危險加給。這些人之所以會死，九木槿意識到，是因爲這些外星人明白供應鏈的運作方式，以及如何對付只有單一資源的殖民地。

切斷供應。把已經產出的產品全都帶走。

中央廠區通常放著堆積如山、準備製成雲鉤的玻璃，在那兒等待上路，穿過跳躍門回到宇宙中更爲開化、人口稠密的地區。現在裡面一塵不染——且空無一物。除了用以製造更多玻璃的機器之外，沒有其他東西遭到破壞。玻璃本身全都不見了，彷彿變回矽沙給風吹走似的。

所以，這些泰斯凱蘭的敵人，它們確實想要些什麼：它們至少有一個目標，想奪走一個帝國所需的資源，並且防止未來再有更多資源產出。它們無從得知還有其他星球在生產雲鉤用玻璃，還有其他沙漠有正確的礦物質組合。它們也考慮得夠周到了：帝國發現苔蛾座二號星時，之所以認爲它值得被納作殖民地，就是因爲那些資源，那些特定的礦物附加物。如果你的敵人是泰斯凱蘭，那些資源——任何可控的資源——就必須被阻斷、奪走。這裡的人——在這樣的算計裡，人命並不重要。

就算有個情報部的間諜幫忙，我他媽到底要怎麼跟這些東西溝通？九木槿心想，接著眨眼離開碎鋒機群的共享視覺，回到「輪平衡錘」號撫慰人心的正常環境裡，沒有半身不全的屍體。

「中止行動，」她在窄頻通訊系統上告訴十六月出。「把我們的人叫回來，在苔蛾座周圍設一個軌道，叫妳的軍團準備爲他媽的一整顆星球舉行喪禮。」

❁

萊賽爾太空站很小。

小而美，像一顆旋轉的鑽切寶石鑲在華麗的星空中，兩條輻條中間是層層甲板組成的巨型環面。三海草很難想像在上頭生活——就像全天候都住在戰艦上，史上最大的一艘戰艦——但她立刻就喜歡上它。

至少到她靠港爲止都喜歡。她用貴得離譜的價錢，換來一趟既不舒服又冷颼颼的十一小時航程；她搭的貨船停靠在其中一條輻條底端，開始一箱接一箱卸貨（這個嘛，裡面的東西是用維拉席—塔雷文標示的，所以三海草也不確定她有沒有記錯「魚」的寫法。冷凍魚乾？魚「粉」？就算是在這沒有行星、以鋼鐵打造的星球上，有誰會需要這麼多箱的魚粉啊？）。她讓自己跟貨物一起下船，身上還穿著蛇丘座一號的連身服，一位額頭寬得要命的高大野蠻人立刻抓住她，猛地往牆上推。他用瑪熙特說的那種音節分明又難以發音的語言質問她。三海草不知道該提供什麼資訊，而且那牆壁是金屬材質，撞得她很痛，那位貨船工程師還一點忙都不幫，自顧自地站在一旁，一副「我就跟妳說了吧」的樣子。

也許她應該要穿特使制服才對。

「我是泰斯凱蘭情報部的特使三海草，」她以自己的語言大聲道，「你這是外交羞辱。放開我。」

那名野蠻人顯然懂得泰斯凱蘭語。他放開她，然後在他帶在身上的平板螢幕（不是雲鉤）上按了個鍵，一陣特別大聲的警鈴隨之響起：一種響亮的噪音，三個音調重複播放，像是一首歌的開頭——如果這首歌是在鐘鎮六區的噪音核夜店播放的話。

「妳是誰？」貨船工程師問。

三海草的手往兩邊耳朵揮了揮。聽不到，有人啓動警鈴，而且考慮到現況，這問題眞夠爛的。

「我到底載了什麼東西過來？」貨船船長問的這就很冒犯了。三海草是個人，不是東西。她聳聳肩。用泰斯凱蘭人的方式睁大眼睛一笑。她確認自己行李還在身邊的同時，剛剛抓住她的野蠻人用頗流暢的泰斯凱蘭語說：「別動。」她沒有動。

（她感覺心臟就快跳出喉嚨。要是警鈴繼續響下去，她可能眞的會嚇到。要是在萊賽爾太空站坐牢的話，她作爲使節的職權就廢止了。更別提她這輩子從沒坐過牢，如果叛亂期間在情報部受困的幾個小時不算的話——她根本不該來這裡——）

機棚另一頭傳來一陣喧譁。啓動警鈴的野蠻人用警鈴招來了更多的野蠻人，他們看起來——來頭不小，其他忙著給這艘貨船卸貨的太空站人，以及其他剛抵達的船艦都將注意力轉向他們。即使三海草怕得要命，即使警鈴震耳欲聾，她也能判讀屋內的氣氛——就算出了帝國，被陌生人環伺，她仍保有這方面的訓練。其中一位新出現的傢伙手臂一揮，警鈴便自己安靜下來。

三海草在靜默中奮力地吐氣。她在四分之一秒的時間裡闔上眼睛，讓眼皮緊閉，直到她產生光幻視，將肩膀往後轉。心想，上吧，該來靠我的三寸不爛之舌想辦法見上瑪熙特·德兹梅爾一面了，就算要我講到舌頭打結也行。她再度睜開眼睛。

然後發現瑪熙特本人就站在她面前，夾在一位男性長者和一位貌似老鷹的中年女性中間。

瑪熙特看起來狀況很糟，卻也精神飽滿。長得依舊又高又瘦，皮膚是橄欖色偏白，和以往同樣造型的鬈髮現在更長了。一縷縷鬈髮長至後頸，框起她的臉龐，輕輕掃過顴骨，讓她的臉頰輪廓看起來比原本更加尖銳，就和她的鼻子一樣。她看起來不再像是被人用力一推就會往旁邊跌，沒睡覺又飽受驚嚇的模樣；相反地，她看起來很驚訝、生氣，而且腹部微微不適。我的野蠻人，三海草心想，而這——喔，她語中的喜悅溫情並不恰當，完全不恰當。

「哈囉。」她和瑪熙特說，並再度試著用太空站人的方式微笑。

「妳在這裡做什麼？」瑪熙特問她。能有人把她自己的語言講得如此從容優雅，感覺眞好。「三海草，我印象中妳現在是情報部次長，不是有事沒事就裝成貨物的偷渡客——」

「妳認識她。」鷹臉女子說，非常像在指控。瑪熙特當然是又捲入某種政治紛爭裡了；她對這種事自帶吸引力。三海草親身經歷過，所以非常清楚。

「這位是情資官三海草，」瑪熙特開口，而三海草發現自己對於被介紹這件事，有種徹底且詭異的欣喜，彷彿她們角色對調，聯絡官和野蠻人顛倒過來，而的確，她現在是在瑪熙特的星球——太空站——上，不是嗎？「一等貴族，泰斯凱蘭帝國情報部的第三次長。我的前任文化聯絡官。」

「擔任妳的文化聯絡官，是我做過最有趣的工作了。」三海草補充說，心裡想著，除了我此刻的工作之外。她指尖相合，向陌生的野蠻人們彎腰鞠躬。「剩下我不曉得你們的身分；瑪熙特，妳能否好心地跟我介紹妳的——同胞們？」

外交禮儀是一種美妙的避難手段，其中有各種儀式，而且不會牽扯到逮捕。通常啦。

瑪熙特的表情從隱隱的不適，變成了懊惱和愉快的混合。她表情眞是豐富，似乎所有太空站民也都如此：另外兩位和瑪熙特同行的人，都是一臉明顯有所算計、認眞觀察並留意情況，表情比起不悅更像是期待。

瑪熙特說：「妳相當榮幸呢，三海草；這兩位是我們國家議會的大臣。礦業大臣，達哲・塔拉特。」——她比向她右側的年長纖細的男子——「以及飛行員大臣，荻卡克・昂楚。我相信妳的問題是歸昂楚大臣所管，因爲妳非法出現在她的機棚內。」

三海草盡可能充滿歉意地問：「大臣們，請問你們會泰斯凱蘭語嗎？」她眞的得好好學太空站語，不能只有現在業餘等級的詞彙量，即使瑪熙特的語言裡有些發音對文明人的舌頭來說不太討喜。

那位名叫昂楚的鷹臉女性點頭，就點了一下。她目前還沒說半個字。她不需要；她全身上下都散發著一股氣勢，催逼三海草趕緊爲自己辯解，否則就要從最近的氣閘（眼前就有兩個）把她丟出去。

「對於自己以非常手段抵達此地，我致上最深的歉意，」三海草說，「但我需要以最快的速度抵達萊賽爾太空站，而除了經由安赫米瑪門移動，取代常用的路線之外，沒有其他方法能規避次光速的交通時間。我確實理解，自己或有疏忽，並未宣告我方動機，以至於可能違反貴我兩國之間的協議，但請相信我，我不是偷渡而來，我的目的更不是要進一步損害兩國關係。」

昂楚大臣的眉毛就跟身上其他部分一樣表情豐富，往上挑到幾乎要碰到她的髮際線（如果她沒剃光頭的話）。「那麼，妳是爲何而來？」她問。她的泰斯凱蘭語講得非常不差。「什麼事會需要用上最快的速度？我們又爲何沒有事先得到通知，說妳會選擇以這種方式進入我國領土呢，次長？」

有些事在她還只是情資官的時候容易多了。大家似乎都預期不管是哪種次長都會有手下、在新聞頻道上開記者會，可能還會事先預先公告他們在星系內移動的行程規畫。

「我需要，」三海草說，據她判斷，勇敢面對此事、說清楚講明白算是比較簡單的方法，「借大使一用。」她指向瑪熙特，後者眼部周圍變得像泰斯凱蘭人那般靜止不動。「她依舊是大使，對吧？」

◎

一旦他把身後的房門關起來上鎖，八解藥就能假裝自己是有一些隱私的。

他沒那麼傻：他知道這裡有兩個監視鏡頭，浴室裡還有一架，小心地對著窗戶而非淋浴間或馬桶。（那一架是要防範他人侵入、企圖綁架皇儲，而不是爲了看皇儲洗澡。他希望是這樣。不過，他沖澡時仍始終背對窗戶，讓生殖器面向淋浴間角落。）但關門本身讓他有獨處的感覺。

八解藥叫全像投影機播放一集《雲蝕曙日》。那是一部連續劇，服裝預算高到誇張，有個場景還是從歷史上的眞實戰艦——有著四百年歷史的博物館館藏，符合故事發生的時間——局部搭建出來。戰爭部特許他們在拍攝時使用。目前他在看的這集是六季裡的第五季，這一季叫做《日光溶解陰霾》，現在演到二黑子皇帝英勇地和伊柏瑞克人第一次接觸的談判成功後，從她來時經過的跳躍門回去，卻只見她的前任動衛、企圖篡位的十一雲朵就在另一側，於是她跟篡位者的傳奇戰艦開始一整年的消耗戰。這是八解藥最喜歡的段落，或至少在去年那整場叛亂政變發生以前是。現在這段劇情令他難以直視，但也讓他——感到緊張、興奮、好奇，還有一點反感。

反正，在他和皇帝陛下談過九木槿在卡烏朗及新戰場的情況，他的感覺就是這樣了，所以剛好。

十一雲朵（或說扮演她的演員）正在讓麾下艦隊長向她重新宣誓效忠，擁戴她登基爲帝。這當然也表示她不能就這樣跟二黑子投降，縱使她們自幼一起長大且彼此相愛。這集戲劇張力很強，還有她們倆關係生變以前在地宮同床纏綿的回憶片段，其中性愛場景的尺度頗大。八解藥知道他這年紀的孩子或許不該看《雲蝕曙日》，另外有個刪去情色血腥段落並分級成適合托育學校觀看的版本，叫做《玻璃鑰匙》，但它的劇本實在爛透了。

而且八解藥從沒有遭受過任何媒體閱聽限制。他在全像投影上看過很多人做愛。看起來都髒兮兮的，還會讓人在事後犯蠢。

不過，九木槿元帥應該不是因爲性的關係，才不得不領軍打一場贏不了的仗吧。在八解藥看來，感覺更多是政治因素，而所有人都跟政治有關，做愛的則只有一部分人。他一直在想皇帝說的話：九木槿危險的程度，或許正好足以讓她活下來。這大大不同於十一月桂似乎想灌輸他的觀點——也就是九木槿以及她手下對她的忠誠，構成了某種強大的威脅，所以讓她光榮戰死會比較好。

這個嘛，如果她光榮戰死，就不會有十一雲朵那樣的下場，並連帶波及泰斯凱蘭。如果她人不在了，她忠誠的軍團也就無法說服她稱帝。

但他覺得這樣眞浪費。因爲一件可能發生的事，就讓一個有能力設法在卡烏朗平亂的人這樣子去——送死。不是所有事情都跟四百年前一樣。十九手斧甚至不認識九木槿，不眞的認識，八解藥想她們應該頂多就見過一面。

然而，也不是所有事情都跟全像劇一樣。就算那部全像劇是小說改編，小說又是改編自現今仍會在宮廷音樂會上傳唱的史詩。有些新的事情發生，而且才發生不久。例如前元帥一閃電，以及全心效忠於他的軍團，還有八解藥的祖親皇帝的死亡。也許這正是一部分的答案：不讓任何可能變得像一閃電的人有機會廣受認識、博得愛戴或活躍夠久，以爲自己該取代十九手斧當皇帝。

還有取代他。他不想去想這件事。

有時候，當他心情眞的很糟，同時又在興頭上——當他已經覺得反胃，心情又差——的時候，他會找出暴動當天的新聞，看六方位死時的照片。他總會想自己老的時候、死的時候，會不會就像那樣，一模一樣的表情。大概會吧。感覺就像看見未來一樣。

他決定，下次去見十一月桂的時候，他要搞清楚戰爭實際上到底是什麼情況。

三海草暗忖，她跟瑪熙特不是沒有一起坐在比這更糟的地方過。

更糟的地方大概就是宮殿底下的地窖，她們在那裡眼看六方位在新聞直播上死去。（也許不是：她們是在那時候接吻的。雖然三海草全程都是要哭出來的狀態，八成把整個體驗毀了。就只發生過那麼一次。如果瑪熙特沒打算提起兩人有過那個吻，她當然也不會。）

◎

瑪熙特沒說什麼，就只是在她過來要求瑪熙特跟她走之後，把她從萊賽爾太空站海關那場徹底的災難以及政府高官（不只一位，而是兩位）手中帶開。目前為止，反倒是她跟著瑪熙特走。她們穿過機棚，往外到甲板上——太驚奇了，太空站有這麼多人，大部分都非常刻意地忽略她。瑪熙特精確地帶她穿過迷宮般的走廊，直到她們到了一間小房間，眞的就像顆小豆莢，一顆掛在吊架上、有兩個人那麼大的種子，在太空站這樣的金屬世界中，唯一能生長的作物——裡面還有彎曲的牆壁和沙發相襯。瑪熙特在她的資訊平板上按鍵打開它，接著它便從一排一模一樣的豆莢中降下來，向她們敞開。三海草在瑪熙特把豆莢空間叫下來的同時，越過她的肩膀看了看（她們一直站得很近，三海草只是在都城時就習慣站在瑪熙特左肩旁，彷彿她就該站在那裡），心想她應該是在處理金錢方面的事。

「你們太空站有出租辦公室？」她們進去後，她輕快地問。沙發是淺藍灰色，兩面牆各有一張。中間有張桌子。三海草手肘靠在上頭——冰冷的金屬——並想念起她還好好摺放在行李中的情報部外套。

「使用起來很有效率，」瑪熙特回應，「兼具可替代性。加上我不能帶妳離開這層甲板，妳人不算眞的在這裡。」

「可我眞的是過來要找妳的。能達到這個目的就夠了。」

瑪熙特望著她一會兒，久得足以讓三海草想要轉過頭。但她沒有，而是張大眼睛，用雙手撐著下巴，讓自己等待。

終於，瑪熙特說：「是妳過來？還是十九手斧派妳過來？」

她的野蠻人果然每次提問都一針見血。

「是我過來，」三海草說，「這裡眞的完全不是我該來的地方。但它在我要前往的目的地路上，而我確實是來找妳的。陛下她——這個嘛，我猜她完全曉得我會跑去哪，但這是我的主意。」

「大部分人跑去哪她都知道。」瑪熙特說。

「她是皇帝嘛，」三海草同意道。「而且她就是她，所以，沒錯。我得跟妳說，她在我離開之前，派了五瑪瑙到太空港的一家餐廳堵我，而我一份交通計畫都沒跟都城申報過，還是被她找到了。」

「五瑪瑙，眞的假的，我很難想像她出現在太空港餐廳的模樣。」

「她想要我發血誓保證，我不是受戰爭部某個次長指使。她一點違和感都沒有，她有點——到哪都能融入——」

瑪熙特的手越過桌面，現在她的指尖就碰著三海草右手肘上方一些的肌膚。溫暖的指尖。「小草，」她說——而三海草感覺一根尖刺直戳過她喉嚨，已經沒人那樣叫她了，瑪熙特在此之前也沒這樣叫過，但是，噢——「小草，妳惹上了什麼麻煩非逃命不可嗎？」

她但願如此。若是，接下來的故事就會是帝國特務和野蠻人一起，偷走一臺小戰鬥機，出發穿越最近的一座跳躍門，航入黑暗。她一向很喜歡那種詩，即使它們無一例外是悲劇收場。

她以自己的手蓋住瑪熙特的手。「不。我很好。我甚至不認識十一月桂次長。我只是得去戰場而已，還有跟外星人講話。跟我一起去吧。我認識的人裡頭，就屬妳最擅長和外星人溝通了。」

「那是因爲，你們泰斯凱蘭人堅持認爲我就是外星人。」瑪熙特說，語氣卻是那樣地輕柔。三海草不覺得自己表現得像是需要被溫柔對待，被瑪熙特・德茲梅爾溫柔對待，但老實說她也無法肯定；瑪熙特總是讓她倍感意外，這也是她想帶她去前線的原因。

「妳只是幾乎可以算作外星人，」她語氣堅定地告訴她。「妳難道不想去見些眞正的外星人嗎？趕在戰爭部把它們打死之前，試著去理解它們？」

瑪熙特沒有回答她的問題，或是答應——甚至也沒有表示拒絕。她說：「首先，跟我解釋爲什麼是妳要去戰場，還穿成這樣。」

至少她的手沒有從三海草的手下移開。「……這是一套非常昂貴的連身衣。」她說。

「妳在喬裝嗎？」

「現在沒有！」

瑪熙特笑了出來，而三海草發覺自己正得意地對著她笑。她想念這個，這個。快得令人腦袋發昏的事件發展，還有爆笑又荒謬卻不得不問的問題。她在情報部辦公室裡永遠都不會遇上這種事。

「我只是需要盡快趕到這裡而已，」她解釋說。「所以我才會從錯的跳躍門過來。而途中在很多停靠點遇到的狀況——如果我不是我會容易得多，簡單來說是這樣。但妳應該看看我的特使制服。要不是妳這麼高，我還可以弄一套給妳。」她停下來，摁了摁瑪熙特的手。她非常清楚自己在刻意引導整個話題的走向，提供誘因，她實在不該這樣操縱一個她想建立互相信任關係的人。但她同時也想要她答應，需要她答應——如今她都大老遠跑過來了。「我是指，如果妳願意再次擔任大使一職的話。大使，兼情報部臨時派任第十軍團之特別人員。」

瑪熙特說，「妳的確有麻煩了，是吧。或是帝國有麻煩了。這場仗的戰況不妙。」

「萊賽爾人的『你』，」三海草說，「包含範圍有多廣？」她沒有說出口，但彼此都曉得的是：對，戰況很不妙。我們不曉得敵人的本質爲何，我們失去好多個資源開採的殖民地，妳自己也跟我們說了，如果我們讓這些吞噬一切的外星人再深入我國領土，情況會有多糟。艦隊已經有戰艦了，要不是情況不妙，怎麼會想找個外交官來？

瑪熙特擰起半邊嘴角擺了個鬼臉，看起來要笑不笑的。「不夠廣。」她說，片刻間她聽起來好像——別人。她臉動起來的樣子也是——不太對。不是三海草記得的那樣。三海草得問她怎麼會被自家政府高官給包圍。她是瑪熙特。若說三海草對她有那麼點認識，她的時間八成都在忙著處理令人不快又危機重重的政治困境。

他們其實也就在都城相處了一週多。一週不足以認識一個人。但那週感覺比實際上更長，關鍵時刻往往如此。那週之前的三海草是一位有抱負的年輕情資官，傍晚習慣去宮廷的詩歌沙龍，還有一位不住都城的摯友，兩人還是學員的時候就認識了；然後是後來的三海草，情報部第三次長，她的朋友死了，而她已經兩個多月沒有寫詩，更別提在宮中朗誦了。

「那妳有惹上麻煩嗎？」她問瑪熙特。

「我什麼時候沒有了？」瑪熙特說，然後嘆了口氣，放開三海草的手腕，整個人沉回她的沙發裡。她手鬆開時，感覺好像火花間隙，距離寬得恰使電流無法流通。

「妳應該是個好學生吧。」三海草說。

「好啦，」瑪熙特同意說，「我有那麼一會兒沒惹上麻煩，就是我被安全地關在檢驗廳的時候。」

「現在呢？」

「我終究會回去都城的，」瑪熙特在令人難耐的停頓後說。「我會。等我感覺對的時候。」

三海草等她。她認為瑪熙特已經做出決定了，但這是一個她能大聲明說的決定，三海草最好還是別逼得太緊。她已經夠緊迫盯人了。瑪熙特之後也許不會原諒她。如果此事發展不順利的話。或甚至是——特別是——如果它發展順利的話。她不就在都城和泰斯凱蘭帝國終於不再試圖殺害她，並且肯定她的利用價値（不管她是不是野蠻人）之後，反倒跑走了嗎？她可能又會這樣：成功，接著把自己從泰斯凱蘭的記憶和歷史中除名，讓自己化作幽魂，流亡到她的家鄉去。

瑪熙特閉上眼睛，眼皮緊閉。她指尖按著前額兩條憂慮的皺紋。「妳得讓這件事非常正式，」她說著，聲音被手心悶住。「像是『情報部奉皇帝陛下所命下令』這樣正式。威儀如刀鋒閃光的皇帝陛下派遣特使三海草，要求瑪熙特·德茲梅爾大使立即前往某艘不知名旗艦。」

她把泰斯凱蘭通信文書的文法句構掌握得一清二楚，清楚到令人煩躁的程度。她不該是個野蠻人的。她到情報部工作會有多優秀啊。

「還有，在妳處理的同時，」瑪熙特接著說，「拜託別再違反我們的進出口法規了好嗎？設法找個正式理由讓妳自己全程都是合法入境。我可不想讓昂楚大臣有比平常更多的理由討厭我。」

三海草打算搞清楚那些「平常的理由」是什麼。但她時間還多，她暗忖。她有一樁爲期三個月的任務，還有前線戰場要去。三個月夠她了解任何人以及全部的祕密，即便那人是瑪熙特·德茲梅爾。

◎

「帝國將視苔蛾座二號星的這些殖民地工人爲戰死沙場的泰斯凱蘭軍人，予以紀念，」二十蟬對士兵們說道，他們聚集在「輪平衡錘」號最寬敞的機棚隔間裡——船上唯一足夠容納所有非緊急人員與非外派士兵的空間——依軍階排排站立。「這就要仰賴各位在哀悼儀式中的參與。你們要將苔蛾座二號星的死者銘刻於記憶中；你們要在武器上刻下他們的名字，然後以之復仇。他們流的血不會被這顆星球的土地吸食，而是由餵養他們、同時也餵養你們的帝國所飲盡。」

這不是平常的喪禮悼詞。

因爲許多原因，不可能採取平常的方式：一次要爲如此眾多的死者舉辦一場喪禮，只能遵循泰斯凱蘭爲紀念太空事故或瘟疫受難者所發展出的模式。九木槿很高興二十蟬選擇的悼詞是「這些公民死於群星之間的黑暗地帶，而我們將自虛空中索回他們的鮮血獻祭」，而不是「世界已然失序，所幸疾病將抹去我們的哀痛和他們的性命」。他們因爲這兩個選項而有歧異。他提出了一個說服力高得令人不安的論點，即這些被開腸破肚的屍體死於瘟疫，而瘟疫就是那些外星人，一場不爲任何意義大肆破壞的瘟疫，就像一種病毒，殺死宿主的速度快到讓自己也沒命。

九木槿不想讓這種想法傳到她其餘的士兵耳中，就算二十蟬對於系統運作的看法通常都是對的，特別是生物系統。讓整個軍團被病毒嚇個半死，會讓他們跟敵人——或敵蟲，或不管實際上是什麼樣的可怕東西——硬碰硬時戰力大減。她也不想讓一堆過度積極的艦長拿出火焰噴射器和生化消毒炸彈做地毯式轟炸。下一顆他們重新奪回的星球或許有倖存者。她沒打算放棄這個可能性。

情報部的間諜對她來說來得實在太慢。

如果她真要能和這些東西溝通，就必須盡快。趁她還有哪怕這麼一絲渴望的時候。跟這些外星人打一場滅絕戰，會造成泰斯凱蘭相當可觀的傷亡，數字遠高於她願意拿來冒險的程度，雖然第一組人馬恰好是別人的軍團，而不是她自己的人。但他們會是她的手下，跟隨她來到這蒼涼邊境。他們不該被當作區區屍體給扔進戰爭機器中，就爲了使它運轉。所以她得搞清楚，這裡是否有任何能溝通的對象，讓苔蛾座二號星的慘劇——這一帶其他黯淡死去的星系大概也有相同的遭遇——得到解釋。

「新的花朵將在這片貧瘠的土壤生長，」二十蟬說，他語調堅決、如夢境般輕柔，刺激著眾人，整個機棚都能聽見他的聲音透過每個人的雲鉤、頭上的揚聲器、裝在地板的音響迴盪，傳播入骨。這些設備是爲了讓艦長的聲音（或是副官的聲音；有些副官本來有成爲吟詠家的才華，偏偏渴望從軍，還信奉奇怪的宗教）能傳入聚集在此的每位士兵腦門，被感受到，集體地感受。「它們會是辛苦贏得的花朵——受你們的雙手悉心捍衛，除去寄生蟲，被能量武器的陽光所溫暖的脆弱花瓣。」

「寄生蟲」這句肯定是二十蟬對瘟疫的有感而發。對「恆定性」，以及平衡的有感而發。就算其餘悼詞都是集體哀悼儀式上常見的勵志之語——這個鐘點結束時，在場士兵全都會刺破手指，裝滿一碗血，用的是那種她倒在苔蛾座二號空蕩廠區上的碗（而且她會親自去做，總比讓十六月出去好，必須是指揮艦隊的元帥才行），宛如許下一個承諾。總之，關於「寄生蟲」的言論完全是出自二十蟬的個人哲學和宗教主張。

他是全銀河系裡面九木槿最信任的人，而她依舊無法理解他爲何不信仰一般的泰斯凱蘭宗教，跟其他人一樣上太陽神殿，獻血祈求好運。他的母星已經臣服於帝國好幾個世代了，他卻一直維持信奉當地的宗教——冒犯點講，就是恆定邪教。她的副官會齋戒、剃光頭、在私人寢室裡種植上千株活生生的綠色植物，同時維持她這艘船（以及她的軍團、她的艦隊）的後勤維持系統完美平衡地運作。宗教信仰是個人自由，九木槿一向這樣認爲，但——

「寄生蟲」。

八成也沒差。這些士兵大部分甚至不會有多少情緒反應。他們沒見到苔蛾座二號星。他們沒看到外星船艦吐出的唾液吞食他們的一名碎鋒機員——除了在她死亡時共享知覺的其他飛行員。他們感覺到她的死，從最一開始，直到最後那發仁慈的火砲。他們就會知道。不曉得他們對這段悼詞有何感想。這項新技術讓碎鋒戰機飛行員彼此間的連結，比以往她和他們同行時更甚緊密，而他們當時就已是休戚與共——一群願意輕如鴻毛地死於星際砲火的人會有的緊密關係。

儀式幾乎到了尾聲。二十蟬進行到所有人都曉得的部分：自十二閃焰皇帝的時代以降，幾乎所有喪禮都是以唱和形式的悼亡詩作結——當時是寫來悼念過世的勳衛二不凋花。

「生化火焰在每個細胞中綻放，」二十蟬起頭，等他說完句子裡每一個音節時，有一半的士兵已經在跟著他朗誦，眾人的聲音讓九木槿愛他們愛得揪心。她愛他們每一個人，愛他們聚集而成的這頭飢渴、聰明的野獸，他們作她的爪子、肺部和雙眼，而她作他們引路的心智。

「一心奉獻給土壤的苔蛾座二號全員，」二十蟬說，發音為了符合格律而有些含糊，「都將綻放作上千繁花——」

「和他們此生呼吸的次數同樣繁多，」九木槿加入。她的嘴巴對這些字眼的輪廓滾瓜爛熟。這些話她講過多少次了？有多少條生命被她這樣紀念過？夠多了。多得足以讓她感到衰老，她站在艦橋上，被她所有的士兵仰望，在他們全體目光的重量下覺得沉甸甸的。

「而我們會記得他們的名字！」

所有士兵齊聲：「他們的名字，和他們祖先的名字！」

「以其之名，人們聚集於此，讓鮮血自其掌心綻放，」二十蟬喊道，手拿銅碗和碳鋼獻祭刀的士兵則開始在他們負責的那幾排來回移動。「這化學火焰也將被投入土壤中，加入他們——」

碗和刀子來到九木槿左側。她劃開左拇指指腹，直接劃在上次卡烏朗戰役後，她在喪禮上獻血的疤痕上。她的傷口癒合很快，這項特質對艦隊長很有幫助。

對元帥來說，或許還更管用。

第六章

……第三分部的（其中一個）問題是，他們對情報部的厭惡之深，讓他們甚至會在公開網路上隱匿自己的行蹤。十一月桂次長是一位優秀的軍人，但我最後一次和他並肩作戰是二十年前的事了，而他把自己關在戰爭部裡的時間比我待在都城的時間都還要久。這讓他成了組織記憶，特別是如今九推進器被我調任之後。規則妳都曉得，五瑪瑙——在他教育完六方位的繼承人，並且決定想當戰爭部長之前，弄一份調查報告給我，好嗎？

——私人雲鉤通訊，泰斯凱蘭皇帝十九手斧陛下傳送予五瑪瑙勳衛，日期不明，已加密。

❁

全像劇時間！今晚第三哨到第五哨，「拋物線壓縮」號第二層甲版，同步播映給任何距離夠近的觀眾收看！放映《淹沒金穗花》的最新集數（沒錯！最新集數！第五季！眞心不騙！別問我們是去哪弄來的！）

感恩偉大的第二十四軍團，在大家浪費時間乾等的同時提供餘興節目。

——張貼於「拋物線壓縮」號多層船艙，以及第六、二十四和四十軍團船艦之標語。

◎

救援級泰斯凱蘭補給艦「茉莉咽喉」號比三海草早了三週多出發。帶著滿滿一船的快乾燻肉、能量脈衝充電器（小至手持武器，大至碎鋒戰機大砲等不同尺寸都有）、在長途外派時可重新加水或乾嚼食用的杏桃和花乾，以及好幾加侖的醫療級血球懸浮液，要往泰斯凱蘭太空外的戰場飛去。標準的補給包，代表的涵義不外乎是「我們不知道這場仗會打成怎樣，但你們大概會需要吃東西、射死別人還有包紮傷口」。「茉莉咽喉」號提交了行程，並取得萊賽爾太空站所在空域的過境簽證，此刻正——相當準時地——要經過太空站，往安赫米瑪門和更遠處、更嚇人的地區前進。

它一進入呼叫範圍，就被三海草叫住。逮到獨處機會便鬆了一大口氣的她已把連身衣脫掉，從行李中挖出特使制服穿回去。

「茉莉咽喉」號的船長是博理官六辣椒，他雖然被情報部特使叫住、請求從採礦太空站（「沒那麼帝國，絕對是個獨立共和國，我發誓」）搭乘太空梭接駁，但反應遠不如三海草預期中驚訝。大概隨時都有更離奇的事發生在他身上——他是個船長，而且還成功獲得博理官的職階，這代表他不但擁有軍用補給艦駕駛資格，還寫過某種科學論文。那樣的人肯定遇過比這更麻煩的妙事。他就只用他的雲鉤檢查過三海草的身分識別字符，確認她是本人，且奉命應前往「輪平衡錘」號。接著她傳給他瑪熙特的調派資料：萊賽爾駐泰斯凱蘭大使，因該員母星與前線距離相近，慷慨挺身爲戰場貢獻一己之才，是故亦需盡快前往該地。三海草把行文寫得非常正式。其實她沒必要那麼做；六辣椒聳肩說：「就多一個活人搭船二十小時罷了，我們氧氣充足，她也吃不了多少東西，太空站人的人體生化組成很標準。」然後他告訴三海草，說接駁船會在三到三又四分之一小時後來接她和她的同伴。

如果瑪熙特那時候能回來的話，就太有幫助了。

她們在出租辦公艙裡達成她們的——共識，或說決定，然後瑪熙特說她還有些事情得解決，完全一看即知：她得拿三海草的提議，去幫自己從她捲入的某種政治糾葛中脫身。三海草查看她雲鉤的內存資料，叫出萊賽爾太空站政府的資料夾，發現當時他們的六位大臣中就有兩位（亦即足足三分之一的政府）在機棚那裡，和樂融融地站在瑪熙特．德茲梅爾兩旁處理某種「問題」。

因此，她會需要時間也是可想而知。就算等待她無疑是一種精神折磨。

等待也讓三海草閒得無事做。此時此刻，在一個她從沒來過的地方，她最想做的事情幾乎就是到處溜達，好好認識一下。她承諾過不會離開機棚這層艙面，也沒打算要食言，但是——噢，那可能就有兩哩多的距離可以逛，有各式各樣的東西能看。而她何時才再有機會看到瑪熙特的故鄉？大概永遠不會。不觀光一下太可惜了。這甚至也不是觀光！是「探勘」。她的職責就是探勘，她是情報部員工。

她爬出那間辦公艙，憑感覺決定往左穿過走廊。她的雲鉤在這裡幾乎毫無用處，只能和同空域內的泰斯凱蘭船艦通訊。一旦她穿過跳躍門，到達沒有泰斯凱蘭中繼站網路的空域，雲鉤就無法和都城或其他對象溝通了；雲鉤不是跨跳躍門的技術。沒有東西能跨越跳躍門傳送，除非它以實體穿過跳躍門。她就只有內存資料，她自己的文件，以及未更新的簡易版情報部內網，完全沒有萊賽爾太空站內部的地圖。（她要是眞的在探勘，就該在到處閒晃的同時，打開雲鉤的地圖繪製功能，但她不是來這裡當間諜的。那樣感覺實在很失禮。）

萊賽爾的走廊寬度夠四人並肩而行，金屬地面被許許多多雙腳踏磨成舒適的半霧面光澤。走在太空站裡，會感覺到的第一個異常之處是陽光。到處都有陽光。她一直以爲太空站是封閉的金屬盒子，只有人造光，亦無植物或任何會生長的東西可言。但萊賽爾的走廊（或至少外面這圈）有設計良好的塑鋼窗口，外頭則是光芒閃爍的美麗星空，以及一顆非常小、朝氣滿滿的太陽，散發出令人愉快的白金色陽光。那道光轉得很快——太空站的運轉週期顯然不會是以「天」計，比較像在一般人體週期裡會有四次日出和日落。三海草可以想像那感覺會很不錯，這麼多的日出。

第二個奇怪之處是人。太空站民都很高，而且非常、非常善於無視彼此，就連身穿鮮豔橘紅色制服，個子小小的泰斯凱蘭人也是。他們不太有眼神接觸，而且連在走廊相對擁擠的地方，都能輕鬆熟稔地閃過對方。三海草猜想那是在狹小的空間生活的副作用；他們的舉止很像極內省的都城住民，在擁擠的地方怡然自得，可她非常清楚全太空站只有三萬人口。

作爲僅僅三萬人口的其中一員，感覺一定很奇怪。三海草心想，他們感覺會很脆弱吧，在所有人和一片虛空之間，就只隔著這些薄薄的金屬牆。

事實上，還是別去想太空站牆壁有多薄會比較好；她會害自己幽閉恐懼發作。於是她轉了個彎——她現在來到比較內部的走廊上，這裡沒有眞的窗戶，而是用平面的資訊螢幕來展現站外景致——這安排眞是巧妙，也許太空站民喜歡隨時和群星比鄰的感覺——然後發現自己置身於購物區，四周主要都是小攤販。她眞的得多學點瑪熙特的語言；她花了好久才把太空站語彎彎曲曲的字母轉成音素，即使如此，她也不是每次都確定自己所想的詞彙沒錯，更別提發音了。

但大半的攤商都在彎曲的太空站語字母旁邊，附上讀得懂的字符語言。非常藝術感的字符，裝飾功能大於溝通作用，而且——除非她對這些瓶裝飲品實際的內容物和太空站的畜牧技術層次有嚴重誤解——她很確定這家賣瓶裝飲品的攤販，並不是眞的打算把他們的泰斯凱蘭標語寫成「豬肉都在這！」，而且那複數詞尾寫得好糟。她猜想標語原本大概是想說「香醇鮮味都在這」，這幾個字符的確相似到很容易搞混吧。所以這裡賣的就是不甜的瓶裝飲料囉。

她往該攤販走去，面露太空站式的笑容，不忘露出牙齒。攤販老闆沒有回以笑容。也許她笑的方式不對，她的雙頰繃得都發痛了——

「我不知道有泰斯凱蘭人來訪，」太空站人用相當不錯的泰斯凱蘭語說道。「妳想試喝看看我們的飲料嗎？」

三海草朝他眨了眨眼，放心地收起笑容。「想，」她說。「我很樂意。你的口說能力真好！」

「我上過課。」他倒了一小份飲料到一只塑膠杯中，杯子看起來有很強的生物降解性——大概是效期四小時，以有機塑膠製成，加水即可催化腐爛循環。那飲料冒著泡沫，真有意思。

「這是什麼做的？」三海草問完，在他來得及回答前便喝下肚。

它喝起來好像鹽巴。好像——含酒精的鹽巴，和海水。但這裡完全沒有海洋。真是令人驚奇又難喝得要命，她永遠、永遠不要再喝一次。

那位太空站攤主用他的母語講了一個字。然後面容扭曲，好像絞盡腦汁在想單字，最後講出：「波浪狀水底植物？」

「海藻，」三海草說。「你用海藻製作啤酒。」

「您覺得這在帝國會賣嗎？」太空站攤商問。「我有在考慮弄個出口合約……」

不會，三海草暗忖。這喝起來就像海藻。血紅的星光啊，沒人會想喝——「也許在某些星球會吧，」她活力滿滿地說。「泰斯凱蘭幅員非常廣大。」

「您是跟貿易代表團來的嗎，抱歉貴姓——？」

這攤的老闆在談話中引來好幾位其他攤主的注意，他們都拿著自己的試吃品。萊賽爾是有多麼渴望和帝國貿易啊？瑪熙特對維持主權獨立的態度一直非常堅決……

「我是三海草，」三海草說，「而我很遺憾，我完全不涉及官方層級經貿往來。」

「那就是私人投資商囉。」另一位太空站攤主同樣用泰斯凱蘭語說。三海草希望她的……蛋糕？它看起來像蛋糕——不是用海藻做的。

「也不是。」她說，正準備接著講的時候，另一個聲音從她右後方傳來。

「這是怎麼回事啊？」那聲音問，三海草眼看所有太空站人紛紛站起來，挺直他們高得莫名其妙的身子。是當局人士……貿易當局。她試著回想萊賽爾六位大臣中，是哪一位掌管貿易。是礦業大臣嗎？但她見過礦業大臣，就是機棚那位面容憔悴的男子。她轉過身。

這位完全不是達哲・塔拉特，而是一位身形嬌小纖瘦的女子，有著一頭綿密捲曲灰髮，以及被風吹得發紅的高聳顴骨。三海草向她鞠躬，等她自我介紹。這樣最安全——最簡單。讓對方帶頭，直到你能掌控對話為止。那是她當見習情資官時最先學到的課題之一。她以前常拿十二杜鵑當練習對象。（她不願去想十二杜鵑的事。）

「我都不曉得有泰斯凱蘭代表團得到降落核准，更別提在公眾市場閒逛，」當局人士說。「但您就出現在這。不管您是哪位，傳承部都不允許萊賽爾和泰斯凱蘭的商人洽談個人貿易協議。」

「我先聲明，」三海草說。「我完全沒打算冒犯你們當地的法律。您是傳承部的人，是嗎？」

「那是安拿巴大臣。」海藻啤酒商人在她後面說。他聽起來很怕自己就要被處以鉅額罰金，海藻酒可能還會被沒收。

瑪熙特在都城時，是怎麼跟她講傳承部大臣的？三海草不記得任何明確的資訊。她一定沒提到傳承大臣是萊賽爾政府中主張貿易保護主義的那一派。「大臣，」她說。「我只是對嘗試本地產品有興趣而已。我不是處理貿易事務的。」

「那您是處理什麼事務的？」大臣問。

看樣子，跟她說「我是情報部的人」就跟自承為商人並且「在旅途中尋找令泰斯凱蘭市場驚奇的特產」一樣不是個好主意。一個會討厭貿易往來到這種程度的人（儘管貿易根本不歸她管），同樣會討厭一個無疑將被她判斷為間諜的對象。

「我正要去前線戰場，」三海草有些故作正經地改口。「我是翻譯官兼外交使節。我很快就會搭『茉莉咽喉』號離開。」

都是眞的。

安拿巴大臣不爲所動。「啊，」她說。「我肯定是漏看了乘客名單。」她的笑容凶狠到不行，三海草誠心希望自己能在大臣查完乘客名單、發現她是用什麼方式抵達之前離開這座太空站，安全搭上一艘被神祕外星人攻擊的泰斯凱蘭戰艦。

「您的飲料付過錢了嗎？」大臣問。

「還沒。」三海草盡可能從容地回應，但那份從容則隨著時間逐漸消失。

「那是免費的小份飲料，」攤販老闆說，他還滿勇敢的，特別因爲他顯然不曉得「樣品」的泰斯凱蘭語怎麼說。「如果這位——訪客？——想要大瓶的，我會再跟她收錢。」

安拿巴說：「我付就好。我想這位泰斯凱蘭人身上應該沒有本地貨幣。」

三海草的本地貨幣多得很——好吧，在蛇丘座一號和賄賂運輸船之後沒那麼多，但她還是有一些錢，這樣說相當侮辱人，卻也很有用。挺有意思，也許她能讓傳承大臣相信自己欠她一次人情。

「非常感謝您，大臣，」她說。「如我所言，我只是短暫停留此地，無意在我們既有的貿易合約外進行任何採購……」

攤販老闆拿出一個巴掌大的掃描器，安拿巴拿一張信用憑據朝它揮了揮，直到它發出一聲悅耳的提示音。「就這樣，付好了。」她說。「現在呢，三海草——無論您是外交官、翻譯官或其他什麼東西——能否讓我陪同您回到主運輸機棚？我可不想讓您因迷路而錯過接駁船。」

妳不想要我再繼續看你們的太空站，或再和任何搞不清狀況的公民交談。妳對泰斯凱蘭火大到不行，是吧，大臣。而我們這會兒甚至還沒併吞你們——「當然，」三海草說完再度鞠躬。「您肯爲這點

小事花時間，我備感榮幸。」

「我實在很少在這層見到泰斯凱蘭人，」安拿巴說，臉上仍掛著令人極其不悅的笑容。「我說什麼也不會錯過這個機會。我們走吧。」

◎

八解藥從地道裡爬出來，進到戰爭部的地下室。

這回，十一月桂沒在等他；這不是他們每週會面的時間。八解藥也還沒做好他們聊完卡烏朗之後他出的戰略習題——他有打開來看，看到題目有多複雜，然後就幾乎沒打開他雲鉤上的那些地圖，反而滿腦子都在想卡烏朗。但即使如此，還沒解完題目就跑來這裡，讓八解藥有種罪惡感和擔憂。他每次都會把作業做完，就連非正式的作業也是。

但十一月桂沒在等他，他是來——如果有碰到十一月桂的話，也許跟他聊聊，但他主要是來看帝國跟外星人的戰爭。他開始把它想成是九木槿的戰爭，當然，他不會在戰爭部裡大聲講出來。他可不笨。他只是想看看真正的戰略室，看人和真正的戰場前線進行真正的通訊，然後用他理解謎題和練習題的方式，去試著理解它。看戰況是很糟，或是很好，還是出人意料。如果他夠幸運，他或許能在六方之掌找個人聊聊，一個樂於對著他這個未來皇帝炫耀的人。這招在大人身上每次都管用，雖然他才十一歲。隨著他長大，這種手段會愈來愈有效，他該趁現在練習練習。

他經過第一組他知道的攝影鏡頭（他認爲這就是十九手斧用來監視他的眼睛）時，對著它們揮揮手，睜眼一笑，然後用他能想到最雀躍的方式繼續前進。雀躍地走路有點麻煩——他想要的是拔腿狂奔。不是逃跑——他無處可逃，八成已經有哪個官員留言跟陛下說八解藥這次跑哪去了——而是快點到部裡人潮較多的地方，跑出他平時的路徑，看些新的東西。

戰爭部大樓是六角星形結構（不然呢？），很久以前，各個分部估計還待在跟各自所屬方位相應的區域。如今，因為即使最終匯報對象不同，但各個單位辦公地點彼此接近會讓官僚體制更有效率（他的老師們老把這點掛在嘴邊，單單這點就告訴了八解藥他們是官僚，而且他們不喜歡把辦公室移來移去），所以要具體找到這顆星的六個角就比較困難——如果你想找到特定哪個人的話。八解藥想找中央指揮室。他想看真正的戰略桌，打一場真正的仗。那些東西全都在這顆星的中央。

安檢措施在他轉向建築中心時明顯森嚴許多，這表示他走的方向沒錯。四處都有士兵穿著各種各樣的制服：絕大多數是十一月桂穿的那種戰爭部制服，但八解藥也看見至少七支不同軍團的成員；他一眼就認出某人身上的第八軍團「俯衝之鷹」補丁，還有另一人身上代表第一軍團的「紛落流星」，還有一些他無法立刻認出的徽章。第一個讓他停下來的人——此前的四條走廊和一次安檢，他都被直接放行——拿著一根和八解藥半身等高的震擊棍，和他的戰爭部制服外套是同樣的灰色。震擊棍的尖端就擱在八解藥胸骨上方。

他也許該感到害怕。不害怕的感覺真好玩。

他指尖相合鞠躬，讓震擊棍抵著他胸口。接著他說：「我是皇儲八解藥，先生，我想來看看我們戰爭的進度。」

震擊棍離開的速度之快，好似從沒出現過。「請原諒我的無禮。」士兵說，八解藥滿不在乎地揮揮手。寬宏大量，他暗忖。為人要寬宏大量。

「沒事。你用心維繫戰爭部安全，我很感激。」接著，他睜大眼睛一笑，然後想起自己跟十九手斧講話的時候，是怎樣讓自己看起來像六方位的。再試一次。記得我嗎？我是皇帝，只是變成小孩的模樣。等著看吧，也許我會再次稱皇。

奏效了。「這邊請，殿下。」士兵說，他在雲鉤上收到確認，八解藥看到鏡片迅速閃現的訊息。

「您運氣眞好——三方向角部長，在最赤忱的心靈中點燃敵意之人——她本人此刻就在戰略桌。」

這比他本來想要的目標還更成功了些。他以爲他只會來看看戰略室，四處晃晃，也許見見幾位將軍、其他位次長——但是，見戰爭部長本人？這非同小可。他見過她，但就一次，剛好在她上任前兩個月。當時她完全沒理他，講完必要的「早安，殿下」之後，就直接進去和十九手斧會談。她的頭銜讓她聽起來危險又嚇人，但這正是它該有的效果。

那名士兵帶他進到戰爭部這顆星的中央。他知道所有的戰略室都在那裡——十一月桂很久以前有講解過——除了皇帝專用的那間是在地宮之外。他經過時，所有人都看向他，他跟在士兵背後，努力讓自己看起來充滿自信，同時強烈希望自己能長得高一點。他至少要到十三歲才會再長高。六方位的全像影像一直要到少年時期，才開始有點男人的樣子。有時候八解藥希望自己的基因是來自一個體魄更健美的人。那樣至少他能輕易增加肌肉，維持像現在這樣的靈敏度——

他的隨扈一個手勢，讓二號核心戰略室的光圈門爲其敞開，再過去是一片和星群交織得如此稠密的晚霞，令他一瞬間以爲空氣變成了一張網。他旋即眨眨眼，看見那面地圖桌——好大，比他想像中的尺寸還要寬大，嵌在地上，而不是從地面隆起——同時投影出四個完整的空域，戰爭部的分析師和將軍們將燈光調暗，以便他們看清航向軌跡。戰爭部長三方向角人在遙遠的另一側，雙手揮來拂去，點亮幾顆星球，再熄滅另外幾顆。她一手握拳扭動，從指尖扔出一小隊砲擊艦，把全像影像拋進星空中，再微微推動加以修正。看起來就像在跳舞一樣，好像她透過舞蹈使戰場成形。

我也想要那樣，八解藥心想。*我想不出有什麼事比那更吸引我。*

三方向角比大部分泰斯凱蘭人都要嬌小、蒼白，平滑的短髮和八解藥一樣漆黑、濃密又筆直，還有一雙杏仁般細長的眼睛。她沒穿外套，光著手臂在部署戰場。她的肌肉來自於推舉自己身體和更重的東西，再把它們放下來：緊實又有線條。不知爲何，八解藥總以爲她長得更高。在十九手斧當上皇帝前，三方向角是奈喀爾星系的軍事總督，奈喀爾在她控制下沒發生過一次叛亂，而根據他的政治史課程，奈喀爾可是每七年左右就會造反一次。他還是不懂她怎麼會當上戰爭部長，或九推進器爲什麼提早退休，但他很肯定十九手斧選了一個非常優秀的人。

她過了一會才注意到他。她還有船艦得先部署，以及一整組補給線的航向要調整，她手指在那幾條光線上撥弄，彷彿它們是某種樂器的弦。她終於滿意後說：「除了我們的偵查艦還在尋找補給線的基地之外，這就是現在的狀況了，」然後她合手拍了一下。整個巨大的投影開始緩慢移動，執行模擬。

「皇儲八解藥殿下在此，部長，」八解藥的士兵說。「他說他想看看戰爭的情況。」

「這樣啊，那就帶那孩子過來吧，」三方向角說。「他在房間那側什麼鬼都看不到。」

八解藥走過去。他試圖繞過投影邊緣，但他還是走到幾個星系上，短暫蓋過行經之處，彷彿他就是那些破壞泰斯凱蘭通訊的外星人。模擬中也包含了外星人——一片蔓延開來像是墨水的黑影。有好多雙眼睛在他身上：所有來這裡看三方向角模擬戰事的顧問、指揮官和分析師，都在看著他穿越一片星空。他試著走得跟他和攝影鏡頭揮手時同樣雀躍。跟那麼多雙人臉上眞正的眼睛相比，攝影機好對付太多了。（至少他們都不是十一月桂。他不曉得十一月桂在哪。第三分部次長不也該在場嗎？）

三方向角只比他高個幾吋，這讓他感覺很詭異，明明他自己是個小孩，而她是戰爭部長。他來到她旁邊之後說：「感謝您允許我旁觀戰略模擬，部長。」用的是他所知第二高級的正式語態。最高級是在正式且公開的場合上跟皇帝陛下交談時使用的，他也是從小聽到大才知道用法，除此之外不常被用到。

「我料想您遲早會找到門路進來的，」部長說。「您來部裡夠多次了，您這年紀的孩子又容易好奇。我自己以前就是。看吧。」

八解藥迅速點頭，並轉身看向模擬投影。三方向角用一隻手指做了個小動作，所有東西解除原先暫停的狀態，再次移動，代表外星人那片緩緩入侵的黑暗、泰斯凱蘭船艦精確的全像投影，都以弧形劃過空中。三方向角知道他來過戰爭部。她知道十一月桂在教導他嗎？她覺得他教得好嗎？

這場戰略投影瞬間感覺好像考試，八解藥這輩子最重要的一場大考。他仔細地看。他以前都沒看過他們艦隊的部署位置，沒這麼仔細看過——一組由九木槿的第十軍團領銜，總共六支軍團所形成的巨浪，準備沖過外星人已踏足的漆黑星系。它們在原位停了好長一段時間，然後動身，幾艘第二十四軍團的船往前移動，往幽暗的太空射出幾束光線，直到它再度亮爲暗灰色，將苔蛾座星系帶回世界，但是——它受損了？他檢查投影上浮在視野角落的時間戳。這全是已經發生過的事。突然停格了一下——三方向角張開一隻手，像花朵綻放般——突然間，那些黑影全被置換成一隊轉動的三層環型星艦，八解藥從沒看過那種東西。

它們就像帶著跳躍門在移動，忽隱忽現。他看著整個第二十四軍團和半個第十軍團——包括九木槿的旗艦「輪平衡錘」號——都在能量砲底下爆炸，接著化作焦黑的荒蕪；再不然就是被奇怪的液體武器擊中，故障不動。模擬慢慢結束。六支軍團的殘兵狼狽地經由跳躍門回到泰斯凱蘭空域裡。

那些士兵全都會死。死得很快。一支軍團有一萬人，可能不只——一支半的軍團在幾天內戰死，至少會有一萬五千人，而且——要是外星人跟著他們回家呢？八解藥一陣恐慌地想道。一路跟著他們回到我們這邊，經過一個又一個空域，來到都城這裡，吃了我們——

「可以了，」三方向角說，模擬應聲停下。「回到最開始。」所有船艦一眨眼又冒出來，彷彿那樁駭人的屠殺從未發生。

「它們都像那樣移動嗎？」八解藥問。他讓語氣平穩，雖然感覺一點也不。「我們的敵人。」

「希望不是，」三方向角說。「否則我們他媽的死定了。原諒我粗口，孩子。」

八解藥決定不對此做出回應，更粗暴的話他都聽過了。「但他們有可能像那樣移動。彷彿它們是……跳躍門。」

「我們所知的是，它們在視野裡出沒的方式，就像是從跳躍門裡冒出來，」三方向角接著說。「再跑一次——第二方案，維持掩護，但不同步動作。」

模擬從頭開始。這次好一點——算是吧。如果那些外星人只是隱身，那艦隊可以用三角定位法包夾它們——但那樣很慢，而且光是在找出敵人的過程中，艦隊就會先犧牲很多人馬。八解藥看著部長指示分析師將援軍推過跳躍門，進入前線空域——看著補給線愈拉愈細，愈拖愈長。整個模擬的限制在於，泰斯凱蘭不曉得敵軍的補給線從何而來，不曉得它們母星球或附近的核心基地在何處，或是它們到底有沒有家，或是時時刻刻都生活在虛無的太空裡。這是一項很困難的限制。這代表艦隊必須放慢速度，打一下停一下，然後在他們找出敵軍潛伏在哪的同時被人偷襲。

「看起來不太妙，對吧。」過了足足十分鐘後，她說。她揮揮手。模擬再度重置。

「是不太妙，」八解藥小心地說。「應該有更好的方式找出它們，而不是讓它們偷襲我們吧？」

「是該有，」部長說。「有什麼點子嗎，還是我的間諜大師都只讓你解一些老題目？」

這的確是在考試。而現在，所有的顧問和將軍和分析師，還有曾用震擊棒一端指著他、帶他來這間房間的士兵（但他現在表現得有多順從），可能還包括十一月桂（「我的間諜大師」，部長說的，那讓八解藥肚子裡有點翻攪）都在等著看他會怎麼做。

原來人在感到害怕之後會來到一個地方，腦中一個巨大、冰冷、明亮的地方。八解藥認為這是個不錯的發現。

「我能不能？」他說著朝模擬器示意。「直接呈現給您看會比較容易，部長。」

三方向角露出一種令八解藥無法判讀的表情；一種大人的表情，不算驚訝、讚賞或不悅，而是另一種綜合起來的表情。她在雲鉤後面眨眼，調整模擬器的控制設定。她的雲鉤是很巨大的那種，一整片從前額中央延伸到顴骨，並彎過她頭部遮住同側的耳朵——或說那隻耳朵原本在的地方，八解藥這才注意到，這突然的發現就跟其他東西一樣，讓他進到腦中全新的冰冷之地。她那側沒有耳朵，只有一處燒傷扭曲的疤痕，耳朵已被能量武器奪走並熔化。

眞槍實戰和戰略桌上的模擬不可相比。待他成爲皇帝後，必得記得這點。

他站到房間前面。接手操控模擬——這比十一月桂出給他的難題多了好多好多的變數，但程式是一樣的。他知道怎麼讓艦隊的船隻移動，模擬器的人工智慧則會在他看不見的暗處，代他移動外星人。

他擺出的船艦從他指尖飛出去，就像先前從部長指尖飛出來，不過他知道自己的舞蹈跟她相比，及不上她一半優雅。他把船艦部署成一張網，把空蕩蕩的空域化成一個個方塊，像在拿一個軍團擺出一座花園來種花。接著，他調動比較小型的武力，全是移動性高的永恆級旗艦和高速偵查砲械艦：如果偵查組發現敵人，攻擊組會迅速帶著武力進去支援。設置起來比他期望的更費時——有些船必須待在跳躍門邊，而且補給線好長，橫跨好幾個空域那麼長，免不了會有跳躍門延遲要考慮。那些落在他身上的目光感覺是如此沉重；準備完畢之後他說：「好了。跑結果吧。」彷彿他是位成年的元帥，一個發號施令的男人。

「還不錯，」三方向角說，但她沒有跑他的模擬。「眞的很不錯。搜捕網的模型其實很聰明。但永恆級戰艦移動速度沒那麼快。那麼大的網子，他們沒辦法這麼快趕到你需要的地方。我們試過——喔，在你出生之前吧，我想。一張整個空域大的搜捕網會把補給線拉到都消失了。而且如果你把所有軍團組合成一個巨大的軍團來用——你要注意，這是有其價値，但六個艦隊長放在一起，就是六副不同的心思，他們不是每次都會一體行動……」

「您是說，」八解藥說，「我忘了考慮政治因素？」

三方向角笑出來。「以一個從沒離開過星球地表，更沒當過兵的人來說，你做得非常好。」

「眞希望我能看看。」八解藥對她說，他知道自己聽起來像個小孩，討著要他不能拿的東西，無法阻止自己這麼做。

「戰爭嗎？」部長問。

八解藥想說的是他剛設計的模擬。但——「對。」他說。

「可不能讓你跑去那裡啊；你就只有這麼一個，陛下會被我氣死的。」

「在這裡呢？」他問。「我在您旁邊這裡就能看到很多。」

「你這隻狠毒的小蟒蛇，」三方向角說，還當眞揉了揉他的頭髮。她溫暖的手長了繭，完全出人意料。「你年紀多大？」

「十一。」

「血紅的星光啊。我十一歲的時候都還在塗腳趾甲油呢。好吧，孩子。早上過來這裡報到，哪天我們也許眞能把你打造成皇帝。」

在一陣滿足和興奮之際，八解藥心想，十一月桂會跟我說什麼？我應該先問過他的——並試著忍住那份憂慮，以免自己跳上跳下，幼稚得像是該去塗指甲油，而不是學習如何領軍。

※

瑪熙特把三海草留在那間出租辦公艙，去辦理她們離開太空站前往戰場的許可證。她把三海草留在那裡，是因爲她需要思考，需要喘息片刻，不想非得一直看著她，看著不可能出現在萊賽爾的她。她在艙面上轉了幾個彎之後，背靠著金屬走廊，閉上眼睛，努力不要發抖。

〈妳運氣很好，〉伊斯坎德和她低聲說。〈運氣很好，朋友也很好。〉

我不確定我們是不是好朋友。她——需要我，或她這麼認爲。

〈那就夠讓妳躲過安拿巴了。〉

暫時。而且我要是去了，我們會永遠回不了家。這裡沒人會保護我們，你聽見塔拉特的提議了。

〈給他提個更好的。妳現在有辦法了。〉她在走路，雖然本來並無此意。她跟著伊斯坎德的記憶，就像循著一條路，一條他以前常走的路：往上四層，進到寬廣繁忙的礦業同盟辦公區——萊賽爾經濟政策的引擎。溜過辦公桌和忙於工作的太空站民們，一路來到大臣辦公室的門口。伊斯坎德領著她，她任憑他這麼做。他們在這麼做，而如果這就是她未來會體驗到的融合狀態，那麼這樣雖然不太對勁（她永遠不該放任她的憶象掌握這麼大的控制權，隨他的判斷和衝勁起舞，如此輕易就放掉自己的意願），但也讓她大大鬆了一口氣。

塔拉特的祕書是一位高䠷的女子，伊斯坎德不記得她的名字，瑪熙特則是從沒知道過。對方聽她報上名號之後，走進他的辦公室，只離開幾分鐘而已。

「大臣準備好見妳了，」她說。「他要我轉告，他在等妳來。」

瑪熙特點頭謝過她，然後在祕書把門打開時，邁步走進去。她移動的方式甚至不像她自己；伊斯坎德的重心比較高。他是以胸口引導身體動作，像一個有男性身體的人那樣。她應該停下來，現在立刻。她應該離開，馬上離開。

〈讓我帶我們兩個離開這裡，〉伊斯坎德告訴她。〈然後我會道歉，我們可以再回頭努力成爲我們。〉

她——他們——大聲地說：「塔拉特大臣。」甚至還在對方繞過辦公桌伸手過來時，握了他蒼白枯瘦，因關節炎而扭曲的手。沒人在萊賽爾用手指相合行禮，都是用以前的老方法。手握著手，用軀體的延伸部分交握。

「妳對我們泰斯凱蘭的訪客幹了什麼？」塔拉特問她。「妳是把她藏起來，還是丟進太空去了？」

「藏起來了，」瑪熙特說，接著——噢，因爲她萬分恐懼地相信，伊斯坎德終會帶她脫離險境——咧嘴一笑，是他的笑容，對她的臉來說太開了，她還知道自己的目光炯炯有神，心懷不軌地發亮。「我怎麼會把有用的資產扔進太空呢，塔拉特？」

沒說出口的是：我不會。你會嗎？就算那個資產是我？接著，一聲回音：〈瑪熙特，我是妳的時候，他從來不會放過任何有利可圖的機會。讓我說服他相信我們也是。〉

「坐下吧，德茲梅爾，」達哲．塔拉特說。「我們就來談談妳打算怎麼處置那位特使，如果沒有要把她送進虛無太空裡的話。」

「當然是跟她一起去了，」瑪熙特說。伊斯坎德語帶一絲輕慢，一種冷酷，她想他是跟十九手斧學的：那不是她自己那種輕率蠻幹的態度，而是一種經過仔細評估相信自己一定會成功的信念，現在被她借來一用。「你策畫了一場戰爭當作陷阱來誘捕泰斯凱蘭，塔拉特大臣。這是您和我前人的計畫——縱使伊斯坎德並不希望如此。現在戰爭開打了，就在我們太空站上頭，直接經過我們的空域。而你在這場戰爭中沒有眼線，大臣。」

「妳是指，我還沒有眼線。」

〈他嚇唬不了妳的，〉伊斯坎德在她腦中說。〈同意他，然後繼續說。〉

「那正是我的意思，」瑪熙特堅定沉靜地告訴塔拉特。她仰賴著伊斯坎德替她維持平靜，避免她心跳加速，喉嚨閉鎖。「我會跟這位特使前往她的戰場，然後我會當你的眼線。我會當萊賽爾的眼線，盡我在都城沒能實現的責任。」

塔拉特的聲音在多年前聽起來或許絲滑順耳，但那些聲線都已耗損殆盡，現在變得粗糙尖刻。「如果妳打算爲我做這件事，德茲梅爾，我不會讓妳像伊斯坎德那樣躲著我。」

「我的前人和我在這個行動方案上有所共識，」瑪熙特說，目前來說這並沒有錯。她又擺出一次伊斯坎德式的笑容。肌肉伸展起來比較舒服了。「我會在我知識和分析所及的範圍內，大臣，針對泰斯凱蘭軍事活動，做出全面且精確的紀錄。」

讓我再次變得有用，讓我有被保護的價值吧。

「這可以是承諾的前提。」他雙手揮動，為他話語的輪廓做出頓點；關節炎使他的雙手外觀不再優雅，動作卻優美依舊。「提供妳雙眼所見，和妳善於分析的頭腦能解讀出的一切：很好。但我為什麼會想看一場——如妳所言——陷阱般的戰爭？我不是虐待狂，德茲梅爾。我對泰斯凱蘭落敗的細節沒有任何興趣。」

她努力不去感覺伊斯坎德湧起的怒意。努力不去想杜松子酒的氣味，不去想誘使一頭怪獸走向死亡。「但你還是接受見我一面。」她說。這是策略性的一步：如果塔拉特不想她當眼線，他想要什麼？

「沒錯，」礦業大臣說。「瑪熙特．德茲梅爾，妳在泰斯凱蘭戰艦上還能為我做什麼呢？我很好奇。有需要的時候，妳可是相當擅長在『世界之鑽』那裡運作政治情勢呢。」

瑪熙特戒備地問：「還有什麼會比現在發生的事對我們更有利，大臣？」

塔拉特微笑，那是一抹短暫而令人不悅的表情。「沒有，絕對沒有。去戰場吧，德茲梅爾。去戰場上，然後——如果有合適的機會，當然——運作一下艦隊上的政治，確保泰斯凱蘭一直處在戰爭狀態。打不贏，退不了。」

「這要如何——」瑪熙特開口，因為問「如何」比「為何」簡單，也好過於大聲承認她要是想逃過傳承部的外科醫生，就得讓自己成為誘使泰斯凱蘭走向衰弱和死亡的鉤鉤——

〈或至少說服塔拉特相信我們會是，〉伊斯坎德陰險地告訴她。神經病變宛如不可見的火焰刺痛她的雙手。〈我成功說服了他十年，而我全程都還是他的特務。妳也辦得到。〉

塔拉特說道：「搞破壞這種事，妳自己也有點經驗，不是嗎？我想妳會找到方法的。」瑪熙特納悶自己若吐在他桌上，他會怎麼做。她感覺自己好像就要吐了。

「駐泰斯凱蘭大使哪時不爲萊賽爾太空站的最大利益著想了？」她努力說出來，讓自己聽起來像在同意。

「嗯……」塔拉特停下來，似是在掂量她跟伊斯坎德，評估他們融合得有多深，考慮到她的憶象和他二十年來的通信，他能信任她到什麼程度。她維持不動，迎視他的目光，不移開自己的視線。

終於他說：「繼續這麼做吧。妳不是有接駁船要趕嗎，大使？」瑪熙特感到一股令人頭暈目眩的詭異感受一湧而上，是屬於別人的勝利，在她自己嚇得要命的同時，流過她的交感神經系統；伊斯坎德對他們逃過一劫感到心滿意足，他很樂意做出承諾後再毀約。

她不確定自己有沒有辦法這麼做。完全不確定。

۞

亞克奈・安拿巴陪三海草一路走回她來時的那座機棚。裡頭還是滿滿正在卸貨的木箱，雖然它們大多不是跟她搭同一艘貨船來的。她只在萊賽爾太空站待了五小時，過境拜訪而已。（她能想像自己如此跟瑪熙特說：上次我只是過境拜訪，妳不打算好好帶我四處參觀嗎？安拿巴大臣一定會氣死。帶一個泰斯凱蘭人四處參觀，把萊賽爾的祕密看光光。）這位大臣持續以完美平穩的語氣，喋喋不休地介紹著太空站，同時堅定而嚴密地不讓三海草接近任何一個導遊實際會介紹的東西。這著實是了不起的技能，三海草謹記在心，以防哪次她需要拿某個人眞心感興趣的主題當凶器，害對方無聊到死。

妳對我們還眞是恨之入骨呢，她在心裡對著大臣想道（就像成人對早熟的幼童或新生使用的那種正式語調，一種刻意爲之、令人享受且不著痕跡的侮辱）。有天我會摸清楚原因的。

瑪熙特老說「泰斯凱蘭吞噬我們。」但萊賽爾看上去完全就是萊賽爾，沒有被人併吞，即使每個人好像多少都懂一些泰斯凱蘭語。護送她的這位就能惡狠狠地講得十分流利，彷彿這語言是把她學會如何小心使用的刀。

她們抵達機棚的時機比三海草預期的還要突然，就要和「茉莉咽喉」號的接駁船會合，她因而完全沒半點時間準備：巨大的機棚大門吭啷打開，她看見她的行李（就一個行李箱，她這整趟冒險眞是輕裝上陣！）等在瑪熙特旁邊。瑪熙特左邊放著她自己的單單一個背包，右邊站著荻卡克・昂楚——接著，瑪熙特一見到三海草就臉色刷白，像是被漂白水洗成灰白色。

不對。是一見到亞克奈・安拿巴。

大臣的手擺到三海草手肘上，它原本並不在那裡。她的力氣大得令人意外，很顯然也沒預期會見到瑪熙特，而——

眞他媽血紅的星光，三海草最討厭在工作的同時沒有完備資料足以理解當前地方情勢。瑪熙特大可告訴她。瑪熙特有暗示自己陷入政治上的麻煩，卻沒有想要解釋是哪種麻煩，她們不應該是伙伴嗎？

她腦中剛有的那個想法，本身就錯得很有意思，不是嗎？一個錯得很有意思的想法，她得想想這一點；她跟瑪熙特不再屬於同一陣線——自瑪熙特離開都城以後就不是了。但現在，胳膊簡直要被安拿巴掐出凹痕的三海草直直走向她，心中唯一的想法就是：別跑，瑪熙特・德茲梅爾。跟緊我，我們就會搭上那艘接駁太空梭離開。妳要是跑走，我就眞他媽完蛋了。

第七章

進修非站民語言暨文學之適性要求修訂：模式識別和記憶力測驗項目之分數，將不再足資證明學員有能力修讀開放予全體萊賽爾公民之中階以上課程。如欲升級到進階課程，學員應同時在團體凝聚力和同儕及成人之社群融入力方面展現出優異適性，並且已完成太空站民歷史與文化的預備（準高階）課程——與傳承部準學員之推薦修讀課程相同者爲佳。

——《十三至十八歲太空站民之適性暨教育要求手冊（修訂版）》，由萊賽爾太空站傳承部經傳承部長亞克奈・安拿巴核准發行。

你的舌頭是一朵菊花
花瓣是所有你說的話！
花梗在語言中央
平衡起數千音節
加個前綴表示「我的」

加個後綴表示「爲何」
加個中綴表示「什麼」
看看舌頭怎麼變出語言！

——泰斯凱蘭語文法押韻詩，由情報部（教育部門）十七畫框爲托育所學生所備之通用教材。

◎

瑪熙特放任自己相信她會平安無事地離開太空站，就算手段無法完全乾淨（永遠不會，乾乾淨淨抽身離開是不可能的事——泰斯凱蘭教了她這點，泰斯凱蘭和伊斯坎德，現在達哲・塔拉特再度向她證明）。她也許有辦法搭上三海草叫來的那艘接駁船，從眼前立即的威脅跳到另一個只是有可能發生的威脅。她也許不會死在外星人的砲火攻擊下。有些人能逃過一劫。

然而此刻她人就在這裡，剛抵達的泰斯凱蘭接駁船就在幾呎之外，俯視著亞克奈・安拿巴本人。不知是三海草運氣太差，還是對方實在太過精明（或兩者皆是），就被她逮著。

瑪熙特聽見心跳在耳中急如湍流，太快太大聲。她要嘛會昏倒，再不就會拔腿狂奔上船，非此即彼。三海草跟安拿巴像緩慢凶猛的巨浪朝她撲來，巨大到無處可逃的難關。就算荻卡克・昂楚就站在她旁邊也沒用——昂楚已明白表示瑪熙特對她來說已無用處。自從她一個月前回到萊賽爾，不立刻坦言她收到昂楚寄給伊斯坎德的密函那刻起，她就失去用處了。安拿巴禮貌提出要求，昂楚就會把她交過去——飛行員議會需要傳承部持續核准新的飛行員憶象鏈，畢竟安赫米瑪門外的外星人已經讓他們損傷慘重。昂楚在場是爲了監督泰斯凱蘭船隻離開萊賽爾太空站，確保它不再回來，不是爲了瑪熙特。這個場面就是滿滿的政治角力，而瑪熙特在這局裡沒半點籌碼；她就是個功能盡失、毫無價值的資源，只對達哲・塔拉特還有用處，但他也只在乎到願意放她走，不能保護她的安全。還有三海草——

——她兩眼清楚堅定又憤怒地看著她，一邊被安拿巴帶著穿過機棚口。瑪熙特心裡再清楚不過：我要是跑走，我想他們會企圖以間諜罪名殺了她。接著更清楚地想：她可能是間諜，我需要帶她離開我的太空站，我跟她一起。

〈妳自己現在也是個間諜了。〉伊斯坎德喃喃說，然後被她無視。她沒辦法想自己跟塔拉特承諾了什麼。現在不行。要等這情況過去（如果能過去），才有足夠時間來全盤思考一個人的承諾。一個人半放任自身憶象，做出他們在成爲活生生的憶象鏈的一員之前，死也不會選擇的承諾。

「大臣，」她發現自己開口這麼說，並訝異於語調的從容，有種泰然自若的圓滑自信，她自己卻完全沒有這樣的感覺。這次是屬於她的口吻，不是伊斯坎德，全是她自己，那完美的平靜態度卻依舊在。「眞是令人意外的驚喜；這樣我就省了給您祕書留言的時間。我有事不得不先走一步，我預約上傳資料的時間必須延後了。」

現在，安拿巴隨時會說：不，瑪熙特，現在立刻跟我走，然後傳承部保全就會從暗處冒出，像泰斯凱蘭司法部的灰霧探子一樣映入眼簾，將她帶走。現在，安拿巴隨時會說：看吧？德茲梅爾被收買了，她放這位泰斯凱蘭特務進到我們太空站裡，而她說的可能還眞沒錯。現在，隨時。

「什麼事情這麼急著把妳叫走？」亞克奈・安拿巴問，語氣如靜水般平緩無色。

「安拿巴大臣，我很遺憾，」三海草用泰斯凱蘭語說，「必須要請萊賽爾太空站駐泰斯凱蘭大使返回崗位服務。」這語言好久沒在瑪熙特聽來那樣不對。格格不入。三海草那一身豔橘色、標準泰斯凱蘭人的模樣，在機棚中央像是一朵突兀的毒花。某種美豔又危險，不該置身於此的垂死之物，而周遭一切也會跟著它一起步入死亡。

安拿巴目光自三海草轉向瑪熙特，再到那艘開著艙門等待的船，她眉毛上揚，噘著嘴的樣子彷彿她直接吃了一包柑橘風味粉。接著她放開三海草的手。

不曉得有沒有瘀青，瑪熙特心想。

〈妳別輕舉妄動，說不定會有機會知道。〉伊斯坎德悄悄用一種相當下流的語氣說道，讓瑪熙特想從自己腦袋裡躲開來。那音調是她的還是他的？他們兩個的？未來兩者之間會有多難分辨？

安拿巴沒講泰斯凱蘭語，即使瑪熙特知道她可以相當流利。但她肯定也曉得三海草對太空站語的了解多淺薄。「這樣嗎，德茲梅爾？妳要不顧自己欠著母國一份妳的記憶儲存檔，回到帝國嗎？」

瑪熙特縮了一下。「我——我們——是要去戰場，不是都城。大臣。」她用了複數。她得多留意自己脫口而出的複數型。但她指的是她跟三海草，當然了。

受損版本的伊斯坎德一閃而現。他比較年輕，沒那麼不正經，更凶狠一些。他說：〈「我們」是指稱我們的合適單數形。〉

瑪熙特希望他們兩個能讓她好好思考，同時也希望自己沒這麼希望。他不在的時候，她可是如此迫切地想要他回來。

安拿巴審視她，也審視了在她身旁的昂楚。那目光帶著強烈的批判，還有一種全然的滿不在乎：好吧，隨妳便。反正妳也沒用了。瑪熙特在投射自己的感受。她幾乎能肯定。她在無中生有出一個敘事。她似乎停不下來。自從去了都城以後，她就停不下來了。但安拿巴接著再度用太空站語說：「妳如果想自殺，德茲梅爾，多的是比參加別人的戰爭更容易的方法。」

瑪熙特認爲這句話根本不是說來攻擊她的。安拿巴是針對昂楚，也可能透過昂楚來攻擊塔拉特：別人的戰爭。又一次，泰斯凱蘭的衝動徒然消耗著萊賽爾的資源。

要不是妳威脅我，我也不會去。我沒打算離開萊賽爾。我才剛回到家。我回「家」了，大臣。光想沒有意義。「我期待自己會活著回來。」瑪熙特說。「還有什麼事嗎，大臣？」

現在保全肯定會出現，或昂楚會介入，或三海草會收斂起她那副表情，彷彿她突然學會心電感應，只要用某種神情瞪視著她，就能讓瑪熙特知道該做什麼。

「喔，那妳就去吧，」亞克奈・安拿巴稀鬆平常地說，往接駁船揮了揮手。「好好享受，趁妳還活著的時候。」她拍了拍三海草的肩膀——三海草身子明顯縮了一下。「昂楚？在這位泰斯凱蘭人和她的……看管人……離開我國轄下空域的同時，借步說個話吧？」

「當然，大臣。」昂楚平穩地說。「祝妳好運，瑪熙特。您也是，特使，祝您好運。」

至少昂楚在直接跟三海草講話時，還有心改用泰斯凱蘭語來講。她同時立刻離開她和瑪熙特所站的地方，讓安拿巴跟在她背後：這些小事——一位泰斯凱蘭人、一位身心受損的大使——跟萊賽爾大臣間的談話相比，全都無足輕重。她表達得很直白。直白又熟稔。瑪熙特能想像自己成長爲像那樣的女性，如果她能活那麼久的話——

接駁船敞開的艙門看起來像一張幽暗的嘴。瑪熙特提起她的行李——比她之前帶去都城的都要少——然後走進去，三海草就跟在她左後方，像某一隻脫臼的手腳突然被啪地接回原位。彷彿她們一直都是大使和聯絡官，野蠻人和開門者。彷彿一切都沒有改變。

◈

八解藥醒來時，皇帝就站在他臥房的窗檯旁邊，背對著濃厚的月色。她好似夢裡的幻影或鬼魂，一身她登基前穿的白色衣裳。八解藥愣愣地想，自己是不是醒在一年前，會不會他在祖親皇帝自殺後落入的這整個世界，全將化作夢裡雲煙，消失無蹤。也許他才十歲。也許他今天就只會到花園裡看看宮廷蜂鳥，背詩給他的家教老師聽，避開某個被派來跟他社交的小孩。然後忘記——

十九手斧正看著他。眼前既成的世界拒絕讓位給半是追憶的片段。他十一歲大，是唯一的王儲，還在昨天說服了戰爭部長演示給他看要如何當一位指揮官。

「我有個東西想給你看。」十九手斧說。她的目光相當沉重。她此刻所有的注意力都在他身上，而他光著上身躺在床上。他突然好生尷尬，將被單拉到胸口並坐起身。

「……陛下？」他說，努力別讓自己聽起來好像前一刻還在睡覺，或是太像個小孩。

她離開窗邊，分割出一道陰影。她一手拿著什麼。某種利器，金屬材質的。八解藥看不清它的形狀。也許是一把刀。也許她打算刺死他，將烈日尖矛皇座永遠留給自己和她的子嗣——不管她的子嗣會是誰。他有辦法阻止她嗎？十一月桂教過他基礎格鬥，他也知道怎麼使用能量手槍，但他沒有能量手槍，而且十九手斧比他重上兩倍，他躺著而她站著，因此她握有她所需的一切優勢——

那不是一把刀。不算是。

它的形狀像箭頭，像八解藥在全像史料（關於前太空戰時代的人類以及他們互相殘殺的方式）裡看過的東西。但它很大，跟手掌一樣大，還是以暗銅色金屬製成。月光照在刀刃，看起來生鏽了。但其實是髒污。是血，久遠到應該剝落的血跡。十九手斧伸出來給他。「來，」她說。「拿去。」

他接過。它很沉。表面覆著某種薄薄的透明漆，讓血跡保留在上面。這麼說，是份紀念品。這是長矛的尖端，像烈日尖矛皇座的尖刺，中央有一處如脊骨般突起，他用拇指撫過矛脊時，能感覺到有幾處凹陷。他往凹得最深的地方一按，從金屬矛脊中靜靜地滑出了一只薄片，儲存在裡頭的是——全像投影。彷彿整件物品就是個巨大的資料微片匣，剛剛被他給打開。

那是張圖片。非常小，沒有任何字符註解。但八解藥能清楚認出來。上面是他的祖親皇帝——中年時期，身體健壯，披散的頭髮幾乎長及臀部——坐在一頭四足動物（馬，他回想，那是一匹馬，不然就是駱駝，但我想是馬）背上。在他身邊騎著另一匹馬的，是穿著第三軍團士兵制服——沒有任何軍階標誌——的十九手斧，八解藥不太擅長判讀年紀，但他認爲她那時應該是二十歲吧，最多。

投影裡，他們兩個都掛著笑容。像是共享著什麼祕密。十九手斧手持一根末端有金屬尖頭的長棍，血從上頭往下滴，她前額還有皇帝手指輪廓的血印，好似他從敵人身上沾血摁上去的。八解藥此刻握著的矛頭和那根棍子上的是同一個。他百分之百肯定。

「您爲什麼要給我看這個？」他問。

皇帝沒有笑。反而來到床邊坐了下來。她的體重幾乎沒對床鋪起任何影響。這是八解藥頭一次感覺她長得很窄。她高得不尋常，但平常穿著一整身的宮廷華服，她看起來總是肩寬體壯——可她此刻人在這裡，輕如鳥羽，像是窗外月光下的鬼魂。「因爲我愛著你的祖親皇帝，八解藥。我願意爲他而死，爲他效命。看到那時的我們沒有？那時的我對往後三十年會發生什麼毫無概念。我不知道自己會做什麼，或是他會做什麼，或他會要我做什麼。但我已經知道自己相信他的泰斯凱蘭。相信只要我們把它打造得足夠穩固，就能有一個強盛得足以維持和平的帝國。而我們辦到了。我們辦到了，長達數十年。我們打造了它，維繫了它。」

「但和平結束了，」八解藥說。他說的同時無法看向她，只能看著全像投影裡小小的皇帝，身上沒有染上一層層他自己獻祭的血。時隔三十年，八解藥還是幾乎能看到他滿身鮮血的模樣。血也會濺得整匹馬全身都是。

「一切都會結束，」十九手斧告訴他，這感覺糟透了：特別是她用了如此平板、無可奈何的語氣。來自成人的世界的眞理。皇帝的世界。「但我仍相信那個泰斯凱蘭。六方位在太陽神殿立我爲皇帝的同時，便將那個泰斯凱蘭託付給了我。在我之後，則託付給你。」

「我才十一歲，」八解藥說，彷彿這樣講就能讓她閃人。他握著那個金屬矛尖紀念物，用力到指節發白。小小的投影晃了晃。穩定下來。

「你是十一歲，小間諜，」十九手斧同意說，然後嘆了口氣。「你是十一歲，而且不管你的臉長得是什麼樣子，你不是六方位，我確保你不需要成為他。」她歪起嘴。「有時候我會很訝異，六方位在我確保了這一點之後——在我因此做出那些事之後——竟然還把泰斯凱蘭交給我。但我知道你不是他，八解藥。我非常確實地知道那一點。」

他想要問她：您做了什麼？您做了什麼，說話的同時臉上才會帶著那副表情？您沒做的話，我本來會怎樣？他開不了口。

「這也是為什麼，我們不會成為像我跟你的祖親皇帝那樣的朋友，」她接著說。「你是十一歲。但你已經涉入其中。一個能找到門路進戰爭部，還跟三方向角討到一份承諾的小孩，不管年紀多小，都算是一位政治家了。你很清楚。」

「我知道，」八解藥非常小聲地說。「抱歉我跑去那裡。」

「噢，血紅的星光啊，別抱歉，」十九手斧乾脆地說。「我寧可有一個精明、煩人又有趣的繼承人，也不要愚鈍無聊之輩。不然我們要怎麼打造你祖親皇帝的泰斯凱蘭？」

她用了集體的複數。好像他們是平等的。好像他們都是成人，而且她信任他。這也許不是真的，但他不懂，她如果要騙他，或是避免他知道他太小所以不該知道的事，為什麼還要那樣說。

他問：「我們不是在打仗嗎，陛下？我們如果在跟外星人打仗，怎能打造六方位的和平盛世？」

「我們不能，」十九手斧同意道。「所以我們必須要贏，或我們得改變這起衝突的變因。」

「三方向角的推演讓贏面看起來——」

「非常低，對。我聽說了。細節我都曉得。我想要你幫我做的事情是這樣，小間諜。我的小繼承人，你拿好這個矛尖，當你不確定你的皇帝想要你怎麼做，就看看它。記住我今晚說的話。然後你去戰爭部，替我搞清楚那邊的情況。查出十一月桂為何對你這麼感興趣。查出三方向角是否有意打贏這場仗，還是她只想保持永久的衝突狀態。做你自己，就跟本來的你一模一樣——但睜大眼睛看。」

八解藥感覺自己舌頭沒了知覺，手指也是。他心臟猛跳。他不知道三方向角爲什麼會不想打勝仗。那不就是戰爭部存在的目的嗎？幫泰斯凱蘭打勝仗？但他想辦法點頭——他怎麼能不點頭？——將矛尖緊抓在胸口。

「很好，」皇帝說。「現在回去睡吧。你是才十一歲。你還能再睡一段時間。」她伸手用冰涼的指尖碰觸他臉頰。一個友善的小動作。接著她起身離開。他的房門微弱地喀噠一聲，在她身後闔上。

八解藥徹夜無眠。他轉而看著太陽升起，穿過那張全像投影閃閃發亮，讓他已故的祖親皇帝看上去容光煥發，被太陽照亮，宛如神祇。

❁

苔蛾座二號星的慘劇發生之後，悼詞每隔幾小時就會重播一次。

九木槿在鮮少使用的頻段上，維持全艦隊廣播的老傳統：覆誦死者的姓名。第十軍團不在實際作戰時，它便一一爲千年來的傷亡者唱名，每一週半循環一次。從軍團最近陣亡的一位士兵，唱到穿著這套制服身亡的頭一位泰斯凱蘭人。九木槿忘不了他的名字，也忘不了冗長的悼詞念到他的名字時，使用的低沉語調——二仙人掌。一個帶刺的名字，覆滿仙人掌的針，名字前面若加上艦長或部隊長聽起來會相當合適。二仙人掌於一千年前身亡，得年十七歲，當時還沒有任何頭銜或職階能搭配他的名字。在他之後的名字多不勝數。

實際作戰期間，那個頻段會停止播送沒完沒了、一再重複的往事，改成廣播眞正的喪禮悼詞，無論它們多簡短又無足輕重。一段詩歌，鮮血滴入碗裡的聲音，接著換下一個。

死亡發生得如此之快。因為十六月出在苔蛾座二號星的行動，喚醒了那些外星人，使它們全面戒備。它們沒有和艦隊全面開戰，都還在外圍試探。外圍主要是十六月出的第二十四軍團，和四十氧化物旗下第十七軍團的一些人。後者在艦隊目前的陣型下，被擺在遠方左側的位置。敵方偏好襲擊左側。九木槿開始覺得在通訊斷聯的地方再過去，介於該空域寥寥無幾的星辰間的黑色地帶中，有一個「基地」，或至少是一大批船艦，而她看不見。就在「輪平衡錘」號左側某處。

她原本預期，重新奪回苔蛾座二號星會帶來某種後果。那樁行動本身就傳遞了一個訊息：*我們來了，這星球和這些人原來屬於我們，現在再次屬於我們；苔蛾座在世界之內。苔蛾座即泰斯凱蘭。你們他媽的滾開。*後果當然會有。但不知為何，她對於敵方投入消耗戰的決定並沒有心理準備。血紅星光在上，她需要一個比「敵方」或「外星人」更好的名稱，而情報部的外交官還趕不及過來告訴她，它們是怎麼稱呼它們自己。

見到苔蛾座二號星那些被開腸剖腹的焦屍後，她深信這些外星人是破壞資源的虛無主義者，垂涎的與其說是殖民，不如說是權力。但挑艦隊外圍少少幾艘被十六月出派去執行勘查的船艦下手，開打消耗戰，這就不一樣了。這招很聰明。讓綿延的泰斯凱蘭大軍找不到施力點，沒有具體的目標能鎖定。

只有喪禮；今天到現在就有六位死者，兩位碎鋒戰機飛行員，以及四十氧化物其中一隊偵查砲兵裡的四名成員。她在全像投影上看那艘船陣亡過程的重播。外星人連它們能融解船隻的唾液都沒用上。它們就這樣冒出來，伴隨著結束隱匿時詭異的視覺扭曲，用能量武器的砲火將船艦大卸八塊。飛行員及艦上人員連反應都來不及，就被燒死炸毀。而這代表著，那些匿蹤游移的三環星艦可能在任何地方。

死傷太多了。她每一次連上碎鋒機群的共享視覺，就會見證又一條人命斷送，又一名泰斯凱蘭人殞落，感覺到眾人回音般集體縮了一下，那尖銳刺骨的哀痛，以及更深處的熊熊怒火——*我們竟如此輕易落敗，這些敵人怎麼有膽這樣做，還不必付出代價*——

這一切，以及隨每條人命逝去覆上的層層陰影。她納悶對那些不只視覺，本體感覺也共通的碎鋒戰機飛行員來說，情況會糟上多少。糟上好幾倍。這能肯定。她勢必得以猛烈砲火大舉進攻，還要盡快。依舊看不見的敵人大舉進攻——不管它們在何方——

二十蟬輕拍她的肩膀，讓她嚇了一跳。她轉向他，舉起手要猛推他喉嚨讓他退開，彷彿兩人是在拳擊場上。她好多年沒那樣反應過。他往後退，舉起雙手。

「小槿。」他說得如此柔和——那是她在軍校生時期、個性較柔和時的暱稱。現在已經沒人記得，更別提用它達到這樣的效果。羞恥感慢慢湧上，伴隨內心深處隱隱一陣恐懼，恐懼自己控制不了自己，或是這批艦隊。

「很抱歉，」她說。「我沒預期你會過來。」

他抖抖身子，用微不可見的動作使肩膀晃回原位。他將制服領口拉挺，恢復完美儀容標準。他對她笑了笑，雙眼片刻睜大，揚起嘴角。「妳在聽喪禮廣播，」他原諒她說。「換我也會被嚇到。」

「它們眞的都沒停過，」九木槿說。「我應該關掉，或至少調低音量，著手辦點正事。」

「我們的傷亡率太高了，」二十蟬說。「我們沒多少時間能等；損失我們最勇猛迅速的船艦，會讓士氣更加低迷，元帥。我們得要——做點什麼。」

「你聽起來好像十六月出。」

二十蟬縮了一下。「我也不希望。但我們面對的對手是如此污穢下流，我們的人也曉得。我們不能讓他們繼續目睹、繼續受傷，又不能反擊。」

「我們依舊不曉得外頭有什麼，」九木槿說著，厭惡自己語氣裡的憤恨。「我可以下令艦隊全面進攻，但若我們要在沒有物資和後援的情況下攻進一片屠殺戰場——」

「他們甘願爲妳這麼做。這艘船上所有人都是。」

「我知道。」九木槿說。那就是問題所在。

二十蟬點頭簡單表示同意，但沒有住口。「信任不是一項永續不盡的資源。也許忠誠是吧，能撐久一些。特別當我們的對手在東西搶到之後，連用都懶得去用——」

「我認為它們有。我覺得我們只是還不知道它們利用的方式。」

「我不想知道它們在苔蛾座二號星幹的事怎麼可能有用，」二十蟬說得輕柔，就跟他呼喚她的舊暱稱時一樣。「我覺得知道以後，我會被污染得再也洗不乾淨——」

她又能怎麼回答？她聳肩，張開雙手。「我不會再等太久。我保證。」就等到那位特使過來。她應該在兩哨的時間後搭乘「茉莉咽喉」號抵達。那就只剩下，噢，再四次喪禮而已。

⁂

「茉莉咽喉」號內部相當驚人，感覺很像在淨化處理過的空氣中待久後，再被扔進潺濕之地。瑪熙特並不是真的能分辨空氣中有任何實際差異：「茉莉咽喉」號是一艘太空船，跟其他任何太空船一樣，有精準的溫濕度和氧氣控制，萊賽爾太空站本身也是。不同之處在於，它是泰斯凱蘭的船。

沒錯，牆面是以金屬和塑鋼製成——但上頭鑲了滿滿的金色和綠色和濃粉色，泰斯凱蘭的象徵覆蓋在軍事補給艦中，所有的形式和結構之上。綠色的東西，生長的東西，明亮的東西。花朵。該死，她怎麼會忘了走到哪都是花，機棚區的天花板塗著白茉莉花紋，還有身穿灰金色艦隊制服、個個眼上都戴有雲鉤的泰斯凱蘭人。難怪她會覺得空氣吸起來這樣凝重。

「歡迎回來，」三海草說，她們踏出接駁船，越過機棚往登機層走去時，她依舊緊跟在她左後方，那位置熟悉得令人難受。「或者說——歡迎來到戰場？」

她們轉乘到「茉莉咽喉」號的途中，她全程和瑪熙特沒說幾句話。就只是看向她，悄聲說：「那眞有意思。」然後閉嘴，化作一身焰橘的靜默存在，臉上掛著泰斯凱蘭式的漠然表情。瑪熙特猜想，她們兩個都以爲跟安拿巴相遇的結果會是別的走向。而她們都不清楚爲什麼沒有那樣發展。這讓相處起來頗爲尷尬。沒人知道要如何談一場沒有成眞的災難，除非先跟對方解釋它爲什麼可能會是災難一場。而這一解釋，對瑪熙特來說感覺很危險。對三海草來說大概也是。

現在，她們光明正大搭上「茉莉咽喉」號，距離艦隊還有兩道跳躍門的距離，並且需要經過兩道門之間緩慢的次光速航行，就算作主觀時間七小時吧。瑪熙特這才意識到她跟三海草又得從頭再來一次。回到一開始，回到「姑且假設我沒有企圖傷害妳」和「姑且假設我不是白癡」的位置。

這感覺往後退了好大一步。尤其，這次換成是她可能企圖傷害人（只是可能；一切都還未成定局，她不停跟自己那樣說，或是跟伊斯坎德那樣說，好用力壓下她手掌蔓延開來的一陣陣神經痛），而三海草從來都不是白癡。

沒有想到達哲・塔拉特的時候，伊斯坎德成了她腦後一陣安靜愉悅的低吟：他從沒搭過泰斯凱蘭軍艦，補給線的後援艦或攻擊艦都沒有，瑪熙特則有些放鬆地靠向他的專注和好奇的觀察。她很需要，她需要任何東西來提醒她這是一個新體驗，不能算是回去。在任何層次上，都不是回家。

「我們還沒到戰場，」她和三海草說。「我們離戰事還有半天的時間。我們該做好準備。」

「幹，可是我好想妳，」三海草說，話語間有種瑪熙特無法辨別的懊悔。「想念一個跟我一樣會朝著麻煩投身而去的傢伙——」

瑪熙特這時幾乎能感覺到出現在她倆之間的鬼魂，就像她在別的場合察覺到某人在政治上的效忠對象，同樣地突兀又清晰，那個祕密的盟友：消失的第三人。十二杜鵑已經過世三個月了，和情報部其他殉職官員葬於都城一塊匾額後面，距離她們遠得遙不可測。*我們裡頭唯一腦袋眞正清楚的人*，她心想——然後改口。不對。是幫助三海草保持腦袋清楚的人。我從沒有過那樣的朋友。也沒失去過。

「那就跟我說出了什麼問題吧，」瑪熙特說，「除了『我們得和外星人講話』和『妳想我』以外。」她們穿過一大群泰斯凱蘭士兵，他們似乎都恬不知恥地死盯著一位情報部特使和一位野蠻人。

「問題其實就是那樣，」三海草說。「就那兩個。外星人的問題比較急迫。我還可以再加一個，妳回去妳的太空站的時候好像樹立了不少敵人——」

「那不是現在要處理的問題。」瑪熙特盡可能平靜地說。

〈啊，所以我們要當塔拉特的特務啦？我都開始想妳會不會直接跟她坦承了呢。〉

我說過，伊斯坎德，我不會因為一點政治壓力就把我們兩個交給泰斯凱蘭。

她感覺起來不如她講的話那般勇敢。她知道他知道；他就在她的內分泌系統裡，是她神經傳導物質和腺體中數千則訊息的一部分。他清楚曉得塔拉特把她逼得無路可退：確保泰斯凱蘭這場戰爭永遠打下去，不然她就要任傳承部處置，二選一。目前為止，她做的就只有避而不提塔拉特的命令。那還不算是當他的眼線，但為未來的行動方案保留了暢通的門戶。保密就是有這種效果。

「妳說不是，那就不是吧。」三海草冷冷地說，然後打開門到一間小小的轉乘室——沒比她們在萊賽爾的那間出租辦公艙大多少——這就是這趟旅途中她們被分配到的空間。室內沒有窗戶，瑪熙特並不特別好奇跳躍門附近太空環境扭曲的樣子，但沒能看到仍令她感到莫名地失望。門在她們背後關上後，她跟三海草之間就只隔了三個月的時間、特使制服和強烈的猜疑。

三海草把她的行李放在桌邊，跪下來在裡面翻找。她再站起來，兩手滿滿的資料微片匣，簡單的塑膠工業灰款式，以情報部歡欣又刺眼的紅橘色封緘。

「妳不是，」瑪熙特發覺自己說，「把沒回的信都給帶來了吧。我發誓我離開的時候把它們都轉寄了，我一直都在處理它們——」

三海草回以一陣笑聲，這令人無比愉快的片刻，讓她們因分開幾個月而莫名產生的緊張關係得到緩解。「不是，」三海草說。「我沒有任何信要給妳。我手上有的，是艦隊元帥針對我們既神祕又十分危險的外星人，掌握到的所有紀錄。我還沒有機會瞧瞧。想看嗎？」

〈想。〉伊斯坎德磨拳擦掌、迫不及待地喃喃說道——瑪熙特感覺完全相同。求新若渴的興趣和某種程度的媚外，在他們兩個的適性中都有出現，是他們的相容組合之中一個相當核心的部分。給我看點新的東西。

「看看我們是要學著跟什麼東西溝通吧。」她和三海草說，然後從她手中拿起第一個資料微片匣，用手指輕鬆掰開來。

只有聲音訊息。它——幹，彷彿瑪熙特在微片兩側之間的世界裡鑿了一個洞，裡面滿是靜電噪音和尖叫聲，或是那個噪音本身就在尖叫。她好不舒服。似乎沒辦法將它關掉。三海草暖棕色的皮膚底下轉爲灰綠，讓她看起來像是死人，或是奄奄一息；或像是她想要死掉，或想陷入垂死。

然而，錄音檔裡有不同種類的噪音，一個是顫抖的尖叫聲，會重複三次，另一個是較爲低沉、讓瑪熙特胃痛不已的嗡鳴，每隔十秒多就會出現一次。她聽不懂，覺得它難聽得要命，但那不是雜音。

錄音終於播完，她跟三海草兩人都陷入過度換氣的喘息，用大口大口的空氣把反胃感壓回去。她們彼此相望。「……我不知道那是不是語言，」瑪熙特終於成功擠出話來，「但那肯定是在溝通。音素，或是——我覺得不是文字，它的差異不夠明顯，但——也許是音標？」

三海草點頭。她吞了吞口水，像是把胃酸硬吞回去似的，然後再一次更肯定地點頭。「嚇死人又讓人反胃的音標。知道了。我想跟錄到那則通訊的船艦數據交叉比對，它們用某種方式在跟它互動——也許我們能整理出各種雜音對應的——」

「我們若是要吐，應該吐在垃圾桶裡，」瑪熙特說。「我們有沒有垃圾桶——這邊還有其他是純錄音的嗎？」她比向三海草滿手的資料微片。

「只有一個標示為音檔。剩下的應該都是影像和文字。」三海草說。「把它們打開吧，我來去找兩個垃圾桶。這是艘補給艦，我確定他們有垃圾桶的。」

「可能還要垃圾袋。我們得要聽那東西——很多次。」

「血紅的星光啊，」三海草咒罵，但帶著太空站人那種咧嘴露牙的笑容。瑪熙特覺得她這樣很迷人，但也擔心自己竟這樣覺得，同時對於她們順利相處大大鬆了一口氣；畢竟她們還有工作。「垃圾袋，好極了。七個小時很夠我們照『聽的時候需要用掉幾個垃圾袋』來分類那些音標了——」

「我可不希望妳在元帥面前出糗啊，」瑪熙特說。「她會想立刻知道用了幾個垃圾袋。應該也會想立刻知道我們要報告的其他發現。」

「看吧？」三海草說，臉上仍是那幾乎跟太空站人一樣的笑容。「我就知道帶上一位能夠學會我們語言的野蠻人外交官，會幫我省下時間去學其他的——」

她溜出門外，而瑪熙特心裡的疑問還來不及問出口，*妳對那些外星人會像對我一樣著迷嗎？因為妳覺得我和它們都是野蠻人，即便我其實跟妳一樣是人類？*

〈別問比較好，〉伊斯坎德跟她說。〈反正妳並不真的想知道答案。〉

◎

在詩歌、史詩、甚至是寫得最枯燥冰冷的那些治國論著中，皇帝都是不睡覺的，或不應該睡覺，因而星艦艦長亦如是。

九木槿向來認為，一位元帥（地位介於艦長和皇帝兩者之間）從獲得弧形尖矛形狀的領章起，就該練成永遠不需睡眠的本領。然而，眾所皆知，現實世界自有能力可以無視於詩歌和史詩和治國論著。九木槿和「輪平衡錘」號的所有人一樣，被分派了八小時的睡眠時間。

近來，她的成效不太好。從中也能略窺身爲皇帝和元帥是怎麼一回事，以及這兩種任務的差別：一種是掌管體積雖小但力量非凡的東西，例如一艘軍艦；另一種是管理一大堆分散的物體，比如說一支充滿泰斯凱蘭人的艦隊，全準備好在她一聲令下爲帝國送命。

九木槿一直試著要睡。她把制服脫了，穿著背心和睡褲躺在她床上，指示她的雲鉤把室內燈調至幾乎全黑。她甚至把除了絕對重要以外的訊息都關了靜音；如果外星人攻擊「輪平衡錘」號，她會起床，但其他事大概就不會叫醒她了。

如果她眞的有想睡的話。這八個小時內，她已經試了整整三個小時，仍然毫無睡意。她滿腦子都是在焰火爆裂中陣亡的碎鋒機群——想著這項新的生物回饋技術，值不值得讓半支艦隊的成員因爲半個空域外某個成員慘死而承受創傷後記憶。損益分析對入睡毫無幫助。

有人親自來敲她門的時候，她鬆了口氣。最可能的情況是，他們一直想傳次要級別的訊息，然後她一直沒有回應，而現在有事情發生了，她就不必再裝睡下去。她把燈調亮，扭身穿上褲子，維持一臉權威感，然後揮手開門。在門另一側的，是她一臉歉意的主任通訊官二泡沫。現在不是二泡沫輪休的時間——艦橋有相當謹愼的輪值安排，九木槿睡覺時，二泡沫通常都會醒著——但她看起來仍是疲憊不堪的模樣，即使她並沒被人吵醒。

「元帥，」她說，「情況有重大進展。」

「輪平衡錘」號的成員都稱二泡沫叫「泡泡」，因爲她人一點「泡泡」感也沒。那暱稱到哪都聽得到；就連九木槿都要特別提醒自己別這樣喊她。她改以揮手示意她進來寢室裡，不特別使用哪個稱呼，並讓門在她後方關上。她自己心跳加快；這比睡覺好多了，這是在危急時刻身負重任、全神貫注的閃亮感受。「是嗎？是什麼進展，重大到要妳跑來找我？」

二泡沫對於站在長官的寢室，且該長官正在尋找她制服的其他部分穿回去，似乎感到不太自在。但她還是勇敢地把目光往上盯著天花板，然後解釋。「長官。我們抓到其中一個外星人。」

「什麼？活的？我們成功攔到它們的船嗎？」

二泡沫搖頭。「死的。第十七軍團有一架碎鋒戰機在其中一次……交戰後，發現它懸浮在眞空中，就用套索捉住，把它帶了回來。」

九木槿興奮得顫抖；她得很努力才能忍住不讓手發抖。「表揚那位士兵。讓四十氧化物負責表揚，如果妳有辦法的話；應該由他自己的艦隊長來褒獎。然後——它在哪？那個外星人？」

「在醫療艙，」二泡沫說。「軍醫技師準備要將它解剖。但我想您可能會想先看一眼。」

「我他媽當然要，」九木槿說，然後雙腳用力踩進靴子裡。「我們走。」

醫療區在往上兩層靠近船尾的地方。她們用十分鐘走完平常要十五分鐘的路程，泡泡跟著九木槿的步伐，就在她左後方隔了半步的位置，這讓九木槿感到片刻深層的喜悅。好像這世界上有某一樣東西終於是對的，而她需要這個感覺來面對稍後的場面，不管她會看到什麼東西。她試著別去想像。想像會致使偏見。再說，她能想出的就只是一個小一點、跟人差不多大的三環星艦，那很荒謬；它們顯然不是某種專挑小船下手的、有生命的飢渴船類，否則那位碎鋒機員就不會有辦法帶屍體回來了。

想像出來的東西就是這樣：荒唐，撫慰人心地荒唐。她預估自己接著要看到的東西，會比她任何的想像都恐怖很多——

但其實沒有。

而這糟透了。

醫技官平常用來動手術的檯子拿掉了用來將人體撐在固定位置的標準襯墊和軟墊，只剩下光禿的金屬臺面，上方躺著某個看起來像動物的東西。甚至不是多嚇人的動物。就只是一種陌生的新動物。

他們把牠的衣服（做工似乎不錯的深紅色戰術負重衣）脫了，晚點會有人去分析，不過光是牠有穿衣服這件事就很特別了。但現在，現在重點是這生物本身。九木槿往前站，在這麼近的距離下，足以看出牠若是活著站起來的，會比她高個至少一呎半。這個裸體的外星人和大部分雙足行走的動物一樣具有四肢。末端兩肢粗短，強健的大腿連接上方長長的軀幹；前端兩肢以人類標準來說長度過長，手部有四根長了尖爪的手指。尖爪上——裝飾性地——覆以某種明亮的塑膠材料，另有銀色的線路纏繞其中。那些有可能是駕駛介面，九木槿暗忖，著迷不已，然後繼續看，目光掃過整具身體。皮膚顏色不均——有可能是受傷或真空冷卻導致的，但她認為那是天生的斑點或斑紋——還有那條脖子。那脖子不對勁。

太長了，幾乎有軀幹的一半長。

一條適合彎曲和撕咬、活動力佳、肌理分明的脖子，往上連接到由下顎占去大部分的頭部，一條黑色舌頭從死後張開的嘴裡，垂在肉食動物鋸齒狀的巨齒上。雙眼像人眼一樣朝向前方，失去視覺，迷濛一片，左眼因為死後的某種現象爆裂開來。那是掠食者的眼睛，像人類的眼睛。

杯狀的耳朵位在頭顱後面，還有點毛茸茸的。不知怎地，那是整個畫面中最糟的部分。那雙耳朵幾乎無異於卡烏朗那些小貓——性情溫和，會發出呼嚕聲，在通風管裡繁殖，搞得二十蟬很煩——的寵物耳朵一樣。而那種耳朵就長在這個東西上，這個除此之外皆無毛髮，殺害著她的艦隊的食腐動物上。

「牠是哺乳動物嗎？」九木槿問。她知道怎麼殺哺乳動物。牠們有相當一致的生理構造。舉個例子，心臟就在胸腔裡。

「不是昆蟲或爬蟲類，」醫技官說。「可能是哺乳類。雄性的。」他指了指；九木槿看見它的陰莖包皮後點頭。「我們解剖完之後，我會有更多了解。」

「那麼，就執行解剖吧，」她說。「搞清楚牠們是怎麼運作的，我們才能知道讓牠們停止運作的最佳方式。」

間幕

這種事不是第一次發生了。在這個地方，巴札旺空域深處，離安赫米瑪門極近，視覺開始會被跳躍門空間的不連續帶扭曲。人的眼睛——和其他形式的眼睛，任何靠古老但聰明的反射與折射模式運作的眼睛，以光匯聚在視網膜上，形成影像，從一個神經元飛躍至下一個神經元——都看不出跳躍門對空間/時間的影響，無能將光匯集成任何連貫的影像，意義於焉崩塌。

那段不連續帶發抖、顫動、擴散。一部分解離，然後移動。一道被拋回黑暗的漣漪，一顆石頭落入水中的殘影。魚群殘缺不全的倒影，在光線照及魚鱗時閃閃爍爍，接著——一同移動、傾斜——消失，不可見。

這種事完全不是第一次發生，上次發生的時候——上次發生的時候，荻卡克·昂楚在事後握著她嚇得要死、半死不活的飛行員的手，想像星辰間那片粼粼生輝的黑暗，怎麼有辦法化作長了鰻魚嘴巴的飢渴環體。怎麼有辦法在沒有任何機會將記憶保存下來之前，就把一整條憶象鏈吞噬殆盡。

上次發生時，還沒有一大排穩定前進的泰斯凱蘭軍艦在穿過「遠門」。昂楚本來希望，假如達哲·塔拉特要拿整個萊賽爾太空站當餌吸引泰斯凱蘭，吸引帝國穿過「遠門」，進到門外那些環形星艦的大嘴裡——她本來希望她至少不必再煩惱有更多星艦來把她的飛行員吃了。

她懷抱過希望，而如今就連那份希望都已落空。

消息來得清楚刺耳，遠程廣播上一聲絕望、喘不過氣的哭喊：它們躲在跳躍門裡，它們看起來就像跳躍門，它們追在我後面，我速度不夠快——

昂楚坐在飛行員指揮處的樞紐中——對她來說這才是萊賽爾真正的心臟，不管傳承部怎麼想他們的憶象機器儲存室。昂楚坐在那裡，不得不要她的飛行員別回家。別將那個塔拉特認爲有辦法吞噬整個帝國的飢渴之物，引回只有脆弱外殼保護的萊賽爾太空站。那是她做過最糟糕的事情。她死的時候會想著這件事，像是一塊多年後終於鑽進體內，刺進她心臟的彈片。她在遠程廣播上說：穿過跳躍門。如果它們追你，就讓它們追。德若・安查特——這是她手下飛行員的名字，或是該位飛行員的憶象的名字，她在這種時候會口誤，她認識太多手下的人了，每一代都有——我與你同在。萊賽爾與你同在。帶它們穿過跳躍門，希望帝國會在另一側接應你。我會聽著——

除了定位聲之外，她沒再收到任何回應。「遠門」附近的不連續帶裡，小小的一個移動。安查特和追逐她的東西消失進去。完全消失。

荻卡克・昂楚非常擅於聆聽，她在她的機器旁守了好幾個小時又好幾個小時。她再也沒聽到安查特的消息。

（服從又愛國的德若・安查特迎向死亡，死亡的方式卻不如她所預期：沒錯，泰斯凱蘭艦隊是在安赫米瑪門另一側，但泰斯凱蘭見到了敵軍艦隊中一張三環形的大嘴，根本不在乎他們能量砲彈的射程中有一艘小型巡邏機被炸毀——根本不在乎，而且可能也沒看見，或注意，或想到要去看。對看見那漣漪狀的不連續帶突然出現的第十七軍團成員而言，他們只要顧好自身安全不被敵人從側邊突襲。）

而昂楚聽不見我們的歌聲，完全不行。她不曉得那艘環形星艦上聲音的消逝，改變不了歌聲的音量，只改變了它的輪廓。她畢竟是以語言在思考的。

她以語言思考，發覺自己泣不成聲，等待著那些在她有生之年，再也不會出現的聲音。

第八章

……縱然十一車床和伊柏瑞克人共同生活了二十一年，他卻沒有給帝國的科學家提供多少生理學方面的資料。《外訊》一書比較像是探究哲學和道德的著作，也許期待一個人同時提出和外星人生活的靈性思考，並準確描述其生理習性、發展、飲食和罹病率，或許太強人所難——但文本中缺乏如此大量的實用資訊，說明了《外訊》的讀者對十一車床的思想，遠比對伊柏瑞克人的身體（或有關伊柏瑞克人的其餘資訊）還更要熟悉。我們當初派了一位詩人過去，但我們該派的其實是一組博理官研究員。

——《神祕邊疆外訊》一則學術評論之引言，由十二閃焰紀念教學醫院之醫學倫理主任，博理官二懸鏈線受邀撰寫。

✺

〉〉查詢／作者：昂楚（飛行員）／「重新移植」

〉〉資料庫中沒有包含「重新移植」之紀錄。請完善您的查詢內容後再嘗試搜尋。

〉〉查詢／作者：昂楚（飛行員）／「憶象修復」

〉〉查到二百三十七筆結果。顯示？完善查詢內容？

》》完善／作者：昂楚（飛行員）／「手術」或「創傷後」

》》查到十九筆結果。依字母順序顯示……

——荻卡克．昂楚於萊賽爾醫學研究資料庫之查詢紀錄，日期92.1.1–19A（泰斯凱蘭曆）

❁

艦隊就在他們抵達戰場前最後一座跳躍門的另一端。

或至少這裡有艦隊中的六個軍團，和長長一排補給艦，在優雅壯盛的大型驅逐艦和旗艦和砲兵間飛來飛去。他們的龐大陣仗遮住所有可見的星星，雖然本來也沒多少。瑪熙特知道這個空域，雖然她先前從沒來過；這裡資源貧瘠，由泰斯凱蘭掌控，萊賽爾太空站除了留意動態之外，沒再多做什麼。

她剛花了令人作嘔的六個小時聽外星人的聲音，一次又一次，聽到她作夢都會夢到那段靜電噪音和金屬尖響，像是聲音版的殘影。達哲．塔拉特第一次注意到那些外星人也是在這裡。萊賽爾的飛行員就是在這個空域大量消失，人數多到讓塔拉特和荻卡克．昂楚先後注意到這些事故有其模式。注意、記錄，然後利用。不過這裡的星星依舊寥寥無幾。沒有星星，沒有都城或其他星球那樣的天空，只有大量的泰斯凱蘭火力要避開而已。

那些船全都美到不行。瑪熙特的童年都在看嚇人的傳記電影，描述帝國艦隊能對一顆星球（不是太空站，從來都不是太空站，永遠都是星球，永遠都在很遠很遠的地方，但聯想起來很容易）造成多大傷害，以及同樣嚇人的連續劇，描繪泰斯凱蘭軍艦上的生活，充滿了軍隊制服和輪休時的詩賦比賽。該死，但小時候那些東西好像甜食一樣被她猛吞下肚。她現在八成還能解說那些劇情，複雜糾結的愛情故事、政治角力和橫跨數季的陣營轉換。然後，她人在這裡，即使經歷了三個月前在都城發生的一切，她依舊感覺自己好像一分為二，暈眩迷向、往下墜落，分成了一個經驗豐富的自己，和另一個權衡估量的自己，納悶地想：這就是我感覺真實的時候嗎？這就是我感覺像個文明人的時候嗎？

還有那個聽起來像伊斯坎德、陰沉又興味盎然的自己：這就是我忘記當個太空站人是什麼感覺的時候嗎？那現在呢？現在？我們還是瑪熙特・德茲梅爾嗎？

她想像過、懼怕過、也欣賞過這支艦隊，但親眼見到還是有種深層的斷裂感。

三海草就沒這種問題。她輕輕鬆鬆贏得「茉莉咽喉」號通訊官的好感——或至少興趣——這會兒他們進到艦隊裡「旗艦中的旗艦」——九木槿元帥本人的「輪平衡錘」號——的呼叫範圍內，她便俯身越過他肩膀，接手傳送訊息。

「這裡是特使三海草，在補給艦『茉莉咽喉』號上，」她說。「呼叫旗艦『輪平衡錘』號——你們請求情報部的支援，對嗎？」

過了好長一段停頓，比兩艘船之間次光速距離所需的傳送時間還長。瑪熙特想像另一處艦橋的景象：他們是訝異？惱怒？三海草前來一事，他們有得到通知嗎？

終於，一則訊息傳送回來：一個音調偏高、帶優越感的男性嗓音，咬字流暢且完全沒有口音，彷彿發話者是看新聞學來的泰斯凱蘭語，或是自己就是一位新聞主播。「歡迎來到第十軍團，特使。這裡是首席部隊長二十蟬，元帥本人的副官——她很遺憾此刻有事要處理，無法為您提供合乎禮節的招待。」

「禮節，」三海草圓滑地說，「是皇宮裡在玩的；這裡是戰場。我很期待在元帥有空的時候和她談談。我們很快就會登艦，副官——我們會乘『茉莉咽喉』號的接駁船，跟你們的物資一同抵達。」

「我們？」那個聲音問，然後瑪熙特心想，呵，簡單的別想了。

「我們！」三海草熱情同意。「我帶了一位語言學顧問。她是個野蠻人，但別介意。她優秀極了。」

接著她切斷和副官的連線。那可是整個第十軍團裡地位第二高的軍官。瑪熙特不確定自己是嚇壞、驕傲，或純粹地、愉悅地、醜陋地感到有趣。她眼看三海草站挺身子，對通訊官做了一個泰斯凱蘭式的睜眼笑容，然後伸展背脊，雙手交扣在身後往後仰。她在做準備了，瑪熙特暗忖。我也該去做好準備。

「語言學顧問？這就是我現在的身分囉？」她問。

三海草聳聳肩，一邊肩膀和一隻手簡短動了一下。「如果妳比較想當萊賽爾駐泰斯凱蘭大使，我可以等我們到那裡之後重新介紹妳的身分。」她經過時溫暖的指尖掠過瑪熙特手腕，讓瑪熙特沒多想就跟上去，心裡想著向陽的花朵，或沒那麼令人愉快的自然現象——重力位，被腐物吸引的昆蟲。「這提醒了我，瑪熙特——如果妳想當萊賽爾大使，妳有權代表妳的太空站來和我們尖叫的外星人談判嗎？」

〈我看不出有何不可，〉伊斯坎德和她喃喃說。〈沒有其他人要去談，而妳人就在這。〉

喔，管他去死，何不當個大使兼外交官——讓自己再度有利用價值，有權力和使用權力的空間，並且為了萊賽爾和泰斯凱蘭去——做點除了逃命和當塔拉特骯髒的特務以外的事。做點什麼。

「茉莉咽喉」號機棚裡的補給船，正在以訓練有素的效率裝載貨物——一個接一個灰金色的箱子被一小排泰斯凱蘭人用力推進船內。三海草跟瑪熙特加入隊伍，彷彿她們自己也是貨物，不過瑪熙特很懷疑她們會不會被整個人扔進去就是了。

「我當然有權力，」瑪熙特說。「沒人讓我不是大使，三海草，不管傳承部長暗示什麼。」

「她沒有——」三海草說，聽起來確實很感興趣，然後鑽進船裡。她轉頭補上：「那樣暗示。」

該死。

瑪熙特說：「這樣啊，考量到一切情況，還眞是意外地令人愉快。」然後沒再深聊更多。她不想要——她不能告訴三海草，她是為了躲避亞克奈·安拿巴的外科醫生，才來這裡當達哲·塔拉特在戰爭裡的眼線，並在有機會時，為他做出更可怕的舉動。她不能說。因此她轉而進到船內，在補給櫃中間安頓下來，把自己綁到某種控制自由落體的織網上。每面牆壁、地板、天花板都有類似的網子。這是艘很有效率且設計精良的船。它一個月肯定要飛上百趟這樣的短途航程——

「愉快得很。」三海草的語氣相當尖刻，流露出興趣和戒備和某種暫且擱置的邀請：妳想玩的話，我們可以玩啊，瑪熙特，就算不是現在。

船門在她們身後發出嘶嘶的真空聲緊緊關上，瑪熙特閉上眼睛，迎接加速。

◎

旗艦的體積是如此龐大，以至於瑪熙特沒料到她們會花這麼久才抵達「輪平衡錘」號。

它從「茉莉咽喉」號艦橋上看起來非常近。如今，從補給船裡小小的觀察孔望去，旗艦變得愈來愈大，直到地平線和天空和地面都被它占去，彷彿整個可見的世界就只有這一面堅實的牆壁，一面堅實的船壁，但中間多了一張黑色的大嘴，一座機棚——而它同樣大到不行，還持續變得愈來愈大；補給船離它愈近，其色彩和結構就愈發明顯。機棚不只能容下這艘體型甚大的補給船，還能再放幾百艘迷你三角艦，成排懸掛著等待它們的飛行員——外加其他大型輪船，然後依舊有空間能擺個至少十艘和這艘同樣大小的船。天花板高得和都城那頭宮殿區裡某些樓房本身不相上下。

他們落地時幾乎沒半點晃動，就這樣，瑪熙特這輩子第一次登上了泰斯凱蘭戰艦。

船門立刻打開，瑪熙特和三海草解開安全網的同時，一群積極值勤的泰斯凱蘭人蜂擁而上——穿著簡便的機能型制服，灰色和金色組成、膝蓋以補丁加強的連身服，左肩上則有名字的字符和第十軍團的徽記。他們蜂擁而上，然後完全無視她們，只顧那些補給箱。感覺就像在一架巨大的機器裡，而它對你一丁點興趣都沒有，因爲你的樣子不像那臺機器想吞食下去、再從另一頭吐出來的物體。

三海草對她笑了一下，眼睛稍縱即逝地睜大，白牙幾不可見地一閃。「準備好了？」

「盡量囉。」瑪熙特說，然後跟之前一樣下船，進到屬於泰斯凱蘭的空間裡，看看有什麼東西在那兒等著她。

機棚裡非常忙碌——還有其他在卸貨的船，眼前更有實在多到不行的士兵。艦隊無比龐大。瑪熙特想到萊賽爾上的三萬站民，以及曾幾何時，在她還是個小孩的時候，三萬感覺就已經是非常大的數字了。這艘旗艦上大概有三千名泰斯凱蘭人，也許更多。單是前線這裡就至少有十艘這個大小的船艦，所載人數相當於整個萊賽爾的人口，高舉著泰斯凱蘭戰旗。其他還有那麼多的船，全銀河系到處都是，出現在幾乎每座跳躍門兩端。有些士兵明顯受傷——這座機棚裡有艘船被燒到近乎全黑，部分船身消失不見，從裡面爬出來的人或流血或燒傷，或被動作迅速的醫療人員以擔架帶走。

〈船被能量砲彈掃過之後就是長這個樣子，〉伊斯坎德悄聲和她說，又是驚恐又深受著迷，就跟她自己的感覺一樣。〈這些外星人有辦法對這艦隊做出這種事——不管泰斯凱蘭有多少士兵，船被燒了就是燒了。〉

船被燒了就是燒了，瑪熙特心想，像是回音、卡住的思緒——然後三海草輕拍她的肩膀，用下巴往人群對面比，表示顯然無疑有人知道她們要來。

他們派了人來護送她和三海草，而對方正在等候她們。他們一男一女，穿的都是全套的艦隊制服，而非機棚工作人員的連身衣。男的很高，瘦得驚人，還把頭剃了個全光；這是瑪熙特第一次見到尚未邁入老年的泰斯凱蘭人理光頭。女的一身相同的銀金色調，只有頭髮和膚色略有差異。她肩上有艦隊長的烈日徽記，讓瑪熙特納悶了一會她是否就是元帥本人——但不對，那不可能是九木槿，這位女性的軍團標誌不一樣，是代表「二十四」的字符經風格化而成的拋物線。她不是這支軍團的艦隊長，卻仍出現在這支軍團的旗艦上——而且還來迎接情報部的代表——

瑪熙特沒多少時間能思索，組成這支武力的各軍團間有什麼樣的內部鬥爭；她緊跟在三海草後邊，感覺自己身上的外套和長褲相較於身邊那團火紅的珊瑚色，還有其他人完美的艦隊制服及兩位前來迎賓的高階軍官，簡直是枯燥又野蠻至極。兩位軍官沒等著她們靠近，而是走到機棚中央跟她們會合。看起來是那名女性的主意；她大步向前，像繞行著呑噬太空的船隻那樣邁步，男子則毫不掩飾地對她擺了個不悅的臉色，那表情在他臉上稍縱即逝，讓瑪熙特懷疑是不是自己想像出來的。他跟在後面，四步併作一步地跟上前。

他們在其中一隊排成圓弧形、閃閃發亮的三角攻擊艦底下相會。三海草合指向兩位艦隊代表鞠躬，一個誠意十足但不卑微的招呼，瑪熙特模仿她的動作，連角度都一樣。她是個野蠻人，但她也有理由出現在這，不是嗎？她是，她有理由該被泰斯凱蘭的強大軍力（在視覺上瞬間顯得過於巨大又複雜）一湧而上地包圍。

〈呼吸。〉伊斯坎德喃喃說，而瑪熙特照做，在站挺的同時深呼吸一口氣。

「特使，還有語言學家外交官。」男子說，聲音和通訊時出現的那個帶優越感的男高音一樣——這位想必就是副官，首席部隊長二十蟬，還眞有意思，不是嗎？一個除了他完美的制服以外，看起來如此不泰斯凱蘭的男子——頂上無毛，不符潮流、令人擔憂地細瘦——這麼近的距離下，瑪熙特能看到他連眉毛都剃得付之闕如，而泰斯凱蘭人對自己的毛髮通常是相當自豪的，他們會留一頭繫成髮辮的長髮，或是一頭自由披散的長髮——然而，他就站在這兒，擔任泰斯凱蘭國家級戰爭中領頭旗艦的副指揮官。

什麼樣的元帥會找這男的當副官啊？

〈很有意思的那種——看他的手，瑪熙特，看到手腕上的刺青沒？他是恆定教派的信徒。〉

上面是有刺青，在他的制服袖口底下，幾乎看不太到。綠色的往外蔓延的東西，碎形。*什麼教派？*

〈晚點說——專心，瑪熙特。〉

那名女子沒有鞠躬。「看來情報部給九木槿派了一位非常年輕的女性和一個野蠻人，」她冰冷直白地說。「看上去眞了不起。我相信妳們兩個會給她帶來莫大的幫助。」

二十蟬以無可挑剔的禮節，低聲地說：「第二十四軍團艦隊長十六月出，」然後比了一下，彷彿把她當某種珍奇之物在展示。「我們今日的貴賓。」

十六月出帶著深思熟慮且不安好心的預謀，但沒能成功配合上二十蟬無比禮貌的語態。「那我們走吧，副官？現在間諜和她的寵物你也都接到了，帶我去看我們大家今天來要看的東西。那具屍體。」

「那具屍體？」三海草問，好像這些小鬧劇完全不重要似的。

「那具屍體，」十六月出說，「妳們來這裡要溝通的東西屍體。情報部有多擅長讓死者復生？」

「那不是我的專業。」三海草說。

「元帥在醫療艙停屍間裡等我們所有人過去，」二十蟬無視那些怪力亂神的暗示，向她們確認道。「我們確實有具屍體要給妳看，特使；牠說不了話，但應當能爲妳提供一點資訊。我們走吧？」

環形結構，瑪熙特暗忖，*舊事重演。我才剛到，就要去看一具屍體——這次至少不會是你的屍體，伊斯坎德。*

〈一個人也就只能死這麼多次。〉伊斯坎德苦中作樂地說。瑪熙特得努力鎮定。要是在此刻讓泰斯凱蘭人以爲，這野蠻人在腦中和鬼魂講話，這對情況可沒幫助。看不見的、充滿黑色幽默的鬼魂。

這回沒有通往司法部地下室的電梯，沒有一堆身穿紅衣的博理官圍在屍體旁邊，屍體上也沒有用罩布遮蓋以示尊重。瑪熙特抵達這間停屍間時，一位醫技官正從攤開來的外星人胸腔裡，拿出兩顆巨大肺臟，帶去秤重跟測量，評估氧合作用、死因，進行泰斯凱蘭人會對外星人身體組織做的各種測試。那副胸腔被摘去了肺臟，沿著外星人的長頸兩側像裸露的翅膀一樣攤開。元帥就在屍體後方低頭看著，好像自己能在體腔的空洞中占卜出未來。瑪熙特從烈日尖矛的肩章認出她，但她同時完全符合瑪熙特想像中，一位元帥會有的樣子——如果那個元帥不是三個月前差點篡位、令人毫不緬懷的一閃電。

九木槿體態壯碩有型，豐滿的脂肪底下有著紮實的肌肉：臀部渾厚，腹部圓滑外凸，肩膀和胸膛寬敞，大腿穩如撐起太空站層層結構的T形鋼柱。她看上去不動如山。等泰斯凱蘭全像劇要把這場戰爭拍成史詩片時，一定得花好幾個月尋覓合適的女演員；就算精心選角也挑不出比現實中更完美的人選。

瑪熙特看到她後，說出口的第一句話是：「外星人不是用那個喉嚨發出那些聲音的，元帥。」彷彿她以為直話直說能證明自己有用處，而不會被斥為野蠻之舉。

「感謝妳點出了顯而易見的結論，給妳加五分。」九木槿說，圓滑殷切的低沉嗓音只讓瑪熙特聯想到十九手斧沉穩又嚇人的精確言詞。「所以妳是個外星生物學家囉？」

「這間諜帶了個寵物來呢。」另一位艦隊長說。十六月出。九木槿看她的表情讓瑪熙特懷疑，那層層的禮儀和外顯的權威之下藏著一種深深的厭惡。

「我不是外星生物學家，」瑪熙特說，斷定了十六月出對她的敵意，不太可能因為她回答元帥的問題而減少一點。「我是瑪熙特·德茲梅爾，萊賽爾太空站駐泰斯凱蘭大使，及萊賽爾太空站於本空域之外交代表。」

「大使是語言學家兼翻譯官，」三海草說。「我本人是那個間諜。」她停了一下，完全為了做效果。「我們是來幫忙的。」

那位副官，二十蟬，發出了一個超級引人注意的聲音，好像他把一聲大笑淹死再吞下屍體。三海草要不是沒注意，要不就是沒打算理會。

她接著說：「能認識您實在令人無比欣喜，元帥。我本人以及情報部，對於有機會在與外星生物第一次接觸的情境中派上用場，自是不勝感激。這外星人的喉嚨真是令人著迷啊。」

「然而，」元帥表示，「妳的語言學家兼翻譯兼大使確信它不可能發出我們通訊系統上的那些聲音。無論它有多令人著迷。介意解釋解釋嗎？請啓迪一下我，當然了，還有艦隊長十六月出。」她看向十六月出時，笑著露出了那麼些牙齒，讓瑪熙特因爲察覺那絲威脅而口乾舌燥，嘗到一陣金屬腥味。一位會露齒而笑的泰斯凱蘭將軍。滿是活力，滿是危險。

〈她非常厲害。〉伊斯坎德喃喃說，瑪熙特也贊同。九木槿顯然被十六月出嚇一跳，即使驚訝，仍精妙地維持指揮身分。瑪熙特懷疑她甚至不曉得這位艦隊長在她的旗艦上，直到她跟瑪熙特及三海草一同走進這間臨時停屍間裡。

三海草正平靜直白地說道：「在對您傳給情報部的樣本進行大量音訊分析後，我們相信，通訊頻道上的聲音是音標，不是具體的語句——除非這個外星人的聲帶是以合成器及特雷門琴組成，那麼牠不可能自己發出那些聲音。」

「不過您可以解剖看看就是了，」瑪熙特補充。「確定牠無法靠磁場震盪來發聲。」

「您其他部位都解剖了，」十六月出補上一句。「不如就看看牠的脖子。既然我人在這裡，我就留下來看吧。畢竟被這些東西飛也似地殺死的可是我的士兵。」

「艦隊長，我要是在您和我在機棚相遇前，」二十蟬溫溫地說，「早個兩分鐘以上得知您在『輪平衡錘』號上，我就會確保您也受邀參與驗屍過程。」

瑪熙特沒法轉過去看十六月出的反應，這段對話發生在她背後讓她感覺異樣地赤裸，被人盯著的感覺蔓延，讓皮膚一陣刺麻，縱使那雙眼睛的主人注意力完全不在她身上。她想要看。這兩個艦隊長的糾纏——意義重大，相當重要；如果她跟三海草要讓自己的用處大到能活過這場戰爭，她就得搞清楚。

〈妳還是想得好像我們在試圖逃出安拿巴大臣的魔掌，〉伊斯坎德悄聲對她說。〈用處大到能活過這場戰爭？情況沒那麼糟。還沒。〉

還沒，瑪熙特心想。但這是政治，我必須搞懂——

〈它的輪廓。誰想要情報部介入，誰不想。〉接著伊斯坎德溜出她的思緒，像一團搆不著的火堆，某種側邊帶銀色條紋的魚，游進水耕養殖槽的暗處裡。

不論十六月出臉上是什麼表情，她說道：「蟬群，我對你的期待一向更高——『焦黑瓷片』號四小時前便已入港，而我一直在等的同時，我們元帥的副官竟毫不知情？」

二十蟬——蟬群。瑪熙特想起伊斯坎德在她瞥見他刺青時和她說的話。「恆定邪教徒」。搭上一個昆蟲的名字。一種無所不在的昆蟲。泰斯凱蘭人不應當以動物命名，完全不能。昆蟲不算是動物嗎？她一向預設牠們是。

九木槿以同一副威脅性的面無表情（她似乎很常是這副臉色）看這兩人鬥嘴，然後用足以平定任何爭執的力道，將雙手擱在金屬解剖桌上。兩手各擺在外星人頭部兩側，彷彿她能用手掌將其粉碎。「留下來，十六月出。看看我們敵人體內長什麼樣子。妳錯過的部分，醫技官會跟妳說明。現在。妳——」她下巴指向三海草。「我想知道妳、或妳的野蠻人語言學家，能否用這些妳說妳們辨識出來的音標，做出回應。妳們來這裡的目的就是這個。在我決定牠們不值得花那個力氣去溝通之前，搞清楚怎麼和這些東西溝通。」

「你們的廣播系統是怎麼樣的？」三海草輕快有幹勁地問道，彷彿這事完全不成問題。瑪熙特知道沒這麼簡單。她們才剛開始在詮釋通訊頻道上的聲音，中間還有一半的時間反胃到無法思考，被那些怪聲搞得喘不過氣。她們也許有辦法對外星人說什麼，但幾乎可以肯定內容會是錯的，給人類的舌頭和腦袋扭曲過的、半成形的畸異言語。

〈但也許能把牠們引來。〉伊斯坎德咕噥道，然後她暗忖，餌。

就像達哲・塔拉特拿萊賽爾當泰斯凱蘭的餌。就像她自己現在一樣——當三海草的餌，當這支艦隊的餌。如果她奉塔拉特之命從中作梗。她不知道自己怎麼能做出這種事。她不——

〈妳不想要。〉

我不想故意搞砸我的工作，瑪熙特心想，一小句不懷好意的傷人話，然後感覺到伊斯坎德——以手肘傳至無名指的一陣刺痛，以及她腦中自己的聲音——回應的問句：喔？所以妳負責的工作現在是初次外星接觸嗎？他們現在已經融合得如此緊密了，但不合之處依舊會引發疼痛。

「等妳有能播送的通訊內容，」九木槿和三海草說。「我們就能準備用牠們使用的頻率，將它播送出去。內容好了之後先拿來給我。二十蟬會帶妳們去妳們的寢室，還有通訊工作室。」

那是某種打發。元帥的下一個動作——把穿著紅色手術袍的醫技官叫來，讓十六月出站到她旁邊看——又是一次打發。瑪熙特合指鞠躬，發現自己因爲知道這在此地是合宜的動作而安心，又因爲這份安心而再次憂傷不已；憂傷於自己有多麼容易就被從太空站帶走，多麼容易就融入泰斯凱蘭的政治、享樂和毒害之中；憂傷於她多渴望能派上用場，以及自己有多討厭那份渴望。

❁

外星人的喉嚨在她醫技官的手術刀下，像一顆完美熟成的果實被剖開。

九木槿能看見裡面的肌肉沒什麼特別之處，還軟趴趴地滲出紅色液體。充氧血。這個外星人死得還沒有很久，而她要是深入去想，那豈不是令人毛骨悚然——這東西不到半天前還活著、還如飢似渴，帶著牠令人費解的智慧在行動，牠如果沒被這樣剖開，就可能在躲藏、僞裝、靜候突襲的時刻——

一直待在她左手肘邊的十六月出，湊上前看手術刀嘩地將肌肉切下，露出某個看起來像氣管一樣呈稜紋狀，橡膠似的東西。「看起來像是普通的喉嚨，」她說，讓九木槿好奇她同袍的艦隊長是親手解剖過多少喉嚨。

「切開來。最上面喉頭應該在的位置。」九木槿說，她的醫技官照做。

上面有喉膜，很好。整體結構巨大但還算標準——從她久遠以前在軍事學院念第一年的時候上的基礎解剖學，殘存至今的記憶來判斷。外星人氣管頂端層層堆疊的外星血肉，看起來全都相當尋常，標準的哺乳類特徵：閉緊得足以避免食物穿過，能夠在有空氣硬擠過去的時候震動發聲。沒有任何部位看起來能發出他們攔截到的錄音中，那些機器尖叫般的共鳴噪音。

十六月出說：「往下切。氣管連接肺部的地方。它有肺部，對吧？」

肺臟就擱在手術兼解剖室另一端架子上的金屬盆裡。九木槿指向它們。「牠本來有。兩個。」

不管十六月出跑來她旗艦並闖進她的醫療艙，是要玩什麼樣的政治把戲，和想出一個好主意的可能性相比都相形失色。九木槿納悶她加入艦隊之前是不是想從醫，或只是某種以觀看解剖和研究體內構造爲樂的變態。「往下切。」她重複道，雙眼睜大成得意的笑容。

九木槿向她的醫技官點頭，於是他照十六月出的提示做，把氣管切開到幾乎整個攤平，一片帶稜紋的僵硬肌肉。它開始分岔的地方有某個東西——很像另一個發聲腔的骨架，四周包著一個看起來像洩了氣的氣球的東西，連接著一大串九木槿肯定不記得在基礎解剖學裡看過的肌肉。

「是個『鳴管』，」十六月出得意洋洋地說。「鳥類就有這個。您的間諜和她的寵物弄錯了，元帥——這外星人能用那東西發出各式各樣的鬼叫聲。」

外圍那個氣球一定就是震動的部分，九木槿心想，而那些肌肉是用來把它撐在恰當的緊繃度上。帶著一種誘人的厭惡感，她往外星人的喉嚨伸手，用指尖拉長那層喉膜。她的手指染紅了。如果這東西是她殺死的，她就會把血抹在她額頭上以示勝利。但她還沒有資格那麼做。

「把它切下來，」她指示醫技官說。「肌肉盡可能都留著。然後保存起來。我猜我的間諜和她的寵物，」——那是對十六月出的認可，間接地稱讚另一位艦隊長預測解剖結果的能力——「也許會想拿來自己弄出一些那種噪音。」

「所以您眞的相信那位情報部探員。」十六月出說。她們離開桌邊，讓醫技官做他的工作。九木槿還沒洗手。摸過外星人之後沒有死掉或溶解，本身就有其令人滿足之處。牠們的神祕面紗揭開了一小塊。牠們會死。牠們會死亡、流血、冷卻，是一組怪異難解卻又完全能理解的器官。跟其他死掉的東西一樣，就只是肉。

「我爲何不該信？」她問十六月出。「如果妳跟我說『因爲她是個間諜』，我就得把妳估計的智商數字調低，那樣就太可惜了。說個具體理由，艦隊長。」

十六月出沒被激怒，這點九木槿得予以肯定。她說：「您不曉得她的身分，或她對誰效忠，除了也許效忠於泰斯凱蘭之外。她不是艦隊的人。這，」——她比向那個外星人、醫療區、這整個情況——「是艦隊的工作。我無意冒犯，但我從沒想過卡烏朗戰役的英雄會想帶外人來打仗，元帥。」

「我不是英雄，」九木槿發覺自己說道。「我是個士兵。而卡烏朗戰役是士兵打贏的，靠的是我所能弄到最好的情報資源。我不會阻止我手下的人獲得資源，艦隊長。我提供他們資源。我們缺少的東西，情報部的探員會幫我們弄到，同時不用再讓我的人——或是妳的，或四十氧化物的，或任何人的——冒更多非必要的風險跟這些外星人交手。」

「艦隊有自己的情報機構，」十六月出說，然後停在那裡，讓它像戰帖似地懸在兩人之間。喔元帥啊，您要是眞的這麼處心積慮想提供合適的資源，怎麼沒去找第三分部幫忙？她不需要說出來。九木槿在屋內一片死寂中聽得一清二楚，除此之外，就只有她倆後方工作中的醫技官，時不時會傳來擠出外星人體液的聲音。

「我們不負責和外星生物的初次接觸，」她說，好像這是個合理的理由。「那是情報部的事。而這也就一個間諜，十六月出。遠比第三分部的一個中隊好管多了。」

某種情緒在那對淺色的眼睛後面一閃而過。九木槿思索自己是否跟十六月出透露了太多對於艦隊情報人員的厭惡。那沒什麼，除非第二十四軍團的艦隊長自己就是，或在她當上軍官前曾是第三分部的人——她得去確認她的公開紀錄，或讓蟬群去。但他們都太忙了。

「一個間諜和一個野蠻人，」最終，十六月出說。「間諜我還能理解。但她的計畫裡還包含了參與開戰過程的外國人？元帥，那部分很困擾我。她是萊賽爾太空站來的。最開始就是萊賽爾太空站這個小小的獨立實體，告訴我們這些外星人的事——」

「並拉下一閃電，沒錯。」九木槿說。

「一閃電，連帶還有九推進器。」

九推進器部長，九木槿的恩人和導師，她的靠山。十六月出在暗示說，九推進器不是「退休」——而是參與了政變，被推下臺，換人上位。「我相信前部長很享受她的退休生活。」九木槿說。她很難想像九推進器參與圖謀篡位這樣的事。她總是如此謹慎，是都城裡一雙警醒的眼睛，沉穩到讓九木槿感覺自己總能在有後援的情況下，冒點合理的風險。

「『退休』是個很有趣的說法，」十六月出說。「部裡一半的人都被換掉了，元帥，那不叫『退休』。」她在激怒她，試圖讓九木槿開口抱怨新任皇帝，以及新任戰爭部長三方向角，也正是這些人指派她領軍——

這些人送她到這裡，攻打一支勢不可當的敵軍，而她只有六個軍團，其中還有一半簽了十六月出那一小封表示抗命的信函。這令人不悅地證明了，十六月出說得沒錯，她因爲曾經身爲九推進器的庇護對象而受罰，而終究，九推進器確實參與了篡位政變——

而她如果說出任何那些念頭，她就等於是跟著十六月出在玩——她從部裡帶到前線來——的某種政治遊戲。她就等於承認了自己效忠的對象可能不是帝國，或甚至不是戰爭部。她拒絕被人這樣設套。

「新皇帝在軍事上有新的優先順序。這次升遷也是三方向角應得的。老實和妳說，艦隊長，等我在前線服役結束後，我希望自己也能跟九推進器一樣幸運。」

就讓十六月出以爲自己沒意會到她在暗示九推進器不忠。讓她以爲自己頭腦比實際上簡單。

「照您的紀錄，我相信肯定會的。」十六月出說，惡毒得很。九木槿大可以恨她。要不是她需要她跟她的第二十四軍團來打贏這場仗，她會恨她恨到不行。

「妳眞會說話。」她告訴她，並露齒而笑。

十六月出和她一樣，把銀白色的牙齒當成一種威脅。「撇開部長不談，元帥，我試圖表達的，是我不相信任何打萊賽爾太空站來的東西，而她跟在一個間諜旁邊只讓情況雪上加霜。」

那背後有某種意圖，比起艦隊長之間的相互敵視更深層且更令人不快。十六月出想要讓第三分部參與這場戰爭。她非常、非常想。而那代表戰爭部裡，或宮廷裡其他人之中，有人想要政戰官留意九木槿的一舉一動。

「我很感激妳的直言不諱，艦隊長，」她說。「妳也放心，我會盡可能留意那間諜的動向。我們就看看她能爲我們做些什麼。我會保留我的判斷。」

「如您所願，」十六月出說。「我相信您的技師把嗚管取出來了，元帥。在您交給那間諜之前，把它充滿氣，看它會不會尖叫給您聽。」

就這樣，她行禮，腳跟一轉，留九木槿自己一個人，以及敵軍被肢解並開始散發腐臭的屍體。

◎

二十蟬沒有護送三海草和瑪熙特到她們倆被分配到的不知哪間寢室。他只是用一種三海草立刻就認出來的漫不經心語氣——就是一天當中最少會遇上四次比這麻煩幾萬倍的後勤管理問題的人，必然會有的那種氣質——提到說，在寢室從一床重新配置成兩床的同時，她們可以直接開始工作。

「特使，」他說，她們正跟著他穿過「輪平衡錘」號人潮熙攘、有條不紊的走廊，被各式各樣的艦隊人員毫不掩飾地好奇打量，「您現在登船了，雲鉤裡應該會有船艦地圖。接下來的兩千兩百個小時，通訊工作室都會是您和德茲梅爾大使的——屆時元帥會想要看到某種成果。」

他轉頭越過肩膀看，臉上掛著尖刻的笑容，雙眼和嘴角微微動了一下。一個少了眉毛和頭髮的人笑起來的模樣很怪。三海草互動過的人裡面，從沒有人用如此嚴肅的態度在奉行恆定教派信仰；大部分的少數教派信徒都不會那麼刻意讓你產生聯想。她感到……很有興趣，她如此論定。想知道這男人要怎麼處在這麼高的權力位置，同時看起來卻是如此地不文明。但不管有沒有眉毛，她懷疑二十蟬對長官九木槿的認識夠深，所以他講的話有可能是眞的：元帥在晚班結束時，會想要聽到報告。不管那班結束得多晚，或跟元帥的睡眠時間有多少重疊。

「會有成果給她的。」三海草說，這份承諾給了二十蟬足夠的保證，於是他向兩人點頭，在三海草深深一鞠躬的同時，消失去辦他自己的什麼事了——不是個跑腿的啊，那傢伙。不是沒事會在船上護送迷路的情報部探員的傢伙。也不是說副官就該這麼做——

然後，噢，地圖在這兒，在她的雲鉤上以細紋網格的樣式閃閃發亮。往上四層樓，靠船尾的方向。小事一樁。

「跟在我後面。」她告訴瑪熙特，後者非常安靜。異常地安靜，特別是她剛剛還在醫療區整個人口無遮攔的。她是被十六月出艦隊長嚇到了嗎？三海草不記得瑪熙特有那麼容易被嚇到。但不管如何，她都跟了上來，就在三海草左肩旁邊，和她們往常的位置完全對調。重疊在她右邊視野的船艦地圖很好理解——有人，大概是二十蟬，用一顆發亮的星星標出她們的目的地——她們在巨大的旗艦中往上走了三層，也沒遇上任何問題。不過，到了第四層樓——這才是三海草老在情報部簡報中看到，所謂重視安檢的艦隊。

具體是這樣的：一名沉著壯碩的艦隊士兵，束著整齊完美的馬尾，他那把能量手槍（好吧，不只一把）優雅又嚇人地收在臀部兩側的槍套裡。他擋在三海草的地圖指示她們通往通訊工作室必經的一扇門前面。這位士兵舉起一隻手，掌心攤平，充滿威嚴，讓三海草以及緊跟在後的瑪熙特猛地停下。

「妳們都沒穿著制服，」士兵說。「特別是她。」他用下巴指瑪熙特。「妳們在這層樓要做什麼？」

「我是情報部臨時調派來的特使三海草，」三海草有點惱火地說——她的特使制服還不夠像制服嗎？但可能這位士兵從沒見過吧。「而這位是瑪熙特・德茲梅爾大使。請確認您的乘客名單，先生，我們奉元帥之命，正在前往通訊工作室的路上。」

士兵在雲鉤上眨眼瀏覽過某個查詢功能，找到他要找的東西，接著讓她和瑪熙特稍候。她能感覺到瑪熙特緊張的能量，彷彿旁邊有臺發電機在轟隆運轉，然而她的野蠻人繼續不發一語。過了彷彿沒完沒了的十五秒，士兵以隨便至極的態度合指致意，並揮手讓她們過去。「往左轉，特使。大使。」他說得好像剛剛完全沒理由攔住她們一樣。

沿著走廊走大約兩百呎後，就在她們剛走出一位士兵的視線、踏進下一人視野的那刻，情況再度重演。三海草很不悅地想起小時候，演算法改良以前的太陽警隊，那時候你每換一個「管轄區」，他們就會問你相同的問題，不管你經過幾個管轄區都一樣。這位士兵比較矮小、舉止乾脆；她顯然對瑪熙特不得體的服裝感到不可置信：她埋怨「妳們都沒穿制服」時，還伴隨了一個從頭到腳的手勢，彷彿在說：像妳這樣好好的一位特使，跟那種穿外套和褲子的傢伙在一起做什麼？

三海草預期瑪熙特會負責處理這一位，像她在醫療艙和元帥自我介紹時一樣自信地解釋她們的身分。但她沒有。她對三海草挑起眉毛，直到三海草重複她跟前一位士兵講的話，痛苦地等士兵透過雲鉤確認，然後輕快地揮手讓她們往前走。

通訊辦公室門前的第三次安檢根本就是在侮辱人了。前一位看守人還在視線範圍內，而她完全沒採取任何行動去告知她的同僚，站在她面前的這兩個人被指派了合理的任務，要到她如此辛勤守衛的門扉後處理。

「妳們——」那名士兵開口。

「沒穿制服，對。」瑪熙特終於翻臉說——她翻臉時語氣從容又狠毒，三海草不記得她在宮廷裡那樣說話過。那語氣裡帶有某種，對面前問題感到無比厭倦、管它去死的態度。

不曉得伊斯坎德・阿格凡生氣時的語氣是怎樣，她暗忖的同時也討厭去想這件事。

「麻煩您就確認一下資料。」她在瑪熙特講出其他話之前補充。

「沒必要這麼凶，特使。」那名士兵說，這下倒幫了倒忙：如果這人知道她和瑪熙特是誰，那麼，血紅星光在上，她是為什麼不讓她們進工作室？

「我們奉命要進去那間工作室，」瑪熙特用同樣從容狠毒的語氣，以及腔調無可挑剔的泰斯凱蘭語說。「奉您的元帥之命。為了艦隊之安全，以及戰事合宜順利之進行。」

三海草意識到，她在引用〈開拓之歌〉中的其中一節——「第十六節」，篇幅太長以致難以背誦、因此比較鮮為人知的一節。戰事合宜順利之進行。十五個完美的泰斯凱蘭音節，中央有一個休止。該死，這真的一直讓人很心痛，為什麼瑪熙特・德茲梅爾生來是個野蠻人——

但她若不是，她還會喜歡她嗎？

負責看門的士兵不疾不徐地確認她的資料，不過三海草感覺她看到對方深色雙頰上一陣泛紅——對於自己如此輕易就被一位野蠻人訓話的難堪，或甚至是羞恥。瑪熙特應該要引以為傲。

她甚至已經準備要這樣說——她們當著外頭的看門者，頗用力地關上門，終於進到工作室裡，裡面有多到不行的影音和全像錄影設備像花束似的擺在那兒，任她們使用——但瑪熙特直接走向播音臺。儲存被攔截到的外星雜訊的微縮資料片在她手上，三海草完全來不及告訴她，現在這組播音器看起來像是被預設成最大音量的增音機。她已經打開資料微片，然後那熟悉又噁心至極的噪音——自四面八方——淹沒了整個房間。增音機是環繞音響，每面牆上都有喇叭，駭人的靜電雜訊聲從不只一個角度朝她全方位地襲來——傳進她的骨頭裡，三海草心想，接著馬上吐了出來。那聲音直擊入骨，而且會永遠在骨骼裡嗡鳴，讓她嘔吐至死——

它停了。三海草無助地（好極了；她身為特使幹的第一件事，就是吐在旗艦地板上，她幹得可眞好）再吐了一次，然後等待那一陣陣的噁心感退回去。

「抱歉。」瑪熙特用尖細的聲音說。三海草抬起頭。至少她不是唯一吐在地上的人。但瑪熙特找到了播音器的開關。那東西聽上兩分半——該錄音檔的長度——就會讓她們兩個失去行爲能力，還不只是出糗而已。

「……我們忘了拿垃圾袋。」她擠出口，瑪熙特一副要笑出來的模樣，如果她的內臟能允許她笑。她轉而用手背擦嘴巴，臉糾了起來，然後說：「那比我們在接駁船上聽的時候還難聽。難聽多了。」

「它被設定成增音器了。所有輸入的內容，都會在這裡每面牆上的每個喇叭再播一次。」

瑪熙特身子縮著不動，針對這項資訊思考評估——好似在「品嘗」它，或也許她只是在嘗她嘴裡的酸楚，跟三海草一樣。接著她說：「我們需要一個活的外星人。不是屍體。」

「我不反對，但——妳現在提起是因爲？」

「我認爲，」瑪熙特說，「如果牠們一大群圍成一圈，發出那些噪音——像喇叭剛才那樣——它會被增強。一個增強過的音波。次聲波，不只有我們能聽到的部分。我在想牠們知不知道那會讓我們身體不適。」

「我猜牠們知道，」三海草盡可能冷淡地說，同時四處找有沒有什麼樣的布能擦掉，或至少遮起兩人份的嘔吐物。「牠們看過的活的我們，比我們看過的活的牠們要多得多了。比如說，苔蛾座二號星上的所有人。」

「我們就更有理由需要一個活體了，」瑪熙特說。「在醫療區的那個是哺乳類。就算是腐食性哺乳類，我們很久以前不也都一樣嗎？牠們肯定不只是靠這個、這種噪音在溝通——」

「某種我們聽不到的方式。手語，或是——費洛蒙，或是——」這房間裡有非常多的櫃子，但沒一個櫃子裡面，有任何能吸水的東西——就只是一大堆電子用品。

「或是身體構造上，依特定模式變換的膚色，我不知道。任何方式，說眞的。大概不是費洛蒙，費洛蒙會比較像音素，對哺乳類來說的話。我覺得啦。比較動物學不是我的專業。」

「沒問題。一個活體。也許我們可以把這訊息編得夠好——就算只是對著一片虛空用高低音調尖叫——讓牠們派個我們看得見的人過來。」三海草打開另一個櫃子，然後挫敗地再次關上。「給我妳的外套。」她說。

「爲什麼？」

三海草嘆口氣。瑪熙特聰明得不得了，也正如她期望的那樣解開謎團，可她卻無法理解三海草爲何需要用「布」做成的東西。「用來清理環境，除非妳比較想在一堆沒包起來的嘔吐物中工作？」

「爲什麼用『我的』外套？」瑪熙特說。

「因爲『我的』是制服，在這艘巨大的船上，至少一些艦隊的人認得出是制服，而妳的是一件非常不錯也非常吸水的布料。我們眞該幫妳弄件制服。我相信他們有一些沒軍階徽章的。如果妳比較想看起來像情報部，我能拿一件我的來改成妳的尺寸，在走廊上就能幫我們省點時間……」

瑪熙特的表情讓她講著講著停下來，她一臉令人難以理解的受傷，跟三海草賞了她一巴掌沒兩樣。

「我不是艦隊成員，」瑪熙特說，語氣太過平穩，太過尖銳。「我也不是情報部的特使。」

「妳要是擔心穿泰斯凱蘭制服會違反規定，責任我會承擔？」三海草嘗試道，瑪熙特反應這麼大讓她困惑不已。好吧，外套的事是她差勁了點，她不會想要有人提議拿她的外套當抹布——

「妳當然會承擔責任，」瑪熙特說。「那一直都是妳對我的職責，不是嗎？幫妳的野蠻人開門、承擔責任、作為她『法律上完全同等的代理人』。打從最一開始。」

「我沒那個意思，」三海草震驚地說。她沒有。那是個愚蠢、輕率的提議，就這樣而已，不是在預設瑪熙特沒辦法為自己決定該做什麼。「繁星在上，瑪熙特，我們改用我的外套，當我沒說。」

她不好意思地轉身抖下一隻袖子，另一隻抖到一半時，瑪熙特以三海草聽她用過最狹隘又最疏遠冰冷的語氣說：「妳沒那個意思。但妳就是說了，小草。」

她的暱稱被拿來打磨削尖、用以傷人。透過那張嘴，那張在十二杜鵑還活著的時候，叫不出那名字的嘴。

她翻臉：「妳『覺得』我那樣說。因為每次我們跟妳說話，妳聽到的都只有我們其中哪個人說『妳不是泰斯凱蘭人』。」她翻完臉又後悔，同時又感到她每次直搗某場爭執、某個「問題」的核心時，都會有的那種粗暴而尖刻的喜悅，然後咬緊牙關準備大開殺戒。

「難道妳沒有？」瑪熙特問。「沒有那樣說？」她非常沉穩，非常平靜。三海草想到蛇、蜘蛛，想到所有會在受威脅時螫咬人的生物。「妳無時無刻不在提醒我，我是個野蠻人。現在是，之前在都城的時候也是——而不只是妳，三海草，走廊上的士兵也是，但他們起碼很老實，不會假裝我就只是泰斯凱蘭認為我是的樣子。妳呢？妳想要給我『制服』，讓我『派上用場』，有個聰明伶俐、幾乎像個人類的野蠻人跟著讓妳炫耀——妳斷定了妳想要我所以我在這裡，妳斷定了妳的野蠻人如果行使外交權利會很管用，所以我照做，妳斷定了我需要一件制服，這樣我們就能在走廊暢行無阻，而沒想過妳若是把我打扮得像個泰斯凱蘭人偶，其他人怎麼看——」

「我有問過，」三海草說，她確實問過，不是嗎？她每次都有問。她幾乎敢肯定自己有問，她從沒給過瑪熙特任何「命令」，她不會，這想法實在荒唐。但瑪熙特沒理她，她繼續說，彷彿一字一句都是她從傷口擠出的感染原。

「而我要是跟妳一起待在宮裡，妳肯定會樂得很，不是嗎？妳就能全天候都有我來娛樂妳，而不必大老遠跑到戰場上——」

三海草來不及阻止自己便說出口：「有那麼糟嗎？跟我待在一起。」她隱隱想到，她要是現在哭出來的話實在是悲慘得可以。她從沒在吵架時哭過。自從她大到離開托育所以後就再也沒有。瑪熙特對她產生各式各樣她不曾預期的影響，讓她感覺到全新又複雜的種種——顯然包括受傷和痛苦。她做的就只是提議一件制服會讓事情簡單一些，結果她們現在要吵這一架，那感覺又糟又難以挽救，好像瑪熙特一直都在忍，等到那不可避免的一刻，她再也受不了三海草了，然後對她們的關係做出這種事。

「不會，」瑪熙特說。「跟妳待在一起不會很糟。就是這樣我才沒有很糟。」

「這樣沒道理。」

瑪熙特在會議桌中間坐了下來，此刻的她臉埋進雙手，不讓三海草看到她的眼睛。她們上次在會議室桌邊的時候，用詩歌擋下了一次叛亂。現在她們連一起寫條訊息都沒辦法，因爲她們在吵這場三海草記憶中最沒用、無法理解、糟糕透頂的架（自從她前女友九拱門在她們情資官訓練第二年的時候，考試考到一半跟她分手，她就沒吵過這麼糟的架）。

「這樣沒道理，」三海草拉高音量再說了一次。「眞的。制服的事我很抱歉，還有外套，我不會再提，但妳這樣很不——」

「不可理喻？不能理解？不文明？」

「幹，」三海草說，聽著自己愈發尖細高揚，失去控制。「妳不想跟我過來，妳大可拒絕。」

瑪熙特的手放下來，直直看向三海草。她的注視感覺充滿重量，帶有重量和稜角，像一片突然現身的風景，其中到處是會把人劃傷得皮開肉綻的地方。又一次，三海草發覺自己思索著，這個人有哪部分是瑪熙特．德茲梅爾，哪部分是伊斯坎德．阿格凡，以及此刻她們之間所有毀滅性的困惑，是否都是瑪熙特寶貝的憶象技術所致——又或是她從未了解過她。不真的了解。只是假裝而已。

（只是假裝，就像她們假裝自己略懂這些外星人，略懂牠們令人無法理解且痛苦萬分的語言。）

三海草第一個往下別開視線。

瑪熙特說：「小草。」輕柔地，讓三海草再次往上看，向陽般地，別無選擇。

「是？」她問。

「等妳想通我爲什麼『必須』跟妳一起過來，我們再談吧。」

「……再談？不然我們就什麼都不能談了？」這念頭令人莫名地恐懼：好像她鑄下的錯已如此之大，大到她連繼續下去、繼續嘗試的機會都沒有。好像萬事萬物都有某種她看不見的缺失。（她不知道爲什麼瑪熙特沒辦法待在萊賽爾。政治，當然，但還有其他方法，不必發瘋似地冒險到戰場邊境，也能讓她從「政治」麻煩中脫身，她知道她沒有跟她說爲什麼。她很刻意在迴避，而現在她莫名其妙地應該要自己想通——）

「我們有工作要做，」瑪熙特說，完全沒在回答她。「我們得讓這些東西裡有一個認爲艦隊是值得溝通的對象。」

她們的確有工作要做。而且過不到六小時，元帥就會想要那份工作成果。可三海草感覺自己好像無法思考，只想要大哭，或抓住瑪熙特的手臂，搖晃她直到她解釋。直到她不再像這樣——

噢，說吧，小草。至少對妳自己說出來。

不文明。像動物或小孩一樣拒絕配合。

彼此間的沉默僵持不下，永無止盡又扭曲怪異，彷彿重力設定錯誤，「輪平衡錘」號龐大的引擎移動方式不對，宇宙自行從預期路線上脫軌。房間裡聞起來有胃酸的味道。三海草不知道要說什麼。

她目前所說的一切都只讓情況更糟。

她坐在桌邊，和瑪熙特相隔兩張椅子。這比另一個選項好多了，另一個選項是她奪門而出。她需要瑪熙特。她也得完成情報部收到特使請求時，她自己說了會辦到的事。她從來不該被放行到這裡來；她在這裡處理的事務幾乎都是未經授權的。雖然她擁有非常、非常優秀的能力，還找來她最聰明的一個朋友，她知道對方有助於她處理語言和初次接觸的文化衝擊，而且技術上來說，她在部裡有足夠的位階，但她如果沒有成功——

她如果沒成功，她在職場上就沒有前途可言。而且，會有一大堆泰斯凱蘭公民死在這些入侵者的手中，考慮到牠們對苔蛾座二號星幹的事，以及元帥顯然和其中一位艦隊長有政治衝突。而元帥麾下一共也就只有五位艦隊長，根本無法阻止外星武力大舉穿過跳躍門，進到泰斯凱蘭眞正的空域。要是三海草沒搞清楚怎麼跟外星人溝通，就會死一大堆人，而這比她的前途嚴重多了，也更立刻讓人胃痛。

然後是瑪熙特，等著她，或等著——什麼。那沉默的鴻溝感覺無從跨越起。

她還是跨了過去。「從第三個音開始，」她說。「牠們靠得太近時發出的聲音。然後跟——喔，最後一個，牠們追捕『刀尖』號時發出的聲音，把它們合在一起。我想那是勝利的聲音。」

「『危險靠近』加上『我們贏啦』，」瑪熙特冷淡如冰地說。「有可能更糟。希望『我們贏啦』的部分我們沒錯，否則我們就會在說某種類似『危險靠近』加上『我們要來追你們了』的話。」

「妳有更好的想法嗎？」三海草問，瑪熙特點頭時，她滿足到自己都不敢去想的程度，然後兩人認眞地開始工作。

第九章

你會很喜歡他。你會以他爲傲。我每次看到他的臉就想起你，和你的聲音，以及我曾經可能得到的指引。而每當我想起你的聲音，我就想到那聲音可能會被那駭人的東西用來跟我耳語些什麼——以及如果我擁有那東西，我就等於擁有你的鬼魂，並聽命於它——所以總的來說，我猜我的決定是對的，而我自己的惆悵要由我自己承擔。身爲光輝萬丈的皇帝就是如此，不是嗎？你總是這麼說。但願你也這麼相信。

——皇帝十九手斧陛下之私人筆記，未標記日期，已加密上鎖。

❁

這主意爛透了。有什麼動物在外長時間狩獵之後，回來時不會餓得想搶殘渣碎肉來吃？但你不想聽花言巧語的泰斯凱蘭漂亮話，是吧。你想要直接點？這樣如何：我見過的每一位艦隊軍官，只要感覺夠無聊，加上有合法接近的機會，全都能夠貪婪得願意繞點小路去侵略太空站。他媽的別插手，再給我一年的時間。你就會拿到你心心念念的獨立地位。

——伊斯坎德·阿格凡致礦業大臣達哲·塔拉特信函，抵達萊賽爾太空站日期爲101.2.11–6D（泰

斯凱蘭曆）

八解藥從正門走進戰爭部，彷彿他原本就屬於那裡，彷彿他贏得了置身於此的權利，他猜是這樣沒錯。三方向角叫他過來，陛下也是——嗯，她大半夜跑來，給了他一枚奇怪的矛尖，和一個指令：查出三方向角有沒有心要打贏這場仗。他還在咀嚼那句話，那個念頭像是他嘴裡乳牙掉落、新牙還沒長出來的生嫩之處。不過，不管那是什麼意思，他都得到了兩份許可，可以從正門進來，不用再走地道。（他把矛頭藏在他放襯衫的抽屜裡，一個耀眼沉重的祕密，窩藏在那成堆的灰色和金色和紅色之中。）

十一月桂就在裡面等他。八解藥猛然想起，十一月桂出的習題他連碰都還沒碰，並思索如果現在轉身，假裝不小心來到這裡，會不會太遲。太遲了，而且反正逃跑是小孩子會做的事，所以他不會。

「次長，你好。」他說，並合指鞠躬，身子只彎了那麼一點，像在問候平輩一樣。預設自己跟戰爭部第三分部次長——他的老師，同時也是比他大至少十五歲的長輩——是鞠躬時不必彎腰太多的關係，這種感覺既扭捏又不對勁，但又棒極了。

「小藥，」十一月桂語氣溫暖，對他很是滿意。八解藥站直時臉都紅了。他討厭自己這麼容易被看穿。他不該這麼容易被看穿。「我想你會很喜歡今天的內容，」次長接著說。「我們剛收到來自第二十四軍團的情報，而戰爭部長認爲你，我年輕的朋友，應當有機會看看我們怎麼分析這些資訊。」

「我萬分樂意，」八解藥說，並努力回想第二十四軍團是由誰管理。不是九木槿元帥——在卡烏朗的是第十軍團，忠誠得嚇人的第十軍團——而是另一位女性，名字裡名詞的那一半跟天文有關。他只做過一道牽涉到第二十四軍團的練習題，而且是很久之前，十一月桂才剛開始給他上課的時候。但他知道第二十四軍團目前在九木槿元帥旗下，是被分給她帶到前線作戰的六個軍團之一。

「不是來自第十軍團？」他問道，跟著十一月桂穿過戰爭部狹窄的走廊。「真有意思。」

「觀察得很好，小藥。」十一月桂說。「我們的情報是直接從十六月出艦隊長那裡，以速件中繼路線經過跳躍門送來的。她非常非常希望本部立刻收到這個消息。我萬分好奇她想給我們看什麼。」

十六月出。八解藥這次得記住這個名字；至少天文的部分他沒記錯。但現在她不只是戰略桌上的一大堆全像投影，而是一個違背（或「繞過」）元帥命令、將情報傳回都城戰爭部的艦隊長，要記住她的名字就容易多了。

八解藥第一次想到，九木槿是否知道部裡有人期望她戰死，就是那些派她上戰場的人。他想她肯定是知道的。她不笨。能那樣激發群眾忠誠的人都不是笨蛋，不可能，他非常肯定。但也許她認爲部屬的忠誠能夠保護她，認爲既然她的人馬都如此愛戴她，而她也愛著帝國（如果十九手斧封她作元帥的話，她肯定是愛國的），那麼戰爭部也會愛她並且保護她。

那的確像是仰賴忠誠的人會犯的錯誤。他要記得，等自己當皇帝時不能犯那種錯。忠誠不會遞移，不會順暢地在指揮鏈上下流動。它會被切斷、或轉接。特別是如果其他有力者在干預訊息傳遞，就像十六月出艦隊長現在這樣。

十一月桂這次沒帶他去其中一間戰略室，而是搭本部中央的電梯上樓，穿過一連串由艦隊士兵守得滴水不漏的檢查點，進到必定是部長三方向角本人的辦公室。室內布滿了星圖：牆上好幾張美麗的星圖，藝術家筆下的泰斯凱蘭空域，以及部長辦公桌後方的鎮部之寶：一幅巨大而耀眼的馬賽克裱框畫，一片片深色的水晶，以及許多比八解藥最小的指甲還小的玻璃鑲成的金色定位星。這是一件名作，名爲《世界》，或有時就稱作《泰斯凱蘭》。約兩百年前由藝匠十八珊瑚所製的一幅地圖，囊括了帝國當時的所有領地。八解藥在全像投影和資料微縮片上看過，但不曾親眼看見。

它擺在戰爭部長的桌子後面。他當然沒親身見過。

不過，這裡到處都是地圖。那張桌子前面的大桌子上，有些是全像影像，另外也有些紙本的——一疊疊擺在桌上——釘在牆上，就在那些知名的藝術性地圖旁邊，與之重疊。

三方向角部長坐在她的地圖之間，像隻鳥，窩在精心構築的巢裡，她半透明的雲鉤散發著銀白色的光，露出她被熔掉的耳朵，頭髮則像頂平滑的深色帽子。八解藥嚥了嚥口水，感覺喉嚨突然卡了甚麼東西，趕忙將視線從她移到沿著她左右兩邊坐的其他幾位戰爭部官員。在座有第二分部（專司補給鏈）的七紫菀副部長及其下屬，他們肩章上的手的指頭比向左邊，立刻就能認出來；在他旁邊的是第五分部，執掌軍械的二十二線段。她兩年前來和八解藥的祖親皇帝報告過幾種最新型的太空船引擎。八解藥在她講話的時候睡著了。但他當時還是個小孩子，他現在不會做那種事了。

十一月桂自己的下屬在桌子另一邊等他；兩位八解藥不認識的女性，肩膀上的軍階徽章旁邊，都配有第三分部的徽章（指向下方的手指）。還有兩個空位，一個要給十一月桂——還有一個是他的。他坐下，彷彿自己屬於這裡，彷彿他不是十一歲大。

桌子末端、部長正對面的空位，是屬於皇帝的位置，假如她有受邀的話。或者按理說是，如果要討論的事情重要到需要她列席。（也許。除非戰爭部長在藏什麼東西不讓十九手斧知道——但那就是他需要留意的了，不是嗎？小心行事，四方留意。那就是他大半夜得到的指示。）

「十一月桂，」部長邊說邊點頭歡迎，然後直直看向他說：「八解藥殿下。感謝兩位前來。我現在要播放一則十六月出艦隊長傳來的訊息。它在幾個小時前以最優先速件送達。」

八解藥萬分慶幸，屋內的燈光在訊息內容開始播放時暗下來，這樣就沒人能看見他臉紅起來，雙頰發燙，只因爲被三方向角用正式的全銜直接稱呼。這樣既難堪又可笑。一堆人都會叫他「殿下」，他通常是完全不會臉紅的。

第二十四軍團的艦隊長十六月出，在全像影像中看起來宛如廣場裡的雕像，只有腰部以上可見，完全三百六十度的再現懸浮在桌上。她合指鞠躬——或說她在大概六小時前這麼做，六個半小時。訊息要從戰場前線穿過所有的跳躍門到都城，就算是用最快的速度傳送、用訊號最強的中繼站傳送過空域，至少也要花上那麼長的時間。無論她——六小時前——是在哪，那地方的光線不佳，牆壁是金屬做的。是某艘船上，旁邊沒人。

「致三方向角部長，」她說。「優先級別。安全代碼『風信子』。」她輕聲說，音量恰好大得夠她的錄影機錄下每一個音節，但又小到不會讓任何人聽見。八解藥此前從沒聽過「風信子」這個代碼。他看了看桌邊諸位成人的表情；他們沒露出明顯的驚訝或憂慮，就只有專注。

「艦隊收穫一具外星敵軍屍體，進行了解剖。我相信，九木槿元帥的醫療團隊會在時限內送達正式的解剖報告，同時我也相信，那會是正確但精簡的版本。我本人親自旁觀解剖結果。這些外星人是哺乳類，很可能是食腐動物，從齒列判斷，應為雜食或肉食性。然而，更重要的是，元帥另外還邀請了一位情報部特使旁觀解剖過程。那位特使帶了一位來自萊賽爾太空站的外籍人士。我隨信附上了此名太空站人的視覺影像。我個人認為，萊賽爾太空站或有意施加外交影響力，藉由情報部特使本人來左右九木槿元帥的決定，特使已奉九木槿命令，啓動初次外星接觸程序。針對情報部或有人員洩密，以及太空站可能侵犯泰斯凱蘭主權一事，戰爭部應該知情。作為宣誓效忠帝國的艦隊軍官，本人發送此訊息以示盡責。願泰斯凱蘭和皇帝萬壽無疆。安全代號『風信子』結束。」

全像投影播畢，十六月出消失無蹤，彷彿從沒出現過。燈光調了回來。三方向角部長靠回椅背，手指在胸前交扣。她看起來不像剛得知有他國外交官和脫序的情報部探員聯手策畫著什麼陰謀，在一場目前來說毫無勝算的戰爭現場自由來去。八解藥希望自己有天也能看起來那樣自信。她個子很小，沒比他高多少，然而她從頭到腳看起來就是六方之掌的領導人，集帝國軍事頭腦之大成。她在雲鉤後面眨了一下眼，一張平面影像取代十六月出的全像投影出現在桌上，影像中是一位身高頗高的女性，身穿外國樣式的外套和褲子，有突出的顴骨跟一頭鬈髮。影像的邊緣模糊、取景角度怪異。八解藥感覺那應該是從監視錄影機調出來的。但他認得那張臉。他在六方位死後的新聞報導上，一次又一次看到那張臉被播出來。他同時也近距離看過：在地宮其中一間花房裡，他去看宮廷蜂鳥吸食花蜜，看牠們在那張看不見的網許可的範圍內飛舞。在那間蜂鳥花園裡，她和他說過話。

「那麼，」三方向角說。「我們怎麼看萊賽爾太空站大使瑪熙特．德茲梅爾？若各位記得，她就是誠心懇求我們注意此項外星威脅的人，在六方位皇帝死前登上新聞的那位，給我們出兵方向的那位。這位備受尊崇的人士，方才就出現在『輪平衡錘』號。」

瑪熙特在花園裡，被全泰斯凱蘭最小的鳥類嗡嗡拍動的金紅色翅膀環繞著，給他提了一個奇怪的提議。她跟他說：您是個有權力的年輕人，等您成年後，若您還想來作客，萊賽爾太空站會非常榮幸。而當時的他跟現在相差無幾——他夠聰明，沒有答應：她那時迷了路，還喝醉了，又很哀傷，還在努力找到角度來發揮影響力。所以他教她怎麼讓宮廷蜂鳥停在她手掌上喝花蜜，然後送她離開。

不曉得她在那天晚上學到什麼。以及什麼原因讓她先離開泰斯凱蘭，又跑到戰場前線。

八解藥坐挺，並仔細留意。他得帶回去給皇帝陛下的就是這段對話。就算是小間諜也有祕密，他對自己想道，並對這念頭令他滿足的程度感到驚訝。

原來，戰爭部並不喜歡瑪熙特．德茲梅爾。或至少有些人不喜歡。她是個野蠻人，這是事實，但第二分部次長七紫菀（她是新上任的——跟三方向角部長，還有皇帝本人一樣）似乎是因為她在可能擁有外交職權的情況下，不受監管地跑到前線而不喜歡她，不只因為她是野蠻人。不過，那感覺不是瑪熙特的錯。她不能決定自己是不是野蠻人，或那位情報部特使要不要帶上她——除非，是她不知怎麼地「設法」讓特使帶上她？

萊賽爾的前一任大使，伊斯坎德·阿格凡，感覺就是那種能讓人們做出意外之舉的人。八解藥不認識他，只知道他的長相，還有他祖親皇帝有多喜歡有他相伴。阿格凡要嘛不太喜歡小孩，要嘛就是有比跟小孩講話更值得做的事。但他一天到晚都在宮裡，跟每個人都是朋友。直到他死去。

也許萊賽爾的大使都是那個樣子。

八解藥還在思考，擅長讓人做出意外之舉，在戰場前線是件好事還是壞事，此時十一月桂表示：「部長，我對德茲梅爾最介意的部分，與她野蠻人的血統無關——是她對周圍環境的影響力。她破壞穩定局勢的能力。」

「請多補充，」部長三方向角說。「次長，正如同你一直提醒我們的，德茲梅爾捲入我們皇帝登基之際不幸發生的動亂時，你在現場，而我不在。你認爲她當時的行爲有什麼具體跡象，足以顯示出她有這種能力嗎？」

「您當時在奈喀爾忙翻了，我相信您沒時間去注意這些芝麻小事。」十一月桂說，在八解藥聽來是一段中性的陳述，三方向角臉上閃過不悅的表情是有點過分了。她確實是在奈喀爾，而軍政府理所當然很忙，幾乎跟皇帝一樣忙碌。「德茲梅爾——以及和她結盟、或認爲她有利用價值的勢力——無視一切準則。她無視一切『歷史』——她，跟之前的阿格凡大使一樣，就這樣輕率地溜進來，做她認爲有必要做的事，而倘若我們帝國的制度被漠視，我們的規則被瓦解或消失——那對她來說又算什麼？」

三方向角的臉色鎮靜。「我親愛的次長，」她說，「我想你在講前部長九推進器提早退休一事。」

八解藥突然意識到十一月桂比三方向角年長多少。八解藥思索他服務過幾位戰爭部長，以及那數字是否大到他甚至不會把現任部長放在眼裡……這是暗示他對部長不忠嗎？現在在講的是這個嗎？他感覺自己正看著一段已經持續好長一段時間的對話，在這次會面之前就進行了好久。

十一月桂勉強地嘆口氣，臉上每條深刻的皺紋都更沉了一些。「部長，我介意的不是九推進器——

我希望她好好享受退休生活，當然，但她現在不是部長，不是嗎？——我介意的是，現在她離開了，一閃電元帥又蒙羞去職，皇帝會有多信任我們戰爭部。以及，陛下在艦隊事務上，有多信任德茲梅爾這樣的人，或情報部特使，或任何艦隊以外的人。我的意思僅此而已，部長。」

「從來不是僅此而已。」三方向角說，八解藥則努力思考十一月桂剛才說的話——十九手斧眞的不信任戰爭部？可後者「正在」保衛全泰斯凱蘭不受無比危險的外星人侵襲。他練習讓自己的表情盡可能地鎭定，像大人一樣平靜，沉著得不像他正試圖將這一堆線索拼湊成形。

不過，皇帝確實派他來監視戰爭部，不是嗎。也許那代表十一月桂說得沒錯。他不知道自己對此有何感受。完全不知道，只曉得心中有個部分在害怕。

֍

她們想出來的訊息長十一秒，從攔截到的錄音中取四個聲音合在一起，重複兩次。

就瑪熙特所能理解的極限，以及根據她使用令人作嘔的聲波溝通的最大能力，訊息中是一串類似像「危險靠近——發起接觸——我們贏啦」的話。然後，因爲她們剛獲得了一項不太討喜的新知：外星人的聲音彼此疊加會增強效能，於是她們決定利用這個原理，同時從兩個相反方向播放「發起接觸」，接著再加上「我們贏啦」。然後再從頭播一遍。她不確定她和三海草用這段訊息說出的是不是「親自來和我們談，會有好結果」，但她同時也不是「不確定」——嗯，這就是她們用這組有限資料能得出最好的結果了。也許，這訊息能幫她們弄到更多可以利用的聲音——就算沒有活生生的外星談判官。

她們大功告成了，也就在完成的那一刻，她們之間脆弱的和平全都像玻璃掉在地上那樣碎成片片。三海草鬱悶、沉默又困惑，瑪熙特則是疲憊不已。她從沒想吵那一架——

〈那不是眞的，〉伊斯坎德在她腦中說，他的聲音在那兒聽起來幾乎與她無異，像是有外力在操控她自己的想法，陌生又唐突地浮上她腦海。〈自從妳在六方位的詩賦大賽上，看到她多麼輕鬆就能當個泰斯凱蘭人開始，妳就想吵那一架了。吟詩比賽，還有她那些耀眼炫目的友人，還有她多麼「喜歡外星人」。妳想要吵架。妳只是希望自己能不「需要」這麼做。〉

她討厭他那彷彿無所不知的語氣，彷彿多了二十年的經驗，加上睡過泰斯凱蘭的皇帝（現任和前任都有），就讓他完全了解她的感受。但話說回來，他就在她的內分泌系統裡。他的確知道她的感受，因爲他的感受也跟她一樣——他們持續變得更爲緊密，融合得更爲徹底。

她的手好痛，尺神經一陣陣發疼。她的頭也好痛，彷彿她努力忍了好久不要哭出來。

我想要她看出自己是如何傷害了我，她在自己腦裡的私密空間說，三海草則將她們的訊息放進新的資料微縮片裡，用她的蠟封工具盒彌封，火紅橙橘色的蠟，跟她完美無瑕、令人火大的制服同樣的顏色。我想要她——在她那樣做的時候能自己注意到，而不需要別人告訴她。

〈她是泰斯凱蘭人，瑪熙特。他們不會。除非妳不斷反覆地告訴他們，而即使如此……〉

一段記憶滑入，感官記憶和追思嚮往，在他們共享的心智中的鏡像空間，映照出一個零碎的片段：十九手斧的肩胛骨，在清晨時分的東宮被日光刻劃出輪廓。伊斯坎德當時心中萌生一股驚人又甜美的柔情——那是在十九手斧完全知情地默許他被人謀殺前不久。她任由他在科學部長十珍珠戒備的目光下窒息而死。但即使經過死亡和粗糙的憶象手術之後，那份感官記憶依然存在。瑪熙特看向三海草，感覺到那份柔情的回音、那椿背叛的回音。

她不會爲了避免她的皇帝墮落而殺了我，她直白地想。

〈我不會小看她，〉伊斯坎德輕聲說。〈如果我是妳的話。〉

你就是我。

〈她喜歡的是瑪熙特・德茲梅爾，不是伊斯坎德・阿格凡。如果她在我們跟她說了那番話之後，她還對我們有任何一點喜歡的話。〉

「我去把這個交給元帥，」三海草說，語調輕柔而冰冷，然後把資料微縮片塞進她制服外套的內袋。「我會確保他們知道這絕大部分是妳的成果。謝謝妳。」

好像她們一直都只是爲了解決棘手問題而短暫合作的同事。瑪熙特感覺自己好像打碎了整個世界，也討厭自己這樣感覺——三海草，情資官，一等貴族，情報部第三次長，派駐艦隊的特使……她不是「世界」。瑪熙特沒有她在萊賽爾也過得很好，她想念她的程度，不過跟她想念泰斯凱蘭的程度一樣，也就是思念至極，又沮喪得令人心痛。

〈世界，帝國。〉伊斯坎德低喃，兩者在泰斯凱蘭語裡是同一個字。

事物正確的秩序，瑪熙特低喃回應，也就是另一個相差甚微的發音。那就是她感覺自己打碎的東西，她所希望世界是的樣子。

「我想，」她發覺自己開口說，「如果它有用，而牠們眞的回應了，妳會讓我知道吧。」

三海草看向她，神情痛苦地瞥了一眼，然後再度往下別開視線。「當然，」她說，說得太快。「我也會——等牠們回應的時候，我想要妳過來聽。」

那聽起來幾乎就像「我想要妳幫我」。瑪熙特心想，如果她眞的那樣說的話倒還好一點。但瑪熙特也沒留給她任何那樣說的餘地，不是嗎。她說了，等妳想通我爲什麼必須跟妳一起過來，我們再談吧。而她指的不是，等妳想通萊賽爾太空站的政治局勢，她的意思是——

她的意思是，等妳想通：當帝國下令時，我沒辦法說不。她的意思是，等妳想通：就算我想要，我也沒有對妳說「好」的空間。她指的是，妳不明白世上沒有自由這種東西。選擇的自由，或其他方面的自由。

所以她說出口的只有：「好。到時見，三海草。」

三海草沒有回應。她好像等不及想閃人，匆匆溜出通訊工作室門口，留瑪熙特一個人想辦法處理嘔吐物，並且找路回去她們應該共用的寢室。她跟那有限的安全空間之間，隔了這一大堆的走廊，而她人在這，沒有穿制服的泰斯凱蘭聯絡官幫她疏通一切的門路，應付每一位守門人。她在這艘艦隊旗艦上，離任何她可能稱之爲家的地方都前所未有的遙遠。她癱瘓了自己，就爲了——爲了什麼啊，到底？就只爲了一份她（或至少是伊斯坎德那部分的她，現在已經很難區分兩者了）渴望的理解，而她甚至不確定三海草能否明白這個概念，更別說能否感同身受。

這有什麼意義啊？

瑪熙特本以爲自己知道，但她現在不確定了。

⁂

三海草發現，首席部隊長二十蟬副官這人無所不在。

她根據雲鉤地圖，遠離通訊工作室，前往「輪平衡錘」號艦橋大致在的區域，希望能碰上元帥或知道要上哪找她的人——她才剛往艦體深處的走廊起步沒多久，他就突然出現在一個三條聯通道上，彷彿是船艦讓他憑空現身。

從來沒有哪艘船的人工智慧系統是以人形出現的，三海草提醒自己。那是全像劇裡才會有的劇情。再說，他在我能看見的時候摸過實際的物體，他肯定是個眞人。即使如此，她感覺還是有夠——噢，一言難盡，但主要還是疲憊、不悅、脆弱、瀕臨崩潰——被二十蟬這樣一嚇，眞是像見鬼似的。接著她想起十六月出艦隊長叫他「蟬群」，這本身就是個令人嘖嘖稱奇的暱稱，用以稱呼一個名字怪得令人嘖嘖稱奇的人：竟然用昆蟲當他姓名裡的名詞字符。不過，蟬群嘛……

「你可眞是無所不在，」她跟他說。「是吧。」

「輪平衡錘」號走廊的光線沒有方向性，讓二十蟬的光頭閃閃發亮，像是古老錢幣上金黃、橄欖調的色澤。他似乎在思索這句話，像在估算攻擊方向，並且微微仰起頭。等三海草有辦法重新連上情報部網路後，非得來查查他的資料不可；她想知道他完整的服役紀錄。他有駕駛過碎鋒戰機嗎？參與過徒手作戰嗎？還是他一直都是負責後勤和組織的軍官，以他迷信恆定的宗教莫名其妙的靈性指引，來調度船艦和穿越跳躍門的補給鏈？

「我就在我該在的地方。」他說。

「我們準備給元帥廣播的訊息在我手上了，」三海草告訴他，努力別因爲「我們」而蹙眉；她現在得不要去想瑪熙特。在避免想到瑪熙特這件事上，她一直都做得很好啊！她不會在此時破功。她得專注在眼前發生的事情。「她在艦橋那邊嗎？」

二十蟬一手做了個可以是「當然」，也可以是「應該吧，妳覺得是的話」的手勢。他的恆定邪教刺青跟著露出了一些，從他制服袖口冒出淺綠色的碎形。他如此難以解讀，眞是令人挫敗；他既是如此怪異反常，同時卻又完全是個典型的泰斯凱蘭軍人。

「跟我走一走吧。」他說，而沒給她確切的回應，三海草想想便同意。

他們沒有往艦橋去。三海草眨眼取消她雲鉤的導航功能；它一直在視野角落給她小提示，說她眞的該往左轉才對，然後現在它又得重新估算她的路線，而她可不需要那種芝麻小事來煩她。她轉而將它設定成足跡記錄功能，建立一張新的區域地圖——就是她在萊賽爾太空站上「沒有」做的事，而這又說明了什麼，她竟願意爲一艘帝國旗艦，而不是一個主權獨立的外國繪製勘察地圖？

這說明，她暗忖，像故意去按瘀青的部位那麼故意，妳太信任瑪熙特．德茲梅爾了。

二十蟬帶她往下走了兩層。他其實不太多話。他會問「問題」，但不是像調查官或情資官會有的那種提問方式。她抓不到他的意圖，太滑溜了。

「妳看過這些外星人對人類幹的事了嗎？」他問。「我相信九木槿也用全像錄影寄了一些我們在苔蛾座二號星看到的景象給妳。」

沒錯。三海草大略看過去，並完全無感：喔，看啊，又一場戰爭。其他人在已知世界遙遠的邊界上所犯的暴行。但她現在非常接近那個邊界了。「牠們喜歡把人剖開，」她跟二十蟬說。「選用這種方式製造大規模傷亡是挺有意思。很混亂。」

「很浪費。」他糾正她說。

「怎麼，因爲要把每個人類的腸子拉出來太費勁了？你見過那具屍體的爪子；那對牠們來說也不是那麼沒效率。」

二十蟬說：「死掉的那個生物是食腐動物，或說牠們的祖先在發展出意識以前曾經是——看看牠們的嘴巴，還有長在頭顱正面的眼睛。但牠就丟那些內臟在那邊腐敗。那很浪費。」

他們來到一扇深鎖的大門前，氣密的程度高到讓三海草納悶了一下，自己是不是就要被人隨手從氣閘扔進太空了。二十蟬站上前，讓它讀取他的雲鉤：那片清透的玻璃蓋在一隻眼睛上，充滿了小小的灰金色字符，像是一陣風暴在都城之上湧動。門打開了——門後是一陣溫熱，還有濕暖的空氣，以及土壤、植栽和花朵的香氣。水耕作物甲板。三海草跟著他進去，並感覺到一陣意料之外的感激：她的皮膚如飢似渴地吸收水分，迫切需要沒處理過的空氣。她好想沉浸在裡頭，沉浸在艦上這個感覺好像——像「泰斯凱蘭」，像「世界之鑽」的地方。一顆花園之心。她深呼吸好幾次，吸進肺部的水氣眞是可口。

她猜想二十蟬的感受就跟她差不多：他臉上所有的緊繃都舒暢得一掃而空。這裡是他深愛的地方——一定的，他怎麼能不愛這裡。想當然爾，他帶她來，是要用這裡當作一個背景，一個向她提出論點的框架，一個夠有力量的地方，値得他繞路過來，而不是直接把她的成果送去給下令說要的元帥。這個論點對他來說肯定相當重要。

她會聽。她寧可讓一位艦隊旗艦的副官用水氣，還有在水耕池中生長的稻米、酸模和蓮花的驚人香氣，來嘗試左右她的立場，而不要去想瑪熙特·德茲梅爾。

「你們要供應多少人的糧食？」她問道，跟著二十蟬走到其中一層梯型水池的邊緣。那效果就像站在一座陽臺上：他們靠在架空走道精緻的金屬欄杆上，往下看那一片綠意。

「總產能是五千，」二十蟬說。「在緊急糧食配給時期，可以撐三個月。以『輪平衡錘』號的常駐人員來說，我們完全能自給自足，維持比最低生活水準還高的生活品質。」

「還有夠多的花配給每層，」三海草加上。「那麼多的蓮花……」

「我說了，是比最低生活水準『還高』的生活品質。」

所以說，美感包括在他對「自給自足」的定義裡。三海草向來以爲恆定邪教的信徒不該喜歡任何過於漂亮或過於醜陋的事物，但這水耕甲板眞是——美極了。還有這些蓮花，每個顏色也全都美不勝收：藍色和淺灰色，白色和一種看起來很像日出的粉色。

「傷亡率怎麼樣？」她在一段刻意的沉默後——兩個人都像在吸食花蜜般，呼吸那濃厚的空氣——詢問說。「除了苔蛾座二號星之外。『我們』的傷亡率。」

「妳不知道嗎？」他眉毛本該在的地方在雲鉤後面揚起，似是在指涉她身上的情報部制服。

「我們不會因爲在情報部任職就理所當然的無所不知，首席部隊長。而且就算是好了，閱讀報告和聽前線士兵描述是兩回事。」

二十蟬發出一聲微小的沉思音：舌頭彈了一下牙齒。「若非無所不在，無所不知也就沒那麼有用，這我同意。還有太高了。我是說我們的傷亡率。太高了，對一個等著決定下一步，也還沒找出敵軍源頭的艦隊來說——縱使我們已盡最大努力勘察了整個空域。」

我們不知道牠們是從哪長出來的，三海草心想。我們甚至不知道牠們故鄉的花園之心會長什麼樣子，只知道不會像這層得到二十蟬重視珍惜的空間。「你想要行動。」她說。

「我想要什麼根本不是重點，特使。我單純討厭浪費，還有愛浪費的東西。」

而你認為這些外星人很無禮。你用「浪費」這個字來表示「無禮」。三海草的手指握著欄杆，感覺金屬上的濕滑感。「你會問牠們什麼？如果牠們眞的回應我們的訊息，來跟我們談的話。」

這次他發出來的聲音就沒那麼審愼算計了。「妳怎麼會覺得牠們會想『談』？不管妳和萊賽爾大使在串接聲音上有多行——喔，血紅的星光啊，又有一隻闖進稻田裡面。」

「一隻什麼？」三海草開口問，但二十蟬已經甩身越過欄杆，嘩啦一聲落地，及膝高的水位浸濕了他的制服褲子。他目標明確又煩躁地跋涉前進——然後停下來，像隻等著用鳥喙刺死魚的鳥一樣，完全靜止不動，再鑽下去從稻梗間抓出一個黑色的小東西。

牠大聲嚎叫。他抓著牠後頸，伸長手不讓牠靠近，然後把牠帶回去給她，像個令人不悅的戰利品。「抓著這個。」他說，然後把牠塞過欄杆的間隙讓三海草抓走。

「這是一隻貓。」她說。的確是，從體型判斷是一隻黑色小貓，有著黃色的大眼睛，以及貓咪常見的尖爪，現在全抓進三海草的外套袖子，還有衣服底下的皮膚上。牠濕答答的，還在滴水，不像她聽說過的其他貓，這隻似乎不討厭水。

二十蟬爬回露臺乾燥的那一側。「牠曾經是貓，」他惡狠狠地說，「直到牠們在幾千年前變成住在卡烏朗的紅樹沼澤樹上的害畜。這隻樹棲害畜，逃到我船上的通風管，就只因為下去星球那邊的小隊覺得牠們很可愛，給我帶了一隻懷孕的回來。」

小貓爬到三海草肩膀上。牠的爪子很利。同時也比她印象中的貓咪都更擅長攀爬，她上次跟一隻小貓靠得這麼近，是在都城裡某個貴族家會客室的詩歌沙龍上。那隻貓毛茸茸的，是淺白色，完全沒興趣坐上她的肩膀。這隻的趾骨很長，像人類的手指一樣，還有某種幾乎是對生狀態的拇指。「牠們在通風管裡。」她目瞪口呆又興高采烈地重述。

「牠們跟我一樣，『無所不在』。」二十蟬說，然後爲了忍住不笑而嘆了口氣。「牠們不應該進來這裡。牠們不是水耕養殖生態系的原生種，而且牠們的排泄物氨含量太高了。那隻妳拿去吧。」

「我要拿牠做什麼？」三海草問。「我有報告要交給九木槿元帥——我不能帶著一隻小貓。」

「牠不會跟妳跟太久。妳就把牠一起帶出去，然後留在別層甲板，不要放在這層就好。然後別擔心九木槿。我會轉交妳的報告給她。」

「你會嗎？」三海草問，她知道更貼近實情的問題其實是：現在你讓我知道，你覺得這些敵人有多不值得溝通之後，我還應該信任你嗎？

「九木槿說要，」她的副官說，彷彿這事實讓整個世界變得簡單無比。「我就會拿給她。我隨時都知道她在哪。」

❋

離開戰爭部後，他大可直接去找十九手斧。他沒理由不去：這不會引人起疑。八解藥就住在地宮，皇帝也是，他也成天跑去見她。而且他的確有——呃，不是像大家在諜報全像劇裡講的那種，能據以行動的情報，但確實是陛下特別要他留心的那種「有用資訊」。他大可直接走進去。

但那感覺不太對。那感覺像是——喔，像他在告密，而不是在當間諜。像他在當別人的耳朵，而不是個獨立自主、能自己做決定的人。他會告訴她瑪熙特・德茲梅爾大使和十六月出艦隊長的事，那是當然。還有——也許，可能吧——十一月桂擔心陛下不信任戰爭部的事。他甚至今天之內就會跟她說。但首先，他想要爲了自己好好搞懂他剛得知的那些資訊。

有鑑於此，八解藥走進情報部大廳，用完整的稱號宣告自己來訪，然後向公眾資訊櫃檯一位友善的見習情資官請教，能不能找到誰有半個小時的空檔，能跟全泰斯凱蘭未來的皇帝解說一下，跨跳躍門的高速通訊是如何運作。

「我學習上需要。」八解藥極爲雀躍地說，而那位受訓人員還當眞掩嘴壓下一陣心領神會的竊笑聲。沒錯，他暗忖，*妳在幫帝國皇儲寫作業。妳就繼續那樣想吧。*

他只需要稍待片刻，其間他以觀察情報部呈現出的形象來自娛，他們跟「六方之掌」的差異還眞大：清澈又潔淨，沉穩的白色大理石牆，搭上俯拾皆是的珊瑚紅點綴，就像他們的情資官制服衣袖的顏色滲進了建築本身。珊瑚紅鑲嵌在地面，以紅玉髓鑲嵌出一朵巨大的菊花，被較小的蓮花框起。「永恆」，八解藥想起很久之前上的某堂家教課，那時他還小到不行，根本和嬰兒差不多大。所有人都是從花開始學起。菊花是永恆，而蓮花是記憶和重生，這就是情報部的徽章同時有這兩種花的原因。*他們喜歡認爲自己無所不知，過去如此，未來亦然。*至少十一月桂會那麼說。

他不確定自己會怎麼說。還不確定。出來和他談的人，是位體型圓滾、肩膀寬大的男子，一臉眞誠坦率，那種即使別有所圖也會看似友善的臉。很適合情報部員工的一張臉。

「閣下，」他說。「我聽說您有興趣聊聊星際通訊？」

八解藥讓自己看起來像他的祖親皇帝，嘴巴和眼睛擺成同一種心照不宣、饒富興味、沉穩平靜的表情，讓十九手斧認出後嚇得往後一縮的表情。他愈來愈熟練了。這招對跟他祖先沒那麼熟的人也很管用；那是個成人的表情，人家看到他用他小孩子的臉蛋擺出那副神情就會緊張。「是的，非常有興趣，」他說。「如果我沒占用到您的寶貴時間，情資官——我實在抱歉，請問怎麼稱呼？」

「我叫一仙客來，殿下，」情資官說，「同時，我有幸身為情報部郵務部第二副祕書，代表我的工作就是花大量的時間，在處理龐雜的跨跳躍門星際通訊——殿下，這種處理程序運作起來極其自動化和規律，所以我的時間拿來為您解說才是最有價值的。我們找一間會議室聊吧？」

一仙客來真是驚人地諂媚，不過這種諂媚的方式讓八解藥感到榮幸的程度多過於煩躁。他希望自己能學會那種技巧。「當然，有勞了。」他說，並納悶都城的監視器現在會怎麼想他：跟著一位情報部探員走進一間米白色的會議室。這裡沒有全像投影的戰略桌，沒有星圖繪出宇宙的輪廓。只有一張普通的桌子，其中一端有臺全像投影機，亮度被禮貌地調弱。椅子對他來說太大了。他雙腳碰不到地板，於是他收起腳盤腿而坐，總比兩條腿晃來晃去好多了，讓他感覺比較穩定。

「一則訊息要如何只花幾個小時，便從數千光年之外送達『世界之鑽』呢，第二副祕書？」他用相當禮貌的語氣問，像是在跟他的家教提問一般。「另外，它速度有可能比平常更快嗎？或是更慢？」

「就最技術性的層面來說，一則訊息無法比它經由跳躍門傳送的速度更快或是更慢，閣下，」一仙客來說。「跳躍門是我們的癥結所在。抱歉——您明白跳躍門是如何運作的，對嗎？」

「我若有疑問會告訴你，」八解藥說，交握雙手成杯狀撐著下巴，專注地抬眼望著一仙客來。每個人都知道跳躍門是怎麼運作的。它們就像狹窄的山口：要從一側到另一側，唯一的辦法便是經過那個開口。只不過這不是兩塊土地中間被山脈阻隔，而是一個空域和另一個完全不同的空間——可能是任何地方。空域之間除了跳躍門之外沒有其他連結，而在泰斯凱蘭疆域內，嗯……沒有人知道自己離『世界之鑽』究竟是多少個空域遠。但你到得了那裡，就跟你能登上開往中央九號廣場的地鐵一樣，如果你知道要穿過哪道跳躍門的話。

如果你不曉得，就得以次光速爬過整個星系，期待自己在死前能遇到你想遇到的那扇門。跳躍門是帝國之所以能形成的原因。

一仙客來正在說話，說了好幾秒了。八解藥不確定這是不是件好事：他不專心的時候，看起來仍是聽得全神貫注的樣子。

「……電子通訊經由我們在空域內的訊號站，它本質上能傳送得比光速還快——根本是一眨眼的事！而且好幾百年都已是如此。但只有物理上的實體能穿越跳躍門，也只有非實體的訊息能在帝國收訊服務間傳送。您看出問題了嗎？」

「必須有人把訊息放在資料微片上，穿過發信點到目的地之間的每一座跳躍門。」

「沒錯！順道一提，這就是爲什麼我有工作，閣下。或說——這份工作之所以存在的原因。郵務部的員工負責跳躍門的新寄信服務。我們是情報部裡唯一會駕駛船艦的員工——雖然路程都很短，就只是帶著信件來回跳躍門一趟。那些航程現在大部分都已經自動化了。」

八解藥點頭。「無人艦。」

「非常簡單的路徑演算，」一仙客來聳肩說。「除非是速件，或跳躍門本身很棘手，或是交通嚴重阻塞，否則沒理由派人去做。」

速件，像是十六月出的。那則如此反情報部的訊息是由情報部傳送嗎？情報部會閱讀實體訊息，還是它們單純以一堆資料微縮片的形式送達，就像宮裡還沒回應的信件堆積如山的景象那樣？八解藥想像一大堆的物品或是一排排貨櫃，然後被一下有這麼多訊息的這個念頭稍微嚇到了。

他沒問速件的遞送是怎樣安排。那會過於明顯。而他今天是來當間諜的。（一個人一旦開始當間諜，就可能會當上一輩子，他晚點絕對得思考一下這件事。）他改而問道：「情報部會處理所有人的信件？全泰斯凱蘭寄的都會？」

一仙客來停頓半晌，眉頭微微鎖成緊繃的線，很像他這才想起自己是在跟皇儲對話，而不是隨便一個做報告的托育所小孩。「我們不會『處理』，」他說。「我們只『傳送』。除非皇帝陛下有其他命令，那是當然。但我確定這不是您的意思，殿下——也許您想知道有沒有其他人在送信？」

「有嗎？」八解藥說，然後等待。這是另一種大人的招數。十九手斧的招數。她一天到晚用在他身上：讓他回答，但不曉得爲什麼問，然後從他回答的方式滲透思緒，不管他想不想要她知道。

「除了艦隊會用自己的船送信之外……沒有別的正式單位。」一仙客來說，「但當然，任何穿過跳躍門的船艦都有可能帶著一則訊息。另外也有單一空域規模的郵件服務，數量之多，有些是公有的，還有一些私人公司——您想要一份名單嗎？我可以準備一份，送到您的雲鉤。」

他沒打算拒絕這份資訊，即便他現在想不到那有任何具體的用處。除了一仙客來提到「艦隊會用自己的船送他們的信」的時候。十六月出是用那種方式寄訊息來的嗎？「我會想要一份，」他說。「感謝您。」然後他停了一下，好像突然又想起一個問題似的，接著往前用手肘靠在桌上，睜大眼睛笑——我十一歲，我個子很小，我很無害，我只是在做作業。他再多問了一句：「有沒有人曾經——延誤過跨跳躍門信件？或是攔截它，或是修改它，或把它送去別的跳躍門，沒送到它本來應該去的那座？」

一仙客來笑出來。八解藥感覺那是用來掩飾不自在的那種笑聲。「像海盜嗎，殿下？信件海盜？」

八解藥聳肩。也許吧。繼續說。告訴我這程序可能怎樣被操弄，或是加速，或阻止。

「……歷史上是有發生幾次，當然，但我們竭盡全力在預防這類情形。而且當然，眞正重要的訊息都是由艦隊的船艦來傳遞，就像艦隊內部的命令啊、外交通訊啊、皇帝對外宣言啊。」

就是這個。「因爲艦隊的船隻有通過跳躍門的優先權。」

「說得沒錯，殿下。如果有東西需要以最快的速度傳送，它就會用艦隊的船隻。但請放心，情報部不會弄丟您的信件。」

「我永遠都不會那麼想，」八解藥雀躍地說。一仙客來前額緊繃的皺紋更深了。「萬分感謝您爲我花這些時間，還回答我這麼多問題！」

「當然了。提供資訊——嗯，這就是我們情報部的使命。」

沒錯，八解藥心想，那就是你們的使命。我好奇十六月出傳送那則訊息給戰爭部的時候，直接跳過了多少個你們設在跳躍門的郵務辦公室。我打賭絕大部分都被跳過了。而十一月桂不介意用那種方式迴避規則，只要迴避的對象是情報部。

❁

如果瑪熙特還要在艦上待更久，她就得想辦法徵用一副雲鉤。

她一邊頹喪地想，一邊轉過最後一個彎，終於來到她跟三海草被分配到的寢室緊閉的門口。不爲別的，就爲了導航功能也罷。「輪平衡錘」號是萊賽爾太空站十分之一的大小，跟世界之鑽相比小上好幾千倍，但無論是她或伊斯坎德對此地都太陌生，她免不了必須問路，還問了不只一次——眞是十分丟臉。至少她遠離了戒備更森嚴的甲板，沒有進到這艘船的核心：所以沒人問她一個野蠻人怎麼會獨自出現在離蠻荒之地如此遙遠的地方。

〈要不是那樣，要不就是船的人工智慧自己更新過了，而妳的身分顯示爲合法的乘客。〉伊斯坎德告訴她。他聽起來就跟她一樣既不悅又挫折。她想要丟東西，打破些什麼漂亮的東西，某個她可以從桌上甩下去摔碎的精美泰斯凱蘭飾品。也許寢室裡面會有。她現在不去想，在她們那樣對待彼此之後，她要怎麼跟三海草同居一室。那不是當前要緊的問題。

門旁邊的觸控鎖上，黏了一張拋棄式塑膠膜，寫著您的密碼是「虛空」：那個泰斯凱蘭字符長得像一個的巨大空心圓球。有那麼一刻，瑪熙特不確定如果她的解鎖密碼已經逾期的話，她要怎麼辦。然後她意識到那是預設碼。一個很容易畫的字符，讓你先用來解鎖房門之後再更換密碼。她撕下膠膜，在觸控板上畫出「虛空」，房門嘶地一聲打開來。

房間裡單獨一盞燈照出的光線底下，有個高眺細瘦的人影，往瑪熙特靠近了一步——她還不太確定原因，就猛地一陣恐慌，雙膝跪地——然後她翻身滾向那個人，收起雙腳，瞄準對方的腿部縱身一躍要將對方撲倒。兩人撞在一塊。她的肩膀好像被槌子——或是膝蓋——撞到一樣而抽搐，她攻擊的對象重重倒在她身上，咕噥著什麼，兩隻手掌啪地打在地上。*針在哪裡？*瑪熙特想道。*我得遠離那根針，那上面有毒——*

那人從她肩膀上滾開，一個後空翻站起來，留瑪熙特癱在地上，匆忙爬開，等著那支尖刺一戳，然後一切結束——

〈停，〉伊斯坎德說，他的聲音在她腦中響亮得彷彿他就在旁邊大吼，〈妳沒有要死掉，妳人不在都城，這個人不是十一針葉樹。停下來。〉

你沒有要死掉。當他大半夜因爲夢到窒息而把他們倆都吵醒的時候，她跟他說過多少次那句話？

「妳很不喜歡驚喜。」闖入者說，瑪熙特把頭髮從眼前撥開，設法集中注意力抬頭看。她剛才攻擊的是十六月出艦隊長，還輸得有夠狼狽。艦隊長看起來未受絲毫驚擾，服儀仍然完美。瑪熙特感覺自己的臉頰膚色因困窘泛紅而變深。

就算我在自家寓所被襲擊過一次，也不代表我每次發現屋內有人的時候都要這樣反應，她苦惱地想，得到的回應就只有伊斯坎德充滿遺憾和憐憫的同感。

「……沒錯，」她努力開口。「我不喜歡。我很抱歉，我無意要傷害您。艦隊長。」

一隻淡金色的纖手伸到她面前要拉她一把，瑪熙特握住。十六月出拉著她站起來。「不難理解，」她說。「我不知道妳有戰鬥經驗，德茲梅爾大使。我應該在門上留張字條的。但我想跟妳單獨談。」

「我沒有戰鬥經驗，」瑪熙特說。「我——噢，天殺的，我的實地戰鬥適性測驗差了十八分沒過關。我沒有參加過戰鬥。」

「一個人不用在適性測驗裡拿高分，也可能會遇上戰鬥發生的狀況，」十六月出不以爲然地說。「不管如何，妳的直覺反應很不錯。我們坐下吧？」

瑪熙特的口中嘗到腎上腺素的苦澀與金屬味，身體微微顫抖。除非再度使用暴力，否則應該是沒有可行的手段能將艦隊長移出寢室了吧。但她第一次嘗試反抗的結果就夠糟了。她四下環顧，找尋能讓她靠或坐的東西，發現牆上連著一張放下來的小摺疊桌，還有兩張凳子在桌面兩邊。十六月出想必已經進來一陣子，有時間好好準備，她也許沒想到瑪熙特會在艦上迷路得這麼嚴重，都等得無聊了，於是研究起寢室的家具來。瑪熙特連在腦中的私密空間（雖然私密程度是有限的）都如此歇斯底里。

她坐下來，向另一張凳子比個手勢，像在說歡迎來到我寒酸的辦公室。然後她將雙手緊緊交疊在腿上，想用意志力使手部的顫抖停止。

「我想妳很疑惑我爲什麼在這裡等妳，」十六月出說著坐在對面的座位。瑪熙特點頭，算是表達了某種可悲的默許。十六月出雙手交疊，放在桌上讓瑪熙特看到。模仿動作，建立連結。

我沒辦法應付審訊，她可憐兮兮地想。現在無法。

〈妳他媽的快把自己整頓好，〉伊斯坎德對她說。〈她可能是第三分部的人，或是接受過他們那套訓練。他們是軍隊裡的間諜和審訊專家。但她現在是個士兵，她是帶著某個目的來找妳。專心，瑪熙特。〉

瑪熙特吸進一口氣，打直脊椎坐挺。她跟十六月出一樣高，至少坐著的時候是。「從妳對三海草特使和我的反應看來，」她說。「我眞是想也想不到妳會跑來等我，艦隊長。妳是怎麼說我們的——間諜和她的寵物？」

「我是那樣說了，」十六月出輕易地贊同了她，沒有道歉。「她是個間諜，而妳是寵物，或說妳被帶來這裡扮演的角色就是寵物。我想，她是跟你說妳在場可以確保太空站有外交管道發聲，不管她最後要跟我們的敵人進行哪種談判，諸如此類的，是吧？」

不盡然，瑪熙特心想。*那樣就太直白了。這可是三海草，她用不了直白的方法，我們倆都是。*她將一隻手從腿上舉起，來回擺動兩下，不置可否地示意對方繼續。

「嗯，」十六月出發出仔細評估的聲音。「妳爲什麼來到這裡，德茲梅爾大使？經過三個月前妳在首都捲入的混亂，我以爲妳會想從此遠離泰斯凱蘭。」

「我喜歡挑戰，」瑪熙特說。「我是翻譯官。誰不想在跟外星生物的第一次接觸中參上一腳？」

「所有眞正接觸過外星生物的人都不會想，」十六月出說。「我不相信妳，德茲梅爾大使。追求榮耀的天眞動機，並不符合當初那個促使我們展開戰爭的女人。附帶一提，妳在六方位死前做的預錄直播非常高明，把我都給嚇到了，我可不是容易受驚嚇的人。」

「我無意冒犯，艦隊長，但促使這場戰爭展開的是外星人。我是向皇帝示警。我認爲這是良好公民的行爲。」

「妳是個野蠻人。」

「野蠻人，」瑪熙特複述的同時想像著三海草的臉。「也是人類。面對存亡危機時，良好公民行爲的標準超越了國界和政權。或者至少在我的太空站上，我們野蠻人學到的觀念是這樣的。」

其實不是。從來沒人教過瑪熙特這種觀念。但是這話讓十六月出銀金色的眼睛睜大了，沒有笑容也沒有擠眉弄眼——她一語中的。這是個實用的謊言。

十六月出從鼻子呼氣，像是感到惱怒。「我這麼說吧，大使，」她說。「我看過妳的作品上新聞，就是在一閃電那場白癡透頂的小小叛亂期間——附帶一提，艦隊可沒有想讓這件蠢事發生。妳太聰明，政治手腕太高，不可能只是來當特使的寵物——而且妳和特使的關係也開始不愉快了，對吧？我注意到她不在這裡，妳也沒在艦橋上跟元帥一起。更別說妳的寶貝太空站就在這個充滿了外星人和腐蝕性唾液的空域隔壁，只有一道跳躍門之隔，距離實在不算遠。」

「我看過苔蛾座二號星的全像投影，」瑪熙特說。「我想要幫忙阻止那種事情發生，眞的有那麼奇怪嗎？而且，沒錯，何況是阻止同樣的慘劇蔓延到我的家鄉？」她不打算談到三海草。十六月出跟她們倆都不是朋友，卻從她們在彼此身邊的缺席就看得出兩人之間不對勁，這樣實在已經夠糟了。她不會爲對方的懷疑提供證實。現在不會，永遠不會。

「並不奇怪，」十六月出說，聳了聳單邊肩膀。「只是耐人尋味。大使，妳總在最令人驚奇的地方現身。而且妳似乎十分相信特使的主張，認爲跟敵人對話就能如妳所願地讓這些攻擊中止。」

「妳不這麼認爲？」

「噢，在有人眞正嘗試之前，我先持保留意見。」十六月出說。片刻之間，瑪熙特能夠看出她是個什麼樣的指揮官：那種事前一再評估才出擊的人，一旦起手就會祭出排山倒海的命令和決策，毫無猶豫。「但我過去一週已經損失了二十七名士兵，聽喪禮頌歌都要聽得煩了。對於特使主張的行動效果，我有完全合理的懷疑。對於妳也是——至少在第一次接觸談判這方面。妳也許是個很有才幹的野蠻人，瑪熙特・德茲梅爾，能把情報部玩弄於股掌之間，就像軌道上的衛星，但妳不是二黑子皇帝，那些東西也不是伊柏瑞克人。」

瑪熙特發覺自己的體內傳來一陣笑聲。那不盡然是她在笑，而是某種自嘲的興味，主要來自比較年輕的、消融了一半的那一個伊斯坎德，他的自大和衝動仍會像火光般閃現。「牠們比伊柏瑞克人更恐怖，光是聽牠們的噪音——妳知道嗎？那些聲音從不同方向播放出來時，會變成自我增強的擴大正弦波。我想妳是不知道。我也遠遠不及二黑子皇帝，不管是作爲談判者，或是一個背負世界重量的人。我永遠不會拿自己和泰斯凱蘭帝國全境的皇帝相提並論。」

這話說起來很痛快——她將自己的絕望化爲怨毒，完整展露出她的渴望所造成的傷口：不，我不會成爲泰斯凱蘭人，我沒有能力，我知道，讓我把這道傷口的兩邊撐開，給妳看清楚裡面的血肉模糊。她說我永遠不會拿自己和你們相提並論，但與此同時完全明白她就是會這樣做，以前就曾經如此，未來也無法停止。

一段碎玻璃似的回憶宛如倒影，已經分不清是屬於她或伊斯坎德：十九手斧說著，眞可惜你不是我們自己人——你吵起架來像個詩人似的。或者說話的是三海草？她但願自己能夠辨別，但事與願違。如果她能想起經歷這段回憶的是她自己或伊斯坎德、是現在的皇帝或她的情資官在期望她（或是他們）變成另一種人，那麼其中或許會有某種意義。

「啊，」十六月出說。「但妳還是自願嘗試把牠們帶上談判桌。」

「我利用了我手邊可用的技能。」又累又冷的瑪熙特說。

「我懂了，妳的太空站也是。了不起的技能，了不起的民族。」

她甚至還沒有確切知道我是個間諜，瑪熙特心想。她來這裡是爲自己，爲她的太空站，當然——也是爲了達哲・塔拉特，交換他幫助她逃過傳承部的掃描儀和手術刀。在她向他提交第一份情報之前，她都不是任何人的眼線。而如果她跨出那一步。那樣一來，她就必須選擇，她願不願意爲了逃命而在當間諜之外再當個破壞者。

〈這個人，〉伊斯坎德在她的手指變得麻木時說。她的前臂麻了，還延伸到手肘，她本來以爲他們有進步，但現在的狀況是好一陣子以來不曾有過的嚴重。〈這個人不需要知情就能下判斷。對她來說，野蠻人如果來到像泰斯凱蘭旗艦這麼隱祕而神聖的地方，就全都是間諜和破壞者。怎麼可能不是？〉

「妳寧願我們派出戰鬥艦，而不是外交使節嗎？」瑪熙特問。「戰鬥艦我們也有一些。當然遠不如泰斯凱蘭那麼多。」

十六月出看著她，面無表情地考慮著。「大使，也許假以時日，只要是能找得到的船艦，我們都會需要，」她說。「到時候，我會提醒妳，妳對我說過什麼話。在那之前——嗯，祝妳好運，不管是面對特使、外星人或元帥。我想太空站民也相信好運吧？」

「在我們有需要的時候。」瑪熙特說。

「妳會需要的。」十六月出說完，留下單獨坐在工作桌旁的瑪熙特，消失在走廊上，彷彿她從來不曾進來埋伏過。

瑪熙特用發麻的雙手捧住臉，麻木的手肘撐著桌子，掌根按在雙眼上。她最不想做的事情就是哭。她沒有時間哭。她必須思考，為什麼十六月出這個艦隊長會在這艘不屬於她的旗艦上鬼祟遊蕩，溜進情報部探員和野蠻人大使的寢室，想要來挑戰她、測試她的動機、警告她（如果那算是警告而非威脅）艦隊有多麼不樂意跟外星人對話，有多麼想要乾脆殺光牠們，而相對於泰斯凱蘭軍團漫長而殘暴的沉重歷史，情報部探員、野蠻人大使、甚或元帥的心之所欲，都是多麼無足輕重。

她從鼻子用力呼氣，試圖把肺裡的廢氣全都排空、重新來過，這時她的外套沙沙作響，聽起來像是裡面塞滿了紙——

（就像她在都城時穿的外套，塞滿了用密文寫成的指示，教她如何用最好的策略啟動這場戰爭，並且避免萊賽爾被泰斯凱蘭吞噬。而那件外套也一樣沙沙作響。）

——她伸手進外套內袋，拿出《危險邊境！》，一本跟政治宣傳小冊相同尺寸的漫畫。她都忘記自己買了這本書。

〈妳忘記把它從外套裡拿出來，這比我忘記我有買還粗心。〉

亞克奈・安拿巴確實嚇得我無法專注細心，瑪熙特對伊斯坎德說。在那個時候。而現在，她發現她希望找到一件不是流淚痛哭，也無關於亞克奈・安拿巴的事情來讓自己分心，於是她翻開書讀了起來。

瑪熙特對於漫畫這種文學體裁一直不是很感興趣——看起來太像不同文類媒介之間不必要的混種，不太像全像劇、不太像純藝術，也不太像散文。小時候（好吧，長大之後也是，現在也沒變），她空閒時的娛樂讀物大部分是泰斯凱蘭語作品。《危險邊境！》是用太空站語創作的，繪者、腳本作者、讀者都是太空站民。在攤子上賣書給她的小孩是多大年紀呢？最多十七歲吧。瑪熙特十七歲時也不太自在。她十七歲的時候，如果有人扔給她一本集體創作的漫畫，她會不知所措。

這個系列尚未完結，至少有十集，現在她讀的是第一卷，讀起來的感覺就像在進行人類學觀察活動。主角卡麥隆艦長是個繼承了漫長的飛行員憶象鏈的飛行員，在第一個跨頁上，他試圖飛行穿越一個小行星群，似乎是爲了要前往一個廢棄礦坑拯救受困的其他人物，但在途中遭遇了棘手的困境。瑪熙特不曉得自己該不該知道這劇情是怎麼一回事，或是其實她還漏看了一本第零卷。伊斯坎德也幫不上忙，他年輕的時候，漫畫根本還不是年輕人流行文化的一部分。瑪熙特發覺自己在努力掌握故事背景、指涉性和引用典故，都是她在泰斯凱蘭語文本裡預期會看到的元素，就算是不熟悉的作品。但她在這本書裡完全沒有發現這些成分。

〈這也難怪，〉伊斯坎德對她說。這次只有老的那個伊斯坎德，聲音中帶著逗趣、憤世嫉俗和些許好奇。〈我們竟然在讀一本太空站本土的圖畫書，還是沒考過適性測驗的青少年寫的。繼續翻頁吧，我想看接下來發生什麼事。〉

接下來是卡麥隆艦長躲開一顆隕冰，飛近一個尺寸足夠產生大氣層的小行星，基本上就是個微型行星了。他在那個小行星的大氣層所降下的大雪中，堅定地尋找著一個叫做伊莎萊克．盧特的人，還有一批祕密典藏的萊賽爾古代文件，她似乎將那些史料藏在前述的廢棄礦坑裡。盧特被畫得很瘦弱，誇張地表現了一個跟憶象年齡差距太大、又單靠蛋白質營養塊維生了好幾個月的人可能會有的樣子。畫得很不錯。瑪熙特無法想像自己坐著那麼久、用墨水手繪出全部這些圖畫——同時又讓視覺效果如此引人入勝，儘管完全沒有上色。

伊莎萊克．盧特是爲了用原始形式保存那些文件，才將它們藏起來。卡麥隆是來救她，或說救那些文件——故事中段的劇情大部分是盧特在疾呼她願意回去，也願意帶著文件一起走，但卡麥隆必須承諾，等他們回到太空站之後，他會支持她保存的原版，而非傳承部審查過的官方版本。否則她就哪裡都不去。她會留在一顆小行星的礦坑裡，在雪中等待另一個願意捍衛萊賽爾歷史記憶的人。

〈這顚覆性眞是驚人，〉伊斯坎德對瑪熙特說。〈反抗傳承部的方法，就是比傳承部表現得更像傳承部。這書還是青少年寫的？〉

寫的和畫的，瑪熙特心想。我想它之所以印成跟政治宣傳小冊一樣尺寸，終究是有其原因。

〈也許有理由討厭亞克奈．安拿巴的人不是只有我們。〉

我待在家鄉的時間太短，不足以讓我明白爲什麼年輕藝術家會憤怒。

而且，就算她待得夠久，她也絕不會和這些用筆墨紙張創作的人成爲朋友。他們創作的內容是太空站民的記憶、太空站民的藝術、太空站民的政治。她一向都跟其他著迷於泰斯凱蘭的學生往來，一起寫詩、想像都城的樣貌。《危險邊境！》對她來說會是陌生如外星人的存在——噢，也許不像那些發出恐怖噪音的生物、她和三海草努力嘗試溝通的對象，但很接近了。或說至少在感受上很接近。

〈還好妳沒有把外套給她，〉伊斯坎德說。〈要是書頁被嘔吐物黏在一起，會很難讀的。〉

瑪熙特皺皺眉頭，闔上了書。我不想要談到三海草。

〈也不想要想到她，但妳一直不由自主。〉

瑪熙特不禁想像起三海草閱讀《危險邊境！》的樣子，同時希望她的憶象對於她想到的事物，還有她因此而生的感受，可以不要有這麼中肯的見解。但他也感覺得到她的感受，而且與日俱增。

第十章

〔安全代碼遠月點開始〕桂冠：除了皇帝之外，這裡還有其他人伸手進來運作。以風信子爲代碼的資訊，只涵蓋了我所懷疑的事件的一半。我依照你的教導，留意固定的模式。有野蠻人的意志在影響泰斯凱蘭的政策，而我們還不知道他們已經發起了哪些行動。以我們的能力，無法輕易掌握。故事會流動竄逃，化作令人無法理解的形式。讓我們的部長準備好採取迅速的決斷性對策。我會保持聯絡。一如以往，我依然是你的月升。〔安全代碼遠月點結束〕

——戰爭部第三分部次長十一月桂接收之加密訊息，來自第二十四軍團的十六月出艦隊長，日期95.1.1–19A

※

塔拉特，我要問你的是：我們這位深受尊敬的同僚，可能還破壞了多少憶象鏈？泰斯凱蘭在我們頭頂打著一場你親手造成的戰爭，我們可有準備好再爲更多像德茲梅爾這樣的案例頭痛？同時等著看現在就讓我們頭痛的德茲梅爾能不能派上用場？你倒是告訴我。如果你能證，我可以徵用一批新的飛行員憶象鏈來取代我逐日損失的人手，而不用擔心他們的完整性——那樣我就服了，算我欠你一杯酒。

我可不常欠人酒的。

——手寫私人訊息，由飛行員大臣親送交予礦業大臣，日期95.1.1–19A（泰斯凱蘭曆）

※

敵方將船艦派遣到他們目視範圍內時，九木槿就在艦橋上。

至少這就不用派人找她了。當表面光滑的三環星艦——共兩艘，一大一小——在「輪平衡錘」的視野最邊緣處憑空從黑暗中出現、造成一波微光閃爍的不連續帶，她就在艦橋上，跟任何人一樣震驚。

牠們先前不曾靠得這麼近。這就代表牠們一直以來都有能力接近到這個距離，只是之前沒有這樣做。這個念頭讓她起了雞皮疙瘩，雖然她同時已舉出一隻手引起旁人注意，並且說：「先別開火。」

他們已經在公開頻道上將特使的訊息播送了七個小時，將它送向苔蛾座二號星的背面、送進此空域中外星人控制區的深處。儘管如此，九木槿仍然訝異，他們竟然得到了答覆。如果這是答覆，而不是深入她艦隊中心的攻擊行動，就像趁著黑暗猛然襲向你耳後的一記震擊棍那麼突然。

兩艘船代表的可能性太多了：前驅偵察隊，出動來這裡證明牠們能在「輪平衡錘」號這種泰斯凱蘭永恆級旗艦旁憑空現形，事先全未引起任何察覺；或者是外交官座機和護衛艦，正好一大一小；或甚至可能是攻擊部隊，如果牠們除了那種吞噬掉碎鋒戰機的腐蝕性半流質捕網之外，還有毀滅性更強的武器。兩艘船不足以提供什麼資訊。

「艦隊長，」五刺薊說，隨即匆忙糾正自己。「元帥，牠們還在接近，我把我們的能量砲彈鎖定在牠們前進的航向了。」

她的士兵、她的軍官全都盯著環形星艦，彷彿光靠他們眼睛的凝視就能讓船體變得清晰可辨。用人類注視所形成的重量加諸於一個不屬人類的問題。九木槿的心臟狂跳，腎上腺素在體內閃閃流動。她的軍械長剛說溜了嘴、忘了她現在的軍階，誤用了他過去一直以來對她的稱呼，當時他們面對的還是能夠理解、操弄、預測的敵人。

艦橋上的每一個人都在等她下決定：出擊或暫緩。他們都在希望情報部派來的人眞的跟表面上一樣聰明，希望這些外星人不論多麼怪異、多麼凶惡，終究都還是可以溝通的人——或是他們可以在外星人靠近之前就轟得牠們灰飛煙滅。她無法不想到那個她不得不開火射殺的碎鋒機員，是怎麼哀求要在自己被吞噬之前乾脆一死，她聽力範圍內的其他每個飛行員又是怎麼跟她一起哀求。他們的生物回饋充滿了恐慌和撲天蓋地的驚愕，那股驚愕留下的餘音仍在迴盪。

但是，但是，她徵求了一位特使，她找上情報部，而不求助於第三分部，反正他們從來不欣賞她應對人類的方法，更別說是她可能對外星人採取的手段。情報部準備了一段訊息，而這段訊息發送出去之後，某些改變發生了。

「先別開火，」她重複一次。「等我的信號。二泡沫，全部的公開頻道妳都有在錄音嗎？」

「有，」二泡沫說。「還沒錄到任何東西，除了艦隊未加密的閒聊對話，和我們對外發送的外星人訊息——我在收音時把它調成靜音，好保護我們的耳朵，但它在外面的音量就是您要求的那麼大聲。」

「有變化的話就立刻告訴我，」九木槿說。「五刺薊，繼續鎖定那個航向，等我指令。」

環形星艦旋轉著，愈靠愈近。九木槿發覺呼吸變得緊繃短淺。她用鼻子吸氣、從嘴巴吐氣，這是她在軍事學院第一年學到的老式放鬆運動，當時就對她效果不佳，現在也一樣。較小的環形星艦在大的那艘前面移動，兩者朝著不同方向旋轉，就像原子核周圍的電子殼層，形成隨機性的雲團，難以看清。小艘的星艦外觀較暗，光滑的灰色金屬表面帶著一層紅。那是甲板地面上還沒清理乾淨的血跡。

她差一點就要垂下手，叫五刺薊開火。就差一點。

「有消息了，」二泡沫說。「元帥，牠們在把我們的訊息反向傳送回來。我花了一下子才明白——那跟我們送出的訊息一樣，我一時沒察覺——但是放大了，像是增強的正弦波。更大聲。」

血紅的星光啊，但願特使送出訊息時知道她自己在說什麼，九木槿心想。因為牠們也照樣回話了。現在只有一個辦法搞清楚了。

「把『反射稜鏡』號接上通訊，」她說，同時慶幸自己的聲音充滿穩健的氣勢。「反射稜鏡」號是第十軍團的船艦中位置離它最近的，她需要有人在環形星艦的聽覺干涉弧之內。「叫十二休止艦長或是他的通訊官也播放特使的訊息，對準敵方發送。讓牠們知道我們聽見了。如果有人他媽的給我發射武器，就等著被丟進太空去。」

「明白，元帥。」二泡沫說。她的手在空中忙碌地比劃，雙眼以微幅動作在來回追蹤，快得像是中風發作，倒不像在雲鉤投射的艦隊通訊環境中指揮調度。整個艦橋感覺都像九木槿身上皮膚的延伸，泛著隱隱閃動的緊繃感，她的人馬對她全神貫注，懸著心聽她說出每一個字，等待她在絕境之中為他們指出一條生路，就像過往那麼多次她在絕境中的壯舉。

現在，她覺得她或許做得到。或許。願日焰和太空祝福她，她或許正好能做到，如果她繼續行動——也就代表她必須讓外星人繼續說話。

「誰去把情報部的人找上來，現在就去，」她補上一句，感覺自己的嘴巴咧開來，像在諧仿野蠻人的笑容。「去，快去。除了現在的訊息內容，我們終究得要再多講些不同的話，可是各位，我發不出那個聲音。快動起來。」

※

三海草所能想到任何抱貓的方式，那隻卡烏朗小貓都不喜歡。抓著牠的後頸似乎太粗魯了，尤其是她也不知道何時該把牠放下；把牠像人類嬰兒一樣抱在懷裡，會讓她被牠好多好多的爪子又抓又刺。

最後，她放棄用抱的，讓牠坐在自己肩膀上，牠看起來倒是挺喜歡的。雖然還是少不了抓抓刺刺，但是牠現在沒有那麼凶了，表現得穩定許多。她還是不知道該拿牠怎麼辦。她絕對不可能把牠帶回她應該和瑪熙特共用的寢室，她根本就不想進去那裡。現在還不想，也許永遠不想了。

如果她在都城，這種時候她就會找一間優質酒吧、和一個有趣的陌生人，提供她一會兒的娛樂。或許軍艦上也有酒吧和陌生人。（陌生人肯定是有的，可能還會有個想養卡烏朗小貓的陌生人。她可以懷抱一點希望！）她要求雲鉤為她指示距離最近的娛樂場所，但不能是健身訓練中心（繁星在上，她想不到有什麼事比運動更讓她毫無意願了），跟著它的導引走。

那個地方……嚴格來說不是酒吧。

它如果不是在軍艦上，也許就能算得上一間酒吧，裡面有桌子、有音樂（三海草依稀認出是去年冬天流行的歌曲，合成器用得很多）、有比走道上略暗的燈光、有許多陌生人，甚至還有些在普通酒吧也常見的餐點：炒麵、玉米粒佐香料油醋、木薯脆片。這裡唯一沒有的，就是酒精。

顯然，就算沒值班也不准喝醉。至少不准用艦隊的經費買醉。

每個人都沒醉，也就代表每個人都在她走進來時轉頭看她。這十分令人滿足。三海草想像得到自己創造了怎樣一幅畫面：在一海票穿灰金配色制服的艦隊成員裡，來了一位身著鮮豔珊瑚橘的情報部特使，肩膀上坐了一隻小貓。好一幅荒唐的畫面，或許也在荒唐的同時帶著威脅性。

「嗨，」她開朗地說。「這裡什麼東西最好吃？我和這隻生物都能吃的。」

沉默在室內迴響。三海草等待有人打破沉默，一向都會有的。好奇和興趣每次都會勝出，只要她有足夠的勇氣和耐心。

不過，毫無動靜的十秒鐘還是很折磨人。然後，一名佩戴特種兵徽記、獨坐在僞吧檯旁的女子說：「辣麵條煎餅。特使，妳怎麼會有隻貓的？」隨後，室內的氣氛整個放鬆下來。

「副官給我的，」三海草說著在那位特種兵旁邊的空位坐下。「妳要嗎？牠看起來挺親人的，只不過爪子有點利。」

「別，」特種兵說。「我才不想要什麼卡烏朗小貓呢。」但她伸出了雙手要把貓接過去。

三海草強烈地感到一股他鄉遇故知的激動：眼前此人完全懂得如何主控對話，結合了令人意外又困惑的效果和慷慨大度的表現，迅速激起他人的信任。眞是太好了！遇到一個受過基本詰問訓練的人！簡直就像在軍艦上遇見一個失散的情報官手足。她把小貓從她肩膀上哄下來，讓牠坐到特種兵的膝上，牠變成了一團橢圓形的帶爪黑毛，滿足地微微振動。

「我是三海草，」擺脫寵物糾纏之後的她說。「妳推薦辣麵條煎餅是認眞的嗎，還是想讓情報部的間諜因爲辣椒素中毒而出糗？」

「我認眞的，除非妳對辣椒素過敏，特使。」特種兵合著指尖草草鞠躬，沒把小貓弄掉。「我是十四尖釘，隸屬第十軍團偵察砲械艦『刀尖的第九朵花』號。若非必要，我們通常不對抓耙子下毒。」

就是「刀尖的第九朵花」號把那段恐怖的外星噪音訊號帶回來。也許三海草終究來對了地方，即使這裡不供應任何酒類。她用比原本高兩級的正式語態說，「謝謝您。」然後看著十四尖釘思考自己爲何得到感謝。她沒想太久，肯定是訓練精良的談判人才。甚至可能是間諜呢！艦隊的間諜，但也沒關係啦。

「妳在應用那段錄音，」十四尖釘說。「『刀尖』號被追著回來之前錄到的。希望妳走了天殺的好運，特使。我懂五種語言，但那東西根本就不是語言。」

三海草點頭。「我注意到了，」她說。「但是和無法對話的東西說話，就是情報部的日常。所以我們橫豎得試試，對吧？」

「還好不用我來試。」

「妳會五種語言。妳這身本領在偵察砲械艦上用來做什麼？」

這種對話中蘊藏著一門藝術。就像跟一個新的對手打亞莫利奇球，小心估量技巧和速度，只不過是靠文字來對打。這是三海草的天職。這——總比想著瑪熙特·德茲梅爾輕鬆多了。

十四尖釘頗覺有趣，微乎其微地聳聳肩說：「用來講話。我們也會做這種事，就算是在艦隊裡。這不是間諜的專利。」她開始摸摸卡烏朗小貓，牠輕聲呼嚕振動，彷彿長大以後想變成星艦引擎。

「噢，我聽說戰爭部的第三分部非常能言善道。」三海草說著，也做出一模一樣的聳肩動作——並且在看到十四尖釘的臉色安靜冷淡地沉下來時又驚又喜。

「不是只有第三分部。」她說。

「請原諒我的無知。」三海草告訴她，開了場準備讓她解釋。她猜十四尖釘無法抵抗這個誘惑。她觸動了對方的某條神經、內心某一份必須捍衛的自傲，而她會因此得知一些新資訊。

「我們是第十軍團，不是第三分部的人，」十四尖釘說。「我們不需要政戰官來幫我們完成任務，如果妳懂我意思的話，特使。」

言外之意顯然就是：*我們也不需要情報部來*。更重要的是，九木槿手下的第十軍團眞的、眞的不喜歡被戰爭部的第三分部指手劃腳。

第三分部的主管就是十一月桂，就是她在極內省太空港餐廳裡被質問「你有沒有跟他私下說過話」的那個十一月桂，就是皇帝陛下掛慮的對象。*太棒了*。

「噢，我想我有個主意了，」三海草說。「請原諒我無意中的暗示。當然，我們區區一個情報部，不可能無所不知。」她刻意張大眼睛微笑。「我想我要來點麵條煎餅。另外，如果妳不介意——如果這不是機密——我想多聽聽你們的任務。」

如果她的策略正確，她可以在這裡待個整晚，好好發揮作用，而且到早上都不必跟瑪熙特說話。這讓她感到內疚和些微的不適——她不是會逃避問題的人，眞的不是。但是在此刻，跟一個有用的艦隊線人待在不是酒吧的酒吧裡，比其他所有事情都輕鬆太多了。

❁

瑪熙特仰躺在黑暗中，試著感受周圍的艦上環境——船艦龐大的引擎動力、機械運作的哼鳴。她的臉距離天花板僅僅一呎。看完《危險邊境！》之後，她實在沒事可做，只好上床睡覺。她挑了上鋪，既是考量到三海草晚點可能回寢室來（人盡皆知，在黑暗中爬上梯子有多難受），也是想要從密閉的空間中獲得慰藉。如果她忽略右手邊的懸空處和地板之間的距離，她簡直就像在萊賽爾太空站上她自己的寢艙裡，安安全全。

倒不是說她在這裡眞的有多安全。但是記憶中的習慣會創造出各種虛假的避難所。狹窄封閉的睡眠空間、懸在太空站——或甚至是一艘泰斯凱蘭軍艦——結構複雜的金屬外殼內，感覺就是沒錯，就是這樣才對。她伸手用指尖拂過天花板，發覺手指仍然麻木，在接觸物體表面時又隱隱刺痛起來。

神經病變。現在發生得更頻繁了——或是她現在更頻繁地被它的發作驚嚇到，即使是她沒有嘗試動用憶象（不論是哪一個版本）時，它也會悄悄浮現。她只能學習與它共存了吧，接受它永久成為自己的一部分。

一陣強烈的悲傷彷彿從非常遠處傳來：甚至不成意念，只是情緒的回聲。她想要哭泣，又想要自己不這麼想，同時感覺到伊斯坎德的歉意——他但願他們能有別種人生，沒有遭遇這一切——

〈那是妳的投射，瑪熙特。還有妳的自溺。〉

現在很晚了，我在一艘泰斯凱蘭戰艦上，跟我朋友吵架吵到她不願意回到有我在的房間裡。而且，我被流放了兩次，一次是被我的家鄉、一次是被永遠無法成爲我家鄉的泰斯凱蘭。還有，我的手很痛。我完全有權利自溺。

〈妳沒有被流放。〉伊斯坎德說。他的語氣中有一種冷靜的決絕，讓瑪熙特想要繼續對他施壓，就像揉壓一塊瘀傷。

怎麼會沒有？

〈妳爲我們爭取到了回萊賽爾的機會，因爲妳對塔拉特的承諾。如果妳跟妳的朋友和好，妳也能回泰斯凱蘭——整個泰斯凱蘭裡的任何地方。〉

在他們倆私下於腦海中對話時慣用的語言裡，也就是整個世界裡的任何地方——但那不是屬於他們自己的語言，而是帝國的。瑪熙特無法改變這個習慣，那是他們最能用來流利思考的語言。

我什麼都沒有幫我們爭取到。我只是讓自己變成了間諜，讓別人利用：我成了達哲・塔拉特的耳目。不保證能得到任何獎賞。而且，如果我告訴他元帥和十六月出艦隊長之間的衝突，他會做出更得寸進尺的要求。這就是他要的破壞，讓她們徹底反目、讓艦隊癱瘓，也讓十九手斧不得不把更多軍團派上戰場，那些沒有互相敵對的軍團。狀況要演變成這樣並不難。十六月出在尋找施力點，我可能就是。她沒再多說其他事：她不想跟伊斯坎德談三海草，就像她不想跟十六月出談。或許也就是說，她不想要想到三海草，因爲伊斯坎德就在她自己的腦海裡。

〈我聽得見，〉他用平板疏遠的語氣說。〈在妳回報情資之前，妳都不是任何人的耳目，也不是任

何人搞破壞的工具。〉

你就是這樣合理化自己不回萊賽爾嗎？如果你不回報情資，你就還是你自己的主人？這種和平也太脆弱了吧，伊斯坎德。你現在卻說我們沒有被流放。

〈妳加諸於自己的選擇並不算是流放。〉

瑪熙特認爲他錯了，流放是先發生在心靈和意識裡，遠早於身體在太空中移動、跨越邊界之前——在她想到這一點，想著「不是」的同時，神經病變的疼痛又刺著她的雙手，從尺神經穿過手肘，宛若懲罰。只不過他也承受了疼痛，他們一起承受，他們是一體，而且安拿巴蓄意造成的神經損傷並不是他們的錯，雖然只要她在他們的融合之中發現一個不平整的邊角，刺痛就猝然傳來。

反正我也不知道，要怎麼在這艘泰斯凱蘭旗艦裡傳送訊息給塔拉特，她如此說，充作某種道歉，某種求和：既然我們還要面對其他這些狀況，現在能不能就放下這件事？

他的回應——一陣突然的暖意流過全身，她感覺自己也許睡得著了。柔和的倦意像是內分泌系統給她的禮物。她閉上眼，側臥著蜷起身子，面對牆壁，雙手保護似地緊緊交疊在胸前，呼出一口氣。

然後，當門上傳來響亮的敲擊，她猛然驚醒，整個人回到腎上腺素造成的敏銳清醒狀態。

她的第一個反應是，三海草終究回來了。但她把寫著「虛空」這個密碼字符的便條膠片留在門口的觸控板上，而且沒有換過密碼。三海草應該可以自己開門。現在來的是其他人。瑪熙特晃出上鋪，用腳趾搆到下鋪的床，輕輕踏到地上。她的服裝並不得體：寬鬆的褲裙和睡衣背心完全稱不上正式，更不符合泰斯凱蘭禮節。

〈穿件外套，妳那件還掛在椅背上。〉伊斯坎德告訴她；她全心全意感激。那件帶有結構感的外套挺有用的。口袋裡《危險邊境！》的重量壓著她的肋骨。

門外的人又重重敲了一下，隔著氣密金屬門喊叫了某些聽起來像是「特使！大使！」的話。

假裝她不在房內完全沒意義，而打開門也不會讓她比待在緊閉的門後更不安全：這裡不是「世界之鑽」或萊賽爾，或是瑪熙特曾去過的任何地方。這是艘泰斯凱蘭戰艦，艦外只有不含空氣的虛空，比太空站離虛空更近。戰艦的體積更小，艦上的人數雖然足以形成小型社會，卻不會成為民族。而且，即使艦上的人數多達五千人，她也不可能在艦上消失。尤其因為這是一艘泰斯凱蘭的戰艦：瑪熙特還沒有發現攝影鏡頭，但她知道船上一定有鏡頭在監視，就算背後沒有太陽警隊在分析、追蹤、調控。

她打開門。門外站著一名士兵，是個中等身高的男子，梳著泰斯凱蘭軍隊流行的髮型：低低的髮線被往後束緊的魚尾辮拉扯得緊繃分明。「大使，」他說。「元帥要妳和特使立刻到艦橋上報到。我是來告訴妳，妳們的訊息生效了，她現在馬上需要傳一段新訊息。」

興奮感一湧而上，從大腿到迷走神經再到喉嚨，勝利的滋味比她記憶中的任何事物都更鮮明而甜美：成功了，她們想出了方法，外星人回應了。瑪熙特知道自己露出了太空站人齜牙咧嘴的笑容——她從士兵稍微退縮的反應看出來，但她不在乎。她值得享受這一刻。她和三海草達成了和外星人的第一次接觸，其他的一切——她們的爭吵、十六月出、塔拉特、這整場戰爭——都完全不重要了，在這一刻不重要。「太美妙了，」她說。「好極了，眞的。」

這也許是她一輩子做過最有意義的事。目前，成功與有能力進行太空航行的外星物種建立溝通關係的人，總共就只有二黑子皇帝（當然也包括她當時可能有的助手）、三海草和瑪熙特·德茲梅爾。這太嚇人也太奇妙了。她感覺差點就要發出歇斯底里的歡樂笑聲或流出眼淚，或是——她作夢都沒想過這種事，她甚至沒考過外星生物學的適性測驗，而語言學一向只是關於人類。但是，她們成功了。

「特使在哪裡？」

那名士兵問，打斷了瑪熙特內心的喜悅，讓她瞬間墜回俗氣又難堪的現實：她把自己唯一的朋友（如果泰斯凱蘭人能夠被劃進朋友的範疇——但這豈不就是最棘手的關鍵）逼走了。

她聳聳肩。

「她不是也被分配到這間寢室嗎？」那名士兵繼續說，同時顯然在雲鉤上查閱著某份清單。

「對，」瑪熙特說。「但現在她出去了。」

「現在是凌晨兩點，」那名士兵困惑地表示，然後聳起單邊肩膀又垂下，彷彿暗暗在說，情報部的人負責那麼多怪事，作息一定也很怪。「……嗯，妳知道她什麼時候會回來嗎？元帥要找妳們兩個，而且立刻要到。」

「我相信是的，」瑪熙特說。「但你現在就只能找到我了。我建議你用監視攝影機，還有你雲鉤的搜尋演算法找找看特使。試試酒吧，或是她喜歡的某些有種花的休閒娛樂場所，如果船上有這種地方。同時我要換件適合上艦橋的衣服。馬上就好。」她退了一步回到房裡，房門不再為她維持開啓，當著那名士兵的面關上了。

〈酒吧或是有種花的休閒娛樂場所？〉伊斯坎德有點難以置信地問。

瑪熙特刻意回想某段記憶。這是她獲得了憶象之後才掌握的技巧，雖然萊賽爾的每個小孩都為了日後需要而在這方面受過基本的訓練：回想自己生命中過去某一個十分明確特定的事件，作為現在的行動或感受的自動參照點，並在如此回想的過程中顯示你如何思考、你的意識以什麼樣的模式運作，這樣一來，你的憶象就能學習、模仿、將這些模式深深地銘刻進自己的思維。這是引導憶象和繼承人融合出神經可塑性的途徑。瑪熙特從記憶中召喚出中央四號廣場的公園、綠色冰淇淋的滋味，還有三海草打瞌睡時彎起的手臂壓出的草漬香氣。她也回憶起十二杜鵑告訴她，像這樣的麻煩，就是三海草在他們還是見習情資官時總會惹上的那種。他們在公園裡遊蕩，在恐怖而危險的人際冒險之後吃冰淇淋當早餐。

〈妳想念她。〉伊斯坎德低聲說。

沒錯。瑪熙特想念她，非常非常，同時又希望自己沒有這種感覺。

〈那個士兵沒辦法等妳等到天荒地老，〉伊斯坎德繼續說。不論瑪熙特對三海草的想念於他、於他們而言代表什麼意義，他都一概接納、暫時擱置一旁，先面對更緊迫的困境。就像他先前擱置了關於流放的問題。他們愈來愈擅長區隔劃分了。〈他也會找到她的。他們每個角落都有攝影機。快穿衣服吧。只要是穿俐落、尖銳、線條明確的東西都好。我知道妳有這種衣服。〉

我有一件正式的洋裝正好符合。她帶了一件，剛好就那麼一件黑色長洋裝，設計風格宛如建築物，有稜有角，沒有垂墜披掛感，領口露出鎖骨，衣袖長至手腕。她也帶了那件洋裝到都城，但在那裡沒穿過，完全沒機會穿。

〈不要那件。換一件比較實用的。〉

伊斯坎德，你對女裝的類型到底有沒有任何了解？

〈妳了解，所以我也了解。或說我了解的就是妳了解的，除此之外還對都城略微過時的宮廷時尚略知一二。〉

所以他們都對泰斯凱蘭的服裝風格比較了解。在萊賽爾，瑪熙特的穿著就跟其他所有人一樣，是長褲配上外套和各種襯衫或長衫，多半是灰、黑、白三色。

〈白色，〉伊斯坎德對她說。〈如果可以的話，全身白色。〉

像十九手斧一樣。

好吧，不算太差。

〈很好了。〉

瑪熙特再度打開門時，穿著白色長褲和不對稱設計的垂墜襯衫，外加一件萊賽爾樣式的短版外套〈她把《危險邊境！》留在另一件外套口袋裡，這件放不下〉。那名士兵還站在門外一模一樣的位置。他朝著她眨眼眨了好久。她納悶他是否想到了十九手斧——還是動衛時的十九手斧，穿著純白的套裝，然後滿身是血的被指定爲烈日尖矛皇座的繼位者。

「你找到特使了嗎？」瑪熙特輕快地問他。

「我沒有，」那位士兵說。「這艘船自己找到了。準備好了嗎，大使？還有其他事得做嗎？」

就算他想到了十九手斧，這個念頭也不妨礙他對野蠻人表現出如此嘲諷和不耐的態度。

「請帶路，」瑪熙特說。「快一點。我想外星人不久之後就會發現，我們除了『你好』之外什麼也不會說。」

※

走上艦橋的途中，有那麼一刻，三海草經歷了令人精神衰弱的空間迷向：元帥旁邊、通訊官工作站的正後方，站著一名全身白衣、留著深色短髮的高䠷女子，姿態蓄勢待發且冷靜自持。三海草意會到自己如何逐漸理解眼前所見的景象：不，這當然不是一度可能庇護過她、現在貴爲皇帝的十九手斧。基於這三個原因不可能：第一，皇帝陛下不可能這麼快從都城趕來（三海草已經親身見識過最快的路線，說眞的，若要讓御艦通過那幾個港口，那可會造成多大的混亂！）；第二，在場沒有人用迎接皇帝的儀節對那名女子卑躬屈膝；最後，嗯，因爲她就是瑪熙特・德茲梅爾，根本不是十九手斧。

她的鬈髮末端正好碰到白色外套的衣領。這完全就是瑪熙特沒錯。

但三海草感覺像是腹腔神經叢被揍了一拳般喘不過氣，相似重疊的視覺意象令她無法招架。不管瑪熙特是在玩什麼把戲，肯定都是下了重大的決定。

舉世的恆星和血紅的星光啊——她爲什麼要跟瑪熙特吵這場愚蠢的架？吵到不回她們的寢室？她想參與這一切，她應該要參與的。結果，她卻在她此生最重要的一場溝通行動上遲到了，還穿著跟昨天同一套制服，上面有卡烏朗小貓的貓毛，一隻手的袖子沾了水耕甲板的水漬。她熬到半夜跟第十軍團的士兵聊天，除了麵條煎餅以外什麼也沒吃，直到一名值班的艦隊成員匆匆把她找到艦橋上。

看看這位大使，已經在這裡上工了，身上的白衣設計得如此完美。她看得胸口一疼。這對她而言太不方便了，就算在最好的狀況下。

「元帥，」她盡可能用尊敬的語氣高聲對著艦橋另一端喊道。「抱歉我來遲了，我跟一隻小貓出了點事。但我看到大使已經爲您們伸出有力的援手。」

好了，這算是個開場。瑪熙特甚至有可能會原諒她一點點，如果她繼續把她們倆放在絕對平等的位置。這整場可悲的混亂似乎就是以此爲核心。

九木槿轉向她，但瑪熙特沒有。瑪熙特低頭湊近那個通訊官（三海草在雲鉤上查到了那位軍官的名字：一等部隊長二泡沫，還有一大串現在沒必要看的服役紀錄。戰爭部的內部人事資料庫介面跟情報部比起來眞是難用極了，不過至少她終於連到了艦上的網路），並且在空中做了個手勢，像是用指尖畫出一段軌道的圓弧。二泡沫對她點頭。

「瞧瞧妳的傑作。」元帥說。三海草不再徒勞無功地盯著瑪熙特，將視線轉開，看了他們活生生的敵人第一眼。

或至少是他們敵人的星艦，裡面應該載著活生生的敵人，在「輪平衡錘」號的視野邊緣緩緩旋轉，一環圍著一環。兩艘星艦，一大一小。三海草覺得它們有一種特異的美感，就像穴居魚類環形的魚嘴。一種非人類的、略顯詭異的美感，但在對稱的層面是美觀的。如果牠們偏好對稱物體、屬於哺乳類，而且決定回話——嗯，那麼她應該跟牠們溝通得來吧。當然可以吧。

「牠們回話的內容是什麼？」她問九木槿，並且步行經過對方身邊、以及通訊官和瑪熙特，站在弧面的塑鋼窗旁邊。在她和眞空之間隔著四層窗板，而她跟外星人之間就只隔著這麼一段眞空。

「我們聽到牠們把一樣的訊息播送回來——然後，特使，由於我有足足二十分鐘找不到妳和大使，我和二泡沫就切換到視覺訊息。如果牠們聽得見我們，而且想要對話，那也就可以在相同的頻道上看到我們傳送的影像。」九木槿站到她身邊，身形龐大篤實、不動如山，像一顆吸引衛星圍繞她旋轉的星體。三海草但願自己當初少花一點時間把小貓送出去、少花一點時間自憐自艾，甚至少花一點時間聽十四尖釘談論這位元帥有多麼出色。她希望自己早一點來到艦橋上，雖然二十蟬讓她豁免了直接的責任。十四尖釘說得沒錯，元帥這個人是很出色，會讓你在她開口之前就想要完成她的要求。

「比起嘗試用機器輔助形成的極少數詞彙來講牠們的語言，影像是簡單多了，沒錯。」三海草附和道。「根據解剖觀察，這些外星人的確也有眼睛，運作方式似乎合於常態。我們傳送的是什麼影像？」

「二泡沫正在畫，」九木槿說。「妳的大使在幫忙。她對軌道力學很有一套，眞是有意思。」

「她是在太空站上長大的。」

九木槿聳起一邊肩膀，表示在太空站上長大也不能保證一個人了解太空是如何運行。三海草覺得這算是有道理。然後元帥對她說：「特使，在我們送出訊息之前先問一句——妳和大使願意跟這些東西面對面溝通，是吧？假如有合理的兵力護衛。」

「您要邀請牠們到艦上來嗎？」三海草問。她反胃地想起苔蛾座二號星上那些人被開膛破肚的清晰全像影像，同時努力維持語氣平穩。

「當然不是。」元帥說。

「如果沒有建立更多實質的溝通，」三海草警戒地說。「我希望不要在牠們的艦上談判，無論我會不會帶著大使、護衛軍隊或是您本人同行。那樣會顯露出我們的弱點。」而且，她並不信任那些在太空中旋轉的、洞穴魚般的漂亮嘴巴。即使沒有星艦機殼材質可能造成的共振效果，外星人發出的噪音對她造成的生理影響就已經足以延續好幾輩子。

「眞有趣，」九木槿說。「大使也表示一樣的看法，幾乎跟妳逐字相符。特使，別因爲我們是艦隊成員，就把我們想成談判這檔事的外行人。我們要派妳們下去苔蛾座二號星。姑且假設，牠們也會派出代表。或者，至少這是二泡沫嘗試畫出來的訊息。」

去到那些殘缺不全的屍體之間。眞令人開心呢。「讓我看看。」三海草說，並且鼓起勇氣靠到離瑪熙特夠近的地方，和她純白色的衣袖擦身而過，藉以表示歉意。

瑪熙特沒有打招呼，但稍微移動了一下，讓二泡沫操作的全像螢幕周圍有足夠空間讓三海草看清楚。二泡沫顯然是懂畫圖的：她塗鴉出兩個小小的人類，和兩個外星人，跟醫療艙裡那具屍體看起來很相似。兩個人類和兩個外星人下方，是苔蛾座二號星的靜態平面圖，從眞實全像影像中擷取的。三海草看著外星人和人類各自從平行的弧線（就是瑪熙特一揮手就畫出的軌道）降落到行星表面，站著面對彼此。圖畫得很不成比例，就算是在重要的談判場面上，人類和危險兇殘的外星人都不應該是數千呎高。

「妳得把船艦畫進去，」三海草說。「我們的，還有牠們的。這樣就可以清楚顯示，我們是只要跟行星上的那兩個談。」那兩艘三環星艦還在旋轉，但沒有移動，只是將三海草和瑪熙特所寫的訊息播放得愈來愈大聲。來談、來談、來談。爲了我們共通的利益。

瑪熙特點頭。「她說得對。畫上兩艘船艦，還有，等牠們——和我們——到了苔蛾座二號星的時候，妳知道代表音量的符號嗎？音量增大的符號？」

二泡沫看著她，彷彿她說的是旁人無法理解的母語，而不是一句完全清晰易懂的泰斯凱蘭語。「代表漸強的字符？」她問。「……如果妳要我畫上那個，是可以……」

瑪熙特臉上換了一副興味盎然、挑眉瞪眼的表情，三海草不記得在都城時見過她這樣。她再次懷疑，現在眼前的是不是另一個人，萊賽爾太空站的另一位大使，死後藉由機器復活的伊斯坎德・阿格凡。（更不幸的是，在這個不合適的時間點，她突然感到一股希望刺上心頭，但願跟她爭吵成這樣的不是瑪熙特，而是伊斯坎德。那樣一來，一切就都可以回歸正軌，不就太好了嗎。但大部分的事情都不會有那麼好的結果，所以她也許還是該馬上忘了這個想法。）

瑪熙特只說，「部隊長，當然不是要畫漸強的字符，那有十九劃，而且看起來根本不像聲波。我畫給妳看。」這次她不是用手勢畫出軌道，而是將一隻拱成杯狀的手在空中移動，形成一道小弧線、一道大一點的，和再一道更大的，就像傳聲筒。

「噢，」二泡沫說。「音量。完全沒錯。」

三海草眞的需要幫瑪熙特弄到一只雲鉤，讓她順利移動全像影像。但是，血紅的星光啊，她不用雲鉤也完全沒問題，不是嗎？二泡沫照著她的描述，畫出逐漸變大的三道拱狀弧線，從站在苔蛾座二號星表面的外星人和人類身邊出現，像是雙方在對話。

「很好，」三海草說。「我喜歡。還要加什麼嗎，瑪熙特？還是我們應該發送訊息了？」

發送，然後準備出發。我們不會有多的時間準備了。也許這樣最簡單。

「我們讓牠們等得夠久了，」瑪熙特說。「送出去吧。然後我們來看看能攜帶多少播音設備，另外，艦隊裡有強效的止吐劑嗎？」

「妳得問醫療艙。」二泡沫說。

「誰幫我問一下醫療艙，」瑪熙特說。「我沒辦法跟任何人說話，我不是公民。」然後她用手勢強調自己沒有雲鉤，並且猙獰地微笑起來，但是露出滿嘴牙齒的笑容又太過美麗。

※

「我對你眞是失望，小藥。」十一月桂說。八解藥用力縮起身子，差點從原本坐著的長椅上掉進地宮外花園裡的水池。要是那樣就太丟臉了，同時對水中生態會有很糟的影響。嘩啦一聲，就有一個小孩跌得全身濕透，毀掉一大堆睡蓮，留下壓爛的粉紅色花瓣。

「我不喜歡人家躲起來嚇我。」他說。這是眞話，雖然在一個對他失望的老師意外出現時，不是一句好的回應，但他本來眞的以爲這裡只有他獨處。

「那就多留心，」十一月桂說。「在這種開放空間，你太容易被發現了，而且你又不留意身邊的盲點。他們在地宮都沒教你自我防衛嗎？」

「我才十一歲，」八解藥說。「我知道該怎麼踢男性身體的胯下，還有怎麼反折別人的手臂讓他們痛到尖叫，但我在體型和身高上占不了多少優勢。何況有整個都城在看顧我。你沒看到那些攝影鏡頭嗎？如果我被綁架了，太陽警隊會立刻把我綁回來。」

「我當然如此希望，」十一月桂說著，繞過長椅坐到八解藥旁邊。他修長的四肢彎折的幅度太大了，這張長椅對八解藥太高，對他則太矮。他的膝蓋縮起來。「如果太陽警隊放任皇儲繼續被綁架，那麼這對泰斯凱蘭可眞是個糟糕的時局。」

八解藥好奇這是不是某種恐嚇。感覺可能是，但他不了解具體內容，也不知道自己爲什麼現在要遭到這種恐嚇。十一月桂是否在暗示，如果八解藥繼續令人失望，太陽警隊現在——或未來——就不會如此可靠？兩種可能都很糟，都很嚇人。

他問：「我爲什麼讓你失望了？」

嘆息的十一月桂刻意呼出一口長氣，「小藥，如果有人——不論是老是少、老鳥或新手——被帶去參加你列席的那種會議，得知某個部會在懷疑另一個部會的行事動機，然後這個人就直接且大膽地從招待他與會的部會，跑到另一個遭受懷疑的部會——嗯，那麼這個人一定是非常年輕、非常愚蠢或非常不值得信任，又或三者皆是。以你爲例，我希望你並非三者皆是。」

「你跟蹤我。」

「我說過了，你沒有好好留意身邊的盲點。殿下，你挺善於暗中潛行，但是你在光天化日下走進政府部會大門時，可是讓整個宮殿區都亮了起來。尤其你走進的還是情報部。」

比起「殿下」，八解藥對「小藥」這個稱呼喜歡多了，但也許現在他配不上這個充滿疼愛意味的暱稱。顯然，他犯了個笨透的錯誤——最愚不可及的那種錯誤，因爲你不知道會出錯而犯下的錯，所以你也無從避免。他說：「我猜你也不會比較喜歡我從情報部的通風管爬進去。」

十一月桂清清喉嚨，像在驅走一陣笑聲。「不，」他說。「那樣我也不會比較喜歡。我更不喜歡那樣——因爲我就會知道你故意偷偷摸摸。你現在至少用光明正大的行動讓我不用懷疑。那麼殿下，你把你在戰爭部聽到的什麼話跟情報部說了？」

「我什麼也沒說，」八解藥說，擺出備受侮辱冒犯的語氣，並且別讓聲音高得像嬰兒哭鬧。「次長，我在交叉檢查，增進對遠距星際通訊的了解。這樣就能更深入理解我在戰爭部聽到的內容。」

「聽來確實合理。」十一月桂說，然後便不發一語。

八解藥知道這一招；十九手斧和他的家教老師都用過，他自己僅僅一個小時前也嘗試要對一仙客來如法炮製。這一招會吸引他爲了驅散對話中不自在的氣氛而繼續說話、繼續解釋，因此害自己陷入麻煩。他不會中計的，這次不會。（就算他眞的不高興十一月桂這樣操弄他，把他當成資產而非活人，嗯，那麼他原本就不該期待情況會不一樣；像他這樣的人不會有朋友，連大人朋友也不會有。他不會哭的，甚至不會像是快要哭出來那樣吸鼻子。）

「我還有其他地方讓你失望嗎？」他這麼問。

十一月桂拍拍他的肩膀，那短暫的碰觸幾乎帶著點父愛的感覺。「還沒有。多留意你身邊的盲點，好嗎？如果能看你活到當上皇帝，那就太好了。」

然後他站起來，拂去長褲上的塵土，撫平已經很平整的袖口，然後大步穿過花園。八解藥原本要叫住他說出口不是往那邊走，但想想還是別出聲爲妙。不管十一月桂想不想要在百合花園迷宮裡迷路，八解藥都沒有義務幫他的忙。八解藥也起身，並且把一團泥土踢到池裡，他知道這樣很任性、很破壞環境，但是他一點也不在乎。終於，他起步要去找皇帝陛下說話。他原本以爲這個人喜歡他，現在對方卻要指控他在當間諜，那麼他就應該眞的來做點間諜的行爲。他確定十九手斧會想知道萊賽爾大使突然出現在前線戰場上。

或許她也會想知道，十一月桂對三方向角部長暗示說皇帝不信任戰爭部。把這件事告訴皇帝，正好讓十一月桂自作自受。

間幕

荻卡克·昂楚這種人不會在典禮上起立，也不會拘泥於所謂的溝通管道，如果她利用自己的權威就能達成相同的結果。她是飛行員大臣，她所屬的憶象鏈是萊賽爾太空站上最古老的。有時候，當她累到一個程度，她會夢見十四代以前龐大的計算工程，為了將一個太空船上的世界移動到永恆的靜止點，讓船上所有的旅人最終得到一個家。她夢醒後從來不記得具體數字，但她記得自己在夢中是某個知道如何找出那些數字的人。

光靠著這項權威，她就能直接走進亞克奈·安拿巴的辦公室，無須事前排約或預告。她有問題想要得到解答，現在就要，不容對方繼續狡猾地迴避關於破壞行為的話題，也不能再等到蒙羞歸來的大使決定坦白證實昂楚一直以來的懷疑為真。安拿巴大臣不能再趁機開溜、拒絕和同僚談話，就像她在貨機停機坪時那樣。當時瑪熙特·德茲梅爾不得體地在旁人默許之下，被一位泰斯凱蘭特使用近乎綁架的手段帶走。

安拿巴坐在辦公桌後，她至少有點格調，沒有在昂楚走進門時擺出訝異的樣子；也許她的祕書設法寄了訊息警告她。雖然安拿巴用手勢向對面的椅子示意，但昂楚沒有坐下。若是坐下，就暗示她們倆處於某種平等的地位，但昂楚已不再這樣覺得。

「大臣，」安拿巴說。「您有何貴事需要我效勞？」

「妳可以告訴我，爲什麼妳先是讓德茲梅爾相信妳急於把她找來這裡，導致她來找我求救，但之後妳又任憑她搭上那艘太空梭？我們就從這裡開始吧，大臣。」

安拿巴的那張臉能夠輕鬆顯示出平靜而自信的不悅，細密的鬈髮和高聳顴骨的討喜弧線，更是這副表情的慣常配件。她現在正是對昂楚投以這樣的神情。「我不在乎德茲梅爾的遭遇，」她說。「只要她別待在太空站上。我一點也不在乎，只要她那條憶象鏈不會在這裡，扭曲它所觸及的一切。如果那個泰斯凱蘭人想要她，大可以把她拿去。」

昂楚不讓自己被嚇著。那條憶象鏈，伊斯坎德和瑪熙特。扭曲它所觸及的一切。難怪安拿巴要破壞瑪熙特的憶象：她想扼殺整條傳承鏈，那條只有一具意象機器的傳承鏈——如果不計入薩凱爾・安巴克。昂楚的確認爲這一位不該計入，因爲她不是真正的大使，是個談判者，而且她的憶象早已失落；是伊斯坎德長年失聯不歸所造成的。安拿巴下手破壞，然後讓帝國面對一位身心殘破、可能會被憶象本身致於死地的大使。

「那如果她留在太空站上呢？妳會怎麼處置她？」

「爲什麼飛行員大臣要關切傳承部如何處置一條憶象鏈？這超出了妳的管轄範圍，昂楚大臣。」

「飛行員一向關切傳承部的所作所爲，」昂楚斥道。「因爲傳承部掌握了我們的憶象鏈，以及其他所有人的——告訴我，亞克奈，妳沒有以一人之見對於憶象鏈的污染程度和適用性妄下判斷。妳只要告訴我妳真的沒有，我就會走出這扇門，不再干涉妳。」

「我是傳承部大臣，」亞克奈・安拿巴說。「我的權責是保存萊賽爾太空站。妳是在質疑這項權責，還是質疑我是否守法？」

「這不是否認。」

安拿巴看著她，然後刻意而緩慢、意有所指地聳了聳肩。

「大臣，總有人必須做出決定，不只要保存我們的生命和主權，也要保護我們作爲我們自己的意識。這就是傳承部存在的目的，就是我在做的事。」

「那如果德茲梅爾回來了呢？」昂楚不確定自己爲何這樣問；她十分肯定瑪熙特會跟許許多多的泰斯凱蘭人一起死於戰爭。

「那樣的話，荻卡克，我要把憶象機器從她的頭顱裡切出來，扔進太空，如果她醒來的話，再看看她還剩多少值得保存在太空站上的價值。這可憐的女人，我的確是有點責任——如果我給她的不是阿格凡，而是另一個憶象，也許就能改善她那股媚外的狂熱。」

「那妳當時爲何沒有那樣做？」

安拿巴自覺吃虧地嘆道：「總有人必須給帝國當作犧牲，她的適性測驗結果又和阿格凡的憶象高度相合，那麼就讓她來吧。而且這樣可以把他們倆都趕出太空站，大臣。」

昂楚發著寒問了最後一個問題：「妳還對別的憶象鏈做過這種事嗎？」

「妳有推薦我找哪條憶象鏈下手嗎？」

過了非常久之後，昂楚仍會記得亞克奈・安拿巴回答她時輕鬆的態度；她記得那一派輕鬆，也記得她猛然發覺，自己再也無法信任這個女人會讓經手過的任何憶象鏈保持原狀。她記得她在那一刻多麼清楚地看透安拿巴：一個對萊賽爾太空站熱愛至深的人，不惜用那份熊熊燃燒的愛取代倫理責任，毫不在乎她爲了保存太空站而燒燬掉什麼東西。

第十一章

工業類求職機會（SILICA-2318A）——短期外派——含艱困地區加給——輪調週期四個月。此職缺適合玻璃工匠、具管理經驗之製造業雇員、自然資源專業人士（具有礦產開採或乾旱地區工作經驗之泰斯凱蘭國民尤佳），開放予帝國公民，需外派至苕蛾座星系，爲期至少四個月。因苕蛾座二號星屬極端溫度環境，故提供艱困地區加給，但該地並無原生性掠食動物或已知的致病因子。有以下症狀者，禁止應徵：氣喘、反應性呼吸道疾病、熱敏感、中暑病史……

——泰斯凱蘭中央政府徵人公布欄之職缺，每月重新張貼。

◎

我是否生來必有一死？
任這具軀體睡下，
任我飄搖的記憶飛向一個陌生的心靈？
在最深的陰影裡，
由飛行員嚴密保護的家園，

是死者的輝煌領土，
在這裡，一切記憶都不被遺忘！
一旦告別肉身，我將何去何從？
如今我的職分，即是給予永恆的記憶，
太空站將我喚醒，從肉身轉起，見證我的繼承者，
在星光熠熠的天空下，戴上榮耀的冠冕！
——萊賽爾傳統和聲民歌，起源不明，時代可能早於太空站建立。

⚙

這是她踏足的第一座沙漠，就算她沒有爲了即將嘗試跟某種嗜血且無法溝通的外星生物談判，而懷著滿心期待，沙漠仍然是個令人迷醉的地方。它在降落地點的周圍往四面八方延伸成一道道骨白色的矽沙波浪，無窮無盡，地表上沒有水體或植被，除了一簇樹冠很寬的小型灰綠色樹木，位於泰斯凱蘭的玻璃廠工人遭到全數殲滅前所住的建築物旁邊。那些建築物也是白的，被太陽曬到褪了色，連天空的顏色也流失了，變成一座迷濛的灰藍色拱頂。

瑪熙特不曾到過像苔蛾座二號星這麼炎熱的星球。她從來不曾想過有這麼熱的星球，更肯定不曾想過上面還眞的有人居住。這裡的高溫處在人類可忍受範圍的邊緣。如果萊賽爾太空站上出現像這樣的異常高溫，半數的太空站民都會因爲維生系統嚴重故障而準備緊急疏散。在登上穿越大氣層的太空艙之前，「輪平衡錘」號上的士兵警告過她和三海草：要多喝水，就算不渴也得喝。如果下去超過八個小時，要吃鹽錠。盡量避免陽光直射。

瑪熙特以為那些士兵誇大其詞，想逗弄一個是情報部員工、一個是野蠻人的她們：一個是在都城土生土長，一個永遠是化外之民，兩人都理所當然不會懂得怎麼應對惡劣嚴酷的環境。但他們不是在逗著玩的。苔蛾座二號星的空氣乾燥到能在她呼吸之間吸收掉她舌頭上的水氣。這裡的光線同時顯得沉甸甸但又毫無重量。她感覺到一種帶有壓力的熱度，來自照在她皮膚上的陽光，但也來自空氣本身，讓她的氣吸得更深、心跳得更慢，彷彿這個星球的重力比實際大了一倍——與此同時，她還有種喝醉般的感覺，輕飄飄地，簡直可以永不停歇地走向苔蛾座二號閃亮亮的沙漠，再毫髮無傷地走回來。

然後風向變了，屍骸的氣味飄向她和三海草，還有艦隊士兵組成的護衛小隊。那些死去的殖民先驅在工廠樓房裡腐爛，而留下這番傑作的，就是他們要來會見的外星生物——外星人，瑪熙特決定在這場會面期間把牠們想成是人。

她也不曾到過一個讓泰斯凱蘭為全星球人民舉行喪禮的行星。她懷疑在場的人也都一樣：包括她、三海草，還有專精地面戰鬥的護衛小隊，舉著槍口熏黑的能量武器。

她還沒有時間跟三海草單獨說話，光是為了用她們認為是外星人語言的那種聲音準備好一段短錄音，時間就已經快不夠了。錄音中重複了一兩次「你好，我們來了」和「歡迎！」，還有另一句被她們懷疑是「滾遠一點」的意思——因為攔截到的通訊內容中有一段可能相同的聲音，就是在外星人發現了「刀尖」號，但還沒開始追上去的時候。她們也利用時間找出了一臺用來做圖像演示的全像投影放映機，體積很大，但仍可攜帶。畢竟只懂得六個左右的單字時，還是需要其他工具輔助溝通，何況那幾個單字可能根本不是文字，而是某種表達情緒的聲調。

不論她和三海草打算如何處理她們之間發生過的事，都得等到這場會面結束再說了。

「妳比較會畫畫，」三海草說。她的聲音在高熱中像一縷捲曲的輕煙，晃動而遙遠。瑪熙特不知道是高溫使聲音扭曲了，或者她只是出現了輕微的聽覺幻覺。「如果他們想用圖片來對話，我就把我的雲夠給妳，這樣妳就可以畫了。」

「好的。」瑪熙特說。接著，因爲她不想就這麼進入這段對話，讓兩人之間的互動只靠工作維繫，也因爲廣闊閃亮的沙漠是如此美麗又嚇人，她再問了一句：「所有的沙漠都像這樣嗎？」

三海草搖搖頭。「我從來沒去過跟這裡一樣的地方，」她說。「我知道的沙漠都是紅色岩石、高原，山脈像鑿刻出來的，還有花。就像都城的南方大陸。這裡的是沙質沙漠，它——」

「它讓我想要出去走進沙漠裡。」瑪熙特說。這是坦承，也是示好：我會試著信任妳，就算只是在最小最小的事情上，如果妳也願意如此嘗試。

「我知道，」三海草說，聽起來是認眞的。聽起來像是沙漠的高熱也以相同的方式吸引著她。「妳猜怎樣，瑪熙特？我們是可以去走走喔。稍微走走。會面的地點離這裡有十五分鐘路程。」

他們選的是一座高原上的平坦地區，那裡的沙丘較少飄移，可以讓護衛隊的士兵搭起頂篷，提供遮蔭。士兵打開包裹、訓練有速地迅速動作時，瑪熙特預期會看到高反照率的篷布和幾根營柱。但是當篷布攤開，她和三海草及她們靠電池驅動的影音裝備全都在篷底就位時，她看到反光篷布的底面，用銀色、粉紅色和點綴金黃的藍色織上了荷花和睡蓮的花樣，像行宮般在這裡展示了都城的片隅。

〈泰斯凱蘭總是不會忽略象徵意義，〉伊斯坎德對她低語。〈就算在沙漠中也一樣。〉瑪熙特發現自己——或是伊斯坎德——很懷念這一點，究竟是誰在懷念也無關緊要了。在最小的細節中藏入力量的象徵，這個舉動熟悉而撫慰人心，即使她並不想被激起這樣的感覺。即使那股撫慰就是另一個徵兆，證明了泰斯凱蘭如何重塑了她的心智、感官和審美。

「這是你們從都城帶來的嗎？」她一面問三海草，一面用手勢比向布料。

「我倒希望是，」三海草說。「這東西眞是光采奪目呢。但不是，我是跟二十蟬拿來的。」

瑪熙特好奇著她是什麼時候拿來的。在她們各自無眠（難道她每次被泰斯凱蘭人包圍超過一天，就註定要睡眠不足嗎？〉的漫長夜晚，三海草是在哪個時刻拿到了這片美麗的織錦，其中還隱藏著泰斯凱蘭要宣揚的訊息？即使在沙漠中，我們都有水源。我們是帶著花朵而來的民族。

〈妳應該去當詩人的，〉伊斯坎德又說了一次。〈詩人可以睡得比政治專業人士久。〉

不，在泰斯凱蘭不是這樣，瑪熙特心想。她的尺神經傳來一陣電流般的笑意作為回應。

「很不錯，」她對三海草說。「不管是妳的主意還是他的。我覺得會有效，至少如果他們是從有植物的星系來的……」

她的話沒說完。有些什麼正在從高原的另一側爬上來。

牠們像在狩獵般地奔跑，一步就跨過好長的距離，儘管每步踩的都是鬆軟不穩的沙地。牠們肌肉結實的肩膀隨著邁步而晃動。牠們共兩人，沒有護衛前來。瑪熙特對牠們的第一印象是手上由黑色角質構成的爪子，還有修長且富彈性、顯得嚇人的脖子，末端是像犬類一樣突出的口鼻，耳朵呈圓形，上面長有稀疏的毛髮。牠們的皮膚有斑點，色彩和花紋繁雜多變，身高足足比人類高了兩呎——比起三海草這樣身材偏矮的泰斯凱蘭人，更是整整高出三呎。牠們穿著專爲沙漠地區設計的戰術制服，她不曾看過這樣的外貌，但牠們的確看起來像人，而且看起來也像是除了爪子之外就不需要其他武器了。

瑪熙特想得出的每一句開場白都在嘴裡乾枯了，彷彿熱氣蒸發了她的唾液，也偷走了她的話語。一旁的三海草挺起肩膀、收好下巴，彷彿準備在皇帝面前吟詠詩歌。瑪熙特知道她的這副樣子、這種專注代表的是她的表演即將開始。她納悶自己是什麼時候學會看出這一點，以及爲什麼她如此了解三海草的這一面，對於其他面向卻所知甚少，太少了。

「播放那個『你好』的聲音，瑪熙特，」她說。「該放的時候妳會知道。」

接著，三海草走到頂篷的邊緣，距離外星人只有五呎遠，她將兩手的指尖相合，放在胸前，鞠了個躬，彷彿她只是在面對某個來自其他部會的公務員，而不是比她高了好幾個頭、滿嘴尖牙的異種生物。

瑪熙特將手伸向有聲投影機的觸控板，她希望機器能順利運作，沒有在悶熱的高溫環境下燒壞，或是滲入了沙粒。她的指尖輕輕滑過觸控板表面，找出正確的那一種噪音，但沒有用力按下。她感覺像握著能量武器的扳機，只需要最輕微的動作就能擊發。

「我是泰斯凱蘭帝國的特使三海草，」三海草對兩名外星人說，同時將一隻手按在胸前——代表「我是」——然後再向後揮手，用手勢圈住了織著花卉的篷布。這是我的，這是我代表的事物。「我代表皇帝十九手斧陛下，她的統御如刀鋒的閃光擊碎一切黑暗。」

三海草說出的話對外星人而言完全無法理解。現在就是瑪熙特發揮功能的時候了，她的手指在觸控板上一按，播放出代表「你好」的那串恐怖刺耳的尖銳干擾音。

那兩個外星人非常沉默，其中一個打量著三海草，然後用下巴指了指投影機器，另一個也跟著往那裡看。瑪熙特但願自己能讀懂牠們的任何一點肢體語言。牠們沒有前後擺動。牠們是困惑、好奇還是生氣？這比理解泰斯凱蘭人含蓄微妙的臉部表情還要困難，難多了。她知道牠們在溝通，卻分辨不出牠們用的是什麼方式。不是靠聲音。也許牠們眞的是透過氣味溝通，或是透過耳朵的位置，或別種她想像不到的方式。她充其量也就是個語言學家（更像是假裝成語言學家的外交官兼詩人，她畢竟沒有培養過外語語言學專長，因爲她已經有泰斯凱蘭語可以好好發揮，她過去從不認爲她還會需要其他語言），但如果這些外星人根本沒有文字可供解譯……

第二個外星人張開嘴，發出那串代表「你好」的噪音，沒有任何揚聲器或聲音處理工具的輔助。第一個外星人，就是指著放音設備的那個，也一起加入，相同的發聲造成混響。瑪熙特、三海草和她們的護衛全體，都在「輪平衡錘」號上吃足了醫療艙盡力提供的止吐劑，但她現在還是感到劇烈的噁心。震動和隨之而來的雜音傳入了她的骨骼。那的確是次聲波，具有次聲波對人體造成的所有恐怖效果。但沒事，沒事，牠們聽到了「你好」，也打開兩張長滿尖牙的大嘴，說了「你好」來回應。牠們的舌頭就跟皮膚一樣有斑點。

瑪熙特看向三海草，聳了聳肩，像是在說：現在怎麼辦？

三海草的眼神對上她，跟她互相注視，那眼神中有一種狂野的熱切，一種半是歇斯底里的雀躍。瑪熙特記得她看過那眼神，非常久遠以前，在東宮的大使寓所，第一次有人在三海草面前刺殺瑪熙特之後。那眼神中帶有一種「看我的，好戲上場了」的感覺。

三海草深吸一口氣，深到能讓她狹窄的胸腔和腹部舒展開來，不只為了吟詠詩歌，還能發出更洪亮的聲音。接著，她呼出氣，開始唱歌。

「每個細胞內都燃燒著化學火焰，」她用銀鈴般清亮的高音唱道，那是呼喚迷失之人返家的聲音，能夠傳遞到遙遠的距離之外。「屬於大地，將化為千朵繁花，多如一生中呼吸的次數——而我們將銘記自己的名字——自己與先祖的名字——依我們的名號，掌心滴出血花……」

那是泰斯凱蘭人的喪禮頌歌，瑪熙特聽過上百種不同的版本，有用朗誦的，也有用唱的——她第一次是在太空站的一間教室裡從課本上讀到，當時她讚嘆著化學火焰和鮮血變成花朵的意象。但她從來沒有聽過這樣的版本，三海草將它唱得像一首戰歌，一句承諾：你若是讓我們濺血，我們會不屈而起。

而且這真是該死地聰明。她發出的不是外星人的那種共振，而是一種非常屬於人類的聲音。

〈向他們表示我們也能說話，我們也有語言，〉伊斯坎德喃喃低語。〈她不只是聰明呢，更是高明。我懂她為什麼值得妳那麼傷神了。〉

三海草用單手做出手勢，示意瑪熙特上前。瑪熙特像是被拉著一樣照做了——高溫仍然令她頭暈，她好奇起那些外星人是否也感覺到、是否在乎，以及牠們的母星又是什麼樣的氣候。她站到了一個仍然讓她覺得完全正確的位置：三海草的右邊，兩人一起並肩面對一個苦無解方的政治問題。除了她們兩人之外，還有十二杜鵑的鬼魂，像一道回聲，一個從來沒有存在過的憶象。這個念頭猶如一支刺穿她嘴脣的魚鉤，帶來一陣突然且強烈的痛楚。

「妳知道這首歌嗎？」三海草低語。瑪熙特點了點頭，她算是夠熟。「好，」三海草說。「我們來看看，我們發出共振聲波的時候，牠們是不是也會不舒服。」

瑪熙特已經很多年沒有跟別人一起唱過歌。這跟詩不同，詩可以朗讀、念誦——但唱歌不是她會出於習慣或興趣而做的事。唱歌帶有一種出乎她意料的奇異親密感，她們必須一起呼吸、一起對到相同的音準。與此同時，外星人直盯著她們看，眼神空洞但又像在估量，致命的爪子平和地垂在身側。牠們沒有嘔吐。瑪熙特很高興，因為她離牠們這麼近，她可不想讓皮膚沾上可能有毒的外星人體液。牠們聞起來像是動物，還帶著一種別的氣味，某種她不曾聞過的乾燥藥草的香氣。

喪禮頌歌並不長，但唱完的時候，瑪熙特仍不住喘氣。她的肺裡現在棲居著熱氣，喉嚨感覺又粗又乾。她吞嚥了一下，卻已經沒有唾液能夠濕潤口腔。

左邊的外星人發出一種瑪熙特沒有聽過的低鳴聲，聽起來帶著金屬感，像合成器發出的聲音一樣有著機械性的油滑，但又非常明顯是出自有機體。那個聲音讓她胸骨後方的部位隱隱作痛，彷彿心臟正在失控狂跳。右邊的外星人朝她們邁了兩步，現在她確定自己的心臟是真的在狂跳了，熟悉的腎上腺素刺激引起了恐懼的生理反應。她就要昏倒或尖叫了。三海草的肩膀擦掠過她，她們兩人都在發抖。

〈停下來。噓。如果妳要死掉，只會是因為那東西把妳的內臟活生生扯出來，不會有別的原因害妳送命了。〉伊斯坎德還真是撫慰人心，在她的腦海中提供了一個清澈而安全的處所、屬於她的處所——她的憶象再度干擾起她的內分泌系統，造成一陣顫抖的暖意突然湧遍她全身，但現在任何不是來自外界的感覺，都讓她由衷感謝。

外星人將一隻長著爪子的手貼在胸前，就如同三海草先前的動作。然後牠朝身後做出手勢，儘管牠後面沒有頂篷、護衛、士兵或其他可以指的東西。然後牠發出一串聲音，一串幾乎有理可循的聲音，瑪熙特覺得那聽起來幾乎像是文字，一串像是噴吐聲、帶有許多子音、有高低起伏的音節。她覺得她可以模仿出那個聲音，只不過得要用唱的。

我以前應該要去上課學音準的，她心想。然後她像第一次上泰斯凱蘭語課一樣努力嘗試，透過自己的嘴巴發出那個她剛聽到的陌生聲音。

❁

九木槿一向不擅長等待。

這就是她在艦隊服役初期擔任碎鋒機群飛行員的原因：碎鋒機群就像閃亮鋒利的玻璃碎片從戰艦裡飛散而出，毫無遲疑，而且通常他們直到臨出動前才知道自己要被派往何方。不會延遲，不需要努力讓自己靜下來，在懸而未定的警覺狀態中等待適當的出擊時機。等待是一種她必須學習的技巧，她學習的效果好到足以讓她成為艦長、艦隊長、現在又升為元帥——但學會不代表喜歡。

下頭的苔蛾座二號星上，有她派出的四個人。其中有一個情報部員工和一個野蠻人外交官，但基本上四個都算是她的人。他們要不是正在被外星人大卸八塊（最壞的狀況），不然就是在等待談判進行的同時被高溫烤得中暑（最好的狀況）。而她什麼都做不了，只能等待，就像她等待偵察船去到四十氧化物的人馬一一遭到殲滅的地點左方，尋找外星人使用的基地；就像剛從軍事學院畢業的學員，期待郵件捎來他們的第一個派駐地。她一面等待，一面在艦橋上看著較大的那艘三環星艦在她視野的最邊緣虎視眈眈地旋轉。較小的另一艘和她自己船上的太空艙一樣，被派進苔蛾座星系了。他們正在嘗試平等對話，彷彿這是兩個由人類組成的群體之間進行的協商，而不是他們試圖跟另一個物種溝通，而那個物種的行為背後只有吞食或掠奪的衝動在驅使……但也有媲美泰斯凱蘭戰艦的科技實力，甚或更勝一籌。

九木槿討厭等待，討厭在這種情況下等待，所以她做了她打從在軍事學院當學員起就一向會做的事：她確認了艦橋上沒有任何東西著火（不管是隱喻上或實際上的著火），接下來兩個小時內也不會有。然後跑去入侵蟬群的個人空間，跟他一起等待。

他在「輪平衡錘」號上的空間，就是副官的兩房寢室，和她的寢室分別位於艦上相反的兩側：這個設計背後的概念是，如果艦長在自己的居室被敵軍武器擊中，她的副官或許還有機會存活下來、代行職務。九木槿對那裡的路線很熟，就像她熟悉通往銀河裡任一地點的路線，而且她還有寢室門的密碼，除非二十蟬又把密碼換過了——

他沒換。他的門爲她敞開，彷彿他和她就是同一個人。綠色植物的氣味襲向九木槿的鼻腔，那是一種非常獨特的氣味，來自茂盛的植栽，但又與花卉不同，是爬藤和多肉植物，以及任何二十蟬能在近乎沒有額外水源的條件下種活的東西。他用自己配給到的水量來澆灌他的植物園，這同樣也是他們一起當學員時就有的習慣。她的蟬群從來不浪費，不奢侈。

不管如何，他的宗教是這樣主張的，而她懷疑，即使恆定教派沒有如此要求，他也依然會照做不誤。這就是二十蟬難懂的地方：要分辨哪些部分屬於他對一支極小眾教派的虔誠奉獻，哪些屬於他自己個人——如果這兩個概念之間眞的能夠區分的話。

他盤腿坐在房間中央的地上，一圈分析圖表的全像投影猶如光環，繞在他的頭部周圍，每張圖片的透明度都高得能透出牆壁上攀爬的綠色植物。大部分的圖表都是艦上系統的影像，她一看就知道，即使從反面看也立刻覺得熟悉：能量消耗的讀數和「輪平衡錘」號全艦的維生系統，分別釘選在離他額頭約一呎遠的定位，像皇冠般靜止不動，所有他想看的資訊都圍繞在周邊旋轉。

此外，一隻來自卡烏朗星系的寵物蜷縮在他腿上，像一窪沒有星辰的漆黑太空，看起來似乎睡著了。他正在寵溺地撫摸著牠。

「我以爲你討厭牠們呢，」九木槿冷冷地說。「難道你那些關於擾亂生態系的抱怨都是演戲？」

二十蟬抬頭看她，並且用沒在撫摸膝上那塊迷你太空的手，輕輕一揮關掉了大部分的投影。「我是討厭牠們，」他微笑著說。「但是這一隻喜歡我呢，不然我要拿這些傢伙怎麼辦呢？把牠們扔進太空嗎？牠們的存在又不是錯。」

她過來坐在他旁邊，兩人的膝蓋靠在一起。二十蟬的植物園房間裡感覺總像是有更豐富的氧氣（其實不只像是，這是事實。因爲植物的呼吸作用。她有一次檢查過讀數，差異非常微小，但是確實存在）。卡烏朗星系的寵物抬起頭，張開黃色的眼睛，發出一種像調音失敗的弦樂器的聲音，站起來貼著二十蟬的腿繞了一圈，然後再度坐下。「我不覺得你會把牠們丟進太空，蟬群，」她說。「但你這是在寵著牠玩了。」

「我不這樣，牠就會吱吱叫的。」二十蟬用完全平靜無波的語氣說，九木槿則笑了出來。一時之間，她感覺好青春，彷彿穿越到十年多之前，某一艘他們曾經一起待過的船艦上，而彼時的她從來沒有想過有一天要爲了自己的艦隊夜不成眠。

「好吧，那我猜你得把牠養起來了。」她一面說，一面摸摸看牠的毛皮，非常柔軟。

「苔蛾座二號還沒有消息嗎？」二十蟬問，就跟他解釋自己對寵物突如其來的情感時一樣平穩。

「如果有消息，我就不會在這裡了，對吧？」

「我知道，妳說的對，」他說著用一個向下的手勢揮開語氣中的暗示。「換個更好的問法，元帥：還要過多少個小時，我們才要下去幫他們收屍，順便把我變成殘骸的心愛壁飾撿回來？」

九木槿眨了眨眼。「爲什麼特使和那個太空站人會拿了你的壁飾，還挑了你最心愛的？」他們指的是一面粉紅配藍金色的蓮花織錦，是最鮮明的都城風格，通常懸掛在二十蟬的臥室裡，也就代表他買下這東西、炫耀給她看之後，她就再也沒見過了。他的寢室裡也許還有其他沒那麼深受喜愛的壁飾，掛遍了所有沒長植物的牆面。二十蟬這個人簡直不吃不喝、把自我縮減到只剩最正當的職責和使命——身上只有制服，沒有頭髮和彩妝，活生生就是泰斯凱蘭艦隊軍官的精華代表。但他卻讓身邊圍繞著爭奇鬥豔的色彩和奢華的美麗事物。他解釋過一次：這是恆定教徒實踐的一種平衡，同時體驗奢華和禁慾。

「我認為特使站在沙漠裡的時候，會需要點華麗的東西當背景。假如我們的敵人沒在發覺其中的象徵意義之前就把她開膛破肚的話。」

「……假如我們的敵人有能力發覺象徵意義的話。」九木槿咕噥道。

二十蟬聳聳肩。「我相信牠們多少有點能力吧。但我很懷疑牠們會不會在意就是了。」

「那麼，為什麼要把你的花織錦給特使？如果你預期我們三個小時後只能下去收回特使的一小部分，還有你的織錦的一小部分？」

「三個小時啊。比我願意等的時間長，元帥，但妳才是做決定的人。」他說出那個字眼時，表情中有些什麼讓九木槿不禁想要瑟縮。沒錯，她才是做決定的人，而她並不喜歡她的副官反對她的決定，尤其是當他即便反對也仍舊遵命配合，當他在她身上投注了如此沉重的信任。

「除了你最心愛的織錦之外，我們船上還有其他的華麗裝飾品可以拿給特使，蟬群，」她說。「如果她能夠教那些外星人認出什麼是花，而你想要提供象徵圖案給她利用的話。」

他搔了搔寵物的耳後，牠發出呼嚕聲，聽起來像很小很小的星艦引擎。「是的，」他說。「可是，小槿，我派人執行妳的任務時，怎麼能夠不給他們最鋒利的刀劍和最美麗的文化象徵？如果我們是要嘗試跟這些——這些東西——說話。沒錯，我們是在嘗試。」

就是這一點讓她想要縮起來。他並不想跟牠們說話，甚至不想嘗試，但她設下了行動目標，而他就為了這個目標貢獻所有的資源，不惜一切。她想要道歉，但那不是她會做的事。那會貶損他給予的信任和她的權威。所以她只是點點頭。「如果我們下去把特使和我們的人接回來時，只看到織錦的碎片和內臟的殘骸，那麼等我們下次去西弧星系放假，我會給你一筆多到誇張的任務加給，你就可以去買一面更大、紗線密度更高的織錦。」

「假如眞的是那個狀況，假如我們能夠活到放假，元帥，我會十分感激妳的心意。」

「你的信心眞是動人。」

二十蟬的目光望向天花板，那裡已經被一片綠色植物蔓生的網絡占領，還點綴著小小白花。「妳看到牠們的火力了，」他說。「我們也都知道自己的火力如何。這會是一場非常艱困、非常漫長的戰爭。雖然我不希望這樣的情況發生，但我認爲我們倆不會是最後一組參戰的元帥和副官。」

「我們還沒死呢，」她說。「儘管那麼多人不遺餘力要送我們上路。」

「是『人』嗎，」二十蟬糾正她。「如果那些會吐出腐蝕液的環形星艦裡面，坐著的眞的是人，我現在就會在跟妳討論任務加給的金額了。但牠們不是人。也許特使可以把牠們變成人，但她只是個情報部員工，又還非常年輕，從太空站來的那位伙伴也是。妳知道她是誰，對吧？」

「瑪熙特．德茲梅爾，上過新聞的那位，就是在一閃電趁上一位皇帝統治末期演了那齣愚蠢爛戲的時候。我知道。」

「很好，」二十蟬說。「因爲十六月出艦隊長肯定知道她是誰，而且如果我對她的企圖了解得沒錯——我幾乎不會有錯。她會找到方法利用瑪熙特．德茲梅爾或是背後的勢力，來對付妳。」

九木槿咬著牙哼了一聲。「你認爲十六月出有這麼積極地反對我的領導？」

二十蟬搖搖頭，眨了一下眼用雲鉤開啓了「輪平衡錘」號平面結構圖的全像影像，圖上有一塊琥珀金色的網格，涵蓋了爲數甚多的艙面。「她一直纏著我們不放，」他說。「我追蹤她了。我認爲不一定是第二十四軍團的艦隊長在跟妳作對，九木槿。我認爲是戰爭部裡的某個人，而她很有效地執行了那個人的企圖。比如說，她對外星人的了解跟我們一樣多，比任何人都多，除了特使和德茲梅爾。而且，如果她沒有打算再多了解一些，她大半天前就會回到『拋物線壓縮』號上了。」

「所以說她是間諜了？」

「她是個本來應該依照訓練向外探查的間諜，但卻有人出手把她的目光轉向了內部，」二十蟬說。這話就算以他的標準來說都很玄妙，但九木槿覺得自己懂得他在暗示什麼。畢竟根據紀錄，十六月出在艦隊服役的頭五年，就是在她現在率領的「拋物線壓縮」號上擔任政戰官。而政戰官就是由第三分部——戰爭部的內部情報單位——的次長任命的。

「你認爲她仍然是第三分部的人，不只是學員時期在那裡實習。」

二十蟬扭著一邊嘴角微笑起來。「我認爲六方之掌的第三分部想把妳抓回一個比現在更容易控制的軌道，而十六月出艦隊長正好適合用來勾引妳。」

「蟬群，她不是我喜歡的型。」

他嗤了一聲。「對，妳喜歡的型比較有肉，也比較男性化，我很懂。我說的不是那種勾引，而是讓妳分心到一定程度，無法專注在我們眞正的敵人身上，以至於犯下錯誤。在這場戰爭中，我們付不起犯錯的代價，除非我們想要幫更多個像苔蛾座二號星一樣的星球唱輓歌送葬。」

「你的警告我收到了，」九木槿說。「那就幫我把她趕下我的船，好嗎？」

「我可以試試看——」二十蟬才開口，他和九木槿的雲鉤就同時響起一聲尖銳的提示音：優先訊息。苔蛾座二號星終於有消息了。

※

當然，他必須等待。皇帝隨時都在忙，這就是身爲皇帝的本質，他的祖親皇帝也是一樣。

八解藥只會在公開活動上或深夜裡見到他，除了那很難忘的一次，他在黎明時分來到八解藥的房間，牽著他去花園裡散步，彷彿他們是家長和孩童，而不是親代和百分之九十的複製體。八解藥那時候還很小，他的祖親皇帝摘了一朵紅色的金蓮花插在他的髮間，然後因爲他說了喜歡，又接著插上一朵黃的和一朵橘的。他就一直戴著那幾朵花，直到它們枯爛、他也得去給人洗澡爲止。

就算對一個年僅十一歲的孩子而言，那也已經是很久以前的事了。

到了將近午夜，十九手斧才有空見他，在這個時間點，她想要找他去寢宮裡見面。她寄了一只資料微片匣來邀約，用的是她專屬的素白色匣子，擱在八解藥房間外的信筒裡，彷彿他是個會收到來信的成人。他剝開封印，寫出簡單邀約訊息的全像字符從微片匣裡投射出來：如果你還醒著，就過來吧。然後是她的簽名字符，跟封印上的一樣，不加頭銜。

這個嘛，他們某種程度上算是家人。而且她會問都不問地出現在他房間裡，所以單純在一封短箋最後只簽上「十九手斧」也不奇怪。不過他確實覺得奇怪。就是這種小事會讓八解藥想不透，一個人是從什麼時候開始完全不再是小孩，而開始變成其他的東西。他將拆過的微片匣放進桌子抽屜，這樣他之後就可以拿出來看看——如果他之後想看，如果他想思考這封訊息是多麼簡單、清晰而友善。

寢宮就是他的祖親皇帝、再之前的那位皇帝，還有一長串其他位皇帝都住過的地方，但言下之意絕不代表那裡的外觀跟六個月前相比毫無改變。他的祖親皇帝喜歡許多漂亮的小東西，還有藍、青、紅這些鮮豔的顏色，前客廳的地板鋪著鬆厚的地毯，上面有手工編織的蓮花圖案，是西弧星系群的家族進獻的禮物。十九手斧就不同了，她喜歡書，而且是裝訂成冊的典籍，不只是資料微片。除了書之外，她還喜歡石頭，可以讓你透過去看到光的那種片狀岩石。她在牆上的展示櫃裡擺滿了那種石頭。蓮花編織毯現在不是鋪在地上，而是掛在一面牆上，所以你只會看到地板裸露的砂岩磚和大理石，上面的石紋貌似幻想中的城市。這裡的地板就跟地宮本身一樣古老。

芳蹤如刀鋒閃光使滿室生輝的十九手斧皇帝陛下坐在沙發上，讀著她的其中一本書。八解藥走進來的時候，她抬起目光，然後拍了拍她斜對面一模一樣的一張沙發扶手。「過來坐吧，」她說。「抱歉讓你醒到這麼晚，但只有這個時間，我們的談話被緊急事件打斷的機率才相對低一些。」

八解藥坐下來。沙發椅套是骨白色的絲絨，有菱格凹凸紋，凹處縫綴著灰金兩色的扁釦。他一直怕自己會不小心在沙發上打翻什麼東西。「沒關係，陛下，」他說。「我知道皇帝是不睡覺的。我應該趁有機會的時候多練習。」

她沒有露出他所希望的笑容，反而把書放在兩張沙發中間的玻璃桌子上。那本書八解藥沒看過，作者是個叫做十一車床的人。然後她上下打量了他一番，眼睛瞇著，目光中不帶情緒，雙眉中間出現了一條本來沒有的細線。

「你想告訴我什麼事呢？」她問。這完全不是他預料中的問題；這意味著他必須選擇了。他可以選擇從十一月桂在花園裡的那次講起。也就是告訴皇帝，戰爭部和情報部——或至少是這兩個部會各自的一部分——眞的很不喜歡對方。但這個她可能早就知道了，而且這也代表他會洩露出自己對於被十一月桂威脅的感受，他實在不想從這裡講起，跟皇帝陛下講的時候不想。那樣聽起來會好像他在抱怨，在要求她幫忙解決，但他並不想要十九手斧來解決他的問題。

他一開口說出來的是：「瑪熙特・德茲梅爾大使人在九木槿元帥的旗艦上。」

十九手斧用舌頭抵在牙齒上彈了彈。「你是怎麼知道這回事的？」她問。

「情報部派的特使把她帶去的。」他說。這不眞的算是個答案。到了需要把你知道的祕密告訴別人的時候，間諜是很難當的。但至少，德茲梅爾是被情報部的員工帶去這件事，是一項他確實應該分享的額外資訊。

「當然是了，」十九手斧說。八解藥完全讀不懂她的表情，不管她有什麼感受，肯定都不是驚訝。

「除此之外，你對特使還知道些什麼？」

在戰爭部的戰略會議上，沒有人喜歡特使，但他不確定哪些人是真正的不喜歡、哪些人又是出於部會之間的競爭意識。部會之間的競爭很頻繁，特別是在九推進器任內留下來的人（例如十一月桂和第五分部的次長，掌管武器和研究的那位）和三方向角帶進來——或至少是跟她同期加入——的人之間。後者還在學習各自的職掌、決定效忠的對象。所以，他對於特使這個人其實一無所知，除了——

「十六月出艦隊長不信任她，」他說。「或許是因為瑪熙特．德茲梅爾，也或許就是不信任。」

「第二十四軍團的十六月出。小間諜，你知道她以前也是十一月桂的學生嗎？」

八解藥搖搖頭。（在他之前，十一月桂當然有過別的學生；為了某個長大成人、遠在天邊的艦隊長而覺得嫉妒，是完全沒道理的事。但他就是嫉妒，嫉妒得彆扭，還有點羞慚。皇帝陛下現在就是這樣看待他的嗎？當他是十一月桂的學生？他希望她這樣看待他嗎？儘管十一月桂恐嚇過他，讓他懷疑太陽警隊是否會保護他，也讓他懷疑十九手斧是否不信任自己手下的戰爭部長。）

「她啊，」十九手斧繼續說。「是個很出色的學生。我相信第三分部很遺憾損失了她這麼個人才去當將領。嗯，跟我說說你是怎麼發現你剛剛提到的那種不喜歡，然後我想我就得送你上床睡覺了，月亮都要下山了。你自己也有跟艦隊書信往來嗎？」

「我沒那麼厲害。」八解藥說。他喜歡自己的話讓十九手斧挑起眼角，沉默且讚賞地笑了。

「是還沒有。繼續說吧。」

他試著提醒自己，是皇帝派他到戰爭部去的，她已經知道他去那裡做了些什麼，他現在並沒有洩漏任何人（可能除了十六月出）的祕密，也沒有洩漏他自己的。但還是很難起頭，尤其是當十九手斧的指尖在沙發扶手上敲了敲，這個不耐煩的小動作讓八解藥想要為所有事道歉，然後又怨恨她能夠對他產生這種影響。這不公平。他擁有小孩的情緒、小孩的內分泌系統、小孩的交感神經，而且小孩對權威人物的反應就是那麼地固定，他跟家教老師學過。這一點也不公平。

最後，他說：「她從艦隊寄了一則優先訊息——那種層級超過跳躍門郵件協定的快速件，我想是用艦隊的軍郵機送的——給三方向角部長。部長把訊息的內容播放給各個分部和所有的成員，我猜也包括我，艦隊長在訊息裡說，嗯，就是兩個多月前發生了的那件事——」（他們沒有討論過，他不想討論，不眞的想，寧願把它稱作「發生了的事」便罷了，而不願意說我的祖親皇帝讓您繼承皇位，然後爲了泰斯凱蘭帝國在新聞直播中死掉。）「那件事瑪熙特・德茲梅爾也有牽涉其中，而她現在到了前線，這可能一點也不好，而且情報部也參與了。」

「噢，小間諜啊，」十九手斧說。「我交代你辦的事，你眞的很得心應手，對吧？」

他不確定這是不是讚美。「您覺得她說的對嗎？」他問。「艦隊長說的。我只見過大使一次，所以沒辦法判斷。」

十九手斧遲疑了。八解藥覺得這是他第一次看到她的遲疑不是出於刻意，不是爲了營造效果。「完全坦白的話，」她最後表示。「我還沒下定論。而且不確定我的想法有沒有比三方向角的作爲重要。你要是有機會，應該弄個清楚。」

現在，他得告訴她了，或是問她。如果他不想直接告訴她十一月桂在花園講的話。他至少得用問的。提問是一種避免透露祕密的方法。這是很實用的知識。

「陛下，」他說，小心翼翼地勾勒出正確問句。「您認爲三方向角部長會與您意見相左嗎？」

皇帝定定看著他，還很緩慢地眨了一下眼。他吞了一下口水，嘴裡覺得好乾。她問：「是指關於瑪熙特・德茲梅爾的事，還是廣泛來說？」

她的對應方式像是他問的問題很重要。他努力不要覺得緊張或是感激，但這兩種感覺還是都出現了。他吸了一口氣，在這一次呼吸的時間內決定要告訴她十一月桂暗示的事。不是要說十一月桂恐嚇了他，而是十一月桂恐嚇了……三方向角部長，這位大概不會沒有能力自保的人物。「是廣泛來說，」他說。「因爲在那個會議上，我們在聽錄音的時候，十一月桂一直在講以前的戰爭部長，九推進器，還有她退休的事，他還說您可能也不信任新的這位部長。」

「那他現在呢？」十九手斧說。

八解藥的肚子裡蠕動著一股很不舒服的愧疚。十一月桂是他的老師，而現在他卻——做了這種事。但他還是點點頭。他沒辦法說謊，至少在剛說完實話之後沒辦法。

「戰爭部的花園裡，長了各式各樣的花，小間諜，」皇帝對他說。「但有毒的花尤其多。武器就是這樣的東西，八解藥，一種有毒的花。它是否具有危險性，取決於掌握它的人。」

「我不懂，」八解藥說。他還是一樣愧疚，現在又因爲聽不出這個比喻的意思而感到難爲情。「因爲我不知道有毒的花指的是誰。」

十九手斧笑了，這讓他感覺更糟糕。「每個人都是，」她說。「但花園有時候需要外部植物的嫁接移植，才能維持健康。你要是有機會，就去調查調查三方向角對瑪熙特的觀感吧，若是還有空，再拿這件事問問你的生物學老師。」

外部植物指的一定就是三方向角了。也許這代表十九手斧終究是信任她的，或者，認爲她的才能配得上戰爭部。這兩者的意義完全不同。

他點點頭。「我會試試看，」他說，因爲他猜想，皇帝的間諜這個角色先於他的其他所有身分——除了皇帝的繼承人之外。其他事情他可以晚點再想個清楚。他並不笨，他讀過各式各樣的詩。他會去找一首關於毒花的詩來讀，然後好好想清楚。

瑪熙特的聲音已經完全啞了。

在乾燥窒人的空氣中一再試圖歌唱，讓她只發得出中暑的嘶喘。但還好，她和三海草跟那個被她們稱爲「二號」的外星人（牠那個比較高、比較安靜的同伴則是「一號」）之間，已經建立起大約包含了二十個字的共同字彙庫。大部分的單字都是名詞，或是類似的詞性。名詞是簡單的，只要一個人指向一個物品，說出它的名稱，然後外星人再說出牠們用來稱呼同一個物品的名稱，如此，她們就學會了「能量手槍」（或至少是「武器」）、「鞋子」、「水」、「沙」，還有另一個字可能是「花」，或是「圖片」或是「遮蔭」，端看二號能否理解象徵物的概念，以及理解到什麼程度。

她們也學了一些動詞，但是那些詞都沒什麼道理。比如瑪熙特希望是代表「喝」的那個詞，也可能是「消耗」、「吸收」或是「依指令動作」的意思——二號每次想要她或是三海草重複它的話時，都會發出這個有音調起伏的嚎吼聲。也許「喝」既代表水，也代表概念——吸納。其他動詞的意義也沒有比較清楚：有個詞可能是「飛」或是「降落」或是「駕駛太空船」，還有一個詞可能代表「停止」，不過那個聲音也可能根本不是動詞，只是個代表否定的語氣詞，就像是「不」、「沒」和「錯了」。或者也可能是恐嚇的意思：別再繼續了，不然你會受傷。二號有兩次對她們舉起爪子，一次是三海草攤開一隻手掌向牠走近時——瑪熙特當時想到了毒藥、接觸性毒素，還有泰斯凱蘭的各種能夠滲透皮膚的物質——牠以齜牙咧嘴作爲回應，牠的聲音、還有舉到她喉嚨邊的爪子，讓三海草快速退後，臉色蒼白如玻璃。另一次則是她們護衛隊中的一名士兵從織錦篷下走出來，拿給她們更多飲水。一號和二號起先都沒有出聲，但隨後就發出一陣共振的尖叫，讓那名士兵嚇得哽住了氣，把寶貴的飲水灑到沙地上。

瑪熙特看著那灘深色的水窪消失，被苔蛾座二號星的矽沙一飲而盡，她希望她能夠表達「浪費」的概念，但是她連邊都搆不著。兩個外星人也看著水窪消失，不過牠們沒有做出任何她能夠理解的反應，她找不到任何情感上或語言上的切入點。牠們的整個星球都是沙漠嗎？牠們習慣了失去嗎？牠們到底有沒有「失去」這種概念？

另一個問題是，目前根據她和三海草的理解，她們所學的不是真正的語言，而是一種混合語。字詞在不同的脈絡中組合使用時，沒有任何形態、聲調、音量的變化。動詞都和受詞沒有絕對關聯，沒有時態，沒有未來或過去式、完成或未完成式。每個字詞都是單獨的一個點，跟周圍的其他元素沒有連結。更令人挫敗的是，他們仍然完全無法建立名字和自我的概念。沒有代名詞，沒有姓名，沒有「我」。

瑪熙特帶著疲倦的反諷感，想起她在都城對三海草問了許多次的問題——泰斯凱蘭語中的「你」這個概念，包含的範圍有多廣？在這裡沒辦法問這個問題。就算這些外星人有「你」的概念，也是她們完全無法參透的。

最糟的是，一號和二號之間顯然有在溝通，但徹底沒有發出任何聲音，沒有振動共鳴，也沒有這些混合語言的音節。牠們之間的溝通無聲且全然和諧。不論她們現在學習的是什麼語言，都不是這些外星人真正使用的語言。

而且，不論那是什麼語言，瑪熙特都再也說不出來了。她甚至沒有辦法發出泰斯凱蘭語的語音，更遑論唱歌；她覺得如果她繼續嘗試，即使有水灌下喉嚨，她也一樣可能會昏迷過去。

〈撐著點。〉伊斯坎德對她低語。那句俐落的指示像是她在嘴裡吸吮的小石頭，儘管她口中已經毫無水分。她因此有了足夠的意識，將注意力從二號身上轉開——不是轉身背對牠，不，絕對不是，光是這個念頭就帶給她一股原始的恐懼——而是轉過去伸手碰一下三海草的肩膀，啞聲說：「我們得等之後再回來。這裡太熱了。我沒辦法思考，如果我沒辦法思考，我就沒辦法用夠快的速度想到，怎麼不讓牠們決定把我們開膛活剝，我知道其實沒有這個詞——」

三海草點了點頭。她的臉又紅又灰，流的汗少於正常量。瑪熙特嘗試回想熱衰竭初期的症狀，然後想到記憶模糊也是症狀之一。「牠們狀況看起來也不是太好，」她細不可聞地說，像是頻道沒對準的無線電一樣斷斷續續，而且跟瑪熙特一樣嘶啞。「這個星球不適合任何東西生存，除了沙子。」

「我們的任務還沒完成，」瑪熙特說。「我們還是什麼都沒搞清楚。」

「若只有單獨一場會面，就不叫談判。」三海草說，顯然是引用了某部瑪熙特沒有讀過的泰斯凱蘭文作品。恰好一行是十五個音節，中間有一停頓。也許是情報部的指導手冊吧，那種手冊大有可能是用重音詩格式寫的。

「……是，」她說。「但我們得說服牠們也相信。」

三海草陰沉地挺起肩膀作為回應，然後再度轉頭面向二號。牠看起來可能很疲倦吧——很難分辨，因為牠布滿灰白色斑點的皮膚看不出血流和汗水。沒有任何跡象可供判讀。但瑪熙特覺得牠懸在圓弧狀長頸上的頭垂得低了一些，長著稀疏毛髮的圓形耳朵也往後貼著頭顱，似乎是不太舒服。

長年吟詠詩歌讓三海草在音量和音準方面擁有一些自然優勢，即使聲音啞得不成樣子，也還是勝過瑪熙特。她唱出代表「飛／降落／駕駛太空船」的聲音，然後指向自己、瑪熙特和她們的護衛，做了個含括全體的手勢，就像把他們全都收進自己圈成杯狀的手掌。接著她再往上方指，唱出代表「不／停」的聲音。瑪熙特希望那個聲音就是「不／停」沒錯，而不是「滾遠一點」，不然她們傳達出的意思差不多就會是我們永遠不會離開，你們也別想走。

在很漫長、很沉默的一刻間，二號注視著她。瑪熙特想到某些動物在襲擊之前會謹慎地注視獵物；還有棲息在都城裡的巨大草食蜥蜴，就會像二號現在斜睨著三海草一樣斜著眼睛，然後飛撲出去。瑪熙特沒有親眼見過那種蜥蜴，只看過全像錄影；牠們都被趕出了宮殿區，而她當時沒有時間去外地探險，沒有時間做任何事。「世界之鑽」充滿水分的空氣現在想來像是個不可思議的概念，而且在那個地方，光是以植物為食的蜥蜴竟能長到那麼大——

〈妳分心了，瑪熙特，〉伊斯坎德告訴她。〈別昏過去，我沒辦法救妳，而且那樣會很失禮。〉

她刻意用力地咬了一下舌頭，挺管用的。二號終究沒有飛撲過來吃掉三海草。牠正在後退，一號也一樣，牠們一面進行詭譎而無聲的溝通一面移動。

「快點，」三海草啞聲說。「全像投影機——播我們離開之後回來的那段。」

瑪熙特重新操作觸控板，感覺雙手離身體的其他部分非常遙遠。她只能希望這是神經病變，神經病變總比精神解離好。

〈不，不是解離。快把那段該死的錄影播出來。〉

她切換到那個畫面。兩個小小的外星人剪影和兩個小小的人類剪影，從苔蛾座二號星的圖案上退開，回到各自的船艦上……然後停頓一下，畫面上的星球轉了四分之一圈（苔蛾座二號星自轉得很慢，等她們回來的時候，這裡仍會是白天，致命的驕陽也會依然高掛），然後同一組外星人和同一組人類又重新降落在星球上。

錄影播放時，瑪熙特又加上代表勝利歡呼的共振尖響聲。這樣做對我們全都有利。聽著那聲音感覺就像突然被作嘔感淹沒。也許是因為止吐藥的藥效漸漸消退，或是她狀況真的不好，又或兩者皆是。

〈兩者皆是。但是妳看——〉

被她們叫做二號的那個外星人張開嘴，像回音般發出了一樣的聲音。整個世界都變成了一間回聲室。瑪熙特得忍住不吐出來，至少要等到外星人離開之後。

牠們離開時沒有轉頭背對她和三海草。牠們躍步後退，就跟前進時一樣輕鬆。瑪熙特對牠們的髖關節好奇起來，不知道牠們能不能斜走或是滑行，她想像著牠們行動起來會是多麼驚人地快速。她也暈頭轉向地想著，牠們的船艦像眨眼般進出虛空，前一刻還在、下一刻就消失，一下隱藏、一下現身。

然後那兩個外星人就不見了，消失在沙丘的交界點外。至於牠們會不會回來、她和三海草在學了幾個混合語單字之餘有沒有達成任何成就，則是還完全不明。

瑪熙特還來不及關掉全像投影機和音效，三海草就先吐了出來，然後跪在地上連連乾嘔。瑪熙特放下觸控板，發現自己徹底按照本能行事，全然不顧她們之間任何的爭執和無法化解的矛盾，她蹲在三海草身旁，像在保護對方，四周是一片沙地和酷熱的沉寂。她的手擱在三海草的背脊上，溫柔地安撫著她，直到身體的抽搐停止。

「……本來可能比這更慘得多呢，」三海草恢復力氣之後說。她挺直身子，用手背擦了擦嘴，而且絲毫沒有想躲開瑪熙特的碰觸。「妳看，瑪熙特——沒有人死掉。半點都沒有。」

第十二章

三方向角部長，我已詳細檢閱了妳是如何在奈喀爾星系促成和平，並且開始了解到妳究竟爲什麼不幸被小家子氣的打油詩人稱作「奈喀爾人心目中的屠夫」。妳的功績效率卓絕，殘酷手段施行精準。我已保留了紀錄，供日後有需要時參考。

——十一月桂次長與三方向角部長私人通信，日期35.1.1–19A

֍

我親愛的，當妳年輕時與他一同遠行，腳踏實地締造那些偉大功業，妳在他身邊如何喘得過氣？妳如何自持？如果妳能給我這個意亂情迷的野蠻人一點建議，妳知道我會不勝感激。酒錢我付。

——萊賽爾大使伊斯坎德·阿格凡致十九手斧勳衛之手寫便條，保存於十九手斧皇帝陛下之私人檔案內，未標註日期。

◎

十九手斧皇帝陛下對他說過，你要是有機會，就去調查調查三方向角對瑪熙特的觀感吧。不是十六月出或皇帝陛下本人對她的觀感，也不是他已故的祖親皇帝對前一任萊賽爾大使的觀感。對於前任大使，八解藥主要只記得他有多常出現在宮裡，多麼容易就成了平凡的日常景觀。但現在的重點是，戰爭部長對目前的萊賽爾大使有何看法。

然後，她讓他自己判斷戰爭部長的看法是否應該被皇帝反對。一朵拿在別人手裡的毒花。

以他的能力範圍而言，這項任務太大也太難了。他可能會出錯。要是他出了錯怎麼辦？他不知道，而光是不知道就夠嚇人的了。

但這都還不是最首要的問題。最首要、最大的問題是，他根本不知道該怎麼接近戰爭部長。去查閱泰斯凱蘭和太空站外交關係的官方文件，或是研究泰斯凱蘭軍隊在太空站空域通行所仰賴的法律根據，都不可能讓他知道部長的想法，他一開始就試過了。而且，他試著閱讀的法律文件所談論的，是貨物、人員、戰爭所需武器這三種不同的載運內容，搭配不同類型的船艦和不同類型的貨艙，在各式各樣的假設情境中會造成什麼樣的差別。這不但幫不上他的忙，還讓他看了頭痛；他決定等他當上皇帝之後，要找個愛看這種東西的司法部長來為他代勞。

不過，他相當確定，泰斯凱蘭和萊賽爾太空站之間的關係，在他的家教老師口中會被稱為「正常化但不無隱憂」。泰斯凱蘭的船艦可以在太空站空域通行，但太空站民若要來到帝國定居生活，所需準備的移民文件是八解藥難以想像的龐雜；同時，泰斯凱蘭人絕不會被允許住在太空站。

他看過星圖了。飛往前線的每一艘戰艦，幾乎都取道於太空站空域，從太空站與泰斯凱蘭共用的跳躍門，飛到完全不屬於泰斯凱蘭的另一道門，戰場就在門的彼端。

不過，如果他無法想到該怎麼跟三方向角獨處，這一切都幫不了他。他不但需要跟她獨處，還需要她的信任，需要她說出眞正的想法。

他眞的、眞的希望自己的年紀大一點。如果他年紀大一點，就可以——嗯，志願入伍之類的，擔任部長的實習助理。但艦隊裡可能有更多軍事學院生比他更能勝任，也比他更沒有政治包袱。那樣行不通的，就算他已經長到符合入伍年齡的十四歲，而不是上個月剛滿十一歲。而且那樣一來就太明顯了：如果八解藥沒有想從三方向角身上得到什麼，何必去當她的助理？

一定還有別的方法，某種非正式的方法，讓他能出現在正確的地方，一個讓全都城的攝影鏡頭和演算法和太陽警隊都覺得再正常不過的地方，而三方向角也在那裡。這就代表，他得想出三方向角都在什麼地方消磨時間，但又不能讓她曉得他在打探。

當間諜眞是不容易。八解藥嘆了口氣，從桌前站起來，桌上放滿了印有法規內容的透明資料微片。他實在久坐得累了。窗外的天色已經是傍晚，而他這一天除了做作業、試圖研究萊賽爾太空站之外，就一事無成。他覺得如果他再繼續讀文件，可能就會開始摔東西了。如果他眞的是個小孩，而不是現在的身分，他猜想他可能會去外面玩之類的吧。不過他並不眞的知道人家在外面玩的時候是玩些什麼，除了亞莫利奇球之外，但那個要一整隊的人才玩得起來。

他沒有試著想像不存在的亞莫利奇球隊，而是將手臂高舉過頭，拉到最長，然後從腰部以上往前傾，做了個體前彎。他將雙手撐在地上，腳往後跳，踏出一聲鈍響，然後維持了整整一分鐘的棒式，直到他的手臂痠痛發熱。健身操也是作業的一部分，而且做起來感覺挺好的。

他打算試試看做單手伏地挺身，這個動作他還沒有成功過（他怎麼就不發育得快一點，趕緊多長肌肉呢），做到半途時，他有了個點子。彷彿他的腦子「喀」的一聲讓所有的資訊紛紛拼到定位，像他解開了十一月桂出給他的戰略習題時一樣。

像三方向角這麼身強體健的人，一定做了很多鍛鍊來維持，更何況她還是戰爭部長。再說，戰爭部有一間體育館，裡面的器材遠比地宮的更多，還附帶一座射擊場。就像十一月桂說的，八解藥眞的得練練射擊，他在這方面落後了，因爲花了太多時間思考戰略。他敢保證，在射擊場一定非常容易跟部長不期而遇。

他實在太得意，完全沒注意到他嘗試的伏地挺身動作大大失敗，讓他一頭撞在地上。

◎

三海草從來沒有爲泰斯凱蘭艦隊的軍官做過任務匯報，更別說是元帥了。這眞是極爲新奇的體驗，也不像當初爲六個小時後就成爲皇帝的動衛做匯報那麼嚇人。面對過十九手斧之後，其他人全都相形失色，即便現在這位元帥活像是從全像投影劇的元帥角色選角現場走出來的。

但並不是所有人都嚇不倒她。她肯定就被外星人嚇得不輕，如果牠們也算是人的話，牠們的威嚇力絕對贏過十九手斧陛下。

她過了再久都會記得牠們的爪子。那些爪子和牙齒，曾經多麼接近她的皮膚。苔蛾座二號星上的其他事物都因爲熱衰竭和勞心過度而模糊成一團。不過她們和外星人說到話了，她和瑪熙特。就算她們沒能阻止或是減緩戰爭，她們至少也做到了這件事，這項成就三海草能享受多久，就要享受多久。她感覺喜孜孜的，有點歇斯底里，更是高興能和瑪熙特並肩站在九木槿面前，解釋她們所做的事，以及採用的方法。

有人給了她好幾大杯的水，她記得要小口慢慢喝，以免又再吐出來。她得提醒瑪熙特。太空站的外交官並沒有受訓適應沙漠這種環境，這並不令人意外。（令人意外的是，瑪熙特在陽光下、在沙漠裡將手放在她的背上，那樣的觸碰和肯定帶給了她純粹的撫慰，而且開啓了許多可能性：也許她沒有把她們之間的一切都搞砸到無可挽回的程度……也許！連這個「也許」都散發著閃亮美妙的光芒，就像她現在眼中的其他所有事物。）

她們從太空梭被帶下來的時候非常匆忙，顯得偷偷摸摸，途中她在巨大的機棚裡瞥見了二十蟬一眼，預期他會在匯報時出現，就算只是來把他的織錦拿回去——她已經把織錦摺得整整齊齊，還先抖掉沙子。但他並未出現，在場的只有元帥和通訊官二泡沫，沒有副官，也沒有高高在上、盛氣凌人的十六月出艦隊長。太有趣了。等到三海草的脫水症狀和過度興奮比較緩解之後，她要好好發揮應有的專注力，評估一下「輪平衡錘」號上的政治情勢。等之後吧！脫水和過度興奮都有礙分析能力。情報部教過學員要避免在哪些狀況下進行評估，列了一整張清單，而三海草一向努力記得這些訓練內容。

喝了水之後，她就能說話了，甚至唱出了那些她們跟外星人學來、有許多子音聲調起伏的奇怪字眼，示範給元帥聽。不過，瑪熙特遠比她更擅長發出那些怪聲，這讓三海草開始盤算一個計畫，她要把小時候學過的課教給瑪熙特，像是一些基本的呼吸和音準控制技巧，還有如何在吟詠時利用橫膈膜將聲音投射出去。但是，不論喝了多少水，她和瑪熙特都無法解決她們這項輝煌成就中隱藏的一個非常簡單、非常結構性的問題——她們學了二十個單字，但沒有一個字能夠幫助她們提出這項要求：請交出謀殺我們殖民團隊的戰犯，並且不要再考慮攻擊接近帝國核心的其他星系，相應地，我們會努力不要用超大的能量武器瞄準你們的太空船。

就算他們有可能走到那一步，也需要先經過很多次會面。三海草在語言學方面的才能不及瑪熙特一半好，但她也知道她們說的——其實更像是唱的——是某種語言的雛型，雖然還更像是不同音調振動的組合，但仍然算是個雛型。

「……沒有代名詞？」通訊官二泡沫問，她的語言學才能顯然也勝過三海草。她已經和瑪熙特針對文法討論了五分鐘，三海草一面欣賞著瑪熙特流暢無礙地用泰斯凱蘭語專業詞彙做解說，一面和元帥本人交換了幾個像在說天曉得這些科學家在想什麼的眼神。爲了讓她們能夠有機會再跟外星人對話，或是做出停止對話的正確決定，她需要確保九木槿繼續喜歡她們——或可能該說，是開始喜歡她們。她還沒想通，元帥在那封寫給十六月出、寫著「樂見情報部派員來此」的訊息中是扮演什麼角色。

繁星在上，她只是需要在艦隊中找到盟友，任何人都好。三海草喜歡置身於陌生外地環境——這對情報部訓練出來的人而言並不尋常——但她也敏銳意識到，她不懂這裡的規則，不懂各艘船艦、指揮官與士兵之間的關係。這種事沒有平民弄得懂。但還是比跟外星人打交道簡單多了。

「比較大的問題是，我們學習的這種語言裡，沒有時間的元素，」瑪熙特這下正在說。「沒有時態，沒有因果關係；我不確定有沒有辦法用這個語言問問題，更別說是提供若干個選項，或傳達可能發生的後果。牠們就好像把我們當成很小的小孩，在跟我們說話。」

「也許牠們覺得我們就是小孩，」九木槿說。「或覺得妳們兩個是。牠們可能派了年輕的成員跟危險的外來者談判。」

「什麼，因爲牠們覺得損失了年輕的成員比較沒有關係嗎？」三海草問。這是個很有趣的想法，但是和一號與二號的外觀兜不攏。「要是那樣，牠們生長完全之後一定非常高大，去沙漠裡的那兩個，體型跟你們解剖的那個差不多一樣大，甚至更大呢，元帥。」

「所以，要嘛牠們的士兵全都是幼體……」二泡沫沉思著說。

「……再不就是牠們有另一種我們聽不見的語言，」瑪熙特替她說完。「無法理解的語言。」

三海草覺得瑪熙特是不自知地引用了十一車床的《漸近線／碎裂》。就她所知，瑪熙特還沒有讀過三海草最喜歡的這位詩人兼外交官的作品。十一車床曾和伊柏瑞克族共同生活了六年，雖然仍以人類的身分回到帝國，但他的舌頭鬆展開來、變得奇形怪狀，筆下的詩歌中充滿了三海草始終難以明瞭的意象。他曾寫道：獵群的行動是一種無法參透的語言，試圖以此描繪伊柏瑞克族成群奔跑行動時變化多端的權力結構，他們爲了掠食而組成的群體，還有他們的社會行爲在身體特徵上的反應。感覺眞是奇異啊，聽到瑪熙特說出一模一樣的字句，卻不知道（三海草幾乎肯定她不知道）這句話所能引起的深沉共鳴——來自泰斯凱蘭歷史中的回聲，代表著帝國曾經接觸過，但無法了解也無法與之久處的陌異事物。十一車床在漫長的流放之後回到了家鄉，然後用値得銘記的語句寫下了他的見聞。

「如果牠們的語言是無法理解的，」九木槿說，平靜地下達了指令。「那就繞過去。」

瑪熙特開了口，可能是想解釋爲什麼這道指令在各種層面上都無法達成。她的看法沒錯，但若是說出來就不對了，三海草知道剛剛的那道指令差不多就是在允許她們繼續嘗試跟外星人對話，所以她也開了口表示：「當然，元帥。我們九個小時後會回到苔蛾座二號星上進行下一次會談。」然後她合起兩手指尖，深深一鞠躬，髮辮都掃到了地上。

「自己安排吧，」元帥說，然後放軟了聲音繼續道：「可以的話，先睡一覺。要是妳們都因爲中暑或疲勞而不支倒地，二十蟬一定會盡他所能寫一份氣沖沖的報告，而我就逃不掉讀報告的榮幸了。」

她揮揮一隻寬厚的手掌，示意大家解散。三海草努力不讓自己露出像太空站人一樣的猙獰笑容，把通訊官嚇壞。她們獲准進行下一場外交會議了，而且在會議開始前，她們現在有些時間。如果她和瑪熙特之間沒有再挑起一場愚蠢、可怕又可悲的爭吵，這些時間可以讓她們用政治的角度想一想她們打算做的事。

以及，她們的計畫跟瑪熙特的太空站希望她達成的政治目的是否相符——

但如果三海草提起這件事，她們肯定又有一場新的架要吵，或是把同樣一場架用不同方式再吵一遍。不了，還是想著瑪熙特引用十一車床詩句的樣子，聽起來彷彿他的文字原本就屬於她倆俐的嘴巴。

三海草並不是沒有意識到，她放任自己不去詳查她的合作者的效忠對象和內心盤算。那些資訊可能非常重要，就算只是爲了她自己情緒上的寧靜。眞的，她非常有意識，但也許光是意識到這一點就已經夠了：如果她知道自己缺少了必要的資訊，她對情勢做出的分析就不會因此失準。她先前一直都能做好這種分析。她只需要把萊賽爾太空站對瑪熙特的影響想像成一種負向的、仍然具有引力的空間，就像外交上的暗物質。

她在戰艦上待得愈久，關於宇宙的譬喻也用得愈來愈多。這可能對她的詩歌創作有好處，也可能正好相反。陳腔濫調對她沒有幫助，就算是應景的陳腔濫調也一樣。

※

九木槿送走了特使和那位政治背景複雜的伙伴，在她眞的有機會思考她們帶回來的成果（進行到一半的談判、還有許多無解的問題，但就是沒有任何確切可靠的訊息）之前，她先盤點了一下「輪平衡錘」號的艦橋，還有更遠處的艦隊。她並不喜歡自己現在的處境。

六個軍團，亦即一位元帥手下兵力的標準編制，拿來打一場目前沒有明確目標、沒有敵軍本營可以攻克、只爲保護跳躍門的消耗戰，實在是太少了。其中還有兩個軍團——四十氧化物的第十七軍團和十六月出的第二十四軍團——已經因爲游擊戰中的損傷而削弱，部分船艦被敵方派來劫掠的三環星艦殲滅。有三個軍團（除了前述的兩個之外，再加上二運河的第六軍團）在蠶蝕她的領導權威，驅動他們的是起自戰爭部某處的政治鬥爭，但九木槿無法從她所在之地看清那樁鬥爭的全貌。她有一位情報部探員，行事效率高超，但可能懷有二心，另外則是那位語言學家兼外交大使，顯然是個野蠻人，有著野蠻人的心之所欲，雖然那些欲望正好在此刻跟艦隊的目的不謀而合。

她有延伸到太多道跳躍門的補給線。

她有一場爲整個星球辦的喪禮。

她有個可能對談判抱持開放態度，也可能不的敵人。牠們可能理解談判的概念，也可能不理解。

她還有一位來訪的艦隊長，就是那位手下損失了太多兵員、又藐視她領導地位的十六月出，來自第二十四軍團，現在盤據在她的旗艦上，就像個不受控制的人工智慧盤據於通訊系統。

她一點也不喜歡自己的這個處境。不過至少艦橋這裡都還是她的人馬，而且各自恰如其分地好好做著他們的工作。

領航員十八鑿刀上來站在她身邊。他的身材幾乎跟她一樣魁梧，整個人粗壯如木桶，肚子看起來軟趴趴，實際上也完全是那麼回事。他是那種天生耐力過人的士兵，但不知怎麼地，在地面步兵部隊度過了服役的頭十五年之後，他成了九木槿有史以來見過最優秀的天體力學家。（他在某次軍官飲宴中告訴她，他對領航這門專業早已滾瓜爛熟，他只是想要先感受一下軍旅生涯的重量，再來過著整天盯著星星的生活。）她以微乎其微的動作轉向他，對他示意請開始報告。

「元帥。」他悄悄說，聲音很低，看來這不是可以說給所有人聽的消息了。他想默默告訴她，讓她能夠先做反應、決定如何反應。她點點頭，要他繼續說。

「我們有一艘偵查艦——八十四日暮艦長率領的『重力玫瑰』號——用窄頻通訊報告說他們有發現了，像是在跟我們作戰的那些東西的基地。」

九木槿的心臟重重搥上她的胸壁，彷彿她全身被砲火所震動。

「是行星、太空站，或者只是很大的一艘船？」她以同樣輕的聲音問。「還有，在哪裡？」

「是行星，」十八鑿刀說。「行星和一顆衛星，都有人居住，民用交通往來很頻繁，就像一般正常的星系。八十四日暮沒跟我說太多細節，只說那些船艦的型式確定是一樣的，只不過是非軍事用，或至少看起來不像。那個地方——很遠，非常遠，還超過四十氧化物艦隊長讓第十七軍團駐紮的位置。但那就是爲什麼牠們採取的攻擊角度會從那個方向來。」他的笑容緊繃而銳利。「我覺得我們抓到牠們了，元帥。我覺得，如果我們可以把五刺薊送過去，連同我們機棚裡全數的核子集束炸彈……嗯，那麼我們可以把牠們炸到天外，至少炸到牠們的星系外。當作是我們示威的訊息。」

「如果我們前往那裡時可以不被牠們發現。」九木槿說。沒錯，集束炸彈的威力就如同十八鑿刀所想像，任誰都會被它炸到天外。那片天空和其下的星球也會遭到毒害。集束炸彈就是死亡之雨，是最後手段，幾乎不曾在有人居住的地點施用過——因爲施用以後，該地就再也不會有人煙。她只用過集束炸彈做過一次火網攻擊，是針對另一艘戰艦，在黑暗的太空裡沒有其他顧慮。把這種武器用在外星人身上，這個想法實在是——

她實在是太喜歡這個想法，太快就喜歡上了。多麼簡單，比她詳列給自己研究的其他情境都簡單太多了。

「叫八十四日暮把『重力玫瑰』號撤出那裡，」她說。「低調迅速。讓她清楚知道，我不想讓敵方曉得我們知道牠們的所在地。我想要利用這個優勢，十八鑿刀。好好計畫。在這裡暫且也低調點。」

他點點頭，回到他的控制臺前，心滿意足且殷殷企盼。她不也是一樣嗎？企盼著、渴望著？

然後，她又想起十六月出就在她艦上深處的某個角落，一面漫步一面張望，懷著她自己的詭計。她下定決心，有些事情就連其他艦隊長也不需要知道，除非等到她這位元帥決定告訴他們。她要把十六月出趕下「輪平衡錘」號，就是現在。這樣一來，她才會有時間做計畫。

戰爭部長實在是格外擅長伏地挺身，還有倒立平衡、弓步、打沙包，快跑起來更是大氣不喘一下。八解藥躲在「六方之掌」內部體育館的看臺，已經看著她依序把這些動作做了三輪，心裡開始對自己未來的體能表現感到絕望。

部長再度繞過跑道轉角，以平穩迅捷的大步跑得離他愈來愈遠，她臉頰泛紅、耳朵上的傷疤又更紅幾分。八解藥嘆了口氣，往下走來要攔住她。當然他不是要跑步追上，就算他的速度能和她並駕齊驅（他體力不差，他的基因在基本體能方面是相當優秀的，只是通常沒有地方可以讓他跑），他也不想一邊喘氣一邊跟她說話。那樣太失態，也太糗了。他真的不想在三方向角面前出糗，這個念頭意外地強烈。於是，他移動到她稍早做操的地墊上，自個兒開始嘗試倒立平衡，態度積極熱切，且帶著一種令人暈頭轉向的興奮感。

他是做得出倒立的——他可以往前撲倒、用雙手撐地，然後腳往上踢，把核心肌群繃得死緊，以免自己支撐不住歪倒。但是他沒有做到過倒立平衡，也就是從跪姿開始、雙掌平貼在地墊上，將身體往空中伸展。那個難度高了許多。他深信自己一定是缺乏某一步關鍵的指導，一直在推高到半途的時候垮下來，或是整個人翻倒過去。不過，這就是他此行的重點，三方向角會爲他提供他所缺少的關鍵指導。

「孩子啊。」她說。他非常努力不讓自己被嚇著，結果卻只是在又一次嘗試倒立的途中往後一跌，發出重重的「咚」一聲。戰爭部長居高臨下看著他，剛跑完步的呼吸頻率快速但規律，臉上掛著一種被逗樂的表情。八解藥不肯退縮，他想要引起她的興趣。被逗樂也算是一種感興趣的表現，對吧？而且他一直摔倒，是挺好笑的。不過他還是臉紅了，眞是愚蠢。

「早安，部長，」姿勢狼狽的他說。「我想我的平衡感不太好。」

她在他旁邊坐下，優雅地彎身盤腿，眉毛抬得高到了額頭的一半。「……事實上是非常誇張的不好呢，」她說。「你都還沒到能開始接受艦隊訓練計畫的年紀，爲什麼就要嘗試做團身倒立呢？」

「我看到妳在做，」八解藥說著坐起身來，躺著實在是太丟臉了，他沒辦法一直那樣講話。「一般的倒立我做得不錯，所以……」

現在她當眞笑出來了。他認爲那是善意的笑聲，他希望是。（他喜歡這位戰爭部長，也希望對方喜歡他，這實在是太不方便也太糟糕了。）「所以你就覺得可以用你的兩條小手臂試試看囉。你這孩子的野心眞是大得危險，殿下。我相信你也知道。」

八解藥盡可能讓面容平靜，並且說：「人家也是這樣告訴我，雖然沒有這麼直接。」

「繁星在上，」三方向角說。「我不知道宮裡都是怎麼養孩子的，但他們肯定沒讓你的日子過得輕鬆。好吧，除了單純嘗試些你不懂怎麼做的動作之外，你想做團身倒立是爲了什麼原因？」

「爲了學會我不懂怎麼做的動作，」八解藥說。「妳就做到了。妳是戰爭部長。所以這動作一定很有用。」

三方向角不禁噴出一陣歡樂而無法自制的嗤笑聲。（也許這代表他有點進展了？）她說，「並不是我做的每件事都很有用，孩子。部裡並不把我晨間的體能訓練算作有用。」

「那什麼事才算呢？」他問。

她停下來想了想。並且讓他看見她在想。「訓練讓我在從事文職工作時仍保持身體強壯敏捷，而且我對動作十分熟悉，做起來不假思索，所以這個習慣容易維持。這就是它對我有用的原因。過來吧，我示範給你看你剛剛做錯的動作。重來一遍，手放在地墊上。」

他從頭來過，手掌平放於地墊，雙腿縮在身下，用腳跟平衡住身體。三方向角沉吟了一下。然後她碰了碰他——手放在他的手上，將他的十指分開、手掌在地墊上壓得更深。他口乾舌燥。「把你的手展開成星形，」她說。「每個端點都盡量伸出去。星球都有重力的牽引，對吧？重力會讓你的手掌下壓陷進地墊。用力壓。然後手肘彎起來——很好，身體往前傾——然後把膝蓋放在手肘上。」

什麼？八解藥困惑不已地想，但還是做了——他跳起來，屁股翹在空中，試圖讓膝蓋落在彎起的手肘上。

他偏了位置，整個人往前翻滾，但幸好最後是跌坐在地上，而不是再一次摔得四腳朝天。

「抱歉。」他對戰爭部長說。

她搖搖頭。「好笑極了，不過畢竟是第一次嘗試，還不錯。下回你要先讓一邊膝蓋就位，再換另一邊，然後維持住平衡，才把身體往上推出去做倒立。懂嗎？」

他點頭。他不懂，但是他覺得他可能有辦法想通——

「現在呢，孩子，你除了免費的健身課之外，還想要些什麼？我運動的時候你全程都在看臺上。」他眞的需要學習怎麼避免自己臉紅。但是眞的太困難了，特別是他被逮個正著的時候。他本來眞的以爲自己很安靜、掩人耳目、謹愼小心，可是——

「我想問妳關於萊賽爾大使的事，」他脫口而出，不然他也不知道該怎麼做、該怎麼跟這個女人說話了。「嗯，我見過她一次，我不知道——我想知道妳對她有什麼看法，因爲我沒辦法確定，那時開會的時候——謝謝妳當時讓我在場，部長，我想說的是——」

她變得十分沉靜，像一隻準備要俯衝出去追擊獵物的猛禽。他閉上了嘴，乾燥的口腔吞嚥了一下。部長伸出一隻手耙梳頭髮，將汗濕的黑色髮束從額前撥開。「十一月桂要你來問我的嗎？」

「不。」八解藥說。*不是十一月桂，是皇帝，猶如刀鋒閃光的皇帝陛下。*

「你在跟我說謊嗎，殿下？」

他迅速而用力地搖頭。

「還是別跟我說謊才好，我會發現的，殿下。我終究會發現的，」她的聲音緩慢、平靜且非常篤定。他覺得自己怔住了，彷彿被催眠。「現在就告訴我：是十一月桂派你參與這場小小的陰謀嗎？」

「我發誓，」八解藥說。「不是他。」如果三方向角問他，是誰派他來的，他不確定自己該怎麼回答。他不認爲她會相信謊言，但也不確定如果他說了眞話，會不會導致一場和九推進器前部長的遭遇如出一轍的災難由此展開。當初在那場導致他的祖親皇帝結束統治的叛亂中，九推進器選邊站支持一閃電元帥篡位（可能是這樣吧，八解藥不甚肯定，三個月前發生的那些事全都很令人困惑，而且他當時是十歲，不是十一歲，沒有人告訴他什麼資訊），現在九推進器不再是戰爭部長了。這可能也是爲什麼，皇帝陛下要從遙遠的外地找來像三方向角這樣的接任人選，就像外來的嫁接植物。但是──現在他在幫皇帝刺探部長。如果讓三方向角知道，是十九手斧派他來的，這樣會造成一場新的內戰嗎？他了解是有這種可能，都城和宮殿可能變成一張混亂的戰略桌。如果三方向角當初因爲忠誠而被選中，如今卻又自認不受皇帝信任，那麼她什麼事都做得出來，什麼事都有可能。

但三方向角沒有問他是誰派你來的？她只想知道幕後主使是不是原本應該聽命於她的十一月桂。她想知道十一月桂是否在利用八解藥打探她的事。

他突然好奇起來，十一月桂是不是已經發現了她某些不可告人的事。她曾經把十一月桂稱爲我的間諜大師。間諜不僅蒐集情報，他們有時候還拿著情報勒索別人，利用別人遂行他們的心意。

在他思考的同時，三方向角似乎已經判定他沒有說謊。她說，「好吧，八解藥，我認爲德茲梅爾大使是那種不管處在哪種環境，都會引發混亂的人。這是我的專業觀點，我跟你分享，好讓你開始學習如何從外觀和行爲分辨這種人。你有在聽嗎？」

他點點頭，繼續安靜不語。

「等你長大，你在泰斯凱蘭全國都會遇到這種人，」她繼續說。「在宮裡、在都城，或是在你服役的任何一艘船艦上，如果你加入艦隊的話。在每個星球、每一場災難的核心，都有至少一個這樣的人。這些人的意圖可能極為良善，也可能窮凶極惡；他們可能聰慧過人，也可能愚笨透頂；可能是野蠻人，也可能是帝國公民……但是殿下，他們永遠、永遠不變的共通點是，他們將自己的欲望擺在泰斯凱蘭的需求之前。他們完全沒有真正的忠誠概念，搖擺善變。」

「……而德茲梅爾大使就是這種人？」他勉強問道。

「你想想看。她來到這裡，打亂了各個部會之間像糖結晶一樣脆弱的平衡，上了新聞，寫了幾首詩，讓她的庇護者當上皇帝——並不是說陛下有何不好，陛下是完美人選，我可以在太陽神殿裡割開左右手腕放血起誓——然後轉頭就走。可是現在她又來了，突然現身在戰場，然後我立刻就接到一位艦隊長祕密通報，說一位元帥有叛國洩密的可能？德茲梅爾這個人是個亂源，不論她是否有意。」

八解藥不太清楚自己為什麼要這樣說，但他問：「妳怎麼學會看出她的呢？看出像她這種人？她還在這裡的時候，我在花園裡遇到她——她喜歡宮廷蜂鳥。我覺得那時候她喝醉了，而且很傷心。」

三方向角點了點頭。「很有可能她是喝醉了沒錯，也很傷心。她是個身處宮廷的野蠻人。她看起來並不對泰斯凱蘭抱有直接惡意。你不把她看成我說的這種人，也沒關係，孩子。我能看得出來，只是因為我有很長一段時間的工作，就是找出這種人，還有他們造成的狀況。」

「這就是戰爭部長的工作嗎？」

「繁星在上，不是。戰爭部長的工作，是確保泰斯凱蘭的軍事優勢得以延續，不會遭逢結束或中斷。找出作亂分子是我擔任奈喀爾星系軍事總督時的工作。」

據八解藥所知，自從三方向角到奈喀爾星系擔任總督之後，那裡就再也沒發生過任何一場叛亂。在三方向角就任之前，那個星系一向是每七年左右就起事一次。

然後三方向角去找出了作亂分子，並且確保他們再也無法作亂。

◎

瑪熙特記得這種感覺——在燦亮而迷濛的疲倦、刺激和文化衝擊之間不斷迅速地擺盪，每一次她全心投入於泰斯凱蘭的一切時，最後的感覺都是如此。不管在艦隊的戰艦上或帝國的宮廷裡，那股感覺都一樣強烈、一樣醉人；彷彿泰斯凱蘭的空氣裡有某種污染物，跟苔蛾座二號星上的高熱一樣無所不在、影響神智。她感覺就像飛在空中，無拘無束。儘管能用的語言有限、儘管面對的是無法溝通的生物，她還是進行了談判——她完成的行為是可以被稱作談判的——

〈無法溝通的是外星人還是元帥？〉伊斯坎德低語。他也情緒高昂，清脆明朗的笑聲不斷。曾遭破壞的這個憶象遺留的幽靈，在他們三人的混合意識中表現出了比過去幾天更鮮明的存在感。

兩者都是，瑪熙特告訴他；在他們背後，通往她和三海草共用房間的門隨著一陣嘶響關上了。她的身體仍微微震顫，同時感到勝利的光榮和無比的驚恐。但現在她獨自一人，跟她共用這個房間的是她的前任文化聯絡官、她的談判搭檔，對她既一無所知又無所不知。她可以預見到自己即將墜入低潮。她無事可做的時刻又將來到，疲憊的沉默和寂靜又將籠罩著她，像重力般突然伸手將她抓住。

沉靜的室內只有「輪平衡錘」號空氣清淨系統的運轉雜音，而三海草大聲說：「謝謝妳。」

這完全不是瑪熙特預期會聽到的話。

「謝我什麼？」她轉頭過去問。三海草依然臉頰發灰、雙眼空洞，精神緊繃，壓抑著歇斯底里的興奮，在中暑之餘還因為行動成功而有些暈頭轉向。

「妳唱了牠們的聲音回去給牠們自己聽，」三海草說。「我想都想不到，想不到那種辦法，也不可能想得那麼快。看看我們做到了什麼，想想看吶，瑪熙特。除了我們之外，沒有任何人類曾經說過那種語言。在今天之前從來沒有。就只有我們。」

所以我算是人類嗎？瑪熙特苦澀地想道，然後把這個不請自來的問題推到一旁。她就不能享受這一刻嗎？她就不能跟三海草一樣感受到勝利嗎？

〈就這一次吧。〉伊斯坎德說。又或是她對自己說的。她不確定，這很難判斷，因爲她是如此想要允許自己沉浸在這股明亮、完美、天旋地轉的成就感之中，將不可避免的打擊拖延得晚一點……

「我還是覺得我們只是學了某種混合語言——牠們會彼此對話，但我們聽不見——」她甚至不知道她爲什麼不附和三海草，爲什麼她非得一直批評她們的成果。她們現在又不在元帥面前，她不需要找合理說法爭取下一輪談判，或是如實報告她的失敗之處，或是——

「瑪熙特。」三海草相當專注地說。

「……是？」

「噓。」她湊近一步，近到讓瑪熙特突然感知到她身體的輪廓、她占據的空間、她的汗水乾燥後的氣味。然後她的手伸進了瑪熙特髮間，將她拉向她的吻。

瑪熙特覺得自己發出了某個聲音——某個說到一半就被扼殺的字詞——但三海草在她唇下張開的嘴是如此溫暖，她認眞地吻著對方。那個吻不是提議、不是疑問，而是個肯定的主張；是完完全全的欲望，而不像她們先前唯一那次的親吻是疲倦和哀傷混合的結果。當時她們藏身於都城的地底深處，等著在泰斯凱蘭全國面前自我獻祭的六方位在太陽神殿裡死去。而這一次——

〈就是這樣的。當時我經歷的是這樣的。沒錯。〉

她的手摸索到了三海草的肩胛、腰身的曲線，她臀骨的中脊恰好貼合著瑪熙特的手掌，一如十九手斧較寬的臀骨恰好貼合伊斯坎德較大的手掌——顯著的重複交疊感幾乎到了劇烈的程度，她雙腿間湧起的欲望像是搏動、又像重擊。她依稀好奇著，植入了擁有男性身體記憶的憶象之後，性愛對她而言是否會有所不同，然後她判定這不重要，會很美好的。也就在她做出判定的同時，她發覺自己已經接受了即將發生的事。她不是在做出提議或是提問，而是給予了肯定的回答。就像伊斯坎德給出了肯定的回答，先是對皇帝，再來是對十九手斧——看看他因此落得什麼下場——但是，噢，她們沒有討論她們的爭執，那不重要了，一點都不重要了，她再也不要去想其他事，除了欲望、除了勝利、除了成爲被渴望的對象。

遙遠的聲音跟她一樣因爲欲望而喘不過氣：〈這就是我們陷落的原因——被渴望。〉

伊斯坎德說的也許沒錯，但瑪熙特並不在乎。

三海草中斷她們的吻，改而緩慢地吸吮輕咬著瑪熙特的下唇，瑪熙特不由自主地喘著氣呻吟。

「我本來要問妳是不是眞的喜歡我所屬的性別和性徵，」三海草呼吸急促地說。「但我想我不用問了。」

瑪熙特搖搖頭。她的口腔就像在苔蛾座二號星時一樣乾燥，灼熱的心跳連在股間都能感覺到。

「很好，」三海草說，並且再次親吻她。整個人攀附著她，纖小的乳房緊貼在瑪熙特胸前，一隻大腿輕輕探進她的股間。瑪熙特貼近著她前後晃動，挪動骨盆的位置讓自己的髖骨碰在三海草長褲的襠部。三海草倒抽一口氣，輕咬住瑪熙特的鎖骨，隔著布料，瑪熙特可以感覺到她的體溫燙熱，心中狡黠且得意地肯定，只要一伸手觸及對方雙腿之間，就會發現那裡一片濕淋。

「妳每次贏了什麼妳想要的東西之後，都會這樣嗎？」她問。三海草又輕咬了她一下，然後笑著用穩定的節奏將自己的身體推向她的髖部。

「只有在跟妳這樣的人一起贏的時候才會。」她說。

瑪熙特差點問：*所以是只有跟野蠻人一起的時候？跟夠有外星風情的伙伴一起的時候？*這個問題差

點就脫口而出，但再吻她一次是個更好——也更簡單——的選擇，同時感受著伊斯坎德曾經親吻某個人（某個比他矮小的人，就像三海草比她矮小）的記憶，那記憶逐漸延展開來，令她頭暈目眩。皇帝在他的脣下張口，就像三海草在她的脣下張口——瑪熙特感覺著重疊的記憶，心悅誠服地接受它進入自己的意識。（六方位的頭髮比較長，而且是銀灰色的，但瑪熙特的手指繞進三海草的髮辮、揉亂髮絲時，感受到的是完全相同的觸感。）

「過來，」她在她們的親吻因爲缺氧而短暫分開時說。「過來，我不想站著上妳——」

「那張床很小耶，」三海草的一隻手已經伸進她的襯衫底下，托起她的乳房，純熟地挑逗著乳尖，令她分心。「這裡的地板挺好的……」

「我不是那種野蠻人，」瑪熙特說著發現自己也笑了起來，她退開一段距離，扭身脫下外套、將襯衫從頭頂拉掉。裸露的肌膚接觸到室內的空氣，還有三海草的視線，讓她的手臂和胸肋起了雞皮疙瘩。

「對，」三海草陰沉而刻意地說。「但我是。」然後她以流暢輕鬆的動作跪在瑪熙特身前，張開的嘴貼在對方腿間，隔著布料傳來濡濕的溫度，她的舌頭已經靈巧地探索著——血紅星光在上，瑪熙特想道，然後她說，「幹，太好了，拜託。」她不在乎自己說的粗話也是泰斯凱蘭語，不在乎她只用泰斯凱蘭語思考，不在乎她和伊斯坎德一樣無可救藥地、慘烈地迷失了。她伸手陷進三海草的髮間，將她緊緊拉向自己。

間幕

在廣大遼闊的泰斯凱蘭帝國，一個宣誓服務於「六方之掌」的年輕人若能在艦隊裡獲選爲實習軍醫官，是一大榮耀；負責醫療以及相關研發工作的分部，是戰爭部裡第二難爭取的職位。若是能在強制訓練年限屆滿之前，就獲派到戰爭前線服務，則是更大的榮耀。如果能夠獲准清理外星人遺體檢驗後留下的殘骸，除了「輪平衡錘」號的錄影鏡頭和生化危險污染偵測演算法之外沒有其他人監管，那麼也許榮耀的程度更是再加一等。

六降雨年僅十七歲半，太陽穴上還長著青春痘，他會在每天早上穿制服前用收斂水小心擦拭。他對於被交辦的任務相當拿手，這既是根據他自己的抽象感受，也反應在長官每季給他打的評量成績。假以時日，他這位準士兵也會獨力管理自己的醫療艙。他的上一位主管長官寫說他在科學和健康意識方面都有主動積極表現，這份評價和其他因素總和起來，讓他從第十軍團裡某艘較小的船艦被轉調到旗艦上。

現下，他在雲鉤上做了設定，對音響擴音功能下了指令，透過骨傳導大聲播放他最喜歡的音樂專輯，同時忙著清理實驗室、謹慎地將外星人的若干遺骸部位做極低溫儲存。他已經三個月沒有趕上震擊和聲樂派的潮流，這是他報名艦隊的兩年不落地訓練的結果。但他們上一次在卡烏朗星系和這座戰場之間的大型跳躍門停泊時，他從當地的一個娛樂產品販賣機弄來了這張專輯，是「全面崩壞」樂團的最新作品，依六降雨的看法，他們是震擊和聲音樂的極致天團。下次他放假的時候，一定要去他們有現場巡迴演出的星球。

三部和聲的樂音在他的顱骨裡高唱，他一面跟著哼起曲調，一面將外星人的屍塊裝進各自做了正確標示的容器，再送進極低溫儲存庫。當然，他戴著乳膠手套，還有空氣濾淨口罩，這些是處理驗屍廢棄物時的標準裝備。處理外星人的驗屍廢棄物時，顯然更需要加倍嚴守規範。

除了會在工作時聽音樂之外，六降雨非常善於遵守規範。

這個外星人讓他看了心神不寧。牠的肋骨被切割、剝開，像一對怵目驚心、血淋淋的翅膀，頭部幾乎跟過長的脖子分離，暴露在外的聲帶已遭到解剖。六降雨以前從沒看過死掉的外星人——其實活的也沒看過。他偷瞄著牠，半是為了感受那股令人不安的、原始而蠢蠢欲動的好奇，半是因為他發自內心產生了興趣。他將牠沉重的頭骨往後抬，好看清楚牠的口部：垂軟的藍黑色舌頭上有粉紅色斑點，口腔裡有孢子狀的組織，白色菌絲從軟顎往下延伸——

進來實驗室前，六降雨極為專注詳細地讀過檢驗報告，裡面絕對沒描述到口腔內的孢子狀組織。他耳中的震撃和聲音樂就像一座閃爍的瀑布，對他造成了一如往常的效果：讓他覺得自己耀眼出眾、無所畏懼，在充滿好奇心的同時平心靜氣。

嚴格來說，他接下來所做的事不盡然是個壞主意，壞只壞在他太肯定他的點子很棒，而且他的動作太快。當然，他要採集那些孢子的標本；當然，他必須確定那確實是眞菌，如果是的話，他要立刻向主管長官報告，一路上報給指揮官，他們需要知道與他們為敵的外星人根本不是哺乳類，而是——六降雨在此提出了一項準確度驚人的想像，儘管他無從得知——某種眞菌類智慧生物的宿主。

他將一隻戴好手套的手伸進敵人口中，手指碰觸到孢子菌絲，將之剝下。菌絲脆弱疏鬆，容易在空氣中散開，眞菌一向是這樣，這一種眞菌尤其明顯（雖然六降雨並不知道）。它們幾乎從來不需要像現在長得這麼結實，以便向外茁壯延伸，不情不願地尋找新的棲宿地，結束它們面臨的沉寂與腐敗，逃離已經毀滅的家園。六降雨將他的戰利品從外星人口中拉出，懷著一種病態又興奮的擔憂，慶幸他戴了口罩；這是眞的值得慶幸，因爲這東西被他扯斷之後，可能已經把孢子擴散到整個室內了。他得啓動整個醫療艙的污染應變程序，等他把這東西拿到顯微鏡下檢查之後——

他把菌絲拉出外星人的嘴巴時，並沒有發現牠尖銳的牙齒——屬於肉食動物、禿鷹般的牙齒——邊緣割穿了他的手套，也割傷了他拇指根部的一塊皮肉。傷口不痛，割傷他的牙齒太過鋒利，只留下一道細小平整的切口，讓六降雨渾然不覺。他要去做顯微觀察分析了。

分析結果指出那確實是眞菌。六降雨不認識這個種類的眞菌，但他也算不上微生物學家。微生物學家通常都是博理官，艦隊裡的軍人哪有時間接受那種訓練呢？那還要寫論文呢，六降雨寧可幫士兵動縫合手術。但總之他認爲這是眞菌，至少看不出來它是別種東西，這項資訊完全值得向上呈報。他用連接到顯微掃描器的雲鉤快速拍攝了全像影像，然後屏著氣起草了一份簡短的公文，不需要資料微片匣遞送的那種，文中只寫著：醫療艙報告急件：外星人屍體上長出異種眞菌，請參附件，透過雲鉤直接發送到「輪平衡錘」號上所有跟醫療事務相關的人員，也包括二十蟬，雖然六降雨以爲他就只是副官。其實二十蟬將自己加進了全艦的優先訊息收件名單，六降雨對此並不知情，如果他知道的話，一定會覺得二十蟬的處境相當不得安寧：繁星在上，隨時都有這麼多半途插隊的訊息，太令人分心了。

正是因爲二十蟬在優先收件名單上，他迅速趕到醫療艙，差一點就來得及阻止接下來發生的事。就差一點，但還是來不及。

六降雨傾身湊近顯微鏡，以便看得更清楚，他旋轉全像影像，想看看他能否更詳細且明確地理解眞菌孢子生長的方式；它生長的結構看似碎形，也像神經網絡，令他著實非常好奇。他舉起手要轉動空中的全像影像，然後感覺到某種溫熱的液體滴下他的手腕。

是紅色的。血液。他的血。

他盯著血看。他想著，我不記得我有受傷。

他的拇指痛起來了，他的手腕和其他手指都傳來一股灼痛，彷彿發現流血觸發了傷口的痛覺。

他拉掉手套，上面滿滿都是血，他的手上附著了一層稠厚的鮮紅，看起來很不對勁。血看起來不對勁。血不應該——不應該這麼濃稠，好像他的凝血因子全都在瘋狂運作。他嚇得魂飛魄散，相信自己要休克了，呼吸變得緊繃又窘迫，發出嘶咻喘息。

他將手翻面，受傷部位在他的拇指下方，現在裂了一道開口，上下緣被白色的眞菌組織撐開，就像他拿到顯微鏡下的那些眞菌，它們正在從他體內生長出來。

它們在生長。傷口裡長出了愈來愈多的眞菌，快到他的眼睛跟不上。他的皮膚邊緣綻開，爲眞菌讓出空間。那也很痛，包藏在更龐大的疼痛、隱約而詭異的灼燒感之中。他無法呼吸了。他的拇指裡長了眞菌的巢穴——他舉起另一隻手想把它撕除，把它從自己身上弄走——

菌絲很輕易就斷開了，但還是不斷生長，長得更多更深，長進了他的血管、他的動脈，白色的眞菌和紅色的血液堵住了管道。這就解釋了凝血的問題，他心想。他倒抽一口氣，想著眞菌是否已長進了他的肺臟，或者他只是產生了嚴重過敏反應。然後他倒在地上，然後——

（一段合唱宛如遠處傳來的尖叫，宛如他的音響仍在播放的音樂的回聲，變得詭譎怪異，充滿了任何震撼和聲音樂家都唱不出的聲音，某種能夠傳播遙遠的異響，唱著我們——）

——然後只剩一片空無。

第十三章

旅客若有機會在奈托克星系稍作停留，本指南熱情推薦您嘗試當地民族料理。雖然相較於其他美食勝地或「世界之鑽」的頂級餐廳，奈托克料理的風味屬清淡溫和，但可別因此被誤導了：奈托克獨特的套餐式菜色（一次只上小小一份精心擺盤的菜餚），每一口都讓人有機會品嘗甜味與鹹味、苦味與土味複雜的平衡。前往餐廳時，請保留至少三個鐘頭的時間，像本書作者一樣一面享受美食體驗，一面思考恆定教派的信徒對於平衡的堅持是否眞有那麼點道理……

——摘自《勞奈空域外圍星系味覺饗宴：追尋精緻體驗的觀光指南續篇》，二十四玫瑰著，主要於西弧星系流通。

☼

請確認貨件中的魚糕確實爲魚糕無誤，並且除了一名泰斯凱蘭乘客以外，船上沒有其他非經許可的進口品。另外，有鑑於目前情況，該船長的貿易許可證應予吊銷，理由爲運入潛在的受污染物品。

——傳承部大臣亞克奈・安拿巴所寫之便條，連同其餘郵件置於祕書桌上。

◎

對一名像九木槿一樣體格壯碩、軍階又容易辨別的女性而言，要在「輪平衡錘」上以指揮官的身分出其不易地嚇嚇某個下屬，是一件雖不容易但仍可能辦到的事。祕訣在於她遲遲不肯從她的雲鉤上移除的碎鋒機群專用程式：如果她小心行事，她可以潛入這艘旗艦上所有碎鋒機群飛行員共享的集體視覺，透過他們一共三百對的眼睛，以三角定位法搜尋到她要找的人。（三百對眼睛這個數目是假設所有的飛行員同時在雲鉤上執行程式，而她對多重視覺的承受力也能維持夠長的時間，讓她能夠加以利用。）那就像站在艦橋上循環瀏覽全艦的攝影鏡頭，但是動作更快、更靈活。

當然，碎鋒機群的飛行員知道這一點。若是他們沒有得到徵詢、表示同意，並且曉得可以在不想意外被她撞見的私密時刻關掉程式，她絕不會願意擅自借用他們的眼睛。此外，她也無法利用他們的肌肉運動知覺——她的雲鉤沒有升級，負荷不了那種新科技，如果她需要那種程度的運算處理能力，大概就得直接連到碎鋒戰機上了。但她懷疑，她之所以能得到他們的同意，也許正是跟她無法介入身體知覺層面有關。當她詢問飛行員們能否讓她透過他們的眼睛視物，大部分人都願意讓她在必要時藉由他們查看這艘船艦。這是他們對於她的信任表現之一；每當她思量得太仔細，就覺得他們的信任像是閃亮怒放的散彈在她的胸膛裡爆發。

現在她就在使用他們的眼睛，在一個個走廊的交界口迅速地加入又退出碎鋒機群的集體視覺，同時努力避免自己暈眩，或是在視線專注於別處時撞到人——這是爲了找到十六月出艦隊長想去的地方，並在她抵達之前捷足先登。

九木槿想嚇得她退縮，然後還想要非常溫柔有禮地把她踢下旗艦、趕回她所屬的「拋物線壓縮」

號，讓她那套第三分部的間諜行事作風別傳出她自己的船。不管九木槿決定用什麼計畫來處理「重力玫瑰」號發現的外星人根據地，她都要讓十六月出離她的計畫遠遠的。但除了基於必要時的保密考量，九木槿更期待看到十六月出被她突襲成功時，露出彷彿被掐住脖子的不悅表情。九木槿的期待強烈得讓她露齒而笑，她就這麼快步通過艦上的走廊、電梯井、指揮甲板、水耕區、組員食堂——

只見星辰的軌跡胡亂翻轉，恐慌引起的膽汁苦味和腎上腺素的金屬味湧到她的喉嚨深處，她的視線被外星環形星艦的巨大圓弧形所占滿，它有著平滑的金屬表面，上面的影像如同漣漪般扭曲，太近、太近、太近了。然後眼前又是星辰，還有碎鋒機群——不知道他們在哪裡，她本來沒有打算把視覺範圍擴大到「輪平衡錘」號上正在安全休息的這組飛行員以外。他們奮力將戰機拉高，逐漸繞行飛離那個巨環，愈來愈高、愈來愈遠——

九木槿的心跳劇烈得連在手腕、喉嚨、橫膈膜都感覺得到。可能是她的心跳，或也可能是某個碎鋒戰機飛行員的。這還是在她的程式只支援視覺方面，沒有更新肌肉運動知覺功能的狀況下。難怪有些飛行員把這個新版的程式叫作「碎鋒祕技」。

影像如火花般閃現：碎鋒機群飛行員在她的艦上各處，在食堂、在水耕甲板、在健身室，某個做仰臥推舉的飛行員將沉重的槓片推離胸前。她感到一陣回音似的緊繃吃力感——肯定是心身反應。她的心臟仍狂跳不已。

繁星之輪轉動得太快。

他們都感覺到這一切了嗎？隨時都感覺到嗎？

繁星之輪——還有火焰，來自高熱和甜膩的恐慌感的閃光（引擎沒了，噢不——），視線布滿了鮮紅，又從紅轉白，然後——

什麼都沒了。一片漆黑。九木槿嚥嚥口水，扶著六號和五號甲板之間通道上某處的一面牆。現在完全只剩她自己了。那個飛行員他——它閃過了敵艦，避過了一場衝撞，然後在循著弧形路線逃逸的途中被敵方從後方擊中。一陣小小的火光之後，就這麼片屑無存。

碎鋒機群的每一個飛行員是否都會感受到每一次同袍的死亡？即使他們當下正專注於其他事物？

她小心翼翼地再次啓動程式，回到那個正在吃力舉重的飛行員身上。就算他目睹了那場死亡，他的視線中也看不見任何明顯的反應。她再度切換。有一個開啓程式的飛行員在五號甲板的食堂，坐在一張長桌的末端，而桌子的另一端坐著的正是十六月出艦隊長，她穿著休閒的無袖上衣，制服外套掛在椅背上，正和九木槿手下的士兵愉快地交談。

九木槿感受到尖銳的憤怒，強烈到令她目盲，就像太陽穴被震擊棍打中。這比目睹那場死亡還糟——她因爲剛剛所見的畫面而更加煩亂失措。她甚至不知道剛才死去的是碎鋒機群裡哪一位飛行員，也不知道今天還有多少人會像那樣死去。而這個——這個不速之客、這個破壞分子，不跟自己軍團的人待在一起，反而忙著滲透九木槿的手下、艦隊和地盤；不去關照名正言順屬於她的第二十四軍團士兵，反而來跟第十軍團共餐。這種憤怒會讓九木槿變得愚蠢魯莽。她任由怒氣產生，湧遍她全身，她想像它猶如船艦的引擎核心，座落在她胸膛裡，是一股驅動力，隱密、危險，處於安全的防護和控制之下。

她還是想要把十六月出他媽的趕下她的旗艦。至少在這一點上，她還可以發揮一些影響力。

不論如何，當她走進五號甲板的食堂，她的部下一發現就起立迎接她，令她感到一陣生猛的滿足。她對他們睜大眼睛露出笑容，刻意表現出不可置信的樣子——幹嘛爲了我那麼大驚小怪？好了好了，去吃飯吧——然後揮手示意他們坐下。他們遵命照辦。周圍的對話仍然保持在聽來舒適的音量；她手下的士兵依舊忠心於她。目前是如此。

十六月出選擇座位的方式很是聰明，她的左右都沒有空位。於是九木槿改而在長桌的中段找了個位子，和她的碎鋒機群飛行員交換了一個眼神，兩人的目光同時在現實中和共享視覺裡重疊交會。她感覺到他關閉了程式，因爲他們倆現在已處在同一個實體空間。重疊的影像猝然消失，剩下一種回音般的感覺，幾乎像是她本來跟對方同步呼吸，現在卻脫離了節奏。就像是他的同袍飛行員在火焰中被殲滅時的感覺，只是程度比較輕微。她以微乎其微的動作對他頷首，心裡但願能問問他關於程式的事，還有——它的副作用。

她一句該死的話都沒說。她表現得像是十六月出的行爲完全沒有問題，讓十六月出繼續講話，並且從餐桌中央的公碗裡盛出一份拌著黃豆和辣油的米麵條。那是士兵的食物，熱辣到讓太空的虛無寂冷入侵不到你骨子裡，或至少讓你如此覺得。

她咬了咬吞下幾口食物，感覺到餐桌上的能量氛圍在她身邊變化，爲她的存在改道讓位。她舔舔嘴唇，追逐著辣油留下的最後一絲刺麻熱度。「艦隊長，」她歡欣鼓舞地說。「妳的組員跟妳一起在食堂用餐一定很開心。妳在『拋物線壓縮』號上也會這樣吧？還是因爲妳來作客，所以這是特殊場合？」

十六月出銀金色的眼睛在雲鉤後面眨了眨，像爬蟲類般緩慢而微幅地一開一闔。「我的組員邀請我時，我就會去。」她說。這是個奸詐又意有所指的答案：不管是在這裡或她自己的艦上，她都得到了邀請，九木槿卻只是大搖大擺走進來、找了個座位，打擾了她的部屬原本不受長官監看的隱私。

「那麼就是特殊場合了。」九木槿說。如果還要去特別邀請妳，那代表妳受邀的頻率是多麼低啊。

「第十軍團親切好客的招待令我備感榮幸，元帥。」

「我們再好客不過了。」九木槿說。她旁邊的士兵笑了（很好），但隨即又止住自己的笑聲（這就不那麼好了）。九木槿非常想知道十六月出在這裡進行什麼對話，讓她的屬下如此不敢自由表達意見。

「我也這麼覺得。雖然你們在外的名聲不太是這樣的。」

九木槿抬起一邊眉毛。血紅星光在上，她眞想把這女人趕下她的船。「那麼第十軍團在你們第二十四軍團裡的名聲是怎麼樣的呢？」她問，平靜得像熔化的玻璃、像核子反應爐的爐心。

十六月出聳聳單側肩膀。她的嘴角勾成圓弧，狡獪且堂而皇之地故作無辜。「孤僻封閉，」她說。「忠心奉獻。」

九木槿知道，如果她問對誰忠心奉獻，她得到的答案只會是「對您，元帥。」現在她知道十六月出對她的反感——或至少是她的主子的反感、第三分部的反感——約莫是怎麼回事了。她連問都懶得問就知道了。並不是因爲她在對外星人展開毀滅性的全面戰爭之際有所遲疑，那只是十六月出用來訴諸第六和第十七團艦隊長的野心的說詞，爲了讓他們在那封形同準叛變、表示關切的信函上簽名。甚至也不是因爲九木槿找情報部來執行艦隊不適合做的工作——雖然她猜想這個決定讓他們的反感有增無減。眞正的原因是，十六月出——或是第三分部，或是戰爭部全體（這個念頭著實令人驚懼難安，她一想到就不舒服）——認爲她對帝國形成風險，認爲她的人馬對她抱持著信任、信心與不惜犧牲的意志，他們願意爲她而死，卻不是爲泰斯凱蘭。

或者漸漸把她想成泰斯凱蘭的代表。一閃電身上也可能發生過類似的事，而他憑這點做了什麼？他策畫了一場失敗的篡位、混亂的政權轉移——她自己絕不會那樣做，但如果九推進器前部長也參與了篡位行動的策畫，第三分部就有理由猜想前部長的門生九木槿可能會如法炮製。

她說：「我們絕不孤僻，艦隊長。我們這不就在跟妳共餐嗎？而且已經……嗯，妳來到艦上已經多久了？好幾天了嗎？」

「我可以把『拋物線壓縮』號交託給我的副官十二融合指揮，不論我需要暫離多久。」十六月出說。她聽起來有點躁動、有點緊張。很好。

「當然了。」九木槿說著又吃了口麵條，她的舌頭被刺激得發麻，燙如火燒。「那麼，請容我姑且一問，」她用了最禮貌的語態，禮貌到足以冒犯人。「您在五號甲板的食堂有何貴事需要親自辦理？我深感好奇。『拋物線壓縮』號上缺了米麵條嗎？」

現在她手下的士兵就眞的笑了出來，笑得更自在了。她對他們感到一種蠻橫的占有欲。我們做自己又何妨。我們是推動巨輪的平衡錘。

「我喜歡你們辣油裡的香料配方，」十六月出不慍不火地說。「我也許會想跟您商借一下這層甲板的伙房廚師呢，就借個一兩天。」

她像根扎在他們之間的芒刺，拔也拔不掉。她不想離開，她樂意讓九木槿知道她的盤算（第三分部這些該死的傢伙），也就代表她很有自信，就算九木槿知情，也於她無損——

我眞好奇他們是否覺得我應該死在外邊這裡，她心想，還有他們是否覺得十六月出也該一起死，死在敵方的嘴裡。如果能造成我的毀滅，她的主子不介意這點連帶損失——但要是艦隊長們都像我的碎鋒機群一樣慘死，那又要靠誰來打贏這場戰爭？

「那就要等我們能夠讓第五甲板廚師這般重要人物閒下來的時候了。」她開口——但接著她的整個雲鉤畫面都隨著一封緊急訊息亮起紅白兩色的強光。

「輪平衡錘」號上只有一個人的權限高到可以操控她的雲鉤設定，還沒得到她的許可就將公文內容發到她眼前。

小槿，二十蟬的訊息寫道，醫療艙進入污染應變程序。我在裡面。有眞菌叢由我們的敵人屍體上長出來。死了一個醫技官，眞菌把他吃了。請答覆。

她站起來，舉著一隻手制止桌邊眾人提出的任何問題。她的眼睛飛快眨動，叫出通訊系統，以默讀的方式登入。蟬群，你爲什麼在裡面？

過了漫長的十秒鐘後，我一時不察。過來看看吧。我好像沒有要死掉的樣子。

十六月出在我這邊，她寫道。她等了又等、等了又等，處於一種空洞停擺的恐慌狀態，恐懼深深鑽進她的胸膛，灌注於她體內，與她並存。

然後：繁星在上，小槿，帶她過來吧。不然能怎樣呢。

※

八解藥夢見了所謂的作亂分子。

他醒來的時候，夢中的影像還徘徊在他周遭，像一陣濃重的霾害，再多的陽光也無法驅散如此厚重的晨霧。他感到一種無形的難過，既全心認定自己鑄下了某樁大錯，卻又同等程度地肯定自己沒有做那件事，在清醒的現實世界裡沒有：他只是夢到了，而夢境正在消散——但沒有消失，只是消散成碎屑。

他在戰爭部待了整整兩天，亦步亦趨跟著三方向角，只在睡覺時回地宮。也許這樣的行程足以讓任何人都作噩夢了。

當時他跟著她走出體育館，去了射擊場，讓她糾正他的瞄準動作，就像稍早糾正他的手撐在運動地墊的姿勢一樣。然後他又跟她回到她的辦公室，就這樣輕鬆、簡單、神奇地留了下來，沒有離開。如果她叫他走，他就會離開了，只是她一直沒有叫他走呢。

她讓他旁觀她和其他分部的討論，包括負責工程和造船的第六分部、負責運輸的第二分部，甚至跟十一月桂討論時也讓他在場。十一月桂用一種複雜的、不喜不怒的表情看著八解藥，後者蜷縮在部長的靠窗座位，交叉相疊的手指撐著下巴，把能看到的一切盡收眼底。十一月桂也用相同的表情盯著三方向角部長，對話中留下一個意有所指的空白，但她沒有接話。之後，十一月桂就對八解藥視若無睹，彷彿他只是個放在窗邊座位上的抱枕，是室內布置的一部分。他努力不要讓自己有受傷的感覺。

那第一天的稍晚，接近黃昏時分，八解藥幫部長端來一杯咖啡。她對他笑了，揉揉他的頭髮，跟他說她並沒有喝咖啡的習慣，而他也不是來當辦公助理的。

他自己把那杯咖啡喝了，接下來的整個晚上都躁動不寧、極度驚慌又極度興奮。同時，三方向角收到報告，說情報部的特使和瑪熙特・德茲梅爾——那個作亂分子——已經降落在死寂的苔蛾座二號星，和外星敵軍完成了第一次接觸。報告全都沒有使用風信子色代碼，所以是公開傳輸，單純按照指揮鏈層級依序上報，透過跳躍門郵務系統，以艦隊的標準快遞速別送來，從發訊到接收之間有六個小時的延遲落差。這和十六月出艦隊長針對情報部特使一事警告部長時的做法完全不一樣，完全沒有隱密性可言。

在那之後，一切愈來愈奇怪了。待在那裡的感覺很奇怪，聽著他們說話也很奇怪。突然之間，三方向角的會面對象全變成了科學部裡研究外星生物學的專家，還有艦隊的士兵，非常冷靜地討論著緊急狀況下可接受的死傷率。他們的談話一路進行到夜間，中間不曾停下來吃喝休息——她爲什麼沒有趕他走？她要他在那裡看什麼？他又爲什麼要留下來？

接近午夜時，進來了一位研究伊柏瑞克族的專家，禮貌地和那個討論可接受死傷率的女人大呼小叫了一番，爭論第一次接觸進行到多久的時候應該要派人去確保沒有人員死亡。三方向角一面坐著旁觀，一面寫筆記。八解藥一直盯著她的耳朵因燒傷而殘缺後留下的洞孔，心裡好奇著她當初怎麼會傷得這麼重。他也想著面前的這些人哪個是作亂分子，他又該怎麼辨別。

到了最暗最冷的深夜時分，他才越過花園，走到地宮回家去，只披著薄外套的身子不住發抖。到家往床上一倒，就睡著了。他不記得夢境內容，但他知道他作了夢。即便如此，隔天早晨日出之後，他仍然走過露珠瑩亮的草地，回到戰爭部、回到三方向角的辦公室。他仍然在窗檯上縮得小小的，某個艦隊的見習生拿了葡萄柚和荔枝果汁給他當早餐，然後他繼續旁聽，旁聽三方向角從九木槿元帥本人那裡收到的速件訊息，播放的時候只有他、十一月桂，和另兩個她親近的員工在場。（他其實不該在的。不過他沒有離開。）他之前從來沒有聽過九木槿的聲音，只看過她的全像影像，現在聽見她的聲音眞的像個人，而不只是一個威脅或待解的謎題，感覺很奇怪。她只是個語調輕鬆自信的女人，用一種隱藏著迫切感的保留態度，報告她的偵查艦發現了一顆有外星人居住的行星，牠們的母星——雖然可能只是許多顆母星的其中之一——屬於那些正在吞食她的軍團的敵人。

他旁聽著三方向角和十一月桂冷靜地討論歷史上針對行星發動大規模攻擊的先例。他知道八百年前甚或更久之前有這樣的紀錄，當時的泰斯凱蘭很——狠毒，鎮壓叛亂毫不手軟。

十一月桂輕快地說，「艦隊目前改採談判協商和建立從屬關係的模式，背後有非常合理的原因，部長，我相信您也非常清楚，因為奈咯爾……」

三方向角回答：「針對星球上人員的大規模攻擊將徒然消耗帝國的資源和聲譽，在新歸順的星系和泰斯凱蘭之間造成永遠的敵意。正如你所說，次長，奈咯爾是協商與從屬模式獲得成功的最佳範例。你有什麼理由認為我在接任部長之後就會大幅改變行事手段嗎？陛下任命我接下這個職位，同樣有非常合理的原因。」這話聽起來像是警告。

「的確是有！」十一月桂附和道。「而且是再好不過的理由——我十分熟知您在奈咯爾的建樹。他們那裡是怎麼稱呼您的？是『奈咯爾人心目中的屠夫』嗎？世上竟然有些行為連稱號如此優雅的人都會在道德上反對，可真是太有趣了。」

八解藥很確定自己並不應該聽到這段話。他也同樣確定，十一月桂就是刻意讓他聽到的，要他認為自己這位第三分部次長才是整個戰爭部裡唯一值得信任的人，要他覺得三方向角在奈咯爾總督任內做過非常糟糕的事——光是隨意提起這件事就足以作為對她施壓（勒索？）的籌碼，要他自覺應該回去當十一月桂的學徒。就像十六月出艦隊長曾經是十一月桂的學徒那樣？

作亂分子，他又想起了這個字眼，接著又想：他們被三方向角辨認出來之後，會怎麼樣？肯定不會有好事。不會是他願意細想的事。

與此同時，他又有一種立即的、愚蠢而發自內心的欲望，想要維護她。她的手段——不論有多像屠夫——在當時不是奏效了嗎？

他希望她的手段奏效嗎？如果這代表她會對一整個星球再次如法炮製？

三方向角發出一聲輕巧而煩擾的嘆息。「次長，問題在於這些敵人是不是人類、是不是道德上的反對適用的對象。」

「我們只能靠情報部來解答了。」十一月桂帶著含蓄的嫌棄說。

「靠情報部，還有一個野蠻人外交官。我對這件事也開心不到哪裡去，相信我。」

八解藥非得說些什麼了。他們在考慮針對整個星球進行毀滅性的第一波攻擊，他不能繼續默不作聲。他不知道自己想說什麼，只知道他想要他們倆知道他在場、在聆聽。

「我們爲什麼——我是說，爲什麼不是由艦隊執行談判？」他說。他知道自己說溜嘴講了我們，他在這裡的辦公室待了太久。但即使記得這一點，他還是意識到這個脫口而出的說法大有用處，讓他和他們倆站在同一陣線。這是個糟糕的感覺。他應該要學點經驗的，他懷念以前的自己可以覺得犯錯就只是犯錯。他開始當間諜以後，就連好事也跟失誤一樣讓他感覺糟糕透頂。

「這孩子說得有道理，」三方向角說。「我們可以——如果我們利用碎鋒祕技，派一個你們自己的人手加入談判，次長——」

困惑的八解藥心想：什麼碎鋒祕技？與此同時，十一月桂搖了搖頭，斷然反對，他臉上那些曾在八解藥眼裡顯得友善的線條，全都猙獰地皺了起來。

「我認爲這段討論不適合在現在的聽眾面前進行。」他說。

這就代表——代表八解藥剛聽到的是他完全不應該聽見的內容，甚至比「奈喀爾人心目中的屠夫」更不該被他聽見。這是更糟、更怪異難解的事。碎鋒祕技。是某種比速件更快的管道嗎？他等著三方向角制止十一月桂；她畢竟是十一月桂的上級，不管有沒有勒索這回事，而且她似乎是眞的對這個主意有興趣。

但她只是稍微聳了一下單邊肩膀，點點頭，然後就再也沒人提起碎鋒機群或參與談判的事。他們和運輸分部和武器分部又展開了關於補給線的冗長會談，討論著要如何在不違反太多涉外條約的狀況下運送武器通過跳躍門。

感覺就好像戰爭部長一點也不想得罪十一月桂。這實在是反了，就好像十一月桂才是那個有能力指認出作亂分子的人，而他判斷部長本人——也許還有八解藥——就是亂源。

當天晚上，八解藥悄悄回到他位於地宮的房間，雖然離午夜還有幾個小時，但他直接就上床睡覺。他但願自己沒有睡得那麼早。睡得愈少，能作夢的時間也就愈少。

※

九木槿前往醫療艙的路上，「輪平衡錘」號上艦載人工智慧的每一個副程式都在透過雲鉤對她大聲警告：**止步——禁止進入——危險——生物危害發生**，不帶節奏地一直重複，比正常的安全提示訊息刺耳得多。一般的提示訊息帶有韻律，但這個警告……它的目的就是要使人驚愕、不安、怖懼，用單音節的字眼製造異於常態的震懾效果，讓人嚇得遠離現場。儘管如此，她還是來到了醫療艙的氣密門前。十六月出跟著她，敏捷如禿鷹。她滿心掛念著關於外星敵軍根據地的訊息，只要她願意冒著損失船艦和人命的風險，她就可以前往牠們的根據地展開襲擊。

一幕殘像飛快出現，快得徒然讓她的心跳又加速了幾分。那個死在火焰中的碎鋒機群飛行員，還有她覺得自己從他身上感覺到的醜陋解脫感——但那勢必只是她自己的情感投射，情緒無法透過碎鋒機群的共享視覺傳遞。至少這種事史無前例。

她隔著醫療艙門中央的厚重玻璃窗向內窺視。不管蟬群現在遭遇了什麼天殺的慘事，她只能透過這扇窗看見。

他把自己關在裡面，封鎖整個醫療艙，比照出血熱疫情爆發的處置方式。她猜想，造成至少一名士兵死亡的外星眞菌，危險性是約莫等同於出血熱沒錯。如果眞菌的散播速度也一樣快，那麼二十蟬肯定沒命了，就算此刻還沒死透，也絕對活不成。

她不在乎會被十六月出聽到，大聲透過通訊系統向他匆匆提問：「我們到了。裡面怎樣？」

「這個嘛，」二十蟬用醫療艙的對講機系統說——他應該還沒有要死掉，如果他能夠打開專爲這種緊急情況設置的雙向通訊系統，在艙門隔絕內部的傳染疾病和外部的健康環境時維持溝通。「我現在感覺還好，裡面沒其他人了，只有個死掉的外星人，和一個死掉的見習醫官——我想是六降雨吧。他手上的一個傷口裡長出了眞菌。」

「你已經開了淨化器，而且艙內的空氣完全沒有循環回艦上，對嗎？」

「元帥，小槿，親愛的，妳是懂我的。淨化器當然是開成釋氣模式。我們大概三天就可以從水耕甲板補足氧氣量。」

二十蟬喊她親愛的，這比小槿還糟，代表了他有多擔心自己命不久長。要命，她不想失去他，更眞的不想在十六月出看得見她的悲痛時失去他。「我毫不懷疑，」她一面對他說，一面希望自己能看見他。「告訴我那個見習醫官的狀況。」

「嗯，他死前發現了那種眞菌，還有時間發了訊息給所有醫務相關人員，附上顯微分析全像影像。所以我才曉得要過來——我也在收件名單上。所以，不管是什麼東西害死了他，作用的速度都很慢。根據我目前的發現——相信我，我沒有像那可憐的孩子一樣把手伸進外星人嘴裡——原初的眞菌叢是從腦部生長出來的。我是說外星人的腦部，不是六降雨的。」

十六月出說，「是像那種眞菌性腦疝嗎？穿過篩骨進入口腔？」

「就是這樣，艦隊長，」二十蟬說，聲音透過對講機變得有點陰森。「也許，您是個受過專業訓練的生物學家嗎？」

「我過去未曾有幸在醫療方面服務，」十六月出說。這並不是個否定的答案。九木槿既討厭她派上用場，也徹底討厭她整個人。「但如果這種眞菌生長在腦部，它可能是這樣形成孢子的：受到向下作用的壓力，先穿過篩骨，然後通過軟顎。我記得外星人是有軟顎的。」

九木槿打斷她，「那個見習醫官是怎麼死的？」

「他把自己割傷了，」二十蟬說。「然後讓眞菌侵入傷口。但我認爲致死的原因是過敏性休克，不是眞菌本身。眞菌它並沒有散播得很廣。而且他臉色發紺。」

又多了個問題，她實在不想問。「那你呢？」

「沒有割傷，沒有過敏性休克，」二十蟬爽快簡短地說。「再過一會，我就會得到比較詳細的讀數，判斷這種眞菌是否具有氣溶膠性——艦上系統正在幫我做粒子診斷，只是很粗略的分析，但可以提供我一些資訊。那些眞菌可不太高興。」

「高興。」十六月出用平板的語調說。

「它們的宿主被搶走了，」二十蟬對她說。「但又不喜歡在六降雨體內生長。至少不喜歡在六降雨的血液裡生長。我觀察的時候看到它們在萎縮。」

「也許它們會比較喜歡他的腦。」

九木槿轉向十六月出，朝對方的個人空間跨近一步，利用她的重量和身材居高臨下地強調自己的權威。「我們不會把死人的腦袋切開，」她說。「用來做實驗。不管是不是爲了外星眞菌。」

「我絕不是在提議採取這種手段，元帥。」十六月出說，還帶了點受到冒犯的語氣。

「那妳是在提議什麼?」

「我是說這種眞菌偏好腦部組織，而且在其中可保持穩定狀態。我們的敵人可能是派它來當陷阱、炸彈、犧牲品。您應該檢查您那個探子和她的寵物有沒有過敏性休克症狀——或是腦部有沒有被眞菌滲入。還有您的副官。元帥，我不是要在您的艦上挑戰您——我深怕這番話會傳達出那樣的意思。但請認眞考慮吧，就算不是爲了您自己，也是爲了帝國。」

她講起話可以如此誠懇，冰冷而誠懇，而且大有可能說得沒錯，無法隨便打發掉——不能把她打發下「輪平衡錘」號，也不能打發她結束這段對話。

「如妳所見，我的副官人在污染環境內，」九木槿說。「我再怎麼都不可能比現在更認眞了。」

十六月出點點頭，然後趁勢進逼。「那情報部的特使呢?還有您派去跟她一起落地的護衛隊?他們可能都已經死了，也可能已經把眞菌散布到污染環境以外。」九木槿心想，她一定是那種總是在命令中隱含威脅的艦隊長。「拋物線壓縮」號一定像是一條精密調音過的弦——緊繃到逼近斷裂。

二十蟬透過對講機說:「我不認爲，艦隊長。我拿到粒子分析的結果了，它並不具有可偵測的氣溶膠性質。不論它的作用是什麼，它最有效的散布方式都不是透過空氣。請放心吧。」

九木槿沒辦法說得那麼冷靜、那麼平撫人心。如果換成她在醫療艙門的另一端，絕對沒辦法。「蟬群，」她說。「你是說你不太可能死於眞菌感染嗎?請確認。」

他突如其來的笑聲顯得怪異。「沒錯，不太可能。但要等到六個小時過去、我完全肯定之後，我才會從這裡面出來。另外，艦隊長說得沒錯，親愛的——應該要讓那位情資官知道目前的發展。」

「如果她還沒知道的話。」十六月出陰沉地說。九木槿可以十分清晰地想像到:情資官三海草和她的野蠻人外語學家大使全身覆蓋著黴菌，已經陳屍在她分配給她們的寢室裡好幾個小時——還可能有更糟的:如果眞菌已經散播開來，「輪平衡錘」號到處散落她手下士兵的屍體，每具屍體都是一個感染源。但真菌沒有散播到二十蟬身上——還沒有——

「那我們就來看看，」她說。「我會叫人帶她們到醫療艙甲板。」其他的事就等到之後再說吧。

◎

瑪熙特醒來時全身充滿暖意——體溫的暖意、與人相依相偎的暖意，在小小的空間裡被另一個活生生的人環抱，帶來深沉原始的撫慰。沒有困惑的片刻、沒有那種「讓我再感覺一下這一切，再思考我怎麼會在這裡」的衝擊感：恢復意識的第一個瞬間，她就知道自己在什麼地方。她蜷縮在三海草身邊，在泰斯凱蘭旗艦「輪平衡錘」號上她們寢室裡的下鋪。她的膝蓋靠在三海草的膝後，她的臉埋在三海草披散的黑髮裡，自己赤裸的髖部托著三海草的臀部。她的手抱在三海草的胸肋，將對方拉近，雙腿之間有著完事後甜美的微微痠痛。

噢，瑪熙特完全知道自己在哪裡、知道她們做了什麼、知道她有多享受，也知道三海草的手在她體內幾乎沒入到指根、將她帶向高潮的那一刻，她在金色的閃光中看見十九手斧和六方位模糊的臉龐，並且回想起了一種截然不同的體感經驗。她並不介意回憶的閃現，只是設法恢復成她自己，讓她將三海草壓在床墊上。她想看看伊斯坎德是否知道什麼她沒見識過的口交技巧。

〈我就只比妳多活二十年，瑪熙特，〉他現在對她低語。〈誰都不會抱怨妳目前的技巧。〉

他的聲音在她隱密的心靈深處聽起來是如此淫靡，眞是不可思議。她的臉又紅又燙，慶幸三海草要嘛是睡著了，不然就是跟她一樣在裝睡，所以她不需要解釋。

如果她們能就這樣下去該有多好，不用解釋任何事，不用發覺她們的關係是多麼糟糕的主意。

小草，她心裡想著，就像用思緒在對伊斯坎德說話一般。如果妳在這些士兵眼中原本還不是通敵者，現在也是了。

伊斯坎德悄聲回應她：〈妳也一樣，瑪熙特。妳要怎麼對達哲・塔拉特解釋這回事？〉

就這樣，情慾的殘留痕跡消散無蹤，她感到冰冷、清醒又微微反胃，彷彿被抓著泡進冰水，然後又重獲自由。將近二十四小時以來，她依序經歷了文化衝擊、失望的憤怒、第一次外星接觸的程序、熱衰竭、還有相當美好的性愛，她一直設法不去想她對塔拉特做出的承諾。能夠不要想到塔拉特、不要想到自己正在擔任他的眼目，是再好不過的。不要去想她是來這裡當間諜，像尖銳的彈片嵌在這艘船上，緩緩刺向它的心臟。她奉命來當間諜，以及破壞者，儘管她還沒有想到究竟要破壞什麼——

〈一切，〉伊斯坎德悄聲說。〈這就是問題之所在。塔拉特想要——看清泰斯凱蘭，徹頭徹尾地了解它，好引導它自己走向毀滅……〉

那麼他會喜歡現在這樣的，瑪熙特刻意而苦澀地想道。看看泰斯凱蘭人多麼信任我。當然，她不是皇帝，所以你還是勝我一籌。

她感覺得到自己傷到了他，在她自己胸中的空洞，有一股悲戚的痛楚，像眼淚一樣清晰。她努力不要覺得抱歉，但無濟於事，她不知道她是因爲傷了他而抱歉，還是遺憾自己也受了傷。這又是一件融合療程的心理師不會先警告你的事：你會同時承載兩個人的心痛，讓你和你的自我互相指責。

〈我把憶象技術當成協商條件交給六方位換取和平的同時，也辜負了塔拉特，〉伊斯坎德最後說。〈最終，我也辜負了六方位。瑪熙特，妳要做得比我更好。我們的憶象傳承鏈應該要有點用處。〉

她不曾聽過他如此清楚地描述出他的絕望、他的自厭。這就像看著一面無限延伸的鏡子，突然變得眞實的世界裡出現了一個空洞。她在內心靜默的深處遲疑又害怕地問他：達哲・塔拉特想要泰斯凱蘭和這些外星人硬碰硬，鬥得至死方休。我可以告訴他十六月出的事——然後破壞我們在苔蛾座二號星上的談判。我可以害死我們大家。我該這麼做嗎？

〈噢，瑪熙特，〉伊斯坎德說。〈我他媽的怎麼會知道？〉

因爲他的回答，她的雙眼溢出了淚水，三海草在她懷裡轉身，將涼涼的手指按在她臉頰上，順著濕濡的淚痕撫過。

「不會吧，」她說。「我沒有讓妳這麼後悔吧？」

她聽起來深受打擊，這完全不是瑪熙特想要帶給她的感受。她不知道自己想要什麼，但絕對不是這個，不是三海草因爲她落淚的樣子而像被她打了一樣地呆望著她。

「不，」她說。她討厭嗓音變得混濁哽咽。「不是因爲妳，小草，完全不是，我——」

用字遣詞太花時間，而且她能用的詞也全都是泰斯凱蘭語。於是她改而親吻她。

那仍然是個很美好的吻，三海草的吻功也依舊非常優秀（至少在她沒有看著皇帝對整個帝國全像直播自殺儀式，因而產生存在危機的時候）。她們分開時，三海草輕鬆地靠著瑪熙特的肩膀，彷彿她們的身體是爲了契合於彼此而被設計出來。

「所以，」她輕快開朗地說，帶著一股溫柔，讓瑪熙特強烈地想起十九手斧（或是讓伊斯坎德想起十九手斧，也許這比較貼近實情）。「瑪熙特，如果不是我讓妳後悔，那麼是什麼事？我們昨天表現得那麼好。」

「是的，」瑪熙特表示贊同。「是的，我們還有很多事要努力，而且——」

「別告訴我妳在懷疑自己的能力。妳想出了對牠們唱歌的方法。我們眞的應該找一個除了『敵人』以外的名字來稱呼牠們，妳說對不對？」

「可能吧，沒錯。還有，不是，我不是在懷疑自己的能力，我在——」她住口。她的舌頭在嘴裡如鉛塊般沉重。她的手又出現了神經性病變痛，像不斷閃爍的火光，像玻璃碎屑扎刺著她。她不知道該怎麼辦，伊斯坎德也不知道該怎麼辦，而三海草會繼續像昨天那樣傷害她，視她為「我聰明的野蠻人」，而非瑪熙特・德茲梅爾，不論她們親吻多少次。而且世界上再也沒有安全可言，沒有家鄉可回。

「瑪熙特？」三海草一面問，一面用窄小的手掌托起她的臉頰。「我不喜歡把訊問技巧用在剛跟我睡過的美人身上，但是妳讓我好擔心，而且又沒告訴我多少資訊給我接話，所以我受訓得來的能力就自動發揮了。」

幾乎可以肯定，這是情報部那種嚇人又可愛的幽默感極具代表性的實例。是很有趣，也完完全全具現了她們在一起會有的問題。瑪熙特好疲累，讓她疲累的是——

〈終究，〉伊斯坎德對她輕細地耳語道。〈我們都會陷落。眞的不會痛，我是說落下的過程。〉

只有在最後突然停下來的時候才痛？

電流般的笑聲，還有那種駭人而悲痛欲絕的空虛，淹沒了她的胸臆。她的手好痛好痛。

「如果，」她開口，同時閉上眼睛，轉頭背對三海草，讓自己只感受得到她溫柔的撫觸，還有眼瞼後面溫熱的黑暗。「如果我成為我應該為萊賽爾扮演的那種使者，我既然能設法讓妳把我偷偷帶走，我也應該非常努力不要在跟外星人溝通時有那麼好的表現。」

三海草嘖嘖有聲地彈了彈舌頭。「萊賽爾太空站會偏好一場永無止盡的戰爭嗎？」

瑪熙特嘆息。「不，」她說。「達哲・塔拉特想要泰斯凱蘭耗盡自身的力量，來迎戰……這些不知道什麼人。至於萊賽爾整體所想要的是什麼，還有待更複雜的政治分析，但我們肯定不樂見這些漂亮的戰艦川流不息地從我們頭上飛過。總之，在我不為妳工作的時候，我應該效勞的對象是塔拉特。」

坦誠是如此可怕，但同時又帶來一種強烈的、全身性的鬆懈，原本緊繃的張力解放了。〈我想我們現在都是通敵者了，永遠都是。〉

〈妳在世界的邊緣，〉伊斯坎德低語。〈也許這裡就是適合成為通敵者的地方。〉

三海草用雙脣快速而突然地掃過她的臉頰，留下一吻。「妳眞是太迷人了，瑪熙特。總有一天我要弄清楚妳爲什麼決定告訴我這些。我的床上工夫是不錯，但沒有好到能造成這種效果。」

瑪熙特發現自己笑了出來，儘管這違反了她明智的直覺。「三海草，這是因爲我覺得我不會去做塔拉特要我做的事。而且——我應該要讓別人知道。知道我考慮過了。」

「這聽起來沒什麼道理，但我會想想看的。」三海草說。兩人交纏的肢體稍微分開，讓她能夠坐起身來。「來吧，我們去吃早餐，然後準備回去苔蛾座二號星。畢竟妳顯然是下定決心不搞破壞了吧？」

「顯然是。」瑪熙特說著伸手摸索她掉落的胸罩，它在前晚的手忙腳亂中跟上鋪彈簧卡在一起。

「太好了，」三海草說。「還有，妳裸體眞是漂亮極了。就趁妳把內衣穿回去前跟妳說一聲。」

瑪熙特望著她，而她露出一副相當道地的萊賽爾式笑容，然後起床將雙手伸展過頭、弓起背部，讓瑪熙特清清楚楚看盡她肩膀的肌肉、脊椎的曲線、披散垂落的秀髮。瑪熙特一直望著她，直到她帶著跟先前脫下瑪熙特衣服時同樣貪婪的好奇眼光，拿起了那本薄薄的《危險邊境！》。瑪熙特爲了初次前往苔蛾座二號星而匆忙著裝的時候，將它放在摺疊桌上。

「……那是萊賽爾的文學作品。」她發覺正在這麼說，並且討厭起這句話語氣中的歉意。

仍然一絲不掛的三海草坐在桌前，翻開那本書。「是誰畫的呢？」她問。

「我不知道，」瑪熙特說。她將被單拉到自己身上，裹住手臂和雙膝。她感覺就像在準備挨打，卻一點也不知道爲什麼。這又不是她畫的。「某個青少年吧。我在我們住宅艙區的小攤子買的。」

「你們有好多小攤子，」三海草一面翻閱，一面心不在焉地說。她讀得很快。「有個攤子想跟我推銷海藻啤酒。超恐怖的。」

海藻啤酒是很恐怖。「有些人喜歡。」瑪熙特說。三海草什麼時候找到時間去接受海藻啤酒攤販的推銷？是在她撞見亞克奈・安拿巴之前還是之後？

「嗯。我比較喜歡這個。線稿眞的畫得很好，而且這個叫伊莎萊克的角色——」

「她怎麼樣？」

「我覺得，她有點讓我聯想到妳。我要讀完剩下的部分才能確定。」

「我們還有時間，」瑪熙特發覺自己如此說道。「這本書不長。如果妳想看的話，回來這邊吧？床比椅子舒服多了。」

◎

夢境的開始，是戰爭部長的耳朵扭曲、熔化的肉塊，但它不是在部長身上，而是變成了花園裡的瑪熙特．德茲梅爾的整張臉。而且還有宮廷蜂鳥小小的鳥喙伸進那塊濕潤、歪扭且毀壞殆盡的殘骸，吸食著其中的液體。那張臉看起來就像暴露在核彈攻擊中的人，受到毒害而慘遭熔化，也毒害了她所觸碰的一切事物。

他還記得，在夢中，她將他說過的話拋回給他。她說，他們甚至連碰都不用碰到你。她被鳥群包圍覆蓋，燒毀的身體滿是滑溜的淋巴液，然後她搖身一變，不再是瑪熙特，而是他們的敵人、那些外星人的一員，有著長長的脖子、布滿奇怪斑點的皮膚、掠食性動物的牙齒——而且沒有燒傷，一點都沒有。外星人沒有燒傷，只是小心翼翼地將一隻宮廷蜂鳥握在手中，牠的手指很長，除了末端的爪子以外都顯得十分纖細。夢中的八解藥記得自己想著，外星人一定會把鳥給吃了，他記得自己感到致命的害怕、慌亂的害怕，他想勸阻牠，而牠用食指梳理著鳥兒的羽毛，指爪的尖端還帶著露珠的結晶。

還有更可怕的，但他記不清楚了，只感覺到自己做了恐怖的事、知道自己在夢中那樣做了。

他起床、淋浴（一如往常背對攝影機）、著裝，穿了一套間諜行頭：灰衣灰褲。他看起來幾乎就像個正常的小孩。幾乎吧，但小孩可能會穿彩色的衣服。他也不眞的知道。他把頭髮往後梳直撫平，用一條銀和皮革的髮帶束起來。如果他看起來不像小孩，那也許他倒該穿得像個間諜。他有一件灰色長版外套，綴著多層次領片，是成人的尺寸，跟他這身衣服挺配的。

他有個地方要去。他在穿上外套的過程中意識到這一點，決定先坐下來，在出發前決定好要去哪裡。不是戰爭部，如果再去那裡，他覺得他可能會尖叫出來，那樣既幼稚又沒用。

他對瑪熙特・德茲梅爾有一點點了解，不多，就一點點。而且他看過她在新聞上的發言，就是在他的祖親皇帝死去前不久，那段導致戰爭開始的發言。他看了很多次，而且——噢，「作亂分子」這個字一直在他的腦袋裡響個不停，讓他覺得既奇怪又有點反胃。（他是個作亂分子嗎？一個人有可能在成爲皇帝的同時不當個作亂分子嗎？）

但瑪熙特・德茲梅爾不是獨自一人，先前在都城的時候不是，現在搭上艦隊的戰艦，去和初次接觸的外星人進行談判時也不是。她都是跟同一個人在一起，就是情報部的第三次長三海草，或者該說是三海草特使。都是同一個人。八解藥對她實在了解不多。不過想著關於她的事，比想著針對某星球的第一波攻擊輕鬆多了。

有謠言說，就是她寫了那首被支持六方位皇帝的示威者在叛亂中傳唱的歌。就是「一旦重獲自由，我們會是太陽手中的尖矛」那首，那首在八解藥的腦裡揮之不去，也讓許多人忘不掉的歌。

不管她現在算是什麼身分，三海草首先是個詩人。

他用雲鉤搜尋她公開的作品，數量還不少，但過去兩個月來，她沒有寫出——或至少沒有公開發表——任何新作。他不想要整個早上都乾坐著讀詩，這會讓他覺得自己讀完之後好像非得寫篇作文，交給他的家教老師不可。何況這些詩也補充不了太多關於她的資訊，都只是以前的東西。

他還可以做些搜尋。他畢竟是八解藥殿下，泰斯凱蘭烈日尖矛皇座的繼承人。雖然他只有十一歲，他的雲鉤還是有許多權限，比他目前以爲的還多，也可能比他想過要用或他知道的更多。

他向綜合紀錄局查詢了三海草上個月的所有公開活動。綜合紀錄局的介面很煩人——它顯然是司法部的管轄範圍，在這個部門的人工系統判斷他是否有權得知三海草公餘之暇的活動內容時，代表司法部的字符就在空中旋轉。他心裡好奇太陽警隊會不會也使用類似這樣的介面。可能不會吧，他們有自己的辦法可以眼觀四面。

結果，三海草過去一個月來做的事並不多。她在幾家餐廳消費過，送了制服去乾洗，這是人人都會做的事。她沒有購買任何反常、昂貴或是與外星人有關的東西，也沒有寫任何訊息寄往外星（或至少沒有任何私人訊息——綜合紀錄局並未追蹤情報部收發的通信。也許這是件好事。雖然八解藥也希望他可以看看，三海草在情報部的紀錄中都和哪些人對話過）。她的活動全都集中在離開都城前的十八個小時內：她的職位改爲外交特使，她提領了大部分的存款，轉存到一個肯定是隸屬於情報部的帳戶，並且訂購了一大堆新制服，然後以貨艙臨時乘員的名義，從極內省太空港搭乘一艘叫做「織花」號的醫療補給艇出發。

然後她就走了，消失了，穿過這裡和她想對話的那些外星人之間隔著的每一道跳躍門，到達彼端。八解藥現在知道他要去哪裡了。「織花」號會循環通過一連串相鄰的跳躍門來回於「世界之鑽」（這艘補給艇的船長異常地仔細小心，把每道門都記錄下來），現在它就回到了極內省太空港。

一艘醫療補給艇的船長對宮廷裡或是政府部會之間的鬥爭，不會有什麼立場。醫療補給艇的船長不會對外星人或作亂分子有任何了解。醫療補給艇的船長只會將他對特使的印象告訴八解藥，而這正是八解藥所需要的。跟這位特使以及瑪熙特・德茲梅爾對話的那群外星人，就是三方向角派出整整六個軍團要去擊殺的對象。他需要想清楚，他認不認爲這是個好主意。

第十四章

傳染病隔離封鎖程序須知：

太空站居民的第一要務，就是聽從維生系統部員工的指揮，在防疫封鎖期間，請相信他們，而不要信任自己的判斷。然而，你面臨此種情況的機率非常之低。萊賽爾太空站上一次進入防疫封鎖狀態，已是五個世代以前的事。當時出力協助絕大多數太空站民安全度過疫情的醫療人員，所屬的憶象鏈都得到細心保存，他們的傳承者就在你我身邊。切莫害怕！一般感冒、皮癬類真菌感染等輕微疾病雖然具有傳染性，但無須採用防疫封鎖手段處理，只是人人（包括維生系統部員工）皆有的普通疾患。若有嚴重傳染病疫情爆發，你將會接到詳細的行動指令，範例如下⋯⋯

——由萊賽爾太空站醫療安全與健康委員會（隸屬維生系統部）廣發的宣傳小冊。

※

旅遊警示：針對帝國境內的泰斯凱蘭人民，目前並無任何旅遊警示發布，惟請留意跳躍門優先提供軍事運輸使用，故可能造成輕微交通延誤。

——極內省太空港全像投影輪播公告。

八解藥兒時就像其他的孩子一樣有保育員照顧。他們避免他掉進水耕花園、吞下資料微片匣，或做出其他小小孩常會做的蠢事。但現在，他已經好一陣子沒有保育員了。當然，他還有家教老師（自從他的祖親皇帝死後，家教老師變得比較像是他想要時才去找的對象，而不是每天會主動找上他的人），以及整個都城的攝影機盯著他。

攝影機阻止不了他搭上地鐵、前往太空港的決心。攝影機會追蹤他的行動——現在他人在路上，倒覺得這個念頭有點令人安心，因爲一上地鐵，你就會發現「世界之鑽」原來有滿坑滿谷的人，而且離奇的是，他們似乎全都知道該往哪個方向，不會被眼前看到的任何東西弄得恍神分心或暈頭轉向。他自己就既恍神分心又暈頭轉向。這一切眞的太超過了。他對宮殿區瞭若指掌，而且能畫出六道跳躍門以外的空域的戰艦飛行軌跡，但是都城對他而言還是非常喧鬧、非常——嗯，就是太超過了。

但他就是要去太空港。攝影機的目光會追蹤著他，他好久好久以來，第一次覺得這是件好事。地鐵站裡有標示，八解藥也記得路線圖（誰會不記得？），就算他不記得，也可以靠雲鉤輔助。他判斷，地鐵這東西是很講道理的。雖然吵鬧、快速又令人不適，但很講道理。如果他在某個月臺上等候，時間表會顯示下一班車的抵達時間和目的地，而車確實會在那個時間來，也會開往它應該去的地點。這就是地鐵的演算法系統發揮的作用。他換了兩次車——第一次心驚膽跳，第二次就高高興興。他做得到呢，完全做得到。這比待在三方向角的辦公室裡簡單多了，他甚至不介意走到他面前的行人因爲他太矮而沒注意，差點絆倒他。

然後，他就到了極內省太空港，他仍然不太確定自己最終能否達成目標。地鐵是一回事，太空港又徹底是另一回事。這裡的人更多，而且到處看著起飛和降落航班資訊的投影，手上要不是抓著行李箱，就是推著比他還高的行李推車。太空港拱狀的天花板將他們的對話聲吸收，變成一波吵雜的噪音，混合著食物攤販的全像投影廣告輕快的標語，想吸引他買荔枝口味小蛋糕和新鮮進口魷魚棒。他打從肚子裡覺得想吐。他通常很愛吃魷魚棒的，但現在他覺得自己就要尖叫或大哭出來了，因為所有的聲音都太吵了，讓他再也不想吃任何東西，包括魷魚棒在內。他要怎麼在這個地方找到「織花」號？

他躲進一條比較安靜的側邊走廊，那裡的人都朝同一個方向移動，而非漫無規律地亂晃。他坐在一張長椅上，還想把雙膝縮到胸口，埋頭躲在膝蓋後面。但那是小小孩才做的事。他試著思考。他是擁有六方位皇帝百分之九十基因的複製體，而這位皇帝可是軍隊出身的君主中數一數二聰明的，所以他應該要能思考出些什麼。

當他真的思考出來的時候，答案簡單明瞭到讓他比先前更覺得自己好愚蠢、像個笨小孩。他開啓雲鉤的導航功能，交叉查詢「織花」號那位樂於遵守官僚程序的船長在抵港時登錄的泊位號碼。他的雲鉤輕響一聲提示音，音量小得只有他能聽見，然後亮起一條導航路線，從他的所在地點（顯然也就是鬱金香航站的附屬B側走廊）通往「織花」號的泊位，遠在某個被他的雲鉤稱為金蓮花航站的地方。他眼前的路徑發出白色的悅目微光，每樣東西都描上了一種猶如陰天黎明前刻的色澤。八解藥踏過太空港的地面，努力表現得像個身負任務的成人般自信而自在。

顯然，金蓮花航站是屬於前往外星系、需要通過跳躍門的航班。這裡整體的感覺跟鬱金香航站非常不一樣：鬱金香航站裡滿是泰斯凱蘭人，目的地各不相同，有短程也有長程，有的在同一星球上旅行，有的要前往某顆衛星，有的要在「世界之鑽」所屬的行星系內巡航。金蓮花航站裡當然同樣有觀光客，但也有很多大人嚴肅地看著他們的出境客貨清單和簽證，還有帶著貨箱的商人，以及幾隊穿著筆挺制服的艦隊士兵、等著外派到第一個駐點的軍校學員。八解藥看著他們，走路時不禁豎直背脊、挺起肩膀。

雲鉤上發光的路徑帶領他經過一個情報部的郵務櫃檯，負責的兩名情資官看起來年紀不比艦隊學員大。處理星際跳躍門郵件這回事，大概是沒受過足夠訓練、在別處派不上用場的人會被分配到的任務吧。

八解藥停下腳步看他們工作。他們做的事情看起來並不困難。他們接收別人拿來的資料微片匣（用跟他浴室垃圾桶差不多大小的桶子盛裝），加以分類並放進不同的桶子裡——可能是按照目的地，或至少是按照前往目的地途中必須經過的第一道跳躍門——然後將桶子交給身穿飛行員制服（但顏色是代表情報部的奶油白和橘紅）的其他情報部員工。無聊透頂。若換成八解藥，一定會討厭死這份工作。有個不屬於情報部的人走過來站在櫃檯的小窗口前，身上穿著非常普通的便服，但戴著代表司法部的灰色臂章。她遞出了一只看起來非常正式的資料微片匣，沒有被丟進桶子，其中一名情資官拿著那只特別的微片匣離開櫃檯不見了，八解藥猜他是親自去交寄特快速件。另一名情資官寫了一張收據。

八解藥在考慮他要不要讓「織花」號多等一會兒，然後去問那個在寫收據的情資官，誰有權限要求從「世界之鑽」寄出特快訊息穿過跳躍門。與此同時，整個太空港爆出一陣巨響：不是泰斯凱蘭人的交談叫鬧，而是尖銳且持續不斷的疏散警報聲。

❁

在身為見習情資官期間，一個特別累人的學期中，三海草讀過幾本古老的工作倫理指南手冊，裡面不斷表達對於與非帝國人民建立情感接觸——或是更要命的，肢體接觸——的恐懼，認為這會導致泰斯凱蘭人遭受無法復原的污染。當時，她在選課期間覺得這門叫做「泰斯凱蘭涉外活動哲學觀流變」的選修課還不錯，但那個學期，她是醉醺醺地在凌晨四點從「世界之鑽」南方大陸上某個情報部辦事櫃檯選課。她在那個地區練習文化沉浸——如果成功混進她根本不喜歡的音樂圈子，就算是達成文化沉浸的標準。她記得自己被那些舊手冊的作者逗得有點發噱，他們有些人建議在不慎發生近距離接觸後預防性服用抗生素、前往太陽神殿服事，並且進行社交隔離。

當三海草一點也不醉、讀書讀得非常挫折時，她覺得這些作者真是迂腐透頂。帝國的公民怎麼會無法抵擋來自外族文明的那麼點文化污染？而且，如果你跟某個有傳染病的人上了床，比起「無法復原的污染」，你應該還有更嚴重的問題要擔心才對，例如你的對象所屬的星球沒有良好的公共衛生條件。

現在，她在「輪平衡錘」號的醫療艙消毒淋浴室裡，狼狽而赤身裸體地站在瑪熙特・德茲梅爾旁邊，她開始懷疑艦隊是不是把那些古老的工作倫理指南當成了精神依歸。也許他們完全沒有讀過近五百年來關於這個主題的其他著作。她也懷疑她們的寢室裡是否被設置了偷拍攝影機。

她在加了氯的水柱中發抖著說：「瑪熙特，這並不是我原本對今天早上的計畫。」她滿意地聽見瑪熙特笑了，儘管那笑聲勉強而惱怒。

「在我們太空站上，」她說。「不會要求新交往的情人這麼乾乾淨淨。」

「你們太空站上的人在跟新的情人交往之前，不會跟顯然帶有傳染病原體的外星人對話好幾個小時。除非我全面地誤解了你們的文化。」

瑪熙特搖了搖頭。她濕潤的鬈髮滴著水，長度幾乎碰到肩頭，她不斷將髮絲從眼前撥開。「妳沒說錯——針對這一點。而且，如果我們體內長滿外星真菌，那麼我不曉得消毒淋浴有什麼用。」

三海草也不知道。她稍早從她們共用的房間走出來時，完全沒有料到這個局面。當時她讀完了《危險邊境！》，並且發現它還有九本續集，立刻要求瑪熙特如果有機會一定要幫她弄到手；她們著裝完畢，心裡想的是要回到苔蛾座二號星的酷熱環境，準時趕上她們和外星人預定的第二場會談。

三海草完全沒有預期自己會被穿戴全套隔離裝備的艦隊士兵抓住，丟包到醫療艙來。她和瑪熙特被粗魯地脫了衣服、做了消毒，其間只能模糊地聽到他們解釋爲什麼必須如此處置。驗屍室裡的外星人屍體長了侵入的眞菌，也許她和瑪熙特隨時也會遭逢同樣的命運。

三海草感到懷疑。她跟平常一樣完全不覺得有遭到侵入的感覺，至少不是被眞菌侵入。當她的思緒沒有被一陣陣冷冰冰地潑在身上的化學消毒劑打亂，她就挺清楚地想到，她的確是被瑪熙特靈巧的手指侵入過，還有那本漫畫陌生新奇的敘事節奏也滲入了她的腦海。但是消毒淋浴這回事一點也沒有性感的成分可言。老實說，這是三海草裸體待在床伴旁邊時，第一次感覺自己如此沒有吸引力。

此外，她還更擔心她和瑪熙特隨時可能錯過預定在苔蛾座二號星進行的會談。有什麼事情能比寄生性的眞菌在整個艦隊上大肆傳播還糟？那就是在談判上遲到、激怒你的敵人，導致艦隊在遭到眞菌肆虐之前，就先被外星人的腐蝕性武器融化掉大半。

淋浴室的水龍頭終於關掉，密封的門也打開了。三海草重重呼出一口大氣。她身上非常濕冷、非常乾淨，現在她得立刻搭上交通船。但是，淋浴室門的另一端站著二十蟬部隊長，他身上沒有任何隔離裝備，但是穿著衣服，這讓他比起她們明顯多占了優勢。

「副官，」瑪熙特溫和地說。她沒有試圖掩蓋身體，甚至沒有使用雙手或是腰臀的角度來遮蔽。三海草好奇起萊賽爾太空站民對於袒露身體有無禁忌，但接著又想到此時思考這件事沒什麼用處。瑪熙特向沒有穿戴濾清口罩和塑膠隔離衣的二十蟬比了個手勢，問他說：「你現在不擔心我們會散布——那個叫什麼呢——孢子了嗎？」

「大使、特使，我認爲妳們不太可能會散布任何東西，」二十蟬說。「但就算會，也不可能比我遭遇過的暴露量更高。畢竟就是我發現了那個醫技官的屍體。如果有任何傷害，也早就已經造成了。」

瑪熙特說，「爲什麼我們突然開始擔心眞菌污染？我們跟那些外星人說話——或是嘗試跟牠們說話——的時候，牠們都非常健康，身上沒有可見的眞菌。」

「不是可見的，」二十蟬開始解說。「如果牠們身上有，也是長在體內。我開始認爲牠們可能也有——只是牠們身上的眞菌處於休眠狀態，長在顱腔裡，腦部結構裡。」他看起來很樂意針對這個主題繼續大談特談。他看起來已有好一陣子都在默默擔驚受怕、一人獨處，一旦獲得准許，任何話題他都願意談論。三海草記得他在自己艦上中央的水耕花園裡，是多麼地舒適自得。她心想：隔離措施一定把他嚇壞了。一想到他不能再接觸那些植物——還變成感染的帶原者，感覺一定就像被割斷的花莖流出液汁那麼痛。

然後她又想：也許我終究還是個詩人呢。

他還沒拿出準備已久的講稿，對瑪熙特解釋那種暗藏在他們敵人體內、直至宿主死亡的眞菌，三海草就先插口表示：「部隊長——我們要去苔蛾座二號星。我們承諾過會到場。如果我們說一套、做一套，我實在不知道那些外星人會有何想法或行動。」

「我知道，」二十蟬說。「我跟妳們一起去。我來開太空梭。」

「你的元帥不想讓其他人遭受暴露風險。」瑪熙特冷靜平和地說，像是對他伸出一隻手：我很遺憾你的同胞這樣對待你。

「的確，」二十蟬說。「但同時也是因爲我的堅持。我有問題想問牠們，大使。我想給牠們看看這個，問牠們這是做什麼的。」

他單手拿起一個密封的透明塑膠方盒，盒裡裝著一團蔓生的白色碎形結構物體。三海草覺得，它的形狀跟他手腕上似有若無的淺綠色恆定教派刺青頗爲相似。他搖晃盒子時，那團物體似乎也受了驚動。

※

警報聲一直持續，大音量和高頻率令人無法忽視，而且響個不停。

除了八解藥以外的所有人似乎都知道該如何應變。整個金蓮花航站變成了一條由人群組成的河流，匆匆流向各個出口，整個太空港似乎都在不斷尖叫。出事了，出事了，有危險了。八解藥也應該跟著疏散，但他的腳感覺就像在地上生了根。在他身邊流動的泰斯凱蘭人群中，他宛如河流中的小小岩塊。如果警報是因爲他偷偷跑掉才響的，因爲都城在找他，害得大家錯過航班和火車，那怎麼辦？如果這都是他的錯怎麼辦？

如果這不是他的錯，警報是眞的，眞的出了事，卻沒有人知道他在哪裡、他安不安全，那又該怎麼辦？那就更糟了。他太自私了——每個人的動作都好快，他不再是河裡的岩塊，而是一顆小卵石，在人流中翻滾，在群眾試圖前往航站出口、遠離警報噪音時被推來擠去。有人的後背包打到他，害他跌倒在地；某個人踩到他的肚子，好痛，他照十一月桂教的方法蜷縮成球形，用雙手覆住後頸，保護臉部和身體中段。他甚至連要哭都吸不足氣，那個跑步踩過他身上、把他當成地板一部分的人，擠光了他體內所有的空氣。又有另一個人被他絆住跌倒，然後手忙腳亂地爬起來。

他如果留在這裡，肯定會被踩死。

他試圖回想他去過的那個冰冷清淨的地方，在戰爭部的戰情室裡。那是你感到害怕時會去的地方。他不知道那個地方在哪裡，他好驚恐。那個地方現在一點也不眞實。

有一隻手抓住他的胳膊，拽著他站起來。有個聲音說，「死小孩——這樣會害你自己沒命的——」然後他踉蹌向前，置身於人群的河流中，不再是障礙物，而是水體中流動的數千個小粒子之一。他不知道是誰抓他站起來，那個人也跟他一樣迷失在人潮中。

人潮湧出金蓮花航站，像洪水般流回鬱金香航站裡。八解藥看到所有通往地鐵站的出口都被太空港保全人員擋住——還有愈來愈多的太陽警隊圍過來，戴著空洞的金色面罩，讓人同時畏懼又安心。鬱金香航站這裡尖銳的警報聲中聽得到混雜的文字內容：請往户外移動，目前沒有立即的生命財產威脅，但請勿嘗試搭乘地鐵。

其中一個地鐵入口冒出了絲絲白煙。身上掛彩、心裡驚慌的八解藥被人潮帶出航站門，來到都城午後明亮舒適的陽光下，他心想：地鐵路線裡有炸彈嗎？他完全不知道該如何應對這個可能性。這種事不應該發生。地鐵系統擁有完美的演算法，如果有炸彈的話，它應該會發現的，對吧？

疏散的人流將他帶到了太空港周邊、太陽警隊正在就位的地點。群眾不再是一條河流，又變回了令人困惑的一團亂：有些泰斯凱蘭人站在一旁，有些到處亂晃，攔下載客陸行車，或是徒步走遠。八解藥坐在一處種滿鬱金香的花圃邊。鬱金香航站，他心想。所以種的當然是鬱金香了。他的肚子在痛，肩膀和側臉也痛。他摸摸臉頰，刺痛得不禁瑟縮，看到手指上沾了血時並不意外。

他想回家。

如果沒有地鐵，他不知道該怎麼回家。

他離宮殿區中央有好幾哩遠，就算他要走路，他也不知道這裡和那裡之間隔著的都是些什麼樣的地區。他的雲鉤指示了一條路徑，但是距離非常長，他實在不應該跑到都城裡來假裝成大人。如果他做不到這件事，他怎麼敢想著當皇帝？或是當艦隊裡的士兵？他很確定，艦隊士兵無法搭地鐵時絕不會驚慌，或是急著回家，回到一個規則對他們來說可以理解的地方。

他才正對自己保證不會哭，下一刻就哭出來，所以他一面哭著，又對哭泣感到丟臉。當他努力止住眼淚、用衣袖背面擦擦鼻子（眞是太幼稚了），他抬頭一看，面前站了一個人，全身白衣。

「嗨，殿下，」皇帝的勳衛五瑪瑙對他說。「你還好嗎？」

如果八解藥的年紀比現在小個兩歲——或也許小個兩週——他就會衝向她懷裡，緊緊抱住她。但他現在覺得太丟臉、太難爲情了。

「還好。」他帶著鼻塞說。

「好唷，」五瑪瑙說著，也坐在他旁邊的花圃圍牆上。「那麼你要不要在這裡休息一會，等太陽警隊確認附近都安全了，我再帶你回東宮？」

這聽起來眞是太美妙、太輕鬆了。八解藥不敢相信。他覺得自己現在什麼都不敢相信了。眞是糟糕透頂，因爲他很想要相信這位立誓效忠於皇帝的左右手，他以前一直都很相信她的。

「發生什麼事了？」他問。

「很多事，」五瑪瑙說。「你要問的是哪一件？」

他吞吞口水，然後發現自己可悲地問了這麼一句：「是我的錯嗎？」

五瑪瑙輕拍他的背，就只拍了一下。「不是，」她說。「不是你的錯。只不過十九手斧在我很忙的時候吩咐我親自來找你。但你表現得很好，讓自己很容易被找到——待在攝影機看得到的地方，停留在原地。我只跟丟了你幾分鐘。」

他根本從來都不算是獨自行動吧。他晚一點再想這件事，不是現在。都城看見了他，讓五瑪瑙來找他。或者該說這麼做的人是十九手斧，也可能兩者其實是相同的，有時候很難分辨都城和皇帝之間的區別。「對不起，」八解藥說。「讓妳跑過來。」

「我接受你的道歉。」

「嗯，那還發生了什麼別的事？我看到地鐵裡有煙。是不是有——」他不想問出*是不是有炸彈？*感覺問出來就會讓這件事成眞。

「有列車脫軌，」五瑪瑙說。「這個——是很複雜的問題。意外的問題。從你還沒出生的年代開始，我們就不曾遇過列車脫軌了。」

「有了新的演算法之後就不曾遇過了，對嗎？」

「沒錯。」她似乎不意外他知道這些事，並且能自己下結論。八解藥記得她也有個小孩，很小的小孩，也許那孩子很聰明，所以五瑪瑙很能夠相信小孩做出的正確判斷。這很合理。（他現在眞的很需要合理的事情。）

「有人死掉嗎？」他問。

「還沒有，」五瑪瑙眨眨眼睛、在雲鉤上瀏覽資料後說。「有些人送醫了，但目前沒人死亡。」

「好的，」他做了個深呼吸。「是我本來要搭的列車脫軌了嗎？」

五瑪瑙發出了一種沉思的聲音。「也許，」她說。「如果我們知道列車脫軌的實際經過，會很有幫助。另外，你跑到這裡來是打算做什麼呢？」

來當間諜，八解藥心想。自己做調查。但是那聲「也許」在他喉嚨裡蠢蠢欲動，簡直要嗆著他。所以他說了實話。如果他說了實話，也許就可以回家，暫時不用當間諜了。他說：「我想要跟一個不是替情報部或戰爭部工作的人，問問三海草特使的事。」

「……而你覺得可以在太空港找到這樣的人？」

「嗯，她是搭『織花』號離開的，然後——」

「噢，眞聰明。」五瑪瑙說。八解藥以爲這句讚美應該會讓他感覺很棒、很驕傲，像十一月桂或三方向角說他做對了某件事時一樣。但他只覺得好累。他們之間出現了很長的一段停頓，安靜無聲地各自思索。他吸了吸鼻子，剛才的哭泣讓他頭痛，這眞是太丟臉了。

終於，五瑪瑙站起來，白色長褲沾到了花圃的培養土，但她並不介意。

「我們回家吧，殿下，」他說。「司法部和太陽警隊把現場封鎖了。留在這裡等著看事故原因是信號問題或爆裂物，也沒什麼意義。」

爆裂物。就像那些博理官好幾天以前在皇座廳裡說的。炸彈，在地鐵裡。那樣就太糟了，比脫軌事故更恐怖，尤其如果那是八解藥造成的。

「妳覺得，」他試著問，用意志力讓聲音保持平穩。「是爆裂物嗎？」

「我覺得，」五瑪瑙說。「你跟我都還是等司法部的事故報告出來，再擔心這件事比較好。等到眞正的問題出現再說，殿下，別去找沒有送上門的麻煩。」她停頓一會，露出晃眼即逝的微笑。「而且，比起去找『織花』號的船長，我覺得有更好的選擇。你想用什麼方式跟特使本人說話？」

◎

交通船向下飛向苔蛾座星系，蟬群也在船上。

九木槿看著交通船的引擎將燃料燒成耀眼的火光，從艦橋上的視野中消失，進入苔蛾座二號星的大氣層。在她身邊，原本她的副官應該站的位置，現在站的是十六月出——她想像不到還能有比她更糟的人選來取代蟬群。蟬群、特使和萊賽爾大使，以及和上次一樣的四位護衛隊士兵，就這麼出發了。即使隔著新換上的制服，每個人身上氯和消毒水的刺鼻氣味都還清晰可聞。他們要去和敵人面對面，而艦上的醫療艙依舊封死，只容緊急人員進入。十六月出表示她對處理情況十分滿意：艦上不會爆發眞菌引起的過敏性休克，目前不會，但身爲艦隊長（況且還身爲元帥）可不容許任何風險。而且，毫不意外，十六月出當然拒絕回去「拋物線壓縮」號，因爲她自己有成爲感染原的風險。多麼高貴的情操，多麼方便的藉口啊。她可以多麼容易地發現敵軍所屬星系的資訊，儘管九木槿還沒準備好讓她知道。

九木槿想要傷害些什麼東西，對著某個目標發射，放出「輪平衡錘」號上所有的能量砲彈，製造一場熊熊烈火。現在一切都沒了道理。過去，在卡烏朗星系的行動是她能理解的。她理解如何讓她的敵人信任她，如何加強手下士兵的忠誠——她一直都理解這一點。現在她卻動彈不得、苦苦等待，艦上的驗屍室裡還有個死掉的軍校學員和死掉的外星人。她擁有艦隊的力量、背後泰斯凱蘭帝國的力量，以及一身的戰技和得來不易的耐心——但蟬群還是搭上那艘活該被繁星詛咒的交通船，要在鋪天蓋地的酷熱中跟外星人問問題。一開始，這全都是她的主意，她現在但願能夠收回成命——如果那樣能讓她有些事可做，有些事可以交代給她手下的人，以免他們只能乾等，最後在不知不覺間被突然從黑暗太空現身的敵艦襲擊，死在爆裂火光中。

她可以把那個星系交給他們料理。她隨時可以下達這項命令，浪費掉每個軍團的半數兵力前往該地，然後——摧毀一整個住滿智慧生物的星球，讓這場戰爭延續到永遠。但至少那會是一場有目標可言的戰爭，一場讓她犧牲自己全力以赴的戰爭，在她死前就化為歌曲和故事。

她不知道自己能否「意外」射殺十六月出而不用面臨後果。恐怕不行，除非找到理由。

「您要給他們多久時間？」十六月出說。九木槿很遺憾地下了判斷，這個問題不足以作為將她依軍法處決的理由。這個問題，艦橋上的所有人也都想問：被雲鉤投影出的艦上通訊系統全像影像所包圍的泡泡、雙手在空中舞動操作推進器與導航介面的十八鑿刀，臉上的表情渴盼她能提供的任何訊息。

「兩個小時，」九木槿說。「如果蟬群回傳警報解除信號，可以更久。他會回傳信號的。」

「您對他深信不疑。」十六月出說。九木槿發現，自己根本不在意對方仍然試圖找到切入角度和必要資訊，來摧毀或減損她的權威。現在，這真的不重要了。

「我們從入伍開始就並肩共事，」她說。「我當然對他深信不疑了。若換成妳，難道不會嗎？」

她完全確信，她永遠也無法忘記他被醫療艙對講機扭曲的聲音、他仔細斟酌的字句。他稱呼她「小槿」和「我親愛的」，是因為他幾乎相信自己就要死去，那種時候什麼規定都不重要了，就算你奉獻一生努力成為完美的泰斯凱蘭人、完美的艦隊士兵，成為這個其實不是你的形象。

「我會，」十六月出出乎意料地說，並且嘆了口氣。那聲氣息是個幽靈般的聲音，像是虛空中的低溫滲入碎鋒戰機的座艙罩內所結的冰。「他勇氣過人。『他的血管滴出星光——亮如螢蟲，落入祭祀缽。』」

那是〈第一開拓之歌〉，最古老的一首，和泰斯凱蘭帝國一起拔地而出，或幾乎是在同一個時期，就是帝國在初代皇帝治下挺進太空的第一個世代。〈開拓之歌〉從來沒有作者——它爲什麼需要作者？這就是一首歌頌身爲泰斯凱蘭人之榮耀的歌曲。九木槿完全上了她的鉤，但是沒關係。「沒錯，」她說。「這就是爲什麼我讓他和特使同行。他該有機會去問問那些傢伙，牠們爲什麼差點把他害死，牠們的目的是什麼，還有牠們是不是蓄意的。」

十六月出發出了一個不成字詞的聲音。「只有他？沒有我們其他死去的同袍？我其他死去的部屬？我們在苔蛾座二號星上的人民？」

「得到機會的是他。」至於這個機會是好是壞，她實在不確定。

「我的元帥，」十六月出說。「我想相信您。眞的想。但這裡還有超乎妳我掌握的勢力在運作。」

「是什麼勢力呢，艦隊長？」九木槿問。對方的偏執並不令她意外。第三分部的人就是這樣，就算離開分部、加入指揮體系的軍官亦然。但這種伴隨著誠實的偏執就出乎她意料，這種請求，希望獲准接受幫助的請求——

這次，十六月出口中發出嘆息，一種無奈哀怨的聲音，人準備好要說實話時會有的那種聲音。該死，但她可不是第三分部的人嗎。九木槿不能相信她。就算她說的其實沒錯——就算她將自己的分析包裝在九木槿認爲將領和士兵之間應有的對話語言裡，以「我願意爲您而死」和「除非別無他法，否則我絕不會如此要求你」做出互相保護的承諾。

十六月出說，「就是說服情報部帶著一名外國政府代表進行停火談判的勢力。促使皇帝陛下力勸九推進器前部長提前退休的勢力。想要我們在這場戰爭中受困而非獲勝的勢力。」

九木槿轉身面對她，心意已決，雖然還不知道決定的內容是什麼，只知道自己下了決心。「妳想要私下談嗎，艦隊長？」她試圖輕聲細語，就像她跟自己手下的士兵問話時一樣（就像十八鑿刀報告說他們發現敵軍所屬星系位置時，她對他問話的語氣）。這是個提議：妳想要我相信妳、保護妳嗎？

而十六月出拒絕了她的提議。「不用，元帥，」她用一副禮貌的婉拒態度說。「這些話我全都可以在您的艦橋上說。我相信您也知情，戰爭部裡有派系想要看到您在消耗戰裡油盡燈枯，而不讓您打一場我方能夠取勝的戰爭。而那些派系跟想要壯大戰爭部權力的人聯手，他們想讓我們回到一閃電的不幸風波發生以前的地位。您知道三方向角部長來接任之前，是派駐在哪裡的吧？」

「奈喀爾。」九木槿說完便一語不發。當然，她知道奈喀爾的情形，她當然知道三方向角在那裡是怎麼平定叛亂的。三方向角對那裡的反叛團體一律施以精確而毀滅性的暴力，將自己的人馬安插到那些團體裡，讓他們背刺互鬥到毫無用武之地。她也在卡烏朗做過類似的事。

突然間，九木槿靈光一閃地想到，戰爭部的新部長可能就和她一樣討厭十六月出和第三分部。但與此同時，新部長也可能對九木槿有相同程度的反感，因爲舊部長曾是她的靠山，也因爲她使用過一樣的鎮暴手法，「在最赤忱的心靈中點燃敵意之人」這樣的頭銜卻沒有像鐵鏈般圍繞她。

「就是奈喀爾，」十六月出附和道。「願十九手斧陛下統御萬年，但她讓『奈喀爾人心目中的屠夫』當上了戰爭部長，把您的靠山、九推進器前部長送回佐萊的老家，並且派了您——和我——到這裡來，面對這個東西。」她用手勢比向遠方仍在旋轉的三環星艦，它在苔蛾座二號星，反射著點點閃光。

三方向角的「奈喀爾人心目中的屠夫」這個綽號，九木槿只在艦隊酒吧裡比較不正經的角落聽說過。那裡吟誦的多半是打油詩，詩裡的主旨句念得飛快，在你注意到之前就無聲消散。

「感謝妳如此直言不諱，艦隊長，」她說。「妳想要我對妳說什麼？說我們恐怕都要在這裡慢慢等死，成爲這場戰爭的第一波犧牲品？說我相信繁星庇佑的皇帝陛下會爲了剷除艦隊中最後一群可能支持一閃電的成員，發起一場根本沒打算要贏的戰爭？不管此話是眞是假，妳是不是正想要我這麼說，好讓妳能帶著這句話回去給妳的次長？」

看到十六月出的退縮，著實令人心滿意足。她本來還不知道九木槿已經發現她仍然是第三分部的人吧。這算是贏了一步，小小一步。

「不，」十六月出說。「我想要的完全不是這樣。我想要我們投入這場戰爭。我想要戰勝。」

也許她並沒有說謊，但九木槿沒有時間確認了，因爲二泡沫從控制臺前站起來說道：「元帥，抱歉打擾您，但我這邊有一則皇帝陛下本人的急件訊息。她想跟特使談話，特使和瑪熙特・德茲梅爾大使。一等我們回覆訊息就立刻談——速件信差在等。」

特使和瑪熙特・德茲梅爾，她們在苔蛾座二號星上，正在跟敵人爭論，也可能即將死於眞菌感染，或是中暑。

「好吧，那就叫她們回來這裡，麻煩妳了。」九木槿說。既然皇帝——不論十六月出試圖讓她怎麼想、怎麼懷疑，皇帝依然是她的皇帝——想找特使，那麼就把特使找來吧。

第十五章

紀錄查詢——核彈（地面）攻擊（？編號）（含以下所有字詞：「艦隊」）

自此項技術發明以來，艦隊載具針對行星系進行核彈攻擊的事件，有三筆紀錄，距今均超過四百年，雖然兩個紀元前發生過一場公開辯論，爭論點在於威嚇對奈喀爾星系部署攻擊是否具有效用，該辯論導致社會上普遍反對此一概念……

——//存取//資訊，限制存取資料庫，由十六月出艦隊長個人雲鉤裝置藉「拋物線壓縮」號安全連線查詢，日期96.1.1-19A

※

……極內省所有地鐵路線暫停服務，請等待科學部調查後發布進一步公告。以下重複。列車延誤，請尋求替代交通方式，極內省所有地鐵路線暫停服務……

——「世界之鑽」大眾交通公告，日期96.1.1-19A

◎

回到沙塵和酷暑之中，苔蛾座二號星的大氣像一件令人窒息的斗篷般裹住她。

這顆行星的旋轉速度很慢，十八個小時並沒有讓陽光減暗，倒是讓屍骸腐臭的氣味更加濃厚。瑪熙特雖然有預期到，但還是被嗆得喘不過氣。身體會遺忘痛苦。在瑪熙特還很小、才剛開始思考成為憶象長鏈中的一部分會是什麼感覺時，萊賽爾太空站的憶象融合療程心理師首先告訴她的就是這個：身體會遺忘痛苦，但也會將應對模式寫入自體之內：內分泌反應和化學觸發物，模式是由生物回饋所決定。記憶就是這麼回事：連續性加上內分泌反應。

屍臭和令人暈眩的高熱再度傳來，重複的經驗讓瑪熙特想要乾嘔。她想道：*伊斯坎德，你有經驗過殺人的場面嗎？*

得到的回覆是：〈沒有，在妳帶我去之前都沒有。〉

所以這就是她在他們的憶象鏈裡新增的內容。她不知道自己該對此有何感受。

這次走向高原上的據點，感覺跟第一回不同。那些外星人，她們說話的對象，仍然令她害怕——仍然令她心驚膽跳，就算她只敢在自己心裡坦白承認——但她已經對牠們歌唱過，她這次也可以做到。他們這個小團隊的組成也不同了：同樣四名帶著震擊棍的護衛士兵，同一片用最具泰斯凱蘭風情的絲綢織錦製成的頂篷，但除此之外還加入了二十蟬，他一臉戾氣地帶著那盒死掉的眞菌，還有他要問的問題。這就是瑪熙特的工作了，她要設法用這種不是語言的語言，在這個炎熱到讓她覺得快要昏厥的星球上，問出那些問題。

她們步行時，三海草一直擦過她的身側。一開始，瑪熙特以為她是在做某種主權宣示——*因為我的*

*手到過妳體內，所以妳就是我的了。*這個念頭讓她猛然退縮，也隨著一種令她皺眉的共感召喚出伊斯坎德記憶的迴響，其中有六方位和他寢宮裡的床鋪——但她接著發現那幾乎肯定是個無意識的動作。她只是站得比較靠近，她們之間的某種高牆瓦解了。兩人之間有著輕鬆自然的親密感，就像瑪熙特和過去的其他情人一樣，沒有任何不同。記憶的連續性和內分泌反應對所有人都能發揮作用，不論是太空站民、泰斯凱蘭人或其他——內分泌反應會用屬於肉身的、殘酷不留情面的語言說：*這個人的手在你的歡迎之下到過你的體內，那就再來一次吧。這裡有些很棒的化學物質可以作爲輔助。*

外星人在高原的頂點等待他們，但和上次不是同一組外星人。

瑪熙特立刻用「三號」和「四號」稱呼那兩個取代一號和二號的外星人：牠們是同一個物種，但顯然是不同的個體。兩個都很高，就算扣掉耳朵不算，都比瑪熙特足足高了一呎半，其中一個有深淺色交錯的雜色斑點，另一個全身幾乎是純粹的灰色，只有半邊臉上分布著一大塊黑印。牠們顯然已經等了一段時間。瑪熙特好奇著，他們整個談判隊伍會不會在有機會打招呼之前，就因爲失了禮數而被吃掉。

她決定搶先一步。他們要嘛會被吃掉，要嘛不會。（這麼泰然的宿命觀是來自她血液中腦內啡和催產素混合的效果，或只是因爲她變得比以前更像伊斯坎德？那樣的勇敢，那樣簡單地下決定——）她朝三號和四號走過去，恰恰停在牠們爪子所及範圍的邊緣。陽光耙抓著她，感覺像她頭顱上壓著的重物。然後她開口，將肺裡吸滿沙漠的空氣，然後盡可能大聲唱出代表「你好」的聲音。

她的喉嚨仍然因爲上一次的歌唱溝通而沙啞。這次會更艱難。但是——三海草來到她身邊，跟她一起唱，甚至二十蟬也試著加入，輕輕唱出的高音，共鳴不太好，但仍然算是在唱。經過一段令人痛苦至極的停頓，三號和四號也唱出回應。你好。

他們要辦正事了。

護衛隊架起頂篷，裝置了全像投影放映機——還有他們的新玩具，一只改造成辦公用途的雲鉤，可以將檔案和訊息在使用者周圍投射成環狀，但它不需要佩戴，任何靠近它的人都可以徒手操作。三海草把它叫做「戰略計畫工具」，二十蟬只說那就是戰略桌，艦隊拿來做戰爭推演的那種。

現在沒有時間學習語言了。甚至沒有時間判斷她們學會的這個究竟是不是語言。

只能假設：這些外星人能夠溝通，也理解溝通的概念。

假設：除了聲音之外，牠們也使用一種對瑪熙特或其他任何人類都不可見的方式溝通。

假設：牠們似乎非常樂意把整個星球生吞活剝，只留殘餘物在太陽下腐爛。如同那些屍首，那些死掉的人——

綜合以上假設，現在是用全像投影畫圖溝通的時候了。

三號和四號很快就意會到她和三海草在做什麼，於是也用牠們的爪子在微微發亮的沙漠空氣中畫出光的線條，但這還不是最令人不安的部分。最令人不安的，是牠們似乎都知道一號和二號在前一天做過的每一件事——還有牠們以駭人而詭異的同步動作移動，就跟一號和二號一樣。三號會把由四號開頭的手勢做完，畫完四號起筆的圖形。牠們畫圖的方式完全一模一樣，相同的技巧、相同的風格。

牠們就像是同一條憶象鏈上的兩個環節——只不過兩者同時都有實體。這個念頭讓瑪熙特瑟縮。（但是，依照她在萊賽爾太空站所學到的標準，她作為一長串有機記憶中的一環連結，不也是個錯誤的產品嗎？）

用圖畫和音樂片段溝通，速度很緩慢，而且在酷熱之下十分折磨人。他們兜著圈子想要說「停火」，但沒有辦法傳達那麼實際具體的概念，表達出的比較像是「設法撤退」。如果瑪熙特能弄清楚這些生物是怎麼做出牠們的攻擊，她就有機會進一步請求牠們改到別的地方去做。找個遠離萊賽爾太空站的地方（……還有泰斯凱蘭，噢，達哲・塔拉特這下大概會把她盛在盤子上送給亞克奈・安拿巴了）。但她沒有辦法問出「為什麼」。她沒有辦法使用任何抽象概念，除了——

輪到瑪熙特開始下一個句子、片語或溝通單位時，她小心畫出一個人類的輪廓，用螺旋狀的光線表現它的內臟飛濺到體外；在它的上方，她畫上一個外星人的輪廓，有長長的脖子和肉食性生物的利爪。

三海草趕忙說：「我覺得這不是個好主意，瑪熙特！」但瑪熙特已經張開嘴，舌頭摸索出那個像歌唱又像吐唾沫的聲音，在她們學會的混合語言裡代表住手，代表不、停止或走開。別殺掉我們。

一陣椎心的靜默。

三號舉起一隻爪子——牠爪子後的雙手好纖細，瑪熙特覺得牠們的利爪可伸縮，從事精密工作時會收摺起來——但沒有將瑪熙特開膛破肚。也沒有唱出任何聲音回應。牠在被切割開的那個人形旁邊畫了另一個人類的輪廓，然後再畫了一個、又一個、又一個，彷彿在說，「但妳可以製造更多的妳。」

究竟「妳」這個概念，可以包含的範圍有多廣？可以廣到包含一整個物種嗎？

在她的另一邊，二十蟬的光頭被陽光照成介於金黃和濃粉紅之間的顏色，臉頰變得蠟黃灰敗，被高熱蒸乾。他輕聲嘆氣道：「好吧，這眞是夠了。」

「什麼？」瑪熙特困惑地開口問。但是他已經拿出了那盒眞菌，那盒可能有毒的東西，拿到三號和四號看得見的地方，像是舉著戰利品，或是在做出挑戰。

他指著盒子。外星人的眼睛緊盯著盒子，彷彿它有和黑洞一樣的引力。然後他指向瑪熙特剛才畫的圖，那個死掉、被剖開、不成人形的人類。他把盒子晃了晃，裡面的白色眞菌乾透，被晃得叩叩作響。那個聲音太大了。苔蛾座二號星上沒有昆蟲嗎？這裡眞的除了矽沙和陽光之外別無他物嗎？

三號和四號又用了那種難以參透的語言進行無聲的溝通。牠們張開嘴，同時唱出一種令人骨骼震動的聲音，一陣暈眩反胃隨之而來。瑪熙特辨識出一部分的聲音模式，就是被她和三海草解讀成「勝利」

的詞，但是其中做了些改變，變成了別種樣子。她好迷惑。沒有語言，她沒辦法跟這些生物——這些人，牠們是人，她在忍住不嘔吐的同時還是必須把牠們想成人——對話。如果她是個詩人……

妳應該要是泰斯凱蘭人的，那樣妳可以成為一個多出色的詩人啊。

……像三海草那樣的詩人，那樣一來，泰斯凱蘭真是傾全國之力送錯了人來這裡說故事。現在，詩歌能帶來什麼好處？

有一個護衛士兵在跟三海草說話，壓低聲音，語速很快，用的是泰斯凱蘭語。有那麼令人驚恐的一刻，瑪熙特完全無法理解語言。所有的音節都變成了無用的聲音。

〈呼吸。〉伊斯坎德在她腦海裡說，就像先前一樣。但這次他是用太空站語言說，她吸進第一口氣時就隨之飲下的語言。聲音和意義猝然回到原本該在的位置，字詞重新成為象徵。她恢復了用語言思考的能力。

三海草的手指碰了碰瑪熙特的手腕下緣。「我們必須離開。」她說。瑪熙特需要費力解讀這句話，聽懂單純的泰斯凱蘭詞語，沒有滿滿的隱含敘事和暗示。我們必須缺席，我們必須將自己從這裡移除。

「什麼？」她勉強又發出一個無濟於事的疑問詞。

「皇帝陛下，十九手斧，她要我們回覆訊息。我們兩個現在要回去『輪平衡錘』號。信差在等。」

「不行，」瑪熙特說。「我們——他們沒有——」

在她背後，三號和四號朝著二十蟬接近，繞著他打轉。他動也不動地站著，拿著那盒死掉的真菌，神態完全平靜無波。瑪熙特納悶著，這是否正是身為恆定教徒所代表的意義：就算即將死於巨大的掠食性敵人手中，也毫不在乎。

一隻爪子在盒上敲了一下，發出動物角質碰到塑膠的敲擊聲。

〈十九手斧如果不是有事需要我們，就不會這樣找我們過去。〉伊斯坎德在瑪熙特腦海中說。伴隨著這句話的，是他對十九手斧的全心篤定，相信她值得自己為她捲入生前那些荒謬、痛苦、致命的麻煩，確信自己愛著她，即使這在他生命的最後無關緊要，他對她的愛仍然有增無減。

「去吧，」二十蟬說，聲音聽起來怪異而遙遠。「搭交通船回去，帶著我們的護衛。我想我在這裡會沒事的。」

「你要怎麼做？」瑪熙特說。

「我會把牠們死去同胞的一小部分交回給牠們，」二十蟬說，同時仍然文風不動。「然後看看牠們了不了解我這樣做的原因。去吧。」

三號又在光線裡畫圖，畫了一個碎形，跟眞菌很相似。那個形狀覆蓋在瑪熙特稍早畫的、被割開的人體上。

「我不知道怎樣做才對，」三海草說。「但當初就是十九手斧派我來這裡的——或至少沒有阻止我。而且，她是皇帝嘛。」

伊斯坎德重複道：〈她是皇帝。而且這位副官有辦法在這裡照顧自己。雖然他不會唱歌。〉

「不——不要死掉？」瑪熙特無濟於事地說。她根本不怎麼喜歡二十蟬這個人。

「人皆有一死。」二十蟬說。四號的大嘴離他的臉只有幾吋遠。

瑪熙特心想：人皆有一死，但記憶則不然——接著轉身跟隨三海草回到交通船，回到艦隊，回到等待著她們的泰斯凱蘭。

◎

他們把二十蟬跟敵人一起留在沙漠裡。九木槿恨極了，發自肺腑地恨，但是她沒什麼辦法反駁這個決定。尤其是特使和德茲梅爾（間諜和她的寵物，噢，有時候她眞希望能把十六月出的慣用語丟出腦海）還發誓保證，蟬群是自己要求留下的。

這實在太符合他的作風，所以她相信了。完全和他在醫療艙的密封門後做的事一樣，刻意用自己當作可能的犧牲品，等著看他是否會因爲吸入眞菌孢子而死。

不論如何，她還是怨恨這個決定。她希望她的副官——也是她最親近、相識最久的朋友——能不那麼熱中於維持整個世界（亦即整個帝國、整個宇宙）的平衡，可以自私地多想著救救他自己的小命。就算不爲了別的原因，也要爲了她啊。

特使和德茲梅爾去回應皇帝的緊急電文，二泡沫從旁督導，而九木槿離開艦橋，休息一個小時。（她其實欠了九個小時的休息時間，但誰會需要睡上九個小時？）她沒有回去自己的寢室，直接到二十蟬那裡——當然了，他還是沒換密碼。門打開了，放她進去。

平常被他塞在角落的工作終端機上方，有一段自動播放的全像投影訊息在旋轉，用他一貫的整齊字符筆跡寫著：小槿，如果我不在，幫我替植物澆水，還有餵餵那隻活該被繁星詛咒的卡烏朗小貓。

她才不會哭出來呢。這是應急保險訊息，又不是訣別書。

總之，她還是幫植物澆了水，在澆水的同時發現了那隻活該被繁星詛咒的卡烏朗小貓，牠睡在其中一個盆栽裡，看起來像黑如宇宙空洞、奇形怪狀的根莖蔬菜——而且是被她無意間灑了水時對她嘶叫的根莖蔬菜。她也餵了牠小塊的植物肉，牠似乎享用得很開心。

牠跑來窩在她的膝上，打著呼嚕，從她的手上舔植物肉吃，眞是可愛得沒道理。她還在餵牠的時候，她的雲鉤響起了優先訊息的通知，是從指揮官專用的廣播頻段送來的。她不假思索地播放訊息；這個頻段的所有訊息都非聽不可。

訊息播放之後，十六月出的影像占滿了九木槿半邊的視野，但另外半邊仍然維持淨空。十六月出已經不在「輪平衡錘」號上。她回到她自己的「拋物線壓縮」號的艦橋。她這一走，九木槿知道自己應該大鬆一口氣，但實際上並沒有，一點都沒有。她輕輕拍撫卡烏朗小貓，免得牠又吵著要吃肉（但效果不盡顯著），同時聆聽訊息。

元帥，十六月出在她遙遠的旗艦上說道。儘管我們意見相左，但基於您是我的長官，也基於您了解我們敵人的船艦與身體都具有強大可怖的能力，我感到自己有責任告訴您我得知了這件事——雖然我相信您已經知情：您其中一艘偵察艦已經發現敵人的母星系。請勿責怪您手下的軍官，他們守口如瓶。但是第二十四軍團就和第十軍團一樣聰敏，「重力玫瑰」號改變飛行軌跡和搜索模式、穿過我的軍團返航時，顯然就代表他們找到了我們都在尋找的目標。我自己的偵察機也證實「重力玫瑰」號的發現。

我正在準備部隊展開攻擊。如果您願意將指揮權交給我，我會自願領軍：「拋物線壓縮」號會與「輪平衡錘」號並肩切穿敵陣，接近到足以將它們在天際燃燒殆盡的距離，消除可能感染我們的病原，殲滅無疑會吞食我們的敵人。

我理解您也許希望先等到您的談判代表回來。我也會暫且一起等。

我的元帥，我寧願趁這場戰爭吸乾泰斯凱蘭的生命力前，就犧牲小我終結戰爭，也不願意在漫長的消耗戰中苟活。我相信您有同感。此外，您是卡烏朗星系的平亂英雄，也許我們會一起活過戰火。

訊息結束。九木槿的半邊視野又回到二十蟬寢室裡的花園。

「幹，血紅的星光啊。」她說。卡烏朗小貓深受冒犯地看著她，從她腿上跳走。

❊

如果皇帝的動衛透過速件信差寄出訊息，傳送的速度甚至會比艦隊的訊息更快。

五瑪瑙說是五個半小時。他們的要求和八解藥的一長串提問，要花費五個半小時傳送到「輪平衡錘」這艘旗艦上，然後再加上錄製答覆訊息的時間，又過五個半小時才會傳回來。他們等待的同時，五瑪瑙先送他回去睡覺。他心裡埋怨，可是也覺得自己是該去睡：他跑到都城去，害得人家得去救他，而且他腦袋裡還不停擔心著信號問題和爆裂物哪個才是事故原因。他問五瑪瑙有沒有從司法部那裡聽到消息，她沒有回答，反而更堅持地叫他上床睡覺，這代表她要嘛沒有聽說，再不就是聽到了壞消息，肇事原因是爆裂物。

不過八解藥還是去睡了，並且很高興一夜無夢。他很肯定，如果他作夢，必然會夢到列車脫軌。寄給特使的訊息應該會在隔天中午之前傳送回覆到地宮，但是回信沒有準時抵達，到了晚餐時也沒來。八解藥心不在焉地撥弄著用百合花捲起的香料肝臟佐乳酪，雖然他平常很愛吃炸花瓣，現在卻緊張得吃不下。萬事萬物似乎都運轉得比他能跟上的速度快了那麼一點點。沒有人告訴他地鐵裡發生了什麼事，他也不知道要怎麼讓雲鉤提供他比一般公開新聞更有用的資訊。

過了一陣子，他就不得不關掉新聞。看到地鐵管路裡飄出濃煙讓他感覺很不舒服。

日落之後，五瑪瑙才用宮殿區內部的郵務系統寄給他一只資料微片匣，要他去看他的提問得到什麼答覆。答覆者顯然不只有三海草特使，還有瑪熙特．德茲梅爾。她們兩人一起回覆訊息，讓八解藥好奇這是否證明十六月出艦隊長傳來的警告是對的——情報部被萊賽爾太空站的大使滲透了。或者證明三方向角說的是對的：瑪熙特不管人在哪裡、不管是否蓄意，都會擾亂規定的程序和世界的正常運作。

他抵達皇帝的寢殿時，五瑪瑙就坐在一張白絲絨沙發上等他，有人陪她一起等。她拍了拍身旁的空位，也就代表八解藥將被左邊的皇帝本人和右邊的五瑪瑙夾在中間看全像投影訊息。五瑪瑙的孩子二地圖，那個曾經對八解藥表明自己有七歲大、活過一整個紀元的小孩，正趴在皇帝的磁磚地板上讀一本數學教科書，不到他想睡的時候都不需要去睡覺。祖親皇帝住在這裡時，八解藥也不記得自己這樣做過。

他覺得他不可能對這種行為感到自在。

五瑪瑙問他——或是在問皇帝陛下，這實在很難分辨。「我們該來聽三海草有什麼話要說了吧？」

他們倆都還沒答話，她就播放了投影。

出現的不只是三海草特使，還有在她身邊的瑪熙特．德茲梅爾。她們在全像投影裡看起來都非常疲憊、汗流浹背而且一點也不開心。她們所在的地點是個金屬牆壁的小房間，只開了一扇窗戶，取景時並沒有怎麼照到窗戶外面應該有的星空，但是八解藥可以想像窗外的樣子。他看不到還有沒有其他人在場聽她們錄製訊息，但是從她們的眼神——瑪熙特一直往左瞄，三海草則很刻意不看左手邊——他判斷應該有某個人在場，至少是某個令瑪熙特緊張的人。

他傳到艦隊的訊息裡提出的問題很簡單：三海草特使，為什麼妳相信我們跟敵方的談判會成功？還有，為什麼是妳、而非情報部的其他人選擇出去當代表？就這兩個問題。他只想聽她的解釋，試著對她建立一點了解，看看他相不相信她所做的事。

三海草特使清晰高亢的聲音變得沙啞，聽起來像是去過一場非常喧鬧的演唱會隨著樂團跟唱，或是前一天晚上十分熱情地參與了一場亞莫利奇球賽。她直視著錄影用的雲鉤，所以八解藥感覺她彷彿筆直望進他的雙眼。直接的眼神接觸。他想別開視線，但她甚至不是真正在場。

「殿下，」她用優美的正式語態說道。「動衛閣下、皇帝陛下，我從第十軍團旗艦『輪平衡錘』號對『世界之鑽』的各位致上尊敬的問候。抱歉只能回覆如此簡短的訊息，但如同各位可能已經想像到的，我們手邊有點忙碌。」

片刻停頓之間，全像投影中的瑪熙特臉上掠過一陣情緒波動。八解藥猜想那也許是在忍笑，大人感到懼怕而不想讓小孩知道時會有的那種笑。

「殿下，您這封小小的短箋裡問的問題實為複雜，」三海草繼續說。「德茲梅爾大使和我無法為您提供應有的答覆，基於時間——和其他方面的困難。但是她——在這裡的瑪熙特，」她朝大使做了個手勢。「她認爲您既然問了，就應該得到答案，尤其是您又這麼不遠千里地把問題寄來。」

十九手斧在他旁邊咕噥著說，「……她當然會這麼想了，可不是嗎。」

「難道您不會嗎？」五瑪瑙說，彷彿八解藥根本不在場，彷彿她們並不是在談論他。

「噢，在這一點上，我和大使深有同感。」十九手斧說。八解藥猛然想起她給他那只矛尖時說的話：不管你的臉長得是什麼樣子，你不是六方位，我會確保你不需要成爲他。他再次納悶起她爲他、或對他所做的，到底是怎麼樣的一件事——但特使又開口了，全像投影訊息繼續播放，不受錄製之後五個半小時發生的這段對話所影響。

「您想知道我爲什麼接下這份工作，而不是情報部的其他人接下。這個問題比較簡單，殿下，原因就是因爲我想。收到徵求啓事之後，我——我就是想，想要做點什麼事，除了坐辦公室、睡不著覺、寫不出詩以外的事。」

瑪熙特在她旁邊輕聲說，「小草——」語氣溫柔而同情。那應該就是特使的暱稱了吧。大使會知道她的暱稱挺奇怪的，眞的喊出來就更奇怪了。三海草對她揮揮手，一隻手做了個略微垂落的手勢，似乎在說「等一下」。

「殿下，如果您不懂想要做點什麼事的意思，就問問陛下吧。我相信她也跟您一起在看。而如果您還是覺得搞不懂爲什麼接下任務的是我，而不是情報部的其他人，那就問她爲什麼沒有阻止我，或是派其他人跟我一起來。」

特使說出這段話時，十九手斧笑了，除了笑之外還點點頭。八解藥很確定自己一定是被耍了，被她們用六道跳躍門的距離和五個半小時的時間耍了——但是她們耍他的方式，只是誠懇地告訴他眞相，這感覺奇怪又新鮮。他得把這招學起來。

特使在全像投影中嘆了口氣。「您的另一個問題就比較難了。而這也是我和德茲梅爾大使一起坐在這裡的原因，她對語言的理解能力比我好，雖然我比起她是個更好的外交人員——這不是她的錯，她——」三海草看起來像是把本來想說的第一個字趕緊硬吞了回去，然後迅速改口。「——她缺乏練習。爲什麼我相信我們能夠和敵人談判成功？因爲牠們會說話，殿下。因爲在我們了解如何發出牠們能夠領會的聲音來溝通之後，牠們就回話了。也因爲——噢，因爲我從小就在讀十一車床的作品。讓五瑪瑙給您找一本《神祕邊疆外訊》吧，您是六方位陛下百分之九十的複製體，而且也大到能讀懂了。」

瑪熙特小心翼翼地打斷她，彷彿泳者跳水時避免激起水花。「殿下，因爲特使她喜歡外星人，至少是像人類的外星人，她第一次跟我見面時就告訴我了。因爲她跟某些泰斯凱蘭人不同，她認爲不是泰斯凱蘭國民的人類，仍然可能是其他種的人類。依此類推，很容易就能把那些外星人當作一種——人，就算是跟人類不一樣的人。」

「瑪熙特。」三海草說。她似乎非常震驚。

但大使繼續道：「我不懂牠們如何說話。我知道除了我們學了幾個字、用來說給牠們聽的語言，牠們還有其他語言，至少一種是人耳無法聽到的。我知道牠們不像我們這樣重視死亡，但牠們理解死亡的概念。我知道牠們在第一次會面之後，再度回到談判桌上。並且，即使在談判期間，牠們也沒有停止對艦隊的攻擊。除此之外，我所知無多。但我認爲牠們是某個種類的人，如果是的話……」

「如果是，殿下，」三海草堅定地說。「我們就可能在艦隊損失太多船艦之前談和。就這樣了。」

背景中傳來一聲喃喃低語。跟她們在一起的某個人說了些聽不清楚的話。瑪熙特顯得害怕，或是不太舒服，或只是不高興。太空站人的表情太多變了，實在很難搞懂他們的意思。特使看起來一臉平靜。

「就這樣了。錄影訊息結束。」

然後全像投影消失了，原地只剩下皇帝寢殿的起居室，還有地上的二地圖，從課本裡抬起頭來說：

「媽媽，八解藥會做矩陣代數運算嗎？我會呢，我在你們看全像投影的時候把習題都解完了。」

八解藥發現自己想念當個七歲小孩的感覺。七歲的時候比十一歲單純多了。

他從沙發上起來，他想思考一下剛剛看到的內容，先不跟別人談論，不管是跟皇帝或五瑪瑙或任何人。「我只會一點矩陣代數，」他說著坐在二地圖身邊。「你要教我嗎？」

◎

她們走出錄影室時，「輪平衡錘」號的通訊官二泡沫仍然用打量的警戒眼神盯著她們。進行全像錄影的全程中，三海草鐵了心要對她視而不見。對她視而不見會比較容易，不然她們同時要被疑心重重的艦隊人員監看（至少他們現在沒穿隔離衣了），又被召回旗艦來答覆皇儲所提出的評估問題——根本不是皇帝本人的旨意。這就像接受一場那種「看看你適不適合我們團隊的文化」的工作面試，而且面試官是個十一歲小孩，一個長得和六方位皇帝童年照片一模一樣的十一歲小孩。

三海草當時轉頭就要回到往苔蛾座二號星的交通船上，讓那個小孩再慢慢等上幾個小時——反正她如果要給出比較完整的答案，也得先繼續嘗試談判，嘗試讓敵方了解他們真的不怎麼喜歡傷亡，一點也不喜歡。但是瑪熙特搖頭反對，並且說：如果有哪個人理應得到答案、知道泰斯凱蘭為什麼這樣做，那就是這個孩子了。

然後三海草十分清楚且有點難為情地想起來，八解藥是為了成為六方位而誕生的，為了在他的頭顱裡植入萊賽爾太空站的憶象機器，好讓六方位可以永永遠遠當皇帝。她猜想，瑪熙特對此抱有複雜的罪惡感。（而且，如果瑪熙特真的比六個月前更像伊斯坎德．阿格凡，那麼她可能也懷抱著挫折和沮喪——還有罪惡感。）

（昨晚跟她上床的到底是哪一個人？是哪一個人帶來了那本新奇又精美的漫畫，裡面還有「它很寶貴，但它不是記憶」和「你所需要的一切都在我身上」這種對白？）

（她眞的想知道嗎？可能其實不想吧。）

當三海草來到全像錄影機前面，瑪熙特在她右方的固定位置，還有一個不以爲然的艦隊軍官躲在角落。到頭來，三海草決定盡可能將眞相告訴那個小孩，然後看看會發生什麼事。嗯——結果是值得的。如果她要做某件事，她就會把它做對，她一輩子都是這樣，要嘛完全做好，要不就根本不要做。

九木槿在艦橋上等待她們。

三海草合起雙手指尖放在胸前，深深一鞠躬，瑪熙特也照做。她從眼角餘光看到速件信差的太空梭載著她們的訊息經過艦橋的窗戶，在前往跳躍門的途中閃閃發亮，轉眼就不見了。而她們還在這裡，孤獨地面對戰爭。

「您有二十蟬部隊長的消息了嗎？」三海草問。她一直想到他，孤獨地帶著他的那盒眞菌跟三號和四號在一起，孤獨地處在酷熱之中，就像她和瑪熙特孤獨地面對戰爭。

「還沒有，」元帥說。「從妳們抵達之後都沒有。再過——噢，半個小時，我就要送妳們倆回去找他了。如果還找得到他的話。」

三海草懷疑，如果他沒有回傳無線電訊息，那他可能也沒剩多少部分能找了。她——會覺得很遺憾的。非常遺憾。那樣眞是浪費。就像二十蟬在水耕甲板跟她解釋的那種浪費：宇宙應有的運行方式中出現了一個缺點、一種異常，一種不是最好——甚至稱不上好——的資源使用方式。

如果她活過這場戰爭平安回家，她可能會成爲恆定教派的信徒。或讀一點關於這個宗教的文獻。

「我們總是該回去的，」瑪熙特說。「我們還沒談完。」

「情況有變。」元帥說。三海草在心裡皺了皺眉頭。在她所知的任何詩歌、手冊或案例研究裡，談判伙伴說出這句話準沒好事。

「怎麼了？」她問。

九木槿的神情難以判讀。她整個人看起來都很封閉、充滿防衛性、憤怒不已。接下來的這些話，她並不想對三海草說，但終究還是得說，也許只是因爲她不希望讓情報部——或是萊賽爾太空站——搞砸她之後決定要做的事。這情況會很不愉快。三海草試圖讓自己鼓起勇氣，但大致上她只感到疲倦。

「偵察艦『重力玫瑰』號已經發現了敵方居住的其中一個星系，」九木槿說。「包含一顆行星和它的衛星。」

「然後？」瑪熙特問。

「然後我在等蟬群帶回更能夠支持具體行動的資訊，不能只有牠們想繼續談或是牠們全身都是眞菌，我們要小心提防牠們的死者。如果沒有——」片刻之間，九木槿就跟三海草第一眼看到她的樣子如出一轍：帝國元帥的完美形象，足跨群星，不動如山。「那麼，艦隊知道牠們的心臟在哪裡了，如果有必要，我已準備好將手伸進那裡，掏出那顆心臟。」

間幕

這些身體：乾燥氣候的身體，擁有耐力基因的身體；一具身體，在尚未成爲人的個體之前，就展現出固執與堅決；一具身體，展現出狡詐的才智，偷偷摸摸的身體，它的那種工具讓靠近它的我們嘲笑它，將它踩在腳下，讓它用工具的語言含糊亂說一通，隨時吼叫著發號施令。這些身體在我們之中歌唱：在敵人封閉但堅定的心智裡唱著高熱和沙子和利益混淆，跟它們的前人一樣。它們現在也用訝異的、因驚奇或恐懼而結巴的不連貫和弦歌唱。他們沉默的敵人中有一具身體帶來了造人之物的幾股細絲，沒有吞下造人之物，而是將它關在一個塑膠盒裡，好像它是毒藥。

好像我們是毒藥。

沙子和高熱中的身體試著理解。不用語言、或是等同敘事的概念思考（我們何必那樣做？），而是嘗試連接起過去不可能連接的概念：不是一個人並同時知道如何當一個人，而且不想要人的個體性；不想要歌唱、碎形、反射、重複穿越空之家。交互對照：那些身體只會重複地唱著飛行，除此之外都是沉默的。讓恐懼在我們間迴響，形狀猶如沉默敵人的恐懼：想像只想要成爲歌唱的一部分。

沉默敵人的身體說的是嘴巴的語言，毫無道理。那具狡詐又偷偷摸摸的身體用沒有爪子的手抓著造人之物，它吼叫了一下子，然後讓自己安靜下來。它非常沉靜，非常警戒。固執又堅決的身體唱著人，狡詐又偷偷摸摸的身體唱著不是人，不唱歌，這些旋律的片段永無止盡地在我們之中迴盪——

同時，懷著寒冰般凌厲的決心，十六月出艦隊長對她的軍團送出了命令。她最敬愛的導師、她希望能全心信任的對象有時也暱稱她爲「月升」，但爲什麼他要將她派到如此遙遠的戰場，讓她可能在此殞命？第二十四軍團回應了她的命令，彷彿他們是她的雙手與呼吸延伸而成：他們集合、就攻擊陣形，警戒而沉穩地開始前進。

十六月出的手穩穩握緊拴住他們的鍊子。她會再等一下，就一下下，讓她思索爲什麼十一月桂將她派到這裡，也讓元帥思考出那個必然的結論：若要避免一場永無止盡的戰爭，他們開攻的第一步必須是使敵人無法還手的暴行，比苔蛾座二號星的屠殺更慘烈一千倍。

我們用進出跳躍門的方式，滑行出入於黑暗的空之家：只要有歌聲反覆迴響，不管是土之家、血之家，或黑暗中位於繁星之間的星際飛行器之家，在某種程度上，所有這些地方都是一樣的。想著：有一項變化出現了。知道了沙子和高熱中的身體的困惑，沉默的那些身體轉了方向，離開造人之物，現在一起往我們最近的血之家移動。想著歌唱、尖鳴，啊啊啊，那裡有一百萬具身體，十億具身體，多到不能在一夕間喪失：有那麼多的沉默需要重建——

然後，就像在我們原初的土之家，他們決定移動時，就全都一起行動，他們的三環星艦在星辰間成爲扭曲的閃光，成爲一組朝著不同方向前進的鳥群。這次，他們的行動是從敵人側邊襲擊、加以驅逐，趁敵人還不敢奢想接近他們珍貴的終極領域：一群俯衝著、歌唱著的船艦忽然間在第十七軍團的中心活了起來，他們匆忙召集了碎鋒機群來趕走我們，但是太遲了——

——另一組鳥群前往跳躍門，沉默的敵人從那道門駕著他們矛尖形的大戰艦而來，只在這個時間點進到空之家中屬於我們的部分，以前是帶著他們小小的資源開採殖民團隊而來，最近則是帶著砲火、威脅和只應屬於智慧人種的永恆好奇。鳥群隱藏著行跡，漂向跳躍門，開始通過，一群接著一群、再一群、又一群……

❂

荻卡克・昂楚在警報聲中醒來，置身於一場噩夢中，這場夢她已經作過夠多次，不得不說服自己那就是現實：外星人穿過安赫米瑪門來了。她的行動全靠直覺和訓練，還有來自她的憶象鏈的聲音，它給予她足夠的空間呼吸，以免她過度換氣或陷入恐慌。她是飛行員大臣，她的祖先帶著萊賽爾太空站安頓下來，如果有必要，她也會將太空站的公民全部帶到新的家園，一個都不能少，甚至包括他媽的亞克奈・安拿巴。她還是沒決定要拿那傢伙怎麼辦，只知道她要搞清楚該怎麼讓一個議會大臣做不下去，以及該怎麼讓達哲・塔拉特幫她一把——

但她不想要非得去找個新的太空站，像她的憶象鏈裡第一個飛行員那樣，憑空想像出不堪一擊的數據，從零開始重建整個世界。所以她趕忙召集了萊賽爾和巴札旺空域其他次太空站所擁有的全部軍事載具，準備正面迎戰。

她在機棚裡看著她手下的飛行員爬上船艦時，望見了一個行屍走肉般的高瘦身影，必定就是塔拉特了。是他。她停了下來。她要他解釋他有什麼理由：他害太空站遭受這一切折磨之後，現在要來搭船跑路了嗎？自己一個人跑？今天會有多少議會大臣叛離他們對萊賽爾太空站的責任？先是安拿巴——她要等到戰爭落幕後才能考慮怎麼對付安拿巴了，如果還有以後的話——現在又是塔拉特，他們都要棄太空站於不顧了嗎？

塔拉特對她說：「不，我不是要跑。我要找瑪熙特・德茲梅爾，我們要改變這場戰爭的方向。」

昂楚不明白，始終不太明白她為什麼放他走。也許她認為他會在嘗試穿過遠門時死掉，那樣就無關緊要了。也許她認為他能夠設法辦到他說的事——如果他辦到了，等著她清理的血跡就會少一點。

◎

十一月桂辦公室裡的戰略地圖桌很小，架在一張邊桌上，長度只有辦公桌的一半。他將它隨時開啟，當作某種背景音樂，當他做著職責所需的工作時，上千個已經解答過的軍事難題就在身邊重播。他喜歡把這想成是在讓他記得自己的歷史。他的歷史，他所屬部會的歷史，他的帝國的歷史。十一月桂是一位老兵，在幾十年前就退出了需要他親自解決問題的戰爭前線。老兵不能讓尖牙變鈍，所以十一月桂就拿泰斯凱蘭好幾個世紀的豐富戰史來磨牙，用一個個針尖大的光點重演那些戰役。

地圖桌現在就開著，正在播放兩個世紀前一個雙恆星星系的某場戰爭。他根本沒有在看，最多就是瞥瞥那些光點移過他手上的樣子。

戰爭部的歷史、戰爭部的成就，先是交到一個覬覦皇位的元帥手中，在該名元帥興亂後登基的皇帝又接著反擊，這些歷史和成就到頭來是多麼脆弱。

十一月桂真的是個老兵了。他想到碎鋒機群，被科學部發明的新科技捆綁在一起，變得古怪異常，實在不值得信任——在他們最恐怖駭人的時候（無可否認，也是他們在戰略上最優秀的時候），他們比較像太陽警隊，而不像他的同袍士兵。他想到慢性毒素，想到信任。

他想到他要求自己的愛徒渾然無知地捨命完成的目標。這全是出於希望保存戰爭部的歷史、戰爭部的成就，切除容易腐化——或是有腐化之嫌——的分枝。如果能拉九木槿陪葬，爲戰爭部贏得勝利，讓戰爭部在衝突持續期間繼續得到新皇帝的重視，那麼十六月出的犧牲是個可以接受的損失。

❁

第十七軍團內，碎鋒機群整體互相連結，透過共享視覺、生物回饋和其他技術：他們所謂的碎鋒祕技。當長官和不屬飛行員的閒雜人等都不在場，只有他們自己人，他們之間共享的有時不只是本體感覺和痛覺，而是直覺——包括反應時間。在極端危險或美好的時刻，他們甚至能互通思想。

不盡然是文字，而是思緒的溝通。喜歡這種溝通的人（在碎鋒機群飛行員之中，喜歡碎鋒祕技這東西的人只占了很小的比例）會挑戰它的極限：閉著嘴巴對彼此背誦詩篇。

對隔著一道跳躍門的彼此背誦詩篇，化作一聲失真的迴音、骨骼裡的震動，但仍能被對方聽見。兩個完全分隔的空域之間，只靠一道跳躍門、還有無遠弗屆的碎鋒機群共享知覺互相連結。

第十七軍團內所有的碎鋒機群飛行員，無論喜歡碎鋒祕技與否，都連結在一起：他們在外星敵軍的三環星艦吐出的腐蝕性滑液中一起死亡，在能量砲彈的火光中一起死亡。承受死亡，還有痛楚。他們之間已經有許多人死去。

遠方，「世界之鑽」所在的泰斯凱蘭空域裡，第三軍團的巡艦「銅綠平頂」號四名受訓的碎鋒機群飛行員哭嚎落淚著回到機棚。他們扶助彼此下機，緊繃戒備地站著，相連相依，彷彿無法承受離群落單。他們其中一個人——到底是哪一個其實並不重要——在啜泣之間擠出一絲理智說道：「我們要找戰爭部長說話。代碼『風信子』。就是現在。」

第十六章

二發電機將一支拇指大小的震擊棍塞進左邊衣袖，右邊塞了一條絞喉索，並且像野蠻人似地獰笑，方方正正的白牙全都露了出來。「我看起來如何？」她問。「能矇混成萊賽爾本地人嗎？」

「能混個二十秒吧，」九毛地黃說著拉上了戰鬥緊身衣的拉鏈。「感謝星光庇佑，妳也只需要這點時間。妳看起來可笑極了，但還夠唬過太空站的海關人員二十秒，讓我跟五燈絲潛入他們的通風管系統。」

二發電機皺起鼻子。「妳是前情報部官員，應該是妳來負責說服才對，」她說。「不然就別嫌我做得不對！」

「我願意上場，」九毛地黃說。「但他們對我這張臉有點太熟悉了。」

「我加入這項任務的時候，妳可沒提到妳在這裡被揭穿過身分。」二發電機懷疑地說。

「她的臉非常有辨識度，」五燈絲說，並將一把小刀藏進靴子。「我還沒從太空站偷東西過。這一定會很好玩的。」

——摘自《支點》，西弧星系群出身作者五尖矛所著之泰斯凱蘭語大眾小說系列的第一集。

最上層分爲三個畫格跨頁。第一格：卡麥隆艦長的飛船接近了我們在上一個全頁看到的泰斯凱蘭戰艦底部；艦身的體積大得看起來不像眞的。第二格：特寫卡麥隆放在導航控制臺上的雙手，查德拉・邁夫微微發光的殘影幫助他駕駛；駕駛艙窗外的戰艦變成金屬色的背景，裝飾極度繁複、過於華麗，還有宛如黑色眼睛的能量砲彈。第三格：卡麥隆和查德拉・邁夫溜下飛船，進入黑暗中，飛船退向遠方。他們的行蹤沒被發現。

卡麥隆（內心獨白對話框在第三格）：這裡的星體比帝國看見的、或是太空站想尋找的，都還要更美好。

——《危險邊境！》第十卷漫畫腳本，由萊賽爾太空站第九層小型出版社「冒險／陰森」發行。

◎

八解藥沒有作夢，他十分高興。

他不記得自己睡著，只記得醒來時天還沒亮。他和衣睡在桌前，臉枕著雙手，過一個小時左右就醒了。他向五瑪瑙和皇帝陛下道了晚安，回到自己房間，一面思考一面睡著了。他本來試著要看全像投影節目，但是沒辦法專心。他覺得自己充滿了想法、概念和驚恐之情，就像過飽和溶液，任何一刻都可能會析出結晶。他可能會突然頓悟，他幾乎就快想通了。他的思緒一直回到瑪熙特的聲音說出的這句話上：「我認爲牠們是某個種類的人」，還有「牠們不像我們這樣重視死亡，但是牠們理解死亡的概念。」

還有三海草說的：「牠們會說話。」

這一點挺明顯的，牠們當然會說話。牠們有太空船、有武器、有社會——所以牠們當然會說話。也許重要的不是牠們會說話，而是牠們會回話。

或許牠們認為人類可能也是某個種類的人。

他睡著的時候，可能就是在想著這件事。現在的天色仍是全暗，而他徹底清醒，他房間裡唯一亮著的光源是攝影鏡頭，在月光下微微閃爍。都城看著他，追蹤著他，一如太陽警隊。整個都城都知道他在哪裡（像是在一場不應該能夠發生的恐怖地鐵脫軌事故發生時，那可能是他的錯，可能是衝著他來的，為了要——傷害他），就算他的所在地是地宮裡他自己的房間。

這個想法已經占據了他整個人，彷彿他在夢中對它全神貫注，但不知道也不記得自己作了那場夢。這完全就像他那天一覺醒來就想通了九木槿艦隊長是如何贏得卡烏朗的戰役。

就是「牠們是某個種類的人」這個想法。八解藥認為，他可能知道牠們是什麼種類的人了。

要從太陽警隊，還有他們透過全都城的攝影機視物的方式開始說起。整體上，太陽警隊這一類人很複雜。當然他們是泰斯凱蘭人，跟八解藥一樣是人類，但是他們同步行動、同步做出反應，全體都透過同樣的眼睛（不是人眼，而是機器的眼睛）觀看外界，所以他們才能同步行動和反應。他們使用的演算程序和地鐵系統是一樣的，雖然他們是人，不是自動排程的人工智慧。早在科學部長十珍珠將新版的演算法原則推廣到泰斯凱蘭各地以前，他們運作起來就已經跟現在一樣順利。人人都知道：現在太陽警隊可以把攝影機當成他們的眼睛，全體一致，就像上千個負責對外觀察的部件所組合而成的一個意識。

如果在人類之中有一個群體可以做到這一點，擁有眾多的眼睛，能夠輕鬆自如地集體同步行動，那麼也就不難想像，可能還有其他種類的人，在這方面比太陽警隊更擅長。（八解藥一度差點捉摸不住這個想法，因爲他鮮明且訝異地發覺到，他並不知道一個人是如何成爲太陽警隊的成員，完全不知道——但他叫自己別想這件事，現在先別想。）如果有一種人類，能夠彼此共享視覺與意念，也就可能有其他種類——不是人類——的人，將這件事做得更得心應手，那麼……那麼，牠們有可能不會在意區區一人的死亡。就像三海草特使說的：牠們不像我們這樣重視死亡，但是牠們理解死亡的概念。

如果說他的想法是對的——就像他對卡烏朗戰役的想法一樣，幾乎全對，只缺了最後一塊拼圖——那麼他得告訴別人。在戰情室的模擬中，敵方會這樣移動、這樣摧毀補給鏈、這樣以過快的速度出現在意外的地點，是因爲牠們只有一個意識。如果他的想法沒錯——而他覺得確實沒錯。

他該告訴戰爭部長。因爲，如果敵方能夠集體同步思考，像一群龐然、強大的太陽警隊，那就可以解釋，爲什麼三方向角和艦隊裡所有的將軍都想不出該如何繞過牠們。他現在就得告訴她。

離破曉還有好幾個小時，該怎麼辦？他知道此時的戰爭部是什麼樣子。他亦步亦趨地跟了三方向角整整兩天。如果她現在在睡覺，他可以把一整個倒影池的蓮花都吞下肚。

※

瑪熙特和三海草站在艦橋上九木槿的面前。她們還在嘗試思考該說些什麼——或者至少瑪熙特還在試，她知道三海草在想什麼，聽到一位泰斯凱蘭艦隊的元帥如此隨興輕易地說出「我已準備好將手伸進那裡，掏出那顆心臟」這種詩意的詞句，彷彿從征服史詩摘錄的宣言，帝國的古老敘事所蘊含的絕對重量像一塊裹屍布籠罩著瑪熙特，她從不曾眞正擺脫。二十蟬目前還是毫無音訊，他在苔蛾座二號星，帶著那盒寶貴又古怪的眞菌，試圖在她和三海草與外星人建立的基礎——殺掉我們可能不是件好事，至少不該不分青紅皂白地殺——上更進一步，連結到他針對眞菌感染想說明的事。完全沒有訊息傳來，瑪熙特看得出這讓九木槿變得脆弱又尖銳，不惜考慮徹底摧毀一整個行星系。

我們可曾這樣愛著一個人，她心中想道，不盡然是眞的在問問題。愛到想要抹殺一整個行星來替對方復仇。

〈不是一整個行星。〉伊斯坎德說。

她這下希望自己沒問。說到底，怎樣算是抹殺一個行星？用艦隊砲彈的死亡之火，或是用泰斯凱蘭溫柔、廣闊、強大的口顎包覆住她的心，取代萊賽爾原本應有的位置？

她說：「元帥，我確實認爲我們正在達成某種進展。只要再幾個小時、或幾天，那麼——也許。」

「噢，我並不懷疑妳，大使，」九木槿告訴她。「但妳不是我的士兵，對吧？我不期待妳會了解。最終，到了某些地步上，負責指揮的我們會要求士兵信任我們，不只交付性命，也交付他們的決定權。第十軍團已經等待了很長一段時間。」

瑪熙特想對她說：就是妳把我們拉回來透過資料微片訊息跟一個小孩講話，不顧我們正在工作——即使伊斯坎德在她的舌頭後面攔住她、警告她，她的話仍然就要脫口而出，這時通訊官二泡沫打斷了她們兩人的交談，「元帥，有訊息。」

「二十蟬嗎？」九木槿問。瑪熙特因爲她嗓音中赤裸裸的希望而蹙眉，並且看到三海草同樣也是。

「不是，」二泡沫說。「是來自四十氧化物的旗艦『游彩焚風』號——第十七軍團遭受直接攻擊。我認爲敵軍知道了他們的所在位置——第十七軍團的碎鋒機群正在損耗。速度很快。」

❁

八解藥連衣服都沒換，也沒把他要去的地方告訴任何人。他就只穿上鞋——灰色的間諜軟鞋搭配他的間諜褲子和長上衣——並梳了頭髮，重新束成一條長辮子，然後走進了地道。就像在這一切眞正開始之前，他每次去拜訪十一月桂時一樣。地宮和戰爭部之間的地道感覺熟悉又撫慰人心，但每個細微的聲音、每一縷塵埃的飄動，都令他不禁顫抖、稍微加快腳步。他從來沒有在這個時間來過這裡。就連想對自己唱那首描述宮殿區建築物的進行曲（地底長的根多如朝天開的花），都像是小孩在壯膽，試圖抵禦可能藏在床底下的怪獸——或是可能藏在他的祕密地道的怪獸。（挺好笑的，但是也在很多方面令人笑不出來。要是有爆裂物在這下頭爆炸怎麼辦？他連想都不願去想。）

他爬上梯子，從地下室的活板門出來。門外沒有人跟他會合，而他突然感到高興。他不想讓任何人知道他來這裡，除了三方向角。他只想把他的想法交給她——也許還有十一月桂，如果他剛好跟她在一塊，這樣八解藥就可以展現自己是個多麼優秀的學生，在「六方之掌」決定如何據此行動之前，都別讓消息走漏。但如果他要一路順利前往她的辦公室，不必跟人解釋來意（這個時段的守衛人數比較少，但更容易起疑），那麼他就得當個眞正的間諜了，那種會潛行的間諜，懂說話、記性好、也會保守自己的祕密。

攝影鏡頭會看到他，在都城裡就是這樣。但是人——除了太陽警隊——的眼睛和攝影機不同。他個子很小，可以藏匿在角落。他可以裝成一抹灰塵、一道反射在地上的光線。他可以什麼都不是，只是個本來就該在這裡、本來就該出現的人。不重要的人。像是走廊清潔工，或是值晚班負責檢查的軍校學員。他的年紀對以上兩種角色都太小，但如果他把自己想成兩者之一——走廊清潔工比較簡單。那他就是個理所當然應該身處戰爭部的人，要將環境清理得閃亮如新，反射早晨的日出。

他直接朝著三方向角的辦公室而去。都城的攝影機和戰爭部的大樓人工智慧保全系統應該都已經看過他走這條路線許多次，不會懷疑有異。他照著演算法所預期的模式行動。如果他看到有人——不是太陽警隊的人——覺得他不該在這裡，他會解釋，或是跟他們擦身而過，努力假裝成走廊清潔工，心裡想著自己是走廊清潔工，真心相信。故事裡的間諜就是這樣做的。

他一直努力練習相信自己是個走廊清潔工，直到他抵達三方向角辦公室門外。結果他並不需要跟任何人說到話，幾次看見有部裡員工出現時，他就躲在陰影裡等待他們經過。現在，他就在「六方之掌」的正中央、部長的辦公室外——在門外的走廊，近到足以看見門下的光線，由此知道他想的沒錯，戰爭部長今晚沒睡。就在此時，他聽見了聲音，拔高而緊繃的聲音，從銀光之中流瀉到走廊上。

他可以打斷他們，他需要告訴三方向角他準備要說的事，真的真的需要。

但他反而讓自己文風不動，呼吸輕到幾乎毫無聲息，不讓任何動靜洩露他在這裡，然後默默傾聽。

原來，一旦你習慣了當間諜，就很難停手。而八解藥現在已經非常習慣了。

他不確定這要算是誰的錯，是因為他自己或是他祖親皇帝的基因，或是因為他受到的教養，又或是因為給了他那支矛尖的皇帝陛下。

「等一等。碎鋒機群飛行員都來找我了，簡直哭嚎得停不下來，要警告的事都沒法講清楚，我可不會袖手旁觀。不管外面那裡發生的是什麼事，都在害艦隊士兵送命，若是我們不中斷碎鋒機群的本體感覺連結，整個宇宙都會發現。」

是三方向角在說話。八解藥從沒有聽過她這麼凶惡激動。三方向角部長在說明的這段內容，他只想到一定指的是碎鋒祕技，如果碎鋒機群的飛行員全體都以某種方式連結在一起，能夠聽見彼此死去（就像太陽警隊，但是至少據八解藥所知，太陽警隊的成員並不會在被擊倒時聽見彼此死去），那麼部長為什麼還沒有得到跟八解藥相同的結論？也就是跟他們交戰的外星人之間也彼此連結？他朝著門靠近一步，準備要插嘴解釋他的想法。

然後他聽見十一月桂說：「若派出船艦到那個星球上，必定會讓我們的人員暴露於那裡的不知名真菌傳染病。您是認真的嗎，部長？」

他動也不動，沒有開門。他對無法確定眞菌傳染病的部分。特使和瑪熙特沒提到那樣的事。

「只要核彈的數量足夠，就算是再頑固的眞菌也會被消滅，」三方向角說。「我不只是下令發動攻擊，次長。我是要一擊斃命，將這個聚落從宇宙表面抹除，看看牠們知道我們的能耐之後，會跟我們達成什麼樣的談判。」

一段沉默而恐怖的停頓。八解藥在想，一顆行星的大氣若是充滿了放射性同位素會怎麼樣。他必須回想到很久遠以前。泰斯凱蘭已經不再採取那種手段。那眞是太……行星若是遭遇了那種攻擊，就永遠無法恢復。他在兩年前看過一整本在探討這個主題的紙本書，當時他的其中一位家教老師判斷他的年紀已經夠大，可以學習了解那些已經被泰斯凱蘭明智地棄絕的暴行。

十一月桂對著那片沉默說：「部長，我身爲第三分部的次長，以及您轄下的軍事情報實務專家，我必須說……如果您下令艦隊轟炸一顆有人居住的行星、導致核冬天，事後您得到的不會是談判。您會得到的是——噢，也許是投降，或撤退。或是退後防禦，戰爭將在太空中那個小小的、醜陋的黑點上延續數十年。」

「您是在告訴我說，這是個糟糕透頂的點子嗎，次長？」

「……不，」十一月桂說。八解藥可以想像出他的笑容，一定就跟八解藥答對一道戰略習題的絕大部分時一樣：高興但同時顯得自以爲是。「我完全不認爲這必然是個糟糕透頂的點子。只不過，談判不太可能是您事後得到的結果——但話說回來，您也從來不喜歡談判這回事，對吧？在奈喀爾星系時，您就不喜歡。您偏好的是效能，部長。」

「如果我就偏好這樣呢？」

「那就照您的意思。」

八解藥覺得自己應該打從肚子裡想吐得要命，但其實沒有，他覺得他的肚子好像離他太遠，讓他甚至無法有想吐的感覺。萬事萬物都非常遙遠又非常可怕。戰爭部長在談論要抹殺一整個行星系，而十一月桂在附和。如果加入艦隊做的其實是這種事，那他很後悔自己曾經嚮往過，後悔他曾想要在戰情模擬室裡指揮船艦、想要解開所有的戰略指揮習題，後悔他不曾想到碎鋒機群飛行員在同袍死去時會如何淒慘哭嚎。

如果他哭出來，就會被聽到。

所以他忍住。

「……必須光明正大，」十一月桂正在說。「由皇帝陛下命令，不能利用碎鋒祕技來跳過程序。」

「所以，皇帝尚且不知道本體感覺連結的副作用。你是這個意思吧，次長。」

一陣乾巴巴的笑聲傳來。「是的，我想就是這個意思沒錯。我傾向於盡量將專屬於戰爭部的知識留在部內，部長。在我們目前被削弱的地位下——因為一閃電所嘗試的行動——我們不能讓陛下有任何理由把情報部或科學部的人派來這裡，奪走我們的決策權。」

「有時候，」三方向角說著小小嘆了口氣，讓八解藥手臂上寒毛倒豎。「我能理解為什麼比起你們第三分部，九木槿寧願求助於情報部。儘管如此，就照你建議的，光明正大地辦吧。不會有問題的，訊息已經擬好了。」

「我對您至為讚賞，部長。我最出色的門生願意為了執行這項計畫而死，如果這能讓我們得到所需的——」

「十六月出？」

「是的。她就在元帥身旁。兩艘旗艦應該擁有充足的砲彈數量，能夠在敵軍的陣線中切出空間。您認為呢？」

八解藥聽夠了。他想像抹滅一個行星系需要多少炸彈，行星上會有多少具屍體，即使牠們如他所想的都屬於同一個意識。他不想要這件事發生。這並不——就連幾名碎鋒機群飛行員喪生，都會讓其他同袍痛哭。如果你感覺到一整個行星上全體的死亡，那又會是什麼慘狀？

牠們理解死亡的概念，只是不像我們這樣重視死亡。瑪熙特是這樣說的。

但那不代表牠們完全不在乎死亡。

八解藥轉身回到走廊上，走向地道。他要把他的想法告訴別人，他還是這樣打算。但他要去跟十九手斧陛下說，這樣她才不會送出三方向角想要的那道命令。

◎

「四十氧化物艦隊長想要什麼？」九木槿說。

她的聲音變得非常平和寧靜，屬於一個正在精算攻擊動線的人。瑪熙特不確定她是否理解這個問題（一個遭受砲火的艦隊長除了想要對方停火、自己取得勝利之外，還會想要什麼？），但二泡沫似乎就能理解。

「他發出的不是針對所有船艦的求救呼叫，元帥。他在請求資訊。我們是否做出了任何激化游擊攻勢的行爲、您是否有更明確的指示——他們的通訊官九海冰在公開頻道等待我們的回覆。」

九木槿還來不及回答，三海草就用低沉急切、像對方一樣穩定的聲音道：「元帥，在您答覆前，請看看您麾下六個軍團有沒有其他哪一個遭受類似攻擊，或是改變位置。我懷疑這不是單一事件。」

九木槿看著她，眼神中估量的重量讓瑪熙特往下陷，被如此沉重的檢視和評價所壓垮。

但三海草毫不退縮，九木槿似乎也對此滿意，她說：「二泡沫，照她說的辦。所有艦長回報狀況。」

這沒花到多少時間。這一定是個很常見的指令——二泡沫將手伸高過頭，雙手在艦隊的全像投影顯示儀上舞動，將回傳進來的訊息變成光點圖形，代表各個軍團在此空域內的動作、移動方式、遇襲船艦的數量。

就連瑪熙特也看得出來，十六月出的第二十四軍團開始以緩慢但無可阻擋的姿態朝著外星人的行星系接近。與此同時、或是稍遲隨後，外星人就對距離該星系最近的軍團——第十七軍團——加倍開火。因果關係明明白白。

「牠們很了解復仇的概念，」她發現自己正在這麼說。「元帥，我絕無不敬之意，我知道我不是泰斯凱蘭人，也不是您的士兵，我也知道您手下的人正面臨死亡，但如果這是外星人對我們企圖接近的反應——那您想想看，您實際發出攻擊信號時，牠們會怎麼做。」

「而且，」三海草陰險地用平板的語調加上一句。「我不覺得是您命令十六月出把船艦的距離拉得那麼近，對吧？」

瑪熙特從沒看過任何不曾和太空站民毗鄰而居或認識的泰斯凱蘭人，笑得和太空站的風格那麼像，但九木槿做到了：她咧開嘴唇、露出牙齒。

〈那不是笑，〉伊斯坎德告訴她。〈是威脅，不悅的表示，非常泰斯凱蘭式的表情，雖然恰好看起來很像我們想要表示自己會很樂於傷害某人時的笑容。〉

這兩者夠接近了，瑪熙特對他說。

「妳說得眞對，特使，」九木槿仍然齜牙咧嘴地說。「但妳有什麼理由要我不信任我手下的艦隊長嗎？妳們兩個——間諜和她的寵物？」

「是您請求情報部提供服務，」三海草說。「元帥，我和艦隊長一樣受您的指揮。」

「特使，而我又怎麼知道，第十七軍團遭受的攻擊是肇因於十六月出艦隊長的部隊調動，或是妳和德茲梅爾大使在苔蛾座二號星上說的哪些話？」

「您是不知道，」瑪熙特說。「我們也不知道。」

三海草匆匆看她一眼，如電光石火，嘴上勾起驚嘆的苦笑，就像瑪熙特的手指在她體內彎起時一樣。在她們一起參加的第一場宴會上，她看著瑪熙特用故意表現的野蠻無禮對付科學部長十珍珠，臉上掛的也是這副表情。同樣的愉快，同樣扭曲的驚嘆與欣喜，一種帶有占有欲的渴望。瑪熙特無法去想那表情帶給她什麼感覺。她沒有時間接收這麼強烈的感受，這種攪亂整個世界固有規則的感受。

「大使說得對，」三海草說。「我不會向您承諾我無法保證的事。可能是我們的錯，也可能是第二十四軍團的錯，也可能是其他根本想像不到的原因。我們的敵人不同於我所知的任何外星物種。」

九木槿短促凶惡地說：「我找妳來這裡是爲了什麼，特使？如果妳無法讓我們理解那些外星人？」

「爲了嘗試。」三海草說。

聽到這句話，二泡沫顯然已經受夠了哲學、談判、野蠻人這些有的沒的。她說：「『游彩焚風』號還在等待答覆。」聲音大到讓瑪熙特幾乎被嚇得一縮。

瑪熙特快速地說：「去請示皇帝吧。如果非攻擊不可，就從泰斯凱蘭的核心下令發動。」

❁

八解藥擁有一些連他自己都不知道的權限，更想都沒想過要使用，直到今天早上——現在可以算是早上了，一個灰濛濛的早晨，隨時好像要下起雨，日出也被烏雲遮蔽了大半。他步行穿過地宮，要求一扇扇上鎖的門爲他打開，因爲他是皇儲八解藥，他的雲鉤是全泰斯凱蘭功能第二強的鑰匙。

除非他的權限由於他身爲兒童而遭到限制。他相信一定有，一定有某種限制，但是他沒有碰到，一直沒有，沒有任何人事物——不論是都城、宮殿的人工智慧保全，或是需要實體鑰匙才能解鎖的門——攔阻他。雖然這個想法糟糕、愚蠢且不公平，但他想要有人攔阻他，那樣就代表這件事不再是他的責任，代表有別人（某個完全成年的大人）會接手負責，阻止一場——一場星球屠殺。只不過，現在就是大人在負責，然而他們目前什麼都沒阻止。

東宮宛如盛放的花朵般敞開，八解藥一路走到皇家寓所所在的深處，經過掌璽大臣的座位，經過通往他自己房間的走廊，經過一扇又一扇的門，到了皇帝本人的寢宮。他鼓起勇氣準備試最後一扇門——他從不曾走過的、通往十九手斧私人臥室的門。此時，一隻手落在他的肩膀，他驚叫出聲，把所有擊退綁匪的方式都忘了，只是呆呆站在原地，等著看他擅闖禁地是否會遭到懲罰。

當然，那不是綁匪，是皇帝陛下，一身白衣，赤腳踩在地上悄然無聲。

「小間諜啊。」她說。這不是指責，更像是在請他解釋。

「陛下，」他轉過身。她的手仍放在他肩上，他努力不縮起身或退開。「很抱歉這麼早來打擾。」

「不，你沒打擾到我，」十九手斧說。「你從宮殿的保全系統裡硬是開出了一條路。可見你想打擾我的心意非常強烈。你想跟我說說是爲了什麼原因嗎？」

她的專注神情像個重力場，會把人拉進去。「我去了戰爭部，」他說。他想要一次就說對，不要猶豫遲疑或語焉不詳。「我偷聽到部長和第三分部次長十一月桂在討論要對一整個住滿我們敵人的行星系使用核子粉碎彈。他們會這麼做，而且會請求您批准。他們會請求您下令他們屠殺一整個行星，將它毒害到寸草不生。」

「而你是來——怎麼，警告我的嗎？」她面無表情。八解藥感到完全茫然失措。她爲什麼沒有反應？她爲什麼不阻止這件事？

「對？」他試著解釋。「還有告訴您，我認爲那些外星人，我們的敵方，可能所有人都是屬於同一個意識，就像某些時候的太陽警隊那樣，如果屠殺牠們整個星球的人——太恐怖了，我無法想像，陛下。」

「是很恐怖。」十九手斧說。「你吃過早餐了嗎？過來，陪我坐一會兒。我這邊有鮮起司木薯麵包——你的祖親皇帝愛吃的東西。你也喜歡嗎？」

八解藥也喜歡——那是他最愛的食物之一，美味的圓形樹薯外皮，裹著剛出爐稍微融化的軟黏起司餡——但他現在無法想像吃東西這件事。他打從肚子裡想吐。他完全不了解十九手斧的處理方式。但他還是坐到她身旁，面前的餐桌鄰著她房裡大片的窗戶。他從盤子裡拿了一個木薯麵包，用手指剝開。

「您爲什麼沒有阻止他們？」他終於問出口。十九手斧輕輕嘆氣——聲音微乎其微，同時肩膀往後垂。她咬了一口木薯麵包，嚼了嚼吞下去，八解藥則一直注視著她。

然後她說：「我沒有阻止他們，是因爲我認爲這個想法是對的。」

他又從麵包上剝了一塊，捏在指間壓扁。「爲什麼？」他委屈地問，同時又討厭自己的聲音聽起來如此委屈。「牠們是人。不是人類，但仍然是人。我眞的這樣想，而且您剛剛也說屠殺一個星球是很恐怖的，我有聽到。」

「我的確說了，」皇帝告訴他。「我也確實如此相信。做這件事、下這個決定，都非常可怕。但這就是皇帝存在的原因，八解藥。爲了下可怕的決定。噢，我就對你說實話吧，我的小間諜，你總有一天也必須自己這樣做，所以還是對你說實話才好。我寧願要一場代價高昂的勝利：展示泰斯凱蘭的戰力，將一顆生機盎然、美麗且布滿人群的星球——是的，牠們可能是人，但不是我們能夠理解的人——擊碎成塵土和輻射雨。我寧願要一樁駭人聽聞的暴行，也不要永無止盡的消耗戰，讓敵我雙方都不斷、不斷地損失人力，就像在帝國的邊界劃一道永遠在發炎化膿的傷口。」

她沒在吃手上的麵點了。她吞了吞口水，彷彿她的喉嚨跟八解藥一樣乾燥。「有時候，燒灼傷口消毒止血是比較好的方法。」她說。

※

九木槿咬著牙嘶嘶吐氣。瑪熙特想要瑟縮起來，或是站到三海草前面，以免她請皇帝准許全面開戰的這項提議，對一位元帥來說太過出格，會導致——她不知道會有什麼後果：讓三海草被射殺、軍法審判，或是被派上那種閃亮亮的碎鋒戰機率領攻擊。

她但願自己可以別再想像一個比一個糟糕的結局。但是她看不到幾個好的結果，而伊斯坎德此時只是她手腕裡微微顫抖、安靜無聲的痛楚，他們都如坐針氈地等待著，與其說是靠著耐心，不如說是在做心理準備，等待著某種破釜沉舟的行動——

但九木槿接下來說：「下令四十氧化物開火回擊，但不要追擊。」二泡沫點頭，迅速表示收到。瑪熙特試圖在九木槿句子間的空檔呼吸。她吸氣吐氣的速度不夠快。

「先不要追擊，」九木槿繼續說。「但是做好準備，等我的命令。還有，派一個速件信差去都城。我要請皇帝為這項命令背書。」然後她的目光看回三海草，聲音小了許多，瑪熙特在一旁幾乎聽不見：「我總是說，要在艦隊外做反情報工作，找情報部比找自己人好，因為情報部早就被搞爛了——你們不會因為第一次跟野蠻人打得火熱，就忘記艦隊的目標。你們原本就已經腐化了。不過我想也沒想到，妳會給我帶了一個野蠻人來，用泰斯凱蘭帝國的規章佐證她的意見。」

「德茲梅爾大使她——很特別。」三海草說。瑪熙特試圖判斷是不是有人侮辱了她，以及她該不該介意。她贏了，對吧？暫時贏了。她幫他們爭取到了時間——讓二十蟬繼續對話，讓他們不會只有唯一這個選項：全泰斯凱蘭的軍隊齊力帶來無可回復的徹底毀滅，直白確切、壯麗絕美，消滅所有的困惑無解。一場損失。

〈對誰來說是損失？〉伊斯坎德低語道。瑪熙特不確定，或是無法告訴他，或是他可能已經知道了。〈對她來說是損失。損失的是語言之內的空間，讓像她這樣的人能夠想像著泰斯凱蘭，但本身仍然當個太空站人。損失的是這個概念：一個人說出代表「世界」的單字時，有可能在指涉除了泰斯凱蘭以外的事物。〉

艦橋上有另一個軍官說：「元帥，有一艘船穿過跳躍門——在我們後面——」

「是敵艦嗎？」九木槿問。而瑪熙特突然澄澈如冰的腦海想著：如果那是從太空站那一側穿過安赫米瑪門的敵艦，那麼牠們已經拿下萊賽爾了，我的同胞在我渾然不覺時被殺死。我卻在這裡，跟殺害他們的凶手對話，我根本不知道——

她要是呼吸的話一定會過度換氣。她要是一有動作，這個念頭就會成眞、成為現實，她就得繼續呼吸了。

「不是。」那名軍官說。瑪熙特重重呼出一口氣，整個人迷失在被憶象額外疊加的放鬆感之中，但那波洪流般的感受來得快去得也快，留下她不住顫抖，差點錯過了他接下來的發言。

那名軍官將靠近中的船艦接上廣播，現在充斥於「輪平衡錘」號的艦橋上的聲音，屬於達哲・塔拉特，萊賽爾的礦業大臣，六人議會之首——他要求登艦和瑪熙特當面說話。

◎

八解藥不知道該說什麼話。他不知道該怎麼說。他該怎樣告訴皇帝陛下說她錯了？她怎麼能錯得這燒灼傷口。

麼離譜？「……我不懂，」他勉強開了口。「您告訴我——您告訴我祖親皇帝為了讓泰斯凱蘭再享有八十年的和平而做的那一切，而您現在卻還是要這樣做？這是——」

「繼續，」十九手斧說。「把你的想法說出來。」

「這是星球屠殺，」八解藥說。他的語氣憤怒，但一點也沒有哭出來。他又回到那種超越了恐懼的澄澈境界。「我不在乎這是不是在燒灼傷口，就算您這樣認為。如果有人抹殺了我的家，我會跟他們戰鬥到永遠。」

「我的確認為你會，」十九手斧說。她對他沒有反應。他不知道他還能說什麼，讓她不再這麼冷靜、這麼胸有成竹。「我也會，如果是在我十一歲的時候。也許在我的年紀是十一歲的兩倍時也會。但那是在我認識六方位之前。我們必須跨出自己的局限和欲望來思考，這是我從他身上學到的，我看著他治國，也看著他的統治結束。這是個醜惡的決定，也充滿傷害性，八解藥，我很遺憾你是在暗中發現這件事。我但願當時可以跟你在一起，這樣你能提問，我也能解釋。」

「之前在我房間，您說過——」他試圖回想十九手斧確切的用字。如果她當初是念了一首詩就方便多了，可惜不是。她是跟他說……「您說六方位治下的泰斯凱蘭是個強大到能夠享有和平的帝國。我們怎麼會從那裡走到——走到要屠殺一個星球的地步？」

十九手斧聳起單邊肩膀，然後又垂下。「你實在不像他，」她說。「或者你是像他小時候，我並不認識小時候的他——只聽他講過一些故事。你知道，我很高興你不像他。我在你房間說的話是真心的。我寧願要一個聰明但煩人的繼位者，也不要愚蠢平庸之輩。就算你在我的起居室裡，嘗試想讓我恥於用凶殘的手段殺害我們的敵人、驅使牠們遠離。你的祖親皇帝也會做出跟我一樣的事。我們曾經一起這樣做，在那場戰役裡，就是我給你的全像投影裡記錄的戰役。」

「你們屠殺過一個星球？」

「一個城市。這結果都是一樣的，小間諜。當時的結果都是一樣的。」

他可以想像。他們兩人騎著馬，拿著染血的長矛。他納悶著，你要怎麼不在屠殺一個城市的同時，連著它所在的星球一起殺死；他納悶著，他長大以後會不會知道答案。他說，「您一直說我不是我的祖親皇帝。我知道我不是。我是個複製體，大部分的人也都是複製的！這又不奇怪。」

皇帝將手放在八解藥的手腕上。她的皮膚觸感就像是皮膚，溫暖而有人味，就跟他的一樣。「你就是你，」她說。「但是——你本來可能會成為別的樣子，而我並不希望。」

八解藥很確定自己被轉移了注意力，不再專注於那恐怖又確切的事實：就在此刻，可能有一封資料微片匣裡的訊息正在前往太空港，送上最快最快的速件信差船，穿過一道道跳躍門，大屠殺離現在只剩五個半小時。但他就是忍不住要問，他覺得自己要是不問，喉嚨會被噎住的。

他說，「我本來會成為什麼樣子？」然後等待答案。

十九手斧閉上眼睛。她的眼皮薄透，上面沒有彩妝——她一向不怎麼化妝，八解藥總是暗自懷疑，白衣和烈日尖矛皇座對她而言就是足夠的裝飾了。他知道的每首詩裡都說皇帝不需要睡眠，也許是真的。她開口說話時，眼睛仍然閉著，像在道出一個故事的開頭、史詩的前言，「你的祖親皇帝在世時愛過的人有許多位。包括我、他的手足八迴圈——你現在的監護人，你的名字也是依著她取的——以及其他數不清的人。但他曾經愛上萊賽爾太空站的大使。」

「瑪熙特・德茲梅爾？」八解藥大惑不解地問。

「不是，」十九手斧說。「繁星在上，不是她，他只見過她——三次吧。我知道的就只有三次。小間諜，他愛的是在她之前的前任大使，伊斯坎德・阿格凡。而我——噢，伊斯坎德是很容易讓人愛上的人。讓人就像喝了太多酒，也不管會醉；像率領一個攻擊部隊上山，卻不知道另一面山坡有埋伏。」

「但是，他死了。」八解藥說。他不知道自己該不該表示哀悼。大人和他們相愛的方式在他看來一向很沒道理。皇帝陛下所描述的聽起來一點也不像是愛。

十九手斧點頭，仍然閉著眼睛。「對，他死了。這也許不重要，但他是在我的幫忙之下被殺的。那就像是屠殺一座城市、或是一顆星球，當時眞的都是一樣的。你想知道是爲了什麼原因嗎？」

「……這是個蠢問題啊，陛下。」

她笑了，笑聲聽起來脆弱而怪異。「當然是了，是個陷阱題。但你的確想知道，對吧？」

「對。」他想知道，雖然不是眞的很想，但他覺得如果之後才意外發現這件事會更糟。

「因爲，伊斯坎德和瑪熙特來自的萊賽爾太空站，他們那裡——他們有一項科技，用來將前人的意識放進繼承者的腦中。瑪熙特的說法是——共享，讓記憶永遠存活下去。而伊斯坎德愛著你的祖親皇帝。小間諜，我不知道像伊斯坎德這樣一個野蠻人能否相信六方位的泰斯凱蘭帝國，但他相信六方位這個人。當你的祖親皇帝慢慢衰老、步向死亡，伊斯坎德提議要交出一具那種機器給他。他們叫那種東西憶象機器，可以讓他記錄他的自我，將自我放進一個新的身體，像幽靈一樣，並且確保八十年的和平能再延續八十倍的時間。」

他的肚裡有塊石頭，但他明明都還沒吃木薯起司麵包。「必須找一個跟他很相近的身體，是吧？」他說。他的聲音薄弱無力，像個小寶寶。他管不著了。「如果可以的話，最好是複製體。」

「是的，」十九手斧說。「複製體會非常適合。你很像他，雖然不像的部分還是很不像。」

他口乾舌燥地吞嚥了一下，差點嗆到。「我本來會變成什麼樣子？」

皇帝不再盯著眼皮後面的東西看，現在改而注視著他。他想縮起來躲開。她說：「我不知道。變成不是你，但也不是六方位。某種——不可想像的存在，對我、對泰斯凱蘭而言不可想像。」

但對她而言，以屠殺一整個星球作爲止戰的可能手段，卻是可以想像的。八解藥不懂；他不想懂。他很高興他沒有變成幽靈、結合祖親皇帝和他自己的半人半鬼的東西。因爲他就是他自己，而他不想理解十九手斧怎麼能爲了救一個小孩而殺死她的朋友，怎麼能屠殺一個星球，而且只是爲殺而殺。

「我不是他，」他說。「我不是六方位。」

「你不是，」十九手斧說。「你是皇儲八解藥，不多也不少。」

「您讓我成爲自己。」他說。算是爲了確認。

「我——給了你這個機會，在別人可能把你的機會奪走的時候。是的。」

「那我就是我自己，而且我認爲您錯了，陛下，您錯在贊同了三方向角的想法。您在打造的這個帝國不是我的泰斯凱蘭。」

然後他發現自己不知怎麼地還能夠站起來，轉身背對皇帝，抬頭挺胸地走出她的寢宮，留下一口也沒吃的早餐。

❁

「對那艘船開火。」九木槿說。

她語中有著一種生硬易碎的決斷，通常出現於她做出不智的選擇之時，但那樣的感覺終究好過於什麼選擇也不做。她了解這種思路，她以爲自己早在當上艦隊長——更別說還有元帥——之前就已擺脫了它。這種思路會摧毀不同的可能性、讓世界之間失去平衡，二十蟬會因此很失望的。

二十蟬並不在場。

「不要這麼做，」瑪熙特・德茲梅爾說。她的臉絞扭成某種難以辨識的表情，悲傷、憤怒、或是其他無理可循的野蠻人情緒。「元帥，拜託，不要。他是達哲・塔拉特，他代表我們六分之一的政府。拜託。」

如此簡單的要求。她應該拒絕，這就是十六月出警告過她的事——情報部跟萊賽爾的密探私通，太空站的利益考量滲透到原本應該專屬於艦隊的事務之中。那些警告顯然全都屬實，這個在小船上求見德茲梅爾大使的野蠻人就是證明。但也是同一位德茲梅爾大使在爲他、爲太空站政府一員的性命求饒。

「先別行動，」九木槿對已經瞄準小艇的五刺薊說，小艇裡就載著這位達哲・塔拉特。「爲什麼我不該開火，大使？在這場戰爭中，那艘船也不會是第一艘被雙方駁火擊中的太空站船艦。」

大使原本可能不知道這件事。她皺起眉頭，所有的情緒都清清楚楚寫在臉上。但是九木槿卻無法肯定自己能解讀得出她的表情。

「他要求跟我說話，」瑪熙特說。「我——我有職責要保護他，保護我同胞公民的生命——」

「而且這樣很無禮，」三海草特使十分平淡地說。「對自報爲友軍的人開火。」

九木槿好希望她是錯的，希望她們都是錯的，也希望自己是那種不在乎她們是對或錯的艦隊長。但她不是。

「帶他上來，」她對五刺薊說。「帶他上來見我。替他上銬。這個時間點讓我無法信任，特使、大使。我一點也不信任。」

第十七章

爲逃離母星星系天災的難民人口提供收容與支援，是泰斯凱蘭一貫政策，無論其星系與帝國是敵是友。至於逃離人禍（戰爭或政治迫害）的難民，則自然適用更嚴謹的融入標準和評估（程序細節詳見《法典》1842.A.9）。根據以上政策，試論西弧星系一行星上的泰斯凱蘭總督，針對以下情形應採取何種行動爲宜：一艘「世界艦」自報爲難民船，爲一自給自足之可動太空站，所載人數兩萬人，武力強度與環境衛生狀況不明，現停泊於該總督所轄星系中最大行星的軌道上。請引用資料支持你所主張的行動。

——司法部一年一度政治人才訓練課程（適性測驗後）選拔試題。

憶象記憶爲我們留傳了技術，保存了組織知識的連續性，後者對於封閉狀態與精密平衡中的社會系統（如萊賽爾及其周圍附屬太空站）功能之維持至爲重要，克服了宇宙射線和眞空生存環境的常見意外必然導致的高人員損失率——然而，憶象未能替我們保存太空站民當初來到巴札旺空域並停留於此的原因。同樣地，我們並不記得我們從何處而來，或要往何處而去。我們保存了十四代的有機記憶，但我們最古老的憶象鏈中只有關於數字的夢境，還有一股肯定，相信我們如果成功過，就能再如法炮製一次。有機記憶並不能保留過去所做決定的理由，只留下做出決定的能力。但是我們的確成功過；我們能反向重來一次嗎？將萊賽爾從我們在重力井中的定點解錨、展開旅程？

——節錄自《飛行員的未來歷史：世界艦與萊賽爾太空站》導論，作者為退休飛行員塔卡安・摩納，出版於291.3.11–6D（泰斯凱蘭曆）

◎

萊賽爾太空站的達哲・塔拉特大臣在「輪平衡錘」號的艦橋上，雙手被銬在背後，三海草猜測那種束具通常是用於軍法審判或艦隊裡其他的不愉快場合。他說的第一句話是：「這不是我派妳來這裡做的事，德茲梅爾。」他是用泰斯凱蘭語說的，代表他想要大家都知道瑪熙特聽命於他，而非其他人。三海草認為，就算不計較別的——事實上值得計較的可多了——他這樣說也十分無禮。

他的臉龐如屍體般枯瘦，表情非常靈活，對於自己遭到泰斯凱蘭士兵限制行動，他似乎覺得這只有損尊嚴的輕微不便。他沒有照規矩行禮，不對任何人鞠躬，沒對任何人說話，除了瑪熙特。瑪熙特站在她身旁，臉上血色盡失，像水消失在沙漠裡。她沒有回話，但這無濟於事，塔拉特繼續說，而三海草感覺得到「輪平衡錘」號艦橋上所有的軍官都將注意力聚焦於瑪熙特，他們之中的陌生人——還有三海草，就算不計別的原因，也因為她與瑪熙特接近的位置和關係。他們像一群潛鳥，等著無力反抗的魚兒露出銀閃閃的魚肚。

在他們背後，二泡沫的艦隊全像戰略地圖顯示十六月出的旗艦正悄悄靠近外星人的行星被標示出的位置，毫不停止，在她自行選擇的航向上加速。然而，整個艦橋的人反而都看著瑪熙特。

妳嚇著我了，瑪熙特，三海草心想，並且發現這個念頭像電流般刺激了她——怖懼和渴望在她的胸中纏繞得如此緊密。或許她一直是如此；也或許這是瑪熙特造成的。噢，但她希望能有時間弄清楚。這個時機是多麼天殺的不方便，她偏偏在此刻發現自己只想活下來，成爲她所屬的部會和帝國的榮耀——

瑪熙特沒有回答塔拉特那意有所指又粗暴的開場白，於是他繼續說。

「我派妳來，是要讓這場戰爭繼續發生在離我們頭頂遠遠的安全地方，德茲梅爾，」他說。「而妳做到了什麼？什麼也沒有。什麼溝通也沒達成。妳原本應該讓那些恐怖的東西和泰斯凱蘭纏鬥，但我從前線聽說的第一件事，卻是牠們溢出了遠門、朝著太空站而來——現在昂楚爲了把牠們驅離萊賽爾，派了飛行員去送死。而妳在做什麼？」

「談判。」瑪熙特細聲說，軍械官五刺薊隨即拿著一把脈衝手槍抵住她的下巴。

三海草記得她們窩在黑暗裡時瑪熙特說的話：她說她應該是來當間諜的。比間諜更糟：她要當個破壞分子，企圖讓這場戰爭延續到永遠，使泰斯凱蘭毀於消耗與枯竭。她應該當個破壞分子，執行這個男人的意志，他回報救命之恩的方式，竟是反過來讓她身陷生死之危。

三海草做決定時一向全神投入、立刻反應。她在適性測驗中選擇加入情報部，選擇爲萊賽爾大使擔任文化聯絡官，選擇相信她，選擇來到這裡、接下這項任務——完全沒有先停下來看看她要跳進的這池水有多深。

「喔幹，血紅的星光啊，」她說著，移步到瑪熙特和塔拉特中間——也是瑪熙特、塔拉特和九木槿的中間，她讓自己成爲三角形中心。「你們能不能都先停一會，讓我們從這個太空站人唐突的發言中整理出能夠據以行動的情報？艦外射來射去的砲火已經夠多了，我們不需要在這裡也有樣學樣。」

塔拉特用太空站語說了些話，大部分在三海草聽來仍然是一連串拗口到無法發音的子音。瑪熙特沒有回答他——此舉非常、非常聰明。如果瑪熙特在三海草設法讓脈衝步槍離開她喉嚨以前，都不要用泰斯凱蘭語以外的語言說任何話，那就更聰明了。那把槍貼得好近，宛如一張嘴巴，冷靜而耐心地抵著她的下顎。

沒有時間思考了。不管做什麼都沒時間了！只能說話，而說話正是三海草的強項。

「特使，究竟我為什麼不該讓我的軍官射殺德茲梅爾大使？既然根據她的上級所承認，她明顯是來這裡當間諜的？」九木槿輕柔平穩地問。這語氣可不好，其中毫無遲疑。三海草必須更進一步打亂整個情況，稍後才有希望將它重新好好組合。

「因為那就等於相信了這個人的一面之詞，」她用一隻手做了個稍微垂下的手勢，粗率地含括了塔拉特整個人。「而不多花時間詳查他的企圖，或是德茲梅爾大使和我的企圖。元帥，這樣會堵死我們的可能選項，我相信我們才剛討論過，基於目前敵我之間的衝突狀態，還有苔蛾座二號星上持續進行的談判，保持各種選項開放對我們會非常有用。除非，您因為一個搭著小飛船的太空站人，就改變了心意？」

三海草有時會猜想自己將英年早逝，例如現在。抵住瑪熙特喉嚨的脈衝手槍，現在可能已經指著她自己的背後，但她不打算轉身。她要表現得無畏肯定，這會有用的，會的、會的、會的。

「特使，」九木槿說，語氣仍然帶著陰狠的冷靜。「妳有企圖？妳私人的企圖嗎？與艦隊的不一致？」

有進展了。情況還是不好——她可能會被射殺！就像小花一樣，如果死人能笑的話，他一定會大笑特笑——但有進展了。元帥專注在她身上，會比讓瑪熙特和塔拉特針鋒相對有用得多——也安全得多。三海草聳聳肩說：「元帥，我是個泰斯凱蘭人，也是個情資官，我當然有企圖。但我的企圖很簡單：艦隊要找談判專家，而我就是那個談判專家，所以我的企圖就是持續對話，在採取任何更終極性或戲劇性的行動之前做好確認。」她擠出一個自嘲的微笑，睜大眼睛然後眨了眨。

九木槿逼視著她。這位元帥就像一根柱子、一座雕像、一個自有重力的靜止點，非常令人折服。她說：「我們的敵人不願對話，特使。我們的敵人在行動。如果這個太空站人說的沒錯，牠們在帕札旺拉空域的出現逐漸密集，加以牠們對第十七軍團的攻擊，那麼牠們的行動更是無人能夠預測。」

在二泡沫的全像地圖上，代表第十七軍團碎鋒機群的分散光點先是聚到一起，然後消失不見，著火發亮之後又重新聚集起來，不論經歷了多少次死亡，仍然向前俯衝。擴張到跟整個空域一樣大的戰場就足以證明我們的敵人在行動——雖然三海草覺得這大半是肇因於十六月出的動作，但九木槿的話仍然是眞的。不過，還有其他的事也是眞的。

「我們的敵人有可能在進行對話，」她說。「您爲何不呼叫您的副官來做確認，而要等他自行回報？我們離開他時，他活得還挺好，而我不覺得像二十蟬這樣的一個人會輕易喪命。」

九木槿臉上閃過的情緒——掛慮、難過和憤怒——令人心滿意足。三海草抓到她的把柄了，可以策動她、將這場協商打亂之後再重建。血紅的星光啊，如果她成功了，她就要給自己寫一首史詩，不管寫起來會有多蠢。十一車床可沒談成過這種協商呢。

「槍留著別動，」九木槿說。「也別放開另外那個太空站人。」然後她走到二泡沫的通訊控制臺，二泡沫讓位給她。她沒費事坐下——這顯然不會是那種需要坐下的訊息——只是傾身靠近，伸手穿過顯示著死亡與戰果的全像影像，傳了一段簡短的窄頻波束訊號：「蟬群，如果可以，請回報狀態。」

三海草聽到那個暱稱時總是很訝異，雖然她知道二十蟬名字中的名詞字符很荒謬地就是選用了一種昆蟲。應該跟他的宗教信仰有某種關係吧。她心不在焉地希望自己當初有足夠的時間跟他相處、對他建立眞正的了解。說眞的，他聰明、出人意表且令人迷惑，作爲跟外星人留在苔蛾座二號星的談判代表，他是最糟的人選，因爲那些外星人殺戮時不會去了解獨立的生命和獨立的貢獻——

一陣劈劈啪啪的靜電聲響起，話語接著傳來。

◎

八解藥不是他的祖親皇帝，也不是十九手斧陛下；在好漫長的一刻裡，他就只站在自己房間的門內，像個被處罰回房思過的小孩。他全心認定一切都結束了。他試過了，也失敗了。沒有人聽他的話，他可以是小間諜，可以是十一月桂的學徒小藥，甚至三方向角最青睞的政壇線人，但這全都沒有用，因爲他只有十一歲，他試過了，還是不成功。戰爭已經展開，現在那封下令毀滅整個行星的訊息，已經在某個穿越跳躍門的飛行員手中，可能是碎鋒機群的飛行員，因爲他們速度最快，而且艦隊的船隻隨時有跳躍門的優先通行權，順序先於其他任何郵件。

艦隊的船隻有優先權。

碎鋒機群有優先權。

如果三方向角和十一月桂說的意思和他認爲的一樣，那麼碎鋒機群彼此間對話的速度，比郵件通過跳躍門更快。

而且，皇帝陛下一點也不曉得這件事。唯一知情的人——好吧，唯一不是碎鋒機群飛行員、也不在戰爭部裡，但是知情的人——就是他，皇儲八解藥。

他不是全泰斯凱蘭的皇帝，現在還不是，可能很長一段時間內都不會是。但他是跟皇帝最接近的存在。他說的話——他的指令——可以打開地宮上上下下的門、都城上上下下的門。

如果沒有被來自皇帝本人的指令取代蓋過，他下的指令就是全帝國效力最強的。

他需要一個有御用封印的資料微片匣。他還需要——需要一架碎鋒戰機，或是一個碎鋒機群飛行員，但只有戰機也行。

他還站在自己房間的門口內側。他知道有一架都城的攝影機眼睛正對著他。一架在門上，一架在窗戶上，還有一架在浴室的窗子。都城無所不在，用演算法看顧著他，保護他的安全。他努力不讓自己的表情變化，不顯露出他全身顫抖、筋疲力盡，而且充滿了即將要採取某種行動的可能性，感覺就像要爆炸了。他必須表現得完完全全像他自己——正常無異，失望又生氣，而且絕對、絕對沒有在拾起那個打開過的空微片匣。那個以動物骨骼製成的微片匣，是十九手斧在幾天前的晚上為了找他去說話而寄來的，上面刻著烈日尖矛皇座的圖樣。他絕對沒有在把它從桌上拾起來，連同一組不需要加熱的自動封蠟帶進浴室。他脫掉全身的衣服，站在淋浴間裡——沒有打開蓮蓬頭，他可不笨，微片匣打開時若被弄濕會短路燒壞——面對著磁磚牆角，避開他已知的攝影機，還有他可能還不知道的其他攝影機。

他不需要永遠不被看見，只要不被看見的時間夠長就可以了。

但他花在撰寫指令的時間還是比他希望的久。他以前沒有寫過，嘗試的第一個版本聽起來像是他在扮演《雲蝕曙日》裡的角色，寫了一堆古老過時的動詞型態，現在連宮廷宣令裡都沒在用了。他試的第二個版本比較簡單，語氣比較像他自己——也就是說像個小孩，可能吧，但他寧可語氣像個小孩，也不要像全像劇裡的假皇帝。

他用光線畫出字符，寫道：烈日尖矛皇座的繼承人、皇儲八解藥殿下，代表坐擁繁星的泰斯凱蘭帝國政府，致信予第十軍團艦隊長九木槿元帥：泰斯凱蘭是文明之國，我們的職責是守護文明。這道命令禁止將反文明的武器或戰略（包括以核武攻擊平民居住的行星系）用於帕札旺拉空域外的外星威脅勢力，除非唯有這樣的武器或戰略能夠阻止我們整個文明的滅亡。

這樣措詞應該夠強烈了。他猜想著，自己這樣是不是在替未來的皇帝設定政策路線，然後決定他如果想的話可以就這麼做。他是他自己，十九手斧讓他成為他自己，而這就是他所知中眞確、正當且符合泰斯凱蘭風範的行爲。

他將微片匣封起，自動封蠟上有他的名字字符，但沒關係，他表現得夠好了，他必須這樣相信。

現在他只需要拿這個微片匣用星際郵件寄出，找到一個碎鋒機群飛行員、或他們的戰機本體，想辦法傳話給——

這就代表他得回去極內省太空港。瞬間，他肚子裡的空虛感變成了一陣恐怖的翻騰。他不想。極內省太空港就是地鐵脫軌時他所在的地方。當時有警報和驚慌的人群，除了他以外的人都知道該怎麼反應，他覺得沒辦法回家了，而且還有爆裂物，五瑪瑙還沒跟他說當時是不是眞的有炸彈，就像炸死鐘鎖那個女人的那種，也完全沒跟他說這件事的發生是不是他的錯——是不是有人想要殺他。

就算在脫軌事故之前，他也已經驚恐難平。

驚恐、愚蠢又獨自待在太多人的地方，他以爲自己會死掉，這眞是讓他丟臉極了。就算沒有人想要殺他，他也可能因爲這股彆扭可悲的感受持續不斷而死。

但他得回去。沒人可以代勞。他也不知道除了極內省太空港，還有哪裡可以讓他找到碎鋒機群飛行員，或是情報部櫃檯，讓他透過跨跳躍門郵務系統寄出諭令。他的胃感覺像是往上爬到喉嚨了。

有生以來第一次，他放聲說了一句「喔幹」，像大人一樣。然後他吐了出來，轉頭避開微片匣，免得弄髒它。

❁

「噢，我還活著，小槿。」二十蟬說，他的聲音在靜電的嘶嘶與劈啪聲中幾乎聽不見。三海草往通訊控制臺的方向靠近，彷彿靠過去就能聽得更清楚，雖然她知道那樣不會有幫助。「現在還活著。我試著判斷這裡的溫度和牠們的爪子哪一個會先打敗我——別擔心，我沒有被牠們追。我現在是個——嗯，會講話的人質，或至少會畫畫的人質。我講話講不久，牠們對我們缺乏音樂性的嘴巴發出的聲音不太有興趣，而妳又把會唱歌的都召回艦上了。」

「別說了，」九木槿表示。「別跟我說。跟牠們說。還有，不要死掉。這條線路保持開放，我會派碎鋒機群去找你——」

「假如這裡的情況會讓我需要碎鋒機群，我應該在他們抵達之前就已經死了。噓，我覺得牠們在畫碎形，或是——菌絲體——」

更多靜電干擾音。然後一片沉默。

三海草盡可能召喚出她帶著惡意的開朗精神，對著那片沉默說道：「您看吧？他還在說話。所以我認為，我們應該先等待皇帝的正式派令，您再派出攻擊部隊——因為您知道，您攻擊那個行星系的當下，他就會死在苔蛾座。何必呢，元帥？您為了什麼要做此犧牲？」

九木槿緩緩轉向她——比一只快速轉動的巨輪更具威脅性。啊，三海草心想，錘，輪子的平衡錘，我懂了。同時她努力不讓任何人發現她快要歇斯底里了。那應該是談判結束之後的事！

「特使，我已經發訊給皇帝請求覆核。不用再重複這個討論了。」

「當然，」三海草柔柔地、輕巧地對她說——然後她在三角形內咻地轉身，面對塔拉特。「你告訴我，大臣，」她將用語的正式程度降了一級，讓自己聽起來不懷好意又無聊透頂，像個詩人在宮廷裡不得不跟一個文盲說話（這整場協商難道不就是這種老掉牙套路的某種翻版嗎？九木槿就是皇帝的角色，而艦橋是地宮閃亮的扇形拱頂——啊，她已經好一陣子沒有如此強烈地想念都城），「你為什麼認定德茲梅爾大使要為了你所指的這場突發入侵負責？自從你好心允許我在大使返家度假期間借她一用，我就一直跟她待在一起，而據我所知，她所做的無非就是貢獻一己之力，使傷亡減到最少，並且從混亂無意義的衝突中解讀出意涵。你說她有什麼事沒做到？沒有跟你聯絡嗎？大臣，你說她哪會有時間呢？」

若要讓三海草評價自己的修辭演說能力，她會說這場小小的表演眞是高明。「從混亂無意義的衝突中解讀出意涵」這句她很喜歡——她巧妙地改寫了十一車床的名句，一定會有人（就算也許只有她自己）欣賞這個用典方式。

但是塔拉特的不以爲然讓她心一沉。他完全沒有對著三海草回話——只是一臉鄙夷地看著她，然後轉身面向瑪熙特，用太空站語匆匆說了又一段充滿含糊子音的語句。三海草捕捉到幾個她聽得懂的字詞：「伊斯坎德」、還有太空站語的「帝國」（跟泰斯凱蘭這個字沒有半點相同）。仍然被槍抵著喉嚨的瑪熙特閉上眼睛，睫毛微微顫動。她睜眼時看起來的樣子不同了，不像她自己，嘴巴的弧度拉得更寬，手的姿勢大而化之且慵懶。她像是被附身了，像是——伊斯坎德·阿格凡，也許是他。

（那麼，是他們之中哪個人曾用那雙漂亮的手撫遍三海草全身？現在糾結這個問題眞是太不合時宜了，不過答案很可能是兩者皆是。太嚇人了，她永遠都沒辦法喜歡憶象機器這個概念吧。不過要是瑪熙特把自己害死了，這還重要嗎——）

就連她說話時的聲調都不同了。她先是用太空站語（「帝國」這個字又出現了一次，還有另一個三海草聽懂的字是常見於進出口文件上的「關聯」），接著改用泰斯凱蘭語——眞是感謝每一位接受過世人鮮血獻祭的神明啊。瑪熙特說：「大臣，我接下的任務是讓外星人的表現變得足以理解，並且影響牠們針對太空站的行爲。這不就一直是你所派給我的任務嗎？」

噢，但這背後想必有段歷史，三海草想知道，想將那段歷史放進心裡、嘴裡，咀嚼一番再吐出來。如果塔拉特要求瑪熙特暗中破壞，那麼對於伊斯坎德·阿格凡，六方位皇帝生前最寵愛的野蠻人，塔拉特又要求過什麼？伊斯坎德拒絕過他的哪些要求、又做到了哪些？

五刺薊將手槍在瑪熙特的喉嚨上抵得更緊，她恢復安靜，默不作聲。她吞口水時下顎移動的樣子像是噎住一樣。他說：「元帥，她這難道不是供認了間諜罪？竊取我們的祕密、企圖影響我們的行爲。」

這無異於我應不應該現在就射殺她？，這下子三海草真的不能講錯話了——

但九木槿搶先一步，「五刺薊，誰會期待一個野蠻人不把她的野蠻同胞放在心中第一位呢。」說得眞對！瑪熙特一定會討厭這句話說得這麼對！不過三海草可以之後再處理這一點。

「然而，」三海草迅速插話。「德茲梅爾大使接受了我的請求，爲我們與外星人的初次接觸行動貢獻了她的能力，不僅替她的太空站、也爲全泰斯凱蘭帝國效力。元帥，對於野蠻人，從來沒有簡單的答案，對於瑪熙特・德茲梅爾也是，她將我們的皇帝送上皇座，向我們警示敵人的出現，並且深深地了解我們——卻仍然願意隨我而來。」

說出這句話的同時，她醒悟到自己是在道歉，因爲之前瑪熙特的外套引起的那件蠢事，因爲她曾拒絕跟她說話，因爲她當初片面認定瑪熙特會跟她走。她當然會。但三海草沒有想到，一個野蠻人一旦拒絕了帝國——即使此刻的帝國化身爲朋友或曖昧的情人——的請求，也就無法再被帝國視爲人。

這是個殘酷的醒悟，等到大家不要在艦橋上拿著能量武器指來指去時，她得好好想一想。等到之後吧。（她希望還有之後可言。在這一刻她眞的很希望。）

「至於你，塔拉特大臣！」她繼續說，試著靠自己的三寸不爛之舌爭取到那個「之後」。「不管你期望的是什麼，德茲梅爾大使都已經做到了。如果你繼續逼迫我們相信她是你的密探，這位軍官會除掉她，那會是多麼大的浪費——消滅一個用你們的語言表達，卻能讓我們理解的聲音。」她勉強發出一聲自嘲的輕笑。「好吧，只理解一點點。你們的語言有太多子音了，大臣。」

接著是一陣令人喘不過氣、恐怖不堪的短暫沉默。然後九木槿說：「放開大使，五刺薊，暫時放開她。然後我們是否該讓這位訪客好好告訴我們，帕札旺拉空域發生了什麼事？塔拉特大臣，請詳細說明，如果你能力允許，請用文明的語言說。」

手槍移開了。三海草可以聽見瑪熙特快速地吸氣。她想擁抱她，也許還想將她摟緊，更一定想親吻她。但那會毀掉她剛才小心翼翼建立起的平衡狀態，所以她只是直直凝視著對方的眼睛，露齒微笑。她可能愈來愈擅長這樣笑了呢。

◎

他很高興自己在淋浴間吐過了，因為那代表他肚子裡現在沒東西可吐，不管是在地鐵上，或是從地鐵正常運行的最後一站通往太空港的陸行接駁車上。都城針對脫軌事故的調查尚未結束——或者是真的有炸彈，而善後維修還沒完成。總之，現在沒有直達極內省太空港的地鐵。這輛陸行車是八解藥有生以來搭過最大臺的，車上沒有座位，只有讓人抓扶的桿子，擠滿了成人、其他小孩和行李。他順利融入了周遭：可能大家都覺得他是別的某個人的小孩。有很多人看起來像是想吐在接駁車上，或是已經吐過了，車子每次起步或停止的時候都顛簸甩動，而且要抓穩桿子很困難，滑來滑去的行李又不停撞到所有人的小腿後方，害他們失去平衡。

最糟的一點是，他在這段路上沒有戴著雲鉤。上次離開中央宮殿區時，他有導覽可循，還有都城看顧著他——但現在他必須迅速且安靜地移動。他不確定皇帝陛下會不會讓他繼續當間諜，繼續享有惹麻煩的自由，吸收他不應該知道——或是有人不想讓他知道——的資訊。他當著她的面反對她，而現在他正要推翻她的命令。如果他讓都城和它的攝影機之眼取得他雲鉤的位置，跟他被拍攝到的影像交互參照——就不好了。如果皇帝想要阻止他，他這樣會讓她輕易成功。

於是，就在他轉乘搭上這臺恐怖的接駁車之前，他將他的雲鉤留在地鐵上。他把鏡片摘下來揉眼睛，假裝成更小的孩子，一個剛拿到雲鉤、還不習慣佩戴的小孩——然後將它放在隔壁座位上。當他起身在中央一號廣場站（地方很大，他很高興之前戴著雲鉤來過這裡，要不然他絕對無法獨力在這七層盤根錯節的軌道裡找到路）下車時，就把雲鉤留在原處。它現在應該還在那裡，一站接著一站在地鐵路線上來回繞行。他現在毫無遮掩、自由自在，置身於一團也許高到能爲他擋住都城目光的人群之間。他討厭這樣，太討厭了。

微片匣裝著他替換進去的命令，塞在他的上衣裡不會搞丟、遺落或掉出來的地方。每次有大人在陸行接駁車上推擠到他，微片匣就壓在他的肚子上，形成一股銳利的長方形壓力。車門終於打開時，車上的所有人都朝著極內省太空港蜂擁而出，八解藥努力不要留在原地、不要停下腳步。如果他停下來，他可能就會轉身回去。他不想待在這裡。太空港好喧鬧，而且地鐵站入口仍然圍著繩子，他得要走過一整群的太陽警隊，不能抬頭查看他們沒有五官的金色面罩是否全部轉過來盯著他、認出他，並且告訴整個都城和皇帝說他打算做什麼事。

（也許他們會告訴地鐵脫軌事故的神祕主使者，叫他們再試一次。這眞是個恐怖的念頭，他希望自己從沒想到。）

從鬱金香航站，到金蓮花航站。至少他記得路。他感覺自己像一艘投射在戰略地圖桌上的小小星船，沿著某人設定的航道移動。那個人可能就是還在宮殿時的他，但那個他跟現在這個擔驚受怕的小孩判若兩人。

金蓮花航站的情報部櫃檯仍在一樣的地點，裡面也一樣有兩個看起來百無聊賴的情報部員工。八解藥從衣服裡撈出資料微片匣，拿著它在褲腳上擦亮，然後走向他們。他試圖讓自己看起來像個宮廷跑腿雜役，因爲拚命跑到這裡來而上氣不接下氣，而不是因爲嚇得魂飛魄散。

「不好意思，兩位情資官，」他說。「我有一份皇帝的諭令，需要用最速件快遞優先送進跨跳躍門郵件系統。」

其中一人揚起眉毛。「是嗎？」她問。

身為一個肩負任務、卻因為年紀尚小而不被相信的孩子，八解藥擠出理直氣壯的憤怒，拱起肩膀，將微片匣「叩」一聲放在櫃檯上。「是的，沒錯，」他說。「從地宮送出的。這是皇帝本人專用的微片匣，而且有御用封蠟紋章。你們可以查查看。你們應該有封蠟紋章的查詢資料庫吧？」

「……是有，」那位情資官說，但她說話的樣子好像還是不太相信他。「我很樂意幫你查查看——但是你應該知道，拿御用封蠟作為欺詐用途是非常嚴重的犯罪吧？我並不是非查不可，如果你不希望我這樣做的話。」

八解藥突然想要大笑。她覺得他是要惡作劇呢！眞是太神奇了，她顯然完全不知道他的身分。也許她沒有看過他的近拍照片，或是也許他看起來比最新拍的照片又大了點。也許櫃檯員工都只是些蠢貨。這眞是太令人挫敗——但也太神奇了。他再說了一次：「妳可以查查看。這個必須用下一班速件快遞送出，最高優先順位，盡速送達。」

「三十一暮光，你可以掃描一下這個嗎？」跟他講話的那位情資官說，並將他的資料微片匣遞給同事。「我們來看看吧。得確保它送到對的地方才行。」

八解藥看著微片匣消失在櫃檯後，胸口又湧起另一波作嘔感。他眞的希望自己現在不要又吐出來，不然會把一切都毀了——

「那小子說得沒錯，」三十一暮光說。「是皇帝陛下私人專用的資料微片匣，封蠟方式也沒錯。欸，小子——他們為什麼派你來送信？」

八解藥早就準備好了答案，事先想到可能有此需要。「因為我跑得最快，」他說，並且睜大眼睛得意地微笑。「我今天早上值班，地宮每個人都很忙，忙著戰爭的事，我就說我可以來送信，這樣大人就不用在接駁車上浪費半天的工作時間，因為地鐵還在停駛，到這裡來要花上好久好久。」

這個答案很好，似乎很得兩位情資官歡心，或至少三十一暮光這麼覺得。另一個情資官看起來依舊存疑。「收件人是誰？」她問。

但八解藥對這個部分也是有備而來。收件人用密碼寫在訊息裡，在資料微片匣本體裡面。如果他只是個無足輕重的跑腿雜役，不會知道封蠟底下的訊息內容。「我不確定，情資官，」他說。「我猜那超過了我該知道的層級。宮裡的人只說寄最速件，而且是要寄到戰爭前線的艦隊去。其他的資訊應該都在裡面。」

這個答案似乎足夠了。至少那位情資官沒有把微片匣遞還給他，而是說：「從寄出地到目的地要花五個半小時。你回去跟你的上級說，好嗎？我們最快的速度就是這樣了。」

「我會告訴他，」八解藥說，同時努力不要歇斯底里地笑出來。他的上級已經知道了，因爲他就是他自己的上級。「感謝妳！帝國也感謝妳！」

他覺得他辦到了——他成功了，他的命令即將啓程送到艦隊。但他不能留下來看情報部的員工把它寄出，那樣會很可疑，甚至有欺詐之嫌。他好奇自己算不算是犯下郵件詐騙。他不覺得；他完全有權下這道命令。

只不過，他接著要做的下一件事，肯定是犯法了。畢竟，除了碎鋒機群飛行員以外的人，都不應該坐上碎鋒戰機。

❁

萊賽爾太空站的大臣不太適合九木槿這間緊臨著艦橋、比較有隱私的會議室：他坐在桌邊的樣子，活像一根歪七扭八的金屬樁，硬生生插在肥沃的土地上。他又高又瘦，高高的額頭邊長著因年老而日漸稀疏的鬢髮。他的雙手仍被銬住，指節粗大突出，靠在桌上的位置有關節炎造成的腫脹。他的顴骨看起來也一樣突出，蒙在上面的皮膚從尖而窄的高點垂下。他是萊賽爾太空站的礦業大臣，所以可以想見，他曾經也硬朗到可以在小行星上工作。或者他一直都是當工頭，是生來就要對下級發號施令的那種人。在「輪平衡錘」號這裡，九木槿覺得他是個異常且突兀的存在，但他是人類，是她可以溝通的對象。尤其他能夠用她的語言、還有太空站語說話。

她坐在他對面，給了他應有的尊重。他是外國政府的成員，她訊問他時是可以表現一些禮貌。而且，訊問他可以讓她轉移注意力，不再去想二十蟬的聲音聽起來有多奇怪；不再去想碎鋒機員死後留下的火花殘像，即使她已經超過一天沒碰碎鋒機群的共享視覺，那影像還是彷彿活生生地在她雙眼後方；不再去想十六月出緩慢但無可抵賴的攻擊航向加速的曲線。

現在她不再確定她是否想阻止十六月出，不管十九手斧陛下最後會對此事表達什麼意見。

「塔拉特大臣，」她說。「針對先前一度將您的座機誤認為敵艦一事，艦隊深表歉意，很高興這樁誤會沒有對您造成傷害。歡迎來到『輪平衡錘』號。」

「多麼符合泰斯凱蘭的作風，一面說歡迎我，一面把我五花大綁。」大臣說。

「多麼符合野蠻人的作風，」九木槿欠缺思慮地說——她想念二十蟬，想念得要命，只有她一個人說話的時候，要同時扮演理性的聲音和威脅的武器實在太難了。「把別人的歡迎當成表達自己不知感激的機會。我是這支艦隊的元帥，大臣。我在這裡就是皇帝陛下伸向遠方的手掌，用她借予我的權力統治著我的領域。我本來可以在艦橋上等待我的士兵傳來實際可用的戰情訊息，但我現在花時間在這裡向您詢問：您對於我們的敵軍進犯貴太空站的行動有何了解？為了您、也為了您的人民，還有身在這艘艦上的我們，我建議您將我們雙方都需要知道的資訊坦誠相告。」

「一位元帥，會是因何目的才想得知，她的船艦和武器毫無作用，徒然讓她的敵人從她背後溜走，穿過她看守的跳躍門，之後蜂擁而出？」大臣問道。他的泰斯凱蘭語是一個個生硬的片段勉強組合而成，充滿了老派的語態和動詞——但即使如此仍然相當正確。九木槿好奇他有多常和他的大使談話、談得多深，又是用什麼語言談。

「爲了知道牠們數量多少和速度多快，大臣，」她說。「以及判斷目前狀況是否值得我們派出一兩個軍團保衛貴太空站，或者我們只該在下一道跳躍門後整備，等著看你們的三萬條人命是否足以滿足敵方。艦隊的元帥是因此目的才想得知。」使用他怪異的語句結構回話令她沾沾自喜。她可以從他靈活、表情豐富而令人費解的野蠻人臉龐看出來，他並不喜歡她的行爲。也許他覺得她把他當成了傻子。

她並沒有。

她把他當成一條蛇，她的內心在爭論的是，瑪熙特是同一類蛇裡的另外一條，或者只是個被蛇咬到的人。塔拉特眼睛眨也不眨地看著她，開口表示：「數量多少？足以讓我們召集所有飛行員，這是我們七代以來沒有做過的事；速度多快？也許妳可以教教我們這些可憐又野蠻的太空站人怎麼看見隱形的東西，然後我就能回答妳了。」

她可以想像：一波虛空的黑色浪潮吞噬掉船艦和人員，快得讓計算損失的速度跟不上。她可以想像，因爲她見過，用她自己的眼睛、和碎鋒機群飛行員的眼睛見過。

她爲什麼會讓特使說服她不要摧毀那些——東西？那些東西食盡了若干個星球，而且還會繼續吃掉更多；那些吐著黏液蝕毀船艦的東西偷走了她的副官，殺死她的飛行員，可能也會葬送她的功績（或只殺死她的肉身）——如果她能嘗試將那波浪潮的來源給粉碎，她爲什麼不這樣做？

「感謝您直言不諱，大臣，」她平順地說，用冰冷的語氣掩藏她喉中、胸中不斷產出怒火的灼熱引擎。「我稍後就會派遣我的總領航官協助您在我們的地圖上標示已知的入侵地點。我還有一個問題請教您：貴太空站有快速艦艇嗎？任何能夠取得的支援，我們都需要。」

「若要協調使用我們的資源，妳得和飛行員大臣昂楚談談，但她也有理由想要將資源保留在自己手邊，」大臣說著往前傾身，第一次表現出興趣。「昂楚大臣甚至反對我來這裡找妳的小動作，因爲你們泰斯凱蘭，這麼個偉大的強權，應該已經足以讓那些怪物遠離我們的家園。目前，她有點忙。」

九木槿正要怒斥他、說他這樣侮辱泰斯凱蘭也救不了他的太空站，但她還來不及開口，雲鉤就在她的一隻眼前遮上了綠色和白色。二泡沫從艦橋呼叫她：蟬群又在跟他們通話了。在跟他們通話，而且說要找她。

❂

從苔蛾座二號星傳來的窄頻通訊夾雜著靜電干擾，二十蟬的聲音在其中聽起來有一種特殊的質地，讓九木槿想起他們頭幾次一起外派的時候——一種快速而鮮活的喋喋不休，通常出現在他睡眠不足、工作過度的時候，覺得自己因爲看過了宇宙中的規律模式，而非常肯定知道宇宙是什麼形狀。至少他沒有喊她小槿，或是我親愛的——如果他再喊一次，她就要搶先殺了她，不讓其他任何東西奪得使她心碎的權力。

當然了，他在跟瑪熙特和三海草說話。她們設法在她離席期間接管了通訊控制臺，二泡沫則站在她們旁邊用銳利的眼光觀察，彷彿在等待特使或太空站大使犯下足夠嚴重的叛國罪行，她就能完全截斷通訊線路。九木槿進來時，某句話正好講到句尾：

「——頗爲確定我不但搞懂了牠們如何不靠對話溝通，特使，還發現了牠們如何用我們無法追蹤上的高速溝通——那根本不是語言，牠們是一個網路化的集合體。」

「牠們共享意識？」瑪熙特問；同一時間三海草則說，「牠們共享記憶？」她們兩人突兀地互視，彷彿彼此間有某種深藏的祕密。

瑪熙特說，「意識或是記憶。如果你能分辨——」

「我不能，」二十蟬說。「至少現在一定不能——目前我們還在畫圖給對方看，而且我缺乏集體連結能力這一點，讓牠們深感不安——到底記憶在一個集體的意識網路裡會是什麼樣子？」

「瑪熙特？」三海草問道，彷彿她期待瑪熙特會知道這個完全屬於哲學範疇的問題的答案。

九木槿有更重要的問題要問。「蟬群，」她說，盡可能讓自己的聲音顯得溫暖，傳過他們之間充滿尖細雜音的虛無太空。「對不起，我沒辦法立刻趕來——你是怎麼想到的？」

「元帥，」二十蟬說；他把她的頭銜說得像是個名字，像是她的名字。他對自己是如此滿意，又是如此高興聽到她的聲音。「是那種眞菌。那就是牠們的方法。牠們把眞菌餵給嬰兒，讓牠們——覺醒過來，這是我理解到最接近的意思了。牠們畫了圖給我看——一個小外星人被餵了眞菌，然後就跟所有其他個體透過碎形網路連結起來。那是某種心電感應藥物——或是某種變成共生性的寄生蟲。我多想要找一隊博理官和研究單位來啊。我們知不知道『輪平衡錘』號上是否有人的興趣是研究寄生性眞菌——」

「……我沒問過，」九木槿發現自己正在這麼說。她納悶誰會刻意培養這樣的興趣，特別是在艦隊的船上，這種絕對盡可能避免眞菌出現的地方。「我不知道。害死那個見習醫官的那種眞菌，你覺得它讓牠們變成了——蜂巢意識？」

「正是。六降雨的死不是它的錯——我還是覺得他發生了嚴重的過敏性休克反應。此外，我們的敵人不是把那東西注射到體內，而是用吃的。」

「一種完全有機的記憶保存方式。」瑪熙特用一種低沉而神往的語調打斷了他們。九木槿置之不理。二十蟬不是才說過，外星人共享的不是記憶，而是意識？

「所以牠們讓眞菌跑到我們船上，不是爲了破壞。」她說。這不太算是個疑問。

「不是，不是刻意的破壞，」二十蟬說。「但我現在完全無法細膩地措詞，小槿。我在畫圖猜謎，牠們則在廣大的眞菌蜂巢意識裡對彼此說話——或是歌唱。我有個點子，妳不會喜歡的。」

九木槿想要大笑、想要抱住他，讓他回到艦上。「是什麼點子我不會喜歡？」

「我要吃下這種眞菌，」她的副官、她最親愛的朋友、她超過二十年來的左右手說道。「然後我就能直接跟牠們對話。」

這是九木槿有生以來聽過最糟糕的點子。

第十八章

……將已成功使用於執法工作的演算式資訊共享程序應用於軍事，是一項合乎邏輯的延伸。雖然飛行員使用的介面功能勢必比太陽警隊的版本更有限（考量使用時間的彈性，而非仰賴演算法隨時啓動），針對共享本體感覺的初步測試目前十分樂觀。考慮到碎鋒機群介面的運算能力，科學部熱切相信，碎鋒機群將會成爲這項新科技的第一個廣泛應用領域……

——摘自〈人類演算科技報告：軍事應用篇〉，由二藍晶石（主任調查員）、十五噸位及十六毛氈組成之博理官團隊整理，提交予科學部長十珍珠並獲批准。

統計上，因憶象融合失敗導致無法恢復之心理或神經傷害的機率是百分之〇點〇三，亦即每一萬例中有三例。傳承部及維生系統部皆認爲這是可接受的風險等級。

——摘自《憶象手術：術前準備指南》手冊，於憶象機器植入前的例行醫療評估程序中發送。

◎

八解藥花費了二十分鐘試圖在金蓮花航站裡找一臺暫時停靠的碎鋒戰機。到處都沒看見他設想中碎鋒戰機的外型：邊緣尖銳的銀色楔形玻璃，他想像的根據是他在戰爭部看到的規格，還有那些像光點般散布在黑色地圖桌上的單人戰鬥機輪廓。過了二十分鐘，他才想起來，碎鋒戰機幾乎全都是含納在較大的戰艦內部，一起停在泊位裡。

嚴格來說，他需要的不是一架碎鋒戰機。他需要的是一個讓他坐進戰機的碎鋒機群飛行員。

這就更不妙了，他要上哪去找飛行員呢——他不能進酒吧，也不能聯絡戰爭部詢問，而且他的時間每分每秒都在流失。他在一片混亂的金蓮花航站每多逗留一分鐘，十九手斧授意艦隊毀滅整個行星的命令就傳送得離元帥更近一些，他自己的命令遠遠落後。

最後，他發現自己又徘徊在情報部的郵務櫃檯後面，躲在情資官的視野之外，試圖想像他該怎麼溜上一艘戰艦。也許他可以志願入伍？他年紀還不夠大，但他可以假裝一下……直到有人查詢他的基因標記，然後發現他是皇儲，把他當成走失的小貓一樣送回地宮。這行不通。也許他可以——爬進貨箱裡，跟貨物一起被載上軍艦？偷渡上去？

他的點子全都像是脫胎自蠢到不能再蠢的全像劇，那種他總是一看就關掉的集數。

然後，兩個艦隊士兵彷彿從他的想像中憑空現身，他們繞過情報部櫃檯，直直走向他。他們兩人都長得很高，留著深色長髮，綁成軍隊風格的緊密髮辮。左邊的那一個在袖子的臂章下方別了第二軍團的徽章（兩個共用軌道的星系，是最容易辨識的軍團徽記之一）和一個金屬三角形，形狀中的線條全都彎成弧線，彷彿處於動態。她是個碎鋒機群飛行員。就在這裡，看起來真是不可思議。他需要一個飛行員，眼前就出現了一個——只不過這兩位碎鋒機員是要負責將郵件用最優先順位快遞穿過跳躍門，送到艦隊裡的目的地。

某種程度上，他的確是讓這位士兵憑空現身了。

他讓她到櫃檯來拿他的訊息送往艦隊。她剛拿起了微片匣。

八解藥吞吞口水，把自己的身高挺直到最高，暗暗希望自己的穿著符合皇儲八解藥的身分，而不是像跑腿雜工。但除了他自己以外，他一無所有。他在角落攔截了那兩位士兵，在他們正前方止步，變成一個障礙物，他們要不是被他絆倒，就是要爲他停下來。

「尊貴的飛官，」他說。他不太曉得「尊貴的」是不是正確的敬語，但他準備要請他們幫個小忙，所以他想這樣說應該不爲過。「我是皇儲八解藥殿下，如果你們能允許我登上你們的戰機片刻，我將會不勝感激。」

兩名士兵互看一眼，然後又看回他。其中一個人——不是飛行員本人，是她的朋友——說：「小朋友，你說你是誰？」

八解藥咬著牙說，「我是八解藥，烈日尖矛皇座和泰斯凱蘭帝國統治權的繼承人。如果你們願意，可以透過你們的雲鉤顯示的全像影像跟我做比對。我需要借用你們的戰機……呃，她的戰機。」他用下巴指指那位碎鋒機群飛行員，「我需要一個碎鋒機員。」

「這肯定是我遇過最怪的事，我們在瑟卡太空站那間超恐怖的酒吧被金桔醉倒一事得排第二了。」那名士兵說。八解藥不想知道金桔除了是水果之外還能指什麼，也不想知道它會不會是含酒精的水果。

「你要找碎鋒機員做什麼？」那位飛行員說，這個問題比胡扯什麼喝醉的小故事好多了。八解藥希望她已經把碎鋒祕技告訴過她的朋友，不然這位朋友現在就會在極內省太空港的中央得知此事。

「我知道，」他說。「碎鋒機群的飛行員在戰機裡時，可以感覺到彼此。除了互相感覺之外，或許還可以對話，而且是隔著不可思議的距離，隔著跳躍門。」

那名飛行員的臉孔變得像雕像一樣凝止，像一張面具。「你是從哪裡得知這項資訊的？」她說。

八解藥說了實話。這似乎是最有效的方法了。「從戰爭部長三方向角的私人會議上。」並不是跟他開的私人會議，但這個答案夠接近了。

「如果你眞的就是那個八解藥……」碎鋒機群飛行員緩緩地考慮著說——但她的朋友突然插話。

「四番紅花，我很肯定，如果是那個皇儲小孩，他大概才七歲左右吧。這傢伙年紀太大了。」

「妳就查查看吧，」八解藥懇求地說。如果他們不相信他——如果他現在被人阻止，這個千載難逢的機會錯過就不會再有了。而且，進行到一半的星際郵件詐騙比成功的星際郵件詐騙糟糕多了。「拜託，我眞的有這個需要。要是逼不得已，我可以用泰斯凱蘭帝國傳人的身分命令你們，尊貴的飛行員們，但我眞的不想非那麼做不可。拜託了。」

四番紅花用她的雲鉤進行了某種操作，雙眼迅速移動，在眼窩裡輕顫。是快速搜尋。

「……看起來是他沒錯。」她說。「還有啊，十三緲子，你不知道過去幾天來碎鋒機群的共享視覺裡是什麼狀況。如果他想看——如果部長派他來看——雖然我得送這封訊息出去，但我還是會讓他看看碎鋒戰機。」

「出了事算妳頭上，」十三緲子說。「但妳知道，我不會阻止妳，我從沒阻止過妳，不然我們就永遠沒機會找樂子了。」

「這邊走，殿下。」四番紅花說，八解藥跟著她和她的同袍，走回金蓮花航站裡船艦排成的迷宮。

※

碎鋒戰機比他想像得小。

而且它其實也沒有停在戰艦裡——四番紅花的戰機就在太空港內，沒有懸吊在她平常所屬的戰艦中供碎鋒戰機使用的泊位，因爲她在執行郵件快遞勤務，從她和十三緲子的對話中聽來，這可能是懲罰，也可能是獎賞；太複雜了，他沒聽懂。她所屬的戰艦是第二軍團的喜慶級中型巡航艦「瘋狂地平線」號，它現在正等待她從「世界之鑽」完成穿越三道跳躍門的航程後回歸，她聽起來既迫不及待想回到艦上，同時又擔心要回去。

總之，她的碎鋒戰機目前暫且停在金蓮花航站裡，像一片插在掌心的碎玻璃，準備讓太空港的某座天網撈起、拋向行星軌道。機體大小足以容納一名成人，但乘客無法在機內做出太大的動作。八解藥摸了摸機身側邊，金屬的觸感冰涼而平滑。他知道這架小型戰機可以朝任何方向、用任何參考軸線定位，飛行員本身會懸在中央的膠囊狀駕艙，處於無重力的自由狀態。

「陪他一起等，」四番紅花對十三緲子說。「最多十分鐘。我要去找個也在執行郵件勤務的人幫忙——這封訊息眞的很緊急，我又不知道殿下想要體驗多久的碎鋒機群共享視覺——所以就讓排在後面的下一艘戰機送它穿過跳躍門吧。」

八解藥很高興四番紅花對她的工作如此認眞。他希望他可以做點什麼——例如公開表揚她，也許等到他當上皇帝的時候，如果到時她還記得他。那封訊息——也就是他的命令——必須立刻出發，即使這代表他得要在十三緲子的看管之下度過難受的十分鐘。這個人顯然在自己長大之後就再也沒跟小孩相處過，以爲所有的小孩都喜歡手球選手（八解藥對這個無感），或是演唱會門票熱銷一空、讓小鬼頭尖叫連連的音樂家（八解藥對這個眞的很無感）。

最後，等待期間的挫敗感實在太難受，他確信有人隨時會引燃爆裂物，或是來把他抓回宮裡的房間，像送他入獄一樣。於是他問起十三緲子在第二軍團裡的職務是什麼。這個問題似乎讓他們倆都鬆了一口氣。十三緲子是工程專家，大部分的時間都花在改良維修船艦機殼的方法。八解藥完全不了解零重力環境下用於精密導航的手持式微型推進器，他若想聽懂十三緲子說的內容，就必須全神貫注，這讓他能夠眞正專心，不致因爲焦慮難耐而全身抖動。

不過，四番紅花終於回來時，他還是直接打斷了十三緲子說到一半的話。「我得進去，」他對她說。「四番紅花飛官，我得加入碎鋒機群的共享視覺。」不得不做出這麼多要求讓他倍感挫折，他覺得自己因此臉紅起來，「我需要妳示範給我看。」

四番紅花瞄了十三緲子一眼，然後眼神又回到他身上。「你確定嗎？」她問。「那比你想像的簡單多了，但也比你想像的恐怖多了。」

「他只是個孩子啊，四番紅花，就算他的身分眞的跟他宣稱的一樣——妳放假跑回『世界之鑽』就找我去喝個爛醉，妳說是因爲上次妳在碎鋒機群共享視覺裡遇到的事，而妳現在要讓一個小孩經歷那種事？」十三緲子問。八解藥實在、實在沒有時間聽大人爭論這件事對他來說好不好，或不管他們爭論的點是什麼其他的主題。他就是不懂，也不想要懂。

「示範給我看，」他再說了一次。「立刻。這是命令。」

「你會需要我的雲鉤，殿下，」四番紅花說。「而且你需要坐進碎鋒戰機——共享視覺在任何安裝過程式的雲鉤上都能運作，但是碎鋒祕技——眞不敢相信他們取了這個名稱，聽起來好像這是我們故意做的——占用的運算資源對一只雲鉤、或是一個人類的意識這麼小的東西而言太多了。你需要戰機。」她的手放在她的碎鋒戰機機殼上，彷彿在輕撫一隻需要安撫的寵物。「我的碎鋒戰機，」她繼續說。

「是艘好船呢。」

八解藥非常嚴肅地說，「我相信。」因爲四番紅花似乎需要聽到這句話。

她深呼吸一下，像個準備在宮廷朗誦詩歌的吟詠家。「好吧。我們——就速戰速決吧。媽的，但我希望你眞的就是你說的那個人，不然我絕對會因爲這件事被踢出碎鋒機隊——」

機內的空間連容納一個人都嫌勉強，兩個人更是擠不下。四番紅花指示他應該坐的位置，還有雙手該從哪裡喚醒戰機的引擎和人工智慧瞄準系統，但不實際啓動起飛程序。然後，她將她的雲鉤放在他的左眼上。尺寸當然太大了，他得微微仰著頭才能讓它保持在原位，但是功能運作起來就和他自己的一樣，介面也相同，只是塞滿了上百個他沒看過的指令和程式。艦隊的硬體裝置和艦隊的程式，這全都嚇人極了，但他已經把害怕的感覺留在戰機外的某個地方、在他等待四番紅花回來時的厭煩之中。他只剩下冷的感覺，他覺得自己可能在發抖。

「這就像萬花筒，」四番紅花喃喃說道。「你一開始可能會吐。很多人都會，我之前也是。但是你會看到的，你會看到我們身上正在發生的事。準備好了嗎？」

他點頭。他發覺這是他有生以來第一次不知道自己接下來會遭遇什麼。

「那麼，喚醒戰機，」四番紅花說。「程式出來之後，所有的選項都選『是』。」

她從自己的戰機裡出來，駕艙的玻璃罩在她背後關上。八解藥獨自一人，雙手擺在控制板上——

他執行了喚醒程序，感覺到戰機在他身下隨著一陣嗡鳴、一陣蠢蠢欲動甦醒過來。他的半邊視野變成了星空的一片黑——雲鉤連接上線，開啓了某個版本的共享視覺。視野邊緣閃出了一個提示，「是否繼續？」他眨了一下眼，回答是——

然後他墜入宇宙空洞，不斷翻滾，被拋得離自己前所未有地遠，被拋入虛空及虛空裡的尖叫中。

◎

「那樣會有什麼好處？」九木槿問。「就算你活得下來，而這一點也他媽的無法保證——」

「那是一個系統，」二十蟬被靜電干擾扭曲的聲音說。「那是一個分散式系統，現在失去了平衡，因爲牠們不了解我們爲何能夠是人、卻不是系統的一部分。那樣會有——會有很多好處，小槿。加入——外來的嫁接。」

瑪熙特看著元帥的臉，看著她消化泰斯凱蘭人對人工心智擴增的根本恐懼。這是一件瑪熙特始終不太懂的事——是他們文化中深層的禁忌，也是後來的那個伊斯坎德之所以喪命的原因：他要將憶象科技提供給六方位，而科學部和十九手斧都無法苟同如此行爲，這在他們的理解中似乎就是徹底腐蝕了一個人的自我。

〈那個人準備要對自己做的事，和憶象沒有半點相似，〉伊斯坎德在她的腦海深處低語。〈如果他活下來，根本也不能算是人類了。他會成爲別的某種東西的一部分。〉

他們不就是這樣說我們嗎？她問他。說我們不眞的算人類，說我們是有意識共享科技的野蠻人。

〈是他們當中的某些人，〉伊斯坎德說。這是老的伊斯坎德，他向皇帝承諾了記憶的延續，以此誘惑了皇帝。〈只是某些人。〉

九木槿說，「蟬群，你的信仰並沒有要求你靠自己一個人來平衡這整個天殺的宇宙。」

「不然會有誰來嘗試？」二十蟬說。瑪熙特顫抖起來，她的背部肌肉傳來一陣劇烈的震顫。

「妳覺得他說得對嗎？」三海草用幾乎低不可聞的聲音對她說。「牠們是一個集合體？是不是就像你們？」

「太空站人組成的是傳承鏈，」瑪熙特說。「是一條條線，不是他描述的這種——意識的碎形網路，兩者毫不相似。對，我覺得他說得可能沒錯，這樣就可以解釋牠們爲什麼好像隨時知道己方船艦的位置，完全沒有時間差。他可能說得對。」

三海草伸手握住瑪熙特的手。瑪熙特完全沒有預期到三海草會在公開場合碰觸她，但她沒有抽開手。現在沒有人在注意她們，他們在聽元帥和她的副官爭論他是否應該在生化上、心理上完全地加入敵方，希望他能中止這場戰爭。三海草溫暖的手指緊緊地握著她，像瘋狂旋轉的世界裡的一只船錨。

「如果他那樣做了，」三海草說。「而他說的是對的，然後他又活了下來——那麼他會成就一樁史無前例的第一次外星接觸談判，泰斯凱蘭不曾有人做到。」

「……妳這是在嫉妒嗎？」瑪熙特發現自己在這麼問。

「我沒有勇敢到可以嫉妒他。」三海草說著轉開視線。

❁

他死了兩次之後才學會怎麼說話。最恐怖的經驗是最吵鬧也最強烈的，吸引著飛行員的心靈，就像黑洞吸引質量。一架碎鋒戰機從外到內融解，機身玻璃布滿了蠕動的濃稠黑色油脂液體，機上人工智慧系統的警報全部開始尖響，接著又同時沉寂，然後是飛行員自己一再尖叫，又安靜下去——八解藥還來不及思考，來不及停止在一千個心智和兩千隻眼睛之間的翻滾，像陀螺儀般不斷轉動——

（怎麼有人能從這之中存活下來，怎麼有人能學會成爲這種飛行員，感覺到所有人都在身邊——）

——他還來不及察覺自己掉進了這片喧鬧裡，他就在張牙舞爪的恐懼中不停旋轉。引擎切斷了，他的喉嚨裡充斥著另一個飛行員鋪天蓋地的恐慌，一艘呈三層環形、光滑灰色表面的戰艦如輪子般轉動，邊緣擊中了她的戰機，她看見一顆小行星布滿坑洞的平坦側面愈來愈快、愈來愈快地靠近，只聽見我愛你，我一直都愛你，記得我，然後就什麼都沒有了，只剩下火焰的殘像。

死了兩個人，差點有第三個——巨大的驚怖將他拉扯進螺旋，能量砲彈以毫釐之差飛過，友軍砲火的藍色死光迎面襲來——但那不是致命一擊，八解藥不知怎麼地找回了足夠的自我，吼出字句。

能夠哭著、吼叫著說，停、停，負責載送三方向角的速件訊息的人，拜託，等一等。

從一千個心智和兩千隻眼睛之間傳來了：什麼？是誰……？在哪裡？他引起了某種注意，某種騷動。他們並沒有全都解體，沒有全都在垂死邊緣：有些人就只是——在飛行，或是戰鬥，或是聚在一起。有人離他比較近——跟他在相同的空域；他靠著一絲理智想道，如果它在無意中這樣送出去，就糟到不能再糟了，他們聽見他的話，知道他不是四番紅花，並且想要知道為什麼。

拜託，他說。他不知道他是開口說出來或是在心裡想。我是八解藥——先皇的百分之九十複製體。我必須攔下那封訊息。那是錯的，是假的。

他竭盡所能努力不要去想：但你們就快死了，這太可怕了，如果三方向角和十九手斧是對的怎麼辦？如果種族屠殺的命令就是力挽狂瀾的唯一方法怎麼辦？

因為，一旦他這樣想了，他們就絕不會相信他了。

※

九木槿在艦橋上來回踱步，彷彿她豐潤碩大的身軀裡有某種內在機制，讓她無法在跟她的副官說話的同時保持靜止。瑪熙特無法相信，他們這種程度的對話怎麼會是公開進行，讓她和三海草、以及艦橋上半數的軍官，都聽見他們之間來回飛掠的綿長友情、信任，還有顯然已經重複過上百次的爭辯，但現在不再是理論層次的爭執、不再抽象。然而，二十蟬置身於致命的沙漠裡，九木槿則在她應該歸屬的地方，在他一直替她管理的這艘戰艦的艦橋上，如此一來，他們的對話怎麼可能不公開？瑪熙特想像他的手掌上端著塑膠方盒裡伸出細絲的白色眞菌。苔蛾座二號星上現在應該終於日落了。她猜想著，那些外星人是否對他伸出了爪子，或只是回到牠們自己的船艦等待，或是撤退了，或是正在得意（如果牠們能有這種情緒的話）牠們騙到了泰斯凱蘭人自願服下毒物。

她想像他會如何打開盒子，將眞菌放在舌上，然後準備赴死，或是準備解決問題，就像他在「輪平衡錘」號的醫療艙裡所做的一樣。她在想像的同時，發現伊斯坎德想到了六方位——或是她自己想到了——臉上發燒泛紅的模樣，被衰老和病痛耗損得形銷骨立，只剩雙眼炯炯有光。準備赴死，或是準備解決問題，即使那代表他將要使用萊賽爾的憶象機器，讓自己變得不再是自己。

*這是件好事嗎？知道他不是唯一願意如此嘗試犧牲自己的泰斯凱蘭人？*她問道，刻意讓這個問題在他們腦海中空蕩的鏡像空間裡成形。

〈我想念他，〉伊斯坎德告訴她一個拐彎抹角的答案。他忽然湧現的悲傷、眷戀和驕傲更加清晰——〈是的，〉他說。〈但他永遠沒有機會陷入這樣的處境，所以誰知道呢。〉

九木槿像一道陰影般走過艦前觀察孔的玻璃，她的剪影讓載運談判代表到苔蛾座二號星的外星船艦忽隱忽現。它仍在原處盤桓旋轉。她一面踱步，一面爭論。

在其中一位艦橋軍官（瑪熙特覺得他應該是導航官，但記不得他的名字和實際職務）的陪同下，塔拉特從他被帶進的小房間裡走了出來。瑪熙特幾乎和他出現時一樣驚訝。她原本輕鬆多了，可以不用想到他，不用感覺到伊斯坎德的退縮——還有她自己羞恥、憤怒又懼怕的退縮。

「大臣。」瑪熙特說，試圖讓所有人都知道他在場。艦橋上的泰斯凱蘭人全都轉頭看著他，還有瑪熙特——只有九木槿除外。顯然她有更要緊的事情得思考。

「德茲梅爾，」他一面說一面走近她。她察覺自己站起來，彷彿準備要退後——並且發覺自己的手還被三海草握著，也看到塔拉特的目光移向她們雙手相接之處，那猛然向下投來的眼神似乎終於找到讓他徹底滿意的證據。他的嘴巴彎起生硬而惡意的微笑。他用他們的語言說，「我現在明白妳在做什麼了。明白妳爲什麼這麼樂意跟著這個女人走——她不只是給了妳機會，讓妳暫時逃開覬覦妳憶象機器的亞克奈・安拿巴，是吧？她給了妳更好的甜頭。」

〈讓我來。〉伊斯坎德說。瑪熙特聽了他的話，她太過憤怒，除了默許之外別無他法。那感覺就像她直直摔落，落向自己體內，重心變了位置，頭頸的角度也移動了，但只移動了一點點，幅度比之前小。他們現在更相近了。切換於伊斯坎德和瑪熙特之間的技巧終究會不再需要派上用場，他們終究會度過這個階段。

「你又跟前任大使說過多少次，」她說——伊斯坎德說，他的聲音微微拖長，全然自信的態度和常年使用泰斯凱語的習慣，讓他發出的太空站語子音變得扁平。「說帝國的誘惑是可以有來有往的？」

噢，她希望艦上沒有人對太空站語熟悉到聽得出她在跟塔拉特玩什麼把戲——用他和伊斯坎德之間長期的通信回敬他，看他會不會知難而退，並且讓她自己看似一個不效忠任何一方的間諜，既不忠於萊賽爾，也不忠於泰斯凱蘭。（她希望三海草真的如她自稱的懂得一點太空站語。這是關鍵。她不想要破壞她們之間好不容易挽救回來的某種關係。她不想爲了塔拉特這麼做。）

「看看他因此落得什麼下場，」塔拉特啐道。他朝著瑪熙特比了個手勢，彷彿她在所有方面都冒犯了他的情感。「看看妳又要落得什麼下場。」

「你說的是什麼下場？」伊斯坎德藉她之口說。「跟你的下場又有何不同？我們不論是被拯救或毀滅，都仰賴泰斯凱蘭的行動——這一切有任何改變嗎？」

這是一場她從未參與的爭論的延續，是她不曾有過的經驗。她的雙手又刺又痛，灼熱起來。小心一點，她想道。但她並不眞的想要他小心，也不想要她自己小心。她只想獲勝，她希望自己知道勝利會是什麼樣的場面。

「你們的憶象鏈，」塔拉特凶狠地說。「完全沒有忠誠可言——就算你們其中一個人抱有忠誠，憶象鏈上的其他人也會將它拋入虛空、任其凋萎。也許安拿巴的主意終究是對的。」

瑪熙特舉起一隻灼痛到麻木的手（是她，不是伊斯坎德，伊斯坎德退居爲一抹帶著驚駭與讚嘆的微光），打了塔拉特一巴掌。

❁

碎鋒機群的共享視覺是一片眾聲喧譁；是極內省太空港的混亂、動態和噪音放大成無數倍，八解藥在這巨大的洪流之中幾乎感覺不到自己的存在。他一直無法定位代表自己的那個單點——他的位置、他的身體、他的生命和他所知的一切。他又死了一次，被捲進某個人和一艘旋轉環形船艦的駁火中，那名飛行員將自己射向敵方，成爲一支矛槍、一片插進那三層圓環核心的彈片、一場爆炸，帶來一股狂野的勝利感。但是好痛，每一次都好痛。

他不斷說著，拜託，聽我說，我需要你們擱下那封訊息。就在你們其中一個人身上——你們其中一個人即將帶著它穿過跳躍門。它造成的結果會比這更慘。那封訊息是假的，是錯的。我是泰斯凱蘭的皇儲，我要告訴你們，如果那封訊息送到了前線，現在這些死傷都只會是前菜——

那些不是眞正的字句，而是感覺，在眼睛旋動之間形成的思緒。

終於，有一個單獨的聲音、一個人回應了他。那個人的碎鋒戰機在通往跳躍門不連續帶的直接航向上，離他同袍飛行員紛紛死亡的地點很遠（還很遠！也許還夠遠！）。那個不習慣如此遲疑的聲音，現在遲疑地問他：如果你是八解藥，如果你就是全像影片和新聞裡的那個孩子，如果你就是在皇帝爲我們而死時被他灑滿鮮血的孩子，那麼你要對我保證你說的是眞的。對我保證只要我丟掉那封訊息，我們就不會再這樣死去。

萬花筒裡一陣沉默。又一聲尖叫被壓了下去。八解藥想不起他自己的眼睛在哪裡，想不起原本無法同時感覺到所有一切的眼睛是什麼樣子。那是一陣等待中的沉默。

我保證，他認眞地說，卻不知道自己的保證是不是個謊言。

❁

塔拉特的臉頰上被瑪熙特打過的地方赤辣辣地泛紅。

雙手仍被銬住的他箭步衝向她，往前移動時看起來齜牙咧嘴。她猛然後退。三海草同時感到讚嘆、驚駭又得意，瑪熙特做的每一件事幾乎都帶給她這樣的感覺。她向前一步，站到瑪熙特前面。萊賽爾的大臣比她高了足足一呎半，但他的胸膛非常窄。三海草自己雖然也身材單薄，可是她比塔拉特年輕了四十多歲，如果有必要，她覺得她可能有辦法撂倒他。那樣會造成巨大的外交過失，但目前又有什麼行爲不會？現在艦橋上的一切都混亂透頂。什麼協定規則都不管用了！情報部的訓練中沒有半點提到如何在艦隊旗艦的艦橋上進行三邊談判，其中一方根本不是人類，還有一方不是泰斯凱蘭人，而且除了己方談判代表之外沒有人是情報專業人員。她眞應該來寫一本標準程序教學手冊。

如果她活得到有那個閒工夫的時候。

塔拉特退後了。啊，所以他敢攻擊瑪熙特，但是不敢這麼對泰斯凱蘭人。知道這一點很有用處。

「元帥。」通訊官二泡沫說。她聽起來十分爲難，因爲必須再次在她的指揮官和苔蛾座二號星上的二十蟬通話時打擾。三海草轉過頭看是什麼引起了二泡沫的注意，而走上艦橋的人讓她驚訝不已：那是個士兵，衣袖上有碎鋒機群閃亮的尖三角形標記。他當眾哭泣著。

她自己當然哭過，甚至也是當眾哭，當時她既難為情又驚恐，可是又覺得完全合情合理，因為她是在哀悼。但她不曾哭得像這個男人一樣連續不斷、無休無止，還這樣子來跟長官報告。

九木槿轉過去看那位士兵，三海草看見她的臉頰在太空射線曬成的古銅色下變得黯沉灰敗。「稍等，」她對二十蟬說。「別趁我不注意的時候做出什麼事來，蟬群，這是命令。這位飛官，你叫什麼名字？出了什麼事？」

她朝他走過來，他的臉轉向她，如同一株種在陰影深處的花朵伸展著迎向太陽。「元帥，我是十五方解石，碎鋒機員。」他邊說邊哭，絲毫沒有為了哭泣而停下來，彷彿哭泣只是一件發生在他身上的事、一種自動程序，不會阻礙他向長官報告。九木槿在軍隊中激發的忠誠是如此強烈而耀眼。

他繼續說：「碎鋒機群的共享視覺——被腐蝕了，或是效果太強了，或是——我們不知道究竟發生了什麼事，元帥，但是狀況跟您還是碎鋒機員時不同了。是因為那個新程式，那個本體感覺共享系統——我們一直感覺到彼此的死亡，好多好多的死亡，我把程式全都關了，但還是無法不去想到。您得知道，創傷經驗有一個——一個閾值，我想是這樣說的吧，超過之後，本體感覺就會開啓反饋回路。也有其他人跟我一樣哭得停不下來，元帥。我很抱歉，我無意要這樣冒犯您。」

九木槿搖頭。「我一點也沒有受到冒犯，十五方解石飛官。如果可以的話，請跟我多說一些。我知道——碎鋒機群共享視覺裡的殘像。不久前，我也是你們的一員。但是這是什麼時候開始的？碎鋒機群還能運作嗎？」

「從我們至少三、四個人在鄰近的地點陣亡之後，死者當時都開啓了碎鋒祕技——我指的是本體感覺的升級功能。」

三海草知道她不應該插話，但她不是艦隊成員，不受他們規則約束，而且她完全沒有聽說過這項科技。「碎鋒祕技？」她問，音量大到足以切穿九木槿和她手下士兵周圍的沉重靜默。同時，艦橋上其他地方也一片安靜，只剩和苔蛾座二號星的開放通訊頻道上的靜電干擾音，二十蟬還在另一端聽著。

所有人的頭都轉向她。她再重複一次：「什麼碎鋒祕技？」

她左後方的二泡沫喃喃自語地說了些像是希望她閉嘴之類的話，「是科學部提供的新科技。讓碎鋒機群的飛行員感覺到彼此在太空中的位置，消減導航上的時間差。它的基礎是太陽警隊的演算法。」

三海草非常確定，她以及整個情報部都不應該知道這項科技的存在。又是戰爭部和科學部偷偷合作，不讓情報部加入——就像兩個月前那次差點成功的叛亂時一樣。它們用同樣的模式發揮影響力。她用比二泡沫更大的音量說：「艦隊把意識共享科技應用在導航目的？」

然後她聽見瑪熙特虛弱而短促地笑了一聲，「……妳看吧，三海草？」她說。「泰斯凱蘭已經在做的事，和我們太空站人許多個世代以來應用憶象鏈的行為，不過也就一步之差。只不過我們不會讓任何人毫無準備地接受，就像這位飛行員——」

她隨即發覺自己說了什麼，猛然住口。

她發覺自己幾乎是肯定地承認了憶象機器的存在，完全拋棄了伊斯坎德巧妙如舞蹈的謹慎守密。但是已經太遲了。塔拉特大臣齜牙咧嘴地從三海草右方彎身（她永遠搞不懂太空站人微笑的方式，以及他們微笑的言外之意，還有兩者之間的邊界又在哪裡），用太空站語怒斥出某些難聽話。三海草聽到了「憶象機器」這個字，並且猜到了剩下的內容：奸細，叛徒，洩密者，公開了我們祕密的、極端反道德的科技，妳和妳所代表的一切都去死吧。很明顯吧，真的，很明顯，從瑪熙特的反應也看得出來——她臉色刷白，然後輕輕推開三海草，和塔拉特面對面。現在艦橋上每個人都在看他們了，甚至連那個哭個不停的飛行員也是，不過他現在緩和下來，多半時候只是吸著鼻子啜泣。

瑪熙特用太空站語開始說了些什麼——一個很長的句子、一連串咆哮的子音——然後輕鬆流暢地切換成泰斯凱蘭語。「那麼，大臣——你眞的以爲是我第一個拿我們的科技去交換我們的存續嗎？你跟伊斯坎德通信了二十年，而他這整段時間都把你蒙在鼓裡。」

她的聲音柔順滑膩，在三海草熟悉與陌生的音調之間擺盪。三海草知道她聽到的話有一部分是伊斯坎德說的。跟瑪熙特非常相似，但完全不是她，而且如果還有以後可言，三海草就會有時間大驚小怪自己到底是睡了、信任了他們倆之中的哪個人，所以這件事現在不要緊。

塔拉特用完全能讓人理解的語言（他顯然是有這個能力的）說：「如果妳說阿格凡創造了某種——意識集合體，那也不是憶象科技，德茲梅爾。如果那東西眞的存在，那是偏差，泰斯凱蘭式的腐化。」

瑪熙特仰頭大笑，「塔拉特，噢，我的朋友——我前人的朋友——我的保護者、我的幫手，不，我們爲什麼要做出那種事？我們做的不就正是你要求的：讓泰斯凱蘭愛上我們，向帝國承諾記憶的永恆延續，以換取我們的自由？」

「你們做的事情無比病態，」塔拉特說。「是憶象融合的倒錯——妳不是伊斯坎德。這是粗鄙至極的僞裝。」

「不，」瑪熙特說，「我不是伊斯坎德。我絕不會將憶象機器提供給六方位皇帝，也絕不會因此而死。我會做出其他令你鄙夷的事。泰斯凱蘭不會讓我們保持潔淨無瑕，我、你、或伊斯坎德都無法倖免。我可以肯定這一點，因爲我變得夠像他了。我記得我是什麼樣的人，記得你幫助他成爲什麼樣的人，以及他又讓我變成什麼樣的人。」

二十蟬在聽的開放無線電頻道傳來低沉的靜電劈啪和嘶嘶聲，然後雜音變成了他平靜而奇異的聲音。「啊，小槿，」他說。九木槿像是被刺了一記般轉過身，凝視著艦橋外的星空，彷彿她的副官的臉龐會從中浮現。「看起來我甚至不會是第一個這樣做的人。萊賽爾已經走在我們前面了，對吧？但我們就要趕上了。」

「不要。」九木槿說。但她沒有說我命令你不要，或是拜託。三海草猜想這兩句話對她而言也許是相等的。

「和妳一起服役，是我一生最深遠的榮耀，我親愛的，」二十蟬說。「祝我好運吧。」

然後開放頻道上的靜電音歸於寂靜，線路中斷了。

苔蛾座二號星上的某處，有一個相信浪費是社會上至惡之事的男人，正在任由自己被吞噬。

※

八解藥還是不太能夠脫離碎鋒機群的共享視覺，即使他已經做出了保證，即使他已經成功了——如果成功代表的是感覺到離他足跡所及之處非常遙遠的某位飛行員拿起了帶有戰爭部封印的資料微片匣，用鞋跟將它在駕駛艙的側邊踩碎，踏破封印圖徽上的戰旗，讓太陽分裂成一支支尖矛，用光線寫成的文字不復存在，只留下金色的封蠟，閃亮的碎片在他的靴子周圍無重力地飄浮。八解藥整個人分散到好遠的地方，碎鋒機群的成員好多，他分不清楚哪裡是上面，或是上面有沒有意義，也搞不清楚他自己到底有沒有意義。他只是他自己，而相較於死亡、絕望、變動不斷的繁星與太空令人無法招架的壯麗，還有如同鳥群的集體同步行動，他自己並沒有多少分量。

他既害怕又自傲。他確定這些感覺是屬於他的，但也是屬於其他的碎鋒機群飛行員。感覺到害怕和自傲還不夠，他感覺自己像撒進水裡的鹽，正在溶解。

碎鋒機群的共享視覺會被死亡和痛苦吸引，但大量聚集的碎鋒戰機也有同樣的引力。現在就有一個這樣的群體出現，一個集團裡的中心點，那群人原本就認識彼此，甚至不需藉助於集體感覺，也就是碎鋒祕技跨越不可思議的界線與距離的原理。他們懸在半空中，像散落分布的星辰，全部圍繞著一艘旗艦一起移動，形成一面靈活變化的盾牌，保護著他們的母艦，不讓它被輕易看見或辨識。他搆著了一個名字：那艘船是「拋物線壓縮」號，第二十四軍團引以為傲的旗艦。

雖然沒有收到命令，但那艘戰艦和它的碎鋒機群已經在接近外星敵軍所居住的行星系，無視於八解藥所做的、所得知的、所保證的種種。他們群情沸騰、勝券在握，帶著惡狠狠的企盼：他們現在就要一起結束這一切，終於可以——

不，八解藥想道。但那個字消失了，消失在眾人意識連結出的廣大範圍之中，微弱得聽不見。他不管做什麼都再也不夠，不足以觸及那麼遙遠的地方。

拜託，不要！喧鬧之中傳來一個聲音，伴隨著其他更淒慘的否定句組成的合唱：不，別讓我死掉——不，我做不到，我怕——不、不、不，不可能有這種事——

第二十四軍團的碎鋒機群繼續前進，無畏且固執，彷彿根本沒聽見他。

第十九章

在平衡的實踐之中，沒有嚴格禁止或嚴格要求遵守的教條：如果某人選擇為了泰斯凱蘭的日和星而流血，這個行為並不構成傷害，只要此人也願意為了每個星球的大地和水源而流血，為了陌生人的眼淚與唾液而流血，或是為了無足輕重如一塊貧瘠庭園的渺小之物而流血。

——摘自《「平衡的實踐」評著論叢》第五十七之三卷，由匿名評論者G（左側藍字，撰寫時間約當於奈托克被征服後一百年）執筆。匿名評論者G以泰斯凱蘭語寫作，可能是為了和以奈托克語寫作的匿名評論者F（左側藍字）作區隔。關於F及G是否確為不同身分之二人，討論內容請見《「平衡的實踐」評著論叢》第五十七之三十九卷。

۞

戰爭在九木槿的周圍消溶，宛如灑進水中攪拌的糖，速度快得讓她來不及哀悼。

身為統領六個軍團的元帥，她站在她的旗艦艦橋上，一則又一則戰情報告朝她傳來——敵軍突然遲疑不動，攻擊部隊消失，噴出致命腐蝕液體的三層環形星艦停滯在原處盤旋，繞著泰斯凱蘭的船艦緩慢觀察，而沒有將它們擊成碎片。她接收所有的報告，啓動戰略地圖桌，標示出她艦隊的位置和敵軍的位置，盡可能即時更新。同時，所有的衝突熱點似乎都——就這麼停擺了。唯一的移動物體是第二十四軍團，十六月出的「拋物線壓縮」號，但就連她好像也放慢了速度，訝異於敵方的強力反擊突然停止。雖然仍在移動，但——沒關係，如果這段詭異低盪期結束了，如果二十蟬所做的還不夠，那麼她寧願讓第二十四軍團就位待命。

不論蟬群做了什麼，至少都為他們換到了時間。她對他大吼過——不，是尖叫過，即使在他切斷窄頻通訊之後，她仍尖叫著無意義的否定句，自己都覺得丟臉，可是她好痛苦，痛苦得如同整個人正中間刺穿了一個孔，如同外星人的酸液正在像侵蝕船身金屬一樣侵蝕她。他要不是死了，就是消失了，或是變成——不是他自己。她的朋友，她最親的朋友啊。她要怎麼處理他的那些植物？怎麼讓水耕甲板維持正常運作？他養的那些他媽的卡烏朗小貓又要怎麼辦？她的使命——用所有必要的、可能的手段繼續打這場仗——在一個個標示光點之間變得不再重要，她該做什麼？

她想問他：*蟬群，蟬群，你在做什麼？*但她送出的任何訊息他都沒回覆。他大有可能吃下真菌之後就這麼死了，而敵人將之理解為某種足夠分量的犧牲。

❁

沒有人聽見他、或是費神聽他說話；碎鋒機群的共享視覺中全是哀戚，再不就是一種一意孤行的決心，瞬間就將悲傷和死亡隔絕在外。八解藥跟丟了護衛「拋物線壓縮」號的碎鋒機群。他又死了一次，簡單而醜陋的死亡，某個人非常清楚地想道噢，幹，同時一塊殘骸迅速擊中那個人的戰機側邊，導致機身變形，泡泡狀的玻璃罩從密封處裂開——寒冷、驚人的寒冷、憤怒，之後就只剩寂靜。

他想停止。他想出去。可是沒有辦法出去，沒有辦法停止。

只不過——

一個又一個飛行員的眼睛看到了腐蝕性酸液和能量砲彈組成的火網中，出現了突然的遲疑停擺，彷彿敵人合成一個整體共同在思考。一艘不比碎鋒戰機大的三層環形星艦毫無動靜地懸在空中，然後緩慢而慵懶地圍著兩架碎鋒戰機繞圈，完全沒有攻擊他們，似乎只是在嘗試描繪他們的輪廓。作爲瞄準目標的外星人消失了，其後留下歪扭抖動的視覺不連續帶，泰斯凱蘭飛行員的手在碎鋒戰機的控制板上顫抖，握拳的力道大得讓他們的手在鬆開時隱隱作痛——一千個飛行員和兩千隻眼睛鬆了一大口氣，試著感受、了解、體認他們不會再繼續死去了。

只有包圍著「拋物線壓縮」號的碎鋒機群除外，他們不聽不聞，也不在乎。他們有一個目標、一個計畫。對他們而言，所有的干擾——即使是好的干擾——都必須消滅，恢復到彷彿沒有出現過的狀態。他們在不敢置信的一個片刻暫停下來，對手的消失讓他們驚愕得怔住了——然後他們聽見某個聲音、某個命令，又或只是聽見他們自己某種陰狠的欲望，於是再度加速，愈來愈快、愈來愈快。

一陣抽搐、一陣顫抖。八解藥猜想他是不是又死了，或者是第二十四軍團展開了死雨轟炸，一定就是這樣吧——忽然的光線——手——

他抬頭一看，眼睛被刺得睜不開，在震驚中回到了自己單一的、小小的身體裡。太陽警員戴著沒有五官的金色面罩，從他臉上拿開四番紅花的雲鉤，將他抱出碎鋒戰機，猶如挖出桃子的果核。

※

御用速件快遞船抵達了，帶著十九手斧陛下的命令，封裝在她飾以白色封蠟的白色微片匣裡（這是副本，九木槿一直聽說十九手斧實際用的是動物骨頭製成的微片匣，但是那無法通過跳躍門之間的轉接站——現在這個只是塑膠複製品）。此時，匣內的命令已經幾乎派不上用場了。

烈日尖矛皇座的繼承人、皇儲八解藥殿下，命令中寫道，代表坐擁繁星的泰斯凱蘭帝國政府，致信予第十軍團艦隊長九木槿元帥：泰斯凱蘭是文明之國，我們的職責是守護文明。

眞有趣，這道命令是用皇儲的聲音傳的，而不是皇帝本人。是個複雜的政治手段——皇帝下令開戰，她的繼承人慈悲開恩。在九木槿看來，這設計得非常精密。或者她只是累壞了，現在，比起她艦上的要緊事，其他一切似乎都有點遙不可及。

這道命令禁止將反文明的武器或戰略（包括以核武攻擊平民居住的行星系）用於帕札旺拉空域外的外星威脅勢力，除非唯有這樣的武器或戰略能夠阻止我們整個文明的滅亡。

不會有整個文明的滅亡了。現在不會再有了，在蟬群完成了他所做的事情之後。

她的視線抬離戰略桌，並且說：「二泡沫，傳命令叫十六月出艦隊長解除戒備——暫時解除。」

◎

八解藥的雙腿撐不住身體，太陽警隊（不只一個人，當然了，太陽警隊總是多人集體行動）抓住他的上臂。整個世界繼續快速轉動。金蓮花航站彷彿要讓人幽閉恐懼症發作——但這次不是因爲裡面人太多，而是因爲整個空間顯得好窄小。他在太空中跨越了一個又一個空域，把自我延展得稀薄而廣大，現在再度完全變回自己，帶給他一陣極其強烈的衝擊。八解藥緊閉著眼睛，但沒有用，連他眼瞼後方帶著紅色調的黑暗都仍如此逼眞。

太陽警隊的一員說：「殿下，我們接到命令，要組隊護送你回宮。」

當然了。皇帝肯定要把他殺了，或是她可能會讓三方向角下手。他現在可能——絕對——成了個作亂分子。「……我同意。」他勉強擠出一句。他聽起來像個喝醉的人，虛弱不穩，發音糊成一團。再說，他們也不需要他同意。他們就是會帶他走。

他聽到四番紅花在遠處問：「你有得到你需要的東西了嗎，殿下？」

他不知道該怎麼告訴她。或許還不夠好。有，他達成了他原本的目標，沒有人會接到三方向角那封要屠殺全星球的命令。但也沒有，他不覺得自己造成了任何影響。

「我希望有。」他勉強地改口這麼說，然後讓太陽警隊戴著冰冷金色手套的手領著他走遠。

※

他們全都不預期能再聽到二十蟬的音訊，特別是三海草。他的告別是如此決絕，如此優美。她但願自己有把它錄起來。他可以幫她寫一首詩，她也許眞的可以寫，因爲他們似乎都能活下去了，至少能活到寫完一個詩節。

也許活不到寫完一首史詩，或任何具有複雜休止韻律結構的詩——畢竟還有塔拉特這個問題，而且誰知道二十蟬爲他們帶來的這段休戰期能維持多久？

所以，當頻道上的靜電音又斷斷續續響起，開啓雙向通訊取代了九木槿先前用來大吼大叫的單向頻率，三海草不只是訝異，更是震驚：她本來幾乎完全相信二十蟬已經死了，或是轉化的程度大到等同於實質的死亡。

但他的聲音傳來了，仍然被靜電干擾扭曲，但也變得——不對勁。他的語句節奏變成了切分音，彷彿他在試圖回憶語言，用最基礎的規則組織它。他的聲音淹沒了艦橋，因爲九木槿沒有調整過這個通訊頻道的音量。

「唱著，」他說，然後停頓一下才重新說了一次：「唱著，噢——我們——」

九木槿說：「蟬群？」其中帶著一種破碎的希望，讓三海草忍不住覺得難堪。

「是，」他說。「大致是——我們是那個名字，這樣沒錯。妳好，小槿，妳好。我們，我們的——『輪平衡錘』號，小槿，代替我們好好愛它。代替——我。還有，我們——我們和其他人，我們——想要建立。特使在嗎？」

「在，」三海草說。「我在這裡。」

「還有另一個呢？那個——有記憶的人。那個，間諜和她的寵物，」他聽起來像是在回憶中某處找出了這串詞，忽然想了起來。「那個太空站人。」

「我也在。」瑪熙特說。九木槿盯著她們，顯然不肯讓淚水落下，但雙眼淚光閃閃。

「我們——我們想建立。外交協定。暫時停火。」

三海草一語不發看著九木槿，徵詢她的同意。九木槿以微乎其微的動作點了點頭。

「我們接受停火，」她說。「你想到的是什麼樣的外交協定，二十蟬？」她喊了他的名字，也許他的自我還有夠多的殘餘部分，能讓名字對他產生意義。

「派——派人來找我們。派人來證明我們是人。那些記憶共享者。跟我們說話。」

瑪熙特說，「你指的是太空站人。」

一段漫長的停頓。

「對？」二十蟬說。或者，說話的是某個曾經是二十蟬的東西。「太空站人。飛行員。太陽警隊。全部。全部。還有，我們是人。如果。我們唱著，如果。」

全部。每個人。每個曾經成為某種共享意識的一部分的人，不論是不是泰斯凱蘭人民。三海草看著瑪熙特，感到無助，因爲她只能如此有限地理解這背後代表什麼意義、理解什麼樣的人在此會有用。

「對，」瑪熙特說著對三海草點點頭。「外交官要找能夠理解——集體存在的人類。」

如果眞可能有任何人理解二十蟬所投入的這種集體存在。三海草不太確定。

然後二泡沫說：「元帥——十六月出不回應我們的傳訊。她還在朝外星人的星系接近，而且移動速度很快。」

九木槿試圖和她的副官的殘餘部分暫停對話，轉而處理十六月出艦隊長的行動，這就像看著一艘戰艦嘗試開啓反推火力：一陣緊繃勉強、不盡然有效的掙扎。三海草看了不禁皺眉。

「她怎麼樣？」元帥問。

「她還在攻擊路徑上，」二泡沫再說一次。「裝了粉碎彈。她沒有回應您的解除戒備命令。」

九木槿的臉龐宛如面具。「那不是我的命令，是皇帝的。再發一次。告訴她，如果她繼續行進，就是直接違抗皇帝和全泰斯凱蘭帝國。」

二泡沫轉身回到控制臺，眼睛在雲鉤後方眨動，雙手揮著穿過艦隊的通訊空間投影成像。一陣令人窒息的可怖沉默籠罩著；就連通訊線路另一端的生物——蟬群，現在三海草寧可把他想成蟬群，而非二十蟬，以做出某種區隔——也安靜了。

「沒回應，」最後，二泡沫說道。「第二十四軍團正在加速。她不想聽我們的話，元帥。」

三海草心想：她不想聽我們的話，不想聽外星人的話，只想聽她自己的行動計畫。然後一個鮮明奪目又令人不適的念頭出現：這會是帝國歷史上最短的停火期。

三海草看著九木槿面具般的表情崩裂，顯示出她內心下了決定，五官同時因爲決心與悲傷而扭曲，如野蠻人般赤裸原始。三海草完全想不出自己能說什麼——她還自以爲是個談判專家呢——來改變任何人的命運。

如果九木槿把通訊線路另一頭、苔蛾座二號星上那個被雜訊干擾的聲音想成某個已經化爲鬼魂的人，或者（同等揪心也同等荒謬地）是某個她從不認識的人，只是剛好跟她最親的朋友、伴她服役超過兩個紀元的副官同名，這樣會容易一些。就是個巧合，不多也不少。

這樣會容易一些，讓她能夠在詢問他——問牠、問牠們、問苔蛾座二號星上的隨便什麼東西——的同時不哽咽、不掉淚：「蟬群，我需要你幫我一個忙。你、還有跟現在的你一樣的其他同伴。是幫忙，也是展示我們對於你代爲提出的停火協議的善意。你聽得到我的話嗎？」

她不應該叫他*蟬群*，那個稱呼在現在不但太過親密，也太過寫實。

「我們聽到了。」他說。除了雜訊和複數代名詞，他聽起來完全就和以往一樣。一個輕鬆自若、徹底掌握手中所有資源的士兵，樂意利用那些資源達成她的指令。

九木槿將肩膀往後夾，嚴陣以待，雙手平放在地圖桌上，和她的船艦相接。「我要給你十六月出和『拋物線壓縮』號瞄準那個住人星球前進的位置座標和路徑，」她說。「精確的座標。」

「那，我們會看著她來，」二十蟬殘餘的若干部分說。「她來的時候，我們會準備好。伸展自己，探向她，網住她，敲開她，將她交給空之家——」一聲嘆息響徹了艦橋，幾乎像是一首旋律，一段漸低的音調。

然後，充斥在艦橋上的聲音只剩她手下軍官們驚恐的肅穆沉默。九木槿做過這種事，就在不久之前。但當時的那位士兵只求死於自己的艦隊長之手，不要在外星人吐出的酸液中融化。現在的這道命令截然不同。她必須堅決不屈，堅決而肯定，並且她還是會失去這些人——至少失去她輕易在他們心中養成的信任。那些外星人吞噬了她的副官，殲滅了一顆星球和她的眾多船艦，她要讓二十蟬和他們再多殲滅一艘船，殺掉一個艦隊長和她的旗艦，以及「拋物線壓縮」號上所有的生靈——值得用他們來換那顆外星人行星上的生命嗎？值得拿他們來維持這樁不確定的停火協議嗎？

她能夠假裝一艘旗艦的存亡比戰爭的結束更重要，這樣侮辱二十蟬的犧牲嗎？

不，她不能。

她必須設法別讓那些炸彈投擲出去。如果皇帝的諭令對十六月出而言還不夠，她就要讓外星人替她代勞，除非——

「副官，」她爽快吼出命令，把二十蟬僅存的部分喚回來，喚回他們一如往常的合作方式：後勤和指揮的搭配。「我會給你座標位置，並且允許外星人攻擊『拋物線壓縮』號，條件是你必須準確地只擊中艦橋。艦上有三千個泰斯凱蘭人，都是我們的人民。別讓他們為十六月出浪費了性命。」

開放頻道上的靜默中夾雜嘶聲。然後，二十蟬用輕柔如幽靈的聲音對她說：「我不會的，小槿。妳知道。我們也知道。」

她給了他座標。

❁

「妳真的以為，帝國和他們剛搭上線的這東西，會想找一個野蠻的太空站人加入談判員的行列嗎，德茲梅爾？」塔拉特問道。他過來站到瑪熙特身邊，近得令她不自在——他站過來用太空站語對她低聲說話，同時他們正看著泰斯凱蘭的艦隊元帥下令發動一波針對自己部隊的攻擊。瑪熙特不曾想像過會有這種事。她——還有伊斯坎德——所認識的泰斯凱蘭，以及塔拉特所認定的泰斯凱蘭，這個帝國是一張優雅的嘴巴，不斷向外侵吞，牙齒觸碰著每一個不屬於泰斯凱蘭的星系，在它們的脖子上輕柔掠過，直到最後一口咬斷它們的脊椎，將它們的文化粉碎於無形。那樣的泰斯凱蘭絕不會切掉自己身上的一部分來維持弱不禁風的和平。

她也想到了十六月出艦隊長，像一道銀金色的閃光出現在她寢室裡的黑暗中，不知道是來和談或警告，她還無法判斷，現在更永遠無法知道，但也不重要了——三環星艦會斬斷十六月出曾考慮過的所有和談、所有警告，徹底消滅這些選項，藉此保全牠們自己和牠們的星球。

〈牠們自己、牠們的星球，和「拋物線壓縮」號上的其他人。〉伊斯坎德低語。〈這是支持這項合作的有力理由——他們現在能夠理解，人類會死亡，而且不能被取代。〉

不能被輕易取代，瑪熙特心想。她感覺到她的憶象笑了，電流顫抖地竄過她身上。取代起來既困難又複雜。

塔拉特嘖嘖彈舌。「我懂了，」他說，好像聽到瑪熙特回了任何話似的。「妳要嘛是相信了，要嘛就是不在乎他們說的是不是眞的。」

她轉向他。在一抹凶暴的小小閃光中，她想要——她和伊斯坎德都想要——只用他所痛恨、她所熱愛的語言對他說話，用屬於他敵人的語言說話，讓詩歌從她口中涓滴溢出。但那不是她的語言，永遠不會是。這對她而言就和她所知的其他一切同樣清楚。她用太空站語說：「他們讓我在第一次接觸中負責談判，和他們一起，塔拉特。他們爲什麼不會讓一個太空站人參與外交協定，何況他們明白我們在集體記憶這個方面遠遠更先進？」

「他們根本不應該知道憶象技術的存在。」塔拉特說。

瑪熙特喘了口氣，然後又一次緩慢地呼吸。「是，」她說。「可能相當不應該。」她的尺神經再度傳來灼熱的刺痛，那是伊斯坎德對她與他相左的看法心懷不滿。「但現在木已成舟，大臣，好久以前就成了。帝國就是知道了。而且，我們有可能——如果萊賽爾主導這個外交代表團，我們有可能得到比過去幾個世代以來更多的談判籌碼——」

「那代價是什麼呢，德茲梅爾？讓一條憶象鏈加入那個自稱為我們的——集團？讓泰斯凱蘭除了我們的自主地位、語言和經濟獨立之外還索求更多？」

瑪熙特拉高音量說：「如果整個太空站被那些三環星艦給碾碎，代價會更高，你自己知道。」她沒有故意大吼，沒有故意吸引艦橋上半數的人（那些沒有看著地圖桌上的「拋物線壓縮」號和一百艘旋轉的環形星艦交會的人）轉過臉來關注她。

「我一生的努力，」塔拉特說。「都成了廢墟。」然後他做了個手勢，似乎不是只想含括艦橋和外面的苔蛾座二號星，還納入了整個泰斯凱蘭和他們所有的敵人。他試圖誘使泰斯凱蘭跨出邊界、加入一場贏不了的戰爭，這份長期計畫完全分崩離析。泰斯凱蘭不會在無法攻克的海岸上將自己撞成碎片，不會在這裡用這種方式中計。

是伊斯坎德用瑪熙特的舌頭說，「廢墟可以在和平時期重建。」

也是伊斯坎德穩住瑪熙特的腳步，讓她的表情維持鎮定，聽著塔拉特這麼說：「妳是個錯誤，妳的整個憶象鏈都是。我會讓安拿巴大臣知道我贊成她的看法。妳在萊賽爾沒有容身之處。永遠別回來了，德茲梅爾。」

第二十章

獵群的行動是一種無法參透的語言；於我就如一朵黎明時開展的花朵會有的思想般無可理解，沒有記憶、沒有意識，自有一套連貫的邏輯與舞步，卻無法在我心中成形。我的嘗試全都只是旁敲側擊。一個人若認定某種語言是無意義的，也就不可能在其中讀出意義來；然而，我知道有一種設計、一種言說的方式、一個位於陰影另一端的世界，儘管無法觸及，卻仍然眞實。我從伊柏瑞克返家已歷三年，依舊會夢見奔跑的獵群：在夢中，有時我能理解他們。

——摘自《漸近線／碎裂》，十一車床所著之聯篇散文。

※

九木槿即使從未踏上「拋物線壓縮」號的甲板，也熟知它的外型，一如她熟知自己的船艦。永恆級旗艦全都是以同樣的骨幹、同樣巨大且精密平衡的鋼鐵與玻璃支架建造，採用相同的設計。她若站在「拋物線壓縮」號的艦橋上，也會看到跟現在一樣的弧形視野、位置相同的控制臺，只有士兵的制服不同，從第十變成第二十四軍團，以及艦隊長換了人——

她簡直、簡直眞的希望這椿交換能夠成眞，讓她取代十六月出的位置，讓她的手放在導航儀表上，駕著她的船艦以疾速的軌跡穿過外星人的空域，讓她的嘴巴發出抗命的言詞——別聽。就算是皇帝也可能會犯錯。這幫敵人沒有對話的價值——牠們只會毒害我們，如果不把牠們燒個片甲不留，牠們會毒害我們直到永遠。

九木槿想像起這一幕是易如反掌，不只是因爲她對蟬群下達命令——表示同意——讓他（或是牠們）除掉十六月出時，罪惡感挖空了她的肚腹；罪惡感這個因素不足以讓你想要代替手下的士兵送命。也因爲她好奇那名士兵的主張會不會是對的——這就會讓你希望自己置身於一艘遙遠旗艦的艦橋上，即使它正在外星人的能量砲彈火力下粉碎。一陣致命的藍色閃光，如針尖般精準（蟬群總是這麼神準——血紅的星光啊，她的心痛永遠不會停止了是吧），接著是一朵閃爍的雲團，夾雜著玻璃和金屬的光點，在虛空中緩緩擴散。

「拋物線壓縮」號殘存的部分減緩了前進速度。十六月出僅剩的遺骸就在那團光點裡的某處。外星船艦撤退，速度跟它們出現時一樣快。他們的停火協議仍然有效。目前如此。

九木槿任由自己希望牠們沒有停火，盡情地、蠻橫地、可悲地希望——她是個軍人，是個軍人中的領導者，她不應該像這樣結束一場戰爭。然後她將那份希望封鎖起來，彷彿吞下了慢性的毒物。

❁

十九手斧拿了一碗茶給八解藥，這是他見過她做出的第二驚人的事。第一驚人的事是她擁抱了他，沒有任何預警，就在地宮正前方的花園裡公然將他從太陽警隊手中接過來，拉進自己的臂彎裡。她很瘦，長得比他高，手臂就像兩條肌肉結實的繩索。他本來以爲她會讓他進監獄坐牢，或是把他永遠鎖在房間裡，也就等同於政治意味上的坐牢——但最後竟然是這樣。一個迅速而生猛的擁抱。他記不得上一次有人抱他是在何時。只有小小孩才要人抱。他抱過五瑪瑙的兒子二地圖，在他們一起玩的遊戲結束之後，但現在這種擁抱是完全不一樣的。

皇帝陛下沒有把他關起來，也沒有軟禁他。她將他帶到自己的寢宮，一隻堅定的手放在他肩上引導著，雖然他的整個世界都傾斜滑移，走廊裡的陰影變成了碎鋒機群的共享視覺裡三環星艦帶來的某一場死亡的陰影——那只是一段記憶，他告訴自己，不是真的，現在不是了。她將他帶到寢宮，跟他說她晚點就會回來，等她幫今天的工作收個尾。然後她就把他留在那兒，身邊沒有守衛，臉上沒有雲鉤。（也許他的雲鉤還在地鐵上不斷不斷地打轉。）他大可以自行離開，或是從窗戶出去，怎樣都行——

但他只是坐在白色長沙發後面的窗檯上，望著午後的陽光照著下方的水上花園，試著記起他在哪裡，他自我的邊界又在哪裡。他不知道他還能不能回頭，只待在一個固定的地方，全然確定自己是誰、在哪裡、是什麼。這感覺令人頭暈目眩，糟透了，他覺得自己是罪有應得。下午變成了傍晚，他睡了一會兒。可能有睡吧，或許他是夢到自己睡了，或是在想像中睡了，又或想起了別的某個人睡著的樣子。但當他甦醒過來，窗外的世界溢滿了日落結束時的藍色與粉紫。

然後，皇帝陛下回來了，跟他一起坐在窗沿，並且端給他一碗茶，是澄清的綠色，味道甜中帶澀。不知道是不是她自己泡的，這感覺就像是她會做的、那種荒謬卻完全合理的事。他喝了點茶。他的手功能還正常，喉嚨也是，而且他品茶時用到的味蕾絕對是、肯定是只屬於他的，所以——這對他起了些幫助。沒錯。

他說，「我不覺得抱歉。」因爲他眞的不覺得，如果皇帝要處罰他，他希望自己的處罰是應得的。

十九手斧看著他良久，久到他想臉紅、縮起身子並且跑開，不過他沒有眞的那樣做。然後，她點點頭，彷彿達成了某個令人滿意的結論，說：「很好。」

八解藥訝異地眨眼：「很好？」

「很好。你確定你做的事是正確的。你有做這件事的理由，你制定了計畫，你執行了計畫。你在過程中沒有傷害任何人，除了把那個碎鋒機群飛行員嚇得半死之外。她以爲自己把皇儲害得死掉或是腦傷了，但她會沒事的。所以：很好。關於繼承人的事，我是怎麼跟你說的啊？」

「您說您寧願要個——呃，煩人的繼承人，也不要愚鈍無聊之輩。」

十九手斧的笑容看起來比不笑時更危險。

「你絕對是個煩人的繼承人，小間諜，而且絕不愚鈍無聊。」

「我成功了嗎？」他突然忍不住這麼問。

皇帝伸出手，朝一個方向擺了擺，又歪往反方向。也許成功，也許沒有。

「你想要達成什麼？」她問。

八解藥思考著身爲間諜的種種：盡可能嚴密隱藏自己的欲望，即使被直接問及也不透露，永遠要謹慎選擇是否說出實情。他可以繼續這樣下去，也許他應該如此。如果還有帝國可以留給他，他會成爲皇帝，而他可不能坦白告訴大家他想要達成什麼事，別人會反過來利用這一點跟他作對——

但十九手斧跟他說了祖親皇帝的事，還有萊賽爾太空站的那種機器，以及他原本可能的命運。她跟他說了這些事，他也藉此跟她作對，可是他們兩人現在都還平平安安在這裡。

「我想要您跟我說的那一個泰斯凱蘭，」他說。「八十年的和平乘以八十倍，而且不會有人光爲了證明自己的論點，就決定一整個星球值得因此慘遭屠殺。我想要——我想要阻止三方向角的命令，寄出我自己的命令，同時我還是想要我們贏得這場戰爭。」

「戰爭現在就結束了，那個行星系也毫髮無傷，」十九手斧說。「我想你有參與到。你在碎鋒機群裡做的事……」

她說戰爭結束了，但沒說如何、爲何結束的，而八解藥發覺自己抖得好厲害，茶都灑到指節。皇帝將茶碗從他手中拿走，幫他捧著。「那叫碎鋒祕技，」他開口。「他們都會，不是只有我。」

「四番紅花飛官詳細解釋過了。」十九手斧說。她聽起來不太開心。八解藥猜想，這種事的確不太會讓人開心，像那樣的科技，跟太陽警隊類似，但功能更強。（他不打算告訴她，共享知覺現在還是在他腦海裡進行。他不會說的。他不知道她會做出什麼事——不管是不是針對他。）

「十一月桂不想讓您知道。」他改而這樣說。

「啊，」十九手斧說，像是他給了她某項她所需的東西。拼圖的最後一片終於歸位。「這很有用，八解藥。謝謝你。我本來不確定部長和次長是哪一個該負責。」

「您會不會……」他甚至不知道該怎麼問這個問題。

皇帝搖了搖頭。「不，」她說。「比起讓他不受監督地跑到艦隊去，他如果留在戰爭部裡，我可以把他看得更緊。」

「那我呢？」

「我會不會對你做什麼處置？」

他點頭。

她嘆道：「你知道，我但願你能信任我。但如果那樣，你就不是你了。不，八解藥，我不會對你做任何處置，我只會等你長大，從我手中接走這份職務。」

之後他回到自己的房間、爬到床上，才在寂靜中想起十九手斧對於九木槿艦隊長說過什麼，以及為什麼在她於卡烏朗立功之後封她為元帥：不是因為我覺得她太過危險、不能留她活口，小間諜。是因為我覺得她危險的程度，或許正好足以讓她活下來。

想起那句話，他就完全無法入睡了。

◎

「輪平衡錘」號水耕甲板上的一切都是青蔥翠綠。空氣中沃潤馥郁，幾乎濃烈到讓瑪熙特無法呼吸。稻田和菜圃間混雜著蓮花和百合，彷彿花卉和熱量補給同等重要。也許對二十蟬而言確實是如此。這裡是他的王國。三海草是如此告訴她的，還跟她說了他們在這裡時的對話內容。當時她相信，像這群外星人那麼放肆、漠然、充滿毀滅性的物種，二十蟬絕不會讓泰斯凱蘭允許牠們存在。

她們倆靠在裝飾用的扶手上。瑪熙特好奇著，之前是哪個人站在哪個地方：她現在是在二十蟬以前站的位置嗎？或者是三海草？是誰的故事又再度重演？

〈環形結構。〉伊斯坎德對她說，而她回道，考慮過多涵義，一來一往地呼喚與回應。

毫無預兆地，三海草匆匆垂下肩膀、抬起下巴，彷彿瑪熙特是個需要她用一股腦的決心來化解的問題，就像她在艦橋上主持的談判。她問瑪熙特：「妳想跟我一起回去嗎？」

至少她沒有說妳想跟我一起回家嗎？

「不想，」瑪熙特對她說，說話的同時無法直視她。「不，但是——回去是回去哪裡？」

「『世界之鑽』。」三海草說。當然了，對泰斯凱蘭人而言，世上沒有其他真正值得考慮的地方了，不是嗎。「我是說，我有一間公寓。我還得洗碗，可能還要跟皇帝陛下說說話。但如果妳不喜歡的是都城，那麼我可以——我是說，一定有某個星系會需要一位條件太好的情資官，當地的詩歌沙龍又還不差。我可以轉調，我是這個意思。」

「小草，」瑪熙特輕柔地說，三海草打住了話，轉向她，微微仰起頭。她的眼睛又黑又大，而個子還是這麼小，瑪熙特有時候都忘了這點。

瑪熙特傾身吻在她脣上，吻得不很久，沒有久到能代表我願意。

「不要爲了我這麼做，」她說。「不要離開都城。回家吧，洗好碗，跟皇帝陛下說話。如果妳洗好碗還有時間的話。」

三海草嗤笑出來。那是一種濕答答的聲音，本來想哭卻破涕爲笑的人會發出的聲音。「洗碗，然後和刀鋒閃光般的陛下說話，按這個順序，好的。很棒。那妳要到哪裡呢？」

「我不知道。」瑪熙特說。這是眞話，她無處可去了：家對她而言已經不存在了，再也沒有了。塔拉特已經搭著小艇穿過安赫米瑪門回去。二十蟬的停火協議擴及了整個外星艦隊，不論牠們原本的獵物是泰斯凱蘭的戰艦或萊賽爾本身。人類對牠們來說皆是一體：其中一個個體的犧牲，已換來了目前整體的和平。萊賽爾毫髮無傷——瑪熙特聽見經過的泰斯凱蘭補給船通訊，證實了這一點。但是她相信塔拉特在艦橋上跟她是說眞的：如果她在他和安拿巴掌權期間回到萊賽爾太空站，就會死在他們的手中。不是傳承部下手，就是礦業大臣。過往的安全已被撕扯拋棄殆盡，這又是爲了什麼？

現在我們眞的是流亡者了。她想。她甚至沒有力氣在內心用上反諷的語氣：一直以來，她都是對的，而伊斯坎德錯了。但若換成伊斯坎德，他會跟著三海草回到有碗沒洗的公寓，回到有詩歌沙龍的地方——伊斯坎德會在三個月前、戰爭發生之前，就接受她第一次的提議。

「不一定要跟我一起，」三海草說。「如果妳是因爲這一點而不想回都城，那麼我——我多半還是不懂我對妳的喜歡爲什麼會讓妳有那些感覺，可是——我保證我完全可以假裝我們不相識，完全可以不再跟妳接吻。而且只要皇帝同意，妳就仍然是大使，所以會有工作……」

瑪熙特打斷她的話，一隻手盡可能溫柔地放在她肩上。「不，不是因爲妳。我——小草，我也多半不懂我對妳的喜歡爲什麼會讓我有那些感覺。但我眞的很喜歡妳。」

〈妳可以繼續解釋，〉伊斯坎德低語。〈有時候連泰斯凱蘭人也會學著搞懂我們。〉

我想要——瑪熙特想道，而她隨著這段話感覺到了全部那些翻湧的、衝動的欲望，想要沉淪、想被吸納、想要成爲——噢，就是她在久遠以前的語言訓練課上想像自己會成爲的那種泰斯凱蘭人。當時她幫自己取名叫九蘭花，並且以爲只要靠著詩歌，就足以讓她成爲被泰斯凱蘭公民自動當作人看的那種人。

「如果不是因爲我，」三海草問道。「那麼是爲什麼？要是妳跟我說妳打算加入那個眞菌蜂巢意識，我就要生氣了，而且我才不會相信妳。妳已經同時在當夠多個人了，況且妳喜歡當一個單獨的人，不是當——那種東西。」

「我只是瑪熙特．德茲梅爾，」瑪熙特苦笑著說。「雖然有憶象什麼的，但就只是一個人。」

我想要——她再次想道，而伊斯坎德幫她說完了句子。〈回家。〉

沒有那種地方了。

她再試一次。

「三海草，我想要工作；我想要我無法擁有的東西，現在不存在，或是根本不曾存在過的東西；我想要——如果妳第三次問我想不想跟妳回都城，我想要能夠答應妳，而且是眞心誠意的。」

三海草安安靜靜聽著，反覆思量瑪熙特的話。瑪熙特想像她的口中含著欲言又止的問題，像一顆卵石堵住了清晰的言詞。片刻，她深吸了一口充滿綠意的空氣，挺起肩膀。「我想要有人記得我喜歡被叫做小草，」她說。「還想要不感到無聊。妳從來不無聊，我喜歡妳的那個漫畫。我不懂那種故事，但我想懂。妳讓我不得不思考，瑪熙特，這不公平，再也沒有人能讓我這麼費力、又這麼喜歡。」

瑪熙特發覺自己輕聲笑了，用一隻手掩住嘴巴。「妳是在讚美我還是冒犯我呢？」

三海草思考這件事時的嚴肅程度，比瑪熙特預期的誇張多了。「我不知道，」她最後說。「也許兩者都有吧。瑪熙特——」

「是？」

她看得出三海草在挺直身體，肩膀向後展開，從橫膈深深地呼吸，彷彿瑪熙特是一場她想要贏得的吟詠比賽。「如果——我剛剛說的那些其他星系，如果妳到那邊去呢？」她說。瑪熙特開口要回應，但三海草用一隻手作勢讓她靜下來稍等。「妳去那裡，」三海草繼續說。「但我不去。不管妳想去哪裡，陛下都會派妳去。不要去『世界之鑽』，去個新的地方。妳可以寫信給我，如果妳希望我不會無聊的話。我也會寫信給妳。妳可以寄給我《危險邊境！》的其他集數，我會——我會寄給妳新發表的詩，還有任何妳想聽的消息，想從我這裡聽到的事……」

「眞的嗎？」瑪熙特問。過了這麼久，她顯然又能夠被如此甜蜜貼心的表示震驚得目瞪口呆了。

「眞的，」三海草說。「妳可以破譯妳自己的郵件。我保證。」

她學太空站人笑的樣子眞是差勁，骨白色的晶亮牙齒一顆顆都露了出來，那笑容宛如星光，又像個威脅。瑪熙特突然好想教她該怎麼做才對。

她報以微笑。她覺得自己脆弱易碎，眼淚就要奪眶而出，但她還是不想要面無笑容。這眞是——

〈這是個好提議，瑪熙特，〉伊斯坎德對她說。〈比我得到過的提議都仁慈多了。〉六方位皇帝向他承諾和平，交換他背叛故國。十九手斧愛著一個人的同時，卻認爲有必要趁對方造成傷害以前先下毒手，這兩者於她並不衝突。相較之下，暫時派駐到泰斯凱蘭某個遙遠的行省星球、從那裡遠距通信，是一件瑪熙特可以接受的事。

「我會回信的，」她說。「一直都會。」

終幕

以一個人的身分思考，而不以語言思考。思考著散落在碎形中的歌、陌生的身體形狀、如同岩石基質中的石榴石——雖仍是石頭，但也是不同的、完整的結晶體。在那個晶體之中，棲宿著、迴響著語言——像是非人透過嘴巴發出的哭喊，但是變成了能夠歌唱的聲音——被隔絕起來，直到需要的時刻才傳出。我們，歌聲響徹於我們全體，唱著和諧的變奏，用幾乎互相疊加干涉的頻率振動。這一具身體，那一具身體——這具身體還不是人的時候，有個呼叫代號，其他的也有：這具身體叫做「跳躍！」，那具身體是灰色花紋；這具身體甜甜蜜蜜，那具身體叫做「比同窩伙伴聰明」，而這具在我們之中同唱的新身體叫做「蟬群」，一個引人發笑的名字。有些呼叫代號名如其人地符合我們之中的成員，帶來閃光般銳利的喜悅。叫做「跳躍！」的是專門設計建築物的身體，結構的製造者，製造出讓人在其中彈跳的蛛網狀空間結構。這具叫做蟬群的身體也是，想想看，這具身體在成爲人以前，就有一個像是人的名字，如此貼切地以此自稱！

不是我們爲這具身體命名，陌生的身體唱道。是別人給了我們名字，了解我們。陌生的身體在一艘泰斯凱蘭的船艦上歌唱，其中有著片段的影像和溫暖：另一具身體，一具指揮官的身體，一個分散成上千個記憶節點的、不是人的人，重新組合起來。還是泰斯凱蘭人時的我們不靠唱歌來被別人了解，蟬群告訴我們，還是泰斯凱蘭人時的我們只透過語言被別人了解，但仍然是清楚的了解。

我們整體之中起了某些不敢置信的反應。想到語言能那麼透澈，能夠讓人了解！

語言不是那麼透澈，二十蟬想道——將他的意念往外拋，像一道軌跡漫長的閃光穿過他全身，穿過我們的整體；是他自己，同時也是我們自己。語言不是那麼透澈，但儘管如此，有時候我們還是會被了解。如果幸運的話。

我們無盡的好奇、渴望和探索欲形成了泛著滑亮光芒的提問，用不仰賴語言的思緒發出：表演給我們看看！

於是，在苔蛾座二號星夜晚的沙漠裡，等待著太空梭將他的身體接往較宜人的環境時，二十蟬剩餘的部分盤腿坐定在沙地上，開始嘗試。

致謝

俗話說，第二本書比第一本難寫得多。儘管我滿懷壯志、堅定地對許多人——包括但不限於我的經紀人、編輯、一群我很榮幸能與之爲友的作家同儕，還有我的太太——發下豪語，可是《名爲和平的荒蕪》也不例外。壯志和豪語的效果有限，當你面對的是十五萬字的字數、交稿死線和一種沉重的認知：即使你成功過一次，每一本新的小說都仍需要你從頭學習如何寫作。

我還是在學習如何寫小說。

只要我還有幸繼續寫下去，學習寫小說的過程就永遠不會結束。我說這句話時感到的不是洩氣，而是得來不易的雀躍滿足：我希望十五年後我回顧這段致謝時，我會笑看自己曾經多麼無知，又樂見自己日後成爲了技巧多麼精進的作家。我希望讀到這本書的各位也是。我首先要感謝你們：每一個拿起《名爲帝國的記憶》、喜愛它、使它成功的讀者。如果沒有你們，我絕不會找到理由重拾瑪熙特的故事，繼續多編織一點內容。我深深感激各位。

我永恆的謝意也要傳達給曾接受我的壯志和豪語的這一群人。

謝謝我親愛的朋友：Elizabeth Bear讓我想要成爲比現在的自己更好的作家、在倫理觀和角色建構方面更認眞的學生，她的友誼如同穩定的錨點，讓我深感榮幸；Devin Singer在我需要聽見鼓勵時告訴我，我做對了；Marissa Lingen傳了寫著「我的心之友蟬群！」的簡訊給我，完全證明我寫出了一本情緒效價如我所預期的書；Max Gladstone曾花了很長的時間陪我討論佛教倫理，讓我有一個短短的片刻明白了背後的緣由，他並且寫了一本有著精采太空戰爭、完全說服了我的書（叫做《永恆女皇（*Empress of Forever*）》，我全心全意推薦給讀到這一段致謝的讀者）；還有其他朋友，以及跟我給同一位經紀人代理的兄弟姊妹，為了避免遺漏任何重要人物，這份名單實在長得放不下了。謝謝你們所有人；你們是我一直以來都在尋覓的社群。

（在此還要和The Read-Along播客節目的Scott與Anita打個招呼，他們碰巧拯救了我，讓我免於犯下令人難堪的不連戲錯誤；並感謝David Bowles在納瓦特爾語方面的討論和教導；感謝Rebecca Roanhorse，在實際讀到這本書之前就成了它忠實的啦啦隊。）

還有，謝謝我超讚的經紀人宋東元（DongWon Song），他相信我能找到自己的方式寫完這本書，並在第一本書出版的宣傳期間確保我一切順利；謝謝最厲害的編輯Devi Pillai，總是不可思議地說對我需要如何改善一本書（這次我只少寫了一萬五千字，我學乖了）；謝謝我出色的封面插畫家Jaime Jones，他顯然能看進我的腦海；也謝謝Tor出版社整體行銷與宣傳團隊，把我照顧得如此之好。

最重要的是，若是沒有我優秀絕倫的太太Vivian Shaw，我絕對無法做到這一切——寫作、寫出這本書、寫出任何書、完成任何事。她是太空船技術顧問、世界之間的翻譯者、最初也是最佳的讀者。妳是每幅星圖的中心點，親愛的，我的感激永恆不歇。

二〇二〇年四月

於聖塔菲

H+W 19／名爲和平的荒蕪

原著書名／A DESOLATION CALLED PEACE
作　者／阿卡蒂．馬婷
翻　譯／葉旻臻
責任編輯／詹凱婷
行銷業務／徐慧芬、陳紫晴
編輯總監／劉麗眞
總 經 理／陳逸瑛
榮譽社長／詹宏志
發 行 人／涂玉雲
出 版 社／獨步文化
城邦文化事業股份有限公司
104台北市中山區民生東路二段141號5樓
電話：(02) 2500-7696　傳眞：(02) 2500-1967
發　行／英屬蓋曼群島商家庭傳媒股份有限公司
城邦分公司
104 台北市中山區民生東路二段141號2樓
網址／www.cite.com.tw
讀者服務專線／(02) 2500-7718；2500-7719
服務時間／週一至週五：09：30～12：00　13：30～17：00
24小時傳眞服務／(02) 2500-1900；2500-1991
讀者服務信箱E-mail／service@readingclub.com.tw
劃撥帳號／19863813
戶名／書虫股份有限公司
香港發行所／城邦（香港）出版集團有限公司
香港灣仔駱克道193號號1樓東超商業中心
電話／(852) 2508-6231　傳眞／(852) 2578-9337
E-mail／hkcite@biznetvigator.com
馬新發行所／城邦（馬新）出版集團
Cite (M) Sdn Bhd
41, Jalan Radin Anum, Bandar Baru Sri Petaling,
57000 Kuala Lumpur, Malaysia.
Tel: (603) 90578822
Fax:(603) 90576622
email:cite@cite.com.my
封面設計／高偉哲
排　版／游淑萍
印　刷／中原造像股份有限公司
●2022（民111）6月初版
售價490元

ISBN 978-626-7073-54-4

國家圖書館出版品預行編目資料

名爲和平的荒蕪 / 阿卡蒂．馬婷著；葉旻臻譯. –初版. – 台北市：獨步文化，城邦文化出版：家庭傳媒城邦分公司發行，民111.06
面 ； 公分. --（H+W；19）
譯自：A DESOLATION CALLED PEACE
ISBN 978-626-7073-54-4（平裝）
978-626-7073-58-2（套書EPUB）

873.57　　111005160

獨步文化
APEX PRESS

廣	告	回	函
北區郵政管理登記證			
台北廣字第000791號			
郵資已付，免貼郵票			

104台北市民生東路二段 141 號 2 樓

英屬蓋曼群島商家庭傳媒股份有限公司

城邦分公司

請沿虛線對摺，謝謝！

獨步文化
APEX PRESS

書號：1UW019S	**書名**：泰斯凱蘭二部曲（名爲帝國的記憶、名爲和平的荒蕪）	**編碼**：	

請於此處用膠水黏貼

獨步文化 APEX PRESS

讀者回函卡

謝謝您購買我們出版的書籍！
請費心填寫此回函卡，我們將不定期寄上城邦集團最新的出版訊息。

姓名：______________________　性別：□男　□女

生日：西元__________年__________月__________日

地址：____

聯絡電話：__________________　傳真：__________________

E-mail：____

學歷：□1.小學　□2.國中　□3.高中　□4.大專　□5.研究所以上

職業：□1.學生　□2.軍公教　□3.服務　□4.金融　□5.製造　□6.資訊

□7.傳播　□8.自由業　□9.農漁牧　□10.家管　□11.退休

□12.其他________________________________

您從何種方式得知本書消息？

□1.書店　□2.網路　□3.報紙　□4.雜誌　□5.廣播　□6.電視

□7.親友推薦　□8.其他________________________

您通常以何種方式購書？

□1.書店　□2.網路　□3.傳真訂購　□4.郵局劃撥　□5.其他

您喜歡閱讀哪些類別的書籍？

□1.財經商業　□2.自然科學　□3.歷史　□4.法律　□5.文學

□6.休閒旅遊　□7.小說　□8.人物傳記　□9.生活、勵志　□10.其他

對我們的建議：________________________________

____

____

為提供訂購、行銷、客戶管理或其他合於營業登記項目或章程所定業務需要之目的，家庭傳媒集團（即英屬蓋曼群島商家庭傳媒股份有限公司城邦分公司、城邦文化事業股份有限公司、書虫股份有限公司、墨刻出版股份有限公司、城邦原創股份有限公司），於本集團之營運期間及地區內，將以mail、傳真、電話、簡訊、郵寄或其他公告方式利用您提供之資料（資料類別：C001、C002、C003、C011等）。利用對象除本集團外，亦可能包括相關服務的協力機構。如您有依個資法第三條或其他需服務之處，得洽詢本公司服務信箱cite_apexpress@cite.com.tw請求協助。相關資料不提供亦不影響您的權益。

□我已詳讀權利義務之相關條款，並同意遵守。

請於此處用膠水黏貼

AGATHA CHRISTIE

克莉絲蒂

克莉絲蒂120誕辰紀念版・全球暢銷TOP12

阿嘉莎・克莉絲蒂著

遠流出版公司

克莉絲蒂120誕辰紀念版 5

羅傑・艾克洛命案

作者 Agatha Christie
譯者 張江雲
特約編輯 汪幼絨
封面設計 張士勇工作室
主編 余式恕
企劃經理 金多誠
出版一部總監 王明雪

發行人 王榮文
出版發行 遠流出版事業股份有限公司 100 台北市南昌路二段81號6樓
郵撥 / 0189456-1 電話 / (02)23926899 傳真 / (02)23926658
著作權顧問 蕭雄淋律師
法律顧問 董安丹律師
2003年2月1日 初版1刷
2010年8月1日 二版1刷
行政院新聞局局版臺業字第1295號
定價 新台幣280元（缺頁或破損的書，請寄回更換）

ISBN 978-957-32-6674-7
遠流博識網 http://www.ylib.com E-mail: ylib@ylib.com
遠流謀殺天后AC粉絲團 http://www.facebook.com/ylib.AC2010

The Murder of Roger Ackroyd

獻詞

阿嘉莎・克莉絲蒂是世界讀者最眾，也最廣受喜愛的女作家。
身為克莉絲蒂的孫兒，我相信奶奶會非常樂見這次出版，
因為她極以自己作品中的趣味與娛樂性為豪。
歡迎所有喜歡本系列的台灣新讀者參與這場饗宴！

～馬修・培察～

Agatha Christie is the most widely read
and, more importantly,
the most widely enjoyed authoress in the world.
As her grandson, I can tell you
that she would have been delighted about this,
as she was very proud of the entertainment
and enjoyment her books provided.
I would like to welcome all the new readers
in Taiwan this series will attract. You are in for a treat!

~Mathew Prichard~

通俗是一種功力

吳念真（導演、作家）

通俗是一種功力。絕對自覺的通俗更是一種絕對的功力。

這樣的話從我這種俗氣的人的嘴巴說出來，大概很多人要笑破褲底了。

不過，笑完之後請容我稍稍申訴。這申訴說得或許會比較長一點，以及，通俗一點。

小時候身材很爛，各種遊戲競爭完全任人宰割，唯一隱遁逃避的方法是躲起來看書或聽大人瞎掰。那年頭窮鄉僻壤的小孩能看的書不多，小學二年級時最喜歡的是超大本的《文壇》，老師借的。看著看著，某天老師發現我的造句竟出現：「捧著：朝陽捧著一臉笑顏為羣山剪綵」這樣亂七八糟的文字，就拒絕再讓我看那些超齡的東西了。

老師的書不給看，我開始抓大人的書看。一種是厚得跟磚塊一樣的日文書，對我來說那完全是天書，不過插圖好看，經常有限制級的素描。另一種書是比較薄的，通常藏得很嚴密，只是，裏面有太多專有名詞、重覆的單字和毫無限制的標點，比如「啊啊啊」、「……！！」老讓我百思不解。有一天，充滿求知慾地詢問大人竟然換來一巴掌後，那種閱讀的機會和樂趣也隨著消失了。

所幸這些閱讀的失落感，很快從大人的龍門陣中重新得到養份。講到這裏，我似乎先得跟一個村中長輩游條春先生致敬，並願他在天之靈安息。

我所成長的礦區，幾乎全是為著黃金而從四面八方擁至的冒險型人物，每人幾乎都有一段異於常人的傳奇故事。這些故事當事人說來未必精采，但一透過游條春先生的嘴巴重現，有時連當事人都聽得忘我，甚至涕泗縱橫，彷佛聽的是別人的故事。

條春伯沒當過日本兵，可是他可以綜合一堆台籍日本兵的遭遇，一如連續劇般從入伍、受訓、逃亡荒島，面對同鄉同袍的死亡，並取下他們的骨骸寄望帶回故鄉，乃至骨骸過多搞不清哪是誰的等等，讓聽的人完全隨他的敘述或悲或笑，彷佛跟他一起打了一場太平洋戰爭。此外他也可以把新聞事件說得讓一個三、四年級的小孩，到現在仍記得當時腦中被觸動的畫面。例如當年榴公圳分屍案的兇手做案之後帶著小孩到安東街吃麵（這讓我一直以為台北的安東街是條專門賣麵的街道），還有甘迺迪總統被暗殺，賈桂琳抱住她先生，安全人員跳上飛快的車子保護賈桂琳……當然，這記憶全來自條春伯的嘴巴而不是報紙。我的記憶全是畫面，有畫面，是因為條春伯說得精采，說得有如親臨他至死都還搞不清地理位置的達拉斯命案現場。

於是這小孩長大後無條件地相信：通俗是一種功力，絕對自覺的通俗更是一種絕對的功力。透過那樣自覺的通俗傳播，即使連大字都不識一個的人，都能得到和高階閱讀者一樣的感動、快樂、共鳴，和所謂的知識、文化自然順暢的接軌。也許就是因為這些活生生的例子，俗氣的自己始終相信：講理念容易講故事難，講人人皆懂、皆能入迷的故事更難，而，能隨時把這樣的故事講個不停的人，絕對值得立碑立傳。

條春伯嚴格地說是有自覺的轉述者，至於創作者，我的心目中有兩個。一個是日本導演山田洋次，一個是推理小說家阿嘉莎．克莉絲蒂。

山田洋次創造了寅次郎這個集合所有男人優點跟缺點的角色，在以〈男人真命苦〉為名的系列下，總共完成百部左右的電影。它們的敘述風格、開頭、結尾的方法不變，唯一改變的是故事、是時代、是遍歷日本小鄉小鎮的場景。數十年來，看〈男人真命苦〉幾已成為日本人每年的一種儀式，一如新春的神社參拜。

四年前訪問過山田導演，他說，當他發現電影已然有它被期待的性格時，電影已經不是導演自己的。他說：當所有人都感動於美人魚的歌聲時，你願意為了讓她擁有跟你一樣的腳，而讓她失去人間少有的嗓音嗎？

人間少有的嗓音與動人的歌聲，都來自山田導演絕對自覺的通俗創造。

再如阿嘉莎・克莉絲蒂，如果我們光拿出她說過的故事和聽過她故事的人口數字，就足以嚇死你。五十多年的寫作生涯，她總共寫出六十六本長篇推理小說，外加一百多篇短篇小說和劇本。其中有二十六本推理小說被改編，拍了四十多部電影和電視劇集。作品被翻譯成七十種文字的版本，銷量超過二十億本。

夠了。你還想知道什麼？知道二十億本的意義是什麼嗎？

二十億本的意義是全世界平均三個人就有一個人讀過她的書，聽過她說的故事。

說來巧合，她和山田洋次一樣，創造出個性鮮明的固定主角（當然，前前後後她弄出來好幾個），然後由他（或是她）帶引我們走進一個犯罪現場，追尋真正的罪犯。

故事就這樣？沒錯，應該說這是通常的架構。那你要我看什麼？不急，真的不急，克莉絲蒂會慢慢冒出一堆足夠讓你疑惑、驚嚇、意外，甚至滿足你的想像力、考驗你的耐心和智商的事件來。

推理小說不都是這樣嗎？你說得沒有錯，大部份是這樣，不一樣的是……對了，她像條春伯，像山田洋次，她真會說，而且她用文字說。

文字的敘述可以讓全世界幾代的人「聽」得過癮，「聽」個不停，除了聖經，也許就是克莉絲蒂。她不是神，但她真的夠神。

十幾二十年前，台灣剛剛出現她的推理系列中譯本，那時是我結婚前，常有同齡的文藝青年來我租住的地方借宿，瞄到我在看克莉絲蒂，表情詭異地說：「啊？你在看三毛促銷的這個喔？」

我只記得他抓了一本進廁所，清晨四點多，他敲開我的房門說：「幹，我實在很討厭那個白羅……再拿一本來看看，我跟你說真的，要不是你的書，我真的很想把那個矮儸壓到馬桶吃屎！」

我知道他毀了，愛吃又假客氣，撐著尊嚴騙自己。克莉絲蒂再度優雅地撕破一個高貴的知識份子的假面具，她的手法簡單，那手法叫通俗，絕對自覺的通俗，無以倫比、無法招架的功力。

昔日的文藝青年如今跟我一樣，已然老去，但不時還會看到他寫一些充滿理念和使命感極重的文章，在報紙和雜誌上出現。我知道他要說什麼，只是常常疑惑他想跟誰說；同樣，我記得他說過什麼，但轉眼間忘記他說了什麼。但請原諒我，二十年前那個晚上，他在我家看完的那兩本克莉絲蒂的小說內容，我可還記得清清楚楚。

也許有一天再遇到他的時候，我會問他，之後是否還看過克莉絲蒂其他的書，如果沒有，我會跟他說，想讀要趁早，因為你會老，會來不及。至於白羅那個矮儸，大概永遠不會消失。哦，對了，還有一個叫瑪波，你說不定會來不及認識……

少有破綻的一流推理作家

李家同（靜宜、暨南、清華大學榮譽教授）

在西方推理小說家中，有兩位推理作家是我認為最傑出的。一位是阿嘉莎・克莉絲蒂（Agatha Christie），一位是約翰・狄克森・卡爾（John Dickson Carr）。兩人都非常擅長於佈局，情節的設計絕少破綻。

克莉絲蒂有幾本書令人印象極深，首先是《謝幕》。它的層次已帶有哲學的意味，解釋什麼叫做犯罪。一般都認為犯罪就是代表犯了法，可是她在這本書中對犯罪的解釋是超過了法律的境界。她解釋了什麼叫做所謂「perfect crime」（完美的犯罪）。perfect crime的定義就是，你明明知道一個人做錯了事情，卻無法對他繩之於法。在歷史上，很多作家都想挑戰寫出perfect crime，但都沒有成功，包括美國羅斯福總統都曾嘗試過。而克莉絲蒂對perfect crime的解釋特別與人不同。對她而言，一個人沒有親自動手，卻唆使別人犯下罪惡，就是犯罪，例如發動戰爭的人，雖然沒有親自上戰場殺人，卻引發數百萬人喪失生命。但很遺憾的，很多人並沒有注意到這點。

而一般人耳熟能詳的《東方快車謀殺案》，在我看來，最有趣味的地方在於，它巧妙地利用了人在語言上的破綻及溝通上習慣的不同，讓白羅精采地破了案。

古典推理派的作家都有一個共同特色，就是對破案的關鍵都會給予解釋，絕非神來之筆，這跟現代的推理小說很不一樣。克莉絲蒂小說中的偵探永遠可以在玄機當中，或者自相矛盾的說法中，找出破綻。譬如前面明明說「我喜歡住在這裡，因為姐姐就住在這裡」，後來卻說「我會繼承遺產是因為我沒有家人」。要成為好的推理小說，有一點很重要，就是偵探不可以無緣無故說某人犯了罪；再者，他所要揭發的證據，之前就應該佈設在故事裡。偵探一定要解釋他為什麼開始懷疑、他搜集的證據是什麼，以及他為什麼要排除掉這個人或那個人的嫌疑，這些都要解釋清楚。現在的小說因為較缺乏這類的說明，就比較不能訓練人的邏輯思考能力。

我第一次看克莉絲蒂的推理小說《一個都不留》，是在飛機上看的。克莉絲蒂不能說百分之百沒有設計上的漏洞及破綻，但是非常的少。每次看她的書，我都會盡量設法抓她的漏洞，然而幾乎是沒有。其實克莉絲蒂設計的劇情都非常有趣，每次一開頭，就會讓你覺得「喔，怎麼會有這樣的事」而吸引你。像《謀殺啟事》，就是史無前例地有趣。書一開頭就公開佈告「某天晚上幾點，有人會被謀殺」，這就足夠吊人胃口了；而它破案的關鍵，更是非常之有趣——就只是「花枯掉了」這麼簡單的一件事。不僅如此，她還有許多其他絕妙的點子。我跟我學生討論過書中「某個在黑暗中射擊」的問題，我覺得有個破綻，但我學生說還是解釋得過，大家不妨去研究看看。

克莉絲蒂的整體佈局十分細膩，最後案情也都講解得非常詳細，回頭去看，在書中都找得到線索。故事的情節與內容也很好看，不是像一個流氓在街上被殺掉那麼單調。

克莉絲蒂創造了超過上百個故事，其中幾乎沒有重複的劇情，這點很不容易做到。她的小說流暢的程度，大概國中生來閱讀都不是問題。

大家在讀克莉絲蒂的小說時，最有趣的讀法，就是盡量去抓它的破綻。像我讀推理小說的習慣，就是對偵探所公佈的結局，都要求能解釋清楚。如果不能說得出為什麼，或沒做解釋，在我心目中就不是好的偵探小說。而且他所揭露的線索，要能在書中找得到；解謎者不能說「它們都放在我的腦子裡」。所以偵探的學識不能太淵博，他知道的也是要在一般人的理解範圍之內。

看小說應該要花腦筋，要思考，從小就要養成思辨的能力，競爭力才會強。看推理小說就能培養這種能力。當老師拿一個推理問題問學生，問漏洞在哪裡，而他解釋得出來，那就表示他對這件事有個完整的邏輯思考了。

所以我都會要求學生看克莉絲蒂的小說，要他們去思考故事中合理或者不合理之處在哪裡。

看她的小說，就是對邏輯思考能力極佳的訓練。

克莉絲蒂沒有寫的故事

——白羅先生與瑪波小姐的星空較勁

景翔（著名影評人及推理評論）

有「推理女王」封號的阿嘉莎・克莉絲蒂生前對她自己的小說改編成電影一事非但不很熱中，甚至頗多批評。根據克莉絲蒂《捕鼠器及其他》劇本集中，依拉・李文所寫的序文裡說到，克莉絲蒂之所以由小說轉而寫劇本的原因是「有些編劇家把她的小說改編搬上舞台，讓她覺得他們錯在太貼近原著……」她在自傳中曾說：「偵探小說和劇本大不相同，情節極為繁複，通常都有很多人物和誤導的線索，必然會使人混淆，也會負擔太重，應該加以簡化才對。」這很可能也正是克莉絲蒂對她作品改編成電影所持的看法。

但儘管如此，依據「世界電影網」的統計，作品搬上電影電視大小銀幕數量最多的歐美作家中，克莉絲蒂卻是穩佔鰲頭第一名。而她的所有小說中，似乎只有《四大天王》、《問大象去吧！》和《謝幕》還沒有改編成影視作品。

以名探或系列主角來說，克莉絲蒂筆下不少於六、七位。不過以出現的次數來看，白羅與瑪波小姐最多，也最為人熟知。而這兩位名探在銀幕上都有過好幾位藝人扮飾，當然，銀幕形象和讀者從書本中所得到的印象，多少都有相合或不盡相同之處，就看讀者和觀眾個人的看法了。

雖然白羅是克莉絲蒂所創的第一個偵探（她於一九二〇年發表的處女作《史岱爾莊謀殺案》便是白羅擔任主角），而瑪波小姐的出現要晚上十年（一九三〇年的《牧師公館謀殺案》），但在大小銀幕上，瑪波小姐反而領先多了。在五〇年代，美國電視就播映過受英女王封過爵位的葛麗絲・費爾茲（Gracie Fields）主演的「謀殺啟事」。不過一直到一九六二年，瑪波小姐才躍登大銀幕，演出《殺人一瞬間》改編的「目擊謀殺」。但引起轟動的是女主角瑪格麗特・羅斯福（Margaret Rotherford），這位老演員多年來一直活躍於倫敦舞台，在影片中個人表演光芒也掩蓋了瑪波小姐這個角色，使克莉絲蒂看後大為不滿，可是一般觀眾偏偏喜歡羅斯福那種誇張式的喜鬧劇表演方式，因此她連續主演了好多部瑪波小姐系列影片，內容則和原著愈來愈遠。

克莉絲蒂筆下的瑪波小姐其實不是一個偵探，她只是思路縝密，人生閱歷豐富，見事往往能一針見血，即使讀者和警方忽略的事，也能讓她一語中的。大部份的書裡，她通常只站在故事背後，而讓警方來做所有的偵查工作，有時甚至一直是配角地位，最後才出面解決全案。但是羅斯福飾演的瑪波小姐卻始終站在主導地位，甚至把白羅探案改成以瑪波為主角，或是自編劇本，難怪克莉絲蒂要大為不滿了。

接下來扮演瑪波小姐的是安琪拉．蘭絲貝蕾（Angela Lansbury），她很有個人魅力，而且聰明伶俐，只是扮相太年輕、太活潑，也太美國化，不像英國鄉下的老姑婆。

八〇年代初，BBC籌畫新的瑪波系列，找到並不很有名的性格女星瓊安．希克森（Joan Hickson），結果大為成功。希克森的演技內斂而不濫情，極為貼合原著中的形象。生於一九〇六年的她，由七十八歲演到八十六歲，也是有史以來飾演瑪波小姐的演員中，年齡最老的一個。其後的基拉婷．麥克伊旺（Geraldine McEwan）評價一般；茱莉亞．麥肯錫（Julia Mckenzie）則被譽為是希克森之後最佳的瑪波小姐。

至於另一位神探白羅，最早出現在一九六二年從《羅傑．艾克洛命案》改編的「不在場證明」中，由奧斯汀．屈佛（Austin Trevor）飾演白羅，他後來還演了「十三人的晚宴」和以舞台劇搬上銀幕的〈純咖啡〉。同樣在一九六二年，電視上則有馬丁．蓋博（Martin Gabel）演出白羅，和瑪波小姐比起來，那個時候白羅的聲勢似乎弱了些。其後亞伯．芬尼（Albert Finney）和彼德．尤斯汀諾夫（Peter

Ustinov）才讓白羅風光了一陣。

亞伯・芬尼事實上只演過一次白羅，就是在「東方快車謀殺案」裡，卻讓人覺得不做第二人想，真如同從克莉絲蒂的書裡走出來的。他把白羅的沉著與慧黠表現得入木三分，造型和那口法國腔的英語更使形象鮮活。當然這部影片的演員陣容堅強，每個人都展現了精采的演技，更使得那部影片成為經典之作（後來在二〇〇一年美國電視重拍此戲，成績自然難以相比，編導把故事「現代化」，卻弄得非驢非馬，極為失敗）。

「東方快車謀殺案」叫好又叫座，使影片公司決定乘勝追擊，使用同一位編劇和製作團隊，在服飾、外景和佈景、道具等方面更加考究地拍攝「尼羅河謀殺案」，由彼德・尤斯汀諾夫來扮飾白羅。

在造型上，高大肥胖許多的尤斯汀諾夫，除了鬍子之外，和亞伯・芬尼可說是大同小異。而在性格表現上，尤斯汀諾夫比較「外放」，因而「娛樂性」大過「戲劇性」。然而這種輕鬆的演法卻很得觀眾喜愛，因此他又拍了「豔陽下的謀殺案」和「死亡約會」等兩部電影，以及「十三人的晚宴」、「弄假成真」和「三幕悲劇」等三部電視影片。也有觀眾覺得他是相當好的「白羅」。不過江山代有才人出，英國公共電視網從一九八九年起製作「神探白羅」系列，到目前已經進入第十二季，至少播映了六十五集，擔綱主演的演員是大衛・蘇契（David Suchet），他的造型很接近原著中的描述，在演出的方式上則介於亞伯・芬尼的「內斂化」與彼德・尤斯汀諾夫的「外放」之間，感覺上比較自然，口音方面不如亞伯・芬尼那樣強調，因此一般觀眾認為大衛・蘇契現在是最好的「白羅」，甚至有很多人認為，如果克莉絲蒂能看到蘇契的演出，應該也會認為這就是她所寫的白羅了。蘇契能連演十二季，始終大受歡迎，這樣的讚譽，應該也不算過當了吧。

當然除了主角是白羅和瑪波小姐外，克莉絲蒂還有其他的著作改編成影視作品，像短篇小說〈檢方證人〉改編而成的「情婦」等，都是令人難忘的佳作。如此看來，克莉絲蒂還真不必太在意少數她不滿意的改編作品，畢竟很多「觀眾」還是會變成「讀者」的。

謀殺之後必有愛情

袁瓊瓊（名作家）

「沈默的羔羊」（*The Silence of the Lambs*）可能是第一部使用罪犯側寫技術（Criminal profiling）的影片，ＦＢＩ探員克莉斯・史塔林透過食人魔醫師漢尼拔・萊克特的「教導」，揣摩連續殺人狂「野牛比爾」的心態，最終將野牛比爾擒獲。

這部影片在一九九一年上映，直到目前依舊是犯罪影片的經典。「沈默的羔羊」之後，無數電影和電視劇開始在影片中使用「側寫」技術。這門由ＦＢＩ研究發展出來的破案「工具」，現在幾乎全世界的執法單位都或多或少在使用著，包括台灣，並且成效卓著。「側寫」技術可以由犯罪現場去反推兇手的意圖，甚至背景、相貌、年紀、身分，而且準確度相當高。之可以這樣神乎其技，依賴的是龐大的罪犯資料庫。ＦＢＩ利用統計學，歸納出罪犯的特定行為模式，之後再以此模式去揣摩兇手心理，進而預測，甚或誘導兇手露面，達成逮捕的目的。

阿嘉莎・克莉絲蒂過世於一九七六年，極有可能不知道這門技術，但是奇妙的便是，事實上，在FBI之前，克莉絲蒂在她的作品中早已在使用「側寫」。

當然，不像FBI表現得那樣正式與嚴謹，而且，所謂的「罪犯資料庫」，也只存在於偵探赫丘勒・白羅和珍・瑪波小姐的腦袋中，也就是白羅愛說的，「我那小小的灰色腦細胞」裡。兩個人的辦案方式，一憑經驗，一憑直覺。而直覺，科學研究已同意那其實也是經驗的累積，只是超越了呆板的邏輯，用跳躍和直指人心的方式表現而已。

兩位名探的亮相距今都已數十年。白羅第一次出現是一九二〇年的《史岱爾莊謀殺案》，而瑪波則是一九三〇年的《牧師公館謀殺案》；雖然兩個人都「活」在上一世紀，好像應該是老古董，但是說實話，兩個人的辦案手法，非常現代感。除了沒有那些科學儀器和現代裝置，其實就是「古早版」的CSI，或「法律與秩序」（*Law & Order*）。

他們的辦案程序，跟目前的警方非常相像。同樣注重犯罪現場的完整性（不像可憐的福爾摩斯多半面對的都是被干擾過的現場），同樣在犯罪現場蒐集證據、尋求專家鑑識、詢問證人、檢驗事證……或許全世界的偵探都是這樣辦案的，包括中國「包公案」裡的包公、「彭公案」裡的彭公，但是兩位主角的獨特之處，是他們對於罪犯以及被害者心理狀態的掌握。

白羅尤其喜歡「現場重建」。每每在揭發兇手之前，他會把整個犯案過程鉅細靡遺的交代一遍。他的虛擬式「現場重建」的精妙處，不在於讓大家看到了罪行的完整過程，而在於把所有線索放置到「應該的位置」；他補充了沒有被看見、被聽見的部份，還原了兇手與被害者的心態和想法，就如同他在現場一般。

而瑪波通常運用的則是直覺。瑪波常說：「我不會輕易相信人家告訴我的話。」這似乎表示她對於人性缺乏信心，然而她之所以不相信，其實不是不信任人性，而是肯定人是會犯錯的。因此，任何人的任何說法，她必定要自己實際看到，並且驗證了，才會相信。

瑪波不大來現場重建，她與白羅的差異，正顯現了克莉絲蒂的才華所在。這兩個克莉絲蒂系列中最傑出的偵探，無論是辦案手法或生活方式都迥然兩樣，幾乎像是不同的作者所創造出來的。

瑪波的才能是，她總是可以看出人性中的幽微之處。例如《藏書室的陌生人》，她推斷死者不是去見男友，因為女孩子去見情人一定會裝扮得美美的，而藏書室的死者雖然精心化妝，卻穿了件舊衣服。而《殺人一瞬間》，卻是因為犯罪者不同尋常的積極使她產生疑惑。一個與案情沒有直接關係的人，卻不斷地提供破案線索，這不合情理。

這位老太太完全是用人情世故來斷案。她的作法不像白羅，白羅多半是觀察到事件中的不合理，而找到了使整個事件合轍押韻的那一塊拼圖之後，便破案了。瑪波則是：「這種情況下這個人不該是這種作法。」她對人情世故的觀察，其細微與周到之處，既有趣味，也有智慧。

瑪波與白羅兩個人，正好是女性辦案和男性辦案的兩種典型。瑪波非常溫暖，從情感出發，而白羅則異常理性，以邏輯界定一切。

據說克莉絲蒂不太喜歡白羅，因此在《謝幕》裡安排了白羅的死亡，但是瑪波小姐只是告老還鄉。克莉絲蒂留給世人永久的想像：在白羅之後，克莉絲蒂之後，珍・瑪波小姐依舊在聖瑪莉米德村裡蒔花養草，喝她的下午茶，曬著太陽，打打毛線，逗弄腳邊的小貓小狗，偶爾與鄰舍朋友串門子。她永恆存在，從過去到未來。

《ABC謀殺案》裡，白羅的好友亞瑟・海斯汀記述了白羅的一句話：「愛情往往是犯罪事件的副產品。」這個觀念竟是白羅說出來的，實在有趣。因為白羅幾乎不涉愛情。他一生都是光棍，雖然有暗戀對象，克莉絲蒂卻硬是讓他「流水有意，落花無情」。

我不以為這是因為白羅的年紀或相貌，因為克莉絲蒂的作品裡，也還是有年歲一大把愛得死去活來的角色。可能的原因，或許可以用白羅的另一句話來做解釋。某一本白羅探案裡，他說過：「太聰明的人碰不到愛情。」他可能是在隱喻

「戀愛讓人愚蠢」，也可能只是為自己與愛情絕緣解嘲。

多數的偵探，尤其是硬漢型偵推作品，主角一定會有或多或少的豔遇，但是白羅從來沒有。愛情都是兇手或被害者，或嫌疑犯，或關係人身上發生的事。從過去到現在，愛情或豔遇，對男性比女性寬容。我們難以接受高齡女性的戀愛故事（沒有人會期待珍・瑪波小姐的豔遇），但是通常可以接受男人的，所以白羅這樣清淨不染，不能不算是偵探中的異類。

他自己雖然沒有這一類的際遇，卻似乎非常能夠理解愛情。事實上，在他辦案之時，白羅甚至偶爾會插手他人夫妻的家務事，自然，以一種微妙的方式，他在《史岱爾莊謀殺案》裡挽救了一樁婚姻，在《底牌》裡撮合了一對陌生男女，更在《藍色列車之謎》中，點醒女主角自己的真正所愛。白羅這種「月老」性格幾乎是不自覺的，在克莉絲蒂，給了他這種性格，可能也是不自覺的。白羅是邏輯理性其外，內在卻感情豐富，甚或也期待或渴望愛情；從不去觸碰，可能是不容許自己被拒絕，因此成為愛情的旁觀者。

身為偵探小說作者，克莉絲蒂一生卻有一件從未破案的謎團，那就是她一九二六年的失蹤事件。這一年她三十六歲，出版過一本詩集、七本小說，說不上大紅大紫，卻也小有文名。她已婚十二年，有個七歲女兒。看上去事業與家庭都有所成，然而卻在十二月的一個冬天晚上，駕車離家，就此失蹤。

警方在一個白堊礦坑裡發現她的車子，但是車內無人。阿嘉莎生死成謎，全國都懷疑她已經遇害；卻在十一天後，她本人出現在離家極遠的 Harrogate 某家旅店裡。

這件事情的離奇，與她自己的小說不遑多讓。阿嘉莎事後說明是受到丈夫外遇和母親過世的雙重打擊，情緒崩潰，離家出走，之後便得了遺忘症。

這或許是事實，但也可能是阿嘉莎最為拙劣的一次虛構。總之，這個奇妙的答案沒有說服世人，但是因為她不解釋，我們被迫接受事實便是如此。

阿嘉莎的感情歷練不多，一般所知的，只有兩段，失蹤事件兩年後，她與丈夫離婚，又兩年後再婚。這一段四十歲才展開的第二春非常幸福，她與第二任丈夫白頭到老。她最精采的作品多數在第二段婚姻中完成的。

克莉絲蒂是經歷過感情中的背叛與傷痛的，但是也同樣經歷過感情的復原與重拾信任。因此她對待感情，有一種瞭暢明澈。她知道愛情的可靠與不可靠、可貴與不高貴。這次重看這十二本精選集，才發現，幾乎每一本，裡頭都有一段純情之戀，雖然她在其中也安排了醜惡和功利的愛情，但是仍然有美好真摯、一無所求的純愛。

如同白羅所說：「愛情往往是犯罪事件的副產品。」這句話可有兩解：一是謀殺事件的背後往往是因為某種愛情。另一是：謀殺事件發生之後，偶爾也會觸發某些人產生愛情。而通常，不誠實的感情會被揭發，真誠的感情則得到美麗歸宿。

或許，身為女性，雖然被公認是冷靜且理性的謀殺天后，但是在理性之下，克莉絲蒂的底色依舊是感情。女人是感情史觀的，沒有事件能脫離感情。克莉絲蒂很明白，所有的慾望之後，都無非是某種愛情。在以性命相搏的犯罪世界裡，兇手以終結他人的性命來遂其私欲，不過是為了成全自己的愛，或者是成全自己的恨。

藏在日常細節中的冒險

楊照（《新新聞周報》總主筆、評論家）

一開始，就都在那裡了。

一九二〇年，阿嘉莎·克莉絲蒂出版了《史岱爾莊謀殺案》，神探白羅就已經退休了。而且在這個案子裡，藉由敘述者海斯汀的轉述，就鋪陳出克莉絲蒂小說最基本的偵探原則：

「那些看來或許無關緊要的小細節……它們才是重要的關鍵，它們才是偉大的線索！」

「豐富的想像力就像洪水一樣，既能載舟亦能覆舟，而且，最簡單直接的解釋，往往就是最可能的答案。」

「沒有任何謀殺行為是沒有動機的。」

還有，一個不討人喜歡的死者，一群各有理由不喜歡死者、因而也就都有殺人動機的人，這些人彼此之間構成複雜的關係，有的互相仇視、有的互相愛戀，麻煩的是，有些愛人其實貌合神離，有些仇人其實私下愛慕；更麻煩的是，不論是愛或是仇，都有可能是扮演出來的。

一個外來的偵探，必須周旋在這些嫌疑者之間，從他們口中獲取對於案情的了解，換句話說，他必須在很短的時間內，搞清楚誰是誰，誰跟誰吵架，誰跟誰偷情，然後判斷誰說的哪一句是實話，哪一句是謊言。常常謊言比實話對於破案更有幫助。

再偷偷透露一下，希望不至於影響閱讀推理的樂趣，也是從《史岱爾莊謀殺案》開始，克莉絲蒂由英國社會塑造的階級觀念就發揮作用了，基本上，僕人、園丁說的話遠比有頭有臉的人說的，可信多了。就算要說謊，僕人、園丁的謊言也往往比較天真，而且往往出於善良動機。

《史岱爾莊謀殺案》出版那年，克莉絲蒂三十歲，不過書稿其實早五年前就寫好了，但畢竟要找到有人願意出版一個看來再平凡不過的家庭主婦寫的小說，不是那麼容易。

所有和克莉絲蒂接觸過的人，都對於她的「正常」留下深刻印象。她看起來就和她那個年紀的典型英國家庭主婦一樣，害羞、靦腆，只能在社交場合勉強跟人聊些瑣事話題，完全無法演講，甚至連只是站起來對眾賓客說幾句客套話，請大家一起舉杯，她都做不到。她不演講，也很少答應接受採訪，就算採訪到她也很難從她口中得到有趣的內容。她會講的，幾乎都是記者本來就知道、或者自己就可以想得出來的。

例如說白羅這個神探的來歷。克莉絲蒂回答：他應該是個外國人，這樣就能在英國日常生活中看出英國人自己看不出的線索。她自己碰過的外國人，只有第一次大戰剛爆發時到英國避難的比利時人。比利時警察怎麼能跑到英國來？那一定是因為他已經退休了。他有潔癖，所以對於現場會有特殊的直覺，馬上感受到不對勁的地方。一個有潔癖的人，好像應該長得矮小些才相稱，一個矮小有潔癖的人最適當的名字，就是希臘神話裡的大力士「赫丘勒斯（Hercules）」，製造出荒唐的對比趣味。那白羅這個姓是怎麼來的呢？克莉絲蒂很誠實地說：「我不記得了。」

一切都如此順理成章，一切都如此合邏輯，不是嗎？有記者問她怎麼看自己的舞台劇〈捕鼠器〉，創下了英國劇場、甚至全世界劇場連演最多場紀錄的名劇？克莉絲蒂的回答也還是中規中矩，合理合節：那是一齣小戲，在一個小劇院演出，成本很低，任何人想到了都可以帶家人或朋友去看，老少咸宜，並不恐怖，也不特別荒謬打鬧，可是又什麼都有一點，包括恐怖和荒謬打鬧的成份。

她的身上，找不出一點傳奇、怪誕色彩，那她為什麼能在五十年間持續寫偵探小說，創造了那麼多謀殺，還創造了那麼多詭計？

或許她的婚姻反而可以給我們比較多的線索？克莉絲蒂一生結過兩次婚，第一次在一九一四年，婚後不久，丈夫就參加了歐戰，是英國皇家空軍最早一批飛行員。一九二六年，這個丈夫有了外遇，直率地向克莉絲蒂要求離婚，在那之前，克莉絲蒂的媽媽才剛過世，雙重打擊之下，又遇到車子無法發動，克莉絲蒂崩潰了，她棄車而走，忘記了自己究竟是誰，躲進一家鄉間旅館，登記時寫了她心裡唯一有印象的名字——她丈夫情婦的名字。

離婚後，一次在晚宴中，有人提起近東烏爾考古的最新收穫，克莉絲蒂就取消了原定要去西印度群島的計畫，改訂了跨越歐洲到君士坦丁堡的「東方快車」，是的，就是這趟旅程給了她寫《東方快車謀殺案》的靈感。不過更重要的是，在烏爾，她認識了一位年輕的考古學家，比她小十四歲，這個人後來成了她的第二任丈夫。

這位考古學家陪她去參觀在沙漠中的烏克海迪爾城，卻在沙漠中迷路困陷了。幾小時中克莉絲蒂卻沒有一點驚慌不安，當下考古學家就決定要向她求婚。

原來，克莉絲蒂的內心是有這種冒險成份的。要不然她不會兩次選到的，都是喜愛冒險的丈夫，而她本身大概也不會吸引一個在各種危險情境下挖掘古代寶藏的人，讓他願意向一個大他十四歲的女人求婚。

這樣說吧，維多利亞時代後期的英國環境，壓抑限制了克莉絲蒂冒險、追求傳奇的內在衝動，她只好將這樣的衝動寄託在丈夫和寫作上。她一邊陪著第二任丈夫在近東漫走，一邊在小說中寫各式各樣的謀殺與探案。謀殺和探案都是冒險，還有，偵探偵查中做的事——蒐集線索，還原命案過程——其實和考古學家的考掘，如此相似！

克莉絲蒂寫得最好的，正就是「藏在日常中的冒險」。她個性中的雙面成份，造就了特殊的偵探魅力。既嚮往非常傳奇，卻又有根深柢固的日常邏輯信念，兩者就都在克莉絲蒂的小說中扮演了重要角色。她的謀殺案幾乎都和日常習慣緊密編織在一起，日常環境成了兇手最重要的掩護。有些日常規律明顯地被破壞了，讓我們很自然以為那會是謀殺的線索，沿著這些線索形成了閱讀中的推理猜測，然而白羅早就提醒了，真正重要的反而是那些「細節」，也就是看來像是依隨日常邏輯進行的事，或說藏在日常邏輯中因而不被看重的事，那裡要嘛藏著兇手的核心詭計、煙幕，要嘛藏著兇手致命的破綻。

兇案的構想，就是如何讓異常蓋上日常、正常的面貌，又如何故意將日常、正常予以扭曲，製造假象；那麼偵探要做的，就是如何準確地在日常中分辨出真正的異常，將假的、明顯的異常撥開來，找出細節堆疊起來的異常真相。

克莉絲蒂最受歡迎的作品，大概都具備這樣的特質。她很早就完備了如此寫作的成熟技巧，一本一本試驗擴張著各種可能，因而二〇、三〇年代的小說，傑作輩出，十二本最暢銷的小說，十本是一九四二年之前出版的，一九四三年之後到她去世，克莉絲蒂還寫了將近四十本偵探小說，卻只有兩本列入最暢銷之列，讓我們可以清楚看出：寫了二十年後，聰明如克莉絲蒂者，畢竟還是會慢慢耗盡了她迷惑、驚異讀者的能量。

決定暢銷分佈的，還有另一項重要因素，那就是白羅的表現。讀者愛白羅、最愛白羅，再清楚不過。和克莉絲蒂筆下另一位名探瑪波小姐相比，白羅有很明顯的優勢，瑪波小姐的身分使她基本上只能進行「靜態」的辦案，案子的空間受到侷限，白羅卻可以跨越各種空間，恣意揮灑。而且白羅擁有警官的身分，可以合理出現在各種犯罪現場，瑪波小姐能出現的地方，相形之下常常就勉強、不自然多了。可是，克莉絲蒂自己偏愛瑪波小姐勝於白羅。雖然她前後寫了四十本白羅探案，但其中不少（愈到後期愈多）應付讀者的成分超過作者自己的創造熱忱。這種讓白羅看起來很沒勁的作品最不討好，最不容易給讀者留下印象。

讀者的集體智慧不能小覷，最暢銷的十二本，也幾乎都是克莉絲蒂最好的作品。不過當然還是有幾本我自己最偏愛的，不幸沒有在這份暢銷書單中。例如在結局反轉的巧妙上，可以和《史岱爾莊謀殺案》、《羅傑·艾克洛命案》等量齊觀的《褐衣男子》；還有在開創本格類型上大有影響力的《十三人的晚宴》，簡直像是毒物學論文的《絲柏的哀歌》，還有最陰森邪惡的《本末倒置》和《死亡終有時》。

不管後來的偵探、推理小說發展了多少巧妙詭計，克莉絲蒂卻不會過時，因為她的推理如此密切地和日常纏繞在一起；活在日常中，我們就無可避免被克莉絲蒂的「日常細節推理」吸引。至少，克莉絲蒂最好的作品，沒有過時不過時的問題，隨時讀來都充滿驚奇趣味。

The Murder Of Roger Ackroyd

羅傑・艾克洛命案

1926

白羅神探系列

阿嘉莎・克莉絲蒂 著
張江雲 譯

1 夏波醫生的早餐談話

弗拉爾太太於十六日晚（星期四）離世而去了。十七日（星期五）早晨八點就有人來請我過去。其實我已幫不了什麼忙，因為她已死了好幾個小時。

九點過幾分我就回到家。我取出鑰匙打開前門，故意在大廳裏磨蹭一會，不慌不忙地把帽子和風衣掛好，這些都是我用來抵禦初秋晨寒的東西。老實說，當時我的心情非常沮喪憂愁，我並不想假裝自己能夠預料今後幾週將要發生的事。我確實無法預料，但我有一種預感，有段雞犬不寧的時期即將到來。

左邊的餐廳傳來了叮叮噹噹的杯子聲，以及我姐姐卡羅琳的乾咳聲。

「是你嗎，詹姆斯？」她大聲地叫喊著。

這話問得有點多餘，還有可能是誰呢？老實說，就是因為我的姐姐卡羅琳，我才在大廳裏磨蹭了幾分鐘。要說貓鼬這種動物（產於印度的類鼬肉食獸，為蛇之天敵）的座右銘，吉卜林先生（J. R. Kipling，英國小說家、詩人，一九〇七年諾貝爾文學獎得主）可是說過了，那就是：「出去挖！」而如果卡羅琳想要選用一種彰顯個人特質的紋章，那我一定極力推薦她採用貓鼬躍立撲擊的圖案；而且對卡羅琳來說，那句座右銘的前兩個字還可省去——卡羅琳只需靜靜地坐在家中就能挖到許多消息。我不知道她是怎麼做到這一點，但事實卻是如此。我猜想，可能是家中的僕人和做買賣的小販都充當了她的智囊團。她外出並不是為了去挖掘消息，而是去傳播消息。就傳播消息這一點來說，她也是一個了不起的專家。

就是因為她的這一特點，才使我感到猶豫不決。如果把弗拉爾太太死亡之事告訴卡羅琳，不出一個半小時，全村的人都會知道。做為一個專業醫務人員，我說話本應特別謹慎，所以久而久之，我便養成了一個習慣——盡可能瞞住消息，不讓姐姐知道。當然，她還是能像平常一樣打聽到這件消息，但至少我自認沒有誤失，對得起良心。

弗拉爾太太的丈夫已去世一年。卡羅琳始終認為他是被妻子毒死的，但她又拿不出什麼確鑿證據。

我跟她說，弗拉爾先生死於習慣性過量飲用含酒精的飲料，導致急性胃炎；而她對我的這一說法總是加以嘲笑。我同意胃炎的症狀與砷中毒有相同之處，但卡羅琳對弗拉爾太太的指控，是基於與此完全不相干的理由。

「你只需要看看她的模樣就知道了。」我曾聽她這麼說過。

弗拉爾太太雖算不上年輕，但丰姿仍然十分迷人。她身上穿的巴黎時裝雖談不上華麗，但看上去非常自然、合適。不管怎麼說，很多婦女都愛去巴黎買衣服，但她們可沒個個都把丈夫給毒死啊！

我躊躇不定地站在大廳裏，腦海裏浮現著所有這一切。這時卡羅琳又叫喊起來，嗓門比前一次還要大。

「詹姆斯，你到底在磨蹭些什麼？為什麼還不來吃早餐？」

「馬上就來，親愛的。」我急急忙忙地應了一聲，「我在掛風衣。」

「這麼長的時間，掛五、六件都可以了。」

她說得一點沒錯。

我走進餐廳，習慣性地在她的臉頰上吻了一下，然後坐下來吃雞蛋和鹹肉。鹹肉是冷的。

「你這麼早就去串門？」卡羅琳說。

「是的，我去了金帕達克，到弗拉爾太太家跑了一趟。」

「我知道。」姐姐說。

「你怎麼知道？」

「安妮告訴我的。」

安妮是接待女僕，一個挺可愛的女孩，但她有一個難改的習性，愛多嘴。

沉默了片刻，我繼續吃著雞蛋和鹹肉。這時，姐姐瘦長的鼻子抽動了一下。每當她對某件事感興趣或興奮時，就會出現這個動作。

「然後呢？」她追問道。

「悲劇收場。已經回天乏術了，她大概是昨晚睡覺時死的。」

「我知道。」姐姐又說。

這下可把我惹火了。

「你不可能知道，」我厲聲說道，「我也是到了那裏才知道的，我還沒跟任何人講過這件事。如果安妮連這個都曉得的話，她簡直就是活神仙了。」

「不是安妮，是那個送牛奶的人告訴我的，他是從弗拉爾家的廚師那裏聽來的。」

正如我前面所說，卡羅琳沒有必要出去探聽消息，她只需坐在家中，消息自然會傳到她的耳中。

姐姐繼續問道：

「她是怎麼死的？是不是心臟病發作？」

「難道送牛奶的人沒有告訴你嗎？」我譏諷地反問道。

譏諷對卡羅琳不起作用，她還以為我是真的在問她問題。

「他也不知道。」她解釋道。

不管怎麼樣，卡羅琳遲早會知道的，還不如我告訴她算了。

「她因服用過量安眠藥而死。她最近失眠，一直在服這種藥，大概是吃得太多了。」

「胡說，」卡羅琳馬上反駁說，「她是自殺，你不要為她辯解。」

很奇怪，當一個人心中不願承認的想法被別人揭穿時，他往往會惱羞成怒，竭力否認。我當下感到非常氣憤，衝口說了一番氣話。

「你又跟我來這一套了，」我說，「沒有根據的亂說一通。弗拉爾太太究竟有什麼理由要自殺？她雖是個寡婦，但那麼年輕，那麼有錢，而且身體又棒，每天等著享福就夠了。你的話實在太荒唐了。」

「一點都不荒唐。她最近有點反常，這一點你應該也注意到了。這種情況已有六個月，她一定是被妖魔纏住了。你剛才也說她一直睡不好覺。」

「那你的診斷是什麼呢？」我冷冷地問道，「一場不幸的戀愛，我猜？」

我姐姐搖搖頭。

「自責。」她津津樂道地說。

「自責？」

「是的。我一直跟你說，是她毒死了丈夫，但你就是不信。我現在更確信無疑。」

「你這番話不合情理，」我反駁說，「一個婦道人家如果有膽量殺人，她一定是個冷酷無情的人，絕對會心安理得地享受成果。才不會像意志薄弱的人那樣感到自責。」

卡羅琳搖搖頭。

「可能有些婦女會像你說的那樣，但弗拉爾太太並非如此。她很有膽量，一股無法抑制的衝動驅使她害死丈夫，因為她這個人無法忍受任何形式的痛苦。毫無疑問，身為阿什利・弗拉爾這種男人的妻子，必定飽受不少痛苦……」

我點點頭。

「自從害死丈夫後，她一直在煩憂中過日子。這一點我很同情她。」她說。

弗拉爾太太活著時，我可沒見過卡羅琳對她表示同情。現在既然她已遠去那不能再穿巴黎時裝（我猜）的地方，卡羅琳倒準備要盡情發揮她的同情和同理心了。

我堅決地告訴她，她的這個想法純屬無稽。而我之所以格外堅決，是因為我心中其實贊成她某部份——極少部份——的說法。但卡羅琳畢竟只是通過猜測來得到事實真相，這種做法可說是完全錯誤，我絕不能鼓勵這種行為。不然的話，她會走遍整個村子，傳播她對弗拉爾太太死亡的看法。人們必定會認為，那是得自於我所提供的醫學判斷。生活中糾纏不清的事真是太多了。

「胡說八道，」面對我那尖刻的言語，卡羅琳並不示弱，「你等著瞧，十有八九她留有一封懺悔信，把自己所做的一切都寫在上面。」

「她什麼信都沒留下。」我嚴厲地駁斥道，不知這麼說會陷自己於何種境地。

「哦！」卡羅琳說，「這麼說你也打聽過信的事情了。我相信，詹姆斯，你內心深處思忖的事，跟我完全一樣。你真是一個可愛的老騙子。」

「當然，我們不能排除自殺的可能性。」我強調道。

「要驗屍嗎？」

「可能會，這要看情況。如果我能絕對有把握地說，她是不小心服用了過量安眠藥，那麼驗屍可能會取消。」

「你有絕對的把握嗎？」姐姐非常奸巧地問道。

我起身離開餐桌，沒有回答她的問題。

2 金艾博特村的名流

在我繼續陳述我和卡羅琳的談話內容之前，我不妨先把我們這個村子的地理位置介紹一下。這個村子的名字叫金艾博特，與其他村子沒有什麼明顯的不同。最近的大城鎮是克蘭切斯特，離這兒有九英里。本村有一個規模相當大的火車站，一個小小的郵電所，兩家相互對峙的「百貨商店」。有才幹的男人，大多在年輕時就離開了這裏，留下來的大多是未婚女子和退伍軍官。因此大家的嗜好和娛樂可用一個詞來歸納：「嚼舌根」。

在金艾博特村，像樣的房子只有兩幢。一幢是金帕達克，是弗拉爾太太的丈夫留給她的。另一幢是弗恩利莊，其主人是羅傑·艾克洛。我對他很感興趣，因為他一點都不像一個鄉紳。一見到他，我就會聯想到老式音樂喜劇中，第一幕就登場的那位紅臉冒險家。這類喜劇大都以鄉村綠野做背景，而這個角色最喜歡哼著上倫敦城的小調。我們現在演出的都是時事諷刺劇，鄉紳已從音樂形式中消失。

其實，艾克洛並不是一位真正的鄉紳，他是一個非常成功的車輪製造商。他年近五十，臉色紅潤，待人和藹。他與教區牧師的關係很密切，常常大把大把的捐獻金錢給教會，做為教區救濟金（儘管外面謠傳，說他在個人花費上非常吝嗇）。他還慷慨地資助板球比賽、少年俱樂部、殘廢軍人療養所。事實上，他是金艾博特這個寧靜村子的靈魂人物。

羅傑・艾克洛二十一歲時，就愛上了一個比他大五、六歲的漂亮少婦，並與她結了婚。她是生有一個孩子的寡婦，亡夫姓佩頓。她與艾克洛的婚姻維持得並不長，生活充滿了不幸。直率一點說，艾克洛太太是一個酗酒者，婚後四年因長期酗酒而命歸黃泉。

妻子死後多年，艾克洛一直沒有考慮再娶。妻子與前夫生的孩子拉爾夫・佩頓，七歲就失去了母親，他現在已有二十五歲。艾克洛一直把他當作自己的親生兒子來養育，但這個孩子非常難管教，總是惹事生非，讓繼父為他操心不已。儘管如此，金艾博特這裏的人都喜歡拉爾夫。其中一個原因是，這位小伙子長得英俊瀟灑。

正如前述，在我們這個村子裏，人人喜歡說長道短，因此，艾克洛先生與弗拉爾太太的曖昧關係，一開始就引起了人們的注意。自從弗拉爾太太的丈夫死後，他們之間的親密關係更加明顯。人們總是看見他們倆在一起。有人甚至大膽地猜測，哀悼期一過，弗拉爾太太就會變成羅傑・艾克洛太太。的確，人們都感到事情有點巧合。大家都知道，羅傑・艾克洛的妻子死於酗酒，而阿什利・弗拉爾生前也是一個酒鬼。這兩個嗜酒如命的死者所留下的未亡人，心理上可以相互撫慰對方，彌補死者給他們帶來的痛苦。

弗拉爾來這兒居住的時間並不長，只不過一年多一點，但有關艾克洛的閒言閒語已流佈多年。在拉爾夫・佩頓的成長過程中，先後有好幾位女管家管理過艾克洛的宅邸，而每個人都受過卡羅琳和她的那夥朋友的懷疑。至少有十五年時間，村子裏的人都確信艾克洛會娶某個女管家為妻，這種看法並非全無道理。最後一個女管家叫拉瑟兒小姐，她最引起人們的懷疑。她整整主持了艾克洛家五年的家務，比以前任何一位女管家任職的時間要長上一倍多。人們都認為，要不是弗拉爾太太的出現，艾克洛是無法擺脫拉瑟兒小姐的。當然還有另一個意料之外的原因。他那死了丈夫的弟媳，帶著女兒從加拿大回來了。塞西爾・艾克洛太太是艾克洛那個窩囊弟弟的遺孀，她回來後就住在弗恩利莊。據卡羅琳說，她非常成功地讓拉瑟兒小姐知守分寸。

我不知道「知守分寸」的確切含義——聽起來有點令人不寒而慄、不太愉快——我只知道拉瑟兒小姐總是噘著嘴，而我也只能把這看成是一種苦笑。她對可憐的艾克洛太太深表同情，她曾說：「靠大伯的施捨過日子，太可憐了。施捨的麵包是苦澀的，不是嗎？如果我不是自食其力，靠自己的勞動養活自己，那就淒慘了。」

談到弗拉爾太太，我不知道塞西爾・艾克洛太太是怎麼想的。如果艾克洛先生不再結婚，這對她無疑是有好處的。但每次遇到弗拉爾太太，她總要向她獻一番殷勤，熱情招呼就更不消說了——但卡羅琳說，她這麼做是沒有用的。

這就是過去幾年金艾博特這個地方的重要大事。我們從各個角度談論了艾克洛以及與他有關的一些事情，當然弗拉爾太太也是談論的中心人物。

現在，萬花筒的角度得重新調整一下了，人們對這樁未來婚禮的討論，已驟然被這件悲劇所取代。

我把所有這一切翻來覆去地想一遍後，按慣例外出巡診。我沒有什麼特別重要的病人需要診斷治療，所以腦海裏一遍又一遍地浮現出弗拉爾太太的猝死之謎。她是自殺嗎？確定無疑。而如果是自殺的話，她必定會留下遺言，告訴人們為何這麼做。按我的經驗，女人一旦下決心要自殺，通常會把自殺的原因講出來。她們一心巴望聚光燈聚焦在她們身上。

我最後一次是何時見到她？還不到一個星期前。那時，她的舉止行為看來還很正常——嗯，有看仔細的話。

這時我突然想起，我昨天還見過她，但是沒與她講話。她正和拉爾夫・佩頓走在一起，我感到很吃驚，因為我根本就沒有想到，他會在金艾博特村出現。我一直以為他與他的繼父鬧翻了。他有將近六個月沒在這兒露面了。他們肩並肩地走在一起，頭挨得非常近。她說話時的態度一臉嚴肅。

可以確定地說，就在這時，我的心中產生了不祥之兆。雖然目前還沒發生什麼事，但我有一種模糊的預感。回想起昨天拉爾夫・佩頓和弗拉爾太太兩人熱切交頭接耳的情景，我升起一股厭惡之感。

正想著這件事時，我和羅傑・艾克洛在街上面對面地相遇了。

「夏波！」他大聲喊著，「我正想找你，這實在是一件非常可怕的事。」

「你已經聽說了？」

他點點頭。可以看得出，他經受了沉重的打擊，臉上紅暈消失，往常愉悅、活力十足的精神不再，全然一副失魂落魄的模樣。

「事情比你知道的更糟糕，」他平靜地說，「夏波，我有話要跟你說。你現在能不能跟我一起回家？」

「恐怕不行，我還有三個病人等著出診，而且我必須在十二點以前趕回去診所看診。」

「那麼今天下午──不，晚上一起來吃飯吧。七點半怎麼樣？」

「好吧，我一定準時到。出了什麼事？是不是拉爾夫的事？」

我不知道自己為什麼會這樣問，可能是因為以前常常都是為了拉爾夫吧。

艾克洛茫然地盯著我，好像什麼也沒聽明白。我開始意識到，一定是出了嚴重的問題。我以前從未見他這麼心煩意亂過。

「拉爾夫？」他含糊不清地說，「哦，不是為了他，拉爾夫在倫敦──見鬼，甘尼特小姐過來了，我可沒興致跟她聊這種可怕的事。晚上見，夏波，七點半。」

我點了點頭，他說完便匆匆地走了，我還站在那裏納悶。拉爾夫在倫敦？但他昨天下午確確實實是在金艾博特村。他必定是昨晚或今晨又回倫敦了。但從艾克洛的態度以及說話的口氣看來，他好像什麼都不知道，他仍以為拉爾夫已有幾個月沒回來了。

我沒有時間進一步解開這個謎。甘尼特小姐一見到我，就急切地向我打聽消息。甘尼特小姐與我姐姐卡羅琳的習性完全一樣，但她缺乏卡羅琳那種全面搜索、推演乃至斷然做出結論的本事。甘尼特小姐氣喘吁吁地向我問了些問題。

弗拉爾太太真可憐，許多人都說她多年來一直在吸毒，而且上了癮。說這樣的話可真惡毒，然而最糟糕的是，人們說三道四的言語中總有些部份是真的，無風不起浪嘛！她們還說，艾克洛先生也知道了這件事，因此與她中斷婚約——他們之間確實訂過婚喔。她，甘尼特小姐，有確鑿的證據能證明這一點。當然，做為醫生，我一定知道這些事，醫師不都如此嘛……啊，他們從來沒提過這些事？

甘尼特小姐說著那些試探性的話，機警的小眼睛緊緊地盯著我，看我如何反應。幸運的是，與卡羅琳長期相處，已使我養成了不動聲色的本事，隨時可用一些無關緊要的話加以應付。

恭喜甘尼特小姐這次沒有參與這些惡意中傷的閒言閒語。我想我很俐落地反譏了回去。她一時摸不著頭腦，當她回過神時，我已經走遠了。

回程的路上，我一直在思考某些問題，到診所時我才發現，已有好幾個病人在等著我。

看完最後一個病人時——我以為——離吃午飯還有一段時間，我便來到園子裏，摸摸弄弄了一下。然後，我發現還有一個病人在等我。她起身向我走來。我呆呆地站在那裏，心裏難免有點詫異。

我也不明白為什麼會感到詫異，可能是因為拉瑟兒小姐臉上那種堅決的表情，裏面飽含某種精神而非肉體上的痛苦。

艾克洛的這位女管家，身材高䠷、容貌漂亮，但她的神情令人生畏，使人望而卻步。她目光嚴厲，嘴唇緊閉。我有這樣一種感覺：如果我是她手下的一名女僕或廚佣，那麼一聽見她的腳步聲，我一定會像老鼠見到貓一樣四處奔逃。

「早安，夏波醫生，」拉瑟兒小姐說，「勞駕你幫我看一下膝蓋的毛病。」

我看了。老實說，我瞧不出個所以然來。拉瑟兒小姐所說的不明痛感實在難以輕信，如果她是一個不太誠實的女子，我一定會懷疑她的膝蓋毛病是編造出來的。我在想，拉瑟兒小姐可能是故意藉看病來探聽弗拉爾太太死亡的原因，但我馬上就發覺我的判斷錯了。她只是略略提了一下那件事，其他什麼都沒問，然而看得出她確實很想多待一會，跟我聊聊。

「哦，謝謝你給我開了這瓶外用藥，醫生，」她最後說，「雖然我並不相信這瓶藥會產生什麼效用。」

我也不相信。但出於醫生的職責，我駁斥了她的說法。不管怎麼說，擦這種藥不會有什麼害處，而且做為一個醫生，我也必須捍衛自己的謀生用具。

「這些藥我全都不相信，」拉瑟兒小姐一邊說，一邊用眼睛輕蔑地掃視了架上成排的藥瓶。「藥的害處可大了，你只要看看那些古柯鹼成癮者就清楚了。」

「嗯，就這一點來說——」

「在上層社會中倒是非常流行。」

我相信拉瑟兒小姐比我更了解上層社會，所以我並不想跟她多爭辯。

「我想請教你一下，醫生，」拉瑟兒小姐說。「如果你真的染上了毒癮，有沒有什麼藥可治？」

這種問題不可能一下子講清楚，我只是跟她做了簡短的講解，她聽得非常認真。我仍然懷疑她是用這問題探聽弗拉爾太太的事。

「還有，比如說佛羅若（Veronal，一種安眠藥的牌子）——」我接著說。

但奇怪的是，她對佛羅若好像一點也不感興趣。她突然改變了話題，問我是否確有某種稀有毒藥，服用後檢驗不出來。

「哈！」我說，「你正在讀偵探小說？」

她承認她以前讀過。

「偵探小說最精采的部份，就是設計一種稀有毒藥。如有可能，最好是從南美洲取得的，從未有人聽說過，而且只有一個鮮為人知的野蠻部落用這種毒藥塗擦在弓箭上，人一碰到馬上中毒而死，而西方發達的科學完全無法檢驗出來。這就是你指的那種東西嗎？」

「是的。世上有沒有這種東西呢？」

我很抱歉地搖搖頭。

「恐怕沒有。當然，有一種叫箭毒的毒藥。」

我跟她介紹了許多關於箭毒的特性，但她好像也並不感興趣。她問我，在我的毒品櫃子裏，是否有這種毒藥；我回答說沒有。我覺得，我因此被她看扁了。

她起身告辭，我送她到診室門口，這時午餐的鑼敲響了。

我絕不懷疑拉瑟兒小姐對偵探小說的愛好。我陶醉地想像她閱讀偵探小說的情景：她走出女管家的房間，對失職的女僕訓斥一頓，然後回到舒適的房間專心閱讀《第七次死亡之謎》或其他偵探小說。

3 種南瓜的人

吃午飯時，我告訴卡羅琳，我要去弗恩利莊吃晚飯。她不但不反對，還支持我去。

「太好了，」她說，「這樣你便可以有個全盤了解。順便問一下，拉爾夫到底出了什麼事？」

「拉爾夫出事了？」我驚異地說，「沒這回事。」

「那麼他為什麼要待在三豬苑而不回弗恩利莊呢？」

卡羅琳說，拉爾夫・佩頓投宿在當地的一家小旅社，對這句話我沒多加追問，因為她說到這一步，對我來說已經足夠了。

「艾克洛跟我說，他在倫敦。」我說，因吃驚而忘記了不能透露任何消息的重要原則。

「哦！」卡羅琳叫了一聲。

每當她遇到這種情況時，她的鼻子總要抽動一下。

「他是昨天早晨到達三豬苑的，」她說，「現在還在那兒。昨晚還約了個小姐一起出去。」

聽了這番話，我一點也不感到吃驚。因為拉爾夫幾乎天天晚上都和小姐一起出去。但我弄不明白，要找樂子的話，他幹嘛不在倫敦找，卻跑回金艾博特來呢？

「是不是與酒店的女服務生一起出去的？」我問道。

「不。我只知道他跟某個小姐出去約會，但我不知道這個她是誰。」（要卡羅琳承認不知道，對她來說是一件非常難堪的事）。「但我猜得出她是誰。」姐姐仍然不服輸。

我耐心地等待她往下說。

「是他的堂妹。」

「弗洛拉・艾克洛？」我詫異地問道。

當然，弗洛拉・艾克洛跟拉爾夫・佩頓沒有任何血緣關係，但拉爾夫一直被看成是艾克洛的親生兒子，所以人們理所當然地把他們視為堂兄妹。

「弗洛拉・艾克洛。」姐姐回答道。

「如果他想見她，那為什麼不去弗恩利莊呢？」

「他們已秘密訂婚，」卡羅琳津津樂道，「但不能讓老艾克洛知道，所以他們不得不這樣約會。」

卡羅琳的這番推理存在著許多破綻，但我竭力克制住自己，不向她指出。接著她的話題又輕鬆地轉向新搬來的鄰居。

隔壁那幢宅邸叫老爾什居，最近才有個新主人搬進來，我們都不認識他。卡羅琳感到非常惱怒，因為她無法探聽到任何有關他的事情，只知道他是一個外國人。她的智囊團這次也完全不管用。據猜測，這個人跟別人一樣也喜歡喝牛奶，吃蔬菜、蹄膀，偶爾還嚐點鱈魚。不過，經常給他送貨上門的人，看來對他也不甚了解。大家只知道他叫白羅先生——光這個名字就給人一種撲朔迷離的感覺。不過有一件事至少我們是知道的——他對種南瓜很感興趣。

但這並不是卡羅琳想知道的事情。她想知道的是他從何處來，是幹哪一行的，是否已婚，他死亡（或者在世）的妻子是什麼樣的人，是否有孩子，他母親未婚前姓什麼，等等等等。我猜想，護照上列出來的那些欄目，必定是個像卡羅琳那樣的人編製出來的。

「親愛的卡羅琳，」我說，「那個人的職業再清楚不過了，他一定是個退休的理髮師。你只要看看他的鬍子就知道了。」

卡羅琳不同意我的看法。她說，如果他是理髮師，就一定會留波浪形的頭髮，絕不是直頭髮，所有的理髮師都把頭髮燙成波浪形。

我舉出幾個我認識的理髮師，他們留的都是直頭髮，但卡羅琳仍然不相信。

「這個人我一點也捉摸不透，」她憤懣不平地說，「前幾天我向他借了些種花的工具，他態度非常客氣，但我從他那裏什麼也探聽不到。最後我只好直截了當地問他，他是不是法國人，他只說了聲『不是』，這樣我就不好再追問了。」

我對這神秘的鄰居愈加感到興趣。他居然能堵住卡羅琳探尋的嘴，並像打發輕佻女子一樣，讓她空手而歸。這樣的人肯定是號人物。

「我想，」卡羅琳說，「他有一台新的吸塵器——」

她思索了一會，從她眼神中可以看出，她正在合計著下一個問題，我趁機溜進了園子。我很喜歡做些園藝。當我正在園裏挖蒲公英根時，突然傳來一個警告的叫喊聲，一個笨重的東西從我耳邊「嗖」地飛過，「撲通」一聲落在我的腳邊。原來是個大南瓜！

我抬起頭，心裏滿是怨氣。這時，我左邊的牆頭上露出了一張臉，只見那人頭形活像個雞蛋，上面局部地長著一些像是假的黑頭髮，兩撇大大的八字鬍，一雙機警的眼睛。這就是我們的鄰居白羅先生。

他開口就向我說了一大堆道歉的話。

「非常非常的對不起，先生。我這裏沒有裝防護欄。這幾個月來我一直在種南瓜，但今早心情不好，突然對這些瓜兒發起脾氣來。我想讓它們出去溜達溜達，結果——糟糕，心裏這麼想，而手也情不自禁地動了起來。我抓起最大的南瓜一下子把它扔過了牆。先生，太不好意思了，在你面前出醜。」

在這一大堆道歉話下，我的怒氣也煙消雲散了，畢竟這討厭的東西並沒有砸到我。不過我真心盼望，亂扔南瓜不會是我們這位新朋友的嗜好。一個人有這種習慣，可不會受鄰居歡迎的。

這怪模怪樣的小矮子，好像猜出了我的想法。

「啊！不，」他驚呼道，「千萬不要煩惱，這可不是我的習慣。只是請你想像一下，先生，當一個人設定了一個目標，想藉身體勞動過過清閒、消遙的日子，但卻突然發覺自己還在惦記著往日的繁忙生活，你可知道這是什麼滋味？」

「這種滋味確實不好受，」我慢條斯理地說，「我認為這種現象很普遍。就拿我來說吧，一年前我得了一大筆遺產，足以實現我的夢想。我一直想出去旅遊，周遊世界。唉，那是一年前的事了，但就像你剛才說的那樣，我現在仍然在這裏奔忙。」

那矮個子鄰居點點頭。

「舊習難改啊！我們整天忙忙碌碌地工作，就是為了達到某一個目標，一旦目標達到了，就會發現令我們懷念的正是每天的那些苦差事。不瞞你說，先生，我的工作是非常有趣的，是世界上最有趣的工作。」

「什麼工作？」我壯起膽問道，這個片刻，卡羅琳的膽量強勢地附身在我身上。

「研究人的本性，先生！」

「原來如此。」我和善地說。

果真是個退休理髮師，有誰會比理髮師更了解人性的奧秘呢！

「另外，我還有一個朋友，他多年來一直跟隨在我身邊。他有時愚笨得讓你害怕，但他與我非常親近。你可知道，我甚至想念他那笨拙的舉動，天真的言語，憨直的表情，還有我使出絕招時他驚喜交加的反應，所有這一切我都非常懷念，遠非言語所能形容。」

「他死了？」我深表同情地問道。

「沒有，他還活著，而且事業有成。他在世界的另一邊，現在在阿根廷。」

「在阿根廷！」我羨慕地說。

我一直想去南美洲。我歎了口氣，抬頭時，發現白羅先生以憐惜的目光看著我。看來他是一個善解人意的人。

「你也想去那裏嗎？」他問道。

我邊搖頭邊歎氣。

「我是可以去的，」我說，「一年前。但我太愚蠢了，甚至比愚蠢還要糟糕——我太貪婪了，結果血本無歸。」

「我明白了，」白羅先生說，「你做投機生意了。」

我悲哀地點點頭。但儘管如此，我心裏暗自好笑，這個不可思議的小矮子，做人竟這麼嚴肅。

「是不是波丘派油田？」他突然問道。

我呆呆地盯著他看。

「我是考慮過這個油田，但後來還是把錢投入西澳大利亞金礦。」

我的鄰居以一種深奧莫測的怪表情看著我。

「這是命運的安排。」最後他說了一句。

「命運安排了什麼？」我憤然問道。

「命運竟然讓我跟一個考慮過投資波丘派油田和西澳大利亞金礦的人做鄰居。請告訴我，你是否也喜歡茶褐色的頭髮？」

我目瞪口呆地看著他，而他卻放聲大笑。

「不，不，我沒有精神病。你別太緊張，我是提了個愚蠢的問題。你要知道，我剛才跟你談起的那個朋友是個年輕小伙子，他認為所有的女人都是好的，而且大多數是漂亮的。但你是個中年男子，是個醫生，你應該知道我們的生活中充塞著昧惑與虛幻。好了，不多說了。我們是鄰居，我想請你把我最好的南瓜轉送給你的好姐姐。」

他彎下腰，一邊自吹自擂，一邊選了一個特別大的南瓜遞給我，我以同樣的姿勢恭恭敬敬地收下。

「真好，」這個小矮子欣喜地說，「今天早晨沒有白過。你跟我那位遠方的朋友在某些方面很相似，有幸結識你，我感到很高興。噢，順便問一句，在這個小小的村子裏，你一定什麼人都認識。那個黑頭髮黑眼睛的英俊青年是誰？他走路時頭朝後仰，嘴上總是掛著微笑。」

根據他這一番描述，我就知道他指的是誰了。

「必定是拉爾夫・佩頓上尉。」我不慌不忙地說。

「過去我怎麼從未在這裏見過他？」

「他有很長一段時間沒回來了。他是弗恩利莊艾克洛先生的兒子，確切地說是他的養子。」

我的鄰居做了個不耐煩的手勢。

「是嗎？我早該猜到這一點的，艾克洛先生曾多次提到他。」

「你認識艾克洛先生？」我詫異地問道。

「艾克洛先生在倫敦時就認識我了，當時我在那裏工作。來這兒後，我叫他不要把我的職業講出去。」

「哦，我明白了。」我對他這麼刻意地充紳士派頭感到好玩。

這個小矮子還是毫不羞慚地嘻嘻做態。

「我這個人喜歡微服出巡，不想引起人們的注意。就算這個地方的人把我的名字都搞錯了，我也懶得去糾正。」

「是嗎？」我不知道該說什麼，只是附和了一聲。

「拉爾夫・佩頓上尉，」白羅先生若有所思地停了一會，「他與艾克洛先生那個迷人的侄女弗洛拉小姐訂婚了。」

「是誰告訴你的？」我驚奇地問道。

「艾克洛先生一週前告訴我的。他感到很高興，他長期以來一直期盼著這一天的到來，據我了解是如此。我猜想他還向這位年輕人施加了壓力，這種做法實在不明智。年輕人結婚是為了追求幸福，他們不應該以滿足他的期望來博得繼父的歡心。」

我原先的想法完全被打亂了。艾克洛不可能把心腹之言向一個理髮師透露，還與他商量他侄女與養子的婚事。雖然艾克洛對下層社會的人總是那麼和藹可親，但他也非常注意自己的尊嚴。我現在才意識到，白羅不可能是個理髮師。

為了掩蓋心中的疑惑，我不加思索地隨口問了一句：

「你怎麼會去注意拉爾夫・佩頓呢？因為他長得英俊嗎？」

「不，不僅僅是這一點，雖然他在英國算得上是美男子，你們的女小說家可能會把他描述成希臘神祇。不，主要是因為這小伙子有些令人納悶。」

他若有所思地講完了最後一句話，語氣含糊，令我不解，好像他掌握了某些我所不知的內情。這時姐姐在屋裏大聲喊我。

我走進屋裏，看見卡羅琳戴著一頂帽子，很明顯她是剛從村裏回來。她見了我就劈頭說：

「我遇見了艾克洛先生。」

「是嗎？」

「我當然一把攔住了他，但他非常匆忙，急著要走。」

我毫不懷疑，實況定是如此。他對卡羅琳的觀感一如對甘尼特小姐——可能猶有過之。相比之下，卡羅琳難纏多了。

「我一見到他，就向他打聽拉爾夫的情況。他感到非常驚愕，壓根兒就不知道這小子已經在這裏了。最後他說我一定弄錯了。我？弄錯？」

「太可笑了，」我說，「他應該很知道你的。」

接著她又告訴我，拉爾夫和弗洛拉已經訂婚。

「這件事我也知道。」我略感自豪地打斷了她的話。

「是誰告訴你的？」

「我們的新鄰居。」

可以看得出卡羅琳遲疑了一會兒，就像是自動滾動的刻碼球在兩個數字之間的片刻停留。最後，她拒絕了眼前的誘惑，繼續剛才的話題：

「我告訴艾克洛先生，拉爾夫現在就住在三豬苑。」

「卡羅琳，」我憤慨地說，「你難道從不曾想到，你這種不知輕重到處洩密的習慣，有可能會對人造成莫大的傷害嗎？」

「胡說，」姐姐反駁道，「有些事情本就應該告訴別人，我認為把知道的事情告訴別人是我應盡的責任。我把這件事告訴艾克洛，他對我非常感激。」

「嗯。」

我應了一聲，很明顯，她還有更多的話要說。

「我猜想他一聽到這件事就會去三豬苑，但如果他真去了，也找不到拉爾夫。」

「哦？」

「因為當我穿過樹林回來時——」

「穿過樹林回來？」我打斷了她的話。

卡羅琳的臉刷地變紅了。

「這麼好的天氣，」她大聲說，「我想我應該出去溜達溜達。秋天的樹林，風景如畫，是一年中最迷人的時候。」

卡羅琳向來就不喜歡到樹林裏去閒逛。她總是認為，到這種地方去會打濕鞋子，各種各樣令人討厭的東西會意想不到的掉在頭上。不對，一定是貓鼬的本性把她引進了那座樹林。那裏是金艾博特村這附近，唯一一個能與年輕女子談情說愛而不被發現的地方，它離弗恩利莊不遠。

「嗯，往下說吧。」我催促著。

「如同我剛才所說，當我穿過樹林回家時，聽見有人在說話——」

卡羅琳停了片刻。

「哦？」我應道。

「一個是拉爾夫・佩頓的聲音，我馬上就辨認出來了，另一個是一個女孩的聲音。當然我不是故意要偷聽他們講話——」

「當然不是。」我插了一句，語中帶有譏諷，但這對卡羅琳沒影響。

「我只是忍不住聽了幾句。這女孩說了一些話，我沒聽清楚。接下來拉爾夫回答了她的話，聽上去好像很生氣。他說：『我親愛的小姐，你知不知道那老頭很可能一分錢都不留給我？最近幾年他開始討厭我了。如果再發生一些小差錯，他很可能會這麼做。我們需要錢，親愛的。這老頭眼睛一閉，我就成了富翁。人們都認為他很吝嗇，但他確實很有錢。我不想讓他改變自己的遺囑。一切都包在我身上，你不必擔心。』這就是他所說的話，我記得清清楚楚。糟糕的是，我剛好踩在一根枯枝上，他們聽到聲音，就壓低嗓門，慢慢地走開了。當然，我不可能緊緊地跟著他們，因此沒能看清那女孩是誰。」

「那一定很氣人，」我說，「我想，你一定上氣不接下氣地趕到三豬苑，然後突然感覺一陣昏眩，於是便跑進酒吧，要了杯白蘭地，順便察看那兩個女服務生是否都在當班，是吧？」

「她不是酒吧女服務生，」卡羅琳確定無疑地說。「事實上，我幾乎可以肯定這女孩就是弗洛拉・艾克洛，只是——」

「只是不合情理。」我說道。

「不是弗洛拉還會是誰呢？」

姐姐像放連珠炮似的，把鄰近的少女一個個拿出來分析了一遍，還舉出每個人可能與不可能的理由，說了一大堆。

我趁她停下來喘口氣的時候低聲說，我還有病人等著我，便悄悄地溜走了。

我打算到三豬苑跑一趟，拉爾夫・佩頓很可能已經回到那兒了。

我對拉爾夫非常了解——可以說，在金艾博特村，沒有哪個人比我更了解他了，因為在他出生之前我就認識了他媽媽，因此他許多別人不了解的事情我都知道。在某種程度上說，他是遺傳的犧牲品。他雖然沒有繼承她母親那嗜酒如命的習性，但他性格十分脆弱。正如我那位新朋友今天早晨說的，他是一個非常英俊的年輕人。他身高六英尺，體格勻稱，體態輕盈一如運動員。他像他的母親，有對烏黑的眼睛、清秀而黝黑的臉龐、嘴角上總是掛著笑容。拉爾夫・佩頓生來就討人喜歡，不必費勁就能把人迷住。他放縱奢侈、憤世嫉俗，對世界上的一切都看不順眼。但他討人喜歡，他的朋友對他都很講義氣。

我能不能替這孩子做些什麼呢？我想是可以的。

我在三豬苑問了一下，得知佩頓上尉剛回來。我來到他的房間，沒敲門就進去了。

這時我心裏還縈繞著我所聽見和看見的情景。我懷疑他是否會歡迎我，但這種掛慮顯然是多餘了。

「啊，是你，夏波！見到你真高興。」他走上前，伸出雙臂歡迎我，臉上露出陽光般的笑容。「在這種鬼地方，沒幾個人讓我見了會高興。」

我向他皺了皺眉頭。

「這地方跟你有什麼過不去？」

他大笑起來，笑聲中帶著點惱怒。

「說來話長，總之是諸事不順。醫生，喝一杯怎麼樣？」

「好吧，來一杯。」我回答道。

他按了鈴，然後回來坐到椅子上。

「老實跟你說，」他說話時的表情非常沮喪，「我的情況糟透了，事實上，我真不知道下一步該怎麼辦？」

「出什麼事了？」我同情地問道。

「都是我那可惡的繼父。」

「他做了什麼？」

「他還沒做，但以後可能會做。」

門鈴回應了，拉爾夫要了些飲料。侍者走後他弓著腰、皺著眉又坐回到扶手椅上。

「事情有那麼嚴重嗎？」我問道。

他點點頭。

「這次我是死定了。」他冷靜地說。

他的聲音透著少有的認真，可以看出他說的是真話。平時很少見到拉爾夫如此嚴肅。

「說實話，」他接著說，「我對前途茫無頭緒……真想死了算了。」

「我能不能幫你點忙？」我試探地問道。

他果斷地搖了搖頭。

「你太好心了，醫生，但我不能讓你捲進這件事，我得自己親自解決。」

他沉默了片刻，然後又用略微不同的聲調重覆了一遍：

「是的，我得自己親自解決……」

4 弗恩利莊的晚宴

七點半還差幾分，我按響了弗恩利莊前門的門鈴。男管家帕克替我開門，他的動作非常敏捷，令人咋舌。

夜色是那麼的美，我步行前往宅邸。當我步入寬敞的方形門廳時，帕克替我脫下外套。就在這時，艾克洛的秘書，一個可愛的年輕人，名叫雷蒙，穿過大廳走向艾克洛的書房，他手裏拿著一大堆文件。

「晚安，醫生。是赴宴還是出診？」

他說的出診，指的是我放在橡木櫃上的那只黑色提包。

我解釋道，隨時有人會叫我去看病，因此我出門時總要做好去應急診的準備。雷蒙點點頭，繼續朝前走，並回頭大聲喊道：

「到客廳去吧，你知道該怎麼走。女士們馬上就要下來了。我得先把這些文件送到艾克洛先生的書房，順便告訴他，你已經來了。」

剛才雷蒙一露面，帕克便退了出去。所以這時只有我一人在門廳裏。我整了整領帶，照照掛在牆上的鏡子，然後逕直朝對面的門走去，我知道那扇門就是客廳的大門。當我正要扭動門把時，突然聽到裏面傳出一種聲音，我猜想是關窗子的聲音。這可以說是我本能注意到的，當下並沒有想到有什麼重要性。

我打開門便朝裏面走。當我一跨進門時，差點與走出來的拉瑟兒小姐相撞，我們相互道了歉。

我發現這是我第一次對這女管家認真評賞，我想她過去必定非常漂亮——事實上，她現在仍然很漂亮，滿頭烏髮，見不到一根銀絲；當她臉上泛起紅暈時，那嚴厲的神情就不那麼明顯了。

我下意識地猜疑著，她是否剛從外面回來，因為她氣喘吁吁，好像剛跑完步。

「恐怕我來得早了點。」我說。

「哦！不，不。已經七點半了，夏波醫生。」她停了一會說，「我，並不知道你今天要來。艾克洛先生並沒有提到這件事。」

我隱隱約約地感覺到，我今天來這兒赴宴，她感到不太高興，但我想不出是什麼原因。

「膝蓋還好嗎？」我關切地問道。

「還是老樣子，謝謝你，醫生。我得走了，艾克洛太太馬上就要下樓來了。我……我只是到這兒來看一下鮮花是否都已經插好。」

她迅速離開了房間。我踱步來到窗邊，心中納悶她為何要特別解釋自己待在這個房間的原因。正想著呢，我就看到陽台上那排打開的落地窗。真是的，我竟然忘了它們一向是打開的。所以，我剛才聽到的聲音，顯然不可能是關窗子的響聲。

我閒得發慌，為了不讓自己盡想些傷腦筋的事，我一時興起，開始揣測起那個聲響的來源。

是煤在燃燒時發出的聲音？不，不是這種聲音。是關抽屜的聲音？不，也不對。

突然，我的視線被一件稱做銀櫃的東西吸引住。這銀櫃的櫃面裝有蓋子，往上提即可打開；蓋面是玻璃做的，一眼可看盡裏面的物品。我向銀櫃走去，看著裏面的小東西。裏面有一兩件舊銀器，一只查爾斯一世嬰兒時曾穿過的鞋，幾件中國產的玉石人物雕像，還有好幾件非洲器具和古玩。為了仔細察看一下玉石人物雕像，我便打開了蓋子。一不留神，蓋子從我的手中掉了回去。

我又聽到剛才在門外聽過的聲音——原來是小心翼翼關上銀櫃蓋所發出的響聲。為了滿足好奇心，我反覆試了幾次。最後，我揭開蓋子仔仔細細地審視裏面的每件物品。

我仍弓著腰觀賞銀櫃裏的東西時，弗洛拉・艾克洛走了進來。

許多人不喜歡弗洛拉・艾克洛，但每個人對她都懷有羨慕之情。在朋友的眼中，她非常迷人。她給人們留下的第一個印象，就是她那超凡脫俗的女性美。她長著一頭斯堪地那維亞人的淺黃色秀髮，眼睛碧藍晶瑩，就像是挪威峽灣中蕩漾的碧波，皮膚呈奶白色，略帶玫瑰紅。她的肩膀跟男孩一樣非常寬大，臀部稍小。對一個看膩病人的男醫生來說，遇上這麼健康的女性，確實有種新鮮感。

一個質樸直率的英國女孩。我可能有點古板，但我總認為，真金不怕火煉。

弗洛拉也走到銀櫃旁，跟我一起觀賞裏面的收藏。她對查爾斯一世是否曾穿過那只鞋子，表示懷疑。

「不管怎麼說，」弗洛拉繼續說，「在我看來，為了這些管他是誰用過、穿過的東西而小題大做一番，實在是荒謬至極。因為他們再也不會穿、不會用這些東西了。喬治．艾略特用來寫《弗洛斯河之磨房》的那支筆，或諸如此類的東西，都只不過是一支筆而已。如果說你對喬治．艾略特真的感興趣，還不如去買一本《弗洛斯河之磨房》來讀一下。」

「弗洛拉小姐，我猜想你從未讀過這類老掉牙的東西吧。」

「你錯了，夏波醫生。我很喜歡《弗洛斯河之磨房》這本書。」

聽到她這麼說我感到很高興。時下年輕女孩所閱讀或嗜愛的東西，著實讓我驚駭。

「你還沒向我道喜呢，夏波醫生，」弗洛拉說，「你沒聽說嗎？」

她伸出左手，中指上戴著一枚鑲有名貴珍珠的戒指。

「我要和拉爾夫結婚了，」她繼續說，「伯父非常高興。你可知道，這樣一來我就不能再離開這個家了。」

我拉住她的雙手說：

「親愛的，祝你幸福。」

「我們訂婚差不多有一個月了，」弗洛拉平靜地說，「但直到昨天才公開宣佈。伯父打算把十字岩的房子修繕一下，讓我們住。我們假裝要去種地，而實際上我們已安排好整個冬天都出去打獵，偶爾回城市住住，然後坐遊艇出去遊覽。我喜歡大海。當然，我對教區的慈善事業也很感興趣，每次『慈母會』我都要參加。」

就在這時，艾克洛太太急匆匆地走了進來，她為自己的遲到，說了一大堆道歉的話。

說實在的，我並不喜歡艾克洛太太。她身上總是披披掛掛，而人又瘦得皮包骨。她是一個極不討人喜歡的女人，長著一雙目光冷酷的淺藍色小眼，不管她說的話有多麼熱情，她那雙眼睛總是冷若冰霜，心機十足。

我向她走了過去，讓弗洛拉一人留在窗邊。她伸出那隻戴滿各種戒指的手讓我握了一下，接著就滔滔不絕地講了起來。

她問我是否已聽說弗洛拉訂婚之事？這一對年輕人各方面都很匹配，而且兩人當初是一見鍾情。他一身黝黑，她膚如凝脂，真可謂是珠聯璧合的一對。

「親愛的夏波醫生，我不知道該怎麼跟你說，這真是了卻我心中一樁大事。」

艾克洛太太歎了口氣，這是來自母親的一份愛心，而她的眼睛仍然目光銳利地盯著我看。

「有些事情我一直沒弄清楚。你是羅傑的老朋友，我們都知道他非常信任你的判斷。但像我這種沒丈夫的人，日子實在不好過，要心煩的事太多了。比如羅傑處理財產的問題，當然還有其他一些事。我絕對可以肯定，羅傑打算把財產分給我可愛的弗洛拉，但你是了解他的，他對錢的態度就有那麼一丁點兒怪癖。我聽說有錢的老闆大多是這樣。我不知道你能否在這個問題上開導開導他。弗洛拉非常喜歡你，我們都把你當作是老朋友，雖然我們相識的時間才兩年多。」

客廳的門又開了，艾克洛太太那滔滔不絕的談話被打斷。我感到很高興，因為我這個人不喜歡干預別人的私事。我壓根兒就沒打算跟艾克洛去商談他的財產分配問題。下一次，我一定得把這個想法告訴艾克洛太太。

「你認識布倫特少校嗎，醫生？」

「當然認識。」我回答道。

許多人都認識赫克托•布倫特，至少他的名聲大家都時有耳聞。他能在那些不適合打獵的地方捕獲獵物，這一點是別人望塵莫及的。當你提到他的名字時，人們往往會說：「布倫特？你說的是那個打獵大王嗎？」

他和艾克洛之間的友誼，我始終搞不明白，這兩個人截然不同。赫克托•布倫特可能比艾克洛年長五歲。他們年輕時就是朋友，雖然以後各奔前程，但他們之間的聯繫始終沒有中斷。布倫特大約每兩年要到弗恩利莊來度兩個星期的假，他來時總要帶著一個巨大的獸頭以及多的嚇人的獸角，讓人一跨進門就驚得目瞪口呆。這一切就是他們友誼長存的象徵。

布倫特以他獨特的輕柔步子走進房間。他中等身材、結實魁偉、臉龐紅潤得像桃花心木，但臉上完全不帶任何表情。他長著一雙灰眼，看來總像在眺望遠處正在發生的事。他沉默寡言，即使開口也是結結巴巴地說不清楚，好像這些詞語是很不情願地被逼出來似的。

「你好，夏波。」

他以慣常的唐突語氣向我打招呼，然後就叉開雙腿站在壁爐前，眼睛凝視著我們的上方，好像正在看著丁巴克圖（Timbuctoo，撒哈拉沙漠南緣）那裏發生的趣事。

「布倫特少校，」弗洛拉說，「請你跟我講一些非洲的趣聞吧，你一定什麼都知道。」

我聽說赫克拉·布倫特討厭女人，但我發現，他走向站在銀櫃旁的弗洛拉時步子輕盈，一副非常快樂的模樣。他倆彎著腰觀賞銀櫃裏的物品。

我擔心艾克洛太太又要重提財產分配的事，急忙把話題扯到香豌豆上。我知道有一種新品種的香豌豆，因為那天早晨我在《每日郵報》上看過一篇相關的文章。艾克洛太太對園藝一竅不通，但她總想擺出一副什麼都知曉的模樣，所以她每天也都讀《每日郵報》。我們談得很投機，都想顯示自己學識淵博。這時，艾克洛和他的秘書走了過來，也參與了我們的談話。過沒多久，帕克就告知晚宴已準備妥當。

餐桌上，我坐在艾克洛太太和弗洛拉中間，布倫特坐在艾克洛太太的另一邊，雷蒙坐在布倫特的旁邊。

晚宴的氣氛並不熱鬧，一眼就可看出艾克洛心事重重，鬱鬱不樂，情緒很沮喪。他好像什麼都沒吃。艾克洛太太、雷蒙和我一刻不停地攀談著。弗洛拉好像受到了她伯父的感染，情緒也很低落。布倫特還是跟往常一樣，一言不發。

宴席剛散，艾克洛就悄悄地伸出手，把我拉進他的書房。

「咖啡送來後，就再也不會有人打攪我們了，我已經給雷蒙打了招呼，叫他注意，不要讓任何人來打斷我們的談話。」

我不著痕跡悄悄地打量他一番。很明顯，他當時的情緒極度焦慮不安。他在房間裏來回踱了幾分鐘，當帕克端著咖啡盤進來時，他才在火爐旁的扶手椅上坐下來。

書房非常舒適溫馨，房間的一邊牆壁擺著一排書架。椅子都很寬大，上面鋪著深藍色的皮革。一張大大的書桌放在窗子旁，桌上的文件按類別分檔，整整齊齊地堆放在上面。一張圓桌上則放著各類雜誌以及體育運動的報紙。

「最近我一吃完飯，胃部就疼痛，」艾克洛一邊喝著咖啡，一邊平靜地說，「那種藥片你得多給我一點。」

我很驚訝，因他刻意地讓人以為我們要討論他的健康問題。我也陪他一起唱雙簧。

「我早就想到啦，所以隨身帶了一些。」

「真是太好了，快給我吧。」

「藥在大廳的那只提包裏，我這就去拿。」

艾克洛一把抓住我。

「不必勞動大駕，帕克會去拿的。帕克，快去把醫生的提包拿來。」

「是，先生。」

帕克退出了書房，我剛想開口，艾克洛就揮了揮手。

「不要慌，等一會再說，你難道沒看出我神經緊張嗎？我幾乎已經無法控制自己了。」

我清清楚楚地看到這一點，心裏感到很不安，各種預兆頃刻向我襲來。

艾克洛接著又說：

「你去看一下，窗子是不是關好了。」

我感到有點詫異，起身來到窗子邊。這不是落地窗，只是一扇普通的格子窗。厚厚的窗簾拉得密密實實，但窗子上部是敞開的。

當我還在察看窗子時，帕克拿著我的提包走進來。

「窗子沒問題。」我邊說邊從窗簾後走出來。

「你把窗子栓上了吧？」

「是的，已經栓上了。你今天怎麼啦，艾克洛？」

帕克退出書房，隨手把門關上。要是帕克在場，我不會問這樣的問題。

艾克洛停一會才回答：

「我狀況糟透了，」他慢吞吞地說，「不必拿那些該死的藥片了，我剛才的話只是說給帕克聽的。僕人對什麼都感到好奇。來，快過來坐下。門也關好了嗎？」

「是的，沒有人會偷聽到的，你放心吧。」

「夏波，沒有人知道我這二十四小時是怎麼度過的。想像一個人的房子在他身旁塌成一堆廢墟會是什麼心情？那就是我的處境。拉爾夫這小子幹出的荒唐事使我無法容忍，但我們暫且不談此事。我要談的是另一件事，一件與拉爾夫不相干的事！我不知道該怎麼辦，我必須當機立斷做出決定。」

「出了什麼事？」

艾克洛沉默片刻。很奇怪，看來他不太願意談這件事。後來他終於開口了，但他提出的問題使人十分驚訝。這是我不曾預料到的問題。

「夏波，阿什利•弗拉爾斷氣之前，是你照料他的嗎？」

「是的。」

看來，他的下一個問題更加難以啟齒。

「你是否懷疑過，是否想到過……唉，他是被毒死的？」

我遲疑一會，然後想好該說的話。羅傑·艾克洛與卡羅琳不一樣，對他不妨坦白。

「跟你說實話吧，」我說，「當時我並沒有懷疑，但自從……哦，就是在跟家姐閒聊後，我才開始覺得不對。從那時起，我一直在想這件事，但我找不到任何懷疑的依據。」

「他是被毒死的。」艾克洛說。

他說這句話時，語調粗澀深沉。

「是誰毒死他的？」我尖聲追問道。

「他的妻子。」

「你是怎麼知道的？」

「是她親自告訴我的。」

「什麼時候？」

「昨天！天哪！昨天！我覺得好像已經過了十年。」

我等了一會，接著他又往下說：

「你要知道，夏波，我是偷偷告訴你的，你得替我保密。我想徵求你的意見，這沉重的壓力，我一人無法承受。我剛才已經說了，我真不知道該怎麼辦。」

「你能把來龍去脈全告訴我嗎？」我說，「我還沒弄明白是怎麼回事。弗拉爾太太怎麼會向你坦白這件事？」

「是這麼回事。三個月前我向弗拉爾太太求婚，她拒絕了。後來經我再三請求，她同意了，但她說要等到喪悼期滿後才要跟我訂婚。昨天我去拜訪她，我跟她說，從她丈夫去世至今已有一年零三個星期，我們可以訂婚了。那時我已注意到，最近這段時間她的舉止總是非常古怪。然後，沒有任何預警地，她突然把一切都講了出來。她，她恨那個殘忍的丈夫，開始愛上我，於是她就採取了這可怕的手段。下毒！天哪！這是樁殘酷的謀殺。」

艾克洛的臉上流露出反感和恐懼的表情。弗拉爾太太當時一定也看到了。艾克洛不是一個為了愛情而可以原諒情人罪行的人，從本質上說，他是一個安份守己的公民。當她道出真相時，他那健全、理智、守法的心靈，一定會促使他跟她徹底決裂。

「是的，」他以低沉單調的聲音繼續說，「她坦白了一切。看來有一個人什麼都知道，這個人向她敲詐了一大筆錢。就是這種壓力，讓她幾乎被逼瘋了。」

「那人是誰？」

突然，我的眼前浮現出拉爾夫•佩頓和弗拉爾太太肩並肩的景象，他們頭挨著頭地走在一起。我心中一陣焦慮不安。假如……唉，這是不可能的，我還記得下午拉爾夫歡迎我的那副坦然。太荒唐了！

「她不肯說出他的名字，」艾克洛慢吞吞地說，「事實上，她也沒說這人是男的。

但當然——」

「當然，」我同意地應了一聲，「必定是個男的。你心中有沒有可疑的人選？」

艾克洛呻吟著，雙手托著低垂的頭，並沒有回答我的問題。

「不可能的，」他說，「我簡直是瘋了，竟然會這麼想。不，我甚至不願承認這種不著邊際的猜疑在我心裏出現過。我只能告訴你這麼多：從她的語氣中，我可以推斷出，那個人很可能是我家裏的人……但這不太可能，我一定是曲解了她的話。」

「你跟她說了些什麼？」我問道。

「我還能說些什麼呢？當然她也看出我心裏的驚駭。所以，問題就來了，我的職責是什麼？你知道，知情不報我就成了她的同謀。她看透了我的心事，反應也比我敏捷。你知道我當時楞得什麼話都講不出來了。她要求我給她二十四小時，要我答應在二十四小時內不要把此事傳出去。她堅決不肯告訴我敲詐她的那個歹徒是誰。我猜她是怕我去找他算帳，去揍他。對她來說，這樣做會把事情弄得無法收拾。她說在二十四小時內她會告訴我的。天哪！夏波，我向你發誓，我根本就沒料到她會幹出這種傻事——自殺！是我逼她走上了絕路。」

「不，不，」我說，「不要把事情看得太嚴重，她的死跟你無關。」

「問題是，我現在該怎麼辦？這可憐的女人已經死了，過去的事情沒有必要再追究了。」

「我完全同意你的看法。」我說。

「還有一個問題，我怎樣才能抓住那個逼她尋死的壞蛋？他這樣做，跟謀財害命毫無差別。他知道這是犯罪，但他還是像貪得無厭的吸血鬼那樣，緊緊地盯著她不放。她已經受到了懲罰，難道就能讓他逍遙法外嗎？」

「哦，我明白了，」我慢悠悠地說，「你是想把那個人追查出來。這表示得讓這件事公開，你明白嗎？」

「是的，我考慮過這一點，我心裏反反覆覆地想過了。」

「我同意你的看法，壞人應該受到懲罰，但你也要考量一下付出的代價。」

艾克洛起身來回走動著，但很快又坐回到椅子上。

「噢，夏波，暫時我們就到此為止。如果她沒有給我留下什麼話，我們就不再追究，讓這件事永遠石沉大海。」

「你剛才說『如果她沒有給我留下什麼話』，這是什麼意思？」我好奇地問道。

「我有一種非常強烈的預感，在她死之前，一定在某個地方以某種方式給我留下一些線索。我無法證明這一點，但必定是有的。」

我搖搖頭。

「她沒有給你留下什麼信或字條嗎？」我問道。

「夏波，我相信她會留的。另外，我有一種感覺，她選擇死亡這條路是有目的的，她想把整個事情全盤托出，懲罰那個逼她走上絕路的惡人，替她報仇。我相信，如果我當時能去見她一面，她可能會把那個人的名字告訴我，並且會吩咐我盡全力去懲罰他。」他看我一眼。「你不相信感應這種事吧？」

「不，從某種意義上說，我是相信的。如你剛才說的，如果她真的留下一些話——」

我停下來，門輕輕地開了，帕克端著金屬托盤走進來，托盤上放著幾封信。

「這是晚班郵件，先生。」他邊說邊把托盤遞給艾克洛。

接著他收拾好咖啡杯，退出房間。

由於帕克的到來，我一時分了心，但我的注意力立刻又轉向艾克洛。他呆呆地凝視著一個長長的藍信封，樣子簡直像尊石雕像，他把其他信件都扔到地下。

「是她的筆跡。」他喃喃自語地說，「她一定是昨晚出去寄的，就在……就在她死之前。」

他撕開信封，抽開厚厚一疊信紙。突然，他非常警覺地抬起頭。

「窗子確定關好了嗎？」他問。

「確實關好了，」我心裏一怔。「怎麼啦？」

「整個晚上我都有一種奇怪的感覺，好像有人在盯著我，窺視我。那是什麼？」

他非常警覺地轉過身子，我也跟著他轉。我倆好像都聽到了門栓的響聲，雖然這個響聲非常微弱。我向門口走去，打開門朝四周看了一下，外面什麼人都沒有。

「神經質。」艾克洛喃喃自語地說。

他打開厚厚一疊信紙，小聲讀了起來。

親愛的，我最最親愛的羅傑，人命需用人命償，這一點我是清楚的。今天下午，我從你的臉上就看出了這一點，因此擺在我面前的只有一條路。我讓你去懲罰那個使我在過去一年中過著地獄般生活的人。今天下午我不肯講出他的名字，但現在我寫信告訴你。我沒有孩子，也沒有近親，不會連累任何人，因此你不必擔心，完全可以把事實公示於眾。羅傑，我親愛的羅傑，請你原諒，我原打算瞞著你，不讓你陷入不幸，但真正事到臨頭，我還是不忍心這麼做……

艾克洛把信翻過反面，停了下來。

「夏波，請原諒，下面的我不能讀給你聽了。」他躊躇不定地說，「這信是寫給我的，只有我一人能看。」他把信塞進了信封，然後往桌子上一扔。「等一會剩我一個人時，再慢慢看。」

「不行，」我用力地叫了起來，「現在就看。」

艾克洛愕然地盯著我看。

「請你原諒，」我抱歉地說，「我的意思不是叫你讀給我聽，而是趁我還沒走之前把它看完。」

艾克洛搖了搖頭。

「不，我想等一會兒再看。」

但為了某種原因——我自己也講不清到底是什麼原因，我只是一個勁催他往下看。

「你至少應該看看那個人是誰。」我說。

艾克洛的性格有點死腦筋。你越是催他，他越是不做。跟他爭辯是徒勞的。

信是八點四十分送來的，而我是八點五十分離開。當我離開時，信仍然沒被讀完。我猶豫不決地握著門把，回頭看看是否還有什麼事忘了做。我想不出還有什麼事情要做。我搖搖頭，走出房門，隨手又把門關上。

一出門我便看見帕克站在門邊，把我嚇了一跳。他顯得很尷尬，看來他很可能是在門外偷聽我們談話。

他長著一張胖敦敦、油光光的臉，看上去總有點沾沾自喜的模樣。此時，可明顯看出他的眼神飄忽不定。

「艾克洛先生特別吩咐，不要讓任何人去打攪他，」我毫不客氣地對他說，「他叫我跟你這麼說的。」

「沒錯，先生。我，我還以為有人按了鈴。」

一眼即可看出，他說的是謊話，所以我也懶得理他。帕克領著我來到門廳，幫我穿上外套，不久我便隱沒在夜幕之中。月亮躲進了雲層，大地變得漆黑一片，萬籟俱寂。

當我跨出大門時，教堂的鐘正好敲了九下。當我向左拐，朝村子走去時，差點跟對面走來的人相撞。

「這是去弗恩利莊的那條路嗎，先生?」這個陌生人嗓音粗啞。

我瞥了他一眼，只見他帽子戴得很低，遮住了眼睛，衣領向上翻起，幾乎看不清他的臉，甚至可以說什麼都看不到。但可以感覺出他是個年輕人。聲音粗嘎，不像是有教養的人。

「這就是弗恩利莊的大門。」我說。

「謝謝，先生。」他停頓了一下，接著又補充了一句完全沒有必要的話，「我對這個地方很不熟悉。」

他繼續往前走，當我回頭看時，他已進了大門。

奇怪的是，這聲音聽來耳熟，跟我認識的一個人，聲音很相似，但那人到底是誰，我一時想不起來。

十分鐘後我回到家，卡羅琳感到非常好奇，問我為什麼這麼早就回家。我不得不胡編一些謊話來描述晚宴的情景，以滿足她的好奇心。我很擔心她一下就識破我瞎編的爛故事。

十點鐘我站起身，打了個哈欠，表示該睡覺了，卡羅琳看出了我的意思。

這天是星期五，我每星期五晚上都要給鐘上發條。我跟往常一樣上著發條，卡羅琳則很高興僕人已把廚房的門鎖好。

我們上樓時已經十點一刻。我剛到樓上就聽到樓下大廳的電話鈴響了。

「是貝茨太太。」卡羅琳馬上說。

「可能是她。」我很不樂意地答了一句。

我跑下樓拿起話筒。

「什麼？」我說，「什麼？當然，我馬上就去。」

我跑上樓，一把抓起提包，往裏面塞了些包紮傷口的繃帶。

「帕克從弗恩利莊打來的電話，」我大聲地對卡羅琳說，「他們發現，羅傑・艾克洛被人謀殺了。」

5 謀殺

我急忙衝進車庫，駕車迅速前往弗恩利莊。車還沒停穩我便跳下車，迫不及待地去按門鈴。過了好一會還沒人來開門，我又按一下鈴。

這時我聽到鎖鏈的啷噹聲，門開了。帕克就站在無頂的門廊上，他那無動於衷的臉還是老樣子。

我一下子把他推開，逕直衝入門廳。

「他在什麼地方？」我厲聲問道。

「你說的是誰，先生？」

「你的主人，艾克洛先生。不要站在那裏傻乎乎地盯著我。你通知警方了嗎？」

「警方？先生，你是說警方嗎？」帕克目不轉睛地盯著我，好像我是個鬼魂。

「你到底怎麼啦，帕克？照你說的，如果你的主人被謀殺了——」

帕克驚駭不已。

「我的主人？被謀殺了？這是不可能的，先生！」

這次換我瞪著他了。

「不到五分鐘前，不是你打電話告訴我說艾克洛先生被謀殺了嗎？」

「我？先生？哦，我根本就沒打過電話，先生，連做夢都不可能。」

「你的意思是說，這是一場騙局？艾克洛先生安然無恙？」

「請問一下，先生，給你打電話的人是否用了我的名字？」

「我可以一字不漏地覆述給你聽：『是夏波醫生嗎？我是帕克，弗恩利莊的男管家。請你馬上就來，先生，艾克洛先生被人謀殺了。』」

帕克和我茫然地相互對視。

「一個天大的惡作劇，先生，」他以震驚的口氣說，「竟然會說這樣的話！」

「艾克洛先生在什麼地方？」我突然問道。

「我想還在書房裏，先生。女士們都已經睡了，布倫特少校和雷蒙先生在彈子房。」

「我還是進去看他一眼好了，」我說，「我知道他不願意再次被人打攪，但這莫名其妙的惡作劇使我坐立不安。我想確定他是否安然無恙。」

「說得對，先生，我也有點忐忑不安。我陪你到書房門口。你不會介意吧，先生？」

「當然不會，」我說，「快跟我來。」

我穿過右邊的門，帕克緊緊尾隨在後，穿過短短的走廊——那裏有一段小樓梯，直通艾克洛的臥室。我輕輕地敲了一下書房的門。

沒人來開門，我轉動著門把，但門是反鎖的。

「讓我來，先生。」帕克說。

以一個身材粗壯的人來說，他的動作算得上是靈活。他跪下一隻腳，眼睛湊到鎖孔裏張望。

「鑰匙在鎖孔裏，先生，」他邊說邊站起身，「插在裏面。艾克洛先生一定是把自己鎖在裏面，現在很可能睡著了。」

我也彎下身子看了看，證明帕克說的話沒錯。

「看來好像沒出什麼事，」我說，「但不管怎麼說，帕克，我還是得把你的主人弄醒。不聽到他親口說他一切正常，我無法放心回去。」

說完我就使勁地搖動著門把，大聲叫喊著：

「艾克洛，只打攪你一分鐘。」

但裏面仍然毫無動靜，我回頭瞥了一眼。

「我不想驚動他家裏的人。」我猶豫不定地說。

帕克走過去，把我們剛才進走廊來的那扇門關上。

「我想現在不會有人聽見了，先生。彈子房在屋子的那一頭，廚房和女士們的臥室也在那一頭。」

我明白他的意思，點點頭。接著我就砰砰地敲了起來，並彎下腰從鎖孔向裏面大聲喊著：

「艾克洛，艾克洛！我是夏波，快來開門。」

仍然毫無動靜，房間裏像是沒人似的。帕克和我互相對視了一下。

「聽著，帕克，」我對他說，「我得把這扇門撞開，一切後果由我負責。」

「你是說真的？」帕克疑慮地問道。

「我是說真的，我真有點不放心艾克洛。」

我朝門廊瞥一眼，抓起一張橡木椅。帕克和我各拉椅子的一邊朝門撞去。我們把椅子對準門鎖，一下，兩下，撞到第三下時，門被撞開了，我們踉踉蹌蹌地跌進房間。

艾克洛還是跟我離開時一樣，坐在壁爐前的扶手椅上。他的頭朝一邊傾斜，但就在他的衣領下，一根錚亮斜插的金屬物清晰可辨。

帕克和我一起走到那具歪斜的屍體前，帕克驚駭地尖叫了一聲。

「從背後刺進去的，」他嘟噥著說，「太可怕了！」

他用手帕擦擦額頭的汗水，然後戰戰兢兢地把手伸向劍柄。

「不要碰它，」我厲聲說，「快去打電話，給警察局打電話，把這裏發生的事告訴他們，然後把雷蒙和布倫特少校叫來。」

「一切照辦，先生。」

帕克匆匆離去，還不斷地用手帕擦額頭上的汗。

我做了點必要措施。我得謹慎，不要挪動屍體的位置，不要去拿短劍，否則就什麼線索都沒有了。很明顯，艾克洛剛死不久。

不一會我聽見年輕的雷蒙在外面說話，聲音中帶著恐懼和疑惑。

「你說什麼？哦！不可能的事！醫生在哪裏？」

他出現在門口，情緒顯得很急躁。然後頓時一動也不動地呆站著，臉色蒼白。赫克托・布倫特猛地把他推開，走進房間。

「天哪！」雷蒙在他身後驚叫了一聲，「這是真的。」

布倫特逕直朝前走，一直走到椅子旁邊。他彎下腰，我怕他也會像帕克一樣伸手去拿劍柄，我一把將他拉回來。

「不要去碰，」我解釋道，「必須維持他的原狀以便警察觀察。」

布倫特頓然領悟，點點頭。他的臉仍跟平常一樣，不帶任何表情，但在這冷冰冰的面具下，我可以看出他內心的驚恐。雷蒙也走過來，他從布倫特的背後窺視著屍體。

「太可怕了。」他低聲說道。

他開始鎮靜下來，但當他摘下那副常戴的夾鼻眼鏡清理鏡片時，我發現他在顫抖。

「我看是盜竊，」他說，「這傢伙是怎麼進來的？是從窗子進來的嗎？他拿走了什麼東西？」

他向書桌走去。

「你認為是盜竊？」我慢吞吞地問道。

「不是盜竊還會是什麼呢？我認為自殺是不可能的。」

「沒有人能夠用這種姿勢刺殺自己，」我很有自信地說，「毫無疑問這是謀殺，但動機是什麼呢？」

「羅傑在這個世界上沒有仇敵，」布倫特很平靜地說，「一定是盜賊幹的，但這小偷想偷什麼呢？看來好像什麼都沒動過。」

他掃視著屋子，而雷蒙則在整理書桌上的文件。

「好像沒丟什麼東西，抽屜也沒有翻過的痕跡。」秘書最後說，「太詭異了。」

布倫特的頭稍稍擺動了一下。

「地上有幾封信。」他說。

我低頭一看，有三、四封信仍然在地上，這是艾克洛晚上扔在那裏的。

但弗拉爾太太的那只藍色信封不翼而飛。我剛想開口說話，便傳來了叮叮噹噹的門鈴聲。門廳裏一片嘈雜，一些人在小聲議論著，帕克帶著地方上的警官和警員進來了。

「晚安，先生們，」警官說，「對這種不幸的事，我深表同情，艾克洛先生是個心地善良的人。管家說這是謀殺。是不是有意外或自殺的可能性，醫生？」

「絕對不可能。」我回答說。

「啊！太不幸了。」

他走過來站在屍體旁。

「他被動過嗎?」他銳利地問道。

「除了確定他是否斷氣──只是簡單的動作──我一點都沒動過他。」

「啊!顯然兇手把行兇的痕跡都清理過了。請你們把經過描述一下。是誰首先發現屍體的?」

我詳細地把經過講了一遍。

「你說有通電話通知你?是男管家打給你的?」

「我壓根兒就沒打過這樣的電話,」帕克鄭重其事地聲明說,「整個晚上我連電話機都沒挨近過。其他人都能證明我沒有碰過電話。」

「這就奇怪了。聽上去像不像是帕克的聲音,醫生?」

「哦──我沒注意到這一點。我不疑有他。」

「自然,自然。接著你就動身來這兒,破門進入書房,發現可憐的艾克洛先生就像現在這個樣子。你說他死了多久,醫生?」

「至少有半個小時,可能還要長一些。」我回答道。

「你說門是從裏面鎖住的?那麼窗子怎麼樣?」

「今晚早些時候我曾親自把窗子關上並栓好,是艾克洛先生叫我這麼做的。」

警官走到窗邊,一把拉開了窗簾。

「但現在窗子是開的。」他說。

沒錯，窗子確實開著，下半部的窗格被拉到最高點。

警官拿出手電筒，往外沿著窗台照了一遍。

「他就是從這裏出去的，」他說，「也是從這裏進來的，你來看。」

在高強度的光線照射下，可清清楚楚地辨認出幾個腳印。這種鞋子的底部好像有橡膠飾釘，一隻腳印特別明顯，方向朝裏，還有一隻稍稍有點重疊，方向朝外。

「太清楚不過了，」警官說，「丟了什麼貴重東西嗎？」

傑弗里・雷蒙搖搖頭。

「到目前為止還沒發現。艾克洛先生從來不把貴重的東西放在書房裏。」

「嗯，」警官說，「這人發現窗子開著便爬了進來，看見艾克洛先生坐在那裏——可能已睡著，於是他就從背後向他刺去，然後他不知所措，感到害怕，就逃走了。但他留下的足跡清晰可辨，要想抓住他不必費太大的勁。有沒有可疑的陌生人在這一帶出沒？」

「噢！」我突然叫了起來。

「怎麼回事，醫生？」

「今晚我遇見過一個人，是在剛出大門時，他問我去弗恩利莊怎麼走。」

「是什麼時候？」

「九點整。我出大門時，正好聽到教堂報時的鐘敲了九下。」

「你能不能把他的模樣描述一下？」

我盡可能把我所看到的情況詳述了一遍。

警官轉向管家。

「根據醫生剛才的描述，你在前門看見過這樣的人嗎？」

「沒有，先生，今晚根本沒有外人來過這裏。」

「那麼後門呢？」

「我想也沒有，先生，但我可以去問一下。」

他向門口走去，但警官一把拉住了他。

「不必了，謝謝，我自己會去了解的。首先我想把時間弄得更精確一點。艾克洛先生最後活著被看見是什麼時候？」

「可能是跟我在一起的時候，」我答道，「讓我想一下……大約八點五十分我離開他。他跟我說他不希望有任何人去打攪他，我把這一吩咐轉告帕克。」

「沒錯，先生。」帕克恭恭敬敬地說。

「九點半的時候艾克洛先生必定還活著，」雷蒙插話說，「因為我聽見他在書房裏面說話。」

「他在跟誰講話？」

「我不清楚。當時我還以為是夏波醫生跟他在一起。我在處理一個文件時遇到了一個問題，想去問他，但當我聽到說話聲時，記起了他跟我說過，他要跟夏波醫生談話不要進去打攪，因此我就走開了。但現在看來，醫生你是否早就離開了？」

我點點頭。

「我到家是九點一刻，」我說，「直至接到電話之前，我都沒再出門過。」

「那麼九點半到底是誰跟他在一起呢？」警官質問道，「是不是你，這位……」

「布倫特少校。」我說。

「是赫克托・布倫特少校？」警官問道，語氣中帶有幾分敬意。

布倫特沒有說話，只是點點頭。

「我想我們以前在這裏見過面，先生，」警官說，「我當時並沒有認出你，那是去年五月份的事，你來艾克洛先生這裏小住。」

「是六月份。」布倫特糾正了他的說法。

「對，是六月份。言歸正傳，今晚九點半是不是你跟艾克洛先生在一起？」

布倫特搖搖頭。

「晚飯後我就沒再見到他。」他主動補充了一句。

警官又轉向雷蒙。

「你沒有聽到書房裏的談話內容嗎，先生？」

「我只是斷斷續續地聽了一些，」秘書說，「我心想，如果是夏波醫生跟艾克洛在一起，這些斷斷續續的對話就顯得有點奇怪。這些話我還記得清清楚楚。艾克洛先生說：『近日以來你索錢孔急。』這就是他說的話，『僅此鄭重向你宣佈，我如今勢難對你讓步……』當然，我馬上就離開了，他們後來說些什麼我就不知道了。但我心裏一直在納悶，因為夏波先生——」

「不曾要求艾克洛先生貸款給他，也沒有替別人籌款。」我把秘書沒說完的話說出來。

「來要錢，」警官逗趣地說，「可能這是一條非常重要的線索。」他轉向管家：「帕克，你剛才說你今晚沒有在前門放任何外人進來？」

「我是這麼說的，先生。」

「那麼幾乎可以肯定，是艾克洛先生本人讓這個陌生人進來的。但我不明白——」

警官思考了幾分鐘。

「有一件事是無可爭議的，」他從沉思中恢復過來，「艾克洛先生九點半的時候還健在，這是他最後活著的時刻。」

帕克乾咳了一聲，警官馬上就把視線轉向了他。

「你有什麼話要說？」他厲聲問道。

「請你原諒，先生，弗洛拉小姐在這之後還見過他。」

「弗洛拉小姐？」

「是的，先生，大約是九點三刻的時候。那之後她還跟我說，艾克洛先生不希望今晚有人再去打擾他。」

「是艾克洛派她給你傳這句話的嗎？」

「不是特地給我傳話，先生。當我端著裝有蘇打水和威士忌的托盤過去時，弗洛拉小姐剛好從書房裏出來，她攔住我說，她伯父不希望有人去打擾他。」

警官露出不同於先前的反應，對這管家仔細研究了起來。

「不是早就有人跟你說艾克洛先生不希望有人去打擾他嗎？」

經這一問，帕克結結巴巴地說不出話來，雙手直打顫。

「是的，先生。是的，先生。你說得完全正確，先生。」

「然而你卻沒有遵照這一吩咐去做？」

「我忘了，先生。我的意思是說，我平時總是在那個時候端威士忌和蘇打水去給艾洛克先生，問問他是否還有其他吩咐——唉，我沒加思考，只是按慣例這麼做的。」

這時我才感覺到，帕克不知為何十分慌張，他渾身打哆嗦，肌肉抽搐。

「嗯，」警官說，「我必須馬上見見艾克洛小姐。這個房間裏的東西暫時不要動，保持原樣。我找艾克洛小姐談完話馬上就回來，我得先把窗子關上拴好。」

窗子關好後他帶頭走進走廊，我們都隨後跟著。他停了片刻，瞥了一眼小小的樓梯，然後轉過頭對一個警員說：

「瓊斯，你就留在這兒，不要讓任何人進入書房。」

帕克恭恭敬敬地插話說：

「請原諒，先生，你只要把通向門廳的門鎖上，就沒有人能進去。那個樓梯只通到艾克洛先生的臥室和浴室，不通到別的房間。這兒曾經有一扇門可以進來，但艾克洛先生叫人把它封了，他希望自己的房間不受外界干擾。」

為了解釋得更清楚，我畫了一張房子右側的草圖（見下頁），上面標明了各個房間的位置。就像帕克描述的那樣，有一條小小的樓梯通向艾克洛的臥室，這個臥室是由兩個小房間打通而成，旁邊有浴室和盥洗間。

警官瞥了一眼房間位置圖。然後我們都走進門廳，他隨後鎖上門，把鑰匙揣進口袋。他在警員的耳邊嘀咕幾句，警員便離開了。

「我們必須快點對足跡進行調查，」警官解釋道，「但首先我得找艾克洛小姐談一下，她是最後看見她伯父還活著的人。她知道這件事嗎？」

雷蒙搖搖頭。

「那好，五分鐘內暫且不要告訴她。如果她不知道她伯父被謀殺，她的情緒不會受影響，這樣她就能從容回答我的問題。你去告訴她，家裏有小偷進來，叫她穿好衣服來這兒回答幾個問題。」

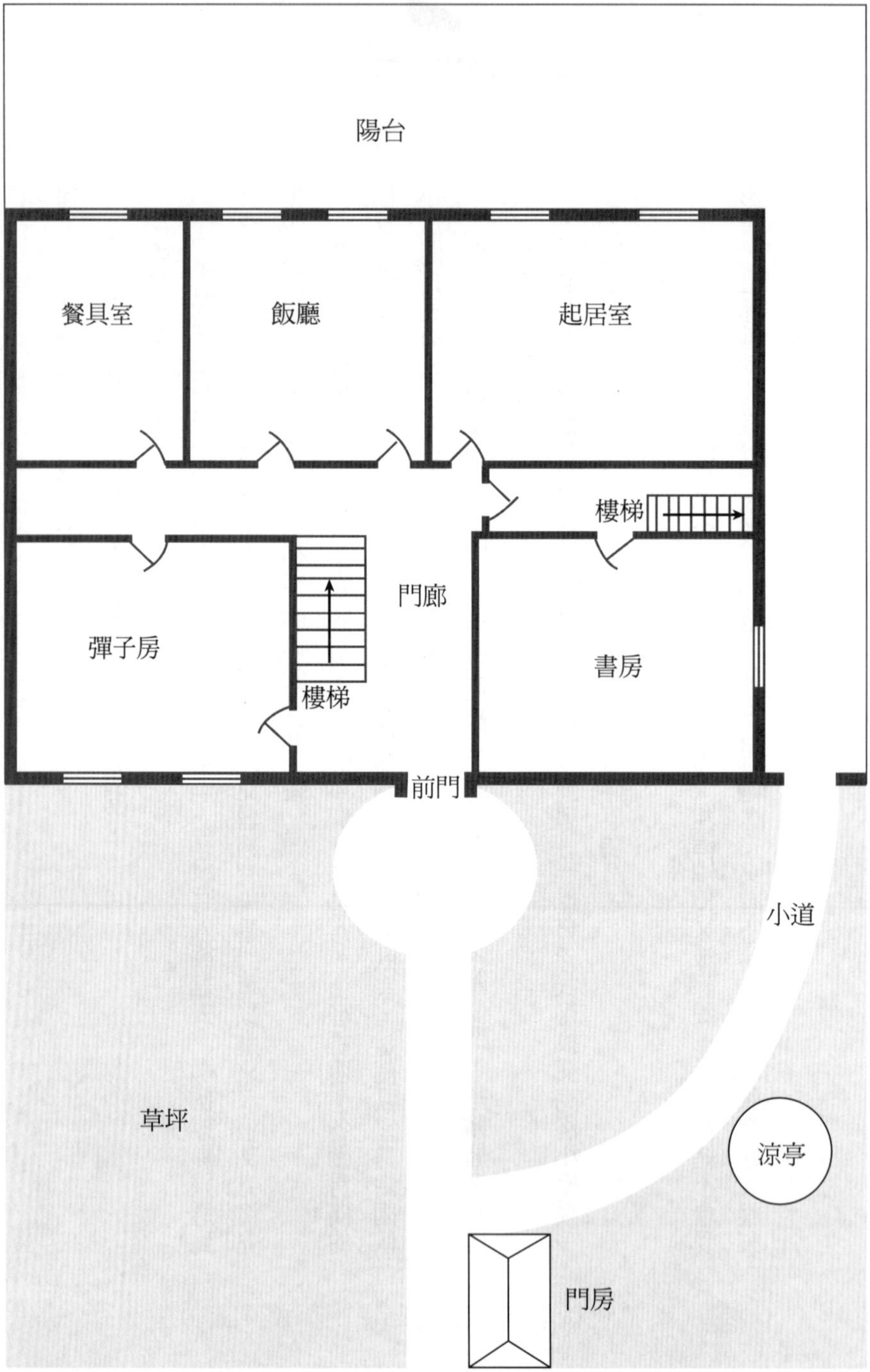
陽台
餐具室
飯廳
起居室
樓梯
門廊
彈子房
樓梯
書房
前門
小道
草坪
涼亭
門房

他們叫雷蒙上樓去請艾克洛小姐。

「艾克洛小姐馬上就下來，」他下樓後對警官說，「我照你的意思對她說了。」

不到五分鐘，弗洛拉從樓上走了下來。她身上裹著一件淺粉紅色的絲綢便袍，看上去有點焦慮不安。

警官迎了上去。

「晚安，艾克洛小姐，」他彬彬有禮地說，「我們懷疑有人企圖行竊，希望你能協助我們破案。這是什麼房間，彈子房？我們到裏面坐坐。」

弗洛拉鎮靜地坐到一張寬大的長沙發上，這沙發佔據了整整一面牆壁。她抬頭看著警官。

「我還沒弄清楚到底是怎麼回事，什麼東西被偷了？你想從我這裏知道些什麼呢？」

「是這麼回事，艾克洛小姐。帕克說，你今晚九點十五分從你伯父的書房出來。有沒有這回事？」

「是的，我去向他道晚安。」

「時間正確嗎？」

「嗯，大約就是這個時間。但我說不出確切的時間，可能比你說的還晚一點。」

「你伯父是獨自一人還是跟別人在一起？」

「就他一個人，夏波醫生已經走了。」

「你有沒有注意到窗子是開著還是關著？」

弗洛拉搖搖頭。

「我不清楚，窗簾是拉上的。」

「沒錯。你伯父看上去跟往常一樣嗎？」

「我想是的。」

「你能不能把那段過程準確地對我覆述一遍？」

弗洛拉停頓片刻，好像是在回憶。

「我進了書房便說：『晚安，伯父，我要去睡了，今晚太累了。』他應了一聲，我走上前去親了他一下。然後他稱讚我身上穿的那件衣服很漂亮。接著他催我趕快離開，說他很忙。於是，我就走了。」

「他有沒有特別關照不要去打攪他？」

「嗯，是的，我忘記說了。他說：『告訴帕克，我今晚什麼都不需要了，叫他不要來打攪我。』我一踏出房門就遇上了帕克，於是就把伯父的話轉告他。」

「確實如此。」警官說。

「你能不能告訴我什麼東西被偷了？」

「我們還不太——清楚。」警官吞吞吐吐地說。

弗洛拉小姐的眼中流露出驚恐不安的表情，她突然驚跳起來。

「到底出了什麼事？你們是不是瞞著我什麼？」

赫克托・布倫特跟往常一樣不疾不徐地走到她和警官中間，雙手握住她半伸出的手，輕輕拍打著，好像她還是一個小孩似的。她轉身面對布倫特，好像他那憨厚的表情、堅如磐石的態度，給她帶來了安慰和安全感。

「有一個不幸的消息，弗洛拉，」他平靜地說，「對我們大家而言都是一個不幸的消息，你伯父羅傑——」

「嗯？」

「這對你是一個沉重的打擊。可憐的羅傑死了。」

弗洛拉抽回手，睜大眼睛，內心充滿了恐懼。

「什麼時候？」她低聲問道，「什麼時候？」

「恐怕就在你離開之後。」布倫特非常嚴肅地答道。

弗洛拉用手捂住嘴，輕聲哭泣起來。眼見她就要倒下去，我一把抓住了她。她暈過去了。布倫特和我把她抬到樓上，讓她平躺在床上。接著我叫布倫特去喚醒艾克洛太太，告訴她這個不幸消息。沒過多久弗洛拉就甦醒了，我把她母親領到她身邊，告訴她怎樣照顧她的女兒。然後我急匆匆地下了樓。

6 突尼斯短劍

我在通往廚房的那扇門外，遇到從裏面出來的警官。

「那個小姐怎麼樣了，醫生？」

「甦醒過來了，她母親正陪著她。」

「那就好。我剛才盤問了僕人，她們都說今晚沒有到過後門。你對那個陌生人的描述太含糊了，能不能向我們提供一些更具體的東西？」

「對不起，恐怕沒辦法，」我非常抱歉地說，「你知道，外面一片漆黑，而且那人的領子倒翻著，帽子壓得很低都遮住了眼睛。」

「嗯，」警官說，「看來他好像是想把臉遮住。你能不能確定是個陌生人？」

我回答說不認識這個人，但語氣並不怎麼肯定。我記得這個陌生人的聲音聽來有點耳熟。我猶豫地把這一情況告訴了警官。

「你說他說話的聲音有點粗澀，像是沒受過教育的人，是嗎？」

我回答說「是」，但在我看來，這種粗澀的說話聲，似乎是故意裝出來的。正如警官剛才所說，如果這個人想把臉遮起來的話，那麼他也同樣會偽裝自己的嗓音。

「你能不能跟我再去一趟書房，醫生？我還有一兩件事要問你。」

我默默表示同意。於是戴維警官打開書房的門，進門後，又把門鎖上。

「我不希望有人來打攪我們，」他嚴厲地說，「也不想讓人偷聽我們的談話。這起敲詐案到底是怎麼回事？」

「敲詐！」我心裏一怔，驚叫起來。

「這純屬帕克的猜測，還是有依據的？」

「如果帕克曾聽到什麼敲詐的事，」我慢條斯理地說，「那他必定是在門外把耳朵貼著鎖孔偷聽到的。」

戴維點點頭。

「非常可能。你知道，我正在整理帕克今晚做了哪些事。說實話，這個人的舉止令人討厭。他是了解一些情況的，當我盤問他時，他很慌張，衝口說出了敲詐的事情。」

我當機立斷，立刻接著說：

「你把這個問題提出來，我感到很高興，」我說，「我一直遲疑不決，不知道該在何時把所有的事情和盤托出。實際上，我早就決定說出來，但我想等一個合適的機會。現在機會已到，我該告訴你了。」

接著我就一五一十地把今晚所有的事講述了一遍。警官聽得非常認真，偶爾提一兩個問題。

「我從來沒有聽過這麼離奇的事，」他聽後說道，「你說那封信不見了？糟糕，太糟糕了。這封信能提供——這起兇殺案的殺人動機。」

我點了點頭：

「這一點我清楚。」

「你說，艾克洛先生暗示過，他懷疑家裏的某個人跟此事有關。『家裏的人』，這包括的範圍太寬了。」

「你該不會認為我們要找的人就是帕克吧？」我問。

「非常有可能。你出來時，毫無疑問，他一定是在門外偷聽。而後來艾克洛小姐遇到他時，他又正要進書房。如果說，她走遠後他又偷偷地溜進書房刺死艾克洛，然後把門反鎖，打開窗子，從那裏逃走，悄悄地拐到他事先已打開的那道邊門……這種假設如何？」

「你的分析只有一點漏洞，」我緩緩地說，「如果我一離開書房，艾克洛就馬上看那封信的話——他很想看完那封信——我不相信他會靜靜地坐在書房裏思考一個小時，他一定會馬上把帕克叫來，當場狠狠斥責他，所以勢必有番激烈的爭執。你應該知道，艾克洛是個脾氣暴躁的人。」

「他可能還來不及看信，」警官提出了異議，「我們都知道九點半時有個人和他在一起。假如你一走，那個人就進去，而他走後，艾克洛小姐又進來道晚安，那麼他只可能在近十點左右才有機會看信。」

「那麼打給我的那通電話怎麼解釋？」

「一定是帕克打的，當時他可能忘了門已反鎖，窗子是打開的。後來他想到這一點，也可能是驚恐，就改變主意，決定否認一切，裝著什麼都不知道的樣子。就是這麼回事，錯不了。」

「或……許吧！」我略帶疑慮地說。

「不管怎麼說，我們可以到電話局去查一下，弄清這通電話到底是從哪裏打來的。如果是從這裏打的，我看除了帕克，其他的人不可能打這樣的電話。錯不了，他就是我們要找的人。但要保守秘密，我們先不要打草驚蛇，等到我們掌握全部證據後再說。我負責監視，不能讓他溜走。而表面上我們就把注意力集中在你遇見的那個神秘陌生人身上。」

他從原本跨腿而坐的椅子上起身，走到仍保持原狀的扶手椅邊。

「這殺人的兇器應可以給我們提供點線索，」他抬起頭來說，「這東西很獨特，從外表看好像是一件古董。」

他彎下腰仔細地察看著劍柄，哼了一聲，臉上露出滿意的表情。然後他小心翼翼地用雙手緊夾住劍柄下方的劍身，把它從傷口裏拔了出來。他夾住劍身，盡量不去碰劍柄，然後把它放進一個擺在壁爐台上裝飾的大瓷杯中。

「沒錯，」他頻頻點頭，讚許地說，「確實是一件藝術品，現在這種玩意兒已不多見。」

這東西確實非常精美，它的劍身尖長，劍柄上纏著精緻的金屬絲，工藝考究，式樣別致。他用手指小心翼翼地碰了碰劍身，試了試鋒利程度，然後做了個讚賞的怪臉。

「天哪，邊刃多鋒利啊！」他讚歎地說，「三歲的孩子都能毫不費力地把它刺入人體，簡直跟切奶油一樣容易。放著這玩意兒實在太危險了。」

「我能不能仔細檢查一下屍體？」我問道。

他點點頭。

「去檢查吧。」

我把屍體徹徹底底地檢查了一邊。

「怎麼樣？」我檢查完後，警官問道。

「我不想用專業術語跟你解釋，」我說，「驗屍報告裏再用就好。這把短劍是被兇手拿在右手上從被害人背後刺進去的，他當場斃命。從臉部表情來看，他根本就沒有預料到有這致命的一刀，可能也不知道是誰向他行刺的。」

「男管家走路向來都是非常輕的，就像貓一樣，」戴維警官說，「這一案件沒什麼神秘之處。你來看這劍柄。」

我看了一眼。

「你一定是瞧不出的，但我卻能看得一清二楚，」他壓低了聲音說，「有指紋！」

他退了幾步，以便確認自己的判斷。

「是的，」我說，「我想是指紋。」

我不知道他為什麼把我看得這麼愚蠢。畢竟我常讀偵探小說、看報，智商也不比別人低。如果說劍柄上留的是腳趾印，那才是怪事一樁，這時表現出驚異或害怕才說得過去吧。

看到我沒有露出驚愕的表情，警官似乎有點掃興。他拿起瓷杯，邀我一起去彈子房。

「我想去了解一下，看雷蒙先生能否告訴我們一些關於短劍的事。」他解釋道。

我們又鎖上門，逕向彈子房走去。我們在那裏找到了雷蒙，警官把裝在杯裏的劍讓他看。

「你以前見過這玩意兒嗎，雷蒙先生？」

「噢，我相信，我幾乎可以肯定，這是布倫特少校送給艾克洛先生的古董。是從摩洛哥，不，從突尼斯來的。這麼說，殺人兇器就是這個囉？真難以置信。看來不太可能，但兩把幾乎一模一樣的劍是難得見到的。要不要把布倫特少校叫來？」

警官還沒回答，他便匆忙走了。

「可愛的年輕人，」警官說，「既誠實又直爽。」

我同意他的看法。雷蒙當艾克洛的秘書已有兩年，這期間我從未見他生氣動怒，而且據我所知，他是一個效率非常高的秘書。

不一會兒，雷蒙就回來了，身邊跟著布倫特少校。

「我剛才說的沒錯，」雷蒙非常興奮地說，「確實是突尼斯短劍。」

「布倫特少校還沒看呢。」警官提出了異議。

「剛才在書房時我就看見了。」布倫特平靜地說。

「你當時就認出來了嗎？」

布倫特點點頭。

「你剛才什麼都沒說，」警官的口氣帶著懷疑。

「不是恰當的時候，」布倫特說，「有些事在不恰當的時候說出來，會惹麻煩。」

他非常鎮靜地回看了警官一眼。

警官嗯了一聲，把目光轉向一邊，接著他把劍拿到布倫特面前。

「你對這把劍很熟悉，你確定就是它？」

「十分確定。絕對沒錯。」

「這個——這個古董通常放在什麼地方？你能不能告訴我，先生？」

秘書搶著回答說：

「通常放在客廳的銀櫃裏。」

「你說什麼？」我驚呼起來。

周圍的人都把目光轉向了我。

「怎麼回事，醫生？」警官追問道。「那沒什麼嘛。」警官又補充了一句。

「不是什麼重要的事，」我抱歉地解釋道，「只是我昨晚來這兒赴宴時，聽到客廳裏發出關銀櫃蓋子的聲音。」

從警官臉上的疑惑表情可以看出，他對我說的話不太相信。

「你怎麼知道是關銀櫃蓋子的聲音？」

我不得不詳細地解釋了一遍，內容既冗長又乏味，其實我寧願不說。

警官一直耐心地聽到我解釋完畢。

「你看銀櫃的時候，劍是否還在裏面？」他問道。

「我不知道，」我說，「我不能說我曾注意到這個東西，但按理說，是應該一直在裏面的。」

「我們還是把女管家叫來。」警官一邊說，一邊按響了鈴。

沒過幾分鐘，拉瑟兒小姐就到了，是帕克把她叫來的。

「我沒有靠近過銀櫃，」當警官問起這個問題時，她回答道，「我只是來看一下花是否仍新鮮。哦！我記起來了，銀櫃是開著。這並不是什麼大不了的事，我路過時就順手把它關上了。」

她挑釁地看著警官。

「我明白了，」警官說，「你能不能告訴我，當時這把劍是否還在裏面？」

拉瑟兒小姐泰然自若地看了一眼兇器。

「我不清楚，」她回答說，「我並沒有停下來看。我知道家裏的人馬上就要下樓了，所以想快點離開這兒。」

「謝謝。」警官說。

警官稍稍遲疑了一下，好像還想問她一些問題。但很明顯，拉瑟兒小姐把「謝謝」看成是談話的結束，一溜煙便走出房間。

「這女人很難對付，我猜，啊？」警官見她出去後說，「讓我想想，這個銀櫃是放在窗子前——你好像是這麼說的，醫生？」

雷蒙替我回答了這個問題。

「是的，放在左邊的那扇窗子前。」

「窗子是開著？」

「兩扇窗子都是半開的。」

「好吧，我看這問題沒有必要再進一步探究。某人，我的意思是任何一個人，只要想拿劍的話，隨時可以拿走。至於拿劍的精確時間則無關緊要。我明天一早跟警察局長一起來這兒，雷蒙先生。在這之前，這扇門的鑰匙由我保管。我會叫梅羅斯上校來看守，以保證這兒的一切都原封不動。我知道他在城裏那一頭的餐廳吃飯，而且要在這裏過夜……」

警官拿起那只大瓷杯。

「我得好好地把它包起來，」他說，「這是一個重要證據，在很多方面都用得上。」

幾分鐘後，我和雷蒙一起從彈子房出來，雷蒙饒有風趣地低聲笑了起來。

他在我的手臂上擰了一下，於是我便朝他示意的方向看去。戴維警官好像是在向帕克打聽一本袖珍日誌的事。

「有點明顯，」雷蒙在我耳邊低聲說，「他們懷疑帕克，是嗎？難道我們也要把手指印留給戴維警官？」

他從托盤中拿起兩張卡片，用絲絹手帕擦了一下，然後給我一張，自己拿了一張。接著他笑一笑，把兩張卡片交給警官。

「紀念品，」他說，「一號夏波醫生；二號敝人在下我。至於布倫特少校的紀念品，明天一早給你送去。」

年輕人就是那麼輕浮。自己的朋友和主人慘遭殺害，也沒有使雷蒙難過多久。也許應該這樣才對吧，我不知道。就我來說，我早就失去了從悲哀中迅速恢復的能力。

我回家時已是深夜，但願卡羅琳已上床睡覺。然而我早該知道她的。

她已泡好熱可可在等我。當我喝可可的時候，她把晚上發生的一切，都從我嘴裏掏了出來。我沒跟她提敲詐的事，只把有關謀殺的情況跟她講了。

「警察懷疑帕克，」我邊說邊站起身，準備去睡覺。「很清楚，這個案件看來對他很不利。」

「帕克！」我姐姐說，「胡說八道！那個警官一定是個白癡。帕克，真的？別嚇我了。」

待她表達完這番立場不明的意見後，我們便各自回房睡覺。

7 跟白羅學調查

第二天早晨，我匆匆出完幾個診。這對醫生來說是不可寬恕的，但我自有理由，因為那天沒有病情特別嚴重的病人。我一回到家，卡羅琳就到門廳來迎接我。

「弗洛拉．艾克洛在這兒。」她悄聲地說，但聽得出她非常興奮。

「你說什麼？」我竭力掩蓋住內心的驚訝。

「她急著要見你。她到這裏已經半個小時了。」

卡羅琳帶著我走進我們的小客廳。

弗洛拉正坐在靠窗的沙發上。她身穿黑衣服，神情很緊張，不時地把雙手擰在一起。看見她的臉，我心中不禁一怔，那張蒼白的臉上沒有一點血色。但她說話時竭力裝出鎮定冷靜的樣子。

「夏波醫生，我到這兒來是想請你幫個忙，不知道你是否願意？」

「他當然樂意幫助你，親愛的。」卡羅琳搶著說。

我想，弗洛拉並不希望卡羅琳在場，我確信她只想跟我私下談一些事，但她不想浪費時間，因此說話非常謹慎，以免說漏嘴。

「我想請你陪我到老爾什居去一趟。」

「去老爾什居？」我驚奇地問道，

「去見那個滑稽可笑的小矮子？」卡羅琳驚叫起來。

「是的。你們知不知道他是幹什麼的？」

「我們猜想他是一個退休的理髮師。」我說。

弗洛拉那雙藍眼睛睜得溜圓。

「嗨，他是赫丘勒・白羅啊！你們應該知道我指的是誰──那個私家偵探哪。人們都說他辦案非常出色，就像書中描述的偵探一樣。一年前他退休了，搬到這兒來隱居。伯父知道他是幹什麼的，但他答應不跟任何人講，因為白羅先生打算在這兒清清靜靜地過日子，不想被人打攪。」

「哦，他原來是這麼個人。」我拖長了語調說。

「你應該聽過他吧？」

「我是個趕不上時代的人，卡羅琳經常這麼說我，」我說，「我這才第一次聽說他的事。」

「太絕了！」卡羅琳插了一句。

我不知道她意欲何指，可能是指她竟沒有弄清他的真實身份吧。

「你想去拜見他嗎？」我慢吞吞地問道。「你見他的目的是什麼？」

「當然是想請他出來調查這個謀殺案嘛。」卡羅琳尖聲說，「別裝傻了，詹姆斯。」

我真的不是裝傻，卡羅琳有時就是猜不透我的意圖。

「你不信任戴維警官嗎？」我接著問道。

「當然囉，」卡羅琳說，「我也不信任他。」

這要讓人聽見了，一定會以為被謀殺的是卡羅琳的伯父。

「你怎麼知道他會接受這個案子？」我問道，「你才說，他已經洗手不幹了。」

「就是因為這一點，」弗洛拉簡短地說，「我得去說服他。」

「你認為這樣做明智嗎？」我認真地問道。

「她當然是這麼認為，」卡羅琳搶著說，「如果她願意的話，我想陪她去。」

「我只想請醫生陪我去。希望你不要介意，夏波小姐。」弗洛拉說。

她完全懂得在某些場合直截了當的表態是非常必要的。含蓄的暗示，對卡羅琳是起不了任何作用的。

「你要知道，」她非常圓滑地解釋道，「夏波是個醫生，而且是他發現了屍體，他能向白羅先生提供一切詳細的情況。」

「是的，」卡羅琳不甘願地說，「這個我懂。」

我在房內來回踱步。

「弗洛拉，」我嚴肅地說，「我想勸告你一聲，不要把這個偵探扯進這樁案子。」

弗洛拉跳了起來，臉脹得通紅。

「我知道你為什麼要這麼說，」她叫嚷著，「就是由於這個原因，我才急著要去找他。你害怕了！我可不怕，我比你更了解拉爾夫。」

「拉爾夫？」卡羅琳驚奇地問道，「他跟這件事有什麼相干？」

我倆都沒搭理她的問話。

「拉爾夫或許缺點很多，」弗洛拉繼續說，「他過去可能做過不少傻事，甚至是一些惡劣的事，但他絕不可能去殺人。」

「不，不，」我大聲嚷著，「我從來就沒想過是他做的。」

「那麼昨晚你為什麼要去三豬苑呢？」弗洛拉追問道，「在你回去的時候，也就是伯父的屍體被發現以後？」

我一時無言以對。我不希望我那次拜訪讓人知道。

「你怎麼知道的？」我反問道。

「我今天一早去過那裏了，」弗洛拉說，「我聽僕人們說，拉爾夫就在那裏——」

我打斷她的話。

「你不知道他在金艾博特村？」

「不知道，所以我感到有點吃驚，這一點我無法理解。我去那裏打聽他的下落，他們告訴我——我猜他們也是這樣告訴你——他大約在昨晚九點左右出去了，後來再……再也沒見他回來。」

她跟我對視了一下，目光咄咄逼人。突然，她像是在回答我眼中的疑惑，大聲說：

「他為什麼不能走？他可能離開了，他可能去任何地方，甚至回倫敦去了。」

「行李留在那兒也不要了？」我溫和地問了一句。

弗洛拉跺著腳：

「這個我並不在乎。一定有個簡單的理由可以解釋。」

「那就是你要去找赫丘勒・白羅的原因？順其自然不更好嗎？你要知道，警察根本就沒有懷疑拉爾夫，他們正在朝另一方向偵查。」

「他們搜尋的目標就是他，」這女孩大聲叫嚷起來，「有個從克蘭切斯特來的人，今天早晨到了。是拉格倫警官，他個子不高，一副賊頭賊腦的模樣，看上去很討厭。我發現今天一大早，他在我之前去過三豬苑。他們把他去過那裏的事，及他問過的問題全都告訴我了。他一定認為是拉爾夫幹的。」

「如果是這樣，他必定把昨晚的看法全推翻了，」我不慌不忙地說，「戴維認為是帕克幹的，他是不是不相信戴維的分析？」

「帕克，是呀！」姐姐憤懣地說，鼻子裏發出哼哼的輕蔑聲。

弗洛拉走上前來，手輕輕地搭在我的手臂上。

「哦，夏波醫生，我們馬上就去找白羅先生吧，他會把真相搞清楚的。」

「親愛的弗洛拉，」我溫柔地說，一邊把手輕輕地搭在她的手上，「你能確定我們所需要的是真相嗎？」

她看著我，非常嚴肅地點點頭。

「你不能確定，」她說，「但我可以，我比你更了解拉爾夫。」

「他當然不會幹出這種事，」卡羅琳插話說，她可是苦憋了好一陣沒說話了，「拉爾夫可能有點奢侈，但他還是一個可愛的小伙子，舉止行為又是那麼高雅。」

我想駁斥卡羅琳的說法，讓她知道許多謀殺者都是相貌堂堂、一表人才。但弗洛拉在身邊，我只好克制住自己。既然這女孩態度如此堅決，我不得不讓步。我們說走就走，在姐姐還沒來得及說出她的口頭禪「當然」且接著發表淘淘大論之前，我們便告辭而去。

一個戴著一頂碩大布雷頓帽的女人，為我們打開老爾什居的大門，看來白羅先生好像在家。

這個女人把我們領進一間小小的客廳。客廳裏整理得井井有條，一塵不染。我們在那裏等了幾分鐘後，我昨天才認識的那位朋友，便出現在我們面前。

「*Monsieur le docteur*（法語：醫生先生），」）他微笑著說，「*Mademoiselle*（法語：小姐）。」

他向弗洛拉鞠了一躬，以示禮貌。

「可能你已聽說了昨晚發生的悲劇。」我開門見山地說。

他臉上的表情頓時變得嚴肅起來。

「當然聽說了，太可怕了。我對這位小姐深表同情。我能幫點什麼忙嗎？」

「艾克洛小姐想請你——」我說。

「找出兇手。」弗洛拉朗聲地說。

「哦，我明白了，」這小個頭說，「但警察會把兇手抓到的，不是嗎？」

「他們可能會弄錯，」弗洛拉說，「他們搜尋的目標是錯的。白羅先生，你能不能幫個忙？如果，如果需要錢的話……」

白羅舉起手。

「不，不，請你不要說這樣的話，小姐。並不是我不在乎錢。」他的眼睛霎時變得炯炯有神，「錢對我來說是很重要的，一直很重要，但我指的不是這個。而是如果你要我插手這個案件的話，你必須清楚一點，我一定要把案子全部解決才會罷手。你得記住，驍將出馬絕不留下遺憾！就怕最終你會認為，早知如此，不如把案子交給地方警局。」

「我想知道事實真相。」弗洛拉目不轉睛地盯著他。

「你想知道所有的真相？」

「是的，所有的真相。」

「那麼我就接受你的請求，」這小矮子偵探平靜地說，「但願你不會對今天說的話感到後悔。現在把所有的細節都告訴我吧。」

「最好還是叫夏波醫生來講，」弗洛拉說，「他比我了解得更清楚。」

既然弗洛拉委託我來講，我就詳詳細細地從頭講起，把我以前記錄下來的事實原原本本敘述了一遍。白羅非常專心地聽著，偶爾提出一兩個問題，但大部份時間還是靜靜地坐在那裏聆聽，目光凝視著天花板。

我一直講述到前一天晚上警官和我離開弗恩利莊為止。

當我說完時，弗洛拉接著便說：

「現在把拉爾夫的情況都告訴他。」

我遲疑了一會，但她那焦慮的眼神迫使我繼續往下說。

「昨晚在回家的路上，你去了這個小旅社——三豬苑，是嗎？」我把情況介紹完以後，白羅問道。「能不能把你的真實意圖告訴我？」

我停了一會，非常謹慎地選擇恰當的措辭。

「我想，應該有人去通知這位年輕人，他的繼父死了。我離開弗恩利莊時，突然想到，除了我和艾克洛先生外，可能沒人知道他就待在這個村子裏。」

白羅點點頭。

「原來如此。這是你唯一的動機嗎？」

「是的，這是我唯一的動機。」我回答得非常堅決。

「不是為了——這樣說吧，消除你對這位年輕人的疑慮？」

「消除我的疑慮？」

「醫生先生，我想你完全明白我的意思，儘管你裝糊塗。我的看法是，如果你能確定佩頓上尉整個晚上都沒出去，你就放心了。」

「絕對不是。」我厲聲駁斥道。

矮個子偵探看到我那副認真的樣子，不禁搖搖頭。

「你不像弗洛拉小姐那樣信任我，」他說，「這倒無關緊要。重要的是，佩頓上尉失蹤了，在需要他出來解釋的時候失蹤了。我並不想瞞你，情況看來不太樂觀。不管怎麼說，他對這件事必須有一個自圓其說的解釋。」

「我就是這麼說的。」弗洛拉迫不及待地大聲說。

白羅不再提這件事，他說他想馬上去當地警察局。他勸弗洛拉回家，讓我陪他去，並由我向負責這一案件的警官介紹他。

我們馬上就按白羅的安排行事。在警察局大門外，我們遇見了戴維警官，他看上去有點悶悶不樂。跟他在一起的還有梅羅斯上校、警察局長和另外一個男人——根據弗洛拉先前的描述，我一眼便認出他就是那個「賊頭賊腦」的拉格倫警官。

我對梅羅斯相當熟悉，於是把白羅介紹給他，並把情況解釋了一番。一眼即可看出，警察局長感到非常惱怒，拉格倫警官則臉色鐵青。戴維看到他的上司一副惱怒模樣，有點幸災樂禍。

「這案子馬上就會水落石出，」拉格倫說，「我們根本不需要業餘偵探來插手。隨便一個傻瓜對昨晚發生的事也能看得一清二楚，我們不該白白浪費這十二個小時。」

他以報復的眼光瞥了可憐的戴維一眼，而戴維還呆頭呆腦地不明究裏。

「當然，艾克洛先生的家人有權決定自己的事，他們想怎麼做就怎麼做，」梅羅斯上校說，「但我們並不想讓任何人來干擾警方的調查。當然，我對白羅先生的名望早有耳聞。」他很有涵養地補充了一句。

「真倒楣，就是警察不能標榜自己。」拉格倫說。

還是白羅打破了這一尷尬的僵局。

「我確實已退出偵探這個行業，」他說，「我從沒打算再接什麼案子，最主要的原因是怕出名。我有一個小小的請求，如果我能為此案做出點貢獻的話，請不要宣揚我的名字。」

拉格倫警官的臉上，稍稍露出欣喜的表情。

「對你的非凡成就，我早已知曉許多。」上校也打了圓場。

「我是有許多經驗，」白羅很平穩地說，「但我大多數的成就都是在警方的協助下取得的。我對你們英國警察非常欽佩，如果拉格倫警官同意我協助他，我將感到非常榮幸。」

拉格倫警官的臉上露出了更加愉悅的表情。

梅羅斯上校把我拉到一邊。

「據我所知，這個矮小的傢伙確實幹了些了不起的事。」他低聲說，「我們當然不希望最後得找蘇格蘭警場求助。拉格倫對這件案子非常有自信，但我仍有存疑。你知道，我，嗯，我知道白羅的經驗比他豐富許多。看來他那個人並不是為了追求名聲。不知他是否願意屈就，跟我們配合？」

「當然囉，他將在拉格倫警官的手下工作。」我鄭重其事地說。

「那就好，」梅羅斯上校以輕鬆愉快的語調大聲說，「白羅先生，我們必須讓你了解最新動態。」

「謝謝，」白羅說，「我的朋友夏波醫生已向我透露，你們認為那個男管家很可疑？」

「全是廢話，」拉格倫立刻回答道，「出了這樣的事，那些上級僕人總會感到驚慌失措，舉止難免令人懷疑。」

「那麼，指紋呢？」我提示他說。

「不像是帕克的指紋。」他微微一笑，然後補充說，「你和雷蒙先生的指紋也對不上號，醫生。」

「拉爾夫・佩頓上尉的指紋呢？」白羅不動聲色地問道。

對他那一針見血的提問，我暗自欽佩。警官的目光中也流露出欽佩。

「白羅先生，可以看出你這個人辦事效率極高，我相信跟你一起工作一定非常愉快。我們一抓到這位年輕人就能取到他的指紋。」

「我不得不說你弄錯了，警官。」梅羅斯上校溫和地說，「我是看著拉爾夫・佩頓長大的，他絕不會墮落到殺人的地步。」

「或許吧。」警官用平淡的語調說。

「你們是否找到了指控他的證據？」我問道。

「他昨晚九點出去，大約在九點半的時候有人在弗恩利莊附近見過他，自此之後，他就消失不見了。大家都知道他現在手頭拮据。我已弄到了他的鞋，一雙釘有橡膠飾釘的鞋。他有兩雙這樣的鞋，幾乎一模一樣。我現在就打算拿一雙去核對腳印。有個警員已經去那裏保護腳印，以免人們亂踩。」

「我們馬上就去，」梅羅斯說，「你和白羅先生陪我們一起去怎麼樣？」

我們一口答應，然後上了上校的汽車。警官急切地想馬上到達留下腳印的現場，車才開到門房那裏，他便請求停車。大約在宅內車道的一半，有一條向右叉開的孤形小道，通往艾洛克書房外的陽台及窗子。

「白羅先生，你想和警官一起去，還是先去查看一下書房？」警察局長問道。

白羅選擇了後者。帕克為我們開門，他的舉止謙恭得體。看來已經從前晚的驚恐中恢復過來了。

梅羅斯上校從口袋裏取出鑰匙，打開通往書房走廊的門，領著我們進入書房。

「白羅先生，這房間裏除了屍體被搬走外，其他東西都原封未動，跟昨晚一樣。」

「屍體在哪裏被發現的？」

我把艾克洛的姿勢非常精確地描述了一番。扶手椅仍然在壁爐前。

白羅走了過去，往扶手椅裏一坐。

「你提到的那個藍色信封，在你離開時放在什麼地方？」

「艾克洛先生把它放在右手邊的小桌子上。」

白羅點點頭。

「除了這封信外，其他東西是不是都在原處？」

「我想是的。」

「梅羅斯上校，能不能勞駕你在這張椅子裏坐一會兒？謝謝。醫生先生，你能不能把短劍的精確位置跟我說一下？」

我按他的要求描述了一番，與此同時，這位矮個子偵探就站在門口察看。

「從門口可以清清楚楚地看到劍柄。你和帕克同時看見的？」

「是的。」

白羅走到窗子邊。

「你們發現屍體時，電燈必定是開著的，是嗎？」他回過頭來問道。

我回答說「是的」，然後走到他身邊，他正在仔細察看窗台上的痕跡。

「這橡膠飾釘的花紋，跟佩頓上尉的鞋是一樣的。」他平靜地說。

他說完又回到房間中央，目光朝四周掃視一遍。他那訓練有素的敏銳眼睛，審視著房間裏的一切。

「你是不是一個善於觀察的人，夏波醫生？」他最後問道。

「我想是的。」我回答道，覺得有點詫異。

「我看當時壁爐是燒著火的。當你們破門而入發現艾克洛先生死亡的時候，火勢怎麼樣？是不是快熄了？」

我笑了笑，但心中不免有點惱怒。

「我，我確實回答不出，我沒有去注意。或許雷蒙先生或者布倫特少校——」

矮個子偵探微微一笑，搖搖頭。

「辦事要講究方法。我問你這樣的問題，是我判斷上的失誤，隔行如隔山，你可以詳細地告訴我病人的外觀，我相信沒有什麼能逃過你的眼睛；但如果我想知道桌子上文件的情況，我得問雷蒙先生，他一定會注意到這一切。所以要想弄清當時火勢如何，我得去問照顧壁爐的人。容我……」

他迅速走到壁爐邊，按響了鈴。

過了一兩分鐘，帕克來了。

「你按鈴了，先生？」他猶豫地問道。

「進來，帕克，」梅羅斯上校說，「這位先生想問你一些事。」

帕克恭恭敬敬地轉向白羅，認真聽他講話。

「帕克，」矮個子偵探說，「當你和夏波醫生破門而入，發現你的主人已死的時候，壁爐裏的火勢怎麼樣？」

帕克毫不遲疑地回答道：

「火很小，先生，差不多快熄了。」

「啊！」白羅叫了一聲。從這驚叫聲中可以聽出他似乎有點得意。他接下去又問：

「你向四周看看，帕克。現在這房間裏的東西是否跟當時一樣？」

男管家向房間環顧一周，突然，他的目光停留在窗子上。

「窗簾當時是合攏的，先生，燈是開的。」

白羅讚許地點點頭。

「其他東西呢？」

「好的，先生，這張椅子當時朝外稍稍拉出了一點。」

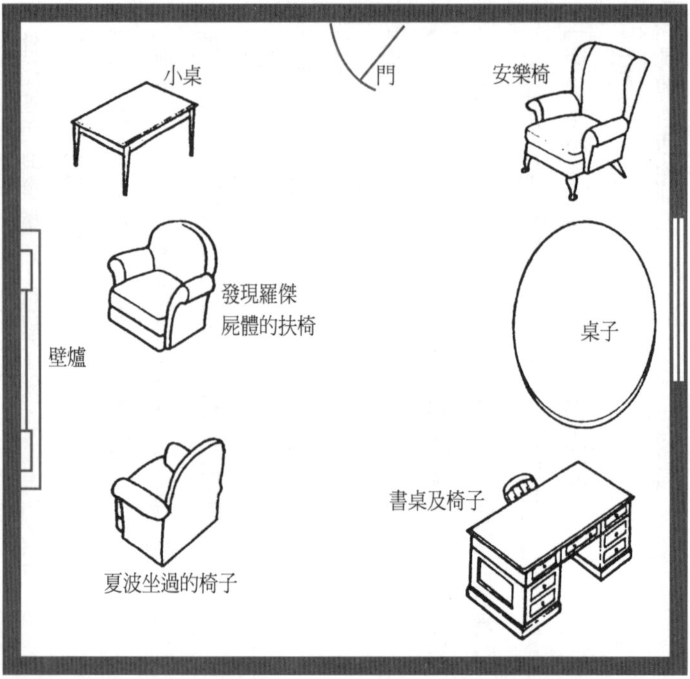

他指指房門左邊那張寬大的老式安樂椅，這張椅子放在門與窗子中間。我畫了一張房間的草圖，給剛才提到的那張椅子標上×號。

「你按當時的位置放給我看。」白羅說。

男管家把那張椅子從牆邊往外足足拖出兩英尺，轉了一個角度，讓椅子面對著門。

「*Voilà ce qui est curieux*（法語：這樣擺就奇怪了），」白羅低聲說，「朝這方向擺的椅子我想沒人會坐的。那麼又是誰把它推回到原位的呢？是你嗎，管家先生？」

「我沒動過，先生，」帕克說，「我看到主人已經死了，心裏非常煩亂。」

白羅又轉向了我。

「是你動的嗎，醫生？」

我搖搖頭。

「我和警察一起進來時，這張椅子已經放回原處，」帕克插話說，「這一點我可以確定。」

「那就奇怪了。」白羅說。

「大概是雷蒙或布倫特把它推回去的，」我提出了自己的看法，「這應該無關緊要吧？」

「完全無關緊要，」白羅說，「所以才引起我的興趣啊。」他輕聲地補充了一句。

「對不起，我出去一會。」梅羅斯上校說完，就和帕克一起離開了房間。

「你認為帕克說的是真話嗎？」我問道。

「就椅子來說，他說的是真話，其他我就不知道了。醫生先生，如果你也來辦這類案子的話，你就會發現，所有的人都有一個共通點。」

「什麼共通點？」我好奇地問道。

「與案件有關的人都各自隱瞞了一些事情。」

「我也隱瞞了嗎？」我笑著問道。

白羅的目光牢牢地盯著我。

「我想你也是。」他平和地說。

「那麼是……」

「有關佩頓這位年輕人的事，你是否把你所知道的一切，都告訴我了呢？」他對我笑了笑，這時我的臉開始發燙。「噢，不要害怕，我不會逼你說的，到某個時候我就會知道了。」

「我希望你把辦案的訣竅跟我說說，」我急急忙忙地說了一句，以掩飾自己的窘迫，「比方說，有關爐火的事。」

「哦！這很簡單。你是八點五十分告別艾克洛先生的，是嗎？」

「是的，沒錯。」

「當時窗子是關著並拴上了，門沒有鎖。發現屍體則是十點一刻，這時門是鎖著，而窗子是開著。是誰開的呢？很明顯，只有艾克洛先生本人可能做這些事。這有兩個原因：一是房間裏熱得難以忍受。但當時爐火馬上就要熄了，昨晚的氣溫又驟然下降，所以這個可能性不成立。第二個原因，就是他讓某個人從窗子進來。如果他讓那人翻窗進屋的話，艾克洛先生一定對那個人非常熟悉，因為先前他對那扇窗子顯得很緊張。」

「聽起來確實很簡單。」我說。

「如果把事實有條有理地串聯起來，一切都是簡單的。我們現在所關心的是昨晚九點半跟他在一起的是誰。一切跡象都表明，他就是那個從窗子進來的人。雖然後來弗洛拉小姐去見艾克洛先生時，他還活著，但我們必須弄清來訪者是誰，才能解開這個謎。那人離開時可能沒關窗子，於是兇手就趁機從窗子進入；但也有可能是同一個人再次回去行兇。啊！上校回來了。」

梅羅斯上校精神抖擻地走了進來。

「那個電話號碼終於查到了，」他說，「不是從這兒打的，是從金艾博特車站附近的公用電話亭撥出，昨晚十點一刻接通夏波醫生家的電話。而十點二十三分有班夜車開往利物浦。」

8 拉格倫警官躊躇滿志

我們相互對視了一下。

「你是到車站去打聽的，是嗎？」我問道。

「這還用問！但我對這個結果並不十分滿意。這車站是什麼樣子，你是清楚的。」

我確實很清楚，金艾博特只不過是個小小的村莊，但設在這裏的車站卻是一個重要的樞紐站。大多數快車都要在這裏停留。列車在這裏調軌，重新分類編組。那裏有兩三個公用電話亭。晚上那段時間有三列地方上的火車先後進站，都是為了讓旅客趕北上的那列快車。這列快車十點十九分到，十點二十三分開。這段時間整個車站人來人往，熙熙攘攘，什麼人在這裏打過電話，或者什麼人上了這列快車，一般不會有人去注意。

「但究竟為什麼要打這通電話呢？」梅羅斯問道，「我看這有點奇怪，沒有理由打電話嘛。」

白羅小心翼翼地把書櫃上的一個瓷器擺飾扶正。

「可以確定，其中一定有原因。」他回過頭來說。

「什麼原因呢？」

「如果我們知道打電話的原因，一切就迎刃而解了。這個案件既奇特又有趣。」

他最後一句話的含義，叫人捉摸不透，我發現他對這一案件有獨到見解，但到底是什麼樣的見解，我也不清楚。

他走到窗子邊，站在那兒朝外眺望。

「夏波醫生，你說你在大門外遇見那個陌生人，是九點鐘，是嗎？」

他問我問題時，並未轉身。

「是的，」我回答道，「我聽到教堂的鐘敲了九下。」

「他走到這幢房子要用多長時間？確切地說，走到窗邊要用多少時間？」

「從外面走要五分鐘，如果走車道右邊的那條小路只要兩三分鐘。」

「這表示他知道有這條路。我怎麼跟你解釋呢？也就是說，他以前來過這個地方，他對周圍的環境很了解。」

「確實如此。」梅羅斯上校附和了一句。

「我們一定能夠弄清楚。艾克洛在過去一週內是否會見過任何陌生人？」

「雷蒙這位年輕人可以告訴我們。」我回答說。

「也可以去問帕克。」梅羅斯上校提出自己的看法。

「*Ou tous les deux*（法語：他倆在什麼地方）？」白羅微笑著說。

梅羅斯上校出去找雷蒙，我又按鈴通知帕克過來。

眨眼功夫，梅羅斯上校就回來了，身邊跟著艾克洛的年輕秘書。他把秘書介紹給白羅。雷蒙滿面春風，彬彬有禮，能與白羅相識，他感到很高興，但神態又略顯驚訝。

「沒想到你隱姓埋名住在我們這裏，白羅先生，」他恭維道，「能親眼見識你本人辦案真是天大的榮幸。咦，你在做什麼？」

白羅本來一直站在門的左邊，這時他突然向旁邊移動，趁我轉過身時，迅速把安樂椅拉了出來，一直拉到帕克講過的那個位置。

「想叫我坐在椅子上，給我驗血？」雷蒙非常幽默地問道，「這是什麼意思？」

「雷蒙先生，昨晚我們發現艾克洛先生被刺的時候，這張椅子被人像這樣拖了出來；後來，有人又把它放回到原位。是你放回去的嗎？」

秘書毫不遲疑地回答道：

「不是，絕對不是我。我甚至記不起這張椅子是擺在這個位置，但既然你說是在這個位置，那一定沒錯。不管怎麼說，必定是有人把它放回原來的位置。這樣是不是把線索給毀了？那太糟糕了！」

「這無關緊要，」偵探說，「一點關係都沒有。雷蒙先生，我真正想問你的是：在過去的一星期裏，是否有陌生人來見過艾克洛先生？」

秘書緊皺雙眉思索了一會，這時，帕克也應召而來了。

「沒有，」雷蒙最後說，「我想不起有什麼人來過。你呢，帕克？」

「你問的是什麼，先生？」

「這星期有沒有陌生人來見過艾克洛先生？」

男管家回憶著。

「有個年輕人星期三來過，先生，」他最後說，「我知道他是『柯蒂斯暨佐特公司』的業務員。」

雷蒙不耐煩地揮了揮手。

「噢！是的，我記起來了。但這人不是這位先生所說的陌生人。」他轉向白羅，「艾克洛先生想買一台錄音機，」他解釋說，「這樣我們就可提高工作效率。出售這玩意兒的公司派來一位代表，但還未成交。艾克洛先生還沒決定是否要買。」

白羅轉向男管家。

「你能不能把這個年輕人的外貌描述一下，帕克？」

「他長著一頭金髮，先生，個子不高，穿著一套整潔的藍嗶嘰西裝。算是個有教養的年輕人，以他的社會地位來看的話。」

白羅轉向我。

「你在大門外遇見的那個人個子很高，是嗎，醫生？」

「是的，」我回答道，「大概有六英尺高吧。」

「那麼這兩者就毫無關係了，」這位比利時偵探斷言，「謝謝，帕克。」

男管家對雷蒙說：

「哈孟先生剛到，先生，他急於想知道是否能幫我們忙，他很希望跟你談一談。」

「我馬上就去。」這位年輕人說完便急匆匆地往外走。白羅以探詢的目光看著警察局長。

「是家庭律師，白羅先生。」後者解釋道。

「現在該是年輕的雷蒙先生要忙的時候了，」白羅低聲說，「從他的外表看，他是一個效率很高的人。」

「艾克洛認為他是一個非常出色的秘書。」

「他來這兒有多久了？」

「剛好兩年，我想。」

「他辦事一定非常小心謹慎，這一點我可以相信。他平時有些什麼嗜好？他喜歡體育嗎？」

「私人秘書沒多少時間可消遣，」梅羅斯上校笑著說，「我相信雷蒙會打高爾夫球，夏天他還打打網球。」

「他不去賽馬場嗎？我的意思是說參加賽馬會。」

「參加賽馬會？不，我想他對賽馬不感興趣。」

白羅點點頭，看來他對雷蒙已失去了興趣。他緩緩地向書房環視一遍。

「我想，這裏該看的我都已經看了。」

我也朝四周看了一遍。

「要是這些牆能開口說話就好了。」我喃喃自語。

白羅搖了搖頭。

「光有舌頭是不夠的，」他說，「它們還需具備眼睛和耳朵。但你不要以為這些沒生命的東西都是啞巴，」他觸摸了一下書櫃的頂部說，「對我來說，它們有時會說話，椅子啊、桌子啊，它們都會提供一些線索！」

他轉過身子，面對著門。

「什麼線索？」我問道，「它們今天對你說了些什麼？」

他轉過頭，滑稽地挑挑眉頭。

「一扇打開的窗子，」他說，「一扇鎖著的門，一張好像生腳會走路的椅子。我對這三樣東西問了『為什麼？』，但它們都不能回答我。」

他搖搖頭，挺起胸脯，站在那裏對我們眨眼睛。他那自得意滿的樣子看來可笑極了。我心裏想，他到底是不是一位名符其實的好偵探呢？也許他的名聲是建立在一連串好運氣上呢。

我猜梅羅斯上校一定也是這麼想，因為他也在皺眉頭。

「你還想看其他什麼東西嗎，白羅先生？」他唐突地問道。

「能不能麻煩你帶我去看一下銀櫃？就是放著兇器的那個櫃子。看完銀櫃我就不再打攪你了。」

我們向客廳走去，但剛走到半路，有個警員便攔住上校。他倆低聲嘀咕幾句後，上校對我們說聲「請原諒」就離開了。我只好自己帶白羅去看銀櫃。我揭開銀櫃的蓋子，然後放下蓋子；這樣做了一兩次。看過銀櫃，他推開了窗子走入陽台，我尾隨在後。

這時，拉格倫警官正好在屋角拐彎，向我們走來。他的臉上顯露出冷酷而又滿意的表情。

「你們原來在這裏，白羅先生，」他說，「案件快了結了。我也感到很遺憾，看著一位可愛的年輕人走入歧途。」

白羅的臉馬上陰沉下來，但他非常平靜地說：

「照你這麼說，我是幫不了你的忙了？」

「可能要等到下一次吧，」警官安慰道，「雖然在我們這個偏僻寧靜的小地方，謀殺案並不常見。」

白羅那凝視的目光中流露出讚歎的神色。

「你辦案太神速了，」他評論道，「我想冒昧地問一聲，你能不能跟我說一下查案的步驟？」

「當然可以，」警官說，「首先，要有方法，這就是我常說的，方法！」

「啊！」白羅叫了起來，「這也是我的格言：方法、順序加上灰色的腦細胞。」

「細胞？」警官疑惑不解地問道。

「大腦裏的小細胞。」比利時偵探解釋道。

「哦，當然囉，我想我們都得動用腦細胞。」

「但每人動用腦細胞的程度不一樣，」白羅低聲說道，「而且腦細胞的質量也不盡相同。接下來就是犯罪心理學知識，每個人都必須學習。」

「啊！」警官說，「你竟然如此熱中於心理分析這種東西，像我這麼一個普普通通的人——」

「這一點拉格倫太太是不會同意的，我敢這麼說。」白羅邊說邊向警官鞠了個躬。

警官一怔，也回敬了一鞠躬。

「你沒理解我的意思，」拉格倫警官說著大笑起來，「天哪，語言竟然會造成那麼大的差異。我正在跟你講我辦案的經驗，首先是方法。最後看見艾克洛先生還活著的時間是九點三刻，是他的侄女弗洛拉・艾克洛小姐看見的。這是第一個事實，對嗎？」

「可以這麼說。」

「那麼，這個時間就確定下來了。十點半的時候，這位醫生說艾克洛先生至少已經死了半個小時。你能肯定嗎，醫生？」

「當然可以肯定，」我說，「半個小時或更長一點。」

「很好。那麼做案的時間就能精確地定在一刻鐘之內。我給當時在屋子裏的人列了一張表，逐個審查，把他們九點四十五分到十點在什麼地方、做了些什麼，都記下來，並附上他們的證明人。」

他把一張紙條遞給白羅，我在他身後看著，上面清楚整齊地寫著：

布倫特少校——與雷蒙一起在彈子房（後者證明）。

雷蒙先生——彈子房（見右項）。

艾克洛太太——九點四十五分看撞球比賽。九點五十五分上床睡覺（雷蒙和布倫特看見她上樓）。

艾克洛小姐——從她伯父的書房出來後直接上樓（帕克和女僕艾絲・戴爾可以證明）。

僕人：

帕克——直接去儲物間（女管家拉瑟兒證明，她當時從樓上下來，跟他談了一會兒。時間是九點四十七分，大約談了十幾分鐘）。

拉瑟兒小姐——同右。與女僕艾絲・戴爾談話，九點四十五分上樓。

俄秀拉・伯恩（接待女僕）——九點五十五分前一直待在自己的房間裏，然後去了僕人廳。

庫珀太太（廚師）——在僕人廳。

格拉娣・瓊斯（助理女僕）——在僕人廳。

艾絲・戴爾——在樓上的臥室（拉瑟兒小姐和弗洛拉小姐看見她在那裏）。

瑪麗・史里普（幫廚）——在僕人廳。

「廚師在這裏已有七年，接待女僕十八個月，帕克一年多一點，其餘都是新來的。他們中間只有帕克有點可疑，其他人看來都沒問題。」

「一張非常完整的名單，」白羅一邊說，一邊把紙條遞還給他，「我可以確定謀殺案並不是帕克幹的。」他非常嚴肅地補充一句。

「我姐姐也這麼認為，」我插了一句，「她的看法通常都是對的。」

他們好像對我的話一點都不注意。

「這份調查記錄非常明確的排除了家裏人做案的可能性，」警官繼續說，「現在我們來看一個至關重要的問題：管門房的那個女人，瑪麗・布萊克，昨晚拉窗簾時看見拉爾夫・佩頓拐進大門，朝屋子走去。」

「這一點她能肯定嗎？」我嚴厲地問道。

「當然可以肯定，她一眼就把他認出來。他很快進了大門，向右拐入小道，這是通往陽台的捷徑。」

「那是什麼時候？」白羅問道。他坐在那裏，臉上沒有任何表情。

「精確時間是九點二十五分。」警官非常嚴肅地說。

沉默了一會兒，警官又接著說：

「這一切都非常清楚，全部事實都對得起來，無懈可擊。九點二十五分，佩頓上尉從門房進入。九點半左右，雷蒙先生聽見有人在書房裏面向艾克洛先生要錢，但艾克洛先生拒絕了。接下來又發生了些什麼呢？佩頓上尉從同一條路離開——從窗子出去，然後沿著陽台走。他又氣又惱，慢慢地走到打開的客廳窗子前。這個時間可推斷為九點三刻，弗洛拉·艾克洛小姐正在給伯父請安。布倫特少校、雷蒙先生和艾克洛太太都在彈子房，客廳裏什麼人都沒有，於是他便偷偷地溜進去，從銀櫃裏取出短劍，然後又回到書房的窗前。他悄悄地爬進去，然後……細節問題我就不說了。事後他就悄悄地溜出去逃跑了。他沒有膽量再回那個小旅社，而是直接逃往車站，在車站他打電話給——」

「為什麼要打電話呢？」白羅輕聲問道。

我被白羅那突如其來的插話嚇了一跳。那矮個子偵探身子朝前傾斜，眼睛炯炯有神，發出奇異的綠光。

拉格倫警官也被他的提問弄得怔了一下，一時不知該說什麼。

「很難確切地說他為什麼要那樣做，」他最後說，「但兇手往往會做出一些荒謬可笑的事。如果你在警察局工作過的話，你就明白了。最聰明的人有時也會犯一些愚蠢的錯誤。你過來，我讓你看看這些腳印。」

我們跟著他繞過陽台，來到書房窗前。拉格倫一聲命令，一個警員馬上拿出一雙鞋，這雙鞋是從那家小旅社找出來的。警官把鞋放在腳印上。

「正好一樣，」他信心滿滿說，「但這裏的腳印不是這雙鞋留下的。留下腳印的那雙鞋他穿走了。兩雙鞋完全相同，但這一雙要舊一點，你看下面的橡膠飾釘已經磨損了。」

「不過穿這種鞋的人當然不只他一個，不是嗎？」白羅問道。

「說得沒錯，」警官說，「要不是還有其他一些證據的話，我是不會那麼注重這腳印線索的。」

「拉爾夫．佩頓上尉真是個十足的大傻瓜，」白羅若有所思地說，「竟然會留下那麼多的證據。」

「確實如此，」警官說，「昨晚是一個乾燥晴朗的夜晚，這你是知道的。他在陽台和石子路上沒有留下任何痕跡；但活該他倒楣，最近幾天，小道盡頭的那股泉水湧了出來，溢過了車道。你來看這兒。」

幾尺外，有一條小小的石子路跟陽台相連。離盡頭幾碼的地方，地面很潮濕，還有點稀泥。在這潮濕地段有幾個腳印，其中有一雙釘有橡膠飾釘的鞋印。

白羅沿著小道走了一段，警官走在他身旁。

「你注意到有女人的腳印嗎？」他突然問道。

警官大笑起來。

「這是很自然的事。總會有幾個女人走過這條路，也有幾個男的。告訴你，這是一條通往宅邸的捷徑。我們不可能把所有的腳印全部辨別出來。不管怎麼說，窗台上的那個腳印才是最重要的。」

白羅點點頭。

「沒有必要再往前走了，」快到車道時，警官說，「這一段又是石子路，非常堅實。」

白羅又點了點頭，但他的目光卻落在一座庭閣上，那是一種高級涼亭，就在我們前面一條石子小路的左邊。

白羅在附近停留了片刻，而警官卻回頭向宅邸走去。這時白羅看了我一眼。

「你一定是仁慈的上帝派來替代我的朋友海斯汀的，」他眨著眼說，「我發現你跟我形影不離，總是在我身邊。夏波醫生，我們去察看一下涼亭怎麼樣？我對這個涼亭很感興趣。」

他走過去打開門，亭子裏光線昏暗，有一兩張做工粗糙的椅子，一座槌球遊戲架，幾張折疊式躺椅。

我那新朋友的舉動使我感到吃驚。他手腳趴地，四處爬行。還不時地搖著頭，好像不太滿意。最後他跪坐在自己的小腿上。

「什麼都沒有，」他低聲說，「唉，也許真的沒有什麼，可是應該有很多——」

他停下來休息了一會兒，直挺挺地一動也不動。然後他把手伸向一張粗糙的椅子，從椅子的一邊，取下一些東西。

「這是什麼？」我叫了起來，「你找到什麼了？」

他笑了笑，鬆開手讓我看他手掌上的東西。原來是一小塊上過漿的白絲絹。

我從他手上拿過來，好奇地看著，然後又放到他手上。

「你看這是什麼東西，我的朋友？」他眼睛直盯著我看。

「是手帕上撕下來的一片。」我提出自己的看法，說完便聳聳肩。

突然他又伸出手去，撿起一根小小的羽毛管，從外形看，好像是一根鵝毛管。

「那，這個呢？」他非常得意地叫了起來，「你覺得這是什麼？」

我瞠目結舌，無言以對。

他把羽毛管塞進了口袋，又看了看那片白色的絲絹。

「是手帕上撕下來的嗎？」他若有所思地喃喃自語著，「可能你說得對。但你要知道，再高級的洗衣店也不會給手帕上漿的。」

他得意地向我點點頭，然後小心翼翼地把那片絲絹夾進筆記本。

9 金魚池

我倆一起往宅邸走去，而警官則不知去向。白羅在陽台上停了一會兒，背朝房子站著，然後慢慢地把頭從一邊轉向另一邊。

「*Une belle propriété*（法語：漂亮的花園住宅），」他以讚賞的口氣說，「它會由誰來繼承？」

聽了他的問話，我心裏不禁一楞。說來是奇怪，到現在為止，我從未想過他們財產繼承的問題。白羅那犀利的目光直盯著我。

「對你來說，這可能是一個新問題，」他終於說道，「你過去從未想到過吧。」

「是沒有，」我跟他說實話，「有想過就好了。」

他又一次好奇地看著我。

「我不明白你說這句話是什麼意思。」他若有所思地說。我剛想開口，他卻又說：

「哦！不問了。*Inutile*（法語：毫無用處）！你是不會把真實想法告訴我的。」

「每個人都隱瞞了一些事情。」我引用了他先前說過的話，說完便笑了起來。

「完全正確。」

「你仍然這麼想嗎？」

「是的，現在我更相信這一點了，朋友。要想瞞過赫丘勒・白羅，可不是件容易的事。我有我的訣竅，能把一切都弄清楚。」

他一邊說，一邊從荷蘭式花園的台階上走了下來。

「我們去走走吧，」他回過頭來說，「今天的天氣真愜意。」

我跟在他身後，他領我拐向左邊小道，周圍全是紫杉樹籬。一條步行小徑通過中間，兩邊是整齊的花圃，在圓形凹壁的盡頭有凳子和金魚池。白羅沒有走到底，他選擇山坡邊一條綠蔭蔥蔥的小徑盤旋而上。有一小塊地方的樹木已被砍掉，上面擺著一張椅子。坐在這裏，望遠可欣賞鄉村的美麗景色，俯首可見鋪有石子的凹壁和金魚池。

「英國真是太美了，」白羅一邊說一邊欣賞著周圍的景色，接著他笑了，「英國小姐也很美。」他說這句話的時候，聲音壓得很低，「不要出聲，朋友，請欣賞一下我們足下的美景。」

這時我才發現弗洛拉正沿著我們剛才走過的那條小徑走著，嘴裏哼著悠揚悅耳的小調。她走路蹦蹦跳跳，就像在跳舞。儘管她穿著一件黑色連身裙，但看不出絲毫的悲傷，她一個旋轉，連身裙頓時飄浮起來。她仰起頭放聲大笑。

這時，一個男人突然從樹後走了出來，原來是赫克托・布倫特。

那小姐被嚇了一跳，臉上的表情頓時變了。

「你把我嚇了一大跳……我沒看見你在這兒。」

布倫特什麼也沒說，只是靜靜地站在那裏看著她。

「我喜歡你那令人愉快的談吐，」弗洛拉語中帶刺。

一聽這話，布倫特那黧黑的臉泛起紅暈，說話的聲音也變了，帶點謙卑的味道，聽起來很可笑。

「我這人不善談吐，年輕時就是如此。」

「我想，那是很久以前囉？」弗洛拉口氣嚴肅地說。

她的話語伴有微弱的譏笑，我想布倫特是注意不到的。

「是的，」他只是簡短地應對了一句，「確實如此。」

「我想問你一個問題。你覺得，長生不老、永保青春是什麼滋味？」弗洛拉問道。

這回，她的笑意更明顯了，然而布倫特卻只是考慮著如何應對。

「你還記得那個把靈魂出賣給魔鬼的傢伙嗎？他的目的就是想變得年輕一點。有一齣戲講的就是這個。」

「你說的是〈浮士德〉嗎？」她問。

「是的。講的是個乞丐，故事情節很奇特。如果真的能夠變年輕的話，有些人是會這麼做的。」

「聽你講話，簡直就像在聽嘎吱嘎吱椅子搖晃的聲音。」弗洛拉半生氣半開玩笑地說。

布倫特一時語塞，目光從弗洛拉身上轉移到別處。他面對一棵不遠的樹喃喃自語說：

「該回非洲去了。」

「你又要出遠門，是去打獵嗎？」

「是這麼想的。通常是為了這個——我的意思是打獵。」

「大廳裏的那個獸頭是你獵到的嗎？」

布倫特點點頭，接著，他臉紅而急速地問道：

「你喜歡那些漂亮的獸皮嗎？如果喜歡的話，我可以給你送點來。」他說話時臉脹得通紅。

「哦！太好了。」弗洛拉高興得叫了起來，「你真的要送我嗎？你會不會忘記？」

「我不會忘的。」赫克托・布倫特說。

接著他又說了幾句，想馬上結束他們的談話：

「我該走了，這樣過日子是不行的，沒有目標。我是一個粗人，對社會無益，總是忘記該說的話。我確實該走了。」

「但你不應該馬上就走，」弗洛拉叫嚷著，「不行，我們遇到了這麼多麻煩事，你不該走。哦！我求求你。如果你走了……」

她稍稍側過身子。

「你想叫我留下？」布倫特問道。

他明知故問，但問得很簡單。

「我們都想——」

「我想知道你本人的想法。」布倫特直截了當地說。

弗洛拉又慢慢地轉過身子，目光正好跟他相對。

「是我想叫你留下。」她說，「如果，如果這樣說對你有任何意義的話。」

「非常有意義。」布倫特說。

沉默了片刻，他倆便在金魚池旁的石凳上坐下來。看來他倆都不知道接下來該說些什麼。

「多麼，多麼可愛的早晨啊！」弗洛拉終於開口了。「你知道我有多麼高興，儘管，儘管發生了這些事。恐怕這種想法有點不盡人情。」

「這種想法也是挺自然的，」布倫特說，「你住在你伯父家才兩年，不是嗎？當然不可能非常悲傷。這比裝模作樣的假意悲傷要好得多。」

「你這人太會安慰人了，」弗洛拉說，「複雜的事情經你一解釋也就變得簡單了。」

「一般情況下，事情總是很簡單的。」這位大名鼎鼎的獵人說。

「並不總是很簡單的。」弗洛拉說。

她的說話聲漸漸低了下來，我看見布倫特轉過頭來看她，把目光從非洲海岸（看來是如此）又轉回弗洛拉身上。很顯然地，他為她的語聲漸弱找到了解釋，因為過了一會兒，他非常唐突地說道：

「喂，你沒有必要擔心，我的意思是，你不必為那位年輕人擔心。那個警官是個白癡，這一點大家都明白，指望他來破案那是不可能的。我看是外人幹的，就是盜賊，這是唯一可能的解釋。」

弗洛拉轉過頭來，看了他一眼。

「你真的這麼認為嗎？」

「你不是嗎？」布倫特立刻反問道。

「我……哦，當然也是這麼認為的。」

又沉默了片刻，弗洛拉突然說：

「我，我想告訴你，今天早晨我為什麼這麼高興。儘管你會認為我是一個無情無義的人，我還是想告訴你。哈孟先生是我們的律師，他告訴我們有關遺囑的事。羅傑伯父留給我兩萬英鎊！你想想看，兩萬塊迷人的英鎊！」

聽了這番話，布倫特不免有點吃驚。

「錢對你來說是那麼重要？」

「對我那麼重要?你竟會問這樣的問題。錢就是一切:自由,生命,不必勾心鬥角,不必過苦日子,不必吹牛撒謊——」

「撒謊?」布倫特厲聲打斷了她的話。

弗洛拉大吃一驚,停了片刻。

「你該明白我的意思,」她躊躇地說,「那些有錢的闊親戚,把要扔掉的垃圾恩賜給你——比方說,去年的衣服、裙子、帽子等等——你還要裝出非常感激的樣子。」

「我對女士的服飾毫無鑒賞能力,在我看來,你總是穿得挺漂亮的。」

「但我得付出不少代價,」弗洛拉低聲說,「不提那些令人不愉快的事了。我太高興了,我現在自由了,想做什麼就做什麼,不用去……」

她突然停了下來。

「不用去做什麼?」布倫特急切地追問道。

「哦,我忘了,只是一些雞毛蒜皮的事。」

布倫特拿起一根棍子伸進魚池裏,好像在戳什麼東西。

「你在幹什麼,布倫特少校?」

「那裏有樣東西一閃一閃的,不知是什麼東西……有點像金胸針。唉,水都讓我攪混了,東西不知跑到什麼地方去了。」

「可能是一頂皇冠,」弗洛拉說,「可能就是梅利桑在水中發現的那頂皇冠。」

「梅利桑？」布倫特若有所思地問道：「她是不是某齣戲裏的人物？」

「沒錯，看來你對戲劇還是蠻熟悉的。」

「常有人帶我去看戲，」布倫特說，「劇情大半滑稽可笑，而且現場的嘈雜聲比土著用長鼓敲出來的聲音還難聽。」

弗洛拉聽了哈哈大笑。布倫特繼續說道：

「我記得梅利桑跟一個老頭結了婚，那人老得足以當她的父親。」

他把一塊小石頭扔進了金魚池，然後轉過身來面對著弗洛拉。

「艾克洛小姐，我能幫你什麼忙嗎？我的意思是佩頓的事。我知道你心裏一定非常焦慮。」

「謝謝，」弗洛拉非常冷淡地說，「真的不需要幫忙，拉爾夫不會有問題的，我把世界上最好的偵探給請來了，他一定會把一切弄個水落石出。」

躲在我們這個位置，實在令人感到不自在。我們並不是故意偷聽他們的談話，因為他們只要一抬頭就可以看見我們，要不是我的那位夥伴用力擰我的手臂，提醒我不要出聲的話，我早就會發出信號，提醒他們這裏有人。顯然他是希望我保持沉默。然而這當頭他自己卻動了起來，動作非常敏捷。

他迅速站起身，清了清嗓子。

「十分抱歉，」他大聲說，「我不能讓這位小姐言過其實地恭維我。常言道，竊聽者總是聽到別人說他的壞話，而這次卻是例外。為了不使自己出洋相，我不得不過來向你們道歉。」

說完他便沿著小徑匆匆而下，我緊緊尾隨著，向魚池走去。

「這位是赫丘勒・白羅先生，」弗洛拉介紹說，「他的大名，你可能早有所聞。」

白羅鞠躬致意。

「久聞布倫特少校大名，」他彬彬有禮地說，「有幸跟你相識，我感到很榮幸，我正需要你提供些資料給我。」

布倫特以探詢的目光看著他。

「你最後見到艾克洛先生活著，是什麼時候？」白羅問。

「吃晚飯時。」

「這以後就再也沒有看見他，或者聽見他的聲音了嗎？」

「沒有見過他，但聽見過他談話的聲音。」

「能不能把詳細情況講一下？」

「我在陽台上散步——」

「請原諒，是幾點鐘？」

「大約九點半。我在客廳窗前抽煙，來回走著，這時我聽見艾克洛先生在書房裏講話……」

白羅停下來，拔了根細細的嫩草。

「在陽台的那個位置，你應該聽不見書房裏的談話。」他低聲說。

他沒有看布倫特，但我看了他一眼，發現他臉都脹紅了，我感到非常驚訝。

「我正好走到拐角的地方。」他不太樂意地解釋道。

「哦，是嗎？」白羅問道。

從他那溫和的語氣中，布倫特意識到，這麼說還不夠充份。

「因為我好像看見了……一個女人鑽進了樹叢，你知道，只是一道白光，可能是我看花了眼。就是在陽台拐角的地方，我聽見艾克洛跟秘書談話的聲音。」

「是跟雷蒙說話嗎？」

「是的，我當時是這麼認為。看來我是弄錯了。」

「艾克洛沒叫他的名字嗎？」

「哦，沒有。」

「我冒昧地問一句，你憑什麼認為是……」

布倫特費勁地解釋道：

「我之所以認為是雷蒙，是因為我去陽台之前，他跟我說，他有一些文件要送到艾克洛那裏去。我壓根兒就沒想到會是其他的人。」

「你還記得你聽到的那些話嗎？」

「恐怕記不清了，一些很平常、很瑣碎的事，只是零零星星地聽到一些。我當時正在想別的事。」

「無關緊要的瑣事，」白羅喃喃自語道，「發現屍體後你去過書房，你有沒有移動一張椅子讓它背朝牆壁？」

「椅子？沒有，我為什麼要去動椅子呢？」

白羅聳了聳肩，並沒回答。然後他轉向弗洛拉。

「有一件事我想向你打聽一下，小姐。當你和夏波醫生一起觀看銀櫃裏的東西時，那把劍是不是在裏面？」

弗洛拉噘起了嘴。

「拉格倫警官剛問過我這個問題。」她回答說。從談話的口氣中可以聽出，她有點怨氣。「我已經跟他說了，現在又要跟你說。我完全可以肯定，那把劍不在裏面。拉格倫認為當時劍在裏面，後來拉爾夫偷偷地溜進來把它取走了。他並不相信我，他認為我說這樣的話，是庇護拉爾夫。」

「你是不是在庇護他呢？」我鄭重其事地問道。

弗洛拉跺著腳。

「夏波醫生，你也跟他一樣！唉！你們太壞了。」

白羅很巧妙地把話題扯開了。

「布倫特少校，你剛才說的話是真的，池子裏確實有東西在閃光。讓我試試看，是不是能把它撈上來。」

他在池子邊跪下來，把袖子挽到肘關節處，然後慢慢地把手伸進池子，生怕把池底的淤泥攪起來弄渾水。但儘管他那麼小心翼翼地去撈，池底的淤泥還是打起漩渦泛了起來。他只好把手縮回來，什麼都沒撈到。

他懊喪地看著手臂上的污泥。我把我的手帕遞給他，但他再三推託。最後他說了一連串道謝的話才接受了。布倫特看看手錶。

「快吃午飯了，」他說，「我們還是回屋裏去吧。」

「和我們一起去吃飯吧，白羅先生，」弗洛拉說，「我想請你見見我的母親。她，她非常喜歡拉爾夫。」

白羅鞠躬致謝。

「承蒙邀請，小姐。」

「你也留下吧，夏波醫生。」

我猶豫了一會兒。

「哦，一起吃吧。」

我心裏也想留下，就不再推卻，欣然答應了。

我們一起向宅邸走去，弗洛拉和布倫特走在前面。

「多美的頭髮呀！」白羅一邊輕聲地說，一邊點頭示意，叫我看弗洛拉的頭髮。「真正的金髮！他們會成為珠聯璧合的一對，她跟黝黑英俊的佩頓上校。你說對不對？」

我以詢問的目光看著他，但他卻開始撣衣袖上的小水珠。他的這一動作使我聯想到貓的動作——他那碧綠的眼珠，那過份講究細節的習慣。

「一無所獲，」我深表同情地說，「我一直在想，池子裏的東西到底是什麼。」

「你想看嗎？」白羅問。

我看了他一眼，他點點頭。

「我的好朋友，」他以溫和且帶點訓誡的口氣說，「在不確定拿得到東西之前，赫丘勒·白羅絕不會冒著弄髒衣服的風險而硬去取下。要是這樣的話，豈不太可笑了？荒唐可笑的事，我是從來不幹的。」

「但你的手伸出水面時，什麼東西也沒有。」我反駁說。

「有的時候需要慎重。你把什麼事都毫不隱瞞地告訴病人嗎，醫生？我想是不會的。就連你那個好姐姐，你也不會把所有的事都告訴她，不是嗎？我讓你們看手的時候，早已把拿上來的東西換到了另一隻手。你想看一下是什麼東西嗎？」

他伸出左手，張開手掌。一只金戒子，一只女人戴的結婚戒指。

我從他手裏拿過那只戒指。

「看裏面。」白羅說。

我朝裏圈看了一眼，上面刻著幾個細細的字：

R贈，三月十三日

我看看白羅，但他卻忙於用小鏡子觀看自己的儀容。他對著他那兩撇鬍子細細斟酌，對我卻一點都不注意，我看得出他並不想繼續和我交談。

10 接待女僕

我們在門廳遇到艾克洛太太。跟她在一起的，是一個乾癟的矮個子男人，此人上額外突，有一雙目光犀利的灰色眼睛，渾身上下沒有一點地方不像律師。

「哈孟先生要和我們一起吃午飯，」艾克洛太太說，「你認識布倫特少校嗎？哈孟先生，這位是夏波醫生，也是羅傑的密友。還有這一位是……」

她停了一會，茫然地看著赫丘勒・白羅。

「這是白羅先生，媽媽，」弗洛拉介紹說，「我早晨跟你講起過的那個人。」

「哦！是的，」艾克洛太太含糊不清地說，「我記得，親愛的，我記得。他會找到拉爾夫的，是嗎？」

「他將找出謀殺伯父的兇手。」弗洛拉說。

「哦！親愛的，」她的母親大聲地說，「求求你！我的神經太脆弱了，今天早晨我的身體狀況極差，完全垮下來了。竟會發生這麼可怕的事情！我總有一種感覺，這件事一定是出於意外。羅傑太喜歡玩弄那些稀奇古怪的古董。一定是他不小心手一滑，或者其他什麼原因。」

出自禮貌，人們對她的這番話並沒有提出異議。我看見白羅擠到律師身邊，兩人低聲交談起來。他們慢慢地走到了窗子凹進處，我也想參加他們的談話，但猶豫了一下。

「不妨礙你們談話吧？」我說。

「哪裏的話，」白羅非常熱情地說，「你和我，醫生先生，我們攜手調查這個案件，沒有你，我是不可能成功的。我只是想從好心的哈孟先生這裏打聽點情況。」

「你們是代表拉爾夫・佩頓上尉的？」律師很謹慎地說。

白羅搖搖頭。

「不，我們是為伸張正義而接受這個案件的。艾克洛小姐請我來調查她伯父的死因。」

哈孟稍感吃驚。

「我並不相信佩頓上尉會跟此案有關，」他說，「不管證據對他有多麼的不利。唯一的不利證據就是他生活拮据，為錢所迫——」

「他在錢的方面很拮据？」白羅迅速插問了一句。

律師聳聳肩。

「這種情況已經有很長時間了，」他冷淡地說，「他花錢如流水，老是向他的繼父要錢。」

「最近他是否仍然經常去要錢？比方說，在最近的一年內。」

「我不清楚，艾克洛先生沒向我提過這件事。」

「我明白了。哈孟先生，我想，你對艾克洛先生的遺囑內容，一定很清楚吧。」

「當然囉，我今天來這裏就是為了這件事。」

「那麼，既然我受艾克洛小姐之託，替她辦案，我希望你把遺囑中的條文告訴我，這你不會反對吧？」

「遺囑寫得很簡單，刪去了冠冕堂皇的法律術語。除了確定的遺贈、遺饋外——」

「比如？」白羅打斷了他的話。

哈孟先生不免感到驚異。

「給女管家拉瑟兒小姐一千英鎊，給廚師埃瑪・庫珀五十英鎊，給秘書傑弗里・雷蒙五百英鎊。接下來給各個醫院——」

白羅舉起手。

「啊！慈善事業，這個我不感興趣。」

「好。一萬英鎊股票的收益給塞西爾・艾克洛太太，直到她去世。弗洛拉・艾克洛小姐直接繼承兩萬英鎊。其餘的，包括他的財產以及艾克洛父子公司的股票，全部留給養子拉爾夫・佩頓。」

「艾克洛先生擁有豐富的財產嗎？」

「相當大的一筆財產，佩頓上尉將成為一個非常富有的年輕人。」

沉默了片刻，白羅和律師對看了一眼。

「哈孟先生。」從壁爐那邊傳來艾克洛太太大刺刺的叫喚聲。

律師聽到叫喚就過去了。白羅拉著我的手臂，來到窗子凹進處。

「看這些彩虹，」他放大嗓門說，「太壯觀了！這種景象確實令人心曠神怡。」同時我發覺他在掐我的手臂，並低聲對我說：「你是真心誠意地想幫助我嗎？真的想參與這次調查嗎？」

「當然囉，」我急切地回答說，「再願意不過了。你知道我過的是多麼乏味保守的生活嗎？我從沒做過什麼不尋常的事。」

「很好，那我們現在就是同事了。我可以料到，過一會兒，布倫特少校就會到我們這兒來，因為他一定很受不了那位好媽媽。我想了解一些情況，但我並不想讓別人看出我想知道這些事。你聽明白了嗎？因此只好派你去打聽。」

「你要我打聽什麼事？」我領悟了他的意圖。

「我想請你提提弗拉爾太太的名字。」

「就這件事？」

「當你提到她時，態度要自然。你問他，她丈夫死的時候他是否在這兒。你該明白我的意思。他回答的時候，你要注意他臉上的表情，但要裝出若無其事的樣子。聽懂了嗎？」

我們不能再往下談了，因為這時，正如白羅所料，布倫特突然離開眾人向我們走來。

我建議到陽台去散散步，他沒有出聲，跟著我就出去了。白羅留了下來。

我停下來欣賞一朵遲開的玫瑰花。

「這一兩天發生的事太多了，」我邊看邊說，「我還記得上星期三我來這兒，也是在這個陽台上散步，當時艾克洛和我在一起，他還是那麼精神飽滿，充滿活力。而現在，三天後，艾克洛竟死了。可憐的老頭。弗拉爾太太也死了——你認識她嗎？你應該是認識的。」

布倫特點點頭。

「你這次來這兒，見到過她嗎？」

「跟艾克洛一起去拜訪過她，好像是上個星期二。她是一個迷人的女人，但她的舉止有點古怪，神秘莫測，猜不透她想幹些什麼。」

我盯著他那一動不動的灰色眼睛，從眼神中沒發現什麼。接著我又繼續問道：

「我猜你以前見過她？」

「就在上次我來這兒的時候——當時她和她丈夫剛到這兒定居。」他停了一會，接著又說：「太不可思議了，上次見到她，跟這次見到她，簡直判若兩人，變化太大了。」

「有什麼變化？」我問道。

「看上去好像老了十歲。」

「她丈夫死的時候，你不在這兒？」我裝出漫不經心的樣子問道。

「不在。據我所知，那或許還算解脫了。這話可能有點殘忍，但事實確實如此。」

我同意他的看法。

「阿什利・弗拉爾絕對談不上是一個模範丈夫。」我很謹慎地說。

「惡棍一個，我看。」布倫特說。

「不，」我說，「只是因為錢多才害了他。」

「哦！錢！萬惡之源。世上一切麻煩都是由錢引起的，不管有錢或沒錢都會惹麻煩。」

「那你遇到過什麼特別的麻煩呢？」我問道。

「還算好，我是幸運兒。」

「的確如此。」

「事實上我現在並不太富裕。一年前我得到一筆遺產，但我像個傻瓜似地上了別人的當，把這筆錢投資到一項靠不住的計劃。」

我對他表示同情，而且也談了自己類似的遭遇。

這時，吃飯的鑼聲響了，我們一起進去享用午餐。白羅把我稍稍往後拉了一下。

「怎麼樣?」

「他沒什麼問題,」我說,「這一點我可以確定。」

「沒什麼——可疑之處嗎?」

「他一年前得到一筆遺產,」我說,「但這有什麼不對?有何不可?我可以保證,他這個人行為規矩、光明磊落。」

「毫無疑問,毫無疑問,」白羅安慰道。「別懊惱了。」

他彷彿是在跟一個壞脾氣的孩子講話。

我們依次進入飯廳。從昨天在這裏進晚餐到現在,竟還不到二十四小時,這簡直令人難以置信。

飯後,艾克洛太太把我拉到一邊,和我一起坐在沙發上。

「這太傷我的心了,」她一邊低聲地訴說著,一邊拿出手絹,但又不想用它來擦眼淚,「我的意思是說,羅傑太不信任我了,這兩萬英鎊應該留給我,而不是留給弗洛拉。他應該相信,做為一個母親,我絕對會保護孩子的利益。我認為他對我不信任。」

「你忘了,艾克洛太太,」我說,「弗洛拉是艾克洛的親侄女,有血緣關係。如果你是他的親妹妹而不是他的弟媳,情況就不一樣了。」

「我畢竟是塞西爾的遺孀,我認為他應該考慮一下我的感受,」艾克洛太太邊說邊用手絹戰戰兢兢地擦著眼睛,「但羅傑對錢太謹慎——太吝嗇了。弗洛拉和我的處境實在很可憐。他甚至捨不得給我那個可憐的女兒一點零用錢。他是會幫她付帳單，但總是很不樂意，總要問她買這些東西有什麼用？男人就是這樣——哎，我忘了自己想說些什麼了……哦，是的，我們身無分文，弗洛拉對此非常不滿，是的，我應該說，她對此怨恨到了極點。當然，她對她的伯父還是很忠誠的，但任何一個孩子對此都會感到不平的。是的，我應該說羅傑對錢的觀念非常奇怪。我跟他說，他的那條洗臉毛巾已經破了，他就是不願意去買一條新的。然而，」這時艾克洛太太突然提高了嗓門，這是她跟人談話時的一個特點，「他竟把那些錢，一千英鎊哪，你想想看，一千英鎊——給了那個女人！」

「哪個女人？」

「拉瑟兒那女人啊！她這個人有點『古怪』，我總是這麼說她。但羅傑不允許別人說她一句壞話，他說她是一個很堅強的女人，還說對她非常欽佩，很尊敬她。他老是誇她正直、獨立、有道德感。但我覺得她很靠不住。很明顯，她是千方百計要與羅傑結婚。但我制止了她，所以她非常恨我，這是很自然的，我早就把她看透了。」

我很懷疑自己找不找得到機會讓她住嘴，趕快脫身。

這時哈孟過來跟我們道別，這才把她的談話打斷了。我趁機站起來。

「關於驗屍審訊，」我說，「你認為在什麼地方進行比較合適？在這兒還是在三豬苑？」

艾克洛太太張開嘴，兩眼直盯著我。

「審訊？」她顯出一副驚愕的樣子，「沒這必要吧？」

哈孟先生沙啞地乾咳了一聲，低聲說：

「出了這種事，一場驗屍審訊是不可避免的。」

「但……夏波醫生一定可以把一切都處理——」

「我有我的權限。」我無動於衷地說。

「如果他是死於意外——」

「他是被謀殺的，艾克洛太太。」我冷酷無情地說。

她發出一聲短促的尖叫。

「意外死亡的說法，根本就不成立。」我接著說。

艾克洛太太憂傷地看著我，我想她是怕審訊會引起事端。這種想法太愚蠢，我真有點不耐煩。

「如果舉行審訊，我……我不必回答任何問題，是嗎？」她問道。

「我不知道有沒有這個必要，」我回答說，「但我猜想，雷蒙先生會替你回答的，他對什麼情況都了解，他會提供證明身份的正式依據。」

律師微微點頭以示同意。

「我確實認為沒必要感到害怕，艾克洛太太，」他說，「這樣做可以避免許多不愉快的事。至於錢的問題，你現在是否夠用？」當她以探詢的目光看著他時，他補充說：「我是問你手頭上是否有錢，也就是現金。如果沒有的話，我可以調一下，把你所需的錢先給你。」

「這應該是沒問題，」雷蒙站在一旁說，「艾克洛先生昨天剛兌換了一百英鎊現金。」

「一百英鎊？」

「是的，準備今天用來發薪水以及支付其他費用，現在還原封未動。」

「這筆錢在什麼地方？在他的書桌裏嗎？」

「不，他習慣把現金放在臥室裏，確切地說，是放在一隻放領結的盒子裏。有趣吧，是不是？」

「我認為，」律師說，「在我離開之前，我們有必要去看一下錢是否還在裏面。」

「當然，」秘書贊同說，「我現在就帶你上樓去……哦！我忘了，門是鎖的。」

我們從帕克口中探聽出，拉格倫警官正在女管家的房間裏問一些問題。過了幾分鐘，警官手裏拿著鑰匙回到門廳，跟我們會合。他打開門上的鎖，我們走進走廊，沿著狹小的樓梯往上走，樓梯頂端就是艾克洛的臥室。臥室的門仍然開著，房間裏光線昏暗，窗簾沒有拉開，床還是跟昨晚一樣，床單翻開著。警官拉開窗簾，讓陽光射入室內。雷蒙走向紅木寫字桌，打開最高層的抽屜。

「他竟把錢放在一個不上鎖的抽屜裏，多大意呀！」警官批評著說。

秘書的臉微微一紅。

「艾克洛先生相信僕人們都是很誠實的。」他急躁地說。

「哦！原來如此。」警官急忙應了一聲。

雷蒙打開抽屜，從最裏面拿出一個放領結的圓形皮盒。他打開盒子，從裏面抽出一隻厚厚的皮夾子。

「錢就在這裏，」他把一大卷紙幣從裏面取出來，「你們看，一百英鎊原封未動。艾克洛先生昨晚更衣準備進餐時，當著我的面把這些錢放進這只盒子裏，以後當然就沒有人碰過了。」

哈孟先生從他手中接過那卷錢數了起來，他突然抬起頭。

「你說是一百英鎊，但這裏只有六十英鎊。」

雷蒙傻了眼，直盯著他。

「不可能！」

他叫了起來，一個箭步竄上去，從哈孟手中奪過錢，大聲地數了起來。

哈孟先生沒數錯，總數確實是六十英鎊。

「但……我無法理解。」秘書迷惑不解地大聲嚷著。

白羅開始發問：

「昨晚艾克洛先生更衣時，你親眼看著他把錢放進去嗎？你確定他沒有動用過這筆錢？」

「我可以確定他沒有動用過。他當時還說：『我不想帶著這一百英鎊去吃飯，口袋會鼓出來的』。」

「這一來事情就簡單了，」白羅說，「要嘛，他昨晚某個時候付出了四十英鎊，要不然就是被偷了。」

「這一解釋簡單明瞭，」警官贊同地說，然後轉向艾克洛太太，「昨晚有哪個僕人來過這裏？」

「我想，那個鋪床的女僕來過。」

「她是誰？你對她了解嗎？」

「她來這兒的時間並不長，」艾克洛太太說，「但她是一個可愛的普通鄉下女孩。」

「我認為我們應該把這件事弄清楚，」警官說，「如果是艾克洛先生本人把錢付出去的話，那這事與神秘的謀殺之謎或許有些關聯。就你所知，其他的僕人是否可靠？」

「哦，我想是的。」

「在這之前有沒有丟失過東西？」

「沒有。」

「有沒有人要離開這裏？」

「有的，接待女僕。」

「什麼時候？」

「她昨天說要離開這裏。」

「向你提出的嗎？」

「不，我跟僕人沒有任何關係。是拉瑟兒小姐處理家中所有的事務。」

警官沉思了片刻，接著他一邊點頭一邊說：

「我想我還是先找拉瑟兒小姐談談，再去見戴爾姑娘。」

白羅和我陪他來到了女管家的房間，拉瑟兒小姐以她一慣的沉靜，接待了我們。

鋪床的艾絲・戴爾來弗恩利莊已有五個月。她是一個可愛的女孩，能幹俐落，她絕對不會拿任何不屬於她的東西。

「接待女僕怎麼樣呢？」

「她是一個極優秀的女孩，非常恬靜、有教養，工作非常賣力。」

「那麼她為什麼要離開呢？」警官問道。

拉瑟兒小姐噘起了嘴。

「這件事跟我無關。我只知道昨天下午艾克洛先生故意挑了她的毛病。打掃書房是她份內的工作，我猜想可能她把書桌上的文件弄亂了，使他非常惱怒。然後她就提出辭呈了。這是我從她那裏聽到的，你們最好還是親自去見她一面。」

警官同意了。那個女孩在午餐桌上侍候過我們，當時我就注意到她了。她個子很高，鬈曲的棕色頭髮緊貼後腦勺，有一雙目光堅定的灰色眼睛。

女管家叫喚一聲後，她就進來了，直挺挺地站在我們桌旁，灰色眼睛凝視著我們。

「你是俄秀拉·伯恩？」警官問道。

「是的，先生。」

「你要離開了，是嗎？」

「是的，先生。」

「為什麼呢？」

「我把艾克洛先生書桌上的文件弄亂了，他非常生氣。我說我還是離開的好，他就叫我盡快走。」

「你昨天晚上去過艾克洛先生的臥室嗎，去整理東西或是什麼的？」

「不，先生，那是艾絲的事，那地方我是從來不去的。」

「我必須告訴你，小姐，艾克洛先生的房間裏，有一大筆錢不見了。」

這時她被激怒了，滿臉脹得通紅。

「錢的事情我一無所知，如果你認為艾克洛先生辭退我，是因為我拿了錢，那你就錯了。」

「我並沒說你拿了錢，小姐，」警官說，「不要發這麼大脾氣嘛。」

這女孩目光冰冷地看著他。

「如果你喜歡的話，你可以去搜查我的東西。」她鄙夷地說：「但你什麼也找不到的。」

白羅突然插話問道：

「艾克洛先生把你辭退了，或者說是你自己辭職不幹了，這是不是昨天下午的事？」

女孩點了點頭。

「你們的面談進行了多長時間？」

「面談？」

「是的，你和艾克洛先生在書房裏的面談。」

「我，我不太確定。」

「是二十分鐘？半個小時？」

「大概是這麼長時間吧。」

「沒超過這個時間？」

「不會超過半個小時。」

「謝謝，小姐。」

我好奇地看著白羅。他把桌子上的幾件物品重新調整了一下位置，用手指小心地把它們擺正。他的目光炯炯有神。

「行了。」警官說。

俄秀拉・伯恩走後，警官轉向拉瑟兒小姐。

「她來這裏有多長時間了？你有她的推薦函嗎？」

拉瑟兒小姐沒有回答他的問題，只是走到旁邊的那張寫字桌前，打開抽屜，拿出一疊用夾子夾住的信件。她選出一封，遞給警官。

「嗯，」他說，「看來沒什麼問題。理查德・福利奧太太，家住馬比村的馬比農莊。這個女人是誰？」

「一個蠻好的鄉下女人。」拉瑟兒小姐說。

「好吧。」警官一邊說，一邊把信遞還給她。「我們再來看看另外一個，艾絲・戴爾。」

艾絲・戴爾是個漂亮的女孩，個子很高大，長著一張可愛的臉，但略帶傻氣。她非常俐落地回答了我們提出的問題，對丟錢的事她很關心，而且感到很沮喪。

「我看她沒什麼問題，」把她打發走後，警官說，「帕克怎麼樣？」

拉瑟兒小姐噘著嘴，沒有回答。

「我總覺得這人有點不太對勁，」警官若有所思地說，「現在的問題是，我想不出他有什麼機會下手。從開始吃飯他就一直忙得不可開交，整個晚上他都有充份的不在場證明。我很清楚，因為我一直在注意這個問題。好吧，非常感謝，拉瑟兒小姐，我們暫時先把這個問題擱下。很可能是艾克洛先生本人付出了這筆錢。」

女管家毫無表情地道了聲午安。

我和白羅一起離開艾克洛先生的家。

「我一直在想，」我打破沉默，「這女孩到底把什麼文件弄亂了，艾克洛竟然會發這麼大的脾氣。我認為這裏面一定有解開謎底的線索。」

「秘書說，桌上沒有什麼特別重要的文件。」他很平靜地說。

「是的，但……」我停了一會兒。

「艾克洛先生會對這麼一點小事大發雷霆，你認為很奇怪？」

「是的，非常奇怪。」

「那是一件小事嗎？」

「當然我們並不知道那是些什麼文件，」我承認道，「但雷蒙說——」

「我們先不管雷蒙先生，你認為那個女孩怎麼樣？」

「哪個女孩？接待女僕？」

「是的，接待女僕俄秀拉・伯恩。」

「她看來似乎是個好女孩。」我猶猶豫豫地說。

白羅把我的話重覆了一遍，但我把重音放在「好」上面，而他把重音放在「似乎」上。

「她看來似乎是個好女孩，沒錯。」

沉默了片刻，他從口袋裏拿出什麼東西，把它遞給我。

「喂，我的朋友，我讓你看一樣東西。你來看！」

他遞給我一張紙條，原來是警官整理出來的材料，他今天早晨交給白羅的。根據他指出的地方，我看見一個用鉛筆寫的小「十」字符號，標在俄秀拉・伯恩名字旁邊。

「當時你可能沒有注意到這一點，我的朋友。這張單子上提不出不在場證明的人只有一個，這人就是俄秀拉・伯恩。」

「你該不是認為她——」

「夏波醫生，我什麼都勇於設想。俄秀拉・伯恩有可能殺死艾克洛先生，但我得承認，我想不出她做案的動機，你覺得呢？」

他那犀利的目光緊緊地盯著我，這使我感到很不自在。

「你覺得呢？」他又重覆了一遍。

「沒什麼特別的動機。」我肯定地說。

他的目光鬆弛下來，皺著眉，喃喃自語地說：

「既然那個敲詐的人是個男的，這就意味著敲詐的人不是她。那麼——」

我咳了一聲。

「就這點來說——」我有點猶豫不決。

他突然轉身面對著我。

「什麼？你要說什麼？」

「沒什麼，沒什麼。是這麼回事，確切地說，弗拉爾太太在信中只提到是某個人，她並沒有明確地說是男人。但艾克洛和我，都毫無異議地認為這個人是男的。」

白羅好像並沒有在聽我解釋，他又自言自語地說：

「不管怎麼說，這還是有可能的……對，當然有可能。但是……啊！我得把思路整理一下。方法、順序，這是我現在最需要的東西。每樣東西都得有個位置，一個確定的位置，否則就會誤入歧途。」他突然又轉過身來，問我說：「馬比村在什麼地方？」

「克蘭切斯特的那一頭。」

「離這兒有多遠？」

「哦，可能有十四英里。」

「你能不能去一趟？明天怎麼樣？」

「明天？讓我想一下……明天是星期天，好吧，我可以安排一下。你要我去那裏幹什麼？」

「去找福利奧太太，打聽一下有關俄秀拉・伯恩的事，越詳細越好。」

「好吧，但……我不太喜歡幹這種事。」

「現在不是爭辯的時候，你要知道，某個人的命運或許全繫於此。」

「可憐的拉爾夫，」我歎了口氣說，「你相信他是清白的，是嗎？」

白羅非常嚴肅地看著我。

「你想知道實情嗎？」

「當然想知道。」

「那麼我來告訴你，我的朋友。警方現在所進行的一切，都是為了證明拉爾夫有罪。」

「什麼？」我驚叫起來。

白羅點點頭。

「是的，那個愚蠢的警官——他確是愚蠢——做的每件事都洩漏出他的意圖。我一直在尋找事實，而每次發現的事實，都把我導向拉爾夫・佩頓，不管是動機、時機，還是手段。但我一定要把事情查個水落石出，我向弗洛拉小姐做過承諾。她是那麼有信心，這小女孩——但也只是信心罷了。」

11 白羅走訪卡羅琳

第二天下午，我來到了馬比農莊，按響了福利奧太太的門鈴，心裏不免有點緊張。我弄不清白羅到底想叫我打聽什麼事。他把這個任務委派給我，究竟是為什麼？是不是因為他想躲在幕後，就像上次叫我去盤問布倫特少校一樣？對布倫特採用這一方法是可以理解的，而同一方法用在這裏，在我看來，根本是毫無意義。

這時，一個機靈的女僕出來給我開門，打斷了我的沉思。

是的，福利奧太太在家。女僕把我領到一個寬敞的客廳，我坐著等女主人，同時好奇地向室內環視了一遍。偌大一個空盪盪的房間，放了幾件小而精緻的老瓷器，幾幅漂亮的蝕刻畫，破舊的地毯和窗簾，看上去就是女人住的房子。

當我正在欣賞牆上那幅巴爾托洛齊的名畫時，福利奧太太走進來，我的目光馬上轉向她。她個子很高，棕色的頭髮顯得有點蓬亂，笑起來挺迷人的。

「夏波醫生？」她猶豫地說。

「我就是，」我應了一聲，「唐突來訪，實在抱歉。我來這裏，是為了打聽你以前雇用的那位女僕俄秀拉・伯恩。」

一提到這個名字，她臉上的笑容倏然消失，熱忱變為冷淡。她好像感到渾身不舒服，很不自在。

「俄秀拉・伯恩？」她遲疑了一下。

「是的，」我說，「可能你記不起這個名字了吧？」

「哦，當然記得，而且還──還記得非常清楚。」

「她離開你才一年多，是嗎？」

「是的，沒錯！你說得完全正確。」

「她在這裏工作時，你對她是否感到滿意？順便再問一句，她在你這裏工作有多長時間？」

「哦，一兩年吧，確切的時間我記不清了。她……她非常能幹，我可以保證，你對她一定會非常滿意。我不知道她要離開弗恩利莊了，真想不到。」

「你能不能說一下她的情況？」我問道。

「任何有關她的事情嗎？」

「是的，她是什麼地方的人、她的父母親是幹什麼的這一類的事。」

福利奧太太的臉色變得更加冷淡。

「我什麼都不知道。」

「來你家幫佣之前，她在哪家做過事？」

「對不起，我記不清了。」

她那緊張不安的神態中，流露出一絲憤恨。她的頭往上一揚，這一動作我似乎有點熟悉。

「是不是真有必要問這些問題？」

「不，」我吃驚地說，語氣中帶有歉意，「我不知道你對這些問題那麼介意，非常抱歉。」

她的怒氣消了，但又顯得非常困惑。

「哦！我並不介意回答這些問題。真的一點都不介意。我為什麼要介意呢？只不過是感覺有點奇怪。沒別的意思，有點奇怪而已。」

做為職業醫生的某一個好處就是，你能夠輕易辨別出別人是否在撒謊。從福利奧太太的態度，我一眼即可看出，她對回答我的問題確實非常介意，而且介意到了極點。她感到渾身不舒服，很不自在。很明顯，其中必有不可告人的事。從她的言行中，我可斷定她是一個不善於騙人的女人，因此當她不得不撒謊時，就會感到十分侷促不安，這連三歲小孩都能看穿。

顯然她不可能再透露些什麼了，不管俄秀拉・伯恩有什麼秘密，我已不打算再從福利奧太太那裏打聽。

深感遺憾地，我對打攪她再次表示道歉，然後拿起帽子告辭了。

我去看了幾個病人，六點鐘左右到家。卡羅琳坐在桌旁，上面放著茶具和吃剩的茶點。從她的臉上我看得出，她正竭力克制住內心的某份狂喜，她那副表情我太了解了。那是她想打聽消息或者傳遞消息時的標準表情。今天不知她想做哪樣。

我一屁股坐到我那張安樂椅上，雙腳伸到熊熊燃燒的壁爐旁。這時卡羅琳開口了：

「我今天下午過得太有趣了。」

「是嗎？」我問道，「甘尼特小姐來喝茶了？」

甘尼特小姐也是傳播消息的箇中好手。

「再猜猜看。」卡羅琳自鳴得意地說。

我費勁地把卡羅琳的智囊團成員，一個接一個地猜了一遍。我每猜一次，她就得意地搖搖頭。最後她終於自己說了出來。

「是白羅先生！」她說，「這你有什麼看法？」

我心裏有一大堆想法，但我非常謹慎，並不想告訴她。

「他來幹什麼？」我問道。

「當然是來看我嘛。他說他對我弟弟很熟悉，所以也希望能跟他那位迷人的姐姐結識——指的就是你迷人的姐姐我。哦，我簡直被迷昏頭了，不過你應該知道我的意思。」

「他跟你講了些什麼？」我問道。

「他講了許多有關他本人的事，還講他辦過的那些案子。你知不知道茅利塔尼亞的保羅王子？就是剛跟一個舞蹈家結婚的那個人——」

「怎樣？」

「前幾天我在《社會新聞摘錄》中看到一篇有關那個舞蹈家的短文，非常有趣。文章說，她事實上是一位俄國的女公爵，是沙皇的一個女兒。她設法從布爾什維克黨的手中逃走。在一樁撲朔迷離的謀殺案中，他們倆都被視為涉嫌重大。後來是白羅先生解開了這個神秘的疑團。為了這一點，保羅對他感激涕零。」

「保羅沒有送他一枚鑲有小鳥蛋大小的綠玉石領帶飾針吧？」我挖苦地問道。

「他沒有說。為什麼這麼問？」

「沒什麼，」我說，「我只是覺得結局應該如此，偵探小說都是這麼寫的。那些超級大偵探的家裏到處是紅寶石、珍珠、綠寶石等等這類東西，都是那些表達感激之情的皇室貴人送的。」

「從他口中聽到這些事情，真是太有趣了。」姐姐得意忘形地說。

是啊——對卡羅琳來說。我不禁對赫丘勒・白羅的足智多謀表示欽佩，他巧妙地從他偵破的眾多案件中，選擇了一個最能引起鄉村老太太興趣的案件聊起。

「他有沒有告訴你，那個舞蹈家是否真的是個女公爵？」我問道。

「他不能隨意亂講。」卡羅琳神氣地說。

我不知道白羅跟卡羅琳講的話，有多少是變造事實的——或許完全沒有。畢竟他的真實想法只藏在他的挑眉、聳肩之中。

「這麼說來，你已準備跟在他屁股後面供他使喚囉，我猜？」

「說話別這麼難聽，詹姆斯。我不知道你是從哪裏學來這些粗話。」

「可能是因為我整天只能跟我的病人接觸吧。不幸的是，我的病人中沒有一個是皇親國戚，也沒有好玩的俄國僑民。」

卡羅琳推了推眼鏡，看了我一眼。

「看來你今晚脾氣很壞，詹姆斯。一定是肝火太旺，今晚服顆藍色的藥丸吧。」

在我家裏的時候，你絕對想不到我是個醫生。卡羅琳是我們的家庭醫生，她不僅給自己而且還給我開藥方。

「去你的肝火太旺，」我脾氣暴躁地說，「你們到底是不是談了這件命案？」

「是呀，當然哪，詹姆斯。在我們這個小地方還有什麼可談的？我還糾正了他好幾個看法，他對我非常感謝，並說我天生就是當偵探的料，還是一個優秀的心理學家，能看透人的本性。」

卡羅琳活像一隻吃足奶油的貓，得意地喵喵叫著。

「他大談灰色腦細胞以及它們的功能。他說，他的腦細胞質量最好，是第一流的。」

「他這麼說？」我譏諷地說，「可見謙虛不是他的特長。」

「希望你不要學那些討厭的美國人，詹姆斯。他認為目前最重要的是盡快找到拉爾夫，勸他回來澄清一些事實。他說，他失蹤這件事，在驗屍審訊上對他非常不利。」

「你是怎麼說的？」

「我同意他的看法，」卡羅琳驕傲地說，「我把人們談論的事，都告訴了他。」

「卡羅琳，」我嚴厲地說，「你把那天在樹林裏聽到的話，也告訴白羅先生了？」

「是的。」卡羅琳非常得意地說。

我站起身，來回走動著。

「我希望你明白自己做了些什麼，」我氣沖沖地說，「你已經把絞索套在拉爾夫・佩頓的脖子上了，這就像你現在坐在椅子上一樣確定。」

「才不會呢，」卡羅琳非常平靜地說，「倒是，我蠻驚訝你沒把這件事告訴他。」

「我故意不說的啊，」我說，「我非常喜歡這孩子。」

「我也很喜歡他，所以我認為你是在胡說八道。我並不相信拉爾夫會幹出這種事，因此說實話不會對他有害，我們應該盡力幫助白羅先生。你想想看，很可能拉爾夫跟那個女孩在謀殺的那一晚一起出去了，如果是這樣的話，他就有充份的不在場證明啦。」

「如果他有充份的不在場證明，」我反駁說，「那麼他為什麼不出來講清楚呢？」

「很可能他怕把這女孩牽連進去，」卡羅琳自做聰明地說，「但如果白羅先生能找到她，曉以大義，她一定會自動前來替拉爾夫澄清事實。」

「你好像在編造一個浪漫的童話故事，」我說，「那些毫無意義的小說，你讀得太多了，卡羅琳，這話我不知講了多少遍。」

我又坐到我的那張椅子上。

「白羅還問了其他什麼問題？」我問道。

「他只是問了那天早晨你那些看診病人的情況。」

「病人的情況？」我追問道，簡直不敢相信自己的耳朵。

「是的，你的看診病人。他問了病人的數量，以及這些病人是誰。」

「聽你的口氣，好像你能夠回答這些問題？」我追問道。

卡羅琳確實令人歎為觀止。

「怎麼不能？」姐姐得意地反問道，「從這扇窗子，我可以清清楚楚地看到通往診所的那條小路。而且我的記憶力極好，詹姆斯，比你的不知好上多少倍，我可以這麼說。」

「我相信你的記憶力是比我強。」我毫無表情地低聲說。

姐姐繼續往下說，她扳著手指數著病人，說出他們的名字。

「有老貝尼特太太；農場那個弄傷手指的男孩；多利•格賴斯來拔手指裏的刺；那個美國空服員……讓我想一下，這樣已經四個。噢，還有，老喬治•埃文來看胃潰瘍，最後……」

她意味深長地停了一會兒。

「還有呢？」

卡羅琳得意忘形到了無以復加的地步。然後她說出了那個名字：

「拉瑟兒小姐。」

她的發音中帶有強烈的「嘶嘶」聲，因為拉瑟兒小姐的名字中有若干個「S」。

她靠回到椅背，意味深長地看著我，而一旦她這樣望著你時，你就別想矇混過去。

「我不知道你是什麼意思，」我假裝不理解，「拉瑟兒小姐膝蓋有毛病，難道她就不能來找我看病嗎？」

「膝蓋有毛病？」卡羅琳說，「胡說八道！她的膝蓋跟你我的一樣，完全正常。她是別有用心。」

「什麼用心？」我問道。

卡羅琳不得不承認，她並不知道拉瑟兒的目的。

「但我可以肯定，這也是他想弄清楚的事——我指的是白羅先生。那女人有點可疑，這一點他很清楚。」

「你的這些話，跟艾克洛太太昨天跟我說的完全一樣，」我說，「她也說拉瑟兒小姐鬘可疑的。」

「啊！」卡羅琳陰沉地叫了一聲，「艾克洛太太！又是一個！」

「又是一個什麼？」

卡羅琳拒絕解釋。她只是頻頻點頭，然後捲起手中的毛線，上樓去罩了一件紫紅色高領綢緞上衣，戴上一條金項鍊。這就是她所謂的更衣進餐。

我呆呆地坐在那裏，目光凝視著爐火，心裏還在想著卡羅琳剛才說的那些話。白羅來這裏，真是為了了解拉瑟兒小姐的情況，還只是卡羅琳按自己的想法亂猜一通？

拉瑟兒小姐那天早晨的一舉一動，沒有任何引人懷疑的地方。至少……

我記得她不斷地談論吸毒，從吸毒又談到各種毒藥，然後又談到下毒。但這個案件跟下毒無關，艾克洛並不是被毒死的。這件事確實有點蹊蹺……

卡羅琳在樓上尖澀地叫喚著：

「詹姆斯，快來吃飯。」

我往爐子裏投了幾塊煤，順從地上了樓。

只要家中能保持平靜，我什麼都可以聽她的。

12 小小調查會

驗屍審訊在星期一進行。

我並不想詳述這次審訊的經過。如果要詳述的話，那只不過是一遍又一遍地重覆相同的內容。警察事先已交代過，不要透露太多。我只提出艾克洛致死的原因，以及死亡的大概時間。驗屍官對拉爾夫・佩頓的缺席，談了自己的看法，但並未過份強調。

事後，白羅和我跟拉格倫警官談了幾句，他的神情顯得非常嚴肅。

「情況非常糟糕，白羅先生，」他說，「我盡量做到客觀公正。我是本地人，在克蘭切斯特曾多次見過佩頓上尉，我並不希望他是兇手。但不管從哪一方面來看，情況對他都很不利。如果他是清白的，他為什麼不前來解釋呢？我們是有些不利於他的證據，但很可能經他解釋後即可澄清。那麼他為什麼不出來解釋呢？」

我當時並沒有完全理解警官這番話的內在含義。其實他們已經向英國的所有碼頭和車站，發出了通緝拉爾夫的告示，各地的警察都提高了警覺。他在城裏的房子，以及他常去的地方或場所，都被嚴密監視。在這嚴密的戒備中，看來拉爾夫是插翅難飛了。何況他既沒有行李，而且眾所皆知的，身上也沒有錢。

「我還沒有找到一個那晚看過他在火車站打電話的人，」警官繼續說，「但這裏的人對他很熟悉，應該會有人看見他打電話的。利物浦也沒有他的消息。」

「你認為他去利物浦了？」白羅問道。

「噢，這是顯而易見的，從車站打來那個電話就是在利物浦快車離開前三分鐘打的。」

「打電話的人可能故意這麼做，想把你們的注意力引開。這或許就是打那通電話的用意。」

「這也是一種看法，」警官急切地說，「你真的以為這是那通電話的用意？」

「我的朋友，」白羅嚴肅地說，「這一點我不能肯定，但我可以告訴你：如果我們能夠弄清打電話的用意，那麼謀殺之謎也就解開了。」

「我記得你以前也說過這樣的話。」我邊說邊好奇地看著他。

白羅點點頭。

「我常在想這個問題。」他鄭重其事地說。

「我看這跟謀殺無關。」我提出了自己的看法。

「我不這麼認為，」警官提出了異議，「但我得坦率地說，白羅先生太拘泥於這一點，我們還有更好的線索可以追查，比方說，劍柄上的指紋。」

白羅的行為突然變得令人費解，每當他感到興奮時，他的表現總是如此。

「警官先生，」他說，「要謹防盲點，盲點啊！那句話是怎麼說的？小路條條，沒有盡頭。」

拉格倫警官不解地張大眼睛。我非常機敏地接過了話題。

「你的意思是鑽牛角尖？」我說。

「是這個意思，死巷子沒有出路。從這些指紋上，很可能得不到什麼結果。」

「我不懂你在說什麼，」警官說，「你是不是在暗示，這些指紋是偽造的？我確實讀過這類事例，但我從未親身遇到過。不管是真是假，我們總能從中獲得一些線索。」

白羅只是聳聳肩，伸伸雙臂。

警官把各種放大的指紋照片拿給我們看，從技術角度給我們講解手指紋路的問題。

「喂，」他終於說道，顯然對白羅的冷漠感到很惱怒。「你得承認，這些指紋是那天晚上屋子裏的某個人留下的，你說對不對？」

「當然囉。」白羅一邊點頭一邊說。

「那好，我已經把家裏所有人的指紋都取到了。每一個人的，從老太太一直到廚師，無人例外。」

我想艾克洛太太不會願意別人稱她為老太太，她可花了不少錢在化妝品上。

「每個人的指紋，」警官生怕別人沒聽清楚，又重覆了一遍。

「也包括我的。」我毫無表情地說。

「驗指紋的結果表明，沒有一個人的指紋跟劍柄上的符合。現在只缺兩個人的指紋──拉爾夫‧佩頓的，還有醫生遇見的那個神秘陌生人的。只要我們找到這兩──」

「許多寶貴的時間都給你浪費掉了。」白羅打斷了他的話。

「我不明白你的意思，白羅先生。」

「你剛才說，你把每個人的指紋都採到了，」白羅低聲說，「真是這樣嗎，警官先生？」

「當然囉！」

「沒有漏掉任何人？」

「什麼人都沒有漏掉。」

「包括所有的活人和死人？」

警官一時摸不著頭腦，以為這是句偈語。過了好一會兒，他才慢慢地說：

「你的意思是──」

「死人的指紋，警官先生。」

警官遲疑了一會兒，還是沒弄明白。

「我的意思是，」白羅平心靜氣地說，「劍柄上的指紋是艾克洛先生本人的。要證實這一點非常容易，他的屍體還在。」

「怎麼可能？你的重點是什麼？你不會認為他是自殺的吧，白羅先生？」

「噢！不是。我的意思是，兇手戴著手套或者用什麼東西包住自己的手，行刺後他就用死者的手去緊緊握住劍柄。」

「但這樣做是什麼目的呢？」

白羅又聳聳肩。

「使這個複雜的案件，變得更加錯綜複雜。」

「那好，」警官說，「我就去查驗一下。請問你是怎麼想到這一點的？」

「當你好心把劍拿給我看，並指出上面的指紋時，我就想到了這一點。我對手指紋路所知甚少——說老實話，我對指紋一竅不通。但我當時就發現劍柄上的指紋位置有點不自然。如果叫我去殺人的話，我絕不會這樣拿刀。把右手舉到肩膀後面，是很難插入那個位置的。」

拉格倫警官瞠目結舌地盯著那矮個子偵探。白羅顯出心不在焉的樣子，撣了撣衣袖上的灰塵。

「沒錯，」警官說，「這是個看法，我馬上就去證實一下。但如果事情不是這樣，你可不要失望。」

他說話的口氣很溫和，但帶點上司對下級說話的味道。白羅目送他走出屋外，然後轉向我，對我眨眨眼。

「下次我得多多維護他的*amour propre*（法語：自尊心）。」他說，「現在我們可以按自己的方案行事了，我的朋友，我們來一次『家庭小聚會』，怎麼樣？」

白羅所說的「小聚會」，半個小時後就進行了。我們在弗恩利莊的飯廳裏，圍著桌子坐著。白羅坐在桌首，猶如董事長召開嚴肅的董事會。僕人都不在場，我們總共只有六人。艾克洛太太、弗洛拉、布倫特少校、年輕的雷蒙、白羅和我。

人到齊後，白羅起身向大家鞠躬致意。

「先生們、女士們，我把你們召集來是為了某件事，」他停了一會兒，「首先，我對弗洛拉小姐有一個特別請求。」

「對我？」弗洛拉問道。

「小姐，你跟拉爾夫・佩頓上尉已經訂婚，他最信得過的人就是你。我真心向你懇求，如果你知道他的下落，就去說服他回來。」弗洛拉抬起頭正想開口，白羅又說：「等一會兒，想清楚了再說。小姐，他的處境日益危險，如果他能馬上來這裏，不管情況對他有多麼不利，他都有機會澄清的。但他保持沉默，避而不見，那表示了什麼呢？只表示他承認自己犯了罪。小姐，如果你確實認為他是清白無辜的，那就去說服他，請他快回來，否則就會太晚了。」

弗洛拉的臉色變得非常蒼白。

「太晚了！」她遲緩地重覆了一遍。

白羅身子前傾，看著她。

「你得明白，小姐，」他非常和藹地說，「現在是白羅老爹在請求你。白羅老爹對這類事見得多了，是很有經驗的。我並不是要設陷阱害他，小姐。你是不信任我，所以不願意把拉爾夫・佩頓躲藏的地方告訴我嗎？」

她起身面對白羅。

「白羅先生，」她以清脆的嗓音說，「我向你發誓，最慎重地發誓，我對拉爾夫的下落，確實一無所知。自從那天起，也就是謀殺的那天起，我就再也沒有見到他，也沒有聽到他的消息。」

她又坐了下來，白羅一語不發地盯著她。過了一會兒，他用手在桌子上敲了一下，發出清脆的響聲。

「好吧，就這樣，」他臉繃得緊緊地說，「現在我請求其他在座的各位，艾克洛太太、布倫特少校、夏波醫生、雷蒙先生，你們都是這位失蹤者的好朋友或親人，如果你們知道拉爾夫・佩頓的藏身之處，就請說出來。」

久久無人做聲，白羅一個個輪流看了一遍。

「我再次請求你們，」他低聲說，「請說出來吧。」

仍然沒人說話。最後艾克洛太太開口了。

「我不得不說，」她以平淡的語調說，「拉爾夫的失蹤非常奇怪，確實非常奇怪。

到這種時候他還不露面，看來其中一定有緣故。親愛的弗洛拉，幸好你們還沒有正式宣佈訂婚哪。」

「媽媽！」弗洛拉氣沖沖地說。

「上帝啊，」艾克洛太太說，「我虔誠地信奉上帝，上帝決定我們的命運——莎士比亞的優美詩句就是這麼寫的。」

「你的腳踝太粗，該不會怪罪上帝吧？」傑弗里・雷蒙開玩笑地問，放聲大笑起來。

我想，他的意圖是為了緩和一下緊張氣氛，但艾克洛太太用責備的目光瞥了他一眼，然後掏出手絹。

「幸好弗洛拉沒有捲入這樁不光采且令人不愉快的事件。我始終認為，親愛的拉爾夫跟可憐的羅傑之死毫無關係，他不可能幹出這種事來。我這人總喜歡信任別人——從小就如此。我不願意把別人看得很壞。當然，我們還記得，拉爾夫小時候遇到過幾次空襲。有人說，這對一個人的神經系統有明顯的影響，這種影響要多年以後才會顯示出來。這種神經受刺激的人，對自己的行為一點也不負責任，他們無法控制自己，有些事他們是下意識去做的。」

「媽媽，」弗洛拉叫了起來，「你不會認為是拉爾夫幹的吧？」

「唉，艾克洛太太。」布倫特說。

「我不知道該怎麼說，」艾克洛太太滿面淚水地說，「實在太令人傷心了，如果拉爾夫被判有罪，我不知道這些財產該如何處理。」

雷蒙惡狠狠地把桌旁的椅子推了出去。布倫特少校仍然保持沉默，若有所思地望著她。

「這猶如一顆炸彈，」艾克洛太太固執地說，「我可以告訴你們，羅傑在錢的方面對他剋扣得太厲害——當然這也是為他好。我知道你們都不同意我的看法，但拉爾夫不露面，我確實感到很不對勁。謝天謝地，幸好弗洛拉跟拉爾夫的訂婚，從未公開宣佈過。」

「明天就要宣佈。」弗洛拉以清晰乾脆的聲調說。

「弗洛拉！」她母親被這句話驚呆了。

弗洛拉轉身面對秘書。

「請你把訂婚通知寄給《早晨郵報》和《泰晤士報》，雷蒙先生。」

「如果你確信這種做法是明智的，艾克洛小姐。」他很嚴肅地回答道。

她一陣衝動，轉身面對布倫特。

「你該明白，」她說，「我已無計可施。事情已經到了這種地步，我必須站在拉爾夫這邊。你認為我該不該這麼做？」

她那犀利的目光期盼地看著他，過了好一陣，他才匆匆點了一下頭。

艾克洛太太大聲叫嚷著，表示反對。弗洛拉仍然坐在那裏不為所動。這時雷蒙開口了。

「你的動機我很讚賞，艾克洛小姐。但你不認為這樣做太倉促了嗎？還是再等一兩天吧。」

「明天，」弗洛拉說得非常乾脆，「媽媽，這樣拖下去是沒有好處的，不管發生什麼事，我都要忠於我的朋友。」

「白羅先生，」艾克洛太太老淚縱橫地懇求道，「你難道不能開口說幾句話嗎？」

「沒什麼可說的，」布倫特插話說，「她做得對，不管發生什麼事，我都站在她這邊。」

弗洛拉把手伸向他。

「謝謝你，布倫特少校。」她說。

「小姐，」白羅說，「我這個老頭得盛讚你的膽量和忠誠。如果我請求你，很誠懇地請求你，至少再遲兩天宣佈，我想，你不會對我有什麼誤解吧？」

弗洛拉猶豫著。

「我請求你這麼做，完全是為了拉爾夫・佩頓，也是為了你，小姐。你看來有點不太情願，但你並不明白我的用意。我可以向你保證，這樣做確實對你們有好處。*Pas de blagues*（法語：我不是開玩笑），你既然請我來辦這件案子，就不該阻礙我的工作。」

弗洛拉沒有馬上答覆，過了幾分鐘後她說：

「我是不太情願延期，但我願意按照你說的去做。」

她又坐回到桌旁的椅子上。

「好吧，先生們，女士們，」白羅說得非常快，「現在我把我的想法跟大家講一下。我已下定決心弄清事實真相。不管這個真相是多麼的醜陋，對於澄清真相的人來說，都是非常美妙的。我年事已高，能力已不如過去。」說到這裏，他停了一下，顯然是期望有人反對他的說法。「很可能這是我承辦的最後一個案子。但赫丘勒・白羅絕不會以失敗而告終。先生們、女士們，我告訴你們，我一定要了解真相，不管你們如何阻撓，我都會把真相弄清楚。」

他以挑釁的口吻，狠狠向我們拋來最後一句話。所有在場的人都被他的話震懾住，只有傑弗里・雷蒙除外，他仍然跟往常一樣樂呵呵地，對這些話無動於衷。

「『不管你們如何阻撓』，這是什麼意思？」他揚起眉毛問道。

「是這麼回事，先生。這個房間裏的每個人，都對我隱瞞了一些事情。」他那憤不滿的說話聲越來越響，手在空中揮動著。「是的，是的，我明白我自己說的話。你們可能會認為那都是些無關緊要的、瑣碎的小事，看上去好像跟本案沒有多大關係，但在我看來，這些事跟破案關係密切。你們每個人都隱瞞了一些事情，請講出來。難道我這話說的不對嗎？」

他朝桌旁的人掃視了一遍，那犀利的目光中帶有挑戰和指責的味道。在座的所有的人都低下了頭，不敢正視他，包括我在內。

「我已經得到回答。」白羅笑著說，笑聲有點不太自然。他從座位上站了起來。「我請求在座的每個人把隱瞞的事告訴我——所有的事實。」室內鴉雀無聲，沒人回答。「沒有人要說嗎？」

他又短促地笑了一聲。

「*C'est dommage*（法語：太遺憾了）。」

說完，他便離開了房間。

13 鵝毛管

那天晚上應白羅邀請，我一吃完飯就去他家。卡羅琳看著我出門，臉上露出不高興的神色，我知道她非常想陪我一起去。

白羅非常客氣地接待我。他事先已把一瓶愛爾蘭威士忌（這種酒我不太喜歡）放在一張小小的桌子上，旁邊還放著蘇打水吸管和一只玻璃杯。他自己喝的是熱巧克力，我後來才知道這是他最喜歡的飲料。

他彬彬有禮地問候我姐姐，說她是一個非常有趣的女人。

「恐怕是你的拜訪使她有點飄飄然。」我非常冷漠地說，「星期天下午，你們談了些什麼？」

他眨著眼大笑起來。

「我最喜歡雇用專家。」

此話我不甚理解，但他拒絕加以解釋。

「你一定聽到了不少閒言閒語，」我說，「這些談論既有真的，也有假的。」

「還有大量寶貴的訊息。」他平靜地補充了一句。

「比如——」我期待他進一步說下去。

他搖搖頭。

「你為什麼不願把真實情況告訴我？」他反問道，「在這個地區，拉爾夫·佩頓所做的一切必定查得到。就算你姐姐那天沒有路過那片樹林，其他的人也會看見他們。」

「說得沒錯，」我粗魯地說，「那麼你對我的病人大感興趣，又是怎麼一回事？」

他又眨眨眼。

「只對一個病人感興趣，醫生，只有一個。」

「最後一個？」我妄猜著。

「我認為拉瑟兒小姐是個有趣的調查對象。」他含糊其辭地說了一句。

「你是不是相信家姐和艾克洛太太的話？認為她很鬼祟？」我問道。

「哦，你說什麼？鬼祟？」

我盡可能把這個字眼解釋清楚。

「她們都是這麼說的嗎？」

「家姐昨天下午沒跟你這麼說嗎？」

「這也有可能啊。」

「簡直莫名其妙。」我說。

「女人，」白羅說，「是不可思議的！她們毫無根據地隨意推測，而推測的結果卻往往是正確的，神奇的還不在這一點。女人還能夠觀察到許多細節問題，但她們本身並未意識到，她們的下意識會把這些細節組合在一起。人們把這種現象稱之為直覺。我對心理學是非常精通的，這些事我都清楚。」

他非常高傲地挺起胸，模樣十分可笑，我費了很大的勁，才忍住沒笑出聲來。他呷了一小口巧克力，小心翼翼地抹了一下八字鬍。

「我希望你能告訴我，」我衝口而出，「你對這一切是怎麼看的？」

他放下杯子。

「你想知道我對這一切的看法？」

「是的。」

「我看見的東西你也看見了，難道我們的看法不一致嗎？」

「恐怕你是在嘲笑我吧，」我語氣生硬地說，「當然，對這類事我是毫無經驗的。」

白羅毫無顧忌地衝著我笑。

「你真像一個想了解機器怎麼運作的孩子。你想了解這件事，但不是以家庭醫生的角度來了解，而是以偵探那種不帶感情的眼光來看待。對偵探來說，所有的人都是陌生人，所有的人都是懷疑的對象。」

「你解釋得太精闢了。」我說。

「那麼我就教你小小的一招。首先，你得把出事那天晚上的來龍去脈都搞清楚；要隨時牢記，每個人都有可能說謊。」

我揚了揚眉毛。

「要保持一種懷疑的態度。」

「這是必要的，我保證，這是非常必要的。首先，夏波醫生八點五十分離開那幢房子，我是怎麼知道的？」

「是我告訴你的。」

「但可能你沒有說真話，或者你的手錶走得不準。但帕克也說你是八點五十分離開的，所以我們可以接受這個說法略下不談。九點鐘的時候，你遇見了一個人。我們暫且把這個稱作：『跟神秘陌生人的奇遇』，就在宅邸的大門外。我怎麼知道事實正是如此？」

「是我告訴你的——」

我回答說，但白羅不耐煩地揮手打斷我的話。

「啊！你今晚有點呆頭呆腦，我的朋友。你當然知道這一切，但我是怎麼知道的呢？好吧，那我就來告訴你，這個神秘陌生人不是你的幻覺，因為甘尼特小姐的女僕在你遇見他之前幾分鐘，也見過他，他也是向她打聽去弗恩利莊的路。因此我就確定，確有此人。我們對他有兩點是可以肯定的——第一，他對附近這一帶很不熟悉；第二，不管他去弗恩利莊的目的是什麼，其中一定沒有什麼秘密，因為他問了兩次去那裏的路。」

「對，」我說，「我能明白。」

「目前，我的任務就是要打聽到這個人更多的情況。我知道他在三豬苑喝了酒，那裏的女服務生說他說話帶美國口音，並說他剛從美國回來。你有沒有注意到他的美國口音？」

「是的，我想是有。」我停了一會兒才回答。在這短暫的停頓中我又回想起那天相遇的情景。「但口音並不重。」我又補充了一句。

「確實如此。還有這個，你可能還記得，這是我在涼亭那兒撿到的。」

他把小小的鵝毛管拿到我面前，我好奇地察看著，突然，我想起了小說中讀到的那些情景。

白羅一直盯著我看，當他看到我那領悟的神色時，便點點頭。

「是的，海洛因，白粉。吸毒者是這樣拿的，然後從鼻子裏吸進去。」

「鹽酸海洛因。」我不加思索地低語著。

「在大西洋彼岸，用這種方法吸毒是司空見慣的事。這又是一個證據，證明此人是加拿大人或美國人。」

「是什麼東西使你注意涼亭的？」我好奇地問道。

「我的警官朋友認為，任何去艾克洛家的人都會抄這條近路，但當我看到涼亭後，我馬上就想到，任何去涼亭幽會的人也要走這條路。現在可以確定，那個陌生人既沒走前門，也沒走後門。那麼，是否有人從家中出來跟他相會呢？如果是這樣的話，還有什麼地方比這小涼亭更方便呢？我到涼亭搜尋了一番，希望能找到點線索。結果我找到了兩件東西，一小塊絲絹和一根鵝毛管。」

「那塊絲絹？」我好奇地問。「它有什麼不對？」

白羅挑了挑眉毛。

「你沒有動用你的灰色腦細胞，」他冷冰冰地說，「一眼就應該看出這是一塊上過漿的絲絹。」

「我就看不出。」我換了一個話題，「不管怎麼說，這人到涼亭來是跟某個人相會，那麼要會見的是誰呢？」

「這就是問題的關鍵，」白羅說，「你是否還記得，艾克洛太太和她的女兒是從加拿大到這兒來的？」

「這就是你今天指責大家都隱瞞一些事情的意思嗎？」

「可以這麼說。現在還有一點，俄秀拉的話，你認為怎麼樣？」

「什麼話？」

「她之所以辭職的那番話。解雇一個僕人要花半個小時嗎？有關重要文件的事是否可信?你該記得，雖然她說她從九點半到十點都在自己的臥室裏，但沒有人能證明這一點。」

「你把我搞糊塗了。」我說。

「對我來說，情況越來越清楚。但我想知道你的看法和推論。」

我從口袋裏掏出一張紙。

「我只是草草地寫了幾條看法。」我抱歉地說。

「非常好，你也有自己的方法，我現在就洗耳恭聽。」

我有點難為情地唸出寫下來的看法。

「首先，看問題要有邏輯性。」

「可憐的海斯汀也經常這麼說，」白羅打斷了我的話，「但糟糕的是，他從來不按自己說的去做。」

我繼續說：

「第一點，九點半時，有人聽到艾克洛先生在跟某個人談話。

「第二點，那天晚上，拉爾夫・佩頓一定從窗子裏進來過，這一點可從他的鞋印證實。

「第三點，艾克洛先生那晚很緊張，從這一點可看出，他要會見的人是他認識的。

「第四點，九點半，跟艾克洛在一起的那個人是來要錢的。而我們知道拉爾夫・佩頓正缺錢用。

「從這四點可以看出，九點半跟艾克洛先生在一起的那個人是拉爾夫．佩頓。但我們知道，艾克洛先生九點三刻還活著，因此兇手就不是拉爾夫。拉爾夫離開時沒有關窗，過後那個兇手就翻窗進入了書房。」

「誰是謀殺者？」白羅問道。

「那個陌生的美國人。很可能是他跟帕克串通好的。敲詐弗拉爾太太的人可能就是帕克，他可能聽到了一些風聲，意識到這場遊戲該結束了。他跟同謀商量後，由他的同謀出面去謀殺，那把行兇用的短劍則是帕克拿給他的。」

「這也是一種推理，」白羅不得不承認說，「看得出你也有那種細胞。但還有不少地方你沒解釋清楚。」

「比如——」

「打電話的事、被推動過的椅子——」

「你當真認為那椅子的事很重要嗎？」我打斷了他的話。

「可能不重要，」我的朋友承認道，「它可能只是被意外地推了一下，很可能是雷蒙或布倫特在情緒極度緊張的情況下，無意識地把它推回原來的位置。接下來就是丟掉的四十英鎊。」

「艾克洛把它給了拉爾夫，」我提出了自己的看法，「他一開始拒絕給拉爾夫，後來經再三考慮就同意了。」

「仍然有個問題沒有解釋清楚。」

「什麼問題？」

「為什麼布倫特認為九點三十分的時候，是雷蒙跟艾克洛先生在一起？」

「這一點他已解釋過了。」我說。

「你是這麼認為的嗎？對這一點我並不想深究。但請你告訴我，拉爾夫・佩頓失蹤的原因是什麼？」

「那就更難解釋了，」我不慌不忙地說，「從一個醫生的角度來看，拉爾夫的精神一定失常了！如果他突然知道，他的繼父在他離開後幾分鐘就被謀殺了——就在他跟他的繼父激烈爭吵之後——唉，他很可能是一時受驚逃走了。我們都知道，人往往會如此，亦即，在完全清白的情況下，卻表現得像是犯下重罪。」

「是的，你說得沒錯，」白羅說，「但我們不能忽略一件事。」

「我知道你要說什麼，」我說，「動機。他的繼父死後他可繼承一大筆財產。」

「那只是其中一個動機。」白羅在這一點上同意我的看法。

「其中一個動機？」

「是的，你有沒有意識到，擺在我們面前的有三個互不相干的動機。有人偷了藍色信封以及裏面的信，這是確定無疑的，這是一個動機——敲詐！拉爾夫・佩頓很可能就是敲詐弗拉爾太太的那個人。你應該記得，哈孟說過，拉爾夫·佩頓最近沒有向他的繼父要錢。看來他的錢好像是從其他地方弄來的。接下來就是——你們是怎麼說的，『窮途潦倒』？他怕這種情況傳到他繼父的耳朵裏。最後一個動機就是你剛才說的。」

「天啊，」我驚叫了一聲，「這個案件確實對他很不利。」

「是嗎？」白羅說，「這就是你和我的分歧所在。三個動機——好像太多了點。不管怎麼說，我仍然相信拉爾夫·佩頓是無辜的。」

14 艾克洛太太

就在我前述的那個晚上過後，事情好像進入了一個截然不同的局面。整件事情可以分為兩個階段，這兩個階段有明顯的差異。第一階段，從星期五晚上艾克洛被刺開始，到第二週的星期一晚上。這一階段，都是平鋪直敘的描述，也就是人們講給赫丘勒・白羅聽的那些事。整個第一階段我都在他的身邊，他看見的東西我也看見了，我一直設法揣測他在想些什麼，但到現在我才發現我無法猜出他心裏想的事。雖然白羅把他所發現的東西都讓我看了，比如訂婚戒指，但他並沒有把其中的重要性，以及在他心裏形成的邏輯關係講出來。我後來才知道，嚴守秘密是他的特性。他隨時可以向你提供一些線索和暗示，但除此之外他什麼都不肯透露。

直到星期一晚上之前，就如我剛才所說，我的敘述也就等於是白羅本人的敘述。我只是扮演了福爾摩斯的助手華生的角色。而星期一以後，我們便分道揚鑣，各做各的事。白羅忙於他的調查，我則從別人那裏聽到一些他所做的事。在金艾博特這個小地方，你什麼事情都打聽得到。但他沒把他要做的事先告訴我，而我也忙於自己的事。

回顧過去一段時間，給我印象最深刻的是：到處充滿了毫無關聯的零星線索。每個人對這謀殺之謎都有自己的見解，這跟拼圖非常相似，每個人都提供了一點資料或新的發現，但他們所做的僅此而已，只有白羅才有能力把這些零碎的東西拼合成一個完美的圖案。

有些事情在當時看來，跟案件毫不相干，沒有多大意義。比如有關黑靴子的問題。但後來……為了把發生的事情嚴格地按時間順序排列，我必須從艾克洛太太招我去出診開始敘述。

星期四一大早她就派人來請我，好像有什麼急事。我急匆匆地趕過去，心想她是不是快要死了。

艾克洛太太躺在床上，所以她也就不能太講究禮節了。她伸出乾癟的手向我指了指椅子，意思是叫我把椅子拉到床邊。

「呃，艾克洛太太，」我說，「什麼地方不舒服？」我和藹地問道，就像一般的執業醫生那樣。

「我全身虛脫，」艾克洛太太說話的聲音非常衰弱，「完全虛脫了，這是受驚引起的，可憐的艾克洛遇刺使我受驚不少。人們都說這種情況當時感覺不到，一段時間後才會反應出來。」

非常遺憾，受限於醫生這一職業，我無法把心裏想的事說出來——我很想對她說：

「胡說八道！」

但我沒有這麼做，而是向她推薦一種補藥，她欣然接受了。第一幕看來是結束了。我根本就不相信她是因艾克洛的死而受驚，才召我出診的。她絕對是有事要對我說，但她又不懂怎樣直截了當地討論一個話題，她老是拐彎抹角地說來說去，談不到正題，我一點都摸不清她請我去的意圖。

「昨天的那種場面——」

她停了一會，好像是等我接話。

「什麼場面？」我問。

「醫生，你怎麼啦？難道你忘了那個盛氣凌人的小法國人——也可能是比利時人，管他是哪個國家的人！他用那種方式來威脅我們，我非常憤怒，那比羅傑的死還令人難受。」

「您多擔待了，艾克洛太太。」我說。

「我不知道他是什麼意思，竟然敢那樣嚇唬我們。我完全明白我該盡的義務，怎麼可能隱瞞事實呢？我已經盡了全力來協助警察工作。」

艾克洛太太頓住了。我說「確實如此」，開始隱隱約約地意識到她要談的問題。

「沒有人敢說，我沒有盡到我的責任，」艾克洛太太繼續說，「我相信拉格倫警官一定對我非常滿意。而這個自命不凡的外國佬，憑什麼在那裏沒事找事？相貌長得那麼古怪，活像時事諷刺劇裏那些滑稽可笑的法國佬。我不明白弗洛拉為什麼堅持要他來辦這個案件。這件事她事先根本就沒有跟我商量過，自做主張就去做了。弗洛拉這孩子也太任性了，我畢竟是個見過世面的女人，而且又是她的母親，她應該事先徵得我的同意。」

我靜靜地聽她講述。

「他到底在想些什麼？這是我想知道的。他真的認為我隱瞞了某些事？他昨天直言不諱地指責我。」

我聳了聳肩。

「沒有關係的，艾克洛太太，」我說，「既然你沒隱瞞什麼事，就不必多心，他的那番話可能並不是針對你說的。」

艾克洛太太按她慣常的方式，很唐突地轉到另一個話題。

「僕人們太討厭了，」她說，「她們喜歡閒言閒語，相互傳遞謠言。有些事一傳十，十傳百地馬上就傳開了……這些事很可能只是捕風捉影，無中生有。」

「僕人們一直在談論？」我問道，「她們在談些什麼？」

艾克洛太太狡黠地瞅了我一眼，我感到有點不自在。

「如果別人都知道的話，我相信你也是知道的，醫生。你一直跟白羅先生在一起，不是嗎？」

「我是。」

「那麼你一定知道。是不是那個叫俄秀拉・伯恩的女孩說了什麼?這是預料中的事,她馬上要離開這裏了。在離開前她必定會想辦法來製造麻煩。滿肚子壞心眼,她們就是這種人,全一個樣。醫生,既然當時你在場,你一定知道她說了些什麼?我擔心的是,謠傳會產生誤解。不管怎麼說,我認為沒有必要把一切瑣碎的細節都告訴警察,你說對不對?有些事是家庭內部的私事,跟謀殺案毫不相干。但如果這個女孩居心不良的話,她可能把所有的事都說了出去。」

從她那滔滔不絕的話語中,我一眼就看透了她的內心。她感到非常焦慮。這證明白羅的假設是正確的。昨天圍坐桌旁的六個人中,至少艾克洛太太是隱瞞了一些事情。我現在的任務,就是要弄清她到底隱瞞了什麼。

「如果我是你的話,艾克洛太太,」我魯莽地說,「我就把一切都講出來。」

她發出一陣短促的尖叫聲。

「哦!醫生,你說話怎麼這樣唐突,聽你的口氣,好像,好像……我很快就可以把一切解釋清楚。」

「那麼為什麼不說出來呢?」我提議道。

艾克洛太太拿出一塊繡有飾邊的手絹,開始嗚咽起來。

「醫生,我想請你去跟白羅先生說……把事情解釋清楚。你知道,外國人很難理解我們的觀點。你可能並不知道——也沒有其他人知道——我一直在困境中掙扎、煎熬，長期的煎熬，這就是我的生活。我並不想說死者的壞話，但情況確實如此。即使是一份小小的帳單，羅傑都要過目，好像他這個人每年只有幾百英鎊的微薄收入，根本不像是個地方上的富紳（這一點是哈孟先生昨天告訴我的）。」

艾克洛太太停了下來，用繡有飾邊的手絹擦了擦眼睛。

「是的，」我誘引道，「你是說帳單的事？」

「那些可怕的帳單。有些我並不想拿給羅傑看，因為男人是不懂的。如果讓他看的話，他一定會說這些東西沒有必要買。當然，這些帳單越積越多，而且還源源不斷地送來——」

她懇切地看著我，似乎是希望我能說幾句安慰話。

「女人都有這種毛病。」我安慰她說。

她的語調變了，變得非常生硬。

「我向你保證，醫生，我的精神已經受到了極大的傷害。晚上睡不著覺，心臟老是怦怦怦地劇跳。然後，我收到蘇格蘭鄉紳的來信——事實上是兩封，都是蘇格蘭鄉紳寫來的。一個叫布盧斯・麥克森，另一個叫戈林・麥克納，這完全是巧合。」

「不一定是，」我冷漠地說，「他們通常稱自己是蘇格蘭鄉紳，但我懷疑他們的祖先跟猶太人有血緣關係。」

「他們可以提供十鎊到一萬鎊的現金借款。」艾克洛太太一邊想，一邊低語著。「我曾寫信給他們其中一個，但看來是有困難。」

她又頓住了。

我猜想我們已開始涉及到她的核心問題。我還從未碰過這麼會繞彎說話的人。

「你要知道，」艾克洛太太低聲說，「這只是一種期望，對遺囑的一種期望。雖然我預料羅傑會給我留下財產，但我並不能完全確定。我想，如果能夠看看他的遺囑……我並沒有什麼不良動機，只是這樣一來，我比較好為自己打算。」

她斜睨了我一眼。眼下的情況確實難以處理，看來她非得用詞巧妙，才能掩飾某項醜陋卻赤裸裸的事實。

「我只能告訴你下面這些事，親愛的夏波醫生，」她說得非常快，「我相信你不會對我產生誤解，我希望你如實地把這件事告訴白羅先生。那是星期五的下午——」

她停了下來，嚥了一口唾液，顯出遲疑不決的神情。

「是的，星期五下午怎麼樣？」我催促道。

「所有的人都出去了，所以我獨自一人來到了羅傑的書房……我去那兒絕對是有正當理由，我的意思是，沒有什麼見不得人的陰謀。當我看到堆在書桌上的文件時，一個想法像閃電般闖入我的腦海：羅傑會不會把遺囑放在書桌的某個抽屜裏呢？我這個人總是很性急，從小就是如此，我做什麼事都不加思考，只憑一時衝動。他，也太不小心了，把鑰匙留在最上面那個抽屜的鎖上。」

「哦，是這麼回事，」我附和了一句，「然後你就翻遍了他的書桌，找到遺囑了嗎？」

艾克洛太太輕輕尖叫了一聲，我意識到自己說話太不圓滑。

「你這話聽起來太可怕了，事情並不像你說的那樣。」

「當然不是，」我趕緊說，「我這個人嘴笨，老得罪人，請原諒。」

「當然囉，男人都很古怪。如果我是羅傑的話，我不會反對把遺囑的內容公開。但男人總喜歡保密。我只好採取某些手段來保護自己。」

「那麼你的手段成功沒有？」我問道。

「我正想跟你講這一點。當我打開最底層的那個抽屜時，俄秀拉進來了。當時的情況非常尷尬。當然我馬上關上抽屜，站起身來。我跟她說，桌面上有不少灰塵。她看人的樣子我不太喜歡——表面上看來是恭恭敬敬的，但目光中帶有惡意，確切地說，是鄙夷。我並不十分喜歡這個女孩。她是個好女僕，總是恭恭敬敬地稱我太太，叫她戴帽子、穿圍裙她都樣樣照辦（我也知道，現在許多人都不願意戴帽子、穿圍裙）。如果她代帕克去開門，她可以毫不顧忌地回絕人家說『不在家』。她不會呵呵地怪笑，許多接待女僕在餐桌侍候時，往往會這樣——我講到什麼地方了？」

「你講到，儘管她有一些優點，但你從不喜歡她。」

「我一點也不喜歡她，她有點——古怪，她與眾不同。受的教育太多了，這是我的看法。現在很難辨別誰是淑女，誰不是淑女。」

「後來怎麼樣了？」我問道。

「沒出什麼事。最後，羅傑進來了，我還以為他出去散步了。他問：『這是怎麼回事？』我說：『沒什麼事，我只是來拿《謗趣》週刊。』說完我就拿著《謗趣》週刊出去了。俄秀拉還留在後面，我聽見她問羅傑，是否可以跟他交談一下。我直接回到自己的房間，往床上一躺，心裏挺不是滋味。」

她又頓住了。

「你會跟白羅先生解釋的，是不是？你自己也看得出，這只不過是件微不足道的小事。不過既然他這麼看重我們是否隱藏了真相，我就回想到這件事。俄秀拉很可能會胡說一通，但我相信你會如實解釋的，是嗎？」

「就這麼點事？」我說，「你把什麼都告訴我了嗎？」

「是的。」艾克洛太太遲疑了一下。「哦！是的。」她又果斷地補充了一句。

但我注意到她那短暫的遲疑，心想，她必定還有些事沒講出來。這只是一種直覺，而這種直覺驅使我追問下去。

「艾克洛太太，」我說，「是不是你把銀櫃打開的？」

聽了此話，她的臉一下子變得通紅，即使臉上塗著胭脂水粉，也無法掩飾她的窘迫。

「你是怎麼知道的?」她低聲問道。

「確實是你打開的?」

「是的，我，唉……裏面有一兩件舊銀器……非常有趣。我曾讀到過一篇文章，上面附有一幅首飾的圖片，那首飾在克莉絲蒂珠寶店賣了一大筆錢。那小玩意看上去跟銀櫃裏的某個收藏完全一樣。我心想，去倫敦時可順便把它帶去，讓珠寶店估個價。如果確實是一件非常珍貴的物品，這對羅傑將是一大驚喜。」

我克制住自己不去打斷她的話，讓她把整個經過講完。就連「為什麼要鬼鬼祟祟地去拿這東西」之類的問題，都沒問。

「你為什麼不把蓋子蓋上?」她說完後，我問道。「是忘了嗎?」

「我當時有點慌張，」艾克洛太太說，「我聽到陽台上有腳步聲，就匆忙跑出了房間，剛跑到樓上，帕克就為你開了前門。」

「陽台上的人必定是拉瑟兒小姐。」我若有所思地說。

艾克洛太太向我揭示了一個極其重要的事實。她所說的銀器之事是真是假我不知道，也並不在乎。真正使我感興趣的是，我弄清了一個事實：拉瑟兒小姐一定是從窗子進入客廳的，而且我對她跑得上氣不接下氣的判斷也是正確的。在這之前，她去過什麼地方呢?我想起了涼亭，以及涼亭裏找到的那一小塊絲絹碎片。

「不知道拉瑟兒小姐的手帕是否上過漿！」我一時衝動驚叫起來。

艾克洛太太被這驚叫聲嚇了一跳，這才使我恢復了理智。我起身準備離去。

「我想你會向白羅先生解釋的，是嗎？」她焦急地問道。

「哦，當然囉，這是絕對的。」

她替自己的行為找了一大堆理由，我不得不耐著性子聽著，好不容易才等到她講完，便告辭了。

那接待女僕就在大廳裏，她動手幫我穿上風衣。我比以往仔細地瞧瞧她。她顯然是哭過了。

「你曾經跟我們說，星期五艾克洛先生要你去他的書房面談，這是怎麼回事？」我問道，「我現在才知道，是你要跟他談話。」

我盯著看她時，她低下了頭。

接著她說：

「不管怎麼樣，我都要離開這裏。」她說話時有點猶豫。

我沒吭聲。她替我打開前門。當我剛跨出門，她突然低聲說：

「借問一下，先生，有沒有佩頓上尉的消息？」

我搖了搖頭，用詢問的目光看著她。

「他應該回來，」她說，「他確實應該回來。」

她用懇求的目光看著我。

「沒有人知道他的下落嗎？」她問道。

「你知道嗎？」我厲聲反問道。

她搖搖頭。

「不知道。我什麼都不知道，但我認為，凡是他的朋友，都應該勸他回來。」

我沒有馬上離開，心想，這小姐可能還要說些什麼。她接下來提的問題，使我大為震驚。

「他們認為謀殺是什麼時候進行的？是十點以前嗎？」

「是的，」我說，「在九點三刻到十點之間。」

「有沒有再早一點的可能性？會不會在九點三刻以前？」

我目不轉睛地看著她，很明顯，她急切地想聽到一個肯定的答覆。

「那是不可能的，」我說，「艾克洛小姐在九點三刻，還看見他好好的。」

她轉身走開，一副頹喪不已的樣子。

「好個標緻的小姐，」我一邊發動汽車，一邊自言自語地說，「這小姐真是太漂亮了。」

卡羅琳在家裏。白羅又來拜訪過她，她感到很得意，顯出一副了不起的樣子。

「我在幫他破案。」她解釋道。

我感到很不安。卡羅琳現在這個樣子已讓人受不了，如果她那探聽消息的本能再受到慫恿的話，不知道她會變成什麼樣子。

「是不是叫你到附近去打聽跟拉爾夫・佩頓談話的那位神秘女子？」我問道。

「打聽那位小姐是我自己的事，」卡羅琳說，「白羅先生叫我幫他弄清一件特殊的事情。」

「什麼事？」我問道。

「他想知道，拉爾夫・佩頓的靴子是黑色的還是棕色的。」卡羅琳非常嚴肅地說。

我盯著她看。這時我才意識到我對靴子之事一無所知。我完全弄不清其中的重要性。

「是棕色的鞋，」我說，「我見過的。」

「不是鞋，詹姆斯，是靴子。白羅先生想弄清楚拉爾夫帶到旅館去的那雙靴子是棕色的還是黑色的，這一點至關重要。」

我瞪著她看，對靴子之事，我到現在還是一頭霧水。

「你打算怎麼去弄清楚？」我問道。

卡羅琳說，這並不困難。我們的安妮有個最親密的朋友叫克拉拉，她是甘尼特小姐的女僕。克拉拉和三豬苑那家靴子店的店員正在熱戀當中。整件事情的經過非常簡單。我們得到甘尼特小姐的鼎力相助，她馬上放了克拉拉的假，這件事就這樣神速地辦妥了。

當我們坐下來一起吃午飯時，卡羅琳裝出一副漠不關心的樣子，開始說：

「拉爾夫・佩頓的那雙靴子——」

「嗯，」我說，「那雙靴子怎麼啦？」

「白羅先生認為很可能是棕色的。他弄錯了，實際上是黑色的。」

卡羅琳連連點著頭，很明顯，在這個問題上她感到自己勝過了白羅。

我沒有答話。拉爾夫・佩頓那雙靴子的顏色竟然與本案有關，這一點我確實疑惑不解。

15 傑弗里・雷蒙

那天，我又得到了一個證據，證明白羅的策略是卓有成效的。他那挑戰性的語言，來自於他對微妙人性的透徹了解。恐懼與罪惡感的複雜交錯，迫使艾克洛太太講出了真話，她是第一個做出反應的人。

那天下午我出診回來，卡羅琳告訴我傑弗里・雷蒙剛走。

「他是來找我的嗎？」我一邊在門廳裏掛衣服一邊問道。

卡羅琳走到我身旁。

「他要找的是白羅先生，」她說，「他先去了老爾什居，但白羅先生不在家，他還以為在我們這裏，結果不然，你或許知道白羅先生去什麼地方了。」

「我一點都不知道。」

「我叫他等一會，」卡羅琳說，「但他說，過半個小時再到老爾什居來找他，說完就朝村子那邊走去。太不巧了，他前腳走，白羅先生後腳就到了。」

「來我們家了？」

「不，是他自己的家。」

「那你怎麼會知道？」

「從邊窗看見的。」卡羅琳簡短地回答道。

在我看來，這一話題該結束了，但卡羅琳並不這麼認為。

「你要過去嗎？」

「去什麼地方？」

「當然是老爾什居嘛。」

「親愛的卡羅琳，我過去幹什麼呢？」

「雷蒙先生非常想見他，」卡羅琳說，「你可以去聽聽是怎麼回事。」

我揚了揚眉毛。

「好奇可不是我的罩門，」我冷漠地說，「就算不知道我的鄰居們在幹些什麼、想些什麼，我照樣能夠活得很舒坦。」

「胡說八道，詹姆斯，」姐姐說，「你一定跟我一樣，也想知道這件事。你這人說話不老實，總是假惺惺。」

「我真的不想管這些事，卡羅琳。」我邊說邊走進了看診室。

十分鐘後，卡羅琳輕輕地叩叩門，走了進來。她手裏拿著什麼東西，好像是一瓶果醬。

「詹姆斯，不知道你願不願意把這瓶歐楂果凍送去給白羅先生？我答應過給他的，他從來沒有嚐過普通人家自個兒做的歐楂果凍。」

「為什麼不叫安妮去跑一趟呢？」我冷漠地說。

「她正在縫補衣服，騰不出手。」

卡羅琳和我四目相對。

「好吧，」我站起身來，「如果你一定要我拿去的話，我就把它放在他家門口，你聽明白了嗎？」

姐姐揚了揚眉毛。

「當然，」她說，「誰還敢叫你做其他的事啊！」

好，她說了算。

當我打開前門準備走時，她說：

「如果你碰巧見到白羅先生的話，你就告訴他有關靴子的事。」

多麼巧妙的囑咐啊！其實我也非常想了解靴子之謎。當那位帶著布雷頓女帽的老婦人給我開門時，我木然地問，白羅先生是否在家。

白羅聞聲跳了起來，滿面笑容地出來迎接我。

「請坐，我的老朋友，」他說，「坐這張大椅子呢？還是坐那張小椅子？房間是不是太熱？」

我感到這屋子太悶熱，但我還是克制住自己，沒說出來。窗子都關著，而且爐子裏的火燒得很旺。

「英國人有一個癖好，喜歡新鮮空氣。」白羅說，「要吸新鮮空氣外面多的是，這是屬於屋外的，為什麼要放它進來呢？這些老掉牙的話題，我們就不多談了。你是不是給我拿來了什麼東西？」

「兩件東西，」我說。「第一件，這個，這是家姐送給你的。」

我把一瓶歐楂果凍遞給了他。

「卡羅琳小姐真是太好了，她還記得她的諾言。那麼第二件呢？」

「可以算是一條訊息吧。」

我把會見艾克洛太太的經過告訴他，他非常感興趣地聽著，但並不顯得特別興奮。

「這就弄清楚了，」他若有所思地說，「這對核實女管家提供的證詞有幫助。你一定還記得，她說她發現當時銀櫃的蓋子是開的，當她從旁邊經過時順手把它關上了。」

「她說，她到客廳是去看花還新不新鮮，這一點你是怎麼看的？」

「啊！我們從來沒有認真地考慮過這一點，是嗎？我的老朋友，她的話顯然是個藉口，這是她在匆忙中捏造出來的。她認為有必要對自己待在客廳的原因做一番解釋。其實，你可能壓根就不會想問這問題，我當時想，她這種反應很可能出於她動過銀櫃。但我現在認為，有必要尋找另一個解釋。」

「是的，」我說，「也就是她出去跟誰會面？為什麼要跟那人會面呢？」

「你認為她是去會見某個人嗎？」

「是的。」

白羅點點頭。

「我也這麼認為。」他若有所思地說。

談話停頓了一會兒。

「順便說一下，」我說，「家姐託我帶給你一個訊息。她說拉爾夫・佩頓的靴子是黑色的，不是棕色的。」

我告訴他這個訊息時，仔細地察看著他的表情。我發現他的神情有點煩亂，不過一瞬間又恢復了常態。

「她能確定不是棕色的嗎？」

「絕對確定。」

「啊！」白羅非常懊喪地說，「太遺憾了。」

他看上去有點垂頭喪氣。

他沒做任何解釋，馬上轉了個話題。

「女管家拉瑟兒小姐那個星期五早上去找你看病……能不能冒昧問一聲，你們談了些什麼？我的意思是，除了跟看病有關的問題外。」

「當然可以，」我說，「跟疾病有關的問題談完後，我們談了一些毒藥問題，還談了中毒後是否能夠檢驗出結果的問題，最後還談了吸毒和吸毒者的問題。」

「尤其是古柯鹼，是嗎？」白羅問道。

「你是怎麼知道的？」我感到有點吃驚。

他沒有直接回答我的問題，只是起身走到歸檔的報紙跟前，拿了一份九月十六日星期五的《預算日報》給我看，上面有一篇關於古柯鹼走私的文章。內容聳人聽聞，敘述生動刺激。

「這就是她談起古柯鹼的原因，我的朋友。」他說。

我原想進一步詢問，因為我還沒弄懂他的意思。但就在這時，門開了，傑弗里・雷蒙出現在門口。

他走了進來，還是跟往常一樣氣色很好。他彬彬有禮地向我們倆打招呼。

「你好，醫生。白羅先生，這是我今天早晨第二次來你這裏了，我到處在找你。」

「那麼我先走了。」我尷尬地說。

「不用避嫌，醫生。不要走，就留在這裏吧。」他說話時，白羅向他揮了下手，讓他坐著說。「我是來坦白的。」

「真的嗎？」白羅和氣而又關注地問道。

「嗯，只是一點點小事。但事實上從昨天下午開始，我的良心一直在折磨著我。你指責我們大家都隱瞞了一些事情。我認罪，白羅先生，我確實有件事瞞著你。」

「是什麼事，雷蒙先生？」

「我剛才已經說了，只是一件微不足道的小事。是這麼回事，我負了一筆債，不小的一筆債，就在這危難時刻，我做夢都沒想到竟得到一筆遺產——艾克洛先生留給我五百英鎊。這筆錢能幫我度過難關，而且還有點結餘。」

他坦然地向我們倆笑了笑。這位年輕人的微笑，確實討人喜歡。

「你是了解情況的，那些警察非常多疑，如果我承認手頭拮据的話，他們必定會懷疑到我頭上來。但我確實太傻了，因為從九點三刻到十點，布倫特和我一直在彈子房，所以我有無可辯駁的不在現場證明，我沒什麼需要害怕的。但你昨天嚴厲地指責我們每個人都隱瞞了一些事，聽了這番話我受到良心的責備，我想還是把它說出來好。」

他又站起身，向我們笑了笑。

「你是個有頭腦的年輕人，」白羅邊說邊讚許地點點頭，「跟你老實說，當我知道每個人都對我隱瞞了一些事情時，我還以為隱瞞的事可能都非常嚴重呢。你這樣做就對了。」

「能擺脫嫌疑，我感到很高興，」雷蒙笑著說，「我該走了。」

「就這麼點小事。」當年輕的秘書出門後，我說了一句。

「是的，」白羅同意我的看法，「一件微不足道的事，但如果他不在彈子房的話，那就難說了。因為許多人還是會為了不到五百英鎊的錢去犯罪，去殺人；關鍵不在數目大小，而是取決於把那個人逼上絕路的是多少錢。這是相對而言的，你說對嗎？你想過沒有，我的朋友，那幢房子裏的許多人，都能在艾克洛先生死後得到好處。艾克洛太太、弗洛拉小姐、年輕的雷蒙先生、女管家，這些人統統能得到好處。事實上只有一人沒得到好處，就是布倫特少校。」

他說布倫特的名字時，語調有點特別，我抬起頭看了他一眼，心裏充滿了疑惑。

「我不懂你的意思。」我說。

「我指責的那些人中，已經有兩個人把真實情況告訴了我。」

「你認為，布倫特少校也隱瞞了一些事？」

「關於這個問題，」白羅若無其事地說，「不是有句老話說，『英國人只隱瞞一件事：愛情』？有沒有這回事？我敢說布倫特少校不善於隱瞞。」

「有時候我在想，我們對某一點一直沒有認真討論過。」

「哪一點？」

「認為敲詐弗拉爾太太的人，必然是謀殺艾克洛先生的兇手。這種看法是不是正確？」

白羅使勁點著頭。

「很好，實在太好了。我不知道這是否是你自己的想法。當然這是可能的，但我們必須記住一個事實，就是那封信不翼而飛了。當然，正如你所說的，信並不一定就是兇手拿的。當你們發現屍體的時候，帕克可能趁你不注意時把信拿走了。」

「帕克？」

「是的，帕克，我老是想到帕克，但並不認為他是兇手。不，不是他殺的。但脅迫弗拉爾太太的那個神秘惡棍很可能就是他。他可能是從金帕達克的僕人口中，打聽到弗拉爾先生的死因。不管怎麼說，他比那些偶爾來此做客的人，比如布倫特，更有可能知道這件事。」

「拿走信的人可能就是帕克，」我說，「我後來才注意到信不見了。」

「是什麼時候？是布倫特和雷蒙進房間之前？還是之後？」

「我記不清了，」我思索著說，「我想是在他們來之前吧……不，在他們進來之後。是的，我幾乎可以肯定就是在他們進來之後。」

「那麼範圍就擴大到三個人了。」白羅若有所思地說，「但帕克的可能性最大，我想做個小小的實驗來試探一下帕克。你認為怎麼樣，我的朋友？你願不願意陪我一起去弗恩利莊？」

我對他的邀請默然認可，隨後我們就出發了。白羅要求見艾克洛小姐，沒多久她就來了。

「弗洛拉小姐，」白羅說，「我必須向你透露一個秘密，到現在為止我還不能相信帕克是清白的。我想請你協助我做一個小小的試驗，來試探他一下。我想叫他把那天晚上的舉動重新表演一遍，但我們必須找個藉口——啊！有了。我可以對他說，我想弄清楚在走廊裏發出的說話聲，是否能在陽台上聽見。好吧，勞駕你按鈴把帕克叫來。」

我按他的指示行事，不久男管家就來了，他仍跟往常一樣順從有禮。

「是您按的鈴嗎，先生？」

「是的，帕克，我想做一個小小的試驗。我讓布倫特少校站在書房窗外的陽台上，我想證實一下，那天晚上站在那裏的人，是否能夠聽到艾克洛小姐和你在走廊裏的說話聲。我想叫你重新表演一下這個場面。可能你還要去拿托盤或者其他什麼東西吧？」

帕克出去了，我們一起來到了書房外的走廊上。不一會兒我們就聽見門廳裏傳來叮噹噹的響聲，帕克端著托盤出現在廳口，托盤裏放著一根吸管、一瓶威士忌和兩只玻璃杯。

「等一下，」白羅舉起手叫喊著，他看上去非常興奮，「一切都必須按先後順序排演，就像當時的情景一樣。這是我辦案的方法。」

「這是外國人的做法，先生，」帕克說，「人們管這種做法叫『重建犯罪現場』，是嗎？」

他顯得非常沉著，恭恭敬敬地站在那裏等待著白羅的吩咐。

「啊！你懂得還真不少，帕克，」白羅大聲地說，「你一定讀過這方面的書。好吧，勞駕你一切按原樣進行。當你從外面的門廳過來時，小姐在什麼地方？」

「在這裏。」弗洛拉站在書房門外的那個位置上說。

「完全正確，先生。」帕克說。

「我剛把門關上。」弗洛拉接著說。

「是的，小姐，」帕克確認了她的說法，「你的手就像現在一樣，還握著門把。」

「那麼開始吧，」白羅說，「為我表演一下這齣短劇。」

弗洛拉手握著門把站在那裏，帕克端著托盤從門廳走來。

他剛跨進門就停下了，接著弗洛拉說：

「喂，帕克，艾克洛先生吩咐過今晚不要去打攪他。」她低聲添了一句：「我是不是這麼說的？」

「在我的記憶中你是這麼說的，弗洛拉小姐，」帕克說，「但我記得你當時用的是『今夜』，而不是『今晚』。」接著他像演戲一樣，提高了嗓子，「照辦，小姐。要不要跟往常一樣把門鎖上？」

「好吧。」

帕克退了出去，弗洛拉跟在後面，隨後上了大樓梯。

「這樣夠了嗎？」她回過頭來問道。

「太好了，」白羅搓著手說，「順便問一下，帕克，你是否能肯定，那天晚上托盤裏確實有兩只玻璃杯？那麼另一個杯子是給誰的？」

「我每次總是拿兩只杯子，先生，」帕克說，「還有什麼要問的嗎？」

「沒有了，謝謝。」

帕克退了出去，自始至終他都很認真。

白羅皺著眉頭站在門廳中央，弗洛拉又下樓回到我們這裏。

「這個試驗成功嗎？」她問道，「我還不太明白，你知道……」

白羅對她笑了笑。

「你不明白沒有關係，」他說，「不過，請你告訴我，那天晚上帕克的托盤裏是否確有兩只杯子？」

弗洛拉皺了皺眉頭。

「我確實記不清了，」她說，「我想可能是兩個吧。這，這就是你做試驗的目的？」

白羅拉住她的手，輕輕地拍了一下。

「跟你這麼解釋吧，」他說，「我對人們是否說真話，特別注重。」

「帕克說的是真話嗎？」

「我想他說的是真話。」白羅若有所思地說。

幾分鐘後，我們又順原路回到村子。

「你提杯子的問題，到底是什麼意思？」我好奇地問道。

白羅聳了聳肩。

「人們在一起總得說一些話，」他說，「提這一個問題跟提別的問題，沒有什麼差別。」

我迷惑不解地盯著他。

「不管怎麼說，我的朋友，」他認真地說，「我現在已經弄清楚我想要知道的事情。關於這個問題就到此為止吧。」

16 打麻將

有天晚上我們舉行了一次小小的麻將聚會。這種簡單的娛樂，在金艾博特村非常流行。晚飯後，客人們穿著套鞋和風衣，紛紛到來，他們先是喝咖啡，然後吃糕餅、三明治，或者喝茶。

那天晚上，我們的客人有甘尼特小姐和住在教堂附近的卡特上校。在這種聚會中，最容易傳播一些小道消息，有時甚至會干擾遊戲的順利進行。我們的遊戲通常是打橋牌——我們邊談邊打，打得很不認真。後來我們發現打麻將比打牌要溫和些。在打牌時，你的合作者沒有打某一張牌，你就會厲聲責怪他。但在打麻將時，雖然我們也會直接地批評一兩句，但絕對沒有惡意。

「今晚太冷了，是不是，夏波？」卡特上校背朝爐火站著問道。卡羅琳則把甘尼特小姐帶到自己的房間，幫她脫下臃腫的外套。「這又使我想起阿富汗的情景。」

「是嗎？」我彬彬有禮地問道。

「可憐的艾克洛死了，這確實是個難解的謎，」上校一邊接過咖啡一邊說，「一定是擺佈命運的惡魔在搗鬼，這是我的看法。夏波，有件事你可別跟別人說，我聽到有人提到敲詐之事！」

上校看了我一眼，眼神中流露出一個男人對另一個男人的信任。

「毫無疑問，這件事涉及到一個女人，」他說，「你絕對可以相信我，這裏面一定有個女人介入。」

這時，卡羅琳和甘尼特小姐過來參加我們的談話。甘尼特小姐喝著咖啡，而卡羅琳拿出麻將盒，把麻將牌倒在桌子上。

「洗牌，」上校開玩笑似地說，「是的，叫洗牌，我們在上海俱樂部裏，就是這麼說的。」

卡羅琳和我心裏都暗忖著，卡特上校這一生從未去過上海俱樂部，他最遠只到過印度，再往東就沒去過了。大戰期間，他在印度做過牛肉罐頭和李子、蘋果果醬的生意；但他的確是個軍人。在金艾博特這塊地方，人們可以大肆吹噓自己的一丁點兒功勞。

「開始吧。」卡羅琳說。

我們圍著桌子坐下。最初五分鐘裏，沒有人說一句話，因為這裏面有一場秘密的爭鬥，看誰能最快把牌理好。

「開始吧，詹姆斯，」卡羅琳最後說，「你是莊家。」

我打出第一張牌，過了一兩圈，沉悶的氣氛被單調的叫喊聲打破，「三條」、「二筒」、「碰」。甘尼特小姐經常叫「碰」，然而常常馬上又改口說「不碰」，因為她有一個習慣，總是沒看清牌就倉促叫「碰」，然後又說「不碰」。

「今天早晨我看見了弗洛拉·艾克洛，」甘尼特小姐說，「碰——不，不碰，我又看錯了。」

「四筒，」卡羅琳說，「你在什麼地方碰到她的？」

「她沒看見我，」甘尼特小姐回答道，態度是一副在小鄉村才見得到的小題大做。

「啊！」卡羅琳饒有風趣地說，「恰（上海方言：吃）。」

「現在的正確說法是『吃』，不是『恰』。」甘尼特小姐逗趣地說。

「亂說，」卡羅琳說，「我總是說『恰』。」

「在上海俱樂部，」卡特上校說，「他們都說『恰』。」

甘尼特小姐不再吭聲。

「你剛才說弗洛拉·艾克洛什麼來著？」卡羅琳專心地打了幾分鐘牌後，突然問道，「她跟別人在一起嗎？」

「是的。」甘尼特小姐說。

兩位女士的目光對視了一下，好像是在交換訊息。

「真的嗎？」卡羅琳很感興趣地說，「是這樣嗎？哦，這我一點都不奇怪。」

「卡羅琳小姐，我們在等你出牌呢。」上校說。

他有時喜歡裝出一副男人的直率模樣，專心打牌而對流言蜚語不屑一顧。但他的裝模作樣一眼就能看穿。

「如果你問我——」甘尼特小姐說，「親愛的，你打的是條子嗎？哦！不對，我看錯了，是筒子。如果你問我的話，我得說弗洛拉真是非常幸運，她的運氣特別好。」

「你打的是什麼，甘尼特小姐？」上校問道，「那張牌我碰。你從哪一點看出弗洛拉小姐很幸運？這個小姐確實迷人。」

「對犯罪的事情，我知道得並不多，」但甘尼特小姐說話的神態好像世上什麼事情她都知道，「不過有一件事我可以告訴你們，案發後，人們要問的第一個問題總是『最後看見死者還活著的人是誰』，而這個人通常就是被懷疑的對象。在這個案件中，弗洛拉・艾克洛是最後看見他伯父還活著的人。照理說，這點對她十分不利，真的十分不利。據我看來——這看法絕對值得參考——拉爾夫・佩頓是因為她而隱匿起來的，目的是想引開人們的注意力，不去懷疑她。」

「這怎麼可能？」我溫和地駁斥了她的說法，「難道你認為像弗洛拉・艾克洛這樣的年輕小姐，也會無情地對自己的伯父下毒手？」

「這可不一定，」甘尼特小姐說，「我從圖書館借來一本書，這兩天正在讀，書中描述了巴黎下層社會的情況，說那些最壞的女罪犯，往往是長著一副天使面孔的年輕小姐。」

「那是在法國。」卡羅琳馬上反駁。

「沒錯，」上校說，「現在我來給你們講一件非常少見的事，這件事在印度的許多市集上，流傳得很廣……」

結果上校的故事不但又臭又長，而且還少見地無趣。拿一個多年前發生在印度的事，跟金艾博特村前幾天才發生的命案相提並論，簡直是不堪一擊。

卡羅琳運氣好，最後讓她胡了，這一下總算打斷了上校那冗長的故事。卡羅琳算台數沒有算正確，我糾正了她的錯誤，她還有點不太高興。接著我們重新開始洗牌。

「換我坐莊，」卡羅琳說，「我對拉爾夫・佩頓有自己的看法。三萬。到現在為止，我還沒對任何人講過。」

「是嗎，親愛的？」甘尼特小姐說。「吃——哦，說錯了，是碰。」

「是的。」卡羅琳果斷地說。

「靴子那方面有問題嗎？」甘尼特小姐問道，「我的意思是，因為是黑色的？」

「沒問題。」卡羅琳說。

「你認為它是什麼顏色有什麼關係嗎？」甘尼特小姐問道。

卡羅琳噘著嘴，搖了搖頭，擺出一副盡在不言中的表情。

「碰，」甘尼特小姐說，「不對，不碰。我想醫生跟白羅先生的關係不錯，他一定知道所有的秘密。」

「一無所知。」我說。

「詹姆斯真是太謙虛了，」卡羅琳說，「哈！一個暗杠。」

上校吹了聲口哨，閒聊中止了。

「你自己的莊，」他說，「你已經碰了兩次，我們得小心了。卡羅琳小姐在做大牌。」

大約有幾分鐘，我們都專心打著牌，沒有說一句跟打牌無關的話。

「這位白羅先生真的是一個了不起的偵探嗎？」卡特上校問道。

「是世界上最了不起的偵探，」卡羅琳鄭重其事地說，「他隱姓埋名到這裏來，就是為了避開公眾的注意。」

「吃，」甘尼特小姐說，「我敢說，他的到來，給我們這個小小的村子增添了不少光采。順便說一句，克拉拉──我的那個女僕，你是認識她的──跟弗恩利莊的女僕艾絲是好朋友。你知道艾絲跟她說了些什麼？她說有一大筆錢被偷了，她認為──我說的是艾絲的看法──接待女僕跟這件事有關。她這個月就要離開這裏了，晚上經常在哭。我看哪，這女孩十有八九跟匪徒有往來，她性格古怪透了，在我們這裏一個朋友也沒有。她出門總喜歡單獨一個人，我認為這很不正常，非常可疑。我曾有一次邀請她來參加女子聯誼晚會，她拒絕了，後來我又問了她家裏的情況等等的，她的反應，我可以確定地說，非常的傲慢。從外表看，她是一個恭恭敬敬的女僕，但她對我總是抱有戒心。」

甘尼特小姐停下來喘了口氣，上校對僕人的事一點都不感興趣。他說，在上海俱樂部裏，是隨意的打法，沒有死板的規則。

我們打了一圈隨意麻將。

「那個拉瑟兒小姐，」卡羅琳說，「星期五早晨來這裏找詹姆斯，假裝看病。在我看來，她是想弄清楚毒藥放在什麼地方。五萬。」

「吃，」甘尼特小姐說，「這種想法太離譜了！你弄錯了吧？」

「提起毒藥，」上校說，「嗨，怎麼回事？我還沒出牌嗎？哦！八條。」

「胡了！」甘尼特小姐說。

卡羅琳感到非常惱怒。

「來一張紅中，我就有三對牌了。」她非常懊喪地說。

「我一上來就有兩張紅中。」我說。

「捏得這麼死，詹姆斯，」卡羅琳責備地說，「你根本就不懂這種牌該怎麼打。」

但我認為我打得很聰明。如果讓卡羅琳胡的話，我得輸一大筆錢，而甘尼特小姐只是屁胡，這一點卡羅琳一直在指正她。

一局過了，我們又重新開始洗牌，沒有人說一句話。

「我剛才想跟你說的是這件事。」卡羅琳說。

「什麼事？」甘尼特小姐興奮地問道。

「我對拉爾夫・佩頓的看法。」

「說吧，親愛的。」甘尼特小姐更興奮了，「吃！」

「這麼早就吃，不太好，」卡羅琳嚴厲地說，「你應該做大牌。」

「我知道，」甘尼特小姐說，「你剛才要說拉爾夫・佩頓的事，你忘了？」

「哦，是的。我有一個絕妙的想法，知道他在什麼地方。」

我們都停下來直盯著她。

「太有趣了，卡羅琳小姐，」卡特上校說，「是你自己想出來的嗎？」

「哦，並不完全是。我來告訴你們。我們家的大廳裏有一張大型郡地圖，這個你們該知道吧？」

我們都異口同聲地說「知道」。

「那天白羅從我們家走出去時，他在地圖前停住，仔細察看了一會兒，還說了幾句話。他說的話我記不清了。好像是說，我們附近唯一的大鎮就是克蘭切斯特。當然這是正確的。但他走後，我突然想起……」

「想起了什麼？」

「他話中的含義。可以肯定，拉爾夫就在克蘭切斯特。」

就在這時，我把擱牌的牌尺撞倒了。姐姐馬上責備我手腳太笨，但說話的口氣並不太認真。她仍醉心於她那套邏輯推理。

「他在克蘭切斯特，卡羅琳小姐？」卡特上校說，「不會在克蘭切斯特！那地方離這裏太近了。」

「就是在那裏，」卡羅琳得意洋洋地大聲說，「現在看來非常清楚，他並沒有坐火車逃離。他是徒步走到克蘭切斯特的，我相信他還在那裏。沒有人會想到他就在附近。」

我對她的推理，提出了幾個不同看法，可是一旦某種想法在她腦子裏紮根，就無法驅除了。

「你認為白羅先生也有同樣的想法嗎？」甘尼特小姐若有所思地說，「這是一個非常奇妙的巧合——我今天下午在克蘭切斯特的馬路上散步時，他從那個方向開車過來，從我身邊駛過。」

大家面面相覷。

「天哪！」甘尼特小姐突然叫了起來，「我已經胡了，我竟沒注意到。」

卡羅琳從談話中回過神來，她向甘尼特小姐指出，這是一副混一色的牌，而且可以聽許多張牌，不做牌而屁胡是很可惜的。甘尼特小姐一邊收著籌碼，一邊平靜地聽著。

「是的，親愛的，我懂你的意思，」她說，「但這要看你起牌時手中的牌，對不對？」

「如果不做牌，你就永遠胡不了大牌。」卡羅琳竭力堅持自己的看法。

「沒錯，但我們各有各的打法，不是嗎？」甘尼特小姐反駁說，她低下頭看了看自己的籌碼，「不管怎麼說，到現在為止我是贏家。」

卡羅琳鬱鬱不樂，一句話也不說。

一局完了，我們又開始洗牌。安妮端來了茶點。卡羅琳和甘尼特小姐有點相互嘔氣，這種情況在我們歡樂的聚會中經常會發生。

「請你稍微打快一點，親愛的。」甘尼特小姐出牌時稍有猶豫，卡羅琳便說：「中國人打麻將打得非常快，聽上去就像小鳥在嘁嘁喳喳鳴叫。」

於是我們也像中國人一樣，打得飛快。

「你還沒給我們提供什麼消息，夏波，」卡特上校非常和氣地說，「你這個人跟狐狸一樣狡猾。你配合大偵探破案，然而什麼消息都不透露。」

「詹姆斯是個古怪的人，」卡羅琳說，「他捨不得跟他的消息分手。」

她冷冰冰地白了我一眼。

「我向你們發誓，我什麼都不知道，白羅從不把他的想法講給我聽。」我說。

「真是個聰明人，」上校一邊說，一邊發出呵呵的笑聲，「他不肯透露秘密。這些外國偵探真不可思議，我想他們一定詭計多端。」

「碰，」甘尼特小姐非常得意地說，「胡了。」

場面越來越緊張。甘尼特小姐連胡三把，卡羅琳感到非常懊惱，理牌時，便找我出氣：

「你這人太討厭了，詹姆斯，坐在那裏像個木頭人，什麼也不說！」

「親愛的，」我回駁說，「我確實沒什麼可說的，我的意思是，你要我說的那些事，我什麼也不知道。」

「我不信，」卡羅琳一邊理牌一邊說，「你一定知道些有趣的事。」

我一時沒有做聲。這時我簡直無法抑制內心的興奮，我曾聽別人說過天聽——拿起牌就胡了，但我從沒想到自己也會碰到這般手氣。

我抑制住內心的喜悅，把牌倒在桌上。

「在上海俱樂部裏，他們管這叫做『天聽』。」我說。

上校的眼睛鼓得像乒乓球一樣大，似乎馬上就要從臉上迸了出來。

「天哪！」他說，「這種奇怪的牌我還從未遇到過！」

由於卡羅琳的嘲諷，再加上一時的得意忘形，我終於忍不住說了起來。

「說到有趣的事，」我說。「一只背面刻有日期和『R贈』字樣的結婚戒指，你們覺得如何啊？」

接下來的情況我就不必多說了。但在他們的逼迫下，我只講出找到戒指的確切地點，以及戒指上刻著的日期。

「三月十三日，」卡羅琳說，「到現在剛好六個月。啊！」

大家非常興奮地進行了種種猜測，從中可歸納出三種不同的看法：

卡特上校的看法：拉爾夫跟弗洛拉已經秘密結婚。這種解釋最簡單明瞭。

甘尼特小姐的看法：羅傑・艾克洛跟弗拉爾太太已經秘密結婚。

姐姐的看法：羅傑・艾克洛已經跟女管家拉瑟兒小姐結婚。

第四種看法，或者可以說是一種超級觀點，是我們準備上床時卡羅琳提出來的。

「你知道嗎，」姐姐突然說，「如果發現傑弗里・雷蒙和弗洛拉已經結婚，我一點也不會感到吃驚。」

「如果是這樣的話，應該寫『G贈』而不是『R贈』。」我提出了異議。

「這可不一定，有些女孩就喜歡用姓氏稱呼男人。剛才甘尼特小姐說弗洛拉不夠檢點那些話，你是聽到的。」

嚴格地說，我根本就沒有聽到甘尼特小姐這麼說。我對卡羅琳舉一反三的能力佩服得五體投地。

「赫克托・布倫特怎麼樣？」我暗示著說，「如果要猜的話——」

「胡說，」卡羅琳說，「我敢說他喜歡她，甚至可能愛上了她。但你可以相信我的話，如果一個女孩身邊有一個英俊瀟灑的男秘書，就絕不會去愛上一個老得足以當她父親的人。她或許是把布倫特少校弄得神魂顛倒，女孩子都是很狡猾的，但有一件事我可明確告訴你，詹姆斯・夏波先生，弗洛拉・艾克洛一點也不喜歡拉爾夫・佩頓，而且從來沒有喜歡過。我說的不會錯。」

我毫無異議地接受了她的看法。

17 帕克

第二天早晨，我才意識到自己因天和而沖昏了頭腦，把一些不該說的話講了出來。當然，白羅並沒有叫我對金戒指的事保密。但他在弗恩利莊從未提過戒指的事，就我所知，找到戒指的事，除了白羅，就我一人知道。現在這件事就像燎原之火，在金艾博特村迅速傳開了。我心裏有種罪惡感，隨時等待著白羅的嚴厲指責。

弗拉爾太太和羅傑·艾克洛先生的葬禮定於十一點舉行，這是一次令人傷感的儀式。弗恩利莊所有的人都到場了。

白羅也出席了葬禮。葬禮一結束，他就拉著我的手臂，邀我陪他一起回老爾什居。他看上去非常嚴肅，我害怕昨晚不慎說漏嘴的事已傳到他的耳中。但我很快就發現，他心裏想的完全是另外一件事。

「喂，」他說，「我們得馬上行動。我想考察一下某位證人，希望你能協助我。我們去盤問他，必要時嚇唬他一下，這樣，他就會說出真話。」

「你指的是哪個證人？」我吃驚地問道。

「帕克！」白羅說，「我叫他中午十二點到我家來，他現在一定在我家等我了。」

「你對他有什麼看法？」我眼睛斜睨著他，試探地問道。

「有一點我很清楚——我對他還心存疑慮。」

「你認為是他敲詐了弗拉爾太太？」

「不是敲詐就是……」

「就是什麼？」我等了他一兩分鐘後說。

「我的朋友，我想告訴你的是——我希望是他。」

他的態度非常沉重，臉上帶有一種難以言狀的神情。看到他這副模樣，我不敢再問了。

我們一到老爾什居，就有人稟報，帕克已經在等我們了。進屋時，男管家對我們恭恭敬敬地起身致意。

「早安，帕克，」白羅愉快地說，「請稍等一下。」

他脫下風衣和手套。

「讓我幫你脫，先生。」

帕克一邊說，一邊快步上前幫他脫去風衣。他把風衣整整齊齊地放在一張靠近門邊的椅子上，白羅讚許地看著他。

「謝謝你，帕克，」他說，「請坐，我要說的話比較長。」

帕克鞠躬致謝，然後必恭必敬地坐下了。

「你知道我今天為什麼叫你來嗎？」

帕克乾咳了一聲。

「先生，我知道你想問一些我已故主人的事情，有關他的私事。」

「說得沒錯，」白羅面帶微笑地說，「你做過不少敲詐的勾當吧？」

「先生！」

男管家從椅子上跳了起來。

「不要太激動，」白羅心平氣和地說，「不要假裝老實了，好像我冤枉了你。敲詐之道你是非常精通的，是不是？」

「先生，我……我以前從來沒，沒有——」

「沒有受過這樣的侮辱？」白羅接過他的話說，「那麼，那天晚上你聽到敲詐這個字眼以後，為什麼急於想偷聽艾克洛書房裏的談話？」

「我不是，我——」

「誰是你的前一位主人？」白羅突然問道。

「我的前一位主人？」

「是的，你來艾克洛先生家之前的那位主人。」

「是埃勒比少校，先生——」

白羅接過他的話。

「就是他，埃勒比少校。埃勒比少校吸毒成癮，是嗎？你經常陪他外出旅行。有一次在百慕達他遇到了一點麻煩，有一個人被殺，埃勒比少校負有部份責任。這件事被掩蓋下來了，但你是知情者，為了堵住你的嘴，埃勒比少校給了你多少錢？」

帕克瞠目結舌，直愣愣地盯著他，一副六神無主的模樣，臉頰的肌肉微微顫抖著。

「你要明白，我做了大量的調查，」白羅愉快地說，「正如我所說的，你敲詐了一大筆錢，埃勒比少校一直付錢給你，直到他死為止。現在我想聽一下，你最近這次敲詐的情況。」

帕克仍然目不轉睛地盯著他。

「抵賴是沒用的，我赫丘勒・白羅什麼都知道。有關埃勒比少校的事，我講得不對嗎？」

儘管帕克不想承認，但他還是點點頭。他的臉像塵土般蒼白。

「但對艾克洛先生，我一根汗毛都沒碰過，」他呻吟著說，「上帝做證，先生，我沒有碰他。我一直提心吊膽的，生怕這件事懷疑到我頭上。我可以告訴你，我沒有，沒有殺他。」

他說話的聲音越來越大，幾乎是在喊叫。

「我大致相信你，朋友，」白羅說，「你沒有那個膽量和勇氣。但你要說真話。」

「我把一切都告訴你，先生，你想知道的一切。那天晚上我的確想偷聽，因為我聽到的一兩句話勾起了我的好奇心。艾克洛先生把自己和醫生關在書房裏，不希望有人去打攪。我跟警察說的那些話都是實話，老天可以做證。我聽到敲詐這個字眼，先生，於是就——」

他停了下來。

「你想這件事可能對你有點好處，是嗎？」白羅非常平靜地說。

「嗯，是的，我是這麼想的，先生。我想如果艾克洛先生被敲詐了，我何不從中分享一點甜頭呢？」

一種好奇的表情在白羅臉上一閃即逝，他身子往前傾斜。

「在那以前，你是否想到過，艾克洛先生被人敲詐了？」

「沒有想到過，先生，那也使我感到非常震驚。他是一個沒有任何不良習慣的紳士。」

「你偷聽到多少談話？」

「不多，先生，我想這是一種卑鄙的行為。當然我也得回餐具室去做我的事。我只能抽空到書房去聽一下，這能聽到多少呢？第一次，夏波醫生出來時差點被他抓到；第二次，雷蒙先生在門廳跟我擦肩而過，朝書房走去，因此沒偷聽成；最後一次我端著托盤，又被弗洛拉小姐攔住了。」

白羅一直盯著他的臉，好像是在考察他說話是否老實。帕克也態度誠懇地回視他。

「我希望你能相信我，先生。我一直擔心警察會查到我敲詐埃勒比少校的往事，從而懷疑到我頭上。」

「好吧，」白羅最後說，「我可以相信你說的那些話，但我必須要求你一件事——把你的存摺讓我看一下。我猜想你是有存摺的。」

「是的，先生，事實上存摺現在就在我身上。」

他毫不遲疑地從口袋裏拿出存摺。白羅接過那細長綠封面的摺子，仔細察看了每一筆存款。

「啊！你今年買了五百英鎊的國民儲蓄券？」

「是的，先生，我已經存了一千多英鎊了——呃，就是打從我，呃，已故主人埃勒比少校那裏來的。今年的賽馬，我的運氣也不錯，又贏了一筆錢。你記不記得，先生，有一隻不知名的賽馬贏了『五十年節』大獎。我運氣好，賭了牠一票，得了二十英鎊。」

白羅把摺子還給他。

「希望你今天上午過得愉快，我相信你跟我講的都是真話。如果你說的是謊話，那你的下場就不堪設想，我的朋友。」

帕克離開後，白羅又拿起風衣。

「又要出去？」我問道。

「是的，我們一起去拜訪一下好心的哈孟先生。」

「你相信帕克的話？」

「從他臉上的表情可以看出，他的話是可信的。很明顯——除非他是一個出色的演員——他還以為是艾克洛被敲詐。若是如此，表示他根本就不知道弗拉爾太太的事。」

「不是他還會是誰呢？」

「問得好！究竟是誰呢？待我們拜訪哈孟先生後，就可回答這個問題了，要麼證明帕克是清白的，要嘛——」

「如何？」

「我老毛病又犯了，不想把話講完，」白羅非常抱歉地說，「請多包涵。」

「順便說一下，」我侷促不安地說，「我要向你坦白，由於一時疏忽，我把那枚戒指的事，洩漏了出去。」

「什麼戒指？」

「你在金魚池裏找到的那枚戒指。」

「啊！是的。」白羅大笑起來。

「我希望你不要生氣，我是無意中說漏出去的。」

「不，我的朋友，我是不會生氣的。我並沒給你下過命令，你絕對可以把想說的話說出來。你姐姐一定很感興趣吧？」

「是的，她確實很感興趣。我一說出口，大家就七嘴八舌地議論開了，各人提出了自己的看法。」

「啊！其實答案很簡單，真正的解釋就在眼前，你說對不對？」

「是嗎？」我木然地說。

白羅笑了起來。

「聰明人從不輕易表態，」他說，「說得不對嗎？哦，哈孟家到了。」

律師在他的辦公室，我們一分鐘都沒耽擱，就有人把我們領了進去。他起身，毫無表情且客套地向我們打招呼。

白羅開門見山地說：

「先生，我想跟你打聽一件事，希望你可以告訴我。我知道，你曾經是金帕達克弗拉爾太太的律師，對嗎？」

律師的眼神裏流露出一瞬間的驚恐，我馬上就注意到了。但由於職業訓練使然，他馬上就恢復了鎮靜，又裝出一副嚴肅的樣子。

「當然，她的一切事務都由我們經辦。」

「很好。這樣吧，在我向你提問之前，先請夏波先生給你講述一遍事情的經過。老朋友，請你把上星期五晚上，你跟艾克洛先生談話的經過再覆述一遍，這個要求你不會反對吧？」

「當然不會。」接著，我就開始背書般地，把那天晚上發生的事敘述了一遍。

哈孟非常專心地聆聽著。

「就這些。」我覆述完畢後說。

「敲詐勒索。」律師若有所思地說。

「你感到吃驚了？」白羅問道。

律師取下夾鼻眼鏡，用手帕擦了擦鏡片。

「不，」他回答說，「我並不感到吃驚。這段時間我一直在懷疑這件事。」

「既然如此，我想向你打聽些情況，」白羅說，「只有你，才能告訴我們被敲詐的總金額。」

「我沒有必要對你們隱瞞這些事，」停了一會兒，哈孟說，「在過去的一年中，弗拉爾太太把某些債券賣了出去，而賣債券的錢都進了她的支出帳戶中，並沒有再做投資。她的收入是相當可觀的，而且丈夫死後她一直過著平靜的生活，看來這些錢都是用來支付某些特殊款項。我曾向她提起過此事，她說她必須資助她丈夫的那些窮親戚。當然我也不好再過問。我常在想，這些錢必定是支付給某個跟阿什利・弗拉爾先生有關係的女人。但我萬萬沒想到，會是跟弗拉爾太太本人有關。」

「金額是多少？」白羅問。

「把每筆錢加起來，總數至少達到兩萬英鎊。」

「兩萬英鎊！」我驚叫起來，「就一年時間！」

「弗拉爾太太是個非常有錢的女人，」白羅尖澀地說，「這謀殺的代價也是夠大的了。」

「你還要打聽什麼事？」哈孟先生問道。

「謝謝，沒有了，」白羅站起身說，「精神錯亂了，請原諒。」

「沒關係，沒關係。」

當我們走到外面時，我說：

「剛才你告辭時用了*derange*這個詞，這個詞通常是用來指精神錯亂。」

「啊！」白羅叫了起來，「我的英語永遠也達不到道地的程度，英語真是一種奇特的語言。那麼剛才我應該說*disarranged*（英語：混亂）是嗎？」

「*Disturbed*（英語：打攪）才是你應該用的詞。」

「謝謝，我的朋友，我發現你對詞語的用法特別講究。好吧，現在就談談你對帕克老友的看法。身上揣有兩萬英鎊，你認為他還會繼續當男管家嗎？我想是不會的。當然，他有可能是用別人的名字把錢存入銀行，但我還是相信他說的是真話。如果他是個壞胚子，那也一定是個小角色，玩不出大花樣。剩下的可能人選就是雷蒙或——布倫特少校。」

「當然不可能是雷蒙，」我反對說，「我們都很清楚，為了五百英鎊，他已傷透腦筋。」

「對，他是這麼說的。」

「至於赫克托・布倫特——」

「至於善良的布倫特少校，我可以向你透露些線索，」白羅打斷了我的話，「調查就是我的工作，我一直在進行調查。他提到自己繼承的那筆遺產，我發現其金額將近兩萬英鎊，這一點你是怎麼想的？」

我驚駭得幾乎說不出話來。

「這是不可能的，」我最後說，「像赫克托・布倫特這樣的紳士名流，不可能幹出這種事。」

白羅聳了聳肩。

「那只有天知道了。至少他是個格局較大的人。我承認，我也很難看出他是個敲詐者，但還有一個可能性你沒有考慮到。」

「什麼可能性？」

「爐火，我的朋友，你走了以後，有可能是艾克洛本人把那封信毀了，包括藍信封以及裏面的信。」

「我想這不太可能，」我說得非常緩慢，「但——當然，也有可能。他或許改變了想法。」

我們不知不覺走到了我家門口，這時我突然心血來潮，邀請白羅到家裏吃頓便飯。我還以為，卡羅琳會很高興我這麼做，然而要使女人感到滿意真是不容易。這天中午我們吃排骨，其他的菜還有牛肚和洋蔥。三個人面前擺著兩塊排骨，確實有點尷尬。但卡羅琳從不會讓尷尬局面持續很久。她編造了一個令人乍舌的謊言，她向白羅解釋說，雖然詹姆斯經常嘲笑她，她還是堅持吃素食。她手舞足蹈地談論著果仁雜燴的美味（我可以確定她從未嚐過這道菜），津津有味地吃著塗有奶酪的烤麵包，嘴裏還口口聲聲地說：「吃肉食有害健康。」

飯後，我們坐在壁爐前抽煙，卡羅琳直截了當地向白羅發動攻勢了。

「還沒找到拉爾夫・佩頓嗎？」她問道。

「我該到什麼地方去找她呢，小姐？」

「我還以為你在克蘭切斯特找到他了。」從卡羅琳的語調中可聽出，她話中有話。

白羅被弄得莫名其妙。

「在克蘭切斯特？為什麼是在克蘭切斯特？」

我給了他一點提示，但說話的語氣稍帶譏諷。

「我們那個業餘偵探大隊中的某個成員，昨天在克蘭切斯特的馬路上，碰巧看見你坐在車上。」我解釋道。

白羅這才恍然大悟，他放聲大笑起來。

「啊，原來如此！我只是到那裏去看牙醫，就這麼回事。我的牙疼，到了那裏之後，就好多了。我想馬上回來，但牙醫說不行，要我把牙拔掉，我不同意，但他還是堅持要我拔，他這個人固執得很！那顆牙齒再也不會疼了。」

卡羅琳就像是洩了氣的皮球，一下子就癱了下來。

接著，我們討論了拉爾夫・佩頓的事。

「他這個人性格很軟弱，」我堅持說，「但絕不是一個邪惡的人。」

「啊！」白羅說，「那麼他軟弱到什麼程度呢？」

「確切地說，跟在座的詹姆斯一樣，軟弱得跟水一般，這種人沒人照顧就不行。」

「親愛的卡羅琳，」我生氣地說，「說話時請不要進行人身攻擊。」

「你確實軟弱，詹姆斯，」卡羅琳毫不退讓地說，「我比你大八歲——哦！我並不在乎白羅先生知道我——」

「我絕對猜不到，小姐。」白羅說完便殷勤地向她鞠了一躬。

「大八歲呢，所以我總把照顧你看成是我的天職。如果從小沒有很好的教養，天知道你現在會變成什麼樣子。」

「我本來可以跟一位美麗的女探險家結婚。」我低聲說，眼睛看著天花板，嘴裏吐著煙圈。

「女探險家！」卡羅琳鼻子裏哼了一聲，「如果要談女探險家的話——」

她說到一半便頓住了。

「往下說嘛。」我帶著好奇的口吻說。

「不說了。只是，我知道在一百英里內有那麼一個人。」她突然轉向白羅。「詹姆斯說，你認為是當晚在屋子裏的人做的案。我可以確定，你弄錯了。」

「我不太可能弄錯，因為那不是我的——怎麼說？métier（法語：專長）。」

「根據我從詹姆斯和別人那裏探聽到的情況，我對這件事已經看得相當清楚。」卡羅琳並沒有注意白羅在說些什麼，只是一個勁地往下說，「就我所知，那晚，只有兩個人有機會行刺，拉爾夫・佩頓和弗洛拉・艾克洛。」

「親愛的卡羅琳——」

「喂，詹姆斯，別打斷我的話。我絕對知道我在說些什麼。帕克在門外遇見了她，不是嗎？他並沒有聽見她的伯父跟她說晚安，所以她可能在出來以前就把他殺了。」

「卡羅琳！」

「我並沒有說是她幹的，詹姆斯，我只是說她有可能。弗洛拉就像現下的女孩子，對長輩們毫無敬意，總以為自己無所不知。我相信她連隻雞都不敢殺，但是，雷蒙先生和布倫特少校有不在場證明，艾克洛太太也有，甚至連拉瑟兒這女人好像也有——這對她來說是很幸運的，那麼還剩下誰呢？只有拉爾夫和弗洛拉了！不管你怎麼說，我不相信拉爾夫・佩頓是殺人兇手。這孩子我們是看著他長大的，我對他很了解。」

白羅一言不發，看著自己嘴裏吐出的煙圈冉冉上升。最後他終於開口了，說話的語氣很溫和，但有點心不在焉的樣子，這跟他往常的態度完全不一樣。

「假設有這麼一個人，一個普普通通、不曾有謀殺念頭的人。但他有某種邪惡的東西，深深地埋藏在心裏，一直未曾被召喚出來。或許，它一輩子也不會表現出來，如果是這樣的話，他會體面地走完人生歷程，受到眾人的崇敬。但我們假定發生了某些事，他陷入困境——甚至未必，他意外地發現了某個秘密，這一秘密跟某個人的生死存亡休戚相關。他的第一個反應是把它講出來，盡到一個誠實公民的義務。接著他的那份邪念就開始發聲了：這是發財的好機會，這是一大筆錢。他需要錢，他亟需這筆錢，而它又垂手可得。他不用費勁，只需要保持沉默就行了。這僅僅是個開端，隨後想得到錢的願望越來越強烈。他必須得到更多的錢，越來越多的錢！他被腳下已開發的金礦所迷醉，變得越來越貪婪，被貪婪征服了。對一個男人，你怎麼敲詐他都行；但對一個女人，你就不能逼得太厲害，因為女人的內心，有一種說真話的強烈願望。有許多丈夫一輩子矇騙自己的妻子，最後帶著秘密安然去世；然而，更多的是一些矇騙丈夫的妻子，在跟丈夫吵架時，說出了真話，從而毀了自己的一生！她們被逼得太厲害，在危急時刻縱身飛蛾撲火（當然她們事後會感到後悔），為圖一時的心安而把事實吐露出來。本案亦是如此——壓力太沉重了，所以產生了所謂『拼死一搏』的舉動。但事情還沒有結束，我們所說的那個人，正面臨著真相敗露的危險。他已經不是過去的他了，比方說跟一年前已不一樣了。他的道德品性已喪失殆盡，他在絕望中掙扎，正在打一場注定要失敗的仗。他不惜任何代價去掩藏，因為真相的敗露就意味著一生的毀滅。就這樣，劍刺了出去！」

他停了一會兒。這番話好像對房間施了魔法，大家一時鴉雀無聲。這些話所產生的效應我無法描述。這無情的分析，這冷酷的事實，使我們倆都毛骨悚然。

「過後，」他溫和地說，「劍拔出來了，他又恢復了本來面目，正常、和藹。但如果再有必要的話，他還會將劍刺出。」

卡羅琳突然醒悟過來。

「你是在說拉爾夫・佩頓，」她說，「不管你說得對還是不對，你沒有權利在別人背後說壞話。」

電話鈴響了，我走進門廳拿起話筒。

「喂，」我說，「是的，我是夏波醫生。」

我聽了一兩分鐘，然後簡短地回答了幾句。打完電話我又回到客廳。

「白羅，」我說，「他們在利物浦拘留了一個人，名叫查爾斯・肯特，他們認為，這個人就是那天晚上去弗恩利莊的陌生人，他們叫我馬上去利物浦指認一下。」

18 查爾斯·肯特

半小時後，白羅、我和拉格倫警官就坐上了去利物浦的火車。警官顯得非常興奮。

「即使得不到其他消息，我們至少也可以了解一些敲詐的事情，」他喜笑顏開地說，「從電話裏聽到的情況來看，他是一個很難對付的傢伙，而且還吸毒成癮。從他那裏，我們可輕而易舉地套出我們所需要的東西。只要找出一點點動機，我們就可斷定，他就是殺害艾克洛先生的疑犯。但果真這樣的話，那為什麼佩頓這年輕人躲著不出來呢？這整個案件真是錯綜複雜。順便提一下，白羅先生，你對指紋的看法是對的，確實是艾克洛先生本人的指紋。我也曾經想到過這一點，但後來又認為這種可能性不大，所以就忽略了。」

我心裏暗自好笑，拉格倫警官顯然是在挽回自己的面子。

「那傢伙還沒被逮捕？」白羅問道。

「沒有，只是因嫌疑而被拘留。」

「他是怎麼替自己辯解的？」

「幾乎沒有辯解，」警官咧嘴笑道，「我看他只是一隻處處設防的小狐狸，罵人的話說了一大堆，但半點有用的話都沒有。」

火車一到利物浦便有人前來迎接白羅先生，看到這種情景我大為吃驚。來接我們的有海斯刑事主任，他以前跟白羅一起破過案，他把白羅的辦案能力吹噓得神乎其技。

「既然能請到白羅先生來辦案，那破案就為時不遠了，」他樂呵呵地說，「我還以為你退休了，先生。」

「是退休了，我的好海斯，我確實是退休了。但退休生活實在乏味極了！我簡直無法想像，怎麼度過那一天又一天的枯燥時光。」

「是的，是非常枯燥單調，所以你就跑來看看我們發現了什麼線索？這位是夏波醫生嗎？先生，你應該能夠指認得出這個人吧？」

「我沒什麼把握。」我帶著不太確定的口氣說。

「你們是怎麼抓住他的？」白羅問道。

「你知道，不管是私下流傳或是媒體刊載，這件事到處在傳佈，我承認沒什麼可以多講的。這傢伙說話帶美國口音，他並不否認那天晚上他去過金艾博特村附近的地方。他老是問，他去那地方跟我們有什麼相干，還說，要明白我們的意圖後才回答問題。」

「我能不能去看一下那個人？」白羅問道。

主任會意地眨眨眼。

「有你在一起，我們感到非常高興，先生。你可以做任何你想做的事，蘇格蘭警場的傑派警官前幾天還問起你，他聽說你以非官方名義參加了這次破案工作。佩頓上尉躲在什麼地方，你能不能告訴我？」

「我想，事涉敏感，不宜多談。」白羅一本正經地說。

我緊抿嘴唇，以免自己笑出來。這個矮個子偵探，打官腔還真有模有樣。

一番交談之後，我們被帶去見拘留的嫌疑犯。

此人很年輕，年齡在二十二、三歲。高個子、瘦削、手微微發抖，看得出昔日的強壯體魄蕩然無存，現在變得很虛弱。他長著一頭黑髮，藍眼睛目光躲閃，不敢正視我們。之前我心裏老有一種幻覺：那個陌生人跟我熟悉的某個人有相似之處。但如果眼前這個人確實是那天我遇見的人，那麼我就錯了。他沒有跟我認識的人有任何相似之處。

「喂，肯特，」主任說，「站起來，有人來看你了。你認識他們當中的任何人嗎？」

肯特緊繃著臉，怒視著我們，沒有做聲。我看見他的目光在我們三個人身上來回掃視，最後落在我身上。

「那，先生，」主任對我說，「你有什麼話要說嗎？」

「身高差不多，」我說，「就模樣來看，好像就是那天晚上我遇見的那個人。除此之外我就不確定了。」

「你這話究竟是什麼意思？」肯特問道，「你有什麼根據指控我？說吧，全說出來！我究竟幹了什麼？」

我點點頭。

「就是他，」我說，「說話的聲音我聽出來了。」

「你聽出我的聲音？你以前在什麼地方聽過我的聲音？」

「上星期五晚上，在弗恩利莊門外。你問我，去弗恩利莊怎麼走。」

「我問你？我有嗎？」

「你承不承認？」警官問道。

「我什麼都不承認，在你們拿出證據之前，我是不會承認的。」

「這幾天的報紙，你讀了沒有？」白羅問道，這是他第一次開口。

那個傢伙的眼睛瞇了一下。

「哦，原來是這麼一回事。我從報上看到一位老鄉紳在弗恩利莊被人宰了。你們想證明這件事是我幹的，是嗎？」

「那天晚上你去過那裏。」白羅平靜地說。

「你是怎麼知道的，先生？」

「這就是證據。」

白羅從口袋裏拿出一樣東西，遞了過去。

這是我們在涼亭裏找到的鵝毛管。

一看見這東西，那傢伙臉色驟變。他的手畏畏縮縮地伸出一半。

「白粉，」白羅若有所思地說，「不，我的朋友，裏面是空的。這就是那天晚上你掉在涼亭裏的東西。」

查爾斯・肯特疑惑地看著他。

「看來你什麼都知道了，你這個矮冬瓜，你應該還記得，報上說這位老鄉紳是在九點三刻至十點之間被殺的，是嗎？」

「是的。」白羅回答道。

「真的是那個時候被殺的嗎？我想弄清這個事實。」

「這位先生會告訴你的。」白羅說。

他指了指拉格倫警官，拉格倫猶豫了一下，抬頭看了海斯主任一眼，然後又看了一眼白羅，最後他好像是獲得了批准，才開口說：

「沒錯，是在九點三刻至十點之間。」

「那麼你們就沒有理由把我關在這裏，」肯特說，「我是九點二十五分離開弗恩利莊的，你們可以到狗哨去打聽。狗哨是一間酒吧，離弗恩利莊只有一英里，在去克蘭切斯特的路上，我還記得我在那裏鬧了一陣。我進去的時間大約九點三刻。這一點你們怎麼說？」

拉格倫警官在筆記本裏做了記錄。

「怎麼樣?」肯特追問道。

「我們會去調查的,」警官說,「如果你說的是事實,我們會放你走的,你不必再在這裏發牢騷。不管怎麼說,你去弗恩利莊,到底幹了些什麼?」

「去見一個人。」

「誰?」

「這你就無權過問了。」

「說話請客氣點,年輕人。」主任警告道。

「什麼客氣不客氣,我去那裏辦點私事,這就是原因。如果我在謀殺案發生前已經離開,這件事就跟我無關,破案是你們警察的事。」

「你的名字叫查爾斯・肯特,」白羅說,「你出生在什麼地方?」

那傢伙盯著他看,然後笑了起來。

「我是一個道道地地的英國人,」他說。

「是的,」白羅沉思了一會說,「你是英國人,我猜你是在肯特郡出生的。」

那傢伙又盯著他看。

「你這是什麼意思?就因為我的名字?名字跟這有什麼關係?名叫肯特的人,一定是在肯特郡出生的嗎?」

「在某種情況下,我想是可能的,」白羅故意重覆了一遍,「在某種情況下。這句話的意思，我想你是明白的。」

他話裏有話，兩位警官站在一旁摸不著頭腦。而查爾斯・肯特聽了此話，臉脹得通紅。有那麼一瞬間，我覺得他想向白羅撲過去，然而他還是忍了下來，轉過身子，裝出一副笑臉。

白羅點點頭，感到很滿意。他向門外走去，兩位警官尾隨而出。

「他的話我們要去證實一下，」拉格倫說，「儘管我認為他說的是真話。但他必須把去弗恩利莊幹了些什麼講清楚。在我看來，我們幾乎已經把敲詐犯抓到手了。另一方面，就算他講的都是真話，也確實與謀殺案無關，但他被逮捕時身上有十英鎊，那是相當大的一筆錢。我想這四十英鎊是落在他手中了——雖然錢的數額對不起來，但他可能後來把一些錢花掉了。艾克洛先生一定是把錢給了他，所以他想盡快逃離這個地方。至於肯特郡是不是他的出生地，這是什麼意思呢？這跟本案有什麼關係？」

「沒什麼關係，」白羅很和氣地說，「這是我的一點小小靈感，沒其他意思。我這個人就是以有點小靈感出名的。」

「真是這樣嗎？」拉格倫疑惑不解地看著他。

主任放聲大笑起來。

「我曾多次聽傑派警官講起白羅先生的小小靈感！他說這些靈感無從捉摸，但裏面還真弄得出名堂。」

「你這是在嘲笑我，」白羅笑著說，「不過沒關係，到最後笑得出來的一向是老人，而聰明的年輕人最後只會傻瞪眼。」

他煞有介事地朝他們點點頭，然後向大街走去。

我們倆一起在一家旅館吃了午餐。直到現在，我才發覺他已經把整個案件的頭緒理得清清楚楚，找到了解開謎底所需要的最後線索。

在這之前，我總以為他過於自信，而且理所當然地認為，讓我迷惑不解的事，一定也困擾著他。

對我來說，最大的謎就是查爾斯・肯特在弗恩利莊幹了些什麼，我一次次向自己提出這一問題，但始終得不到滿意的答案。最後我只好壯著膽子去試探白羅，對我的詢問他馬上做出了回答。

「我的朋友，我也不知道。」

「真的嗎？」我表示懷疑。

「是的，我說的是真話。如果我說，他那天晚上去弗恩利莊，是因為他出生在肯特郡，你一定會認為我在胡言亂語，是嗎？」

我瞪眼看著他。

「在我看來，這種解釋確實不合邏輯，」我誠實地說。

「啊！」白羅對我的回答表示遺憾。「唉，沒關係，我還有其他的小靈感。」

19 弗洛拉·艾克洛

第二天早晨，我出診回來時，拉格倫警官在我背後大聲叫喊。我應聲停下來，他順著石階跑上來。

「早安，夏波醫生，」他上前跟我打招呼，「我跟你說，他的不在場證明，已經沒問題了。」

「你說的是查爾斯·肯特？」

「是的，他的不在場證明。狗哨酒吧的女服務生薩利·瓊斯可以做證，她還清清楚楚地記得那天晚上的事，並把他從五張照片中挑了出來。他進酒吧的時間正好是九點三刻。這個女服務生說，他身上帶著許多錢，她看見他從口袋裏掏出一大把鈔票。更讓她驚訝的是，她看到這種傢伙竟穿著一雙亮新乾淨的靴子。他的四十英鎊可能大多就花在那裏。」

「他還是不肯說出到弗恩利莊的原因嗎？」

「他簡直是頭頑強的驢子。今天早晨，我跟利物浦的海斯在電話裏聊了一會兒。」

「赫丘勒・白羅說，他知道那傢伙那晚去那裏的原因。」我說。

「真的嗎？」警官迫不及待地問道。

「真的，」我的話語中帶有惡意，「他說，他去那裏的原因，就是因為他出生在肯特郡。」

我把心中的困窘傳遞給他後，心裏明顯地好受多了。

拉格倫聽了此話，迷惑不解地盯著我。然後他那黃鼠狼般的眼睛一轉，臉上又馬上露出了微笑。他敲敲自己的腦門，好像突然領悟到什麼。

「他為什麼來這裏，」他說，「對這個問題我想了很久。這可憐的老頭，很可能在家裏有一個癡呆的侄兒。這就是他放棄自己的職業，來這裏定居的原因。」

「白羅嗎？」我吃驚地問道。

「是的，他從來沒跟你提起過嗎？這可憐的侄兒很溫順，什麼都好，就是瘋得太厲害。」

「是誰告訴你的？」

拉格倫警官又咧嘴笑笑。

「你的姐姐，夏波小姐，是她告訴我的。」

卡羅琳的所做所為，實在令人驚訝。她非要把每個人家裏的秘密全打聽清楚才肯罷休。遺憾的是，我就是無法糾正她，讓她不要去亂傳別人的私事。

「快上車，警官，」我一邊打開車門，一邊說，「我們一起老爾什居，把最新消息告訴我們的比利時朋友。」

「好吧，儘管他有點怪裏怪氣，但不管怎麼說，在指紋這件事上，他還是給了我一些很有用的提示。他對肯特這傢伙的事，已經走火入魔；但這也難說，可能他的說法也有理由吧。」

白羅還是跟往常一樣彬彬有禮，帶著微笑接待我們。

他認真地聽著我們給他帶去的消息，不時地點點頭。

「看來好像沒什麼問題，是嗎？」警官的臉上露出陰鬱的表情。「一個人不可能在某處行兇殺人，而同時又在一英里以外的酒吧喝酒嘛。」

「你們打算把他放了嗎？」

「我們又有什麼辦法呢？不能因為他的錢來路不明，就長期拘留他。我們拿不出任何證據。」

警官怨氣十足地把火柴扔入壁爐的柵格，白羅把它又取出來，並且整整齊齊地放進一個專門放火柴的盒子裏。他的這個動作純粹是反射性的，因為我可以看出，他正在考慮著別的什麼事。

「如果我是你的話，」他最後說，「我現在還不急於把他放走。」

「你這話是什麼意思？」

拉格倫不明究裏地盯著他。

「我是說，暫時不要釋放他。」

「你認為他跟謀殺案有關，是嗎？」

「我想可能沒有關係。不過現在還難以確定。」

「我剛才不是跟你說了——」

白羅舉起手制止他往下說。

「是的，是的，我已經聽見了，我既不是聾子，也不是傻瓜，這得感謝上帝！但我可以告訴你，你完全是從一個錯誤的前提出發，來處理這件事——『錯誤』這個詞用得恰當吧？」

警官目光遲鈍地凝視著他：

「我不知道你是根據什麼得出這個結論。我提醒你注意，艾克洛先生九點三刻還活著，這一點你得承認，是嗎？」

白羅盯著他看了一會兒，然後微笑著搖搖頭。

「任何沒有得到證實的事情，我都不相信！」

「哦，我們有足夠的證據來證明這一點。弗洛拉・艾克洛可做證。」

「就根據她跟她伯父道晚安，來證明這一點嗎？對我來說，年輕女士的話，我並不完全相信，即使她長得漂亮迷人也一樣。」

「說什麼鬼話！帕克看見她從房裏出來的。」

「不，」白羅聲音宏亮地嚴加駁斥，「他根本就沒看見。根據那天所做的小小試驗，我就知道了。你還記得吧，醫生，帕克是看見她在門外，手放在門把上；但他並沒有看見她從裏面出來。」

「不是從裏面，她還可能從什麼地方出來呢？」

「可能從小樓梯上。」

「小樓梯上？」

「我的小小靈感告訴我，是這樣。」

「但這樓梯只通向艾克洛先生的臥室呀。」

「完全正確。」

警官仍舊茫然地盯著他。

「你認為她去過他伯父的臥室了？那她為什麼不說實話呢？」

「啊！這就是問題的關鍵。這要看她在那裏幹了些什麼，對嗎？」

「你的意思是，錢？見你的鬼，你的言外之意是，艾克洛小姐拿了這四十英鎊？」

「我可沒這麼說，」白羅說，「但我想提醒你一點，她們母女倆的日子過得挺辛苦。她們需要錢來付帳單，常常為了一小筆錢而弄得焦頭爛額，而羅傑・艾克洛對錢又特別精明。這小姐很可能被一小筆款項逼得走投無路。可想而知，這會引起什麼樣的結果。她拿了錢，然後下樓；當她走到一半的時候，聽見門廳裏玻璃杯的叮噹聲，她知道是怎麼回事，帕克要去書房了。她無論如何不能讓他看見自己在小樓梯上，帕克可不是個健忘的人，他會起疑心的。如果錢不見了，他必定會想起她從樓上下來的事。她的時間只夠跑到書房門口，所以當帕克出現在門廊時，她便把手放在門把上，裝出剛從書房出來的樣子。她順口說了一句心裏突然閃現的話，重覆那天晚上早些時候羅傑・艾克洛的吩咐，然後輕鬆的回到自己的房間去了。」

「好。但案發後，她必定會意識到這件事關係重大，有必要說出事實真相，你說對不對？不管怎麼說，整個案件就圍繞著這一點！」警官堅持己見。

「事後，弗洛拉對此事難以啟齒，」白羅冷靜地說，「那天晚上去叫她時，你們只跟她說，家裏東西被盜，警察來了。很自然，她馬上就意識到偷錢之事被發覺。她決定堅持自己的說法。當她知道她伯父被殺後，她完全嚇呆了。你得明白，先生，現在的年輕女孩，沒遇上特別大的刺激是不會暈倒的，然而她卻暈倒了。她必定會堅持自己的說法，否則就得把一切都坦白交代出來。一個年輕美貌的小姐絕不會承認自己是賊，尤其是在一批她必須維持尊嚴的人面前。」

拉格倫一拳敲在桌子上，發出「砰」的一聲。

「我不相信，」他說，「這是，這是不可信的。你，你早就知道這件事了？」

「一開始我就想到了這個可能性，」白羅承認道，「我一直認為弗洛拉小姐對我們隱瞞了一些事。為了弄清這一點，我做了一次小小的試驗，就是我剛才跟你講的那個試驗。夏波醫生陪我一起去的。」

「你說是去考察一下帕克，」我憤懣地說。

「老弟，」白羅非常抱歉地說，「我當時不是跟你說，我們必須找個藉口嘛。」

警官站起身來。

「現在就剩這件事了，」他說，「我得馬上去處理這位年輕女子的事。你跟我一起去弗恩利莊跑一趟怎麼樣，白羅先生？」

「當然可以，夏波醫生會開車送我們去的。」

我沒吭聲，但非常樂意地默認了。

我們問起艾克洛小姐，僕人把我們帶到彈子房。弗洛拉和赫克托・布倫特少校，一起坐在一條靠窗的長凳上。

「早安，艾克洛小姐，」警官說，「能不能單獨跟你談一下？」

布倫特馬上起身向門口走去。

「什麼事？」弗洛拉非常緊張地問道，「不要走，布倫特少校。他可以待在這裏的，是嗎？」她轉身問警官。

「隨你的便，」警官冷冰冰地說，「我想問你一兩個問題，小姐，這是我的職責。但我想我們還是單獨談的好，我敢說，這件事你也是願意單獨談的。」

弗洛拉目不轉睛地盯著他。我發現她的臉色變得很蒼白，接著她轉身對布倫特說：

「我想請你待在這裏，是的，我說真的。不管警官要跟我說什麼，我都想讓你知道。」

拉格倫聳了聳肩。

「好吧，如果你堅持的話，那就隨你的便。是這麼回事，艾克洛小姐，這位白羅先生跟我提起一件事。他認為上星期五晚上你根本就不在書房，你沒去見艾克洛先生，更不可能跟他說晚安。當你聽到帕克端著飲料穿過門廳時，你不是在書房，而是在通往你伯父臥室的那段小樓梯上。」

弗洛拉的目光轉向了白羅，他向她點點頭。

「小姐，那天我們一起圍坐在桌旁時，我懇求你們對我要坦率，白羅老爹遲早會弄清楚你們隱瞞的事。我是這麼說的，不是嗎？我跟你直截了當地說了吧，是你拿了錢，是嗎？」

「錢？」布倫特尖叫了一聲。

有足足一分鐘，室內鴉雀無聲。接著，弗洛拉挺起身子說：

「白羅先生說得對，錢是我拿的，我偷了錢，我是賊，是的，一個普通、卑劣的小偷。現在你們都知道了！這件事終於曝光了，我感到很高興。最近幾天，這件事一直像夢魘似的纏著我！」她突然坐下來，雙手捂住臉。她聲音沙啞地透過指縫說：「你們不知道我在這裏過的是什麼日子。想買東西卻沒錢，為了得到這些東西我東想西想、撒謊、欺騙，最後弄得債台高築。哦！一想到這些我就恨自己！就是因為這一點我們才會接近起來，拉爾夫和我。我們倆都很軟弱！我了解他，也同情他，因為我跟他都是寄人籬下，受人支配。我們倆都太軟弱了，無法獨立生存。我們都是軟弱的、悲慘的、可鄙的小人。」

她看看布倫特，突然跺足大吼。

「你為什麼用那種眼光看我？你不相信？我或許是小偷，但不管怎麼說，我現在已經恢復了我的真面目，我不再說謊了，也不想再裝扮成你所喜歡的那種女孩──年輕、天真、純樸。如果你不想再見到我，我也不在乎。我恨自己，鄙視自己，但你必須相信一點，如果說真話對拉爾夫有好處的話，我早就說出來了。但我一直以為說出來對拉爾夫沒好處──現在看來，這反而對他更為不利。我不說出真相，並不是存心想害他。」

「拉爾夫，」布倫特說，「我全明白了，口口聲聲不離拉爾夫。」

「你不明白，」弗洛拉絕望地說，「你永遠不會明白的。」

她轉向警官。

「我什麼都承認。我被錢逼得走投無路。那天晚上離開餐桌後，我再也沒見過我的伯父。至於偷錢的事，不管你們怎麼處理都行。反正再怎樣也不會比現在更糟！」

突然她嚎啕大哭了起來，用手捂住臉衝出了房間。

「好了，」警官以平淡的語調說，「事情弄清楚了。」

他有點不知所措，不知道接下去該怎麼辦。

布倫特走上前來。

「拉格倫警官，」他非常平靜地說，「那筆錢是艾克洛先生為了某種特殊用途交給了我，艾克洛小姐從未碰過這筆錢。她說錢是她拿的，這是謊話，她以為這樣做就能開脫佩頓上尉的罪責。事實就是如我所言，我隨時可到證人席去做證。」

他全身急速地晃了一下，算是鞠躬，然後轉身疾步走出了房間。

白羅轉瞬間追了出去，在門廳裏追上了他。

「先生，我懇求你稍等一下。」

「你要幹什麼，先生？」

很明顯，布倫特有點不耐煩。他站在那裏，雙眉緊鎖地看著白羅。

「我想跟你說，」白羅說得非常快，「你這小小的謊言騙不了我。不，我是不會受騙的。這錢確實是弗洛拉小姐拿的。不管怎麼說，你的那番話富有同情心，我聽了也感到高興。這一點你做得挺不錯，你是個思維敏捷，敢做敢為的男子漢。」

「我根本就不在乎你怎麼想，謝謝。」布倫特冷漠地說。

說完他便往前走，但白羅並沒有生氣，他一把拉住他的手臂。

「啊！你必須聽我把話講完，我還有一些事要跟你說。那天，我說每個人都隱瞞了一些事，其實我早知道你所隱瞞的事。你真心愛著弗洛拉小姐，你對她是一見鍾情，是嗎？哦！不要介意談這些事，為什麼在英國一提起愛情，就好像在談什麼不光采的秘密呢？你愛弗洛拉小姐，但卻又千方百計要隱瞞這一事實。沒錯，你完全可以隱瞞，但聽赫丘勒・白羅一句忠告——至少不要在她面前隱瞞你的愛。」

白羅說這番話時，布倫特有點侷促不安，他最後幾句話引起了他的注意。

「你說這話是什麼意思？」他尖刻地問道。

「你以為她愛拉爾夫・佩頓上尉，但我赫丘勒・白羅可以告訴你，這不是真的。弗洛拉小姐同意跟佩頓上尉結婚，完全是為了討她伯父的歡心，因為對她來說，結婚是擺脫這種生活的捷徑，這種生活她是越來越難以忍受了。她喜歡他，他們之間有的是同情和理解，但愛情——沒有！弗洛拉小姐愛的並不是佩頓上尉。」

「你這話究竟是什麼意思？」布倫特問道。

我發現，他黧黑的臉上泛起了紅暈。

「你眼瞎了，先生，簡直瞎了！這小姐非常重義氣，現在拉爾夫・佩頓飽受嫌疑，她只是為了他的名譽，才決定站在他這邊，替他辯解。」

我想我也該說幾句話，來促成他們的美事。

「家姐那天晚上跟我說，」我鼓勵著說，「弗洛拉從未喜歡過拉爾夫・佩頓，今後也不會喜歡他的。家姐對這類事情，從來不會看錯。」

布倫特對我這番好心的幫腔，毫不理睬。他轉身對著白羅。

「你真的認為……」他欲言又止。

他是一個不善辭令的人，不知道如何表達自己的意思。

白羅從未見過這麼笨口拙舌的人。

「如果你不相信我，你可以去問她本人，先生，但可能你再也不願意——因為錢的事……」

布倫特哼了一聲，冷笑道：

「你以為我會因這件事而討厭她嗎？羅傑對錢太過於吝嗇。她手頭拮据，但又不敢跟他說。可憐的女孩，可憐而無助的女孩。」

白羅若有所思地看看邊門。

「我想弗洛拉小姐去花園了。」他低聲說道。

「我真是個大傻瓜，」布倫特突然叫了起來，「這場對白太有意思了，就像在演丹麥戲劇一樣。但你確實是個大好人，白羅先生，謝謝。」

他拉著白羅的手，緊緊地捏了一把，白羅感到一陣疼痛，把手縮了回來。接著他向邊門走去，穿過大門進了花園。

「不能算是十足的傻瓜，」白羅一邊輕輕地揉著被捏痛的手，一邊低聲說，「只是某種——愛情的傻瓜。」

20 拉瑟兒小姐

拉格倫警官大失所望。他跟我們一樣，並沒有被布倫特信誓旦旦的謊言所矇騙。在回家的路上他一個勁地大聲抱怨。

「這樣一來，一切都得改變，我不知道你是否意識到這一點，白羅先生？」

「說得沒錯，我也是這麼認為，」白羅說，「你要知道，我早就這樣想過了。」

拉格倫警官只是在短短的半小時前才產生這種想法，他鬱鬱不樂地看看白羅，繼續談論他對破案的新看法。

「看看這些不在場證明。白費工夫，全都白費了！我們得從頭開始，弄清每個人在九點半以後幹了些什麼。九點半，這才是我們的關鍵時間。你對肯特的看法完全正確，我們暫時不能放他。讓我想一下，九點四十五分在狗哨酒吧……如果跑步的話，一刻鐘是可以到達那裏的。雷蒙先生聽到那個跟艾克洛先生談話的人可能就是他，他向艾克洛先生要錢，艾克洛先生拒絕了。但有一件事是清楚的，打電話的人一定不是他。車站在另一方向半英里以外的地方，離狗哨有一英里半以上。他離開狗哨的時間是十點十分。

這該死的電話！一談到這個問題我們就被卡住了。」

「的確，」白羅同意他的看法，「這通電話確實令人費解。」

「有這樣一種可能性：佩頓上尉爬進他繼父的房間，發現他已被謀殺，就打了這個電話。他受了驚嚇，心想他會被指控為殺人犯，於是便一走了之。這是可能的，不是嗎？」

「他為什麼要打電話呢？」

「可能他還沒完全確定那老頭是否真的死了，他想應該盡快地請醫生去看一下，但又不想暴露自己的身份。是的，這就是我的看法。你們認為這種分析怎麼樣？我敢說，有幾分道理。」

警官深深地吸了口氣，態度顯得很傲慢。一眼即可看出，他對自己的一番分析感到非常得意；如果我們再發表自己的看法，那就多餘了。

這時，車子已經到了我家門口，我匆匆跑去看我的病人，他們已經等了很長時間了。白羅和警官只好步行去警察局。

打發完最後一個病人後，我緩步走進屋子後面的小房間，我稱它為工作室——裏面有我甚感自豪的自製無線電。卡羅琳討厭我的工作室。我把工具都存放在那裏，不允許安妮拿著畚箕和掃把到裏面去亂弄。家裏的那只鬧鐘，大家都說走得不準，所以我想把它修一下。當我正在調節鬧鐘機芯時，卡羅琳探頭進來。

「哦!原來你在這裏，詹姆斯，」她抱怨道，「白羅先生想見你。」

「好吧。」我煩躁地說。她突然進來，把我嚇了一跳，手上拿的那個精密零件，也不知道掉到什麼地方去了。「他想見我，可以叫他到這裏來嘛。」

「到這裏來?」卡羅琳問道。

「是的，到這裏來。」

卡羅琳不高興地哼了一聲，然後退出去。過了一兩分鐘，她帶著白羅進來，然後又退出去，並且用力把門砰地一聲關上了。

「啊哈!我的朋友，」白羅一邊說，一邊搓著手走上來，「你想躲開我，可不是件容易的事，你看我又找上門來了。」

「你跟警官的事辦完了?」我問道。

「暫時是完了。你呢?病人都看完了?」

「是的。」

白羅坐下來，看著我。他那蛋殼似的腦袋歪向一邊，彷彿在品嘗一個令人回味的玩笑。

「錯了，」他最後說，「還有一個病人你還沒看。」

「不會是你吧?」我吃驚地說。

「啊，當然不是我，我的身體好的很。跟你說實話，這是我的一個小*compot*(法語:

陰謀）。告訴你，我想見一個人，但又不想引起全村人的好奇——如果人們看到一個女人進我家，他們一定會閒言閒語。但對你來說，她是你的病人，以前曾在你這裏看過病。」

「拉瑟兒小姐！」我驚呼起來。

「沒錯。我很想跟她談談，我已經給她送去了便條，約她在你的診所見面。你不會介意吧？」

「恰恰相反，」我說，「請問，我能不能參加你們的談話？」

「當然可以！那是你的診所嘛！」

「你知道，」我放下手中的鉗子，「整個事件是那麼撲朔迷離。每有一個新的發現，情況就會大變，就像看萬花筒似的，稍稍動一下，整個圖案就全變了。你現在急於會見拉瑟兒小姐，是什麼原因？」

白羅揚了揚眉毛。

「這還不明顯嗎？」他低聲說。

「你又來這一套了，」我嘟噥著說，「在你看來，每件事都很明顯。但你總是讓我蒙在鼓裏。」

白羅非常和藹地搖搖頭。

「你是在嘲笑我。就拿弗洛拉的事來說吧，警官聽了以後感到很吃驚，而你，你並沒有啊。」

「我根本就沒想到她是小偷。」我駁斥道。

「偷錢的事你可能沒想到，但我當時一直在觀察你的臉色，你並不像拉格倫警官那樣吃驚和疑惑。」

我沉思片刻。

「可能你是對的，」我最後說，「我一直覺得，弗洛拉隱瞞了一些事。因此，當真相暴露時，心理上已經下意識地做好準備。而對拉格倫警官來說，他確實受到偌大挫折，這可憐的傢伙。」

「啊，說得沒錯！這可憐的傢伙不得不重新調整自己的想法。我趁他思想混亂時，迫使他答應我的一些要求。」

「那是什麼？」

白羅從口袋裏掏出一張便條，上面寫著一些字。他放聲讀了起來：

> 艾克洛先生於上週五遇刺。近來警察一直在搜捕的拉爾夫・佩頓上尉，也就是弗恩利莊艾克洛先生的養子，在利物浦剛要登上前往美國的客輪時被捕。

讀完後，他又把那張便條折疊起來。

「我的朋友，在明天早晨的報紙上，你就可以見到這條消息了。」

我瞠目結舌，呆呆地望著他。

「但，但這不可能是真的！他不在利物浦！」

白羅朝我微微一笑。

「你的思維真敏捷！不，我們並沒有在利物浦找到他。拉格倫警官一開始不同意我把這段文字寄給報社，特別是我不肯向他透露真實意圖。但我鄭重其事地向他保證，這條消息一上報，有趣的事就會接踵而來，這樣他才讓步。但他聲明，他絕不承擔任何責任。」

我凝視著白羅，他又對我微微一笑。

「我實在弄不懂，」我說，「你究竟想要做什麼？」

「你得動用一下你的灰色腦細胞。」白羅嚴肅地說。

他起身朝對面的長凳走去。

「看得出你極為愛好機械裝置。」他仔細地察看我拆開的那些零件。

每個人都有自己的興趣愛好。我馬上把白羅的注意力引到我自製的無線電上，我發現他對我的手藝很讚賞。接著，我又給他看了一兩件小發明，都是微不足道的小器具，但很實用。

「按我的看法，」白羅說，「你應該當發明家，而不是當醫生。門鈴響了，一定是你的病人來了，我們到看診室去吧。」

上次我曾被這位女管家遲暮的美貌所打動，今天早晨我又一次被震懾了。她還是跟往常一樣，穿著樸素的黑洋裝，高高的個子，大大的黑眼睛，挺胸直立，昂然靜佇。平時蒼白的臉頰，泛起了罕見的紅暈。看得出，她年輕時一定是個銷魂攝魄的美女。

「早安，小姐，」白羅說，「請坐，夏波醫生允許我們在他的看診室，做一次簡短的談話。」

拉瑟兒小姐還是跟往常一樣，鎮靜自若地坐了下來。即使她的內心感到焦慮不安，但外表上是絕對不顯露出來的。

「允許我冒昧地說一句，」她說，「在這種地方談話，好像有點詭異。」

「拉瑟兒小姐，我想告訴你一件消息。」

「是嗎？」

「查爾斯・肯特已在利物浦被捕。」

她顯得無動於衷，只是眼睛稍稍睜大了一點。她以挑戰的口氣質問道：

「你跟我說這話是什麼意思？」

這時我突然發現，某個縈繞在我心裏的謎團，豁然開解了。她那挑釁的口氣跟查爾斯・肯特很相似。儘管他們倆的說話聲，一個粗澀而沙啞，另一個費勁地學貴婦人的腔調，但口氣相似到令人難以置信的地步。原來那天晚上在弗恩利莊外遇見那個陌生人時，使我聯想到的人就是拉瑟兒小姐。

我看了白羅一眼，暗示他我已經了然於胸。他向我微微地點點頭。

他沒有直接回答拉瑟兒小姐的問題，只是做了個法國人的習慣手勢，把雙手一攤。

「我想你可能會感興趣的，就這麼回事。」他非常溫和地說。

「我沒什麼特別的感覺，」拉瑟兒小姐說，「這個查爾斯・肯特，究竟是誰？」

「就是案發當晚來弗恩利莊的那個人，小姐。」

「真的嗎？」

「他這個人很幸運，有不在場證明，證明他九點三刻時，人正在離這裏一英里外的酒吧。」

「他運氣太好了。」拉瑟兒小姐說。

「但我們仍然沒弄清楚，他來弗恩利莊做了些什麼？比如說，他來跟誰會面。」

「恐怕我無法提供任何幫助，」女管家彬彬有禮地說，「我沒有聽說過什麼。如果沒有別的事的話——」

她做了一個試探性的動作，好像要起身，白羅馬上阻止她。

「還沒完呢，」他心平氣和地說，「今天早晨又發現新的情況。現在看來，艾克洛先生被謀殺的時間不是九點三刻，而是在這個時間之前。亦即從八點五十分夏波醫生離開起，到九點三刻之間。」

我發現女管家臉上的紅暈漸漸消失，變得像死人般蒼白。她身子向前傾斜，有點坐立不安。

「但艾克洛小姐說，艾克洛小姐說——」

「艾克洛小姐已經承認她說的是謊話。那天晚上她從未進去過書房。」

「那麼——」

「那麼，看來我們要尋找的人就是查爾斯・肯特。他去了弗恩利莊，但又說不出做了些什麼——」

「我可以告訴你他在那裏做了什麼。他根本沒碰過老艾克洛一根寒毛，他從未靠近過書房，謀殺之事跟他無關，我可以明明白白地告訴你。」

她身體前傾，那鋼鐵般的自制力最後終於崩潰了，她臉上露出恐懼和絕望的表情。

「白羅先生！白羅先生！哦，請相信我。」

白羅站起身，走到她面前，拍拍她的肩膀，讓她消除疑慮。

「好的，好的，我相信你。我的目的只是讓你說出真話，你明白嗎？」

一瞬間，她的臉上露出懷疑的神色。

「你說的都是真的？」

「你是指懷疑查爾斯・肯特犯下謀殺罪？這是真的。只有你才能救他，只要你說出他來弗恩利莊的目的就行了。」

「他是來看我的，」她說得又快又輕，「我出去跟他會面——」

「在涼亭會面，這一點我是知道的。」

「你是怎麼知道的？」

「小姐，調查是我的專長。我知道你那天晚上很早就出去了，你在涼亭裏留了張條子，上面寫著幾點鐘在那裏會面。」

「是的，我是這麼做的。我收到他的來信，他說要來。我不敢讓他進屋，因此我按照他給我的地址給他寫了封回信，約他在涼亭會面，並把涼亭的位置詳細地描述了一番，以免他走錯地方。但我擔心他會等得不耐煩，所以我跑出去，在那裏留張紙條，說我大約在九點十分到那裏。我並不想讓僕人看見我，所以就從客廳的窗子溜了出去。當我回來時，我遇見夏波醫生，我猜想他一定感到奇怪，因為我是跑步回來的，所以弄得上氣不接下氣。我並沒想到他那天晚上會來赴宴。」

她頓住了。

「往下說，」白羅說，「你九點十分出去跟他會面，你們說了些什麼？」

「你這是給我出難題，你知道——」

「小姐，」白羅打斷了她的話，「在這個問題上，我必須知道全部事實。你告訴我們的事絕不會傳出這屋外。夏波醫生說話非常謹慎，我也一樣。你要知道，我會幫助你的。這個查爾斯・肯特是你的兒子，是嗎？」

她點了點頭，兩頰脹得緋紅。

「還沒人知道這件事。這是很久很久以前的事了，在肯特郡。我並沒有結婚……」

「因此你就以郡名做為他的姓，這一點可以理解。」

「我找到工作後，他的吃住費用都由我承擔。我從未告訴他我是他的母親，他後來慢慢地學壞了，開始酗酒、吸毒。我給他買了票讓他去加拿大，曾有一兩年未聽到他的音訊。後來不知怎麼搞的，他知道了我是他的母親，於是便寫信來向我要錢。在最近的一封信中，他說他要回國了，並且說要到弗恩利莊來看我。我不敢讓他進門，因為我在這個家中頗受人尊敬，如果這種事傳出去的話，我這女管家的工作就保不住了。因此我寫信給他，約他在涼亭會面，具體情況剛才都跟你說了。」

「當天早晨，你就來見夏波醫生了？」

「是的，我來看看有何辦法可想。他並不是個壞孩子——在他染上毒癮之前。」

「我明白了，」白羅說，「請繼續往下說。他那天晚上到涼亭來了？」

「是的，我到達時他已經在那裏等我。他的態度非常粗暴，動不動就罵人。我把所有的錢都給他，簡短地談了幾句，然後他就走了。」

「他走的時候是幾點鐘？」

「大約是九點二十分至九點二十五分之間，因為我回到屋裏還不到九點半。」

「他走的是哪條路？」

「還是從來的那條路出去，就是門房旁邊跟車道連接的那條小路。」

白羅點點頭。

「你呢？你做了些什麼？」

「他走後我就回屋子了，看見布倫特少校正在陽台上來回踱步，嘴裏還叼著香煙，因此我繞了個圈，從邊門進屋，這時正好是九點半，我剛才已經跟你講了。」

白羅又點點頭，並在小筆記本上做了些記錄。

「我想這就夠了。」他若有所思地說。

「我該不該……」她猶豫了一會，「我該不該把這一切都告訴拉格倫警官？」

「到時候再說，不必急於告訴他。我們要按正確的程序和方法循序漸進。現在還沒有正式指控查爾斯・肯特犯有謀殺罪。如果有強力的間接證據，你的那些隱私就不必講出來了。」

拉瑟兒小姐站起來。

「非常感謝，白羅先生，」她說，「你人真是太好了。你，你真的相信我嗎？查爾斯的確跟這件邪惡的謀殺案無關！」

「毫無疑問，九點半在書房跟艾克洛先生談話的人，不可能是你的兒子。要振作起來，小姐，一切都會圓滿解決的。」

拉瑟兒小姐走了，白羅和我還留在屋裏。

「又了結一件事，」我說，「每次進展都無法證明拉爾夫·佩頓無罪。你是怎麼知道查爾斯·肯特要見的就是拉瑟兒小姐呢？你注意到他們的相似之處了嗎？」

「在見到肯特之前，我早已把她跟一個未知的男性聯想在一起了。當我發現鵝毛管時，我就想到了毒品，同時又想起了拉瑟兒小姐拜訪你的事，詳細情況你已經跟我說了。接著我發現那天的晨報上，有一篇關於古柯鹼的文章，把這一切綜合起來，事情就清楚了。她那天早晨知道某個人已經染上了毒癮，又看到報上那篇文章，於是就跑來向你提出一些試探性的問題。她提到了古柯鹼，因為這篇文章談的就是古柯鹼。但是，當你被引起興趣後，她馬上又轉了話題，談到偵探小說以及難以查驗的毒藥。我當時就猜想，那個染上毒癮的男人可能是她的兒子、兄弟或者令人討厭的親戚。啊！我該走了，吃午飯的時間到了。」

「留下來一起吃午飯吧。」我建議道。

白羅搖搖頭，眼睛裏微光閃爍。

「今天不能再留下來了，我不想讓卡羅琳小姐連吃兩天的素食。」

我突然意識到，沒有什麼能逃得過赫丘勒·白羅的眼睛。

21 引起轟動的消息

拉瑟兒小姐進來看診室時，卡羅琳一定是看見的。我料到她會問起這件事，所以事先就編好一套謊言，說拉瑟兒來看膝蓋的毛病。然而卡羅琳並沒有盤問我，原因是：她認為拉瑟兒小姐來這裏的目的，她是一清二楚的，而我則是被蒙在鼓裏。

「她是來試探你，詹姆斯，」卡羅琳說，「毫無疑問，她是用最可恥的方式來試探你，我敢說你根本就不知道她來這裏的原因。男人總是那麼單純。她知道你是白羅的知心朋友，所以到你這裏來打聽消息。你知道我是怎麼想的嗎，詹姆斯？」

「我可不敢妄加猜測，你的見解總是特別獨到。」

「你不要挖苦我。我認為拉瑟兒小姐對艾克洛先生的死因了解很多，但她不承認。」

卡羅琳得意洋洋地靠在椅子上。

「你真的這樣認為？」我心不在焉地問道。

「你今天怎麼這麼呆，詹姆斯？一點生氣都沒有，肯定又是肝臟出了毛病。」

接下來，我們談的全是自己家裏的私事。

第二天早晨，當地的日報及時刊登了白羅編造的那則消息。刊登消息的目的，我仍一無所知，然而，這則消息對卡羅琳的影響極大。

她開始吹噓說，她一直是這麼說的——簡直是一派胡言。我揚了揚眉毛，並沒有跟她爭辯。然而，卡羅琳的胡言亂語受到了良心的譴責，她接著說：

「雖然我沒有明說是利物浦，但我知道他想設法逃往美國。克里本（Crippen，英國一九一〇年著名的殺妻案兇手，案發後，偽裝逃逸，在乘往美洲的輪船上被逮捕）就是這麼做的。」

「但沒有成功。」我提醒她。

「可憐的孩子，他們已經把他抓起來了。詹姆斯，我認為你應該善用你的職權，設法讓他不被判死刑。」

「你想叫我幹什麼呢？」

「嗨，你不是醫生嗎？你是看著他長大的，對他很了解。他精神有毛病，你就這麼說。前幾天我從報上看到，那些精神病患者在布羅摩爾（Broadmoor，英國收容精神病囚犯的精神病院）過得很幸福，那地方就像個高級俱樂部一樣。」

卡羅琳的話使我想起了一件事。

「白羅有一個低能的侄子？我一點也不知道。」我好奇地問道。

「你不知道嗎？哦，他把什麼都告訴我了。這可憐的小傢伙。這是他們家的一大不幸。迄今為止，他們一直把他關在家裏，現在情況越來越嚴重，他們不得不把他送到某個精神病院去。」

「我想你現在對白羅家的一切都瞭若指掌了。」我氣憤地說。

「確實了解得很清楚，」卡羅琳自鳴得意地說，「能夠把家裏的不幸向別人傾訴，是一種極大的舒解。」

「如果是自覺自願說出來的話，那倒是可能。但如果是被迫說出自己的隱私，那可就未必了。」

卡羅琳以殉道者光榮殉難的神態，看著我。

「你這個人太不露口風了，詹姆斯，」她說，「自己不願意分享任何心事，還指望別人跟你一樣。我認為，我從來沒有強迫任何人說出自己的隱私。比方說，如果白羅先生今天下午過來的話（他說他可能要來），我一定不會問他，今天一大早誰到他家去了。」

「今天一大早？」我追問道。

「非常早，」卡羅琳說，「牛奶還沒送來之前。我恰好朝窗外看——百葉窗剛好被吹動了。是一個男的，他從車窗緊閉的汽車裏走出來，全身都裹得密密實實的，我看不清他的臉。但我可以把我的看法告訴你，以後你會知道我是正確的。」

「你有什麼看法？」

卡羅琳神秘兮兮地壓低聲音。

「一個內政部的官員。」她低聲說。

「內政部的官員？」我驚奇地說，「卡羅琳哪！」

「記住我的話，詹姆斯，以後你會知道我的看法是正確的。拉瑟兒那女人，那天早晨曾向你打聽毒藥的事情。所以，羅傑・艾克洛那晚很可能是吃了被下毒的食品。」

我放聲大笑起來。

「胡說八道，」我大聲說，「他是頸後被刺，這一點誰都知道。」

「詹姆斯，這是死後製造的假相。」

「我的姑奶奶，」我說，「是我驗的屍，我知道自己在說什麼。那個刀口不是死後才刺進去的。他死於刀傷，這一點絕對沒有錯。」

卡羅琳還是一副無所不知的樣子，這使我非常氣惱，我接著說：

「請你告訴我，卡羅琳，我是否具有醫學學位？」

「你當然有，詹姆斯，我知道你有。但不管怎麼說，你這個人太缺乏想像力。」

「上帝賦予你三倍的想像力，把我的那一份也給了你。」我毫無表情地說。

那天下午，白羅按約好的時間來了。看到卡羅琳嫻熟地運用那套探聽消息的技巧，我感到很有趣。姐姐並沒有直接提問，而是通過種種巧妙的方法，拐彎抹角地談起那位神秘的客人。從那炯炯有神的目光中，我看出白羅已經識破了她的意圖，但他仍然裝出無動於衷的樣子，非常成功地擋住了她擊來的「保齡球」，最後她自己也不知道該如何往下談了。

我猜想他對這場小小的遊戲也饒富興味。談話完畢，他站起身來，建議出去散散步。

「我需要散步放鬆一下，」他解釋道，「你跟我一起去嗎，醫生？散完步，卡羅琳小姐可能會為我們準備好茶點。」

「十分樂意，」卡羅琳說，「你的那位——客人也會來嗎？」

「你真是太好客了，」白羅說，「他不來，他正在休息。不久你就會跟他認識的。」

「他是你的一位老朋友，有人跟我這麼說。」卡羅琳再追擊。

「他們是這麼說的嗎？」白羅低聲說，「哦，我們該走了。」

我們一起散步朝弗恩利莊的方向走去。我事先就料到我們會朝那個方向走。我漸漸地懂得白羅的辦案方法，在他看來，每一件微不足道的小事，對整個案件的偵破，都有一定的幫助。

「我想分派你一項任務，老弟，」他最後說，「今晚在我家，我想舉行一次小小的聚會。你願意出席的，是嗎？」

「當然願意。」我說。

「很好。我還要請艾克洛家的那幾個人參加——艾克洛太太、弗洛拉小姐、布倫特少校、雷蒙先生。我想請你當我的信使。這次小小的聚會定於晚上九點整開始。你會去請他們的，是嗎？」

「我非常樂意，但你為什麼不親自去請呢？」

「因為我怕他們向我提問題：為什麼要請他們？到底有什麼目的？他們會要求我說出原因。你是了解我的，朋友，我這個人喜歡等到時機成熟時，才解釋我那些小小的靈感。」

我微微一笑。他說：

「我的朋友海斯汀——我曾跟你提起過他——常常稱我為牡蠣，嘴封得太緊。這種說法對我有點不太公平。對於事實，我絕不守密，我只是保留對事實的看法。」

「我什麼時候去請？」

「如果可以的話，現在就去。我們快要到艾克洛家了。」

「你不進去嗎？」

「不，我就在院子裏溜達溜達。過一刻鐘我們在門房那裏碰面。」

我點點頭，便出發去執行我的任務。家裏只有艾克洛太太一個人，她提早在喝下午茶。見我進去，她非常有禮貌地接待我。

「非常感謝你，醫生，」她低聲說，「你把我和白羅先生之間的小小誤會給澄清了。但人生真是多災多難，麻煩事一樁接一樁。弗洛拉的事你聽說了嗎？」

「請講得具體一些。」我很謹慎地說。

「弗洛拉和赫克托・布倫特訂婚了。當然，跟拉爾夫相比，布倫特有些不太適合。但不管怎麼說，幸福是第一位的。弗洛拉需要一個年紀較大的人，一個穩健可靠的人，而布倫特確實是個相當符合條件的人選。你看到今天早晨報紙上刊登拉爾夫被捕的消息了嗎？」

「看到了。」我說。

「太可怕了，」艾克洛太太閉上眼睛，渾身戰慄，「傑弗里・雷蒙急得像熱鍋上的螞蟻，他給利物浦打電話，但那裏的警察局並沒有告訴他任何情況。事實上，他們說，他們根本就沒抓到拉爾夫。雷蒙先生堅稱，這完全是一個誤會，是個——人們管這叫什麼？報紙上的『謠傳』。我不允許任何人在僕人面前提這件事，這麼不光采的事。如果弗洛拉真的跟他結了婚，那後果就不堪設想。」

艾克洛太太痛苦地閉上眼睛。我不知道，完成白羅的任務要花多長的時間。

我剛想說話，艾克洛太太又開口了。

「你昨天跟那位可惡的拉格倫警官來過這裏，是嗎？這禽獸不如的傢伙——他用恐嚇的方式逼迫弗洛拉承認是她拿了羅傑房間裏的錢。事實上這件事非常簡單。這乖孩子想借幾個錢，但又不想去打攪她的伯父，因為她的伯父對錢掐得非常死。當她知道放錢的地方後，就自己去拿了。」

「弗洛拉是不是這麼解釋的？」我問道。

「親愛的醫生，我想你對現在的女孩們是了解的，她們很容易就被唆動。當然，催眠術之類的事你是曉得的。這個警官大聲吼她，反反覆覆用『偷』這個字眼，直到這孩子的心理達到了『壓抑』邊緣──還是什麼『情結』的，我總是把這兩個詞混淆在一起──讓她認為自己確實偷了錢。這類事我一眼就能看穿。謝天謝地，這場誤會反而把他們倆撮合到一塊了。我是指赫克托和弗洛拉兩人。老實對你說，我過去一直為弗洛拉操心，曾有一度我擔心她跟年輕的雷蒙之間有什麼曖昧關係。你想想看！」艾克洛太太的說話聲越來越大，幾乎是在尖叫，「他只不過是個私人秘書，什麼財產都沒有。」

「如果他們真的結婚了，對你必定是個沉重的打擊，」我說，「艾克洛太太，赫丘勒·白羅先生叫我給你捎個口信。」

「給我捎口信？」

艾克洛太太感到非常驚奇。

我急忙向她解釋白羅的意圖，讓她放心。

「當然，」艾克洛太太有些顧慮地說，「如果是白羅先生說的，我們就應該去。但究竟是關於哪方面的事？我想事先了解一下。」

我只得老實對她說，我跟她一樣弄不清楚。

「好吧，」艾克洛太太最後非常勉強地說，「我會通知其他幾個人，我們九點鐘會到達那裏。」

任務完成後，我就告辭了，到事先約定的地點，跟白羅相會。

「恐怕已經超出一刻鐘，」我說，「這個老太太一開口就滔滔不絕說個沒完，我沒法打斷她。」

「沒關係，」白羅說，「我在這裏欣賞風景挺愉快的，這個林園太美了。」

我們朝回家的方向走。到家時，卡羅琳竟親自來開門，這使我們感到驚異。顯然她一直在等我們。

她把手指放到唇邊，神態得意洋洋且興奮異常。

「弗恩利莊的接待女僕俄秀拉・伯恩在這裏！」她說，「我讓她在飯廳裏等候。她非常難過，這可憐的女孩。她說她必須馬上見到白羅先生。我盡一切可能來安慰她，給她沏了熱茶。看到她這副樣子，確實令人心酸。」

「她在飯廳嗎？」白羅說。

「請跟我來。」

說完，我便開門走去。

俄秀拉・伯恩正坐在桌旁。她伸開雙臂，抬起頭，顯然她的頭剛才是埋在手臂中。她的眼睛哭得紅腫。

「俄秀拉・伯恩。」我喃喃唸道。

白羅先生從我身旁擦肩而過，向她伸出了雙手。

「叫錯了，」他說，「你叫得不對。我想你不應該叫她俄秀拉・伯恩，而應該稱她為俄秀拉・佩頓。對嗎，孩子？拉爾夫・佩頓夫人。」

22 俄秀拉的陳述

俄秀拉一言不發地看著白羅，不一會兒，她就再也克制不住自己的感情。她點點頭，便嚎啕大哭起來。

卡羅琳從我身後急步跨上前，摟著她，輕輕拍著她的肩膀。

「好了，別哭了，我的寶貝。」她用安慰的口氣說，「不會有什麼事的。等著吧，一切都會好轉的。」

雖然卡羅琳是個好奇心重而又喜歡傳播流言蜚語的人，但她還是挺善良的。看見這個女孩如此悲痛欲絕，即使白羅的到來，也勾不起她的興趣了。

不一會兒，俄秀拉挺起身子，擦乾眼淚。

「我這個人太軟弱、太愚蠢。」她說。

「不，不能這麼說，我的孩子，」白羅很和氣地說，「過去這一週，所有的人都承受了莫大的壓力。」

「也是一次非常可怕的考驗。」我說。

「而你也找出了你想知道的事，」俄秀拉接著說，「請問你是怎麼知道的？是拉爾夫告訴你的嗎？」

白羅搖搖頭。

「我今晚來這裏的原因，你一定是清楚的，」她繼續說，「這——」

她拿出一張皺成一團的報紙，我一眼就看出，這就是白羅刊登那條消息的報紙。

「報上說拉爾夫已經被捕。現在做什麼都已無濟於事，我沒有必要再隱瞞下去。」

「報紙上的東西並不一定都是真的，小姐，」白羅的臉上露出一絲慚愧的表情，「不論如何，你把知道的一切都講出來，這對你有好處，而我們現在需要的就是事實。」

俄秀拉猶豫了一會兒，疑惑地看著他。

「你不信任我，」白羅彬彬有禮地說，「然而你又特地跑來找我，這又是為什麼呢？」

「因為我不相信拉爾夫會殺人，」她低聲說，「我想你這個人非常聰明，一定能弄清事實真相。而且——」

「往下說吧。」

「我認為你是個好人。」

白羅頻頻點頭。

「說得好，是的，說得好。我可以告訴你，我完全相信你丈夫是清白的，但事態的發展對他很不利。如果要我救他的話，你必須把一切真相告訴我，即使那些事實說出來對他更為不利。」

「你能了解就好。」俄秀拉說。

「這麼說，你願意把所有的事都告訴我，是嗎？那麼從頭開始說吧。」

「我希望你不要把我攆走，」卡羅琳一邊說，一邊往扶手椅上坐，「我想弄清楚，這孩子為什麼要裝扮成女僕？」

「裝扮？」我追問道。

「對，你為什麼要這麼做呢，孩子，是為了打賭？」

「為了謀生。」俄秀拉非常乾脆地說。

接著，她鼓起勇氣，開始講述自己的身世。下面我用自己的話，扼要地覆述一遍。

俄秀拉・伯恩家有七口人，是個破落的愛爾蘭名門世家。父親死後，家中的女孩不得不外出謀生。俄秀拉的大姐嫁給了福利奧上尉。那個星期天我去找她時，她感到很窘迫，其原因現在一目了然。俄秀拉決心自己謀生，但她不想當保姆——這一職業，任何未經培訓的女孩都做得來——於是，她選擇接待女僕這項工作。她不願意被人們看成是「花瓶」，而想當個名符其實的接待女僕。她這項工作是由她姐姐介紹的。在弗恩利莊她不太合羣，這一點引起人們的非議，然而她的工作做得非常出色——手腳俐落，精明能幹，確實周到。

「我喜歡這項工作，」她解釋說，「可以有許多個人時間。」

接下來她談到如何遇見拉爾夫・佩頓，他們的戀愛過程，以及他們的秘密結婚。俄秀拉並不願意這麼做，但佩頓最後說服了她。他說不能讓他的繼父知道他跟一個身無分文的女孩結婚。所以最好的辦法就是秘密結婚，待以後時機成熟再告訴他。

這件事就這樣辦妥了，俄秀拉・伯恩變成了俄秀拉・佩頓。拉爾夫說他想把債先還清，然後找一份工作。當他能夠養活她，不再依賴他的繼父時，他就會把這件事告訴他。

但對拉爾夫・佩頓這樣的人來說，改過自新、重新做人是談何容易。他想在繼父不知道他結婚的情況下，說服他幫他還清債務，扶持他做番事業。但當羅傑・艾克洛知道拉爾夫負債的金額時，感到非常生氣，拒絕幫他還債。幾個月後，拉爾夫又被召回家。羅傑・艾克洛向他直截了當地提出，他真心希望拉爾夫跟弗洛拉締結良緣。他要求拉爾夫認真考慮這個問題。

在這個問題上，拉爾夫・佩頓天生的弱點又顯露出來了。跟往常一樣，他選擇最簡單、最迅速的解決辦法。就我所知，弗洛拉和拉爾夫並非真心相愛。對他們雙方來說，這不過像一種生意上的買賣。羅傑・艾克洛表達了他的願望後，他們倆都一致同意。對弗洛拉來說，她只是為了抓住這個能夠獲得自由的機會——錢，以及廣闊的前景；而對拉爾夫來說，這也不過是在玩一種不同的遊戲。他在經濟上陷入困境，所以他想抓住這機會償還債務，從而開始新的生活。拉爾夫天生無遠見，但他還是隱隱約約地意識到，不久的將來，他會跟弗洛拉解除婚約。所以弗洛拉和他都深知需對此事暫時保密，他想盡辦法要瞞住俄秀拉。他本能地意識到，由於她意志堅強、辦事果斷，討厭奸詐的行為，所以她是絕對不會同意這種做法。

不久，關鍵時刻到來了，一向專橫的羅傑・艾克洛決定宣佈訂婚之事。他沒有把自己的想法跟拉爾夫說，只是找弗洛拉談了一下，而弗洛拉態度雖非常冷淡，但並沒有表示反對。對俄秀拉來說，這消息就像是晴天霹靂，她把拉爾夫從城裏叫了回來。他們在林子裏秘密相會，他們的談話被我姐姐偷聽到一些。拉爾夫請求她暫時不要聲張出去，但俄秀拉的態度非常堅決，她再也不想隱瞞下去。她決定馬上就把真實情況告訴艾克洛先生，請求他不要無情地拆散他們夫妻。

一旦做出決定，俄秀拉就會堅定不移地去執行。就在那天下午，她找羅傑・艾克洛談了一次話，向他透露真相。談話中他們大吵一場——如果羅傑・艾克洛本人沒有遇到麻煩的話，這場爭吵會更加激烈。然而俄秀拉並沒有達到目的。艾克洛決不會輕易饒恕欺騙他的人，他的怨恨全都發洩在拉爾夫身上，但俄秀拉也受到斥責，說她是故意勾引富家子弟的壞女孩，艾克洛對他們倆都不願饒恕。

同一天晚上，俄秀拉和拉爾夫約好在小涼亭會面。她從邊門溜出了屋子，去跟拉爾夫相會，他們的談話純粹是相互指責。拉爾夫指責俄秀拉不合時宜地洩漏他們的秘密，這種做法已毀了他的前途，無可挽回；俄秀拉則指責他詐騙。

他們分手後半個小時多一點，羅傑・艾克洛的屍體就被發現了。從那天晚上到現在，俄秀拉再也沒有見過拉爾夫，也沒有收到過他的信。

她敘述完後，我越發了解，這一連串事實是多麼可怕。如果艾克洛不死的話，他必定會修改他的遺囑。我對他相當了解，知道他第一件要辦的事就是修改遺囑，他的死正值拉爾夫和俄秀拉・佩頓吵架之後，難怪這女孩一直守口如瓶，還在繼續扮演她那接待女僕的角色。

我的沉思被白羅的說話聲打斷。從他那嚴肅的口氣可以聽出，他也意識到情況的複雜性。

「小姐，我想問你一個問題，你必須如實回答，因為這是整個案件的關鍵：你是什麼時候跟拉爾夫・佩頓上尉在涼亭分手的？稍微想一下再回答，你的回答一定要非常精確。」

俄秀拉咧嘴笑了笑，可以看得出，這是一種苦笑。

「你以為我心裏沒有反反覆覆地考慮過這個問題嗎？我出去見他時，正好是九點半。布倫特少校在陽台上踱步，我只好繞了個圈從林子中走，盡量不讓他看見。我到達涼亭的時間大約是九點三十三分左右，拉爾夫已經在等我，我和他一起待了十分鐘，不會超出這個時間。因為我回到屋子時，正好是九點三刻。」

現在我才恍然大悟，前幾天她為什麼老是提那個問題，想要確定艾克洛死於九點三刻前，而不是九點三刻後。

接下來白羅又問了一個問題，我完全明白他的意思。

「誰先離開涼亭？」

「我。」

「讓拉爾夫・佩頓一個人留在涼亭？」

「是的，但你不會認為——」

「小姐，我怎麼想的無關緊要。你回屋子後做了些什麼？」

「回自己的房間。」

「一直待到什麼時候？」

「十點左右。」

「是否有人能證明這一點？」

「證明？你的意思是證明我在自己的房間裏？哦！沒人能證明。但當然——哦！我明白了。他們可能認為，他們可能認為——」

我從她的目光裏看出了她的恐懼。

白羅替她說出了她要說的話。

「認為是你從窗子進入艾克洛的書房，看見他坐在椅子上，就向他刺了一刀？是的，他們可能會這麼認為。」

「只有傻瓜才會這麼想。」卡羅琳氣憤地說。

她拍了拍俄秀拉的肩膀。這女孩用手捂住了臉。

「太可怕了，」她喃喃自語，「太可怕了。」

卡羅琳非常溫柔地搖搖她。

「不要擔心，寶貝，」她說，「白羅先生並不是這麼想的。至於你的丈夫，我可以坦率地告訴你，我對他的印象並不好，他自己逃之夭夭，倒讓你一個人去承擔罪責。」

俄秀拉拼命地搖著頭。

「哦，不，」她聲嘶力竭地叫喊著，「不是這麼回事。拉爾夫決不會為此逃跑的，他可能認為是我殺的。」

「他不會這麼想的。」卡羅琳說。

「那天晚上我對他太殘忍了，說話太嚴厲、太尖刻。我根本就不去聽他的解釋，我以為他完全不在乎。我站在那裏，一個勁地把我對他的看法全部說了出來，我把腦子裏最冷酷、最無情的詞語都用上，盡我所能地傷害他。」

「這些話不會傷害到他的，」卡羅琳說，「不用擔心你對男人說了什麼。他們太高傲了，即使斥責他們，他們也會認為那並非發自內心。」

俄秀拉不斷地搓著自己的手，顯得很緊張。

「謀殺案發生後，他一直沒露面，這一點我非常擔心。有時我猜想——但我知道他是不會，不會……我希望他能回來，公開澄清自己跟這件事無關。我知道他很喜歡夏波醫生，我想，夏波醫生可能知道他躲在什麼地方。」

她向我轉過身來。

「所以那天我把我所想的事都告訴你，心想，如果你知道他在什麼地方的話，一定會把這些話轉告他的。」

「我？」我驚叫起來。

「詹姆斯怎麼會知道他躲在什麼地方？」卡羅琳嚴厲地責問道。

「我也知道這不太可能，」俄秀拉承認，「但拉爾夫經常提到夏波醫生，我知道，在金艾博特這個地方，夏波醫生可能是他最好的朋友。」

「我親愛的小寶貝，」我說，「到現在為止，我一點都不知道拉爾夫・佩頓在什麼地方。」

「他說的是真話。」白羅說。

「但——」俄秀拉疑惑不解地拿出那張剪報。

「啊！」白羅臉上微微露出尷尬的神色，「廢紙一張，小姐。*rien du tout*（法語：毫無用處）。我不相信拉爾夫・佩頓已經被捕。」

「但是——」俄秀拉說得異常緩慢。

白羅打斷了她的話。

「有一件事我想弄清楚，那天晚上，佩頓上尉穿的是普通鞋子還是靴子？」

俄秀拉搖搖頭。

「我記不清了。」

「太遺憾了！你怎麼可能注意到呢？」他的頭傾向一邊，朝她笑笑，食指不斷地擺動著。「沒關係，不要再折磨自己。振作起來，你完全可以信賴赫丘勒·白羅。」

23 白羅的小集會

「好了，」卡羅琳一邊起身一邊說，「上樓去躺一會兒吧。不必擔心，寶貝，白羅先生會把一切都搞清楚的，這一點你絕對可以放心。」

「我該回弗恩利莊了。」俄秀拉猶豫不決地說。

卡羅琳一把拉住了她，不讓她走。

「亂來。你暫時由我照顧，至少你現在不能走。對嗎，白羅先生？」

「對，這是最好的安排，」矮個子比利時偵探說，「今晚我想請這位小姐——哦，請原諒，應該稱夫人——也參加我召集的聚會。九點鐘在我家，請她務必出席。」

卡羅琳點點頭，然後跟俄秀拉一起走出房間。房門關上後，白羅又坐回椅子上。

「到目前為止，一切都進行得很順利，」他說，「事情越來越清楚了。」

「看來情況對拉爾夫・佩頓越來越不利。」我非常陰鬱地說。

白羅點點頭。

「是的，的確如此。但這是預料得到的，對不對？」

我看著他，對他這句話的意思感到迷惘。他靠在椅子上，瞇著眼，手指尖對著手指尖。突然，他歎了口氣，又搖搖頭。

「怎麼回事？」我問道。

「有時候，我會很渴望海斯汀伴在我身邊。我曾經跟你談過他，他現在住在阿根廷。每當我處理大案件時，他總是在我身邊幫助我，是的，他經常幫助我。他有一種能力，能夠在不知不覺中發現真相，連他本人都沒注意到。有時他會講一些非常愚蠢的話，但往往經由這些蠢話一點撥，我突然看清了事實真相！還有，他總是把那些有趣的案件記錄下來。」

我不好意思地乾咳了一聲。

「就這一點來說——」我剛開口又停了下來。

白羅直挺挺地坐在椅子上，兩眼炯炯有神。

「說呀，你到底想說什麼？」

「老實跟你說，我讀過好幾本海斯汀上尉寫的書。我一直在想，我何不也嘗試一下，學他那樣把這個案件寫成書呢？如果不把它寫下來，我會遺憾終生的……參加破案，可能我一生中就這麼一次……這是唯一的機會。」

我感到越來越臊熱，語句也越來越不連貫，結結巴巴地講完上面這番話。

白羅從椅子上跳了起來。我有點害怕，怕他用法國人的方式來擁抱我。但他還算仁慈，即時克制。

「你做得真不賴，隨著案情的發展，你把你對此案件的印象記了下來，是嗎？」

我點點頭。

「太棒了！」白羅大聲說，「拿出來讓我瞧瞧，就是現在。」

對他這突如其來的要求，我毫無準備。我努力回憶記錄下來的某些細節。

「希望你不要介意，」我結結巴巴地說，「有些地方，是我個人的看法。」

「哦！我完全能夠理解，你把我說成是滑稽可笑的人，甚至把我說成是莫名其妙的人，是嗎？沒關係，海斯汀有時對我也很不禮貌，但我對這些小事從不放在心上。」

我仍然有點疑惑，但迫於要求，我只得在書桌抽屜裏亂翻，拿出一疊亂七八糟的手稿遞給他。由於考慮到這些記錄下來的東西將來有可能發表，我把它們分了章節。前晚我寫到拉瑟兒小姐的來訪。白羅手上約有二十章的手稿。

我把這些材料都留給他。

我有重任在身不得不外出，要到一個比較遠的地方出診。我回到家時已是晚上八點鐘，迎接我的是放在托盤裏熱氣騰騰的晚飯。姐姐跟我說，白羅和她七點半鐘一起吃了飯，現在他正在我的「工作室」看我的手稿。

「詹姆斯，但願你在手稿中提到我的時候，有注意到要小心措詞。」姐姐說。

我的下巴差點沒掉下來，心想，我根本沒去注意。

「這也沒多大關係，」卡羅琳一眼就從我的表情看透了我的心思，「白羅先生知道我是什麼樣的人，他非常了解我，比你還要了解。」

我走進工作室，這時白羅先生正坐在窗邊。手稿疊得整整齊齊的，就放在他身旁的椅子上。他把手放在手稿上說：

「很好，我很欣賞你的謙虛！」

「哦！」我感到大為吃驚。

「也很佩服你的謹慎。」他補充道。

我又「哦」了一聲。

「海斯汀可不是這麼寫的，」白羅繼續說，「他寫的每一頁上都有許多『我』，他怎麼想，他做了什麼，他全都寫下來。而你，你把自己的想法都隱藏起來，只有一兩處被迫提到自己，而且寫的只是自己的家庭生活。這一點我說得對不對？」

他目光炯炯地緊盯著我，我的臉開始發燙。

「對這些東西，你有什麼看法？」我不安地問道。

「你的意思是，叫我坦率地說出我的看法？」

「是的。」

白羅不再開玩笑，他開始一本正經地說：

「寫得非常詳細、非常精確。」接著他又很和氣地說：「你把所發生的事都一五一

十、一字不漏地記錄下來，雖然對你自己參與的部份很少提到。」

「對你有用嗎？」

「有。可以說，這對我破案有很大的幫助。走，該去我家了。我們的節目馬上就要開始，我們得把舞台好好佈置一下。」

卡羅琳在門廳裏，我猜想，她很想得到邀請，跟我們一起去，但白羅非常圓滑地處理了這個局面。

「我很想請你一起去，小姐，」他帶著遺憾的口氣說，「但在這關鍵時刻，這樣做不太明智。你要知道，今晚來的人都是被懷疑的對象，我要在他們中間揪出殺害艾克洛先生的兇手。」

「你真的有把握嗎？」我帶著懷疑的口氣問道。

「我看得出，你不太相信，」白羅冷冰冰地說，「你低估了赫丘勒・白羅，他的真本事你還沒領教過。」

這時，俄秀拉從樓上走下來。

「準備好了嗎，孩子？」白羅問道，「好吧，我們一起走。卡羅琳小姐，請相信我，我願意做任何事來回報你的盛情款待。再見。」

我們走了，卡羅琳猶如一條主人不願帶出去散步的狗，只能站在前門的台階上，目送我們遠去。

老爾什居的客廳已經佈置完畢。桌上擺著各種飲料和杯子，還有一盤餅乾，並從其他房間拿來了幾張椅子。

白羅來來回回地忙碌著，把房內的東西做了一番調整。他把這張椅子稍稍拖出些，又把那盞燈的位置稍稍變動一下，偶爾彎下腰把鋪在地上的墊子拉平。他調整了燈座的角度，使燈光直接照在椅子集中的那一邊，而另一邊的光線很暗弱。我猜想這一邊必定是白羅自己坐的位置。

我秀拉和我站在一旁看著他，過了一會兒，門鈴響了。

「他們來了，」白羅說，「好了，一切就緒。」

門開了，從弗恩利莊來的那夥人魚貫而入，白羅迎上去跟艾克洛太太和弗洛拉打招呼。

「歡迎大駕光臨，」他說，「歡迎布倫特先生和雷蒙先生。」

秘書還是跟往常一樣，愛開玩笑。

「又想出什麼花樣了?」他笑著說，「有先進的科學儀器嗎?有沒有套在手腕上根據心臟跳動測定犯罪心理的那種箍圈?還是什麼新發明?」

「這類書我也看過一些，」白羅承認道，「但我是個老古板，我用的還是那套老方法。我辦案只需要小小的灰色腦細胞就夠了。我們現在就開始吧——但首先，我要向大家宣佈一件事。」

他拉著俄秀拉的手，把她拉到前面。

「這位女士是拉爾夫．佩頓太太，她跟佩頓上尉已於今年三月份結婚。」

艾克洛太太發出一陣輕微的尖叫聲。

「拉爾夫！結婚了！今年三月！哦！這太荒唐了。他怎麼能這樣做呢？」

她盯著俄秀拉，彷彿過去從未見過她似的。

「他跟伯恩結婚了？」她說，「我絕不相信，白羅先生。」

俄秀拉的臉脹得緋紅，她剛想開口說話，弗洛拉便疾步上前，迅速跑到俄秀拉的身旁，拉住她的手臂。

「我們都感到非常吃驚，但請你不要介意，」她說，「你知道，我們當中沒有一個人知道這件事，你和拉爾夫實在是保密得太好了。我——為你們的婚事感到高興。」

「你太好了，艾克洛小姐，」俄秀拉低聲說，「你有權利生氣，拉爾夫的做法太不應該，尤其是對你。」

「你不必為此擔心，」弗洛拉拍拍她的胳膊安慰道，「拉爾夫被逼得走投無路，只好採用這不得已的方法，我處在他的立場可能也會這麼做。但我認為他應該信任我，把這秘密告訴我，我是不會為難他的。」

白羅在桌上輕輕叩了一下，清了清嗓子，顯得非常慎重。

「會議馬上就要開始了，」弗洛拉說，「白羅先生已經提示我們不要再講話。但我想問你一件事，拉爾夫在什麼地方？我想只有你知道。」

「我並不知道，」俄秀拉大聲回答，看樣子快要哭了。「我確實不知道他在什麼地方。」

「他不是在利物浦被拘留了嗎？」雷蒙問道，「報上是這麼說的。」

「他不在利物浦。」白羅簡短地說了一句。

「事實上，沒有人知道他在什麼地方。」我說。

「除了赫丘勒・白羅，是嗎？」雷蒙說。

白羅對雷蒙的嘲諷給予嚴厲的反擊。

「我，什麼都知道，請你記住這一點。」

傑弗里・雷蒙揚了揚眉毛。

「什麼都知道？」他吹了聲口哨，「喲！又在說大話了。」

「你真的能猜出，拉爾夫・佩頓躲藏的地方？」我用懷疑的口氣問道。

「你把它稱為『猜出』，而我把它稱為『知道』，我的朋友。」

「在克蘭切斯特嗎？」我胡亂地猜測著。

「不，」白羅嚴肅地回答說，「不在克蘭切斯特。」

說完這句話，他就不再往下說了。接著他做個手勢，出席會議的一夥人都坐到自己的座位上。當大家剛坐穩，門又開了，進來兩個人，帕克和女管家，他們在靠門的地方坐下來。

「到齊了，」白羅說，「所有的人都到了。」

從他的說話聲，可以聽出他感到很滿意。話音剛落，我就發現房間裏邊那夥人，臉上都露出了不安的神色。在他們看來，這個房間就像一個陷阱，而且這個陷阱的出口已經被封住。

白羅非常莊重地宣讀了名單。

「艾克洛太太、弗洛拉・艾克洛小姐、布倫特少校、傑弗里・雷蒙先生、拉爾夫・佩頓太太、約翰・帕克、伊麗莎白・拉瑟兒。」

他把紙放在桌子上。

「這是什麼意思？」雷蒙首先開腔問道。

「我剛才讀的是嫌疑人的名單，」白羅說，「在場的每個人，都有可能是謀殺艾克洛先生的兇手——」

艾克洛太太大叫著跳了起來。

「我不想參加這個集會，」她嗚咽著，「我不想參加，我要回家。」

「你得讓我把話說完才能回家，夫人。」白羅嚴厲地說。

他停了片刻，然後清了清嗓子。

「我從頭開始說起。艾克洛小姐委託我調查這一案件後，我就和好心的夏波醫生一起去了弗恩利莊。我和他一起走到陽台，他們讓我看了窗台上的腳印。此後，拉格倫警官把我帶到一條通往車道的小路。路邊的小涼亭引起我的注意，於是我仔細地搜查這個涼亭，在那裏我找到兩件東西，一小塊上過漿的絲絹和一根空的鵝毛管。這塊絲絹使我馬上想到是女僕的圍裙。當拉格倫警官把當時在屋裏的人員名單讓我看時，我發現其中一個女僕——俄秀拉・伯恩，接待女僕——沒有確實的不在場證明。據她自己說，她從九點半到十點，一直在自己的臥室裏。假定她那段時間不在臥室，而在涼亭，那她會去幹什麼呢？必定是去會見某個人。根據夏波醫生所說，我們都知道，那天晚上外面確實來過一個人，一個他在門口遇見的陌生人。乍一看，我們的問題好像已經解決——那個陌生人是到涼亭去會見俄秀拉・伯恩的。從這根鵝毛管可以看出，他確實去了涼亭，而且我馬上就想到，這個人是個吸毒者，一個在大西洋彼岸染上惡習的人，那裏吸『白粉』的人比這裏更多、更普遍。而夏波醫生遇到的那個人，說話帶美國口音，這跟我們的假設相符。

「但在一個問題上，我被卡住了——時間不符。可以肯定，俄秀拉・伯恩不可能在九點半以前去涼亭，而那個男人必定是九點過幾分去涼亭的；當然，我可以假定他在那裏等了半個小時。但還有另外一個可能性：那天晚上涼亭裏另有兩個人相會。產生這一想法不久，我便發現幾個重要事實。我曉得女管家拉瑟兒小姐那天早上去見夏波醫生，她對如何醫治吸毒惡習很感興趣。把這個事實跟鵝毛管聯繫在一起，我就推測出：那個男人來弗恩利莊是跟女管家相會，而不是跟俄秀拉・伯恩。那麼俄秀拉・伯恩到涼亭去跟誰會面呢？這個疑團不久便解開了。首先我找到了一只戒指，一只結婚戒指，背面刻有『R贈』和日期。接下來，我聽說有人九點二十五分在通向涼亭的小路上，看到拉爾夫・佩頓；我還聽到有人轉述在附近林子裏聽到的一次談話——那天下午，拉爾夫・佩頓跟一個小姐的談話。這樣我所搜集到的事實，便一個接一個有秩序地排列起來了：一次秘密的結婚、案發那天宣佈的訂婚、林子裏的會談、晚上在涼亭的會面。

「所有這些事實，無疑地向我證明了一點：拉爾夫・佩頓和俄秀拉・伯恩（或稱俄秀拉・佩頓）有最強烈的動機，希望艾克洛先生別干預他們的事。這也使得另外一個疑點變得愈加清楚：九點半與艾克洛先生一起在書房裏的人，不可能是拉爾夫・佩頓。

「這樣一來，我們面前又出現了一個跟本案有關、也最有趣的問題：九點半跟艾克洛先生一起在書房裏的人究竟是誰？不是拉爾夫・佩頓，他跟他的妻子在涼亭裏會面；不是查爾斯・肯特，他已經走了。那麼是誰呢？我向自己提出一個最聰明的問題，也是最大膽的設想：到底有沒有人跟他在一起？」

白羅身子向前傾，得意洋洋地說完最後一句話。然後他又縮回身子，臉上帶著勝利者的神態，彷彿他已經向我們射出致命的一槍。

然而，雷蒙並沒有被白羅的話所震懾，他非常溫和地提出抗議。

「我不知道原來你認為我是個騙子，白羅先生，但這件事不只有我可以做證——除非你指的是此字眼的精確意義。我想提醒你注意，布倫特少校也聽到艾克洛先生在跟一個人說話。他在外面的陽台上，當然不可能把每句話都聽得很清楚，但他確實聽到書房裏的說話聲。」

白羅點點頭。

「我沒有忘記，」白羅非常平靜地說，「但在布倫特上校的印象中，跟艾克洛先生說話的人是你。」

一瞬間雷蒙被他的話驚呆了，但他很快又恢復過來。

「布倫特現在知道他弄錯了。」他說。

「確實如此。」布倫特同意他的說法。

「然而必定有某些原因，使他產生這種想法，」白羅若有所思地說，「哦！不，」他舉起手以示抗議，「我知道你要說的理由——但這是不夠的，我們必須從其他方面去尋找。我可以這麼跟你解釋：從接辦這個案子開始，我的腦子裏一直縈繞著一件事——雷蒙先生所聽到的那些話的本意。使我感到吃驚的是，至今還沒有人對這些話加以分析，也沒有人注意到這些話的奇特之處。」

他停了一會兒，然後輕輕覆述了雷蒙聽到的那些話：

「『近日以來，你索錢孔急，僅此鄭重向你宣佈，我如今勢難對你讓步』。這些話，難道你們都聽不出有什麼奇特之處嗎？」

「我並不認為有什麼奇特，」雷蒙說，「他經常向我口述信件，用的詞語幾乎跟這些詞語完全相同。」

「沒錯，」白羅大聲說，「這就是我要說的意思。是否有人會用這樣的詞語跟另一個人講話？這不可能是一次真實的對話。假設他是在口述一封信——」

「你的意思是他正在大聲讀一封信？」雷蒙不慌不忙地說，「即使如此，他必定也是在讀給某個人聽。」

「你怎麼知道呢？沒有證據證明房間裏還有另一個人。請注意，除了艾克洛先生的聲音外，沒有人聽到另一個人的聲音。」

「當然，一個人是不會用這種方式為自己讀信的，除非他——腦子出了毛病。」

「有一件事，你們都忘了，」白羅溫和地說，「上星期三，有一個陌生人來拜會艾克洛先生。」

在座的人都盯著他，目瞪口呆。

「是的，」白羅極其慎重地點點頭，「上星期三。這個年輕人本身，對我來說無關緊要，但他所代表的那家公司引起了我的興趣。」

「錄音機公司，」雷蒙喘了口氣說，「我現在弄明白了，是錄音機。你是這麼想的嗎？」

白羅點點頭。

「艾克洛先生已經答應要買一台錄音機，這一點你是知道的。我感到很好奇，所以向這家公司打聽了一些情況。他們的回答是，艾克洛先生確實向他們的業務員買了一台錄音機。但他為什麼要向你隱瞞這件事，這一點我就弄不清楚了。」

「他一定是想讓我大吃一驚，」雷蒙低聲說，「他還像個孩子似的，總喜歡給人驚喜。他可能想保密一兩天，先自己玩弄一番，就像孩子玩新玩具一樣。是的，這種解釋比較合理。你剛才說得對，在一般的談話中，沒有人會使用那樣的詞語。」

「這也解釋了，為什麼布倫特少校認為在書房裏的人是你，」白羅說，「他聽到那些零碎的話語，實際上是口述的一些片斷，因此他下意識地認為，是你跟他在一起。而他那有意識的大腦卻注意到另一件完全不同的事──他晃眼看見的那個白影。他猜想這白影是艾克洛小姐，而事實上，他看見的是俄秀拉・伯恩的白圍裙，當時她正偷偷摸摸地溜向涼亭。」

雷蒙從他的驚愕中恢復過來。

「儘管，」他評論道，「你的這一發現，是那麼了不起（我可以承認這可是我永遠也想不到的），但還是不能夠改變最根本的一點：艾克洛先生九點半還活著，因為他還在向錄音機說話。很顯然，查爾斯・肯特那時確實已經離開弗恩利莊。至於拉爾夫・佩頓──」

他目光投向俄秀拉，猶豫了一下。

她臉上露出憤慨的神色，但她還是很平靜地回答說：

「拉爾夫和我在九點三刻前分手的。他根本就沒有靠近過這幢房子，我可以擔保。再說他根本就不想靠近這幢房子，在這個世界上他最不想見到的就是他的繼父，他非常怕他。」

「我並沒有懷疑你講的話，」雷蒙解釋說，「我一直相信佩頓上尉是清白無辜的。但每個人都必須面對法庭，回答法庭上提出的問題。他現在處於最不利的地位，但如果他能出來的話——」

白羅打斷了他的話。

「你的意思是勸他出來，是嗎？」

「當然囉。如果你知道他在哪裏——」

「可以看出，你還是不相信我，認為我並不知道他在什麼地方。我剛才已經清清楚楚地告訴過你，我什麼都知道，包括那通電話的真相、窗台上的腳印、拉爾夫・佩頓的藏身之處，我全知道。」

「他在什麼地方？」布倫特厲聲問道。

「遠在天邊，近在眼前。」白羅笑著說。

「在克蘭切斯特嗎？」我問道。

白羅向我轉過身來。

「你總是問我這個問題，克蘭切斯特好像在你的腦子裏牢牢地紮下了根。我跟你說，他不在克蘭切斯特，他就在——那裏！」

他突然用食指向前一指，所有人都把頭轉了過去。

拉爾夫・佩頓就站在門口。

24 拉爾夫・佩頓之謎

那一刻我感到非常不舒服。接下來所發生的事我幾乎記不清了，只聽到一片驚叫聲！當我鎮靜下來，回過神的時候，拉爾夫・佩頓已經站在他妻子的身旁，她的手挽住他的手，他向我微微一笑。

白羅也笑了，與此同時，他伸出一根手指朝我不停地擺動，其含義深邃莫測。

「我不是跟你講過幾百遍，要想瞞過赫丘勒・白羅是不可能的嗎？難道我沒有跟你講過，這樣的案子我遲早會弄清楚的嗎？」

他說完便轉向其他人。

「你們一定還記得，前些天我們圍著桌子也開過一次會，就是我們六個人。當時我指責你們五個在場的人，說你們都對我隱瞞了一些事。現在已經有四個人把秘密告訴我，只有夏波醫生仍舊堅持，但我始終抱著懷疑。夏波醫生那天晚上去三豬苑找拉爾夫，但他在那裏沒有找到他。我心裏在想，會不會回家時，他在馬路上遇見了他？夏波醫生是佩頓上尉的朋友，他直接從案發現場出來，必定知道事情對他很不利。可能他知道的事情比一般人要多——」

「說得沒錯，」我非常懊惱地說，「我想還是我自己把一切隱瞞的事都講出來吧。那天下午我去見拉爾夫，一開始他沒有把實情告訴我，但後來他把結婚的事告訴我，並說他四面楚歌。謀殺案一發生，我就想到，一旦人們知道拉爾夫的真實情況後，他們一定會懷疑他；就算不懷疑他，也會懷疑他心愛的女孩。那天晚上，我把事實清清楚楚地攤在他面前，他想，如果出來證明自己跟謀殺案無關的話，人們馬上就會把罪責強加在他妻子的頭上。考慮到這一點，他決定無論如何也得——」

我猶豫了一下，拉爾夫把我沒說出的話講了出來。

「溜。」他說得非常生動，「我可以告訴你們，俄秀拉離開我以後就回屋子了。我想她可能會找我繼父再談一次。那天下午他對她非常粗暴，如果再去找他，他很可能大罵她一頓，而且還是不肯原諒她。在失去理智的情況下，不知道她會做出什麼事……」

他停下來，俄秀拉迅速把手從他的手中抽了出來，向後退縮一步。

「你是這樣想的，拉爾夫？你真的認為我會做出這種事？」

「讓我們繼續看看，夏波醫生那種該譴責的行為，」白羅不動聲色地說，「夏波醫生答應盡力幫助他，他非常成功地把佩頓上尉藏了起來，不讓警察抓到。」

「把他藏在什麼地方？」雷蒙問道，「藏在他自己的家裏？」

「啊，不對，」白羅說，「你應該像我一樣問問自己：如果這位善良的醫生想把一個人藏起來，他會選什麼地方呢？必定是選附近的某個地方。我想到了克蘭切斯特。是不是在旅館裏？不，在小旅社？更不可能。那麼在什麼地方呢？啊！我想起來了。小型療養所或精神病療養所。我對這個想法做了檢驗。我捏造自己有一個患有精神病的侄兒，跑去請教夏波小姐哪個療養所比較合適。她告訴我克蘭切斯特附近有兩個療養所，她弟弟的病人都是往那兩個地方送的。我向她打聽一些情況，她告訴我，其中有一個病人是夏波在星期天清早親自送去的。雖然他用了假名，但我毫不費勁地就把他辨認出來。辦理一些必要的手續後，我就把他帶回來了。他是昨天清晨到我家的。」

我頹喪地看著他。

「卡羅琳談到的內政部官員，」我低聲說，「我竟然沒想到是拉爾夫！」

「你現在該明白了，我為什麼特別提到你在手稿裏閉口不談自己的事，」白羅輕聲地說，「你盡了最大努力，把案情如實地記錄下來，但還不夠精確，不是嗎，我的朋友？」

我羞愧得無言以對。

「夏波醫生對我一直很忠誠，」拉爾夫說，「不管發生什麼情況，他總是跟我站在一起，他做了他認為是最好的事情。白羅先生向我解釋後我才明白，躲起來並不是最好的解決辦法，我應該出來面對現實。你們都知道，在療養所裏是看不到報紙的，外面有什麼情況，我們全都不知道。」

「夏波醫生是個辦事謹慎的典範，」白羅冷冰冰地說，「而我就不一樣，我把你們每人的秘密都揭穿了，這是我的工作。」

「現在請你把那天晚上所做的事講一下。」雷蒙不耐煩地說。

「那你們早已知道了，」拉爾夫說，「我沒有多少可說的。我大約在九點四十五分離開涼亭，在車道上徘徊了一會兒，盤算著下一步該怎麼辦──究竟該走哪一條路。我承認沒有人能證明我不在做案現場，但我可以發誓，我絕對沒有去過書房，我根本就沒看見我繼父是活著還是死了。不管別人是怎麼想的，我希望你們能相信我。」

「沒有人能證明你不在做案現場，」雷蒙低聲說，「這很糟糕。當然我是相信你的，但，處在這種情況，事情就難辦了。」

「不過這也使事情變得非常簡單，」白羅的話語中帶有雀躍的味道，「真的非常簡單。」

我們都睜大眼睛盯著他。

「你們明白我的意思嗎？還不明白？那麼我來向你們解釋──要想救佩頓上尉，真正的兇手必須站出來認罪。」

他對著所有的人笑笑。

「是的，我就是這個意思，現在你們該明白了吧？我沒有請拉格倫警官出席這次會議，是有原因的，我並不想把我所知道的事，全都告訴他，至少今晚不想告訴他。」

他身體向前傾，說話的聲音和態度陡然一變，變得咄咄逼人，令人生畏。

「我可以告訴你們，我知道謀殺艾克洛先生的罪犯現在就在這個房間裏。我現在就可以告訴這個謀殺犯，明天拉格倫警官就會知道事實真相。你聽明白了嗎？」

房間裏頓時鴉雀無聲，氣氛十分緊張。就在這時，戴布雷頓帽的老婦人走進來，手裏拿著托盤，盤中放著一份電報。白羅撕開電報。

突然，布倫特那宏亮的嗓音打破了寂靜。

「你說謀殺犯就在我們中間？你知道——是哪一個？」

白羅讀完電報後，把它揉成一團。

「我現在，知道了，知道所有的真相。」

他輕輕地拍了拍揉皺的紙團。

「那是什麼？」雷蒙尖聲問道。

「無線電傳來的消息，是從一艘輪船上打來的，這艘船現在正前往美國的途中。」

室內一片寂靜，白羅起身向大家鞠躬。

「先生們、女士們，今天的會議到此結束。請記住，明早拉格倫警官就會知道事實真相。」

25 全部事實

白羅向我做了個手勢，叫我留下，我遵照他的吩咐留下來。我走到壁爐旁，一邊思考著問題，一邊用靴尖踢一下壁爐裏的圓木。

我被弄得莫名其妙，對白羅的意圖完全無法理解，這還是頭一遭。我心想，剛才目睹的那幕場景，毫無疑問是他故弄玄虛的傑作。按他的說法，是在「演一齣喜劇」，讓人們看到他是一個既風趣又重要的人。但儘管如此，我不得不承認他的話中隱含著嚴肅性，他的措詞帶有威脅性——但勿庸置疑，他的態度是真誠的。不管怎麼說，我認為他這種做法完全錯了。

當最後一個人出去後，他關上門，然後來到壁爐旁。

「好了，我的朋友，」他平靜地說，「你對這一切有什麼看法？」

「我不知道該有什麼看法，」我非常坦率地說，「你到底是什麼意思？為什麼不把事實真相直接告訴拉格倫警官，而選擇在這裏把案情內幕告知罪犯呢？」

白羅坐下來，拿出小小的俄羅斯煙盒，默默地抽一會兒煙。

「請你動用一下小小的灰色腦細胞，」他說，「我的每一個做法都是有道理的。」

我猶豫了片刻，然後慢吞吞地說：

「我的第一個印象就是，你本人也不知道誰是罪犯，但你確定罪犯就是今晚參加會議的某個人。因此你說那些話的目的，就是想迫使這個還不太清楚的罪犯出來自首，你是不是這個意思？」

白羅贊同地點點頭。

「你的想法挺聰明，但沒有講對。」

「我想，你可能是想讓他相信你已經知道了，這樣他就會主動現形——並不一定是認罪。他很可能會設法在天亮之前把你殺掉，使你永遠保持沉默，就像他殺掉艾克洛先生那樣。」

「設一個陷阱並且用我自己做誘餌！謝了，我的朋友，我還沒有那麼勇敢。」

「那麼我就無法理解了。你這樣做會使罪犯警覺起來，他很可能會逃跑，你這不是在冒險嗎？」

白羅搖搖頭。

「他逃不掉的。」他嚴肅地說，「擺在他面前的只有一條路，而這條路已無法通向自由。」

「你真的認為謀殺犯就在今晚這些人當中？」我用懷疑的口氣問道。

「是的，我的朋友。」

「是哪一個？」

沉默了幾分鐘後，白羅把煙頭丟進了壁爐，開始講述他的破案經過。他說話的語氣非常平靜，好像還在思索什麼問題。

「我把我所調查的事實講給你聽，你一步步地跟著我走，最後你自己就會看出，所有的事實都無可辯駁地指向一個人。

「首先是兩個事實和一個小小的『不相符』引起了我的注意。第一個事實是電話。如果拉爾夫・佩頓確實是謀殺犯的話，那麼打電話就變得毫無意義，這種做法簡直是荒唐。因此我斷定拉爾夫・佩頓不是謀殺犯。

「我知道電話不可能是艾克洛家中的任何一個人打的，然而我又確信，罪犯必定是當天晚上在場的人。因此我得出一個結論：電話一定是一個同謀打來的。但我對這一推論並不十分滿意，只好暫時把它擱下。

「接下來我對打電話的動機做了分析。這一點相當困難，我只能通過對結果的判斷，來推論打電話的動機。這個結論就是：謀殺案是在當晚就被發現，而不是第二天早晨；如果不是這通電話的話，事情很可能第二天早晨才會被發現。這一點你同意嗎？」

「同意，」我承認道，「是的，正如你所說，艾克洛先生已有吩咐，不准任何人去打攪他，很可能那天晚上沒有人會進他的書房。」

「很好，事件在發展，是嗎？但事實真相仍然陷入膠著。當晚發現謀殺案，而非在第二天早晨發現，對兇手有什麼好處呢？我得出的唯一看法就是：兇手希望謀殺案被發現時，確保自己在現場；或者，得在謀殺案被發現後不久，自己已在現場。現在我們再來看第二個事實，椅子從牆邊拖了出來。警官認為這跟案件無重大關係而忽略了，而我卻有不同的看法，在我看來，這跟破案有重大關係。

「在你的手稿中，你畫了一張清晰的書房位置圖。如果你現在帶在身上的話，你就可以看到，椅子被拖出來的位置——這是帕克指給我看的——是在門和窗子之間的直線上。」

「想遮住窗子！」我迅速地說。

「你的想法跟我最初的想法相同。我當初認為，把椅子拖出來是為了擋住窗子上的某些東西，以免被進來的人看見。但我馬上就拋棄了這個想法，雖然這張椅子是老式安樂椅，靠背很高，但也只能遮住一小部份窗子，遮住窗格和地面之間的那一部份。我的朋友，你應該記得，窗前就放著一張桌子，桌子上堆放著書本和雜誌。我們可以看到，整個桌子都被拖出來的椅子遮住了。對這一事實，我立刻產生了一個隱隱約約的疑問。

「會不會是某些放在桌子上的東西不想被人看見？是兇手放在上面的東西？當時我一點都猜想不到桌子上可能放些什麼東西。但對某些非常有趣的事實我是知道的。比如，這是一件兇手做案時無法帶走的東西，而這件東西又必須在案件被發現後盡快把它取走。因此就出現了通知謀殺案的電話，這樣兇手就有機會在發現屍體時進入現場。

「警察到來前，有四個人在場：你本人、帕克、布倫特少校和雷蒙先生。至於帕克，我馬上就排除了，因為不管謀殺案在什麼時候被發現，他都必定在場；另外，椅子被拖出來的事也是他告訴我的。這樣帕克就清白了。也就是說他跟這起謀殺案無關，但我仍然認為敲詐弗拉爾太太的人可能是他。然而雷蒙和布倫特仍然是懷疑對象，如果謀殺案第二天一早被發現的話，很可能他們來得太晚，留在圓桌上的東西會被人發現。

「那麼這到底是什麼東西呢？被偷聽到的那些對話片斷，我剛才在會上已經分析過，你一定聽得很清楚，不是嗎？當我得知錄音機公司的業務員來過這裏後，我的腦子裏總是想著錄音機的事情。半小時前，我在這個房間裏說的那番話，你都聽清楚了嗎？他們都同意我的推理。但有一個非常重要的事實，他們都沒有注意到：假定那天晚上艾克洛是在使用錄音機，那麼為什麼至今沒見到錄音機的蹤影呢？」

「我從未想到過這一點。」我說。

「我們知道，有一台錄音機已經送到艾克洛先生家，但在清點他的遺產時沒發現錄音機。因此，如果有什麼東西從桌子上被拿走的話，這東西很可能就是錄音機。但要拿走這玩意兒相當困難。當然，當時人們的注意力都集中在死者身上，我想，任何人都可能走到桌子邊但不被別人發現。只是一台錄音機的體積相當大，不可能隨隨便便就塞進口袋，必定有一個能夠裝得下這台錄音機的容器。

「你聽懂我的意思了嗎？這個兇手的輪廓越來越清晰了。一個想直接到達現場的人，如果案件是在第二天早晨發現的話，他很可能不在場。一個拿著裝得下錄音機容器的人——」

我打斷他的話。

「為什麼要把錄音機拿走呢？那又有什麼意義呢？」

「你跟雷蒙先生一樣，想當然耳地認為，九點半聽到的是艾克洛先生向錄音機說話的聲音。但你稍微想一下這新發明的機器，它的用處可大了。你對著錄音機講過話嗎？只要稍後秘書或打字員打開錄音機，錄過的聲音就會從裏面傳出來。」

「你的意思是——」我喘了口氣說。

白羅點點頭。

「是的，是這個意思。九點半的時候艾克洛已經死了，當時是錄音機在講話，不是他本人在講話。」

「既是兇手打開錄音機，那麼他當時必定也在房間裏？」

「很可能，但我們不能排除使用機械裝置的可能性，某種模仿定時系統或具有鬧鐘性質的裝置。如果是這樣的話，兇手還必須具備兩個條件：第一，他一定知道艾克洛先生買了一台錄音機；第二，他必須懂一點機械方面的知識。

「當我看到窗台上的腳印時，我也進行了一番分析，於是便得出三個結論：一，這些腳印確實是拉爾夫・佩頓留下的。他那天晚上去過弗恩利莊，他很可能從窗子爬進書房，發現他的繼父已經死了。這是一種假設。二，這些腳印很可能是另外一個鞋底恰好有同樣飾釘的人留下的。但家裏所有人的鞋底都是縐紋橡膠底；而且我也不相信，從外面來的人，恰好也穿著跟拉爾夫・佩頓相同的鞋。至於查爾斯・肯特，我們從狗哨酒吧女服務生那裏得知，他穿的那雙鞋『亮新乾淨』。三，這些腳印是某個人故意印上去的，目的是想把懷疑對象轉移到拉爾夫・佩頓身上。要想證明這最後一個結論，我們有必要弄清某些事實。警察在三豬苑弄到了一雙拉爾夫的鞋。拉爾夫或其他任何人那晚都不可能穿那雙鞋，因為那雙鞋正放在旅社的靴子店裏清理。根據警察的分析，拉爾夫穿著另一雙同款的鞋。經調查，我發現他確實有兩雙同款的鞋。根據我的推斷，兇手那天晚上一定穿著拉爾夫的鞋——如果這一推斷是正確的話，拉爾夫一定是穿著另一雙其他類型的鞋。我不相信他會有三雙同樣的鞋，這第三雙鞋很可能是靴子。為了弄清這一點，我去詢問了你姐姐。我特別強調顏色——坦率地說，這只是為了不讓她弄清我的目的。

「她的調查結果你是知道的，拉爾夫・佩頓隨身帶了一雙靴子。他昨天早晨來我家時，我問他的第一個問題，就是案發那天晚上他穿的是什麼鞋，他不加思索地回答說他穿的是靴子。事實上他仍然穿著那雙靴子，沒有穿過其他鞋子。

「這樣，兇手的輪廓又進一步地顯露在我們面前——亦即，他是當天有機會去三豬苑拿到拉爾夫・佩頓鞋子的人。」

他停一會兒，然後稍稍提高嗓音說：

「還有更進一步的事實：這個兇手必須是一個有機會從銀櫃裏偷到短劍的人。你可能會爭辯說，他們家中任何人都有可能偷到劍。但我提醒你一下，弗洛拉・艾克洛非常肯定，當她察看銀櫃時，劍已經不在了。」

他又停一會兒。

「讓我們來概括一下，他的特徵現在一切都清楚了。他是一個那天早些時候去過三豬苑的人；一個熟悉艾克洛並知道他買了一台錄音機的人；一個懂得機械原理的人；一個有機會在弗洛拉小姐到來前從銀櫃拿走短劍的人；一個拿著裝得下錄音機的容器（比如一個黑色提包）的人；一個在帕克給警察打電話時能單獨在書房待幾分鐘的人。事實上這個人就是──夏波醫生！」

26 真相大白

大約有一分半鐘，室內鴉雀無聲。

我突然大笑起來。

「你是不是瘋了？」我說。

「不，」白羅很平靜地說，「我沒有瘋。就是因為時間上有點不相符，我才開始對你產生懷疑，從一開始就產生懷疑。」

「時間不符？」我迷惑不解地問道。

「是的，你還記得吧，所有的人都認為——包括你在內——從門房到屋子要走五分鐘。如果從陽台抄近路，就不需要五分鐘。你是八點五十分離開屋子，你本人和帕克都是這麼說的，然而你走出門房大門的時間是九點。那是一個寒冷的夜晚，這樣的夜晚是沒有人會在外面遊蕩的。為什麼五分鐘的路你卻走了十分鐘？我一直注意到一個事實：只有你一個人說書房的窗子一直是栓上的。艾克洛問你是否把窗子栓好了，但他根本就沒過去察看。書房的窗子是不是沒有栓上？在這十分鐘裏，你是否有時間跑步來到房子側面，換了鞋，從窗子爬進去，殺了艾克洛，九點鐘到達大門？我推翻了這一設想，因為那天晚上艾克洛的神經非常緊張，如果有人從窗子爬進房間的話，他一定會聽見，這樣難免會有一場搏鬥。假定你在離開他之前把他殺了——也就是站在他的椅子旁，趁他不備時把他殺了——然後你就出了前門，跑步到涼亭，拿出你那晚隨身帶去的拉爾夫・佩頓的鞋子，悄悄地穿上，穿過稀泥地，在突出的窗台上留下了腳印，爬進書房從裏面鎖上門，然後又跑回涼亭，換上你自己的鞋，向大門跑去（那天你去通知艾克洛太太開會時，我一個人在外面做了類似的幾個動作，恰好是十分鐘），然後回到家——你有確定的不在場證明，因為你把錄音機的時間定在九點半。」

「親愛的白羅，」我說話的聲音都變了，聽上去有點奇怪，「你對此案是思慮過頭了。我謀殺艾克洛究竟圖些什麼呢？」

「保護自己。敲詐弗拉爾太太的就是你。你是照護弗拉爾先生的醫生，還有誰比你更清楚他的死因呢？當你在園子裏第一次跟我交談時，你跟我說，大約一年前你得到一筆遺產，但我一直弄不清這是一筆什麼遺產。其實這是你編造出來的謊言，這筆錢就是從弗拉爾太太那裏敲詐來的兩萬英鎊。這筆錢並沒有給你帶來多少好處，你在投機事業中失去了太多的錢。接著你對她施加更大的壓力，肆無忌憚地向她敲詐。弗拉爾太太不得不採用一種你料想不到的方法，來了結這件事。如果艾克洛知道事實真相的話，他是不會輕易饒過你的，他會讓你一輩子都不得翻身。」

「那麼電話呢？」我問道，目的是想挖苦他一下，「我想你對電話一定也有個令人信服的解釋吧。」

「老實說，當我知道確實有人從金艾博特車站給你打電話時，我才意識到這是破案的最大障礙。最初我認為這電話只是你編造出來的謊言。這種做法確實很聰明，因為你必須有某個藉口去弗恩利莊，發現屍體，然後拿走證明你不在現場的錄音機。當我第一次去見你姐姐，向她打聽星期五早晨你看過哪些病人時，我還不知道會有什麼收穫。我當時並沒有想到，病人中有拉瑟兒小姐。她的出現純屬巧合，對我來說是一件幸運的事，因為這能轉移你的注意力，你會誤認為我是來打聽拉瑟兒小姐的事。跟你姐姐交談時，我發現那天的病人中，有一個是美國客輪上的服務員。那天晚上還有誰比他更有可能坐火車去利物浦呢？隨後他就上船遠離而去，再也見不到了。我發現『奧利安號』星期六啟航，當我打聽到那個服務員的名字後，就給他發了無線電報，向他詢問這件事。你剛才看見我收到的那份電報，就是他給我的答覆。」

他把電文拿給我看，上面寫著：

完全正確。夏波醫生要我去電診所留個口信，於是我在車站給他打電話，聽候回覆。但接線生回答：「無人接聽。」

「這個想法太妙了。」白羅說，「有人給你打電話這是真的，你姐姐可以做證。但只有一個人在講話，講話的人就是你自己！」

我打了個呵欠。

「你說的這一切真是太有趣了，」我說，「但純屬無稽之談。」

「你是這麼認為嗎？想想我剛才說的話——拉格倫警官明天早晨就會知道全部真相。但看在你那善良姐姐的份上，我願意給你一次機會，讓你選擇另一個解決辦法。比如，你可以服用過量的安眠藥。你明白我的意思嗎？但拉爾夫・佩頓的事必須澄清，這不用我多說。我還是建議你把這份有趣的手稿寫完，但不要像以前一樣閉口不談自己。」

「你的建議真多，」我說，「你是不是都講完了？」

「你的話提醒了我，我確實還有一件事要說。如果你想用對付艾克洛先生那種殺人滅口的方法來對付我的話，那就是最不明智的做法。這種方法對赫丘勒・白羅是不會成功的，你聽明白了嗎？」

「親愛的白羅，」我微笑著說，「我絕不是傻瓜。」

我站起身來。

「好了，」我打了個無聲的呵欠，「我該回家了，你讓我度過一個既有趣又有意義的夜晚，我在此表示感謝。」

白羅也站起來。當我準備出門時，他跟往常一樣恭恭敬敬地向我鞠了一躬。

27 自白書

已經是清晨五點，我感到精疲力竭，但我完成了任務。寫了這麼長時間的稿子，我的手臂都麻木了。

這份手稿的結尾出人意料，我原打算在將來的某一天，把這份手稿做為白羅破案失敗的例子而出版！唉，結果是多麼的荒謬。

自從看到拉爾夫・佩頓和弗拉爾太太頭靠頭地走在一起時，我就預感到一場災難即將來臨。我當時以為她在向他吐露秘密，後來才知道這一猜測完全錯了。那天晚上跟艾克洛一起在書房時，這個想法還一直縈繞在我腦海裏，直到他把真實情況告訴我時，我才完全明白。

可憐的老艾克洛，我很高興當時給了他一次機會。我催促他讀那封信，以免來不及讀完。說實話，我不知道我是否在潛意識中認為，對他那種長了副豬腦袋的老頭子，這反而會促使他不去讀那封信？他那天晚上情緒非常緊張，從心理學的角度來分析是很有趣的。他意識到危險迫在眉睫，然而他從來沒有懷疑過我。

那把短劍是後來想到的，當時我身上已經帶了一把輕便的刀，但當我看到銀櫃裏的短劍時，我馬上就想到，最好用一件無法追查到我身上的兇器。

我想我心裏早已盤算好要殺艾克洛。當我一聽到弗拉爾太太的死訊時，就認為她可能在臨死前把一切都告訴他了。我遇到他時，他看上去非常惱怒，我猜想他可能知道了事實真相，但他又不相信這件事，所以想給我一次申辯的機會。

我回到家，開始做準備。不管怎麼說，如果這麻煩事只涉及到拉爾夫的話，就不會有什麼危害。這台錄音機，艾克洛兩天前曾叫我幫他調整一下，裏面有些零件出了毛病。他想把它退回去，但我勸他讓我試一下。我做了該做的事，那天晚上，我把它裝在提包裏送去給他。

我對自己寫的東西感到很滿意。比如，下面這個段落就寫得再簡潔不過的了：

信是八點四十分送來的。而我是八點五十分離開。當我離開時，信仍然沒被讀完。我猶豫不決地握著門把，回頭看看是否還有什麼事忘了做。

這一切都是事實，但如果我在第一個句子後面加上幾點省略號，情況又會如何呢？是否有人會對這十分鐘的空白表示懷疑呢？

我站在門口向房間掃視了一遍，心裏感到很滿意，該做的事都做了。錄音機就放在窗子旁邊的桌子上，定時為九點三十分（這種小小的機械裝置非常巧妙，是按鬧鐘原理製作的）。扶手椅被拖了出來，以擋住人們的視線，這樣，進門的人就不可能看見桌子上的錄音機。

我承認，在門口跟帕克相遇使我受驚不小，這件事我已如實記錄下來。屍體被發現後，我派帕克打電話給警察，之後，我在手稿中的選詞很謹慎：「我做了點必要措施！」確實算是一點小事，只是把錄音機放進我帶去的提包裏，然後把椅子推回牆邊原來的位置。我根本沒想到帕克會注意到那張椅子。從邏輯上說，看到屍體後他應該大為震驚，而不會去注意其他的東西。但我忽略了僕人訓練有素的直接反應。

但願我事先能夠預料得到，弗洛拉說她九點三刻見她伯父還活著。她的話簡直把我搞糊塗了。事實上，在整個破案過程中，有許多事使我感到迷惘，好像每個人都捲入了這件命案。

我最擔心的是卡羅琳，我想她可能已猜出來。那天在談話中，她以非常奇特的方式說我「本性邪惡」。

不管怎麼說，她將永遠不知道事實真相。正如白羅所說，我只有一條路可走……

我對他還是信任的，他和拉格倫警官必定會把這件事辦妥。我不想讓卡羅琳知道這件事。她很愛我，而且以我為榮……我的死會使她感到很悲傷，但悲傷過後……

我把手稿全部寫完，並把它裝進信封，致函白羅。

接下來——該幹什麼呢？安眠藥？這是一種富有詩意的公平懲罰——並不是因為我對弗拉爾太太的死負有責任。這是她謀害丈夫的報應，我對她並不表示同情。

我也不同情我自己。

就讓佛羅若（一種安眠藥的品牌）來了結一切。

如果赫丘勒·白羅不曾隱退到這裏種南瓜該有多好。

克莉絲蒂推理原著出版年表

史岱爾莊謀殺案 The Mysterious Affair at Styles 1920
暗藏殺機 The Secret Adversary 1922
高爾夫球場命案 The Murder on the Links 1923
褐衣男子 The Man in the Brown Suit 1924
首相綁架案 Poirot Investigates 1924
煙囪的秘密 The Secret of Chimneys 1925
羅傑・艾克洛命案 The Murder of Roger Ackroyd 1926
四魔堂 The Big Four 1927
藍色列車之謎 The Mystery of the Blue Train 1928
七面鐘之謎 The Seven Dials Mystery 1929
犯罪集團 Partners in Crime 1929
牧師公館謀殺案 The Murder at the Vicarage 1930
神秘的奎恩先生 The Mysterious Mr. Quin 1930
史塔福特疑案 The Sittaford Mystery 1931
危機四伏 Peril at End House 1932
十三個難題 The Thirteen Problems 1932
十三人的晚宴 Thirteen at Dinner 1933
地獄之犬 The Hound of Death 1933
為什麼避開伊文絲？ Why Didn't They Ask Evans? 1934
東方快車謀殺案 Murder on the Orient Express 1934
李思德岱謎案 The Listerdale Mystery 1934
帕克潘探案集 Parker Pyne Investigates 1934
三幕悲劇 Three Act Tragedy 1934
謀殺在雲端 Death in the Clouds 1935
ABC謀殺案 The A.B.C. Murders 1936
美索不達米亞謎案 Murder in Mesopotamia 1936
底牌 Cards on the Table 1936
尼羅河上的謀殺案 Death on the Nile 1937
死無對證 Dumb Witness 1937
巴石立花園街謀殺案 Murder in the Mews 1937
死亡約會 Appointment with Death 1938
白羅的聖誕假期 Hercule Poirot's Christmas 1938
殺人不難 Murder Is Easy/Easy to Kill 1939
十個小土人 Ten Little Niggers 1939
絲柏的哀歌 Sad Cypress 1940
一，二，縫好鞋釦 One, Two, Buckle My Shoe 1940
豔陽下的謀殺案 Evil Under the Sun 1941
密碼 N Or M? 1941
書房女屍之謎 The Body in the Library 1942
幕後黑手 The Moving Finger 1942

1942 Five Little Pigs 五隻小豬之歌
1944 Towards Zero 午夜零時零分
1945 Death Comes As the End 死亡收場
1945 Sparkling Cyanide/Remembered Death 再死一次
1946 The Hollow/Murder After Hours 池邊的幻影
1947 The Labours of Hercules 赫丘勒的十二道任務
1948 Taken at the Flood 順水推舟
1949 Crooked House 畸屋
1950 A Murder Is Announced 謀殺啓事
1951 They Came to Baghdad 巴格達風雲
1952 Mrs. McGinty's Dead 麥金堤太太之死
1952 They Do It with Mirrors 借鏡殺人
1953 A Pocket Full of Rye 黑麥奇案
1953 After the Funeral 葬禮
1954 Destination Unknown 前途未卜
1955 Hickory, Dickory, Dock 國際學舍謀殺案
1956 Dead Man's Folly 弄假成真
1957 4:50 from Paddington 殺人一瞬間
1958 Ordeal by Innocence 無辜者的試煉
1959 Cat Among the Pigeons 鴿群裏的貓
1960 The Adventure of the Christmas Pudding 哪個聖誕布丁？
1961 The Pale Horse 白馬酒店
1962 The Mirror Crack'd from Side to Side 破鏡謀殺案
1963 The Clocks 怪鐘
1964 A Caribbean Mystery 加勒比海疑雲
1965 At Bertram's Hotel 柏翠門旅館
1966 Third Girl 第三個女郎
1967 Endless Night 無盡的夜
1968 By the Pricking of My Thumbs 顫剌的預兆
1969 Hallowe'en Party 萬聖節派對
1970 Passengers to Frankfurt 法蘭克福機場怪客
1971 Nemesis 復仇女神
1972 Elephants Can Remember 問大象去吧！
1973 Postern of Fate 死亡暗道
1974 Poirot's Early Cases 白羅的初期探案
1975 Curtain: Hercule Poirot's Last Case 謝幕
1976 Sleeping Murder 死亡催眠
1979 Miss Marple's Final Cases 瑪波小姐的完結篇
1991 Problem at Pollensa Bay and Christmas Adventure 波倫沙灣聖誕驚魂
1997 While the Light Lasts 殘光夜影

國家圖書館出版品預行編目資料

羅傑・艾克洛命案／阿嘉莎・克莉絲蒂
（Agatha Christie）著；張江雲譯.
-- 2版. -- 臺北市：遠流, 2010.08
面；　公分. --（克莉絲蒂120誕辰紀
念版；5）
譯自：The Murder of Roger Ackroyd
ISBN　978-957-32-6674-7（平裝）

873.57　　　　　　　　　99012883